KATRIN KEIL | Die Bildweberin

Über dieses Buch

Nach dem Tod ihres Vaters, eines reichen Donauwörther Tuchhändlers, bricht für Sophie Ballheim die Welt, die sie kennt, zusammen. Ihr adeliger Verlobter wendet sich von der verarmten Bürgerlichen ab, ihr geliebter Bruder tritt dem Militär bei, und ihre verheirateten Schwestern zweifeln an ihrer Ehre. Da sie nicht in ihrer Heimat bleiben kann, beugt sich Sophie schließlich dem Wunsch der Schwestern und tritt der Benediktinerinnenabtei St. Walburg in Eichstätt bei.

In der Abtei erlernt Sophie neben dem Schreiben und der lateinischen Sprache das Weben. Sie erweist sich als so außergewöhnlich begabt, dass die Schwestern sie sogar in einer noch edleren Kunst unterweisen: der Herstellung von Wandteppichen. Beinahe ist die temperamentvolle Sophie nun bereit, sich in ihr Schicksal zu fügen und mit dem Leben im Kloster abzufinden, da begegnet sie dem Maler Thilmann. Es ist Liebe auf den ersten Blick – eine Liebe, die nicht sein darf und gegen die die beiden sich dennoch nicht wehren können …

Über die Autorin

Katrin Keil, 1971 in Süddeutschland geboren, studierte Medienwissenschaften und lebt heute als Texterin und Konzept-Entwicklerin in Hamburg. »Die Bildweberin« ist ihr erster Roman im Diana-Taschenbuch.

KATRIN KEIL

Die Bildweberin

Roman

Diana Verlag

FSC
Mix
Produktgruppe aus vorbildlich bewirtschafteten Wäldern und anderen kontrollierten Herkünften
Zert.-Nr. SGS-COC-1940
www.fsc.org

Das für dieses Buch verwendete
FSC-zertifizierte Papier
Holmen Book Cream liefert Holmen Paper,
Hallstavik, Schweden.

Taschenbucherstausgabe 10/2009

Dieses Buch erschien bereits 2007 unter dem Titel »Die Liebe
der Bildweberin« als genehmigte Lizenzausgabe für Sammler-Editionen in der
Verlagsgruppe Weltbild GmbH, Augsburg
Umschlagmotive | © akg-images / Cameraphoto; akg-images
Umschlaggestaltung | Hauptmann & Kompanie Werbeagentur,
München – Zürich, Teresa Mutzenbach
Herstellung | Helga Schörnig
Satz | Christine Roithner Verlagsservice, Breitenaich
Druck und Bindung | GGP Media GmbH, Pößneck
Printed in Germany 2009

978-3-453-35316-9

http://www.diana-verlag.de

Prolog

Donauwörth, 1515

Sophie!«

»Sophieeee!«

Die Stimmen ihrer Schwestern Agnes und Katharina nahmen langsam einen schrillen Ton an. Sophie lächelte still in sich hinein und wich weiter hinter die großen Ballen zurück, die gestern erst aus Italien eingetroffen waren. Sie hatten einen langen Weg hinter sich und rochen nach der großen weiten Welt. Sophies kleine Finger mogelten sich durch die Verpackung und fühlten die weiche, langflorige Wolle, die in Florenz zu feinem Tuch gewebt und noch vor wenigen Tagen über den Sankt-Gotthard-Pass geschaukelt worden war. Im nächsten Ballen erfühlten Sophies geübte Fingerspitzen etwas, das sie mit größtem Entzücken erfüllte. Seide! Nur selten handelte ihr Vater mit diesem exquisiten Gewebe, das Sophie meistens nur in Form schmaler Bänder oder Borten in die Finger bekam. Einmal hatte sie ihn gefragt, von welchen Schafen denn eine so feine Wolle geschoren wurde. Ihr Vater hatte gelacht und ihr dann von Marco Polo erzählt, der bereits vor über zweihundert Jahren den Weg in ein Land entdeckt hatte, in dem dieser hauchdünne Luxus aus dem feinen Faden einer Raupe hergestellt wurde. Da sie keine Raupen finden konnte, hatte Sophie sich daraufhin den Faden der Kreuzspinnen angesehen, die in den Holzbalken des Lagers ihre Netze spannen, und befunden, dass es fast Zauberkunst sein musste, etwas so Hauchdünnes und Klebriges zu einem Gewebe zu verarbeiten. Nur zu gerne hätte sie sich selbst auf den Weg gemacht, die berühmte Seidenstraße zu bereisen, um die kleinen Raupen und die sagenhaften Weber mit eigenen Augen zu sehen. Ihr Vater hatte ihr daraufhin erklärt, dass diese Tiere inzwischen auch in Norditalien gezüchtet wurden, das wesentlich näher lag. Aber Sophie war noch nie weiter aus Donauwörth herausgekommen als bis zum Landhaus ihres Vaters an der Donau, wo die Familie regelmäßig die Sommerfrische genoss.

»Sophie!«

Jetzt wurde Agnes wirklich böse. Sophie kannte jede Nuance der Stimme ihrer ältesten Schwester und hörte, wie sie langsam, aber sicher die Geduld verlor.

»Ich drehe diesem Wechselbalg eigenhändig den Hals um, ich schwöre es!«

Unwillkürlich sah Sophie Agnes' flächiges Gesicht mit dem schmalen Mund vor sich, der jetzt sicher noch schmaler war.

»Ich komme noch zu spät zur Kirche. Sie verdirbt mir meine ganze Hochzeit!«

»Sophie, komm sofort her und kleide dich um!«, schimpfte Katharina, ihre andere Schwester, jetzt. »Wenn du nicht gleich herauskommst, lassen wir dich einfach hier.«

Sophie schnaubte ungeduldig. Die beiden waren selbst schuld. Sie hätten ihr einfach ein Kleid aus Seide oder wenigstens Brokat erlauben sollen, wie sie es selbst an diesem Festtag trugen. Aber für »das Kind«, wie sie die achtjährige Sophie noch immer nannten, waren Leinen und Batist ja gut genug. Sophie lehnte sich seelenruhig gegen einen Tuchballen und betrachtete trotzig den Staub, der durch die Morgensonne tanzte. Vater würde nie erlauben, dass sie Sophie zurückließen.

Schließlich brach Agnes in Tränen aus, und Katharina appellierte an Sophies Mitgefühl. »Jetzt komm schon her«, bat sie. »Du willst doch nicht, dass deine Schwester mit roten, verquollenen Augen ihren Liebsten in der Kirche erblickt?«

Ihren Liebsten! Sophie verzog angewidert das Gesicht. Der kleine, untersetzte Konz Wohlfahrt war angehender Goldschmiedemeister und würde einmal die vornehmste Juwelierwerkstatt der Stadt von seinem Vater erben. Er hatte Agnes' lange Ohren und kurzen Hals großzügig mit herrlichem Geschmeide behängt, bis sie sich von ihm küssen ließ und einwilligte, seine Frau zu werden. Eingekauft hatte er sie, dachte Sophie, und schwor sich im selben Augenblick, dass es keinem Mann je gelingen sollte, so etwas mit ihr zu tun. Aber Vater war sehr zufrieden mit der guten Partie, und Sophie freute sich, dass Agnes bald ausziehen und nicht länger die Mutterstelle bei ihr vertreten würde. Sie konnte sich zwar nicht mehr an ihre richtige Mutter erinnern, die wenige Monate nach der Geburt ihres jüngsten Kindes gestorben war, aber sanfter, netter und schöner als Agnes war sie allemal gewesen.

»Sophie, komm jetzt«, rief Katharina streng. Dann wechselte sie in einen schmeichlerischen Ton. »Ich schenke dir auch die kornblumenblauen Seidenbänder, die ich heute eigentlich selbst tragen wollte. Damit kannst du dein neues Kleid auf das Hübscheste herausputzen.«

Sophie horchte auf. Das war durchaus ein Angebot. Sie hatte die besonders breiten Bänder schon in den Fingern gehabt und würde sie sich nur zu gerne in die blonden Haare binden. Sie würden genau zur Farbe ihrer Augen passen, und sie waren lang genug, um auch sanft ihren Hals zu streicheln.

»Wo ist Sophie?«, hörte sie jetzt ihren Vater, der zu den beiden Schwestern getreten war. »Ist sie noch nicht fertig? Agnes, was stehst du im Hochzeitskleid hier im Hof herum?«

»Sie hat sich versteckt, um uns zu ärgern«, greinte Agnes.

Sofort setzte Sophie sich in Bewegung und kam aus dem Lagerschuppen. Ihre Schwestern standen in ihren feinen Kleidern mitten im Hof und wirkten wie verkleidete Prinzessinnen, die eine böse Fee aus ihrem Märchenschloss fortgezaubert hatte. Katharinas Kleid war aus schwerem dunkelroten Brokat mit kobaltblauen Stickereien. Auf dem Kopf trug sie ein Straußenfedernbarett, das irgendwie nicht zu ihrer zierlichen Gestalt passen wollte. Agnes wirkte in ihrem etwas zu weißen Brautkleid mit den weiten, gepufften Ärmeln und der aus Goldstoff gefertigten Kugelhaube unnatürlich blass. Sophie bemerkte mit leichter Genugtuung, dass der goldbestickte Saum auf der Suche nach der kleinen Schwester schon etwas staubig geworden war.

»Hier bin ich schon, Vater«, rief sie mit glockenheller Stimme und schmiegte sich an die stattliche Figur ihres Vaters. »Ich ziehe gleich mein neues Kleid an.« Sie schielte Katharina von unten herauf an. »Katharina schenkt mir auch ihre blauen Bänder, damit ich sie heute zu Agnes' Ehrentag tragen kann.«

»Das ist sehr großzügig, Katharina«, lobte der Vater. »Aber jetzt beeilt euch. Wir dürfen uns nicht verspäten.«

Katharina schnaubte ihre kleine Schwester wütend an, da sie jetzt das Gefühl hatte, ihre Bänder umsonst geopfert zu haben.

»Sie riecht nach feuchter Wolle«, stellte sie fest. »Sie wird mit ihrem Geruch die ganze Kirche verpesten.«

»Die Wolle ist gar nicht feucht«, verteidigte sich Sophie. »Und außerdem kommt gegen diesen unerträglich stinkenden Weihrauch ohnehin nichts an.«

Sophies Vater lachte laut auf und zog seiner jüngsten Tochter eine Wollfluse aus den blonden Locken. Wie ähnlich sie doch ihrer Mutter war. »Dennoch lässt du dich jetzt von Lotta baden und einkleiden«, entschied er.

»Ich will nicht in Agnes' Badewasser«, wehrte sich Sophie. »Es riecht schlimmer nach Rosen und Veilchen als der ganze Klostergarten!«

Sophie verzog das Gesicht. Wie konnte man nur Rosen und Veilchenduft mischen?

»Keine Widerrede«, fuhr der Vater dazwischen, der sah, wie sich das Gesicht seiner Ältesten wieder zu Tränen verzog. »In einer Stunde seid ihr alle bereit zur Abfahrt. Ich sage eurem Bruder Thomas Bescheid, dass er die Wagen vorfahren lässt.«

»Natürlich, Vater.« Gegenüber ihrem Vater lenkte Sophie sofort diplomatisch ein und drückte ihm die Hand. Schnell drehte sie sich um und hüpfte gleich hinter Katharina ins Haus, um sich die Gegenstände ihrer Bestechung direkt aushändigen zu lassen.

Kapitel 1

Donauwörth, 1523

Diese Bänder taugen nicht viel«, stellte Sophie sachlich fest, als sie die bunte Pracht durch ihre Finger gleiten ließ. »Das ist niemals reine Seide!«

»Aber edles Fräulein«, erboste sich der fahrende Händler, der eine solche Aussage natürlich unmöglich vor den Ohren der anderen Kundschaft auf sich sitzen lassen konnte. »Das ist feinste Seide aus dem fernen Venetien«, tönte er. »Ich habe sie selbst dort eingekauft!«

Sophie besah sich den klapprigen Wagen. »Mit diesem Gefährt wollt Ihr über die Alpen gekommen sein?«

Der Händler war verwirrt. »Alpen?«

»Nun, um nach Venetien zu gelangen, muss man über die Alpen reisen, ein Gebirge von enormer Größe zwischen den deutschen Ländern und Venetien«, erklärte Sophie. »Offensichtlich habt Ihr nicht die geringste Ahnung, wo dieses Venetien liegt, in dem Ihr so gern einkauft.«

Die umstehenden Leute brachen in lautes Gelächter aus. Sophies Augen blitzten. »Geht und bietet Eure Ware zu einem angemessenen Preis den Bauernmädchen und Mägden an«, riet sie dem Händler. »Aber jubelt es nicht überteuert den Damen unter, die etwas von Qualität und ihrem Wert verstehen.«

Sie ließ die Bänder wieder auf den Wagen des Händlers gleiten und wandte sich ab, um sich weiter umzusehen. Dabei stieß sie unvermittelt gegen einen jungen Mann, der im Gedränge direkt hinter ihr gestanden hatte.

»Oh, verzeiht«, murmelte sie und wollte sich schon an ihm vorbeischieben, als ihr Blick von zwei wachen braunen Augen gefangen wurde, die sie belustigt anfunkelten.

»Eure geografischen Kenntnisse sind verblüffend, mein Fräulein«, sagte der Fremde, und seine samtige Stimme erfüllte Sophie mit einem warmen Gefühl. »Darf man fragen, wo Ihr diese Bildung genossen habt?«

Verwirrt sah Sophie zu ihm auf. Sein Lächeln machte sie sprachlos, und sie starrte ihn einige Augenblicke mit offenem Mund an. Doch dann fing sie sich wieder und wurde rot. Hauptsächlich vor Ärger über sich selbst und ihr albernes Verhalten.

»Warum fragt Ihr?«, antwortete sie daher ungewollt schroff. »Seid Ihr der Meinung, Bildung zieme sich nicht für eine Frau?«

Ein heikles Thema, seit Innozenz der VIII. vor knapp vierzig Jahren in einer Bulle die heilige Inquisition legitimiert hatte und in der Folge Tausende von Menschen, hauptsächlich Frauen, schon wegen geringer Anlässe gefoltert oder verbrannt worden waren. Bildung und Kenntnisse der Natur wurden dabei oft genug gleichgesetzt mit Hexenkünsten. Eine Ungerechtigkeit, die Sophie schon mehr als einmal fast in eine gefährliche Diskussion getrieben hätte, da sie der Meinung war, dass diese Eigenmächtigkeit seiner Vertreter auf Erden unmöglich Gottes Wille sein könne. Und es würde gar nicht mehr lange dauern, bis die Mehrheit des Volkes auch dieser Meinung war, glaubte Sophie. Aber von alldem konnte der Fremde vor ihr natürlich nichts ahnen. Entsprechend sah er sie überrascht an, und Sophie ärgerte sich wieder. Dieses Mal über ihr vorlautes Mundwerk.

»Nun, Bildung ist eine Tugend, die man immer schätzen sollte«, entgegnete der junge Mann. »Wohingegen ein leicht aufbrausendes Wesen schwerer zu tolerieren ist. Bei Frauen ebenso wie bei Männern.«

Jetzt wünschte sich Sophie nur noch ein tiefes Loch, in dem sie versinken konnte. Wie um Himmels willen benahm sie sich nur? Der Fremde musste denken, dass man ihr überhaupt keine Manieren beigebracht hatte.

»Ihr habt recht«, gestand sie reumütig ein, und musterte seine pelzverbrämte Schaube und das modische, weinrote Samtbarett. »Doch wie konnte ich ahnen, dass Ihr zu den wenigen gehört, die so fein zu unterscheiden wissen?«

Wieder lächelte er bezaubernd. »Nun, ich für meinen Teil habe mir gleich gedacht, dass Ihr wiederum zu den wenigen gehört, die nicht nur über ein schönes Gesicht, sondern auch über einen sehr schönen Verstand verfügen, mein Fräulein. Und bisher hat mich jedes Eurer Worte darin bestätigt.«

Verlegen beobachtete Sophie die Spitzen ihrer Schuhe, die jetzt mit den letzten Resten Märzschnee spielten.

»Wie ist Euer Name?«, fragte der Fremde sie nun dringlich. »Und wo kann ich Euch wiederfinden?« Fast ergriff er ihre Hand bei diesen Worten.

»Mein Herr, Ihr wagt zu viel!« Erschrocken sah Sophie sich um, ob jemand ihr Gespräch gehört hatte.

Er lächelte gewinnend. »Sollte man das denn nicht tun, wenn man etwas ganz Besonderes gefunden hat? Ich bitte Euch, nennt mir Euren Namen!«

Doch Sophie schwieg, hin- und hergerissen zwischen dem Wunsch, ihn wiederzusehen, und der Scheu, zu leichtfertig zu erscheinen.

»Junker Sternau«, tönte da eine Stimme über den Markt. »Wir brechen auf.«

Der Fremde sah sich ungeduldig um und wandte sich dann wieder Sophie zu. »Nun, schönes Fräulein, meinen Namen kennt Ihr nun«, sagte er, und wieder betörte sein Lächeln Sophie. »Und auch wenn Ihr mir nicht verraten wollt, wer Ihr seid, werden wir uns wiedersehen. Ich verspreche es.«

Mit diesen Worten verbeugte er sich leicht. Dabei hob er seine behandschuhte Faust an die Lippen, um einen fast unsichtbaren Kuss darauf zu hauchen, bei dem er Sophie nicht aus den Augen ließ. Dann wandte er sich federnd um und eilte mit den ausgreifenden Schritten eines Mannes davon, der einen freien

Weg gewohnt ist. Sophie beobachtete mit glühenden Wangen, wie er sich einer Gruppe von gut gekleideten Männern anschloss und sich auf ein edles, teuer gezäumtes Pferd schwang. Mit einem letzten Blick über die Schulter vergewisserte er sich, dass Sophies Blick ihm noch immer folgte, und grinste ihr erfreut zu, als er seine Hoffnung bestätigt fand. Schnell drehte Sophie sich um und kam sich ausgesprochen töricht vor, da sie wie ein dummes Mädchen hinter ihm hergestarrt hatte.

»Mit wem hast du da gesprochen?«

Ihr Bruder Thomas musste ihr die Frage ein zweites Mal stellen, bevor Sophie darauf reagierte.

»Oh …«, stammelte sie. »Mit niemandem.«

Thomas warf einen Blick auf die glühenden Wangen seiner Schwester und brach in schallendes Gelächter aus. »Dann hat dieser verträumte Blick also keinen besonderen Grund? Wer war der Mann?«

Sophie runzelte ertappt die Stirn. »Ich bin aus Versehen gegen ihn gestolpert, und er hat mich angesprochen«, erwiderte sie würdevoll. »Nichts weiter.«

»Nichts weiter«, wiederholte Thomas gewollt neutral und strafte so seine Zustimmung Lügen.

»Seine Freunde nannten ihn eben Junker Sternau«, gab Sophie nach einer kleinen Pause zu.

»Sternau?«, wiederholte Thomas und wurde ernst. »Sieh einer an.«

»Du kennst ihn?«, fragte Sophie bemüht beiläufig.

»Ich habe von ihm gehört«, antwortete Thomas, und Sophie hatte das Gefühl, er weiche ihr aus.

»Ja, und?«, forschte sie weiter.

Thomas grinste sie an, verkniff es sich dann aber doch, seine kleine Schwester weiter wegen ihres offensichtlichen Interesses aufzuziehen. Wenn Sophie wirklich wütend wurde, war nicht gut Kirschen essen mit ihr.

»Er ist der Sohn des Freiherrn von Sternau«, gab Thomas

sein Wissen preis. »Ihm gehören reiche Güter an der Donau ein Stück in Richtung Neuburg.«

»Aha.« Sophie bemühte sich, unbeteiligt zu wirken. Aber Thomas ließ sich nicht täuschen.

»Er gefällt dir wohl?«

»Er ist höflich und freundlich«, gab Sophie so neutral wie möglich zurück. Doch Thomas kannte seine Schwester zu gut. Besorgt sah er sie von der Seite an und legte den Arm um sie. »Nicht wirklich der richtige Mann für eine Bürgerstochter«, sagte er leichthin, aber Sophie spürte, dass er jedes Wort ernst meinte.

Thomas lenkte ihre Schritte in Richtung des Benediktinerklosters Heilig Kreuz. Nachdem Agnes und Katharina gute Ehen eingegangen waren, lag dem Vater die Vermählung seiner Jüngsten sehr am Herzen, überlegte Thomas. Er selbst war nur gut ein Jahr älter als Sophie und würde eines Tages das Kontor seines Vaters übernehmen. Sie ließen das Rathaus und das Färbertörl hinter sich. Die Straße zum Kloster war von vornehmen Patrizierhäusern gesäumt, und auch Sophies und Thomas' Vater hatte hier sein Stadthaus.

»Wer sagt denn, dass sich eine Bürgerstochter für ihn interessiert?«, fragte Sophie nach kurzem Schweigen so schnippisch wie möglich.

Thomas drückte ihr die Schultern. »Du, meine Liebe. Du und dein ganzes Verhalten.«

»Ich habe ihm doch noch nicht einmal meinen Namen gesagt«, wandte Sophie ein.

»Siehst du«, rief Thomas mit einem lauten Lachen. »Ein untrügerisches Zeichen. Wenn dieser Junker Sternau wirklich keinen Eindruck auf dich gemacht hätte, hättest du keinen Moment gezögert, damit zu prahlen, dass du die Tochter des Tuchhändlers Ballheim bist.«

»Da ich es aber nicht getan habe, hat sich die Angelegenheit ohnehin erledigt«, stellte Sophie sachlich fest und verspürte plötzlich ein nagendes Bedauern. »Denn er hat nicht die leiseste Ahnung, wer ich bin.«

Dann dachte sie an das Versprechen, das der Fremde ihr zum Abschied so selbstsicher gegeben hatte. Würde er es jemals einhalten können?

Wenige Tage später beugte sich Sophie mit ihrem Vater über die Bücher. Stephan Ballheim hatte immer Wert darauf gelegt, seinen Kindern das Lesen, Schreiben und Rechnen beizubringen. Bei Agnes und Katharina war es beim Lesen und Schreiben geblieben, aber Sophie und Thomas hatten sich mit Freude auf die Zahlen gestürzt und sich immer wieder die Zeit damit vertrieben, einander kleine Rechenaufgaben zu stellen. Darüber hinaus hatten sie früh Interesse an allem gezeigt, das mit dem Handel des Vaters zu tun hatte. Bei Thomas hatte ihn das sehr gefreut, da der Sohn auf diese Weise eines Tages ein würdiger Erbe und Nachfolger werden würde. Daher hatte Thomas auch nicht nur bei seinem Vater gelernt, sondern im Alter von sechs bis vierzehn Jahren gemeinsam mit den Söhnen anderer Händler und Unternehmer die städtischen Lehrer für Grammatik, Rechnungswesen und Notarkunde besucht, die in Donauwörth nach italienischem Vorbild eingestellt wurden. Bei Sophie hatte Stephan diese Neugierde ein wenig mit Unbehagen erfüllt. Er wusste, dass seiner Tochter eigentlich ganz andere Fähigkeiten vermittelt werden mussten, um sie auf ihre spätere Rolle als Ehefrau vorzubereiten. Aber immer wenn Sophie mit leuchtenden Augen die Tuche einer neuen Lieferung befühlte oder sich mit Eifer über die langen Zahlenkolonnen seiner Bücher beugte, brachte er es einfach nicht übers Herz, seinen Liebling hinauszuschicken. Vielleicht, so war seine geheime Hoffnung, würde Sophie eines Tages einen Tuchhändler heiraten, der ihre Fähigkeiten zu schätzen wusste. Und ihre Schrift war zudem bei Weitem besser zu lesen als seine oder die von Thomas.

Auch jetzt musste er wieder schmunzeln, als sie mit ernstem

Blick die Bücher studierte. Die doppelte Buchführung ihres Vaters, bei der jeder Posten als Warenausgang und Geldeingang, also Aktiva und Passiva, erfasst wurde, war ihr längst vertraut. Hin und wieder fand sie Fehler, die ihrem Vater bei den Jahresabschlüssen viel Ärger bereitet hätten.

Gerade schickte sie sich an, eine fehlerhafte Zahl zu verbessern, als Besucher gemeldet wurden. Überrascht blickte Stephan Ballheim auf. Er war sich sicher, keine Verabredung getroffen zu haben, aber einen möglichen Kunden ließ man nicht warten. Er erhob sich und ging hinunter in den Hof, Sophie dicht auf seinen Fersen.

Einen Augenblick später wünschte sie sich zurück zu ihren Büchern. Im Hof stand niemand anderer als der junge Sternau mit einem weiteren Mann. Der Blick, den er ihr zuwarf, strahlte vor Genugtuung und Freude.

»Meister Ballheim«, begrüßte er Sophies Vater. »Mein Name ist Heinrich von Sternau. Mir ist zu Ohren gekommen, Ihr hättet eine Lieferung edler Seidenstoffe erhalten?«

Überrascht starrte Ballheim den jungen Edelmann an. »Woher wisst Ihr davon?«, fragte er. »Sie ist erst am gestrigen Abend eingetroffen.«

Heinrich lächelte erfreut. »Nun, mein Herr. Wer etwas Besonderes sucht, der muss gut informiert sein.« Dabei streifte sein Blick wieder Sophie. »Darf ich denn die Ware schon in Eurem Lager begutachten, bevor Ihr sie in der Tuchhalle feilbietet?«

Noch immer verwundert über das ungewöhnliche Interesse des jungen Edelmannes, zuckte Stephan Ballheim mit den Schultern. »Sicher«, entgegnete er. »Ich lasse die Ballen in mein Kontor bringen, wo Ihr sie in Ruhe prüfen könnt. Ich möchte aber darauf hinweisen, dass ich selbst noch nicht ausreichend Gelegenheit dazu hatte.«

Heinrich nickte seinem Begleiter zu, bei den Pferden zu bleiben, und folgte Stephan und Sophie in das gemütliche, einer Wohnstube ähnliche Büro des Tuchhändlers.

»Sucht Ihr denn etwas Bestimmtes?«, fragte Stephan.

Heinrich von Sternau nickte. »Ich möchte einer gewissen Dame ein Geschenk machen, das ihrer würdig ist.«

Damit nahm er einen kostbaren Zinnbecher mit schwerem Rotwein von Sophie entgegen, nicht ohne dabei wie zufällig ihre Finger zu streifen.

»Verstehe«, nickte Stephan. Die Dame musste dem jungen Sternau wirklich am Herzen liegen, wenn er sich so ins Zeug für sie legte. Bisher hatte ihn noch kein Edelmann persönlich aufgesucht, um ein Geschenk auszuwählen. Er begann, die Ballen mit geübten Bewegungen aus ihrer Umhüllung zu schälen, sorgsam darauf bedacht, das feine Gewebe nicht mit dem Messer zu beschädigen. Das Sonnenlicht fiel durch die kleinen Fenster auf die schimmernde Seide und ließ die Farben aufleuchten. Stephan war zufrieden mit der Qualität. Die Seidenwebereien in Lucca verstanden sich vorzüglich auf ihr Handwerk.

Auch Sophie stockte der Atem. Die Anwesenheit Heinrichs brachte sie vollkommen aus dem Konzept. War es der Zufall, der ihn hergeführt hatte, oder war sie der Grund für sein ungewöhnliches Interesse an Seide? Die Ware ihres Vaters war wirklich von außerordentlicher Qualität, und Sophie ahnte, dass der Preis dafür auch für einen Edelmann sehr hoch sein würde. Was führte Heinrich im Schilde?

Der junge Sternau beugte sich über die Stoffe und schwieg. Leider hatte er nicht die geringste Ahnung von Seide und konnte sich nicht durch fachkundige Äußerungen profilieren. Aber diese Ware gefiel ihm ausnehmend gut. Ebenso wie die Tochter des Tuchhändlers, Sophie, die er nach vielem Herumfragen und zwei vergeblichen Versuchen endlich im Haus des Tuchhändlers wiedergefunden hatte. Er hatte nicht mit ihrer Anwesenheit im Kontor gerechnet, umso mehr freute es ihn, sie so schnell wiederzusehen. Zufrieden stellte er fest, dass auch sie von seiner Anwesenheit offenbar nicht unbeeindruckt blieb.

»Mein Fräulein«, sprach er sie jetzt direkt an und wagte einen Blick in ihre Augen, die noch immer so blau waren, wie er sie in Erinnerung behalten hatte. »Ich brauche Eure Hilfe.«

Sophie trat vor. »Mein Herr?«

»Die Seide ist für eine ganz besondere Dame gedacht, und nun kann ich mich unmöglich für eine Farbe entscheiden. Welche würdet Ihr wählen?«

Sophie schluckte. Ließ er sie jetzt die Geschenke für seine Geliebte auswählen? Eine solche Geschmacklosigkeit hätte sie ihm niemals zugetraut.

»Nun, das kommt auf das Aussehen der Dame an und auf den Anlass, zu dem sie dieses Kleid tragen soll.« Stolz bemerkte sie, dass ihre Stimme sachlich, aber nicht kühl geklungen hatte.

Der junge Sternau seufzte. »Seht Ihr, mein Vater hat mir angeraten, dass es an der Zeit für mich sei, mich zu vermählen«, erklärte er, und Sophies Herz setzte einen Schlag aus. Er würde heiraten! Wann? Und wen?

»Und nun möchte ich der Dame ein angemessenes Verlobungsgeschenk bereiten.«

»Habt Ihr sie denn bereits gefunden?«, fragte Sophie tonlos.

»Ich denke schon«, antwortete er und lächelte geheimnisvoll.

Sophie wunderte sich über den Stich, den seine Worte ihr versetzten. Sie schalt sich eine dumme Gans, dass sie die vergangenen Nächte immer wieder von ihm geträumt hatte, denn ihr Bruder Thomas hatte offensichtlich recht behalten. Eine Bürgerliche war keine Braut für einen von Sternau.

Heinrich beobachtete den Schatten, der über ihr Gesicht glitt, und freute sich. Hieß das, dass sie ihn auch mochte? Dessen musste er gewiss sein, bevor er es auf sich nahm, seinen Vater zu überzeugen.

»Nun, sie ist bestimmt sehr schön, Eure Braut«, brachte Sophie mühsam heraus. »Vielleicht könnt Ihr sie mir ein wenig beschreiben, damit wir die richtige Farbe für sie auswählen.«

»Ihr Haar ist golden wie ein Sonnentag, und ihre Augen sind der weite Himmel dazu.« Um Himmels willen, hatte er das wirklich gesagt? Heinrich hätte sich am liebsten auf die Zunge gebissen. Sophie war keine überkandidelte Adelige, die Schmeicheleien brauchte wie die Luft zum Atmen. Und als Poet hatte er noch nie viel getaugt. Besorgt beobachtete er, wie sich ihre hübsche Stirn ein wenig zusammenzog.

Sie sieht aus wie ich, dachte Sophie. Auch wenn ich es noch nie so schwülstig gehört habe.

»Nun, dann würde ich Euch einen satten Blauton empfehlen, nicht zu dunkel. Vielleicht mit einer Nuance Grün darin.« Suchend glitt ihr Blick über die ausgelegte Ware. »Zum Beispiel diesen hier.«

Heinrich beobachtete, wie Stephan Ballheim den genannten Ballen mühelos hervorzog und die meergrüne Seide über die anderen Ballen ausbreitete.

In diesem Augenblick klopfte es. Der Tuchhändler öffnete und sprach kurz mit einem seiner Knechte.

»Wenn der erlauchte Herr mich für wenige Augenblicke entschuldigen würde. Meine Tochter Sophie wird Euch gerne weitere Fragen beantworten.« Stephan warf Sophie einen kurzen Blick zu und verließ mit einer Verneigung das Zimmer.

»Sehr schön«, murmelte Heinrich und ließ seine Hand über die Seide gleiten. Dann hob er den Stoff hoch und hielt ihn Sophie an. »Wirklich wunderschön.«

Sophie hielt den Atem an. Ihre Blicke hielten einander fest, und als sie spürte, wie seine warme Hand über ihre Wange strich, suchten ihre Finger unwillkürlich Halt an einem Stuhl.

»Ich habe Euch wiedergefunden, Sophie«, flüsterte Heinrich. »Wie ich es versprach.«

Sophie schluckte. »Warum wolltet Ihr mich wiederfinden?«

»Weil Ihr mich vom ersten Augenblick an bezaubert habt.«

»Und was ist mit Eurer Braut?«, fragte sie mit einer Stimme, die gegen ihren Willen unsicher klang.

»Nun, ich habe sie noch nicht gefragt, ob sie meine Frau werden möchte.«

»Und doch kauft Ihr schon ein Verlobungsgeschenk?«

»Ihr habt vollkommen recht. Ich bin wirklich ein Narr!«

Heinrich von Sternau wurde plötzlich ernst und fiel vor ihr auf die Knie. »Deshalb frage ich jetzt dich, Sophie Ballheim, ob du meine Frau werden möchtest.«

Verwirrt sah Sophie zu ihm herab. Machte er sich lustig über sie? Oder – Gott bewahre – meinte er es etwa ernst?

»Diese Seide würde dich so wunderbar kleiden.« Jetzt spielte wieder das spöttische kleine Lächeln um Heinrichs Mund, das seinen Worten so viel Leichtigkeit verlieh.

»Aber … Ihr seid von Adel.« Sophie konnte nicht glauben, dass dies wirklich geschah.

»Ziehst du mich deshalb nicht in Betracht?«, neckte er sie.

Sie spürte die leichte Röte, die ihre Wangen überzog.

»Doch, natürlich …«, murmelte sie verlegen. »Aber wir kennen uns doch kaum.«

»Ich kenne dich besser als jedes andere Fräulein, das mein Vater bisher für mich ausgesucht hat«, gab Heinrich leidenschaftlich zurück. »Auf diese Damen kann ich durchaus verzichten, geschweige denn, dass ich mein Leben mit ihnen und ihrem Stammbaum verbringen möchte. Aber ich weiß, dass mein Herz seit unserer ersten Begegnung schneller schlägt, wenn ich an dich denke.«

Seine Begeisterung war ansteckend. Sophie lächelte ihn an. »Meins auch«, flüsterte sie und fürchtete sofort, zu viel gewagt zu haben.

»Du magst mich also?«, fragte Heinrich und stand auf.

Sophie schlug den Blick nieder und nickte lächelnd.

»Und du willst meine Frau werden?«

Noch immer wagte Sophie nicht, den Blick zu heben. Sie kam sich vor wie die Heldin eines Liedes und konnte kaum glauben, dass dies alles wirklich geschah. Bevor sie überlegen konnte, was sie tat, nickte sie scheu.

»Meine schöne Sophie«, rief Heinrich begeistert aus und zog sie an sich. »Du willst?«

»Ja.«

Als sie seine warmen Lippen auf den ihren spürte, schloss sie vor Schreck die Augen, um sich dann der köstlichen Überraschung hinzugeben, die ihr jeden Funken von Vernunft aus dem Kopf zu wehen schien. Nur mit Mühe gelang es ihr, sich wieder von ihm zu lösen.

»Aber deine Familie?«, wandte sie ein und trat einen Schritt zurück. »Wird sie mich denn aufnehmen? Eine einfache Kaufmannstochter?«

Heinrich runzelte die Stirn. »Meinen Vater lass meine Sorge sein«, beruhigte er sie. »Bisher konnte ich ihn noch immer von meinen Plänen überzeugen!«

In diesem Augenblick kehrte Stephan Ballheim zurück und verharrte einen Moment auf der Türschwelle, verwundert über die seltsame Atmosphäre im Raum. »Nun, Junker Sternau«, wandte er sich an den jungen Edelmann. »Habt Ihr ein Geschenk für Eure Braut gefunden?«

Heinrich von Sternau strahlte ihn an. »Das habe ich wohl, Meister Ballheim«, sagte er.

»Darf man denn erfahren, um welche glückliche Dame es sich handelt?« Stephan Ballheim kam näher und betrachtete neugierig die Seide, die vor Sophie ausgebreitet lag.

Heinrich von Sternau richtete sich stolz auf. »Natürlich dürft Ihr«, antwortete er. »Mein Herr Ballheim, ich habe die unendliche Ehre, um die Hand Eurer Tochter Sophie anzuhalten.«

Kapitel 2

Die Tage und Wochen waren wie im Flug vergangen, seit Sophie und Heinrich sich verlobt hatten. Stephan Ballheim hatte nach den ersten Minuten der Überraschung und Verwunderung nur einen Blick auf seine strahlende Tochter geworfen und ihnen dann seinen Segen gegeben. Auf Gut Sternau hatte es Heinrich weit mehr Überzeugungskunst gekostet, diesen auch von seinem Vater zu erhalten. Freiherr von Sternau hatte sich für seinen einzigen Sohn eine ganz andere Partie gewünscht und auch schon einige geeignete Kandidatinnen ausgewählt. Aber letztendlich ließ auch ihn das offensichtliche Glück seines Sohnes nicht kalt. Allerdings knüpfte er an seine Einwilligung die Forderung einer außergewöhnlich hohen Mitgift. Wenn schon eine Kaufmannstochter, dann wenigstens eine reiche!

»Immerhin wird diese Ehe das Geschäft des Herrn Ballheim veredeln und ihm ganz neue Kundenkreise öffnen«, hielt er Heinrich trotzig vor. »Und dem Vermögen der Sternaus könnte eine kleine Auffrischung recht guttun.«

Stephan Ballheim hatte geschluckt, als er die Summe vernahm, und nach kurzem Zögern eingewilligt. Ein Ballheimer feilschte nicht um die Mitgift seiner Tochter, dachte er, und Sophie schwebte im siebten Himmel. Agnes und Katharina beglückwünschten sie neidisch zu ihrem guten Fang. Offensichtlich gingen beide davon aus, dass Sophie es vor allem auf den Adelstitel abgesehen hatte. Eine adelige Schwester würde natürlich auch den Stand und das Ansehen der Schwestern heben und war den beiden höchst willkommen. Die offensichtliche Verliebtheit des jungen Paares ignorierten sie so eifrig, dass Sophie der Verdacht kam, die Ehen ihrer Schwestern seien recht trostlos.

Sophie stürzte sich in die Hochzeitsvorbereitungen. Die Hochzeit war für den Mai in der Kapelle von Gut Sternau geplant, und es blieb nicht mehr viel Zeit. Wann immer es ging, stahlen Sophie und Heinrich sich jedoch einige Momente zu zweit, sei es bei einem Besuch auf Gut Sternau oder bei einem kurzen Spaziergang an der Donau.

Eines Abends – Sophie war gerade von einem Treffen mit Heinrich zurückgekehrt und hatte sich von der Köchin einen heißen Würzwein zubereiten lassen – nahm sie kurz entschlossen den Krug, um ihrem Vater etwas davon ins Kontor zu bringen. Ihr Vater litt seit dem Winter an einem trockenen, rauen Husten, der einfach nicht besser werden wollte, obwohl Sophie ihn ständig ermahnte, sich zu schonen. Vorsichtig stieg sie mit der heißen Kanne und den Zinnbechern die Stiege zum Kontor hinauf. Da die Tür nur angelehnt war, konnte sie nicht anders, als die Worte des im Inneren geführten Gespräches mit anzuhören.

»Vater, ich bitte Euch, überlegt es noch einmal.« Thomas' Stimme war eindringlich.

»Was gibt es zu überlegen?«, fuhr ihm der Tuchhändler fast ein wenig barsch über den Mund. »Der alte Sternau verlangt eine Unsumme von mir. Wenn ich mich finanziell nicht gänzlich entblößen will, muss ich möglichst schnell mehr aus meinen Geschäften herausholen. Auch wenn es ein höheres Risiko birgt.«

»Euer Erfolg beruht auf der Zuverlässigkeit Eurer Partner in Frankreich, Flandern und Norditalien. Wie könnt Ihr Euch jetzt auf diesen windigen Socius einlassen, der Euch einen unvernünftig hohen Gewinn verspricht?«

Stephan Ballheim biss verstockt die Zähne zusammen.

»Ich weiß, welches Muntgeld Freiherr von Sternau verlangt«, fuhr Thomas fort. »Und ich weiß auch, dass Ihr es aufbringen könnt, ohne Euer Geschäft in Gefahr zu bringen. Vater, ist es nicht in Wirklichkeit der Gewinn, der Euch lockt?«

»Der Steinhäuser hat den Socius empfohlen, und seine Warenproben sind von ausgezeichneter Qualität. Das muss mir Sicherheit genug sein. Wir können auf einen Schlag mehr verdienen als bisher mit drei oder vier Ladungen.«

Stephan Ballheim hielt inne und hustete einige Male. Thomas nutzte die Zwangspause in der euphorischen Rede seines Vaters. »Wir würden auch auf einen Schlag mehr riskieren.«

Sophie konnte Thomas' bedenkliche Miene fast vor sich sehen. Atemlos verharrte sie vor der Tür.

»Du bist fast achtzehn, Thomas«, erwiderte Stephan Ballheim, der endlich wieder zu Atem gekommen war, »und ein besonnener, talentierter Junge. Du wirst dir bald deinen eigenen Namen machen wollen und eine Reputation aufbauen, die dir Ansehen und Ehre bringt. Und du wirst bald eine Familie gründen wollen.« Stephan schwieg einen Moment. »Wenn wir jetzt das Geschäft vergrößern, kannst du schon in ein oder zwei Jahren gleichberechtigt neben mir arbeiten und dein eigenes Vermögen gründen.«

»Vater, ich habe keine Eile damit.«

»Noch nicht.« Wieder ließ der Tuchhändler seine Worte ein wenig wirken. »Aber bald wird es so weit sein, und wer weiß, wann sich uns wieder eine solche Möglichkeit bietet. Es ist entschieden. Ich werde die Ladung ordern.«

In diesem Augenblick betrat Sophie das Kontor. Beide Männer wandten sich ihr zu, und ihre Mienen wurden augenblicklich sanfter. Sophie schenkte ihnen und sich von dem Wein ein. Sie hoffte, dass Thomas das Thema wieder aufgreifen würde, aber die beiden Männer verloren kein weiteres Wort über die geheimnisvollen Pläne des Vaters. Stattdessen überraschte Sophies Vater sie mit einigen Stoffmustern, aus denen sie für ihr Brautkleid wählen sollte. Schon bald ließ sie entzückt die feinen italienischen Stoffe und flandrischen Spitzen durch ihre Hände gleiten, schwere, golddurchwirkte Seidensamite für das Mieder und die Schleppe, duftige Sactante und Tafte für die Röcke und teures, fast durchsichtiges Leinen für die Haube. Wie für eine

Prinzessin, dachte Sophie und verspürte ein leises Unbehagen. Womit hatte sie all das verdient?

»Ich habe noch eine Überraschung für dich«, verriet ihr Vater geheimnisvoll, als er die vor Begeisterung leuchtenden Augen seiner Tochter sah. Gespannt hielt sie den Atem an, als ihr Vater einen großen, mit grobem Tuch umwickelten Ballen hervorholte.

»Ein Teil deiner Aussteuer und einer Freifrau durchaus würdig«, deutete der Tuchhändler stolz an. Er entrollte den schweren Ballen vor Sophie. Aber es kam nicht wie erwartet ein weiteres edles Tuch zum Vorschein. Stattdessen ergaben die schimmernden Farben und Muster vor Sophies Augen ein ganzes Bild. Es dauerte eine Weile, bevor sie begriff, dass ihr Vater ihr eine Bildwirkerei zeigte. Es war kein monumentales Werk, wie es an den Höfen der Herzöge hing und wie sie Kaiser Karl V. mit sich führte, um seinem jeweiligen Aufenthaltsort mit wenigen Handgriffen das notwendige repräsentative Aussehen zu verleihen. Aber der Teppich vor ihr war edel gearbeitet und verriet eine große Liebe zum Detail. Er zeigte ein sich die Hände reichendes Paar vor dem Hintergrund etlicher Blumen auf dunkelblauen und roten Feldern.

»Ein sogenanntes Millefleurs-Werk aus Flandern«, erklärte ihr Vater stolz, während Sophie das Kunstwerk ehrfürchtig mit den Fingerspitzen berührte.

»Aber er muss ein Vermögen gekostet haben«, hauchte sie, und auch Thomas beugte sich interessiert über die exquisite Wirkarbeit. Liebevoll lächelte ihr Vater Sophie an.

»Nun, die Ansprüche der Sternaus sind eben nicht nur bei der Wahl ihrer Frauen außergewöhnlich hoch«, lächelte er etwas gezwungen.

Sophie dachte an das Gespräch, das sie mit angehört hatte. »Ihr habt mir nie gesagt, welches Muntgeld der Freiherr fordert«, sagte sie leise und ließ den Blick wieder über den gewirkten Teppich gleiten.

»Eines, das für einen Ballheimer nicht zu hoch ist«, erwiderte ihr Vater stolz. Und ehe Sophie noch eine weitere Frage stellen konnte, forderte der Tuchhändler seine Kinder auf, mit ihm in die Wohnstube zu gehen und ein gemeinsames Abendessen einzunehmen.

Als er sich zur Tür umwandte, begegnete Sophie für einige Augenblicke Thomas' entsetztem Blick.

Die Tage wurden länger und wärmer, und schon zeigten sich die ersten Tulpen und Narzissen in den Gärten am Kloster. Sophie traf sich mit Heinrich hinter dem Münster Zu unserer Lieben Frau. Er hatte ihr heimlich eine Nachricht zukommen lassen, und jetzt genoss Sophie es unendlich, von der Frühlingssonne und von seinen warmen Händen gestreichelt zu werden. Sie hatte ihr Haar züchtig unter einer Leinenhaube versteckt, und seine Hand ruhte auf ihrem Nacken, während sie sich ausmalten, was ihnen ihr zukünftiges Leben schenken würde.

»Ich bin so glücklich, dich gefunden zu haben«, murmelte Heinrich in ihr Ohr, während seine Hand ihr Gesicht langsam zu sich drehte. Sanft küsste er sie, während sich Sophie der Verwunderung überließ, die sie noch immer befiel, wenn Heinrich ihr seine Liebe gestand. Sie konnte nicht fassen, dass dieser charmante und wohlhabende Adelige in ihr, einer Patriziertochter, tatsächlich die Frau seines Lebens gefunden hatte.

Ihre Gedanken wurden jäh unterbrochen, als die »Pummerin«, die seit 1512 im Liebfrauenturm hing und mit ihren gut hundertdreißig Zentnern die größte Glocke im Süden des Deutschen Reiches war, mit ihrem vollen Schlag die nächste Stunde ankündigte. Erschrocken fuhr Sophie auf.

»Ich muss los …«, begann sie, aber der Rest ihres Satzes blieb ihr im Hals stecken, als sie ihre Schwester Agnes mit vor Wut blassem Gesicht über die Kieswege des Gartens auf sich zueilen sah. Schnell stand sie auf und löste Heinrichs Hände.

»Agnes«, stammelte sie und errötete. Dass ausgerechnet ihre

ältere Schwester sie bei ihrem Rendezvous ertappte, war ihr äußerst unangenehm.

»Ich konnte es nicht glauben«, keuchte Agnes, als sie dicht vor Sophie stehen blieb, sodass diese einen Schritt zurücktreten musste. »Ich konnte es einfach nicht glauben, als mir die Schnitzlerin erzählt hat, du würdest im Garten des Münsters Unzucht treiben.«

»Unzucht?«, wiederholte Sophie überrascht.

»Halb nackt würdest du dich mit einem Mann im Gras wälzen wie eine Kebse, sagte sie.« Agnes' Mund wurde gefährlich schmal.

Unwillkürlich sah Sophie an ihrer tadellosen Kleidung herab. Nicht eine Schleife war gelöst, nicht ein Knopf gelockert. Nicht einmal eine Haarlocke hatte sich unter ihrer Haube hervorgestohlen.

»Und jetzt musste ich selbst sehen, dass es wahr ist«, schnaubte Agnes.

»Aber ich wälze mich nicht im Gras«, wehrte sich Sophie, die endlich ihre Sprache wiedergefunden hatte. »Und schon gar nicht halb nackt!«

»Aber du hast dich von ihm«, sie wies auf Heinrich, »öffentlich küssen lassen, und wer weiß, was vorher noch alles geschehen ist!«

»Mit Verlaub, meine Dame«, mischte sich Heinrich ein. »Immerhin bin ich offiziell mit Eurer Schwester verlobt!«

»Ein solches Verhalten ziemt sich noch nicht einmal für eine verheiratete Frau und ihren Ehemann«, tobte Agnes. »Ihr glaubt wohl, nur weil Ihr ein Freiherr seid, könntet Ihr Euch alles erlauben! Du kommst jetzt auf der Stelle mit mir. Ich werde dich nach Hause bringen und Vater alles erzählen. Dann wirst du schon sehen, was du davon hast. Mein Gott, die ganze Stadt wird über dich tratschen. Dich, eine Ballheimerin! So eine Schande!«

Sie ist eifersüchtig, durchfuhr es Sophie. Sie gönnt mir mein Glück mit Heinrich nicht.

Agnes griff schmerzhaft fest nach Sophies Arm und zerrte sie mit sich. Sophie sah, wie Heinrich sich wieder einmischen wollte, aber sie hielt ihn mit einem Blick zurück. »Lass gut sein«, flüsterte sie ihm zu. »Wir sehen uns bald wieder.«

Zum Abschied gelang ihr sogar noch ein dünnes Lächeln, während Heinrich mit hängenden Armen dastand und ihr nachsah.

Glücklicherweise trafen die Schwestern ihren Vater in allerbester Laune im Kontor an.

»Siehst du, ich habe es dir gesagt«, strahlte er seinen Sohn an. »Die Ware ist pünktlich geliefert worden und auch schon weiterverkauft. Alles dank des unermüdlichen Fleißes meines neuen Socius.«

Thomas schüttelte nachdenklich den Kopf. »Es gefällt mir nicht, dass die Ware nur eine Nacht hier gelagert wurde und dann gleich an einen zweiten Käufer weiterging, mit dem nicht du selbst verhandelt hast.«

»Die Probe, die wir hier gemacht haben, war einwandfrei«, wehrte der Ballheimer ab. »Selten habe ich so edles Tuch gesehen. Du wirst schon sehen, dieser Handel bringt uns einen schönen Batzen Geld ein.«

In diesem Augenblick betrat Agnes forsch das Kontor und zerrte Sophie mit sich.

»Vater, Ihr werdet es kaum glauben, wobei ich Eure Tochter gerade ertappt habe!«, sprudelte Agnes noch vor jeder Begrüßung hervor.

Erstaunt wandte sich der Tuchhändler seiner Ältesten zu.

»Sie macht uns zum Gespött der Leute!«, keifte Agnes. »Sie turtelt hinter dem Liebfrauenmünster in aller Öffentlichkeit mit dem jungen Sternau herum.«

Immerhin nennt sie es nicht mehr Unzucht treiben, dachte Sophie wütend, als sie den aufmerksamen Blick ihres Vaters auf sich spürte.

»Sophie, was ist geschehen?«, fragte er nur.

»Ich hab mich mit Heinrich getroffen«, gab Sophie zu und war stolz, seinem Blick standhalten zu können. »Immerhin sind wir verlobt und sollen in einigen Wochen heiraten, Vater. Dabei kennen wir uns erst so kurz.«

»Und?«, fragte Stephan weiter.

»Und er hat mich geküsst«, fügte sie mit leiser Stimme hinzu.

»Am helllichten Tag«, fuhr Agnes dazwischen. »Wo sie jeder sehen konnte.«

»Gar nicht«, wehrte sich Sophie. »Wir hatten uns einen stillen, kleinen Ort gesucht. Ich würde übrigens gerne wissen, was deine Bekannte in diesem Winkel des Gartens zu tun gehabt hat. War sie allein?«

Stephans Miene wurde finster. »Sophie, das geht nicht«, erklärte er fest. »Wie kannst du deinen untadeligen Ruf aufs Spiel setzen?«

»Aber, Vater«, Sophie hatte sich mehr Unterstützung von ihrem Vater erhofft, »Heinrich und ich sind verlobt. Ganz offiziell.«

»Und ebenso offiziell kann der alte Sternau die Verlobung auch wieder lösen, wenn ihm der Sinn danach steht«, erklärte Thomas sachlich.

Jetzt wurde Sophie böse. Auch ihr Bruder fiel ihr in den Rücken.

»Das würde Heinrich niemals zulassen«, fauchte sie ihn an und wandte sich dann ihrem Vater zu. »Wenn man Euch erzählt hätte, dass Thomas ein Mädchen geküsst hätte, wäret Ihr stolz auf ihn gewesen, Vater!«

Thomas wurde rot, aber Stephan sah seine aufgebrachte Tochter ruhig an.

»Vielleicht nicht stolz, aber auch nicht beunruhigt«, erwiderte er. »Sophie, für ein junges Mädchen oder eine Frau schickt es sich einfach nicht. Kein Wenn und Aber. Hoffen wir, dass der angerichtete Schaden nicht zu groß ist. Dennoch wünsche ich, dass du nicht den geringsten Anlass mehr dazu gibst, dass deinen Ruf oder die Reputation deiner Familie auch nur auf das Leiseste in Zweifel gezogen wird.«

Sophie senkte den Kopf und bemühte sich, die Tränen zurückzuhalten. Sie konnte Agnes' Genugtuung förmlich spüren und hatte nicht vor, ihr auch diesen letzten Triumph zu gönnen.

Stephan sah auf den gebeugten Nacken seiner Jüngsten und wurde sanfter. »Ich kann verstehen, dass du dich nach Heinrich sehnst«, murmelte er. »Und ich befürworte, dass ihr euch besser kennenlernt.«

Überrascht hob Sophie den Blick, während Agnes scharf die Luft einsog.

»Aber das wird nur noch unter diesem Dach geschehen«, bestimmte der Ballheimer. »Und unter Ausschluss der Öffentlichkeit.«

Sophie blinzelte die Tränen fort und rang sich zu einem Lächeln durch. »Ich verspreche es, Vater. Ich verspreche es.«

Sophie war fest entschlossen, ihr Versprechen auch zu halten. In einem Brief hatte sie Heinrich die Geschehnisse berichtet und von ihm eine so zärtliche und besorgte Antwort erhalten, dass es sie zu Tränen rührte. Der Vorfall kam nicht weiter zur Sprache, und auf den Straßen begegnete man den Ballheims weiterhin mit Wohlwollen und Respekt. Immerhin würde die jüngste Ballheimerin bald einen Freiherrn heiraten! Von einer solchen Partie wagten die meisten Patrizierfrauen für ihre Töchter nicht einmal zu träumen. Und unter den jungen Mädchen hatte sich herumgesprochen, dass es eine wahre Liebesheirat sein sollte. Wer konnte sich etwas Romantischeres vorstellen? Sophie hob stolz den Kopf, wenn sie durch die Stadt ging, und atmete genüsslich die frische Frühlingsluft ein, die schon vom Mai kündete.

An einem warmen Mittag Anfang Mai kehrte Sophie vom Markt zurück, den sie gemeinsam mit der Magd Lotta besucht hatte, um die Kräutervorräte der Küche aufzufrischen. Noch immer meinte sie den Duft des frischen Grüns zu riechen, das endlich wieder überall spross, und sie überlegte, aus welchen Blüten sie ihren Brautkranz winden lassen sollte. Als die beiden Frauen jedoch durch das Tor in das Haus der Ballheims eintreten wollten, wurde es von innen weit aufgerissen. Sophie stieß fast mit dem Stadtgerichtsknecht zusammen, der, gefolgt von ihrem Vater und einigen fremden Männern, eben aus dem Haus stürzte.

»Ich sage es Euch noch einmal, es handelt sich um ein Missverständnis«, rief der Ballheimer wütend. »Gebt mir etwas Zeit, um mit meinem Socius in Kontakt zu treten, dann wird sich alles aufklären.« Dann schnitt ihm ein Hustenanfall das Wort ab.

»Das behaupten Schuldner wie Ihr immer«, schnarrte einer der fremden Männer ihren Vater kalt an.

»Wir werden sehen, wie der Schultheiß und die Schöffen darüber befinden«, erklärte der Stadtgerichtsknecht. »Am Mittwoch in zwei Wochen werdet Ihr Eure Verteidigung vor dem Stadtgericht vorbringen. Lasst es Euch bis dahin nicht einfallen, die Stadt zu verlassen oder womöglich nicht zu erscheinen. Das Gericht würde hierin sofort ein Schuldbekenntnis sehen.«

Sophie sah überrascht von ihrem Vater, der den davonschreitenden Herren mit vom Husten rotem Gesicht und hängenden Armen nachsah, zu Thomas, der blass in der Tür stehen geblieben war.

»Was ist geschehen?«, fragte sie, ohne eine Reaktion bei den Männern hervorzurufen. Schon blieben die ersten Neugierigen stehen und gafften den Ballheimer an, der offensichtlich gerade Besuch vom Stadtgerichtsknecht gehabt hatte. Die ersten Köpfe wurden zusammengesteckt, und man mutmaßte, warum der angesehene Tuchhändler wohl vorgeladen war.

»Was ist geschehen?«, wiederholte Sophie ihre Frage noch

einmal. Die Angst, die langsam in ihr aufstieg, ließ ihre Stimme ungewöhnlich schrill klingen.

Ihr Vater zuckte zusammen und wurde sich der Situation bewusst. »Komm hinein«, brummte er und packte seine Tochter am Arm. Lotta folgte ihnen mit gesenktem Kopf.

»Ich verstehe das nicht«, flüsterte Stephan Ballheim heiser und starrte vor sich auf den Tisch. Seine Hände umklammerten den Becher Wein, den Sophie ihm vorgesetzt hatte, während sie und Thomas auf der anderen Seite Platz nahmen.

»Wer waren die Männer, die den Stadtgerichtsknecht begleitet haben?«, fragte Sophie vorsichtig nach, um endlich ein wenig Licht ins Dunkel zu bringen.

»Händler, die Ware von Vater gekauft haben«, erklärte Thomas mit düsterem Gesicht. »Sie beschuldigen Vater, sie mit minderwertiger Ware vorsätzlich betrogen zu haben, und fordern das Geld zurück, das sie dafür gezahlt haben.« Er nannte die Summe, und Sophie keuchte entsetzt auf. Davon hätten sie ihr Muntgeld zweimal bezahlen können!

»Wie können sie behaupten, Vater habe sie betrogen?«, fragte Sophie verständnislos weiter. Die Möglichkeit, dass ihr Vater sich unlauter verhalten würde, kam ihr völlig absurd vor.

Thomas sah seinen Vater an, der weiterhin geschockt vor sich auf den Tisch starrte. Da es offensichtlich war, dass Stephan nicht antworten würde, fasste er für Sophie zusammen, was diese längst ahnte.

Stephan Ballheim hatte eine große Lieferung edlen Wolltuches bei einem neuen, in Norditalien niedergelassenen Socius bestellt. Der Mann war ihm von einem anderen Tuchhändler in der Stadt empfohlen worden und hatte einen äußerst günstigen Einkaufspreis verlangt. Sophie erinnerte sich an das Gespräch, das sie unfreiwillig belauscht hatte, und an Thomas' Vorbehalte. Dennoch hatte der Ballheimer sich auf den Handel eingelassen, wohl auch, weil der Partner keinerlei Vorauszahlungen von ihm verlangt hatte. Schnell und pünktlich traf die Ware dann auch bei ihm ein. Ein Socius Tractans, der die Ware nur über die Alpen transportierte, hatte die vereinbarte Menge pünktlich zum verabredeten Termin geliefert. Stephan Ballheim prüfte gemeinsam mit seinem Sohn einen der Ballen. Die Ware war von so guter Qualität wie versprochen, und der Transporteur nannte sogar einen Käufer in Nürnberg, der die Ware zu einem äußerst guten Preis abkaufen würde. Um pünktlich liefern zu können, müsse er aber sofort am nächsten Tag aufbrechen. Sophies Vater war nach der Nervosität der letzten Wochen endlich wieder entspannt und ließ sich von einem Gewinn locken, den er nur noch einzustreichen brauchte. Er bezahlte dem Transporteur den Preis für die Ware und vereinbarte, dass dieser den Kaufpreis des Nürnbergers auf dem Rückweg abliefern würde. Doch der Transporteur war bis heute überfällig, und jetzt war der Nürnberger Käufer in Donauwörth aufgetaucht, um Klage gegen Stephan Ballheim zu erheben. Denn offensichtlich enthielten die anderen Tuchballen trotz der Probe nur Ware von minderer Qualität.

»Ich habe mich in jener Nacht noch einmal zum Wagen des Transporteurs geschlichen, um auch die anderen Ballen zu prüfen«, erklärte Thomas. Stephan Ballheim hob überrascht den Kopf, und Thomas senkte schuldbewusst den Blick. »Ich konnte dem Handel noch immer nicht trauen. Unter der Verpackung fand ich bei jedem Ballen das gleiche hochwertige Tuch, das uns der Socius Tractans im Kontor gezeigt hatte. Daher war auch ich ein wenig beruhigt.«

»Wie kann sich der Nürnberger dann beklagen?«, fragte Sophie verständnislos.

»Nun, unter den obersten Lagen fand sich ein Kern aus minderwertigem Tuch«, erklärte Thomas. »Die ganze Lieferung war von vornherein auf diesen Betrug ausgerichtet. Daher haben sie uns auch keine Zeit gelassen, die Ware genau zu prüfen. Und ich konnte in der Nacht ja nicht alle Ballen alleine abrollen.«

»Und der Nürnberger hat die Ware auch bezahlt, ohne sie genau zu prüfen?«

»Der Nürnberger ist dem Transporteur genauso aufgesessen wie wir.«

»Aber dann ist doch ganz klar, dass Vater keine Schuld trifft.«

Thomas seufzte. »Leider nicht. Denn für diese zweite Etappe der Reise war Vater der Absender. Und es war nicht zuletzt sein guter Name, der den Nürnberger dazu veranlasst hat, die Ware so schnell zu bezahlen.«

»Gibt es denn keine Verträge?«, fragte Sophie verzweifelt. Es musste doch gelingen, dieses Netz der Intrigen zu durchschlagen!

Wieder wartete Thomas kurz, ob sein Vater selbst darauf antworten wollte. Doch der Ballheimer starrte wieder müde auf den Tisch vor sich. Nur die weißen Knöchel seiner Hand, die sich um den Weinbecher klammerten, verrieten seine Anspannung. Hin und wieder hustete er bellend auf.

»Natürlich gibt es Verträge«, erklärte Thomas müde. »Den Kaufvertrag mit dem Italiener und den Vertrag mit dem Transporteur. Aber die sprechen eher zu Vaters Ungunsten.«

»Warum?«, fragte Sophie aufgebracht.

»Sie zeigen nur, dass Vater eine Lieferung angenommen hat, ohne sie zu beanstanden. Als er sie weiterverkauft hat, war sie aber mangelhaft. Sie beweisen also, dass der Betrug hier in Donauwörth durchgeführt wurde.«

»Aber das stimmt nicht.« Sophie konnte die Panik in ihrer Stimme kaum zurückhalten.

»Natürlich stimmt das nicht«, erwiderte Thomas. »Aber es sieht nun mal so aus.«

»Wo ist dieser Socius Tractans jetzt?«, forschte Sophie. »Er muss Vater doch das Geld bringen, und dann kann er es dem Nürnberger zurückzahlen.«

Thomas lachte spöttisch auf. »Natürlich müsste er das. Aber er hat es nicht getan. Und da Vater ohnehin als Betrüger dasteht, wird ihm niemand glauben, dass er die Summe nicht erhalten hat.« Thomas nahm einen Schluck von seinem Wein. »Und auch wenn man ihm Glauben schenken würde, dieser Socius Tractans hat sich längst in Luft aufgelöst. Das Geld ist also verloren.«

»Dann muss eben der Italiener für Vater bürgen.«

»Warum sollte er? Keiner kann nachweisen, dass er mit dem Transporteur gemeinsame Sache gemacht hat. Er hat lediglich eine Lieferung Tuch geschickt, die Vater nicht beanstandet hat.« Thomas starrte vor sich hin. »Wir haben ohnehin nicht die Zeit, ihn in Italien aufzusuchen. Wozu auch? Wenn er uns sagen kann, wo sich der Transporteur aufhält, wird es ewig dauern, bis Vater seinen Anspruch beweisen und das Geld einklagen kann.«

»Das Gericht muss Vater die Zeit gewähren!«

»Wenn sie ihm die Geschichte glauben, tun sie das vielleicht.« Thomas dachte nach. »Aber wenn sie ihm nicht glauben, was bei all diesen Verwirrungen nur verständlich wäre, landet er im Schuldturm, bis er den Nürnberger auszahlen kann.«

»Aber kann es nicht sein, dass der Nürnberger lügt?«, fragte Sophie, verzweifelt nach einem Hoffnungsschimmer suchend.

»Sophie!« Zum ersten Mal mischte sich der Ballheimer ein. »Wir dürfen unsere Schuld nicht einem anderen aufladen.«

Überrascht sah sie ihren Vater an. »Aber es könnte doch …«, begann sie.

»Der Nürnberger hat Zeugen«, unterbrach Thomas seine Schwester. »Und er ist wirklich im Recht.«

»Sind wir etwa im Unrecht?«, fragte sie aufgebracht. »Wir müssen uns doch wehren!«

Stephan schwieg. Und auch Thomas fand nicht gleich Worte. »Zuerst wollen wir hoffen, dass das Gericht Vater glaubt«, murmelte er schließlich. »Und wir senden Boten aus, um den Transporteur und den Italiener zu finden.« Thomas' Stimme klang hoffnungslos. Dann hob er den Kopf und sah Sophie an. »Und wir wenden uns an Freiherrn von Sternau«, sagte er. »Wenn er Vater die Summe leiht, die er für den Nürnberger braucht, hat Vater die Chance, seine Ehre und sein Geld ohne viel Aufsehen zurückzugewinnen.«

Mit Schaudern dachte Sophie an den alten Freiherrn von Sternau. Es war nicht ein Besuch auf dem Gut vergangen, an dem er Sophie nicht durch eine Geste oder ein Wort hatte spüren lassen, dass sie nicht von Adel war. Thomas schien ihre Gedanken gelesen zu haben. »Es scheint, meine liebe Schwester, wir werden bald herausfinden, was es mit dem Wort eines Sternau wirklich auf sich hat.«

Kapitel 3

Sophie durchlebte die nächsten Tage wie einen Albtraum. Ihr Vater erging sich in Selbstvorwürfen, er habe das Glück der Familie und seiner beiden jüngsten Kinder verspielt. Schon früh am Tag ließ er sich die erste Kanne Wein kommen. Sein Husten verschlechterte sich, und Sophie sah ihm an, dass er nachts keinen Schlaf fand. Wäre Thomas nicht gewesen, hätte er den Dingen einfach ihren Lauf gelassen. Thomas schrieb Briefe und fand zuverlässige Boten, die er ausschickte. Er nahm vertraulichen Kontakt mit den Freunden seines Vaters auf, um Fürsprecher für Stephan Ballheim zu finden. Und schließlich versuchte er, zum Prokurator vorgelassen zu werden, der am Gerichtstag die Klageerhebung und Beweisführung vornehmen würde, um ihm schon möglichst früh die Verwicklungen darzulegen und um sein Verständnis zu werben.

Während all dieser Tage zog Stephan sich immer weiter zurück. Es war diese Hoffnungslosigkeit, die Sophie am meisten belastete. So kannte sie ihren Vater nicht, und manchmal, wenn sie ihm doch außerhalb seines Kontors begegnete, dachte sie, dass sie einem ganz anderen Menschen gegenüberstand.

Nervös erwarteten Thomas und Sophie auch die Reaktion der Sternaus. Zwar vertraute Sophie unerschütterlich auf die Liebe Heinrichs, doch sie spürte, dass Thomas arge Zweifel dem alten Sternau gegenüber hegte. Er sprach zwar nicht mit ihr darüber, um sie nicht weiter zu beunruhigen, aber nach Tagen des Schweigens steckte er Sophie mit seinen bösen Ahnungen an. Umso atemloser nahm sie eine Woche vor dem Gerichtstag schließlich die beiden Briefe entgegen, die ihnen von Gut Sternau gesandt wurden. Den an den Vater adressierten

Brief öffnete Thomas. Er enthielt die kurze Absage des Freiherrn auf die Bitte des Tuchhändlers um finanziellen und moralischen Beistand in dieser Zeit. Sternau machte sich noch nicht einmal die Mühe, seine Entscheidung zu begründen. Während Thomas den Anfang des Briefes noch laut vorgelesen hatte, verstummten seine Worte plötzlich. Doch Sophie sah, dass er weiterlas.

»Sag es mir, Thomas«, bat sie tonlos. An der Miene ihres Bruders konnte sie erkennen, welche Nachricht noch in dem Brief stand. Thomas sah auf, und die Mischung aus Wut und Mitleid in seinem Blick ließ Sophies Mut sinken.

»Er löst die Verlobung«, fasste Thomas kurz zusammen. »Er schreibt, er könne nicht verantworten, dass der gute Name seiner Familie mit einem Fall bürgerlichen Betruges in Verbindung gebracht und so in den Schmutz gezogen würde.« Er presste die Lippen aufeinander, als ob er sich daran hindern wollte, auszusprechen, was ihm durch den Kopf ging.

»Das kann er nicht tun«, flüsterte Sophie. »Heinrich und ich, wir lieben uns doch! Er wird sich gegen seinen Vater auflehnen!«

Ihr Blick fiel auf den schmalen Umschlag in ihren Händen. Sie erkannte Heinrichs Schrift und hatte mit einem Mal Angst davor, ihn zu öffnen. Sie wechselte einen Blick mit ihrem Bruder, dann griff sie beherzt zum Briefmesser und las.

Meine liebste Sophie,

welch dunkle Schatten sind über unser Glück hereingebrochen! Sicher hast Du bereits vom Entschluss meines Vaters gehört. Aufgrund der schwerwiegenden Vorwürfe, die man gegen Deinen Vater erhoben hat, zieht er seine Einwilligung zu unserer Vermählung zurück. Ich selbst bin zu Tode betrübt, aber machtlos gegen sein Wort. Wenn ich mich gegen ihn auflehne, verliere ich alles. Und was könnte ich Dir, meine süße Sophie, dann noch bieten?

Morgen verlasse ich auf Wunsch meines Vaters also Sternau und gehe an den Hof des Pfalzgrafen nach Neuburg. Wenn Du diesen Brief in den Händen hältst, werde ich schon viele Meilen von Dir entfernt sein. Bitte verzeih mir und sei gewiss, dass mein Herz nur Dir gehört. Gott sei mit Dir.

Heinrich

Fassungslos blickte Sophie auf die wenigen Zeilen. Das war alles? Mehr konnte sie nicht von dem Mann erwarten, der ihr ewige Liebe geschworen hatte?

Thomas fing den Brief auf, als er ihren Händen entglitt. Er warf nur einen flüchtigen Blick darauf.

»Er ist fort«, brachte Sophie mühsam hervor. »Er gibt unsere Liebe auf, nur weil sein Vater es so will. Er wollte sich noch nicht einmal persönlich von mir verabschieden!«

Tränen liefen ihr über das Gesicht, ohne dass sie auch nur ein Schluchzen von sich gegeben hätte. Behutsam legte Thomas den Arm um sie, wohl wissend, dass nichts, was er sagte oder tat, ihren Schmerz lindern konnte. Zudem überraschte ihn das unehrenhafte Verhalten des Junkers nicht besonders. Er hatte nicht umsonst den Ruf, leichtlebig und flatterhaft zu sein. Einen Ruf, den Thomas seiner verliebten Schwester gar nicht erst hinterbracht hatte. Sie hätte ihm nie geglaubt.

»Ich hätte ihn auch geliebt, wenn er nichts mehr besessen hätte«, flüsterte Sophie verzweifelt. »Doch sein Herz scheint weit weniger groß zu sein, als er dachte. Er verlässt mich, bevor das Urteil über Vater gefällt ist. Oder er hat es schon für sich gefällt.«

Thomas zog seine Schwester mit düsterer Miene an sich. Wenn die Sternaus sich von ihnen lossagten, kam das tatsächlich schon einer Verurteilung gleich. Alle mussten doch annehmen, der alte Sternau wüsste mehr.

Wer würde seinem Vater jetzt noch Glauben schenken?

Am Morgen des Gerichtstages dauerte es zwei Stunden, bis

Sophie ihren Vater aus dem Bett bekommen und in einen repräsentablen Zustand gebracht hatte. Sie badete und rasierte ihn und brachte ihn endlich dazu, seine beste Kleidung anzulegen. Willenlos ließ der Tuchhändler seine Tochter gewähren. Als Stephan Ballheim endlich die Treppe herunterkam, hätte Sophie die Schrecken der vergangenen Wochen fast für einen Spuk gehalten, wenn nicht seine leeren Augen gewesen wären. Ihr Vater wirkte wieder stattlich und aufrecht, wie sie ihn kannte. Nur sein Blick blieb unstet und verunsichert.

Einige wenige gute Freunde des Tuchhändlers erwarteten ihn und seine Kinder vor dem Haus, um sie zum Gericht zu begleiten. Sophie war ihnen für diese Unterstützung dankbar, aber sie wusste, dass diese kleine Schar keinen Ausschlag geben würde. Man würde sagen, dass sie aus Freundschaft zum Tuchhändler hielten, und nicht, weil sie wirklich von seiner Unschuld überzeugt waren.

Neugierige Blicke streiften den kleinen Trupp. Natürlich wusste längst die ganze Stadt Bescheid. In den Gesichtern der Leute las Sophie Zurückhaltung, Spott oder sogar Häme. Als sie an einer Gruppe Marktfrauen vorbeigingen, konnte sie nicht anders, als die laut gezischten Worte zu hören, die ganz offensichtlich für ihre Ohren bestimmt waren.

»Das kommt davon, wenn man zu stolz und hochmütig ist.«

»Einen Freiherrn heiraten, das hätte ihr wohl gepasst.«

»Dabei wollte der nichts anderes von ihr als seine Schäferstündchen!«

»Jetzt bekommt sie keinen Freiherrn, sondern einen Bankert!«

Die Frauen schrien vor Lachen, vor Neid und vor Genugtuung darüber, dass das Schicksal die Bürgerstochter doch wieder in ihre wohlverdienten Schranken verwiesen hatte. Sophie schwankte.

»Komm.« Thomas nahm fest ihren Arm und zog sie weiter. »Lass sie reden. Sie werden sich auch wieder beruhigen.«

Doch Sophie spürte, wie ernst die Lage zu werden drohte. Sie galt als gefallene Frau! Jeder glaubte, Heinrich habe ihr die Unschuld geraubt und sie dann fallen gelassen! Mein Gott, dachte sie, nimmt denn unser Unglück gar kein Ende?

Vor dem Gebäude, in dem das Gericht abgehalten wurde, befand sich eine größere Ansammlung von Leuten. Jeder tat, als ob ihn sein Tagesgeschäft hierher geführt hätte, aber Sophie wusste, dass es allein die Schaulust gewesen war, die die Menschen hierher getrieben hatte. Man wollte die Angeklagten sehen, die heute vorgeladen waren, allen voran den Ballheimer. Es kam nicht oft vor, dass ein angesehener Patrizier sich vor Gericht verantworten musste, und der Vorfall gab den einfachen Arbeitern, Handwerkern und Ackerbürgern ein wenig das Gefühl, dass es doch eine Gerechtigkeit gab, die keinen Unterschied zwischen den Ständen machte. Sophies Blick suchte die Schwestern und ihre Schwäger. Aber zu ihrem Entsetzen musste sie feststellen, dass die nächste Familie Stephan Ballheim offensichtlich die Unterstützung versagte. Mutlos stolperte sie hinter Thomas die Stufen hinauf und ließ sich von den Schatten der Räume verschlucken.

Wenige Stunden später saß Sophie zu Hause am Esstisch und schluchzte hemmungslos. Stumm streichelte Thomas ihr die Schultern, aber auch er konnte seinen Schmerz und seine Verbitterung nicht verbergen. Die Verhandlung hatte nicht dazu gedient, die Wahrheit herauszufinden, sondern dazu, den Ballheimer möglichst schnell schuldig zu sprechen. Offensichtlich hatte der Nürnberger die Zeit in Donauwörth gut genutzt, um sich Freunde an den richtigen Stellen zu schaffen. Wohl hatte sich der Prokurator die Geschichte angehört, die Stephan Ballheim hustend und nur mit Unterstützung seines Sohnes hervorbrachte. Aber dann hatten sich Verachtung und Schmach über ihn ergossen, der Schande über sein Handwerk und über die ganze Stadt Donauwörth gebracht hätte. In weniger als einer Stunde war der Ballheimer dazu verurteilt, die Forderungen des Nürnbergers zu erfüllen und zudem eine Buße an seine Zunft zu zahlen. Die Gerichtskosten, die noch hinzukamen, spielten angesichts dieser Summen kaum noch eine Rolle.

Kurzerhand erklärte der Schultheiß, der als Richter den Schöffen vorsaß, Thomas für befugt, die Angelegenheiten seines Vaters zu führen. Der Ballheimer selbst wurde, nur zu seinem Besten und um seine Flucht zu verhindern, in den Schuldturm geworfen. Thomas schäumte vor Wut, denn er ahnte, dass dieses grausame Urteil nur auf den Einfluss zweier Schöffen zurückzuführen war, die sich vom Unglück des Ballheimers persönliche Vorteile erhofften. Einer von ihnen, der Tuchhändler Steinhäuser, war es ja sogar gewesen, der seinem Vater den Handel mit dem Italiener vermittelt hatte. Thomas erkannte nun, wie abgefeimt das ganze Spiel tatsächlich war, dessen Opfer sein unvorsichtiger Vater geworden war. Dem Tuchhändler sollte offensichtlich jede Möglichkeit genommen werden, sein Geschäft jemals wieder fortzuführen. Als Schwiegervater des zukünftigen Freiherrn von Sternau wäre er einigen Männern in der Stadt offenbar zu mächtig geworden. Aber Thomas konnte nichts von alldem beweisen, und mit einer haltlosen Anklage gegen einen Schöffen würde er die Sache nicht besser machen. Machtlos sah er zu, wie sein Vater, der kaum noch den Blick hob, abgeführt wurde. Ihm, Thomas, würde jetzt die Aufgabe zufallen, den Besitz seines Vaters – sein Erbe und die Mitgift seiner Schwester – zu Geld zu machen, um die Schulden des Vaters zu tilgen. Dann erst würde man den Ballheimer aus dem Schuldturm lassen.

Thomas zündete die Kerzen an, um der einbrechenden Dunkelheit entgegenzuwirken. Die Diener und Mägde ließen sich nicht blicken. Wahrscheinlich hatten sie das Haus längst verlassen, um nicht vom Unglück angesteckt zu werden. Als ihre Tränen endlich versiegt waren, wusch sie sich das Gesicht mit kaltem Wasser und holte etwas Brot, Wein und Käse für sich und ihren Bruder. Dann setzte sie sich wieder zu Thomas an den Tisch. Die Nacht war hereingebrochen, und die Dunkelheit schmiegte sich fast tröstend von außen an die Fenster. Sophie kam es vor, als ob eine gnädige Hand angesichts dieser Tragödie endlich die Lichter gelöscht hätte. Schweigend begannen die Geschwister zu essen.

»Können wir es schaffen?«, fragte Sophie schließlich.

Thomas verstand ihre Frage sofort. »Die Summe ist sehr hoch«, gab er zurück. »Aber wenn wir alles verkaufen, können wir Vater auslösen.«

»Alles?«, Sophie erbleichte.

Thomas nickte kauend. »In unserer Situation werden wir für alles nur einen Bruchteil des tatsächlichen Wertes erhalten. Ich glaube nicht, dass uns etwas bleiben wird.«

»Wovon sollen wir leben?«, fragte Sophie. »Und wo?«

Thomas sah auf seinen Teller. »Immerhin hat Vater noch zwei weitere Töchter«, erwiderte er.

»Sie waren nicht bei Gericht«, gab Sophie zu bedenken.

»Ihre Männer werden es ihnen verboten haben.«

Sophie dachte an den Goldschmied Konz und den Apotheker Martin, beides angesehene Männer, die sich gern im Ruf des Ballheimers gesonnt hatten. »Wie konnten sie Vater im Unglück so fallen lassen?«

»Wer will schon mit einem Betrüger in Verbindung gebracht werden?«, fragte Thomas. »Ich kann mir gut vorstellen, was sich Agnes und Katharina gerade anhören müssen.«

»Als Vater sie mit Seide und Edelsteinen überhäuft in die Kirche geführt hat, hatten sie auch nichts dagegen«, bemerkte Sophie bitter. Flüchtig dachte sie an ihre eigene Hochzeit. Hätte sie wirklich schon übermorgen stattfinden sollen? Wie konnte das Schicksal ihr nur so einen grausamen Streich spielen? Vielleicht hatte der alte Freiherr von Sternau das alles eingefädelt. Zuzutrauen wäre es ihm. Dann wanderten ihre Gedanken wieder zu ihrem Vater, der in diesem Augenblick auf dem schmutzigen Stroh des Schuldturms saß. »Wie lange wird es dauern, bis Vater wieder bei uns ist?«

Thomas dachte nach. »Zwei bis drei Wochen. Vielleicht weniger.«

Sophie schwieg. »Er ist krank«, sagte sie nach einer Weile. »Und gebrochen. Wir müssen uns beeilen, Thomas. Wir müssen uns sehr beeilen.«

»Für euch hat er sich ins Unglück gestürzt, da ist es nur gerecht, wenn ihr ihn da wieder herausholt.« Agnes' Stimme klang schon wieder schrill.

»Agnes«, versuchte Thomas, seine aufgebrachte Schwester zu beruhigen. »Wir tun alles, was wir können. Aber er wird alles verlieren.«

»Mein Erbe!«, schimpfte Agnes. »Für ihre Mitgift hat er es aufs Spiel gesetzt!« Sie wies mit ihrem knochigen Finger auf Sophie.

Sophie schluckte.

»Das stimmt nicht.« Thomas blieb erstaunlich ruhig. »Vater hatte viele Gründe und ist nicht zuletzt Opfer seiner eigenen Habgier geworden. Auch wenn er seinen Besitz nicht nur für sich alleine haben wollte.«

»Mein Erbe!«, zeterte Agnes wieder.

»Nein«, schnitt ihr Thomas jetzt ungehalten das Wort ab. »Mein Erbe. Dir wurde deine Mitgift ausgezahlt. Du bist versorgt und lebst hier in großem Wohlstand. Aber ich habe alles verloren. Und Sophie auch.«

Agnes verstummte. Selten wurde Thomas' Stimme hart. Auch Sophie sah überrascht zu ihrem Bruder.

»Du magst Vater nicht lieben, Agnes«, fuhr Thomas fort. »Aber als seine Tochter hast du die Pflicht, für ihn zu sorgen. Wenn wir ihn ausgelöst haben, müssen Sophie und er irgendwo wohnen. Und ich erwarte, dass du deiner Familie in der Not deine Tür öffnest.«

»Ich soll Vater nicht lieben?«, keuchte Agnes. »Wer hat hier denn wen nicht geliebt? Ich habe doch mein ganzes Leben lang immer nur Tadel oder Befehle von ihm gehört. Nicht ein warmes Wort hatte er für mich. Und jetzt soll ich …«

»Agnes«, fiel Konz ihr ins Wort. »Selbstverständlich werden wir deinem Vater helfen.«

Hoffnungsvoll sah Thomas zum Goldschmied, während Agnes empört nach Luft schnappte.

»Wenn sein Ruf bereinigt ist, werden wir ihm Obhut unter unserem Dach bieten. Und Sophie auch«, gewährte Konz mit gönnerhafter Stimme.

»Er wird eure Hilfe schon früher in Anspruch nehmen müssen«, erklärte Thomas.

»Wir brauchen das Geld so schnell wie möglich, sonst ist es zu spät«, fiel Sophie ihm ungeduldig ins Wort. »Er ist sehr krank. Jeder Tag, den er im Schuldturm sitzt, bringt ihn dem Tod näher.«

Konz runzelte die Stirn. »Mit Geld kann ich wenig dienen«, antwortete er ausweichend, und Sophie wusste, dass er log. »Alles ist angelegt oder in mein Geschäft investiert.«

»Dann vermittelt uns wenigstens faire Käufer für den Besitz«, bat Thomas, ohne den Goldschmied direkt anzublicken. »Jeder weiß doch, dass wir schnell verkaufen müssen.«

»Nun, das eine oder andere Stück würde ich auch selbst zu einem fairen Preis erstehen«, sagte Konz.

Sophie und Thomas verschlug es die Sprache, während Agnes stumm zur Seite sah.

»Wie bitte?« Thomas glaubte, nicht richtig gehört zu haben. Für ein Schnäppchen aus der eigenen Familie hatte der Goldschmied also Geld übrig! Fassungslos verabschiedeten sich Sophie und Thomas und suchten Katharina und ihren Mann auf. Die Szene, die sich dort abspielte, glich der im Haus des Goldschmieds fast aufs Haar.

Auf dem Heimweg gingen die Geschwister schweigend nebeneinander her. Endlich fand Sophie den Mut für eine Frage, die ihr bereits seit dem Besuch bei Agnes auf der Seele lag.

»Was hast du vor, wenn Vater aus dem Schuldturm kommt?«, fragte sie ihren Bruder leise.

»Wieso fragst du?«

Sophie spürte, dass ihr Bruder ungern antworten wollte. »Du hast um Unterkunft für mich und Vater gebeten«, erwiderte sie, »nicht aber für dich.«

Thomas schwieg und stieß mit dem Fuß kleine Steinchen aus dem Weg. Eine Frau mit ihrem Kind kam ihnen auf der Straße entgegen. Als sie die beiden erkannte, wandte sie hastig den Blick ab und wechselte die Straßenseite. Thomas beobachtete den Vorgang mit zusammengekniffenen Augen. »Ich werde fortgehen aus Donauwörth«, sagte er.

»Nein!« Sophie blieb stehen und ergriff seinen Arm. »Das kannst du nicht. Thomas, lass mich nicht allein!«

»Wir sind geächtet in dieser Stadt«, stieß er hervor. »Die Ballheims werden hier nie wieder ein gutes Geschäft machen können. Warum also soll ich bleiben?«

»Aber was willst du denn tun? Wo willst du hin?«

Thomas zuckte mit den Schultern. »Mir wird schon was einfallen.«

Sophie erkannte die Entschlossenheit in seinem Blick. Und sie ahnte, dass er recht hatte. In Donauwörth gab es keine Zukunft für ihn. Und für sie? »Was soll aus mir werden?« Ihre Stimme klang fast ängstlich.

Endlich sah Thomas sie wieder an. Zart strich er ihr mit der Hand über die Wange. »Sie werden schon einen neuen Bräutigam für dich finden«, sagte er. »Ganz bestimmt. So schön wie du bist.«

»Wer will schon eine Ballheimerin? Eine Geächtete und Entehrte?« Sophie dachte an die Gerüchte, die über sie im Umlauf waren. Ein Freiherr würde sie nie wieder zur Frau nehmen, so viel war sicher. Sophie konnte froh sein, wenn sie einen einfachen Handwerker oder Arbeiter fand, der sie trotz ihres Rufes zur Frau nahm.

»Ich werde den Konz bitten, sich für dich einzusetzen. Schließlich kannst du nichts für all das.«

Aber ich habe mich mit Heinrich im Münstergarten sehen lassen, dachte Sophie. Für die Männer hier bin ich doch eine Hure, und für die Frauen erst recht. Aber sie schwieg. Langsam setzten sie ihren Weg nach Hause fort.

Die folgenden Tage waren damit gefüllt, den Besitz des Ballheimers zu veräußern. Täglich wurden Kisten und Möbel aus dem Haus geschleppt, und die Schar der Interessenten kreiste wie Aasgeier um das Haus. Thomas war sich bereits für das Haus und die Möbel handelseinig geworden, aber Vasen, Geschirr, Tischleinen und Stoffe, auch die Seide für Sophies Hochzeitskleid wurden noch immer abschätzend von hochmütigen Patrizierfrauen befühlt. Auch die wunderschöne Millefleurs-Arbeit, die ihr der Vater zur Hochzeit schenken wollte, wurde schließlich für einen Spottpreis von einem Gewürzhändler davongetragen.

Sophie brach es das Herz zu sehen, wie ihr Zuhause zerstört wurde. Thomas und sie selbst hatten ihre persönlichen Dinge und einige Erinnerungsstücke längst in zwei kleinen Truhen beiseite gestellt, dennoch hielt Sophie es nicht zu Hause aus. Während Thomas mit steinerner Miene den Verkauf überwachte, versuchte sie täglich, ihren Vater zu besuchen. Sie brachte Essen, das sie selbst gekocht hatte, da die Mägde und die Köchin sich schon bald von den Geschwistern, die sie nicht mehr bezahlen konnten, verabschiedet hatten. Doch im Schuldturm ließ man sie nicht vor.

»Wenn du ein wenig nett zu mir bist, lass ich dich kurz hinein«, krächzte einer der Männer, die dort Wache standen, und griff ihr unsittlich an die Brust. »Man hört ja sagen, dass du dich mit so was schon auskennst!«

Sie schaffte es, die Hand des Mannes fortzustoßen, und wich zurück. »Dann gebt ihm wenigstens das hier«, brachte sie blass vor Wut hervor und stieß den Korb vor.

Die Augen des Mannes funkelten begehrlich.

»Gott sieht es, wenn Ihr den Korb für Euch selbst behaltet«, drohte Sophie, aber sie wusste, dass es diesen Gestalten ganz gleich war, wer sie alles sah. Ihre Gaben würden vermutlich nie bei ihrem Vater ankommen. Dennoch brachte sie jeden Tag gutes Essen vorbei, denn es war das Einzige, was sie für ihren Vater tun konnte.

Es dauerte fast zwei Wochen, ehe Thomas und Sophie den Betrag beisammenhatten, für den sie ihren Vater auslösen konnten. Sie verluden ihre Truhen auf einen Karren und verließen das elterliche Haus. Wehmütig sah Sophie noch einmal auf die hübsche, weiße Fassade mit den ziegelroten Fenstereinrahmungen. Was würde ihr Vater sagen, wenn er erfuhr, dass das Haus verkauft war? Seit zwei Wochen hatten sie nichts von ihm gehört. Weder über das Stadtgericht noch über die Wachen im Schuldturm. Thomas schimpfte und nannte es einen Skandal, dass ein angesehener Bürger im sechzehnten Jahrhundert einfach so weggeschlossen werden konnte. In welchen Zeiten lebten sie denn?

Der Karren fuhr an, und zum letzten Mal folgten neugierige, mitleidige oder schadenfrohe Blicke den Kindern des Tuchhändlers. Sophie strich sich verlegen über den einfachen, dunkelblauen Stoff ihres Rockes und senkte den Kopf, auf dem sie eine züchtige Leinenhaube trug.

Ab heute würde alles wieder besser werden, hoffte sie. Sie würden ihren Vater abholen und dann bei Agnes und Konz zwei kleine Zimmer unter dem Dach beziehen. Sophie dachte bei sich, dass im Haus ihres Vaters sogar die Mägde besser untergebracht gewesen waren, und da ihre Schwester keine Kinder hatte, wäre im Haus genug Platz gewesen. Bei Katharina und ihrer inzwischen recht ansehnlichen Kinderschar wäre das bedeutend schwieriger geworden. Sobald sich ein Gemahl für sie finden würde, würde sie ihren Vater mit sich nehmen und versuchen, ihm ein besseres Leben zu bieten.

Der Wagen hielt vor dem Schuldturm. Thomas hatte am Vortag das Geld beim Gericht eingezahlt und einen Entlassungsschein für seinen Vater erhalten. Weder der Schultheiß noch der anwesende Gläubiger hatten ein Wort das Dankes oder des Mitgefühls für ihn übriggehabt. Auch seine Bitte, den Vater sofort mitnehmen zu dürfen, wurde nicht weiter berücksichtigt. Sophie sprang vom Karren und zog ihren Bruder ungeduldig hinter sich her. Die Männer der Wache grinsten sie anzüglich an und bedachten sie wie immer mit schlüpfrigen Bemerkungen. Sophie spürte Thomas' ungläubigen Blick in ihrem Rücken. Sie hatte ihm nichts von ihrem täglichen Spießrutenlauf erzählt. Als die Männer ihren Bruder gewahrten, rissen sie sich zusammen.

»Wir sind gekommen, um unseren Vater abzuholen«, donnerte Thomas und zeigte den Entlassungsschein vor.

Einer der Männer nahm das Dokument und hielt es sich dicht vor die Augen. Offensichtlich konnte er nicht lesen, aber er kannte das Dokument und das Siegel des Stadtgerichtes. Außerdem hatte ihn der Schultheiß noch am Vorabend darüber informiert, dass der Ballheimer den Schuldturm verlassen dürfe, damit man ihm die Gelegenheit, sich zu waschen, und ein ordentliches Mahl geben solle. Jetzt zuckte der Wachposten einfach mit den Schultern. »Ihr müsst ihn euch schon selber holen«, brummte er orakelhaft. »Von alleine wird er nicht kommen.«

Sophie und Thomas wechselten einen Blick. Was hatte das nun wieder zu bedeuten? Mit klopfendem Herzen folgte Sophie ihrem Bruder und dem Wachmann in das Innere des Schuldturms, in das sie so oft Einlass begehrt hatte. Als sich ihre Augen an das Zwielicht gewöhnt hatten, das durch die unverhängten, schmalen Scharten unter dem Dach hereinfiel, packte sie das Entsetzen. Die wenigen Schuldner, die sich zurzeit im Turm befanden, lagen in feuchtem, fauligem Stroh. Als sie Sophie gewahrten, trat ein gieriger Glanz in ihre Augen.

»Komm her, meine Kleine, und erlöse mich von der Qual meiner einsamen Nächte«, schnarrte einer.

»Geh nach draußen«, zischte ihr Thomas sofort zu, doch da hatte sie ihren Vater bereits entdeckt. In einem Winkel lag der Ballheimer zusammengekrümmt auf dem Boden und wandte ihnen den Rücken zu. Sophie erkannte ihn nur an seiner Schaube, die verdreckt und verkotet über ihn gebreitet war.

»Vater!« Sie stürzte neben ihn auf die Knie und drehte ihn vorsichtig zu sich herum. Thomas kniete neben ihr. Geschockt starrten sie in das schmutzige Gesicht ihres Vaters. Seine Augen waren geschlossen, und der Atem ging leicht und fliegend.

»Er hat Fieber«, rief Sophie.

»Schon die ganze Zeit«, knurrte der Wachmann.

Entsetzt keuchte Sophie auf. Man hatte ihren Vater hier über zwei Wochen krank liegen lassen! Wütend funkelte sie den Wachmann an, der sie jeden Tag ohne ein einziges Wort über das Befinden des Tuchhändlers fortgeschickt hatte. Thomas schob sie beiseite.

»Hilf uns gefälligst, den Mann nach draußen zu tragen!«, fuhr er den Wachmann an, der träge nach den Füßen des Ballheimers griff.

»Nehmt mich auch mit«, zeterte ein dürres Männlein im Halbschatten des Turmes und griff nach dem Saum von Sophies Rock. »Nehmt mich auch mit!«

Mit Tränen in den Augen riss Sophie sich los und stolperte hinter ihrem Bruder und ihrem Vater her nach draußen in die warme Maisonne, wo sie den Tuchhändler auf den Wagen legten. Der Ballheimer wandte instinktiv das bleiche Gesicht in den Schatten, und Sophie setzte sich hilflos neben ihn und streichelte den ganzen Weg zum Haus des Goldschmieds über seine kraftlose Hand. Noch in der gleichen Nacht starb Stephan Ballheim im Haus seiner Tochter Agnes.

Kapitel 4

Natürlich werden wir uns wiedersehen.« Thomas hatte ihre Hände in seine genommen, und das sanfte, gleichmäßige Streicheln begann Sophie zu beruhigen. Er sah in ihr blasses, schmales Gesicht und bekämpfte den Impuls, doch bei ihr zu bleiben. »Du verstehst doch, dass ich gehen muss?«

Sophie schwieg beharrlich. Sie fürchtete, in Tränen auszubrechen, sobald sie ein Wort sprach. Natürlich hatte sie gewusst, dass dieser Tag kommen würde. Dennoch fiel ihr der Abschied von Thomas schwerer, als sie gedacht hatte. Er war der einzige Mensch, der ihr noch ein Gefühl von Familie gab.

Seit dem Tod des Vaters vor zwei Monaten musste Sophie jeden Tag von Neuem ihre ganze Kraft sammeln. Zusammen mit ihrem Bruder schlich sie sich sooft es ging aus dem Haus ihrer Schwester, um am Ufer der Wörnitz oder auf dem Mangoldfelsen spazieren zu gehen, von wo aus die stolze Burg Mangold einst die erste Brücke über die Donau überwacht hatte. Die spärlichen Überreste der Burg erinnerten Sophie daran, dass alles vergänglich war, auch die stärksten Steinmauern, und sie fühlte sich seltsam getröstet.

Das Leben im Haus der Schwester wurde für beide Geschwister eine Tortur. Agnes hatte sich lauthals beschwert, dass sie mit teurem Geld einen Toten ausgelöst hatten und die Kosten für den machtlosen Arzt und die Bestattung jetzt aus ihrer Schatulle bezahlt werden mussten. In diesem seltenen Fall aber hatte sogar Katharina, die in wenigen Wochen ihr nächstes Kind erwartete und damit ihre Distanz zu entschuldigen suchte, sich auf Sophies und Thomas' Seite gestellt und ihre Schwester zu etwas mehr Pietät aufgefordert.

In den kommenden Wochen war es im Haus des Goldschmieds immer wieder zum Streit zwischen den Geschwistern gekommen. Thomas warf Agnes vor, Sophie wie eine Magd zu behandeln.

»Sie will essen, also soll sie auch im Haus helfen«, schimpfte Agnes.

»Aber sie wird nicht die Böden schrubben und die Wäsche waschen«, gab Thomas zurück, während Sophie ihre von der Arbeit geröteten Hände unter ihrer Schürze verbarg. Die harte Arbeit, die ihre Schwester ihr auferlegt hatte, war ihr eine willkommene Ablenkung von der Trauer um ihren Vater gewesen.

Der Gedanke, dass ihre Schwester sie herabwürdigte, war ihr noch gar nicht gekommen.

»Agnes«, sagte Thomas jetzt mit etwas ruhigerer Stimme. »Versteh doch, dass Sophie nicht für immer bei dir leben kann und soll. Wir müssen einen Mann für sie finden!«

»Ha!«, gab Agnes schnippisch zurück. »Dann versuch du doch einmal, für ein Hure einen ehrenwerten Bräutigam zu finden. Wir können froh sein, wenn ein Fischer sie zu sich in seine Kate nimmt, und ich möchte nicht wissen, wie hart die Arbeit dort sein wird. »

Sophie verschlug es den Atem. Und auch Thomas schwieg. Sophies zweifelhafter Ruf war eindeutig ein Problem. Schon die Schmähung, dass die Verlobung mit Heinrich von Sternau aufgelöst worden war, hatte ihren Brautwert erheblich herabgesetzt. Aber der Makel, dass sie ihre Unschuld angeblich verloren hatte, machte die Suche fast aussichtslos. Keine ehrenwerte Familie würde Sophie noch als Schwiegertochter akzeptieren. Zumindest nicht ohne eine fürstliche Mitgift, die sie nicht besaß.

»Aber ich habe meine Ehre doch gar nicht verloren«, seufzte Sophie zum hundertsten Mal.

»Und wie willst du das beweisen?«, schnappte Agnes. »Willst

du dich auf dem Marktplatz auf deine Jungfräulichkeit untersuchen lassen?«

Sophie schauderte bei dem Gedanken. Doch jetzt mischte sich Konz, der bis dahin geschwiegen hatte, plötzlich ein. »Nicht auf dem Marktplatz, aber in Anwesenheit von ausgewählten, ehrbaren Zeugen, die das Ergebnis im Anschluss bestätigen«, überlegte er.

Sophie sog scharf den Atem ein. Sie hatte das Gefühl, dass ihr Schwager am liebsten selbst einer dieser Zeugen wäre.

»Niemals«, fuhr Thomas dazwischen. »Ich werde nicht zulassen, dass sich Sophie von alten Tratschweibern zwischen die Beine gucken lassen muss. Immerhin ist sie eine geborene Ballheimerin.«

»Was uns schon zum zweiten Problem bringt«, höhnte Agnes. »Die Tochter eines überführten Betrügers ist auch nicht gerade ein begehrtes Eheweib. Sie wird bis an ihr Lebensende als alte Jungfer vor unserem Ofen kauern. Soll sie ihren Unterhalt also verdienen oder ins Kloster gehen!«

Damit rauschte Agnes aus dem Zimmer und ließ die anderen in bedrücktem Schweigen zurück. Später nahm Thomas Sophie noch einmal unter vier Augen zur Seite.

»Wir werden schon noch einen Weg für dich finden«, versuchte er sie zu trösten.

»Ach, Thomas«, seufzte Sophie. »Auch wenn sich einer findet, der sich zu mir herablässt, heißt das doch, dass ich keine Wahl habe. Ich muss ihn auf jeden Fall nehmen, auch wenn er alt, zahnlos und buckelig ist.«

Thomas schwieg. Sophie hatte recht.

»Dann werde ich lieber eine Wäsche waschende alte Jungfer bei Agnes«, erklärte Sophie, und ein verlorenes Lächeln glitt über ihr Gesicht. »Oder ich gehe wirklich ins Kloster.«

»Du bist aber viel zu hübsch für eine Nonne«, hatte Thomas sie geneckt und den Arm um sie gelegt und sie getröstet.

Wehmütig dachte Sophie daran, wie viel ihr Bruder ihr bedeutete. Und jetzt sollte also auch dieses letzte bisschen Wärme aus ihrem Leben verschwinden.

»Wohin gehst du denn?«, fragte sie ihren Bruder.

»Nach Neuburg«, antwortete Thomas. »Ins Heer.«

»Du willst Soldat werden?« Fassungslos sah Sophie Thomas an. Sie konnte sich ihren klugen, besonnenen Bruder einfach nicht in einer Uniform vorstellen, und schon gar nicht im Kampf.

»Na, von wollen kann nicht gerade die Rede sein«, gab Thomas sarkastisch zurück. »Aber bevor ich Mönch werde, werde ich halt Soldat. Und da uns beiden das Kapital fehlt, werden wir es in keinem anderen Beruf versuchen können. Oder kannst du etwas, womit du morgen dein Brot verdienen könntest?«

»Lesen, schreiben und rechnen«, antwortete Sophie mit einem müden Lächeln. »Nicht gerade gefragte Talente für eine Frau. Aber du bist gebildet, es muss doch möglich für dich sein, eine Anstellung zu finden. Vielleicht könnte ich dann eines Tages nachkommen.«

Die Hoffnung in ihrer Stimme schmerzte ihn. Er hatte sich bereits umgehört, und hier in Donauwörth waren ihm alle Tore verschlossen. Natürlich glaubten alle, dass er den Betrug gemeinsam mit seinem Vater geplant hatte, und fürchteten sich davor, ihm ihre Dokumente und Bücher anzuvertrauen. Trotz seiner Bildung schien also das Heer der beste Ausweg für ihn zu sein. Schweigend schnürte er weiter an dem Bündel, das er sich aus seinem Besitz gemacht hatte.

»Die Adeligen suchen dringend Verstärkung«, brummte er. »Jetzt, wo die alten Strukturen immer mehr infrage gestellt werden. Die Thesen, die der Wittenberger vor sechs Jahren an die Kirchentür genagelt hat, schlagen hohe Wellen. Die Kirche verliert an Einfluss, reiche Patrizier laufen dem niederen Adel den Rang ab, und die Bauern werden sich auch nicht mehr lange aussaugen lassen. Ha, die von Sternaus werden sich noch wundern!«

Sophie sah ihn an. »Und wenn es Krieg gibt?«

Thomas hielt kurz inne. »Krieg wohl kaum«, mutmaßte er. »Einzelne Aufstände der Bauern und Knechte vielleicht. Aber wenn ich Glück habe, werde ich den Rest meines Lebens in einer Wachstube Karten spielen.«

Er sah sie gewollt fröhlich an. Dass es bereits an einigen Ecken und Enden im Breisgau und in Württemberg gärte und erste Aufstände wohl schon die Vorboten des kommenden Umbruchs waren, verriet er seiner Schwester nicht. Aber genau deshalb hatte er die Chance, im Heer des Pfalzgrafen seinen Platz zu finden. Und er beabsichtigte ganz und gar nicht, in irgendeiner Wachstube zu versauern. Wenn seine Bildung ihm schon nicht mehr im Handel half, dann sollte sie ihm wenigstens eine Karriere beim Militär verschaffen.

»Und wenn wir uns niemals wiedersehen?« In Sophies Stimme schwang die ganze Angst, die sie vor ihrer eigenen Zukunft hatte.

Er kniete vor seiner Schwester nieder und nahm ihre Hände in seine. »Natürlich werden wir uns wiedersehen, Sophie. Ganz bestimmt.«

Nach der Abreise ihres Bruders beruhigte sich Sophies Leben wieder. Im Gegensatz zu den turbulenten Ereignissen wurde ihr Alltag fast eintönig. Sie fügte sich klaglos in den Haushalt ihrer Schwester ein und übernahm die Aufgaben, die man ihr übertrug. In der Stadt drehte sich kaum noch jemand nach ihr um, wenn sie in einfachster Kleidung und mit gesenktem Kopf über die Straße ging. Fast schien es so, als ob sie mit ihrem Bruder aus der Stadt verschwunden wäre.

Ihre einzige Gesellschaft waren die Schwestern, wenn sie sich hin und wieder in Agnes' Haus trafen. Katharina brachte ihren jüngsten Sohn mit, dessen Geburt sie an einem schwülen Sommertag einige Mühe gekostet hatte. Sophie bemerkte die schmalen Lippen von Agnes, als sie das Baby pflichtbewusst pries. Sie fragte sich, woran es lag, dass Agnes keine Kinder bekam. Hin und wieder hörte sie nachts das Grunzen des Goldschmieds durch das ganze Haus. Aber noch häufiger beobachtete sie schlaflos aus ihrem kleinen Dachfenster, wie Konz zu später Stunde mit unstetem Schritt nach Hause wankte, lange nachdem die letzten Schenken geschlossen hatten. Und so vergingen mehrere Wochen der Eintönigkeit, in denen Sophie langsam dazu überging, sich keine Gedanken mehr um ihre Zukunft zu machen. Was hatte sie denn noch zu verlieren?

Doch an einem Septembertag, der schon die ersten Schatten des Herbstes spüren ließ, nahm ihr Leben erneut eine unerwartete Wendung. Sophie kam mit leichtem Schritt die Treppe herunter, auf der Suche nach Nadel und Faden, um sich den Saum eines ihrer Röcke wieder zu befestigen. Agnes' Magd verrichtete diese Arbeiten für ihre Herrin äußerst schlampig, und Sophie hatte keine Lust, sich wieder eine Predigt über ihr Nutznießertum anzuhören, wenn sie eine solche Arbeit an die Dienerschaft übertrug. Sie kam an der Tür zu Agnes' kleinem Salon vorbei und hörte zu ihrem Erstaunen Katharinas Stimme. Sie hatte nicht gewusst, dass ihre Schwester heute zu Besuch kam.

»Aber, Agnes, überlege es dir doch noch einmal«, sagte sie gedehnt.

»Was soll ich da überlegen?«, gab Agnes zurück. »Du tust ja so, als ob ich wirklich noch eine Wahl hätte.«

Katharina schwieg.

»Dabei liegt es auf der Hand, dass sich nie einer findet, der sie heiraten wird. Und einem einfachen Handwerker kann ich unsere Schwester auch nicht geben. Wie stünden wir denn dann da? Die Schwägerin eines Goldschmieds und eines angesehenen Apothekers in einer einfachen Hütte.«

Sophie erstarrte auf den Zehenspitzen und bewegte sich mit ein, zwei Schritten auf die Tür zu, wobei sie die am lautesten knarrenden Dielen tunlichst aussparte.

»Aber ins Kloster?« Katharinas Stimme klang zaudernd. »Wir haben es Thomas doch versprochen.«

»Der ist längst über alle Berge«, erwiderte Agnes. »Als ob der sich noch einmal in seinem Leben nach uns erkundigen würde. Der meidet Donauwörth in Zukunft wie der Teufel das Weihwasser.«

Sie setzte ihren Weinbecher stumpf auf den Tisch, und die beiden Schwestern schwiegen eine Weile.

»Das Kloster ist die ideale Lösung für Sophie«, erklärte Agnes. »Ein würdiges Leben, das unser aller Ruf schützt. Und mit ihrem unerträglichen Gleichmut passt sie doch bestens in den christlichen Alltag.«

»Hast du sie denn schon gefragt?«, fragte Katharina.

»Nein«, gab Agnes zurück und nahm einen großen Schluck Wein. »Und ich habe es auch nicht vor. Warum soll ich sie fragen, wenn ihr Wunsch ohnehin keine Rolle spielt? Wenn ich einen Bräutigam für sie hätte finden können, wäre sie auch nicht gefragt worden. Aber da es keinen irdischen Mann für sie zu geben scheint, wird sie eben die Braut Jesu. Ganz einfach.«

Ganz einfach, dachte Sophie. Ganz einfach. Eine unvernünftige Sehnsucht nach ihrem Vater und Thomas packte sie, und sie musste blinzeln, um sinnlose Tränen zurückzuhalten.

»Warum kann sie nicht bei dir bleiben?«, fragte Katharina, und Sophie spitzte wieder die Ohren.

»Nun, warum kann sie denn nicht bei dir bleiben?«, fragte Agnes schnippisch zurück.

Katharina schwieg. Ein Schweigen, das Sophie beinahe mehr verletzte als Agnes' Überheblichkeit. Gab es denn keine Liebe für sie in den Herzen ihrer Schwestern? Warum wollte Agnes sie so dringend loswerden? Vorsichtig erforschte Sophie ihr eigenes Herz und musste zugeben, dass auch sie keine besondere Zärtlichkeit für die älteren Schwestern empfand. Aber sie hätte ihnen in der Not immer einen guten Platz in ihrem Haus angeboten. Dass Agnes sie so dringend loswerden wollte, verletzte sie. War denn ihre Anwesenheit so unerträglich? Langsam drehte sie sich um und vermied wieder die lauten Dielen. Irgendwo fand sie tatsächlich eine Nadel und nähte an ihrem Fenster mit zitternden Händen den Saum ihres Rockes an, weit über die gelöste Naht hinaus.

Erschrocken fuhr Sophie hoch. Ihr Nachthemd klebte trotz der inzwischen kühlen Herbstnächte an ihrem Körper. Langsam gewöhnten sich ihre Augen an das fahle Mondlicht in ihrem Zimmer. Was hatte sie geweckt? War es ihr Traum gewesen? Sophie erinnerte sich vage an Gestalten in weißen Gewändern, die durch einen langen, aus groben Steinen gemauerten Tunnel geglitten waren, als ob ihre Füße nicht mit dem Boden in Verbindung seien. Dunkle Schwingen waren wie Spinnweben über sie hinweggeglitten und hatten ihre Haut und ihr Haar wie Gespensterhände berührt. Dann hatte sich eine der Gestalten zu ihr umgedreht, und das verzerrte Gesicht von Agnes hatte sich ihr als übergroße Fratze zugewandt.

»Du musst fort von hier«, hatte sie gezischt. »Hier will dich keiner haben. Geh ins Kloster!«

Das Wort hallte in Sophies Bewusstsein. Von irgendwo läuteten Kirchenglocken, und Sophie hatte gewusst, wo sie war. Sie befand sich in einem Kloster ohne Fenster und Türen, das nur aus diesem endlos langen Tunnel zu bestehen schien, durch den die Nonnen geisterhaft wandelten, immer weiter, immer gleich. Vor Schreck war sie aufgewacht und hörte, wie die letzten Schläge der Pummerin verhallten. Es musste um Mitternacht herum sein.

Seufzend stand Sophie auf und wusch sich das Gesicht mit zwei Händen voll kaltem Wasser aus ihrer Schüssel. Sie begegnete ihrem Blick in dem kleinen Spiegel mit dem Sprung, den Agnes ihr überlassen hatte. Sie sollte wirklich ins Kloster gehen! Heute hatte Agnes ihr am Abendbrottisch ihre Pläne eröffnet.

Wenn sich bis Weihnachten kein Bewerber um ihre Hand fand, würde sie ins Kloster geschickt. Obwohl Sophie mit dieser Eröffnung gerechnet hatte, seit sie das Gespräch ihrer Schwestern belauscht hatte, erschrak sie über die Worte. Doch sie schwieg, wohl wissend, dass jedes Wort des Widerspruches nutzlos war und Agnes nur heimlich erfreuen würde. Denn auch sie hatte keine andere Lösung parat. Sie spürte Konz' Blick auf sich ruhen und legte mit zitternden Händen ihr Besteck beiseite. Mit gesenktem Kopf überlegte sie, ob sie auf eigene Faust versuchen sollte, doch noch einen Bräutigam zu finden. Aber welche Wahl war die bessere: einen Mann zu heiraten, den sie nicht liebte, oder gar nicht zu heiraten?

Sophie hörte ein Geräusch von unten und hielt inne. Lag womöglich auch Agnes schlaflos in ihrem Bett? Reute es sie, das Leben ihrer kleinen Schwester so unbarmherzig zu lenken? Sie stand auf und öffnete leise ihre Tür. Direkt vor ihr stand Konz. Ein kleines Talglicht warf seltsame Schatten auf sein Gesicht, sodass sie ihren Schwager erst auf den zweiten Blick erkannte. Erschrocken wich Sophie zurück.

»Was … was machst du hier?«, fragte sie verwirrt.

Konz trug ein kurzes, nur bis zu den Knien reichendes Nachthemd, das seine behaarte und wenig muskulöse Brust zum großen Teil entblößte. Sein Blick glitt über Sophie, der ihr verschwitztes Leinenhemd noch immer eng am Körper klebte.

»Kannst du dir das nicht denken, schöne Schwägerin?« Sein Flüstern klang beinahe röchelnd, und Sophie wich automatisch weiter in ihr Zimmer zurück. Konz kam auf sie zu.

»Geh zurück zu Agnes«, gab Sophie zurück und versuchte, Autorität in ihre Stimme zu legen. »Was soll sie denken, wenn sie dich hier findet?«

»Soll sie denken, was sie will«, gab der Goldschmied zurück und stellte seine Kerze auf das Tischchen neben Sophies Bett. »Du kannst sie ja rufen. Meinst du, dass sie dir zu Hilfe kommt?«

»Warum sollte sie mir helfen müssen?«, versuchte Sophie unschuldig zu fragen, doch längst dämmerte ihr, was der Goldschmied im Schilde führte.

»Komm schon, schöne Schwägerin«, schmeichelte er ihr wieder. »Bald bist du im Kloster und wirst dich nach den Umarmungen eines Manne sehnen. Der Sternau hat dich doch längst gepflückt.«

Hält mich hier denn jeder für eine Hure, fragte sich Sophie verbittert. Sogar mein eigener Schwager?

»Du irrst. Ich habe mich Heinrich nicht hingegeben.«

Konz' Augen glitzerten. »Eine Jungfrau also«, murmelte er und leckte sich die Lippen. »Umso besser. Du willst dir doch die letzte Gelegenheit nicht entgehen lassen, die Wollust kennenzulernen?« Er kam weiter auf sie zu.

»Bleib mir vom Leib«, fauchte Sophie. »Ich schreie!«

Konz' Blick verengte sich. »Kleines Luder«, zischte er, und bevor Sophie begriff, was geschah, hatte er sie mit festem Griff an der Kehle gepackt und presste sie gegen die Wand. Sein Nachtlicht stellte er auf das Tischchen neben ihnen, um beide Hände frei zu haben.

Unfähig, sich zu bewegen, wurde Sophie die Luft knapp, während sie seine andere Hand plötzlich auf ihren Schenkeln spürte. Woher konnte er das so gut, fragte sie sich. Offensichtlich hielt er eine Frau nicht zum ersten Mal so fest. Verzweifelt versuchte sie, sich zu bewegen oder einen Ton hervorzubringen. Ihre Hände krallten sich wirkungslos in seine Schultern.

»Wehr dich nicht«, hörte sie den Goldschmied an ihrem Hals keuchen. »Ändern kannst du es sowieso nicht. Also versuch lieber, ein bisschen Spaß an der Sache zu haben.«

Seine Füße stießen ihre Beine mit einem groben Tritt auseinander, und sie spürte, wie er sich hart zwischen ihre Beine drängte. Das Blut toste in ihren Ohren, und Panik stieg in ihr auf. Er brachte sie ja um! Grob bahnten seine Finger seinem

Glied den Weg. Schwarze Punkte tanzten vor Sophies Augen. Gleich würde sie ohnmächtig. Verzweifelt versuchte sie, Luft zu bekommen, als ihre Hände das Nachtlicht zu fassen bekamen, das neben ihr stand. Im Affekt griff sie zu und hielt die Flamme in Hüfthöhe an Konz' Nachthemd. Das dünne Leinen fing sofort Feuer und loderte hell auf. Augenblicklich lösten sich seine Hände von ihrem Hals und ihrer Scham. Wie von einer Schlange gebissen, fuhr er zurück und schlug laut schreiend auf die Flammen ein, die um seine Lenden züngelten.

Jetzt lernst du eine neue Art von feuriger Leidenschaft kennen, dachte Sophie voll Genugtuung, während sie glimmende Stellen an ihrem eigenen Nachthemd löschte.

Mit einem Mal wurde die Tür aufgerissen. Agnes brauchte einige Augenblicke, um die Situation zu verstehen. Dann griff sie nach Sophies Waschschüssel und schüttete ihrem Mann den Inhalt über den brennenden Schoß. Wimmernd sackte der zusammen und hielt sich mit beiden Händen die verbrannte Scham.

Dann fiel Agnes' Blick auf Sophie, die mit zerrissenem Hemd in der anderen Ecke des Zimmers stand und sich die malträtierte Kehle hielt.

Jetzt reißt sie mich in Stücke, dachte Sophie.

Aber Agnes sah sie nur unverwandt an. »Pack deine Sachen«, sagte sie erstaunlich ruhig. »Morgen fährst du ins Kloster.« Dann wandte sie sich ihrem Mann zu. »Und du pack dich ins Bett und denk dir schon mal eine gute Erklärung hierfür aus. Ich will sehen, ob ich einen Arzt um diese Stunde herbekomme.«

Sie stieß Konz aus dem Zimmer. Bevor sie die Tür hinter sich schloss, warf sie Sophie einen langen Blick zu, der nicht frei von Zärtlichkeit war. »Hat er dir was getan?«, fragte sie leise.

Sophies Hals schmerzte erbärmlich, und zwischen ihren Beinen spürte sie ein unangenehmes Brennen. Aber sie verstand, was ihre Schwester meinte. Langsam schüttelte sie den Kopf.

»Du musst hier weg«, sagte Agnes und verließ das Zimmer. »Es ist zu deinem Besten.«

Der Karren bahnte sich seinen Weg über den holprigen Weg, der sowohl von den Rädern vieler Fuhrwerke geformt als auch vom letzten Regen tief ausgewaschen war. Sophies Knochen wurden ordentlich durchgeschüttelt. Bis Treuchtlingen war die Reise nicht unbequem gewesen. Agnes hatte einen Platz in der gut gefederten Kutsche eines Händlers für sie arrangiert, der sich die beiden Tagesreisen lang hauptsächlich über seine Papiere beugte und mit seinem Kompagnon diskutierte. Offensichtlich rechneten sie nicht damit, dass das junge Mädchen neben ihnen auch nur ein Wort von dem verstand, was sie sprachen. Schon seit der anfänglichen Begrüßung nahmen sie keine Notiz mehr von ihr. Ein junges Mädchen, das sich dem Kloster verschrieben hatte, lohnte keiner weiteren Mühen. Zudem hatte Sophie ihr Haar gänzlich unter einer züchtigen grauen Haube versteckt, die sogar ihrem blühenden, frischen Gesicht etwas Altjüngferliches verlieh. Das einfache graue Leinenkleid und der grobe Wollumhang taten ihr Übriges dazu, ihr schon jetzt die Aura einer Nonne zu verleihen.

Agnes schickte Sophie in die Benediktinerinnenabtei Sankt Walburg nach Eichstätt. Zwar hätte Sophie erst einige Monate später dort erscheinen sollen, aber Agnes hatte ihr einen Brief an die Äbtissin mitgegeben, der die Dringlichkeit der Angelegenheit beschrieb.

»Du wirst kein schlechtes Leben dort haben«, hatte Agnes gemurmelt, als sie Sophie mitsamt ihrer kleinen Reisetasche zur Kutsche brachte. »Soviel ich weiß, pflegen die Nonnen dort einen kultivierten und gebildeten Umgang. Und sie schätzen kunsthandwerkliche Tätigkeiten. Du bist ja nicht ungeschickt, vielleicht findest du etwas, das dir Spaß macht.«

Sophie spürte das Bemühen ihrer Schwester, das Notwendige schönzureden, und sie erkannte, dass Agnes sich ihre Wahl nicht ganz so leicht gemacht hatte, wie es Sophie immer erschienen war. Aber seit der letzten Nacht verstand sie Agnes' Eile, ihre jüngere Schwester wieder loszuwerden, nur zu gut. Sie fragte sich, was Konz mit Agnes getan hatte. Hatte sie ihn aus ihrem Bett verwiesen und war deshalb kinderlos geblieben? Sophie verkniff sich die Frage und stieg mit einem letzten Nicken in Agnes' Richtung in die Kutsche. Von Katharina hatte sie sich bei einem letzten gemeinsamen Frühstück verabschiedet. An ihrer betretenen Miene erkannte sie, dass Agnes sie über die Geschehnisse der letzten Nacht informiert hatte. Und sie erkannte, dass Katharina nicht besonders überrascht zu sein schien.

Als sie endlich Treuchtlingen erreichten, kannte Sophie die Situation der beiden Händler in- und auswendig, so oft hatten sie immer wieder über die gleichen Dinge gesprochen. Gerne hätte sie ihnen einige spontane Ratschläge mitgegeben, doch sie wusste, dass sie sich einen größeren Gefallen damit tat, den Mund zu halten. Einer der Männer fragte herum und fand schließlich eine weitere Mitfahrgelegenheit für Sophie bei einem Fuhrmann, der noch am selben Tage nach Eichstätt aufbrechen wollte. Sophie sollte die letzten Meilen mit ihm reisen.

Mit einem knappen Nicken verabschiedete sich Sophie von ihrer Reisebegleitung und setzte sich auf den Bock des Karrens. Dort wartete sie noch eine halbe Ewigkeit, bis sich der Fuhrmann halb betrunken und stinkend wie ein ganzes Regiment neben sie plumpsen ließ und das kleine, zottelige Pferd zu einem gemächlichen Schritt anspornte.

Am späten Nachmittag des nächsten Tages erreichten sie Eichstätt, und Sophie erkannte auf den ersten Blick das Kloster. Die hübschen Umrisse, die sich an einen bewaldeten Hang schmiegten, hätten romantisch auf Sophie gewirkt, wenn sie nicht gewusst hätte, dass hinter ihnen ihre Freiheit und ihr weltliches Leben begraben werden würden. Ora et labora, dachte Sophie, bete und arbeite.

Der Fuhrmann wurde an der Pforte von einem Schwall strenger Worte empfangen, aus denen Sophie entnahm, dass er bereits seit zwei Tagen überfällig war.

»Ja?«, fragte die Stimme, die zu einem Paar brauner Augen gehörte, die streng unter der schwarzen Haube hervorblickten.

»Sophie Ballheim aus Donauwörth«, stellte Sophie sich vor. »Meine Schwester Agnes Wohlfahrt hat mich bei der Äbtissin angekündigt. Ich soll hier Novizin werden.«

Die braunen Augen blickten sie forschend an. »Ihr solltet doch erst im neuen Jahr kommen«, brummte die Nonne.

Sophie zögerte und versuchte, nicht zu erröten. »Es gibt Gründe, die mich schon jetzt hergebracht haben«, brachte sie schließlich hervor. »Diesen Brief soll ich der Äbtissin geben.« Sie hielt den versiegelten Umschlag hoch.

Die Nonne beäugte ihn wie ein Huhn das Korn. »Nun gut«, brummte sie und öffnete die Pforte. Die Nonne wies den Fuhrmann mit barschen Worten an, was er zu tun hatte. Dann nickte sie Sophie zu, ihr zu folgen.

»Wir wollen sehen, ob die Äbtissin dich vor der Vesper noch sehen kann«, sagte sie und führte Sophie durch einen langen Gang mit niedriger Holzdecke, bis sie einen kleinen Raum erreichten, in dem zwei Holzbänke standen. Die Nonne wies auf eine der Bänke. »Warte hier.« Damit ließ sie sich den Brief von Sophie aushändigen und verschwand hinter einer Holztür.

Sophie wartete und fror. Die weiß gekalkten Wände, die nur von einem schlichten Holzkruzifix geschmückt wurden, schüchterten sie ein. Flüchtig streiften ihre Gedanken die Männer, die sie geliebt hatte und nun nie wiedersehen würde. Thomas, ihren Vater und Heinrich. Ob Heinrich sie schon vergessen hatte, dort in Neuburg?

Als ihre Finger langsam klamm zu werden drohten, öffnete sich die Tür wieder, und die Nonne winkte sie herein. »Die Äbtissin wird dich jetzt empfangen«, sagte sie, während Sophie ihr mit steifen Beinen und ungewissem Herzen folgte.

Die Äbtissin saß an ihrem Schreibtisch und sah Sophie durch eine winzige Brille entgegen. Sophie konnte ihr Alter unmöglich schätzen, da die hellblauen Augen ungewöhnlich wach und lebendig in einem von der Zeit geprägten Gesicht funkelten. Unwillkürlich machte Sophie einen Knicks.

»Setz dich, mein Kind«, wies die Äbtissin sie an, während die Nonne, die Sophie hergeführt hatte, das Zimmer wieder verließ. Ein helles Feuer prasselte im Kamin, ohne das Zimmer wirklich zu erwärmen. Fröstelnd zog Sophie ihren Mantel enger um ihre Schultern und setzte sich auf den Stuhl vor dem Schreibtisch. Die Äbtissin schien ganz in Agnes' Brief vertieft zu sein. Ohne den Blick zu heben, sprach sie weiter.

»Und dein Wille, unserem Orden beizutreten, ist wirklich so groß und dringlich, dass du nicht mehr länger warten konntest?«, fragte sie, und die Worte klangen fast beiläufig.

Sophie stutzte. Was um alles in der Welt hatte Agnes da geschrieben?

»Deine Schwester hatte uns dein Kommen erst für einen späteren Zeitpunkt angekündigt.« Jetzt richtete sich der Blick der hellblauen Augen direkt auf Sophie.

Überrascht suchte sie nach Worten. Sollte sie auf Agnes' Spiel einfach eingehen? »Das stimmt so nicht«, antwortete Sophie stattdessen leise. »Es war nie mein ausdrücklicher Wunsch, einem Kloster beizutreten.« Vorsichtig sah sie auf, um die Wirkung ihrer Worte abzuschätzen. War sie zu weit gegangen? Der Blick der Äbtissin ruhte unverändert auf Sophie.

»Eine Reihe von Unglücksschlägen hat mich hierher geführt«, fuhr Sophie fort. »Unselige Geschehnisse, die ich nicht beeinflussen konnte und die mir die Menschen genommen haben, die ich am meisten liebte.«

Die Äbtissin streifte den Brief mit einem flüchtigen Blick und legte ihn dann vor sich auf den Tisch. »Ich freue mich, Sophie, dass du mir die Wahrheit sagst«, sagte sie, und Sophie begriff, dass die Äbtissin sie soeben geprüft hatte. »Denn die

Wahrheit ist eine Tugend, die Gott sehr gefällt. Und die uns auf der Suche nach Ihm hilft.« Wieder ruhte der unergründliche Blick der Äbtissin für eine Weile auf Sophie.

»Ich bin wohl zum größten Teil über dein Schicksal aufgeklärt«, fuhr sie dann fort. »Und ich weiß, dass du noch vor Kurzem ein ganz anderes Leben erwartet hast. Aber wir können uns unser Schicksal nicht immer aussuchen. Vielleicht ist das auch gut so, denn wie sollen wir wissen, was für uns das Beste sein wird?«

Sophie lauschte den Worten der Äbtissin schweigend. Sie ahnte, dass sie nicht das erste junge Mädchen war, das diese Worte auf diesem Stuhl hörte. Dennoch fühlte sie sich von der warmen Stimme der Äbtissin direkt angesprochen.

»Einer unserer Grundsätze hier im Kloster ist discretio«, fuhr die Äbtissin fort. »Wir halten das rechte Maß ein und führen ein weises Leben ohne zu viel oder zu wenig. Vielleicht wirst auch du erkennen, dass dieser Ort für dich der rechte Platz ist. Lass dich nicht von deinen Verlusten und Enttäuschungen leiten. Gib dem Gebet, dem Frieden und dem Schaffen deiner Hände eine wahre Chance. Viele unserer Schwestern haben das Leben hier freiwillig gewählt, weil es ihnen Privilegien und Freiheiten bietet, die ihnen im weltlichen Dasein verwehrt bleiben würden.«

Sophie war feierlich zumute. Sie spürte, wie die Äbtissin ein kleines Korn der Hoffnung in sie gelegt hatte. Die wenigen, weisen Worte wirkten beruhigend auf sie.

»Du wirst ein Jahr lang Novizin bei uns sein«, erklärte ihr die Äbtissin jetzt in sachlicherem Ton, während sie die Hand nach einem kleinen Messingglöckchen ausstreckte und kurz läutete. »Während dieser Zeit wird sich Schwester Anselma, die Novizenmeisterin, um dich kümmern. Höre ihr gut zu und gehorche ihr in allem.«

Die Tür öffnete sich, und eine hagere, hochgewachsene Nonne trat ein.

»Schwester Anselma, dies ist die Novizin Sophie. Begleitet sie zur Vesper und nehmt Euch ihrer anschließend an.«

Sophie sank das Herz, als sie dem harten Blick der Novizenmeisterin begegnete. Mit einem majestätischen Kopfnicken bedeutete die Nonne Sophie, ihr zu folgen. Sophie wandte sich noch einmal nach der Äbtissin um, die sich jedoch bereits wieder über ein Schriftstück beugte. Mit einem leisen Seufzer folgte sie Schwester Anselma.

Sophie hatte Mühe, mit der Novizenmeisterin Schritt zu halten. Sie folgte ihr durch mehrere Räume und durch lange Gänge mit vielen Türen, neben denen hölzerne Truhen standen. Sophie begriff, dass dies die Zellen der Nonnen sein mussten, die ihre wenigen Besitztümer in den jeweiligen Truhen aufbewahrten. Schwester Anselma öffnete eine weitere Tür, und Sophie stand in einem kalten, weiß getünchten Schlafsaal, in dem die einfachen Betten schlicht nebeneinander aufgestellt waren.

»Das Dormitorium der Novizinnen«, sagte Schwester Anselma und wies auf ein Bett an der hinteren Wand. »Hier wirst du schlafen.«

Sophies Blick wanderte durch den Raum. Kleine Truhen befanden sich am Fußende eines jeden Bettes. Ihre Schlichtheit war ernüchternd.

»Worauf wartest du noch?«, herrschte Schwester Anselma sie plötzlich an.

Verständnislos sah Sophie sie an. Mit einer ruppigen Geste wies Schwester Anselma auf Sophies Tasche. Sophie begriff endlich. Sie stellte die Tasche auf die Truhe vor ihrem neuen Bett und beeilte sich wieder, der Novizenmeisterin zu folgen. Durch weitere, labyrinthische Gänge gelangten sie schließlich zur Kirche, in der sich die Benediktinerinnen bereits zur Vesper versammelt hatten. Schwester Anselma wies Sophie einen Platz an und begab sich dann auf den ihr zustehenden Platz im vorderen Teil der Kirche.

Sophie gelang es nicht, sich auf die Vesper und die anschließende geistliche Lesung zu konzentrieren. Vielmehr sah sie sich in der Kirche um und war überrascht, wie viele Nonnen im Kloster lebten. Sie alle trugen das Habit der Benediktinerinnen. Einige Nonnen trugen zudem über dem weißen Gewand noch ein Skapulier, eine Art Schürze, die wärmen und die Kleidung bei der Arbeit schützen sollte. Schließlich blieb Sophies Blick am Altarretabel in der Apsis hängen, das von erlesener Schönheit war. Dank ihrer guten Augen konnte Sophie die einzelnen Motive der in Holz gefassten Tafeln sogar von ihrem hinten gelegenen Platz aus erkennen. Vier von ihnen waren der Menschwerdung, also der Kindheit Jesu gewidmet. Sophie erkannte die Verkündigung, die Geburt Christi, die Anbetung der Magier und schließlich die Darbringung im Tempel. Es folgten zwölf Tafeln, die das Passionsgeschehen zum Thema hatten, von Christi Gebet am Ölberg bis hin zur Kreuzigung Jesu.

Dennoch hatte Sophie sofort das Gefühl, dass der Zyklus noch nicht vollständig war. Die Absicht des Künstlers lag in einer Botschaft, die noch über das irdische Wirken Christi hinaus ging, und ein Flügel schien noch zu fehlen, um die Symmetrie des Aufbaus zu vervollständigen. Sophie fragte sich, was den Maler von der Vollendung seines Werkes abgehalten hatte.

An der Seite des Kirchschiffes hing ein weiteres Kunstwerk, das Sophies Aufmerksamkeit fesselte. Es war ein großer Wandteppich, der die heilige Walburga mit dem Ölfläschchen neben zwei Männern in geistlichem Gewand zeigte, in denen Sophie die Brüder Walburgas, den heiligen Willibald und den heiligen Wunibald, vermutete. Offensichtlich hatte der Maler der Altarbilder auch die Vorlage für diesen Teppich geschaffen. Aber Sophie erkannte an den im Kerzenlicht schimmernden Farben und der offensichtlich dichten Verarbeitung die handwerkliche Qualität dieser Tapisserie, die fast zu kostbar für ein Kloster schien. Wie kam dieses Meisterwerk in die Klausur eines Klosters, in dem es keinerlei Repräsentationszwecke erfüllte?

Fast hätte sie nicht bemerkt, dass die Vesper geendet hatte. Erst als das Mädchen neben ihr auf ihren Fuß trat, schreckte Sophie auf. Schweigend verließen die Nonnen die Kirche. Die Novizinnen streiften Sophie dabei mit neugierigen Blicken. Eingeschüchtert und orientierungslos setzte sie sich wieder auf ihren Platz in der Bank, nachdem alle gegangen waren. Dann erhob sich Schwester Anselmas hohe Gestalt vor ihr, die ihr durch eine knappe Handbewegung zu verstehen gab, dass sie ihr wieder zu folgen hatte.

Im Refektorium nahmen die Nonnen ein gemeinsames, schweigsames Mahl ein. Die einzige Stimme, die zu hören war, war die einer Nonne, die am Kopfende des Raumes aus der Bibel vorlas. Schwester Anselma hatte Sophie einen Platz unter den anderen Novizinnen zugewiesen, die Sophie neugierig aus dem Augenwinkel heraus beobachteten. Sophie war überrascht, dass einige von ihnen noch Kinder waren, die höchstens acht oder zehn Jahre alt waren. Andere waren in ihrem Alter, und sogar ältere Frauen zwischen dreißig und vierzig trugen noch die weiße Haube. Sophie bemühte sich, den Blick wieder auf den hölzernen Teller vor sich zu richten, auf den sie etwas Brot und harten, aber schmackhaften Käse bekam. Dazu gab es eine sämige Milchsuppe, deren wohltuende Wärme Sophie sehr schätzte. Da es ihre erste Mahlzeit seit dem Morgen war, aß Sophie mit Appetit und freute sich, dass die Portionen in Eichstätt offensichtlich großzügig bemessen waren. Nach dem Mahl verließen die Nonnen zügig das Refektorium. Sophie folgte Schwester Anselma ins Dormitorium, wo sie ihre Sachen in der Truhe am Fußende ihrer Pritsche verstaute. Die Geschwindigkeit, mit der die Novizenmeisterin die Informationen abspulte, machte Sophie schwindelig. Nach einer Weile gab sie es einfach auf, sich die Namen, Zwecke und Orte merken zu wollen, und trottete wie ein Lamm hinter ihrer

Hirtin her. Nach einem weiteren Gebet, dem Komplet, begaben sich die Nonnen zur Nachtruhe. Todmüde legte auch Sophie sich unter die dünne Wolldecke und stöhnte innerlich über die Härte der Strohmatratze. Ihr letzter Gedanke galt einer Waschschüssel und einem Stück Seife. Dann fiel sie in den schweren, traumlosen Schlaf ihrer ersten Nacht im Kloster der Benediktinerinnen von Eichstätt.

Kapitel 5

Der Müßiggang ist der Feind der Seele«, belehrte Schwester Anselma Sophie. »Deshalb sind die Schwestern zu jeder Zeit bemüht, sich sinnvoll zu beschäftigen. Zu manchen Tageszeiten mit Handarbeiten und wiederum zu bestimmten Stunden mit der Lesung gotterfüllter Bücher.«

Mit dunklen Ringen unter den Augen folgte Sophie ihrer Novizenmeisterin. Um Mitternacht hatte man sie zur Vigil geweckt und kurz vor Sonnenaufgang zur Prim. Erschöpft vom allzu kurzen Schlaf in einer ungewohnten Umgebung, hatte sie sich den anderen Novizinnen angeschlossen und war in die Kirche getaumelt. Schwester Anselma hatte sie mit einer Handbewegung auf den Platz gewiesen, auf dem sie schon gestern gesessen hatte. Dort hatte sie mühsam dagegen angekämpft, nicht sofort wieder einzuschlafen, als die schöne, aber monotone Stimme einer Nonne die Predigt las. Brav blieb sie wieder sitzen, bis die Novizenmeisterin sie erwartungsgemäß abholte und sie im Refektorium wieder eine Milchsuppe zu essen bekam, die heute früh aber mit süßem Rahm und Rübensirup verfeinert war.

Seit dem Frühstück folgte sie der Nonne wieder wie ein Lamm und wurde in regelmäßigen Abständen mit Zitaten, Regeln und Hinweisen zum Klosterleben gefüttert. Irgendwann wurde ihr bewusst, dass Schwester Anselmas flüsternde Stimme die einzige war, die sie bisher innerhalb der Klausur, dem nicht der Öffentlichkeit zugänglichen Teil des Klosters, vernommen hatte. Auf ihre Frage hin erklärte die Novizenmeisterin, dass Schweigsamkeit den Nonnen helfe, ihre Gedanken auf Gott zu konzentrieren und sich Ihm zu nähern. Gesprochen wurde innerhalb des Klosters nur das Nötigste, und nur wenige Nonnen waren von diesem Grundsatz ausgenommen.

»Wir dürfen unsere Stimmen nur zum Gebet, bei der Predigt und der Lehre erheben«, dozierte Schwester Anselma. »Während sich die anderen Novizinnen also bei Lehre und Studium befinden, werden wir dich als Novizin in unseren Kreis aufnehmen.«

Aus Schwester Anselmas Mund klangen diese Worte beinahe wie eine Drohung, und Sophie befürchtete bereits das Schlimmste. Es erwies sich jedoch, dass Sophie lediglich in die Badestube geführt wurde. Die dort anwesende Nonne wechselte einen stummen Blick mit Schwester Anselma und hieß Sophie dann mit einer Geste, sich auf einen hölzernen Schemel zu setzen. Sophies Hoffnungen auf ein Bad wurden jedoch schnell zunichtegemacht. Die Nonne nahm ihr die Haube ab und bürstete ausgiebig ihr langes Haar, das ihr in dichten Locken bis über den halben Rücken fiel. Sophie mochte ihr Haar und wusste, dass es ein außergewöhnlicher Schmuck war. Auch wenn sie ihn, seit sie erwachsen war, oft unter einer Haube verstecken musste. Umso entsetzter war sie, als die Nonne ihr Haar mit kräftiger Hand im Nacken zusammennahm und unter dem zufriedenen Blick Schwester Anselmas mit einer einzigen Bewegung ein scharfes Messer hindurchzog. Fassungslos sah Sophie auf den schweren Zopf, der in der Hand der Nonne zurückgeblieben war, und spürte eine ungewohnte Leichtigkeit und Kühle, die sich über ihren Nacken legte. Die Nonne umwickelte Sophies Zopf mit einem Band und legte ihn beiseite. Unwillkürlich fragte sich Sophie, was aus ihrem Haar werden würde. Aber Schwester Anselma ließ Sophie keine Zeit des Bedauerns. Sie forderte Sophie auf, ihr ihre persönliche Habe zu zeigen, die sie zuvor aus dem Dormitorium geholt hatten. Da Sophie ohnehin nicht damit gerechnet hatte, dass ihr viel Privatsphäre bleiben würde, hatte sie sich bereits in Donauwörth von den meisten Dingen, die ihr lieb waren, verabschiedet. Jetzt befand sich wirklich nur das Nötigste in ihrem Bündel, und sie meinte, einen Anflug von Enttäuschung auf Schwester Anselmas strengem Antlitz zu erkennen. Wahrscheinlich hatte die Novizenmeisterin auf Seidenbänder und Schildpattkämme gehofft, die sie mit weiteren Zitaten und Belehrungen des heiligen Benedikt konfiszieren durfte.

»Als Novizenmeisterin lege ich Wert darauf, dass die zukünftigen Schwestern sich demütig und bescheiden Gott und dem Glauben nähern«, klärte Schwester Anselma sie prompt auf. »Dazu gehört, dass sie sich von ihrem weltlichen Besitz trennen.«

Sophie klagte daher nicht, als die beiden Kleider, die sich in ihrem Bündel befanden, von Schwester Anselma einbehalten wurden. Statt ihrer überreichte ihr die andere Nonne zwei Unterhemden, zwei Tuniken aus Leinen, ein Skapulier und eine Kukulle aus grobem Wollstoff, die sie über der Tunika tragen sollte. Vollendet wurde ihre Ausstattung durch eine geflügelte weiße Leinenhaube, die ihr geschorenes Haar gänzlich verbarg. Auch ohne den Blick in einen Spiegel, von denen es im ganzen Kloster keine zu geben schien, wusste Sophie, dass sie jetzt eine wirkliche Novizin geworden war. Gemeinsam mit Schwester Anselma verließ sie die Badestube und kehrte zurück ins Dormitorium, wo sie ihren neuen Besitz in der kleinen Truhe vor ihrem Bett verstaute. Als die Glocken sie kurz darauf erneut zum Gebet riefen – es war die Stunde der Terz –, war Sophie schon nicht mehr überrascht. Sie folgte der Novizenmeisterin mit beflissenen Schritten in die Klosterkirche, wo ihr Schwester Anselma jetzt allerdings stumm einen Platz bei den anderen Novizinnen anwies. Sie gehörte dazu.

Nach dem Gebet strömten die Nonnen wieder emsig aus der Klosterkirche und durch den Kreuzgang in alle Richtungen davon. Schwester Anselma teilte Sophie mit, dass für sie nun der Arbeitsdienst anstand. Eine unbekannte Nonne trat auf Sophie zu und bedeutete ihr, mit ihr zu kommen. Sie führte Sophie in die Waschküche, in der mehrere Kessel mit heißem Wasser dampften. Berge von dreckiger Wäsche – zumeist Bettlaken, Tuniken und Handtücher – stapelten sich hier, die nach und nach zusammen mit einem grünlichen Stück Seife in die Bottiche geworfen wurde. Sophie erhielt eine lange, hölzerne Stange, mit der sie die Wäsche bewegen sollte. Obwohl ihr körperliche Arbeit nicht ganz fremd war, lief ihr schon bald der Schweiß vermischt mit Wasserdampf in Strömen über Gesicht und Rücken. Ihre Arme schmerzten. Seufzend zog sie ihr Skapulier aus, damit die Tunika ein wenig lockerer saß und wenigstens einen Hauch von Luft an ihren Körper ließ.

»Harte Arbeit, nicht wahr?«, flüsterte ihr da die junge Nonne zu, die am Kessel neben ihr rührte.

Überrascht darüber, angesprochen zu werden, ließ Sophie beinahe ihren hölzernen Knüppel fallen und verbrühte sich die Finger bei dem Versuch, ihn rechtzeitig aufzufangen.

Die junge Nonne lachte. »Ich bin Schwester Klarissa«, stellte sie sich vor, und Sophie hätte ihr beinahe die Hand zur Begrüßung entgegengestreckt, so normal klang ihr Ton.

»Das Gute an der Arbeit hier ist, dass sie so unbeliebt ist. So kann man wenigstens ein Schwätzchen halten, ohne dabei ertappt zu werden«, lachte Schwester Klarissa. »Hier kommt niemand her, der es nicht muss!«

Sophie sah sich suchend nach der Nonne um, die sie eingewiesen hatte, und stellte fest, dass Schwester Klarissa und sie tatsächlich alleine waren.

»Du bist neu hier, nicht wahr?«, fragte die junge Nonne interessiert.

Sophie nickte. »Sophie Ballheim aus Donauwörth«, stellte sie sich vor. »Ich bin gestern hier eingetroffen.«

»Dann hast du sicher schon Anselma, die Unerbittliche, kennengelernt?«, fragte Schwester Klarissa.

Sophie nickte lächelnd und war erleichtert, dass die strenge Art der Novizenmeisterin offensichtlich kein Hirngespinst von ihr war.

»Ach, sie meint es eigentlich gut«, sagte Schwester Klarissa. »Seit das Kloster vor einigen Jahrzehnten reformiert wurde, wird hier sehr viel Wert auf die Beachtung der Regeln und Ideen des heiligen Benedikt gelegt.«

»Und vorher war das nicht so?« Sophie sah die Nonne verwundert an. Sie war höchstens Mitte zwanzig.

Schwester Klarissa schüttelte den Kopf. »Unter der damaligen Äbtissin führten die Nonnen zwar ein frommes, aber auch freies Leben«, sagte sie und seufzte, als ob sie selbst es noch miterlebt hätte. »Eichstätt war für viele adelige Familien ein idealer Ort, um Töchter unterzubringen, die sie nicht gut an den Mann bringen konnten.«

Sophie zog erstaunt die Brauen hoch.

»Meine Tante zum Beispiel. Sie ist leider inzwischen verstorben, aber sie hat gut dreißig Jahre in Eichstätt gelebt. Ich bin quasi ihre Nachfolgerin.« Schwester Klarissa kicherte vergnügt. »Ich hatte Glück. Die Plätze im Kloster sind auch heute noch sehr begehrt.«

Jetzt musste Sophie wirklich sehr überrascht ausgesehen haben, denn Schwester Klarissa brach in ein fröhliches Gelächter aus. »Ob du es glaubst oder nicht, das Kloster kann unter den Mädchen auswählen, die hier eintreten wollen.«

Sophie dachte daran, wie wenig freiwillig ihre eigene Entscheidung gewesen war.

»Viele adelige Töchter treten lieber hier ein und haben ein Leben lang ihre Ruhe. Sonst werden die meisten ohnehin nur von ihren Vätern an den gewinnbringendsten Ritter verhökert, der sie in seiner kalten Burg einschließt, ihnen ein Kind nach dem anderen macht und sie mit einer drallen Küchenmagd betrügt, während sie in den Wehen liegen.« Schwester Klarissa hob bedeutsam die Brauen. »Vor allem die Mädchen, die ein bisschen Verstand im Kopf haben, verzichten gerne darauf. Wo sonst können sie diesen Verstand so gut einsetzen wie in einem Kloster?«

Sophie fand die Ausführungen Schwester Klarissas ein wenig altmodisch. Einer modernen Frau standen heutzutage doch durchaus schon mehr Freiheiten zu, wenn sie sie zu nutzen wusste. Solange sie natürlich keine adelige Erbin war, korrigierte sie sich gleich darauf selbst. Dann hatte man wahrscheinlich wirklich an der Bürde aus Ehre, Namen und Familie zu tragen. Als Patriziertochter war eine Liebesheirat schon eher möglich. Wehmütig dachte sie an Heinrich, der ihr mit Sicherheit ein ganz anderes Leben geboten hätte als jenes, das sich nun in Eichstätt als eine endlose Reihe von vom Gebet erfüllten Tagen ausbreitete.

Schwester Klarissa beobachtete interessiert ihr Mienenspiel. »Nun, mag ja nicht für alle gelten«, plapperte sie munter weiter. »Aber ich habe keine Sekunde gezögert, als meine Mutter mir den Vorschlag machte. Etwas Besseres hätte sie für mich gar nicht tun können.«

»Wie wählt die Äbtissin denn aus, wen sie aufnimmt?«, fragte Sophie. Wie hatte Agnes es geschafft, sie hier unterzubringen?

»Nun, die wenigen Mädchen, die wirklich glauben, erkennt unsere Äbtissin sofort. Nie würde sie sie wieder fortschicken. Und die anderen Fräulein bringen dem Kloster meistens eine hübsche Summe Geld mit. Die einen mehr, die anderen weniger. Eine Mitgift für Jesus, könnte man sagen.«

Sophie überlegte, ob Agnes auch für sie bezahlt hatte. War es ihr so wichtig, die hübsche Schwester aus der Reichweite ihres lüsternen Ehemannes zu bringen, dass sie ihre Schatulle dafür geöffnet hatte?

»Aber Schwester Anselma setzt bei allen Novizinnen strenge Regeln durch«, erklärte Schwester Klarissa weiter. »Und vielleicht ist das am Anfang auch ganz gut so. Es wird aber besser, wenn man sein Gelübde abgelegt und seinen Platz im Kloster gefunden hat. Denn unsere Äbtissin ist wiederum der Meinung, dass ein Geist, der ganz in Pflichten und Gebeten aufgeht, nicht wirklich Großes schaffen kann. Denke nur an unsere berühmten Schwestern Hildegard von Bingen oder die Dichterin Roswitha von Gandersheim. Wie hätten sie ihr Heilwissen oder ihre Belesenheit erwerben können, wenn nicht durch eine gewisse Freiheit des Geistes?«

Von der Dichterin hatte Sophie noch nie etwas gehört, aber die Benediktinerin Hildegard von Bingen war sicher im ganzen Deutschen Reich berühmt. Sophie wusste, dass sogar Katharinas Mann Martin in seiner kleinen medizinischen Bibliothek eine Abschrift ihrer Werke besaß. Die gute Hildegard war sicher auch nicht mit dem Vorsatz ins Kloster gegangen, eine berühmte Heilerin und Gelehrte zu werden. Sophie erinnerte sich an die Worte der Äbtissin, dass sie hier vielleicht ihren wahrhaft richtigen Platz finden mochte, und verspürte mit einem Mal einen Anflug von Zuversicht. Offensichtlich war mehr möglich, als das Gebot ora et labora ahnen ließ.

»Nicht zuletzt die heilige Walburga, die schließlich die Namensgeberin unseres Klosters ist und hier begraben liegt«, fuhr Schwester Klarissa fort. »Unser leuchtendes Vorbild für unser Beten und Arbeiten zu Ehren Gottes.«

Sophie hörte interessiert zu, aber Schwester Klarissa schwieg. Dabei lagen Sophie noch so viele Fragen auf der Zunge.

»Schwester Klarissa«, hob sie an, »sag mir doch noch …«

In diesem Augenblick kehrte die Nonne zurück, die die Aufsicht über die Wäscherei führte. Sie warf Sophie einen strengen Blick zu und fuchtelte mit der Hand in der Luft herum, als ob die Worte ein schlechter Geruch wären, den es zu vertreiben galt. Mit ernster Miene inspizierte sie die Kessel und wies die beiden Frauen an, die Wäschestücke jetzt mit großen Holzzangen aus dem heißen Wasser zu fischen, auszuwringen und im herbstlichen Hof zum Trocknen aufzuhängen.

Nachdem Sophie ihre zweite schlafarme Nacht im Kloster erlebt hatte, erwartete sie am nächsten Tag eine neue Herausforderung: Sie konnte kein Latein. Ihr Bruder Thomas hatte zwar auf der Schule einige Jahre Lateinunterricht erhalten, aber Sophie hatte nie jemand auch nur ein Wort davon beigebracht. Die meisten der adeligen Fräulein, die in das Benediktinerinnenkloster eintraten, hatten eine gewisse Bildung genossen, die zumeist Lesen und Schreiben, Sprachen wie Latein oder Französisch sowie Handarbeiten beinhaltet hatte. Sophie konnte zwar ebenfalls Lesen und Schreiben, aber nur auf Deutsch. Schwester Anselma seufzte ergeben, als Sophie ihr das Buch, das sie bei ihrem ersten Aufenthalt in der Bibliothek zum Studium zugeteilt bekommen hatte, mit hilflosem Gesicht zurückgab. Kurze Zeit später fand sich Sophie mit vier anderen Novizinnen, die höchstens zehn Jahre alt waren, in einer kleinen Lehrstube wieder und begann mit ihrem Unterricht in Latein. Das Ziel des Unterrichtes war nicht, dass die zukünftigen Schwestern auf Latein Konversation machen konnten. Das Hauptaugenmerk galt vielmehr den hundertfünfzig Psalmen, die in regelmäßiger Abwechslung während der Lesungen bei Tisch oder zu den Gebeten wiederholt wurden. Entsprechend wurde Wert darauf gelegt, dass die Schwestern die Psalme auswendig kannten und ihren Sinn verstanden. In den seltensten Fällen würden sie sie laut vorlesen müssen. Einige der Psalme waren Sophie bereits aus den auf Latein gehaltenen Messen vertraut, die sie seit ihrer Kindheit besuchte, ohne dass sie ihren Wortlaut jemals wirklich verstanden hätte.

»Dominus reget me et nihil mihi deerit«, psalmodierte die Lehrerin, und die kleinen Mädchen sprachen ihr gehorsam nach. Die Nonne nickte Sophie zu und forderte sie auf, den Psalm ebenfalls zu wiederholen.

Sophie zögerte. »Aber was heißt das auf Deutsch?«, fragte sie. Wenn sie sich schon mit einer neuen Sprache auseinandersetzte, dann doch bitte richtig.

Überrascht sah die Nonne auf. »Der Herr ist mein Hirte, es wird mir an nichts mangeln«, übersetzte sie mit einer ungeduldigen Handbewegung, als ob sie die lästige Neugier ihrer Schülerin so vertreiben könne, und wiederholte ihr aufforderndes Nicken.

Mühsam stammelte Sophie den Psalm auf Latein, während die kleinen Novizinnen ihr kindliches Gekicher nicht ganz unterdrücken konnten.

Unermüdlich wiederholte die Nonne monoton den Satz, bis sie mit Sophies Aussprache zufrieden war. Im Anschluss an das mündliche Psalmodieren forderte die Lehrerin ihre Schülerinnen auf, in schweigsamer Lektüre die lateinischen Worte der nächsten Psalme auswendig zu lernen, um sie der Lehrerin am Ende der Studienzeit vorzutragen.

Sophie senkte missmutig den Kopf. Warum sollte sie etwas aussprechen lernen, dessen Sinn sie nicht oder nur teilweise verstand. Sie nahm sich vor, von ihrer Lehrerin die genaue Übersetzung aller Psalme einzufordern, die sie auswendig lernen sollte. Unwillkürlich kam ihr der Gedanke, dass nichts die Menschen ferner von Gott hielt als die lateinische Sprache. Hielt sie nicht Sein Wort dem einfachen Volk verschlossen und verborgen? Sie sah auf ihren lateinischen Text und wünschte sich die Psalme auch in geschriebenem Deutsch. Solche Übersetzungswerke zu verteilen wäre ein wahrer Dienst am Herrn und dem glaubenden Volk, dachte Sophie. Sie ahnte nicht, dass zu diesem Augenblick das Neue Testament in der von einem gewissen Martin Luther auf der Wartburg übersetzten deutschen Version bereits gedruckt worden war und eines Tages in die »Biblia Deudsch« münden würde. Daher neigte sie demütig das Haupt und las, bis ihr die lateinischen Silben nur noch vor den Augen tanzten.

Im Anschluss an die Studienzeit wiederholte sich der Tagesablauf aus Mahlzeiten, Gebeten und Arbeit minutiös gemäß dem gestrigen Tag. Nur dass Sophie an diesem Tag gemeinsam mit einer schweigsamen, älteren Nonne in den Waschkesseln rührte, die sie nicht eines Blickes würdigte. Sehnsüchtig dachte sie an Schwester Klarissa und die kurzweilige Unterhaltung, die sie sich gestern gegönnt hatten. Sie stippte die Laken und Hemden immer wieder in das heiße Wasser zurück, ohne dass die Zeit vergehen wollte. Als die Glocken sie endlich zur Vesper riefen, fand Sophie ihren Weg in die Klosterkirche bereits alleine. Sie überraschte Schwester Anselma, indem sie schon demütig den Kopf auf ihrem Platz senkte, als diese das Kirchenschiff betrat. Die Vesper selbst war eine Enttäuschung für Sophie. Denn obwohl sie am Vormittag vier Stunden fleißig gelernt hatte, erschien ihr keines der vielen lateinischen Worte, die im Gebet verlesen wurden, irgendwie bekannt.

Da die Novizinnen noch keiner festen Aufgabe zugeteilt waren, wurden sie je nach Bedarf als Hilfskräfte im Kloster eingesetzt. Auch die kommenden Tage wurde Sophie zur Arbeit in die Waschküche geschickt. Mit der Zeit verrichtete sie ihre Arbeitsdienste aber, wie die anderen Novizinnen auch, im Freien bei der Ernte, in der Küche, bei der Bevorratung für den Winter, bei der Reinigung des Klosters und bei der Armenspeisung und Almosenverteilung. Nach wenigen Wochen begann das Klosterleben erste Spuren bei ihr zu hinterlassen. Durch die harte, körperliche Arbeit und die maßvolle Ernährung veränderte sich ihr Körper. Nach den Regeln des heiligen Benedikt sollten für jeden Tisch zwei gekochte Speisen ausreichen. Die Hauptmahlzeit am frühen Nachmittag nach der Non war jedoch gut und reichlich und bestand häufig aus gebratenem Fleisch oder Fisch. Dazu gab es Erbsen mit Äpfeln, Schweinesulz oder Eier in Essig. Trotzdem nahm Sophie schnell ab, wurde dabei aber muskulöser und ausdauernder. Der anfängliche Muskelkater, der sie morgens steif und ungelenk von ihrer harten Pritsche hatte aufstehen lassen, ließ langsam nach. Nur an ihre ständige Müdigkeit konnte sie sich noch nicht gewöhnen, und es kam mehr als einmal vor, dass sie während des Gebets oder des Studiums einfach einschlief. Ein Vergehen, das jedes

Mal von Schwester Anselma durch besondere Bußauflagen bestraft wurde, die nicht gerade dazu beitrugen, Sophies Schlafmangel auszugleichen. Aber Sophie wusste, dass es auch den anderen Novizinnen nicht besser erging. Selbst Schwester Klarissa hatte ihr bei der nächsten Gelegenheit davon erzählt, wie hart es für sie in ihrer ersten Zeit in Eichstätt gewesen war, sich in den Klosteralltag einzufügen.

»Du gewöhnst dich schon noch daran«, hatte die muntere Nonne sie getröstet. »Du wirst schon sehen.«

Nichts werde ich sehen, dachte Sophie, als sie wieder einmal missmutig im Waschzuber herumstocherte und auf ihre ausgelaugten Hände sah. Ich werde hier nur langsam verschrumpeln wie ein eingekellerter Apfel, und es wird keine Seele interessieren.

So versunken war sie in ihr Mitleid mit sich und ihrem unbarmherzigen Schicksal, dass die Nonne sie erst am Ärmel zupfen musste, bevor Sophie sie bemerkte. Mit einer kurzen Geste bedeutete sie Sophie, ihr zu folgen, während eine andere Nonne Sophies Platz am Zuber einnahm. Überrascht trocknete sich Sophie die Hände an ihrer Schürze ab und folgte der Schwester durch die Gänge des Klosters, bis sie in ein kleines Skriptorium geführt wurde, das sie vorher noch nie betreten hatte. Eine ältere Nonne saß an einem Schreibtisch, der über und über mit Papieren und Mappen überhäuft war. Die Nonne, die sie hergeführt hatte, zog sich wortlos zurück. Geduldig wartete Sophie darauf, dass die Frau am Schreibtisch sich ihr zuwandte.

»Ich bin Schwester Benedicta«, stellte sich diese schließlich leise vor. »Die Zellerarin des Klosters.« Inzwischen wusste Sophie, dass die Äbtissin von den Priorinnen in der Verwaltung und Organisation des Klosters unterstützt wurde. Die Zellerarin wiederum erfüllte die Aufgabe, die wirtschaftlichen Verwaltungsgeschäfte des Klosters zu führen.

»Ich habe Schwester Anselma um eine Unterstützung durch eine Novizin gebeten, die des Lesens und der schönen Schrift mächtig ist«, erklärte sie Sophie. »Sie hat dich ausgewählt, und ich vertraue ihrer Entscheidung.«

Überrascht schwieg Sophie. Womit um alles in der Welt hatte sie sich diese Auszeichnung nur verdient? Bisher hatte sie von der Novizenmeisterin nur Tadel oder unergründliches Schweigen geerntet.

»Wie ist dein Name?«

»Sophie.«

»Nun, Sophie. Der Bischof verlangt wieder einmal Einblick in unsere wirtschaftlichen Verhältnisse. Daher gibt es einige Dokumente, die kopiert und geordnet werden müssen. Dazu brauche ich deine Hilfe.«

Sophie hörte schweigend zu.

»Du wirst mir also in den nächsten Tagen hier im Skriptorium helfen. Ich werde dich einweisen, und wir werden sehen, wie gut du mit deiner Aufgabe zurechtkommst.«

Sophie jubilierte innerlich. Keine Waschküche und kein Gemüseputzen mehr! Sie würde ihre Arbeitszeit mit etwas füllen, das ihr Spaß machte. Fast hätte sie breit gegrinst, aber dann fiel ihr ein, dass die Zellerarin sie noch immer beobachtete. Eilfertig senkte sie kurz den Kopf, was im Kloster allgemein als zustimmendes Nicken verstanden wurde.

»Du kannst sofort beginnen«, erklärte Schwester Benedicta. Sie wies auf ein kleines Pult am Fenster, auf dem Tintenfass und Schreibutensilien standen. »Diese Seiten gilt es zu kopieren. Ich sehe mir deine Arbeit nachher an. Dann entscheide ich, ob du weiter hierbleiben wirst.«

Noch nie war Sophie mit solchem Feuereifer bei der Sache gewesen. Sie musste unbedingt gute Arbeit leisten, damit Schwester Benedicta sie nicht wieder zu den Hilfsdiensten der Novizinnen zurückschickte. Vorsichtig machte sie sich mit dem Schreibgriffel und der Konsistenz der Tinte vertraut, um nur ja keine Kleckse auf das Papier zu machen. Dann begann sie zu schreiben. Letter um Letter und Zahl um Zahl fügte sie die Abschriften zusammen, nicht ohne den Inhalt der Dokumente zu lesen. Dafür hatte sie zu oft die Bücher ihres Vaters vor sich gehabt.

Schwester Benedicta hatte ihr übersichtliche Listen der Klostereinkünfte gegeben. Sophie war beeindruckt, welche wirtschaftliche Kraft hinter der Gemeinschaft stand. Die Nonnen versorgten sich fast ausschließlich selbst. Von den Altarkerzen über die Seife für das Bade- und Putzwasser bis hin zu Einrichtung und Kleidung wurde alles im Kloster hergestellt. Und zwar in solchen Mengen, dass vieles noch auf den umliegenden Märkten verkauft werden konnte. Sogar Papier wurde im Kloster geschöpft und Tinte hergestellt. Zu den Dingen, die das Kloster von außen beziehen musste, gehörten Speisen wie Wild, zusätzliches Getreide und Gewürze wie Salz und luxuriöser Pfeffer. Außerdem verschlangen bau- und kunsthandwerkliche Dienstleistungen immense Summen. Sophie war sich bewusst, hier nur einen Ausschnitt aus den Klosterfinanzen vor sich zu haben, und dachte flüchtig an die sogenannten Mitgiften der Nonnen, die sicher einen guten Teil zum Wohlstand beitrugen. So blieb dem Kloster ein hübscher Schnitt übrig, von dem der Bischof und Rom sicherlich ihren Teil einforderten.

Während Sophie mit geröteten Wangen weiterschrieb, rechnete sie aus Gewohnheit jede Summe nach. Plötzlich stieß sie auf eine Unregelmäßigkeit. An einer Stelle hatte sich die Verfasserin der Liste verrechnet. Sophie hielt im Schreiben inne und sah sich vorsichtig nach Schwester Benedicta um, die ihrerseits in ihre Bücher vertieft war. Dann rechnete sie die Summe noch einmal nach und danach wieder und wieder. Es blieb dabei. Die Summe im Original war zu gering. Offensichtlich hatte die Verfasserin bei der Berechnung zwei Zwischensummen vergessen, die bereits auf den Vorseiten erstellt worden waren. Sophie war sich unschlüssig, ob sie die Zellerarin ansprechen sollte, und wenn ja, wie. Durfte sie laut sprechen? War es anmaßend von ihr, die Arbeit einer Mitschwester zu kritisieren? Sie dachte an ihren Vater, der sich immer gefreut hatte, wenn Sophie einen Fehler korrigiert hatte. So hatte sie ihm bei den regelmäßigen Abrechnungen viel Zeit und Mühe gespart. Unruhig rutschte sie auf ihrem Stuhl herum, bis Schwester Benedicta ihren Blick spürte und sie fragend ansah.

»Schwester, ich habe einen Fehler gefunden«, sagte Sophie leise und wünschte sofort, sie hätte bessere Worte gewählt.

Schwester Benedictas Brauen zogen sich irritiert zusammen. Sie stand auf, um Sophie über die Schulter zu sehen, die auf die betreffende Stelle in der Liste zeigte. Dann blätterte sie zur Vorseite zurück.

»Diese beiden Zahlen fehlen in der Gesamtsumme«, erklärte sie. »Obwohl sie inhaltlich doch hinzugerechnet werden müssten.«

Schwester Benedicta bewegte lautlos die Lippen, und Sophie erkannte, dass sie die Zahlen im Kopf zusammenrechnete. Ehrfürchtig wartete sie auf das Urteil.

»Du hast recht«, sagte Schwester Benedicta überrascht. »Die Zahl ist falsch. Was für ein Glück, dass du es bemerkt hast, Sophie. Du hast mir einen guten Dienst erwiesen.«

Erleichtert atmete Sophie auf. Schwester Benedicta nahm die Papiere an sich.

»Lass mich das korrigieren«, sagte sie, schon wieder über ihren Schreibtisch gebeugt. »Und bitte reiche mir die schwarzen Folianten dort. Ich muss die Zahl auch gleich in den anderen Aufzeichnungen abändern.«

Gehorsam stand Sophie auf und reichte Schwester Benedicta die dicken Mappen.

»Du kannst also rechnen?«, fragte Schwester Benedicta beiläufig, während sie ihre Schreibuntensilien zur Hand nahm. »Und du verstehst etwas von Buchführung?«

Sophie nickte. Dann bemerkte sie, dass die Nonne sie ja gar nicht ansah. »Mein Vater lehrte es mich«, erklärte sie daher. »Er war Tuchhändler und ließ mich bei der Buchhaltung helfen.«

Schwester Benedicta reichte ihr die korrigierte Vorlage und sah sie aufmerksam an. »Das ist ungewöhnlich«, sagte sie. »Sogar die adeligen Fräulein, die in unseren Orden eintreten, können zwar zählen und kleine Summen addieren, aber dieser Fehler wäre kaum einer von ihnen aufgefallen. Dazu gehört schon etwas mehr Wissen.«

Sophie wurde rot wegen des Lobs. Wohlwollend ruhte Schwester Benedictas Blick auf ihr. »Es scheint, dass Schwester Anselma mir heute einen guten Dienst erwiesen hat, indem sie dich zu mir schickte. Ich freue mich über deine Hilfe.«

Sophie spürte eine warme Welle des Stolzes und fragte sich unwillkürlich, ob das jetzt gegen das Gebot der Demut verstieß. Mein Gott, dachte sie, das Kloster hat mich schon bis in meine Gedanken geprägt. Dann beugte sie sich schnell wieder motiviert und mit belebter Aufmerksamkeit über ihre Arbeit.

Offensichtlich gedachte Schwester Benedicta Sophies Hilfe auch in Zukunft zu nutzen. Obwohl es unüblich war, dass die Novizinnen bereits einer festen Arbeit zugeteilt wurden, beanspruchte Schwester Benedicta Sophie als ihre persönliche Assistentin. Sophie war bemüht, die empörte Novizenmeisterin dadurch zu beruhigen, dass sie sich demütig an alle von Schwester Anselma so geehrten Klosterregeln hielt. Auch nutzte sie fleißig ihre Studienzeit, um die Psalmen und den Kanon für die täglichen Gebete zu lernen und den Worten der Novizenmeisterin zur Bibelexegese zu lauschen. Doch wann immer sie Schwester Anselma begegnete, erinnerte sie deren sauertöpfische Miene daran, dass ihr eine Sonderbehandlung zuteilwurde. Dass Arbeit tatsächlich Freude machen konnte und Erfüllung brachte, war offensichtlich eine Erfahrung, die die Novizenmeisterin nie gemacht hatte. Trotzdem lief Sophie jeden Tag aufs Neue mit eiligen Schritten zum Skriptorium der Zellerarin, die unerschöpflich Aufgabe um Aufgabe für Sophie bereithielt.

Die beiden Frauen kamen gut miteinander aus, und Schwester Benedicta schätzte Sophies Hilfe sehr. Schon nach wenigen Wochen überließ sie der Novizin auch Arbeiten, die über das bloße Kopieren von Schriftstücken hinausgingen. Sophie erstellte selbst Listen und Übersichten über den wirtschaftlichen Alltag des Klosters und wurde von Schwester Benedicta auch immer häufiger als Botin innerhalb des Klosters eingesetzt. So lernte sie nach und nach die Nonnen kennen, die den einzelnen Produktionsbereichen des Klosters vorstanden.

Eines Tages beugte sich Sophie wieder einmal über eine lange Spalte von Zahlen, um die Ausgaben des letzten Monats zu berechnen. Dazu hatte sie am Vortag die einzelnen Angaben aus der Molkerei, der Meierei, der Imkerei, der Brauerei, den Stallungen, der Fischerei, der Gärtnerei und der Weberei zusammengetragen. Die kalte Novemberluft drückte sich hartnäckig ans Fenster des Skriptoriums und fand trotz des kleinen Feuers im Kamin ihren Weg hinein. Sophies Finger waren kalt und steif, als sie den Schreibgriffel in das kleine Tintenfass tunkte, aber ihre Wangen glühten wie immer, wenn sie mit aller Aufmerksamkeit bei der Arbeit war. Schwester Benedicta hatte sie mit ihrer Arbeit allein gelassen, da die Äbtissin sie zu einem Gespräch gebeten hatte, und Sophie genoss die zur Arbeit einladende Einsamkeit. Sie fühlte sich an die Zeit in Donauwörth erinnert, in der sie auch hin und wieder alleine im Kontor ihres Vaters gesessen und geschrieben hatte. Die langen Zahlenkolonnen mit den sauber hervorgehobenen Zwischensummen kamen ihr vor wie alte Verbündete.

Plötzlich stutzte Sophie. Aus der Weberei war ihr ein Ausgabenposten für Wolle genannt worden, der unmöglich stimmen konnte. Zwar kannte sich Sophie mit den Preisen für gewebtes Tuch besser aus, aber sie hatte durch das Geschäft ihres Vaters auch ein Gefühl für den Markt der Rohstoffe des Tuches erhalten. So konnte sie die Preise für Wolle, Baumwolle, Rohseide und Färbemittel gut einschätzen und ahnte sofort, dass

Schwester Augusta, die der Webstube vorstand, bestimmt nicht zu solch überteuerten Preisen eingekauft hatte. Wahrscheinlich hatte Sophie selbst die Zahl falsch notiert, und sie ärgerte sich über ihren Fehler. Jetzt musste sie durch die kalten Klostergänge laufen und noch einmal nachfragen, da Schwester Benedicta die Abrechnung nachher brauchte. Sophie sicherte das Feuer im Kamin und die Kerzen, damit kein Windstoß in ihrer Abwesenheit einen verheerenden Funken auslösen und ein Feuer verursachen konnte. Dann zog sie ihr wollenes Skapulier fester um sich und machte sich durch die zugigen Korridore auf den Weg zur Webstube. Mittlerweile kannte Sophie das Kloster recht gut und erreichte ihr Ziel auf kürzestem Weg.

Leise klopfte sie an die Tür. Fast augenblicklich wurde ihr aufgetan. Der Arbeitsraum war behaglich warm, da er sich direkt über dem beheizten Kalefactorium befand, von dem aus erwärmte Luft in die umliegenden Räume des Klosters gelangte. Schwester Augusta hatte sich diesen besonderen Platz von der Äbtissin erbeten, da die Arbeit an den Webstühlen geschmeidige und flinke Finger erforderte. Drei Nonnen waren in der Weberei beschäftigt. Zwei von ihnen saßen an den großen Webstühlen am Fenster. Ein weiterer Webstuhl stand im hinteren Bereich des Raumes. Er war mit einem Tuch verhängt und schien weit größer zu sein als die Geräte, an denen gearbeitet wurde. Sophie fragte sich unwillkürlich, welche Arbeiten dort wohl vorgenommen wurden. Eine Novizin sortierte einen Satz bunter Seidenfäden, die für die späteren Stickarbeiten verwendet werden sollten. Sophie erkannte Uthilda von Staben, eine der adeligen Novizinnen, die sich dank der finanziellen Beigabe ihrer Familie im Kloster auch einen besonderen Platz unter den anderen Nonnen und Novizinnen herausnahm. Daher verwunderte es Sophie, das Mädchen bei einer so einfachen Beschäftigung zu sehen. Missmutig zog es an den bunten Fäden, die sich vor ihr in einem immer wirrer werdenden Knäuel ballten. Jetzt war Schwester Augusta auf Sophie aufmerksam geworden und winkte sie heran. Mit dem typischen aufmerksamen Blick der Benediktinerinnen forderte sie Sophie stumm auf, ihr Anliegen vorzubringen.

Sophie legte ihr ihre Liste vor und wies auf den Posten, der ihr verdächtig erschien. »Ehrwürdige Schwester«, sagte sie leise und mit gesenktem Blick. »Verzeiht mir meinen Fehler, aber ich habe Eure Angaben hier falsch übernommen.«

Schwester Augusta rückte eine Kerze näher und betrachtete die Zahlen eingehend. Dann hob sie den Blick wieder zu Sophie. »Nein, Kind«, sagte sie beschwichtigend. »Die Zahlen stimmen so.«

Sophie stutzte. Statt sich demütig zurückzuziehen, wie es sich für eine Novizin ziemte, war ihre Neugierde geweckt. »Aber das ist das Dreifache des normalen Preises«, entfuhr es ihr etwas lauter, als sie wollte.

Schwester Augusta lächelte sie dennoch gütig an. »Du verstehst etwas davon?«, fragte sie.

Sophie wurde rot. Die Nonne wartete ihre Antwort nicht ab. »Du magst die Preise kennen, aber vielleicht noch nicht die besonderen Qualitäten. Schau her.«

Schwester Augusta stand auf und bedeutete Sophie, ihr zu folgen. In einem Nebenraum lagerten verschiedene Ballen fertigen Tuches ebenso wie Pakete mit Wolle und anderen Rohstoffen, die in der Weberei verarbeitet wurden. Die Nonne zupfte eines der Pakete auf und zeigte Sophie den Inhalt.

»Das ist spanische Wolle von Merinoschafen«, erklärte sie, während Sophie das kurzschürige, krause Garn befühlte. »Sie eignet sich hervorragend zum Walken, und wir können daraus besonders schwere und gute Wollstoffe weben, die dennoch weich und anschmiegsam sind.«

Schwester Augusta wies auf einen Ballen hinter Sophie, der offenbar aus dieser Wolle gewebt war. Bewundernd befühlte Sophie auch diese Qualität, die sie im Haus ihres Vaters noch nie kennengelernt hatte.

»Unsere Äbtissin legt großen Wert darauf, dass die Produkte des Klosters etwas ganz Besonderes sind«, erklärte Schwester Augusta weiter. »Und da die Wolle, die Gott uns im Frühjahr von unseren eigenen Schafen geschenkt hat, bald verarbeitet ist, widmen wir uns um diese Jahreszeit gerne einmal einer ausgefallenen Idee. Dem Herrn hat es gefallen, uns im letzten Monat diese Lieferung aus Brügge verfügbar zu machen, und daher kannst du die Zahl ruhig so in deine Liste aufnehmen, mein Kind.«

Sophie wurde rot. »Ich wollte Euch nicht kritisieren oder Eure Entscheidung, diese Wolle zu erstehen, infrage stellen«, sagte sie kleinlaut. »Ich dachte, es wäre mein Fehler gewesen, und wollte ihn berichtigen.«

Schwester Augusta nickte begütigend. Gemeinsam verließen sie den Lagerraum und durchquerten die Webstube.

»Ich habe schon gehört, dass du deine Aufgaben für Schwester Benedicta sehr ernst nimmst«, lächelte Schwester Augusta verabschiedend. »Sei also beruhigt. Sie wird mit deiner Arbeit zufrieden sein.«

Sophie senkte grüßend den Kopf und wandte sich zur Tür. Dabei begegnete ihr Blick für einen kurzen Augenblick dem Uthildas, die sie so kalt und abschätzend betrachtete, dass Sophie ein Schauer über den Rücken lief.

Schon am nächsten Tag sollte Sophie herausfinden, was es mit diesem Blick auf sich hatte. Nach der Prim versammelten sich die Schwestern und Novizinnen wie üblich im Kapitelsaal. Hier wurden die einzelnen Aufgaben für den Tag verteilt. Die Novizinnen und die Nonnen, die nicht dauerhaft einem bestimmten Aufgabenbereich zugeteilt waren, konnten so den Bedürfnissen des Klosteralltags entsprechend eingesetzt werden. Sophie schenkte dem Verlesen und Zuteilen schon seit einiger Zeit kaum noch Aufmerksamkeit, da sie in Gedanken schon die Aufgaben durchging, die Schwester Benedicta für sie bereithielt. Ebenso gewöhnlich war das vorausgehende Schuldkapitel, das die Äbtissin aufrief. Mehrere Nonnen wurden aufgerufen, ihre Verstöße gegen die Regeln des Klosters einzubekennen, worauf ihnen Buße auferlegt wurde. Es kam auch vor, dass die Nonnen aufgerufen wurden, gegenseitig die Fehler ihrer Mitschwestern öffentlich zu machen und ihnen durch die folgende Buße auf ihrem Weg zu Gott zu helfen. Sophie war sich sicher, dass dieses Schuldkapitel vor allem auf dem Einfluss Schwester Anselmas beruhte, die durch diese Tradition an dem benediktinischen Reglement festhielt. Plötzlich jedoch wurde Uthilda aufgerufen, und Sophie ahnte sofort, dass sich ihre Anschuldigung gegen sie richten würde.

»Ich bekenne, dass die Novizin Sophie sich am gestrigen Tage der Anmaßung und Hochfahrt schuldig gemacht hat«, sagte Uthilda mit klarer, selbstbewusster Stimme. »Sie hat ohne Aufforderung die Angaben einer Mitschwester infrage gestellt, deren Handlungsweise kritisiert und den Frieden ihrer Arbeit gestört.«

Sophie verschlug es den Atem. Unwillkürlich suchte ihr Blick Schwester Augusta, die ebenfalls ratlos auf Uthilda sah. Uthilda setzte sich wieder, und die Äbtissin ergriff das Wort. Als sich ihr Blick aus hellblauen Augen auf Sophie richtete, wusste diese sofort, dass diese Anschuldigung ein abgesprochenes Spiel war. Die Äbtissin schlug sich aus Gründen, die sie nur ahnen konnte, auf Uthildas Seite, und das nun folgende Urteil über Sophies Buße war längst gefällt.

»Die Novizin hat sich Handlungen angemaßt, die weit über ihre Befugnisse hinausgehen«, erklärte die Äbtissin. »Statt sich in Demut ihrer Aufgabe zu widmen, hat sie eigenmächtig und ohne Rücksprache mit einer Schwester gehandelt.« Die Worte klangen hart, doch schien der Blick der Äbtissin Sophie um Verzeihung zu bitten, während in Uthildas Augen der pure Triumph stand.

Womit habe ich sie so verärgert?, fragte sich Sophie unwillkürlich.

»Die Novizin wird eine Woche lang nach der Prim und nach der Vesper eine einstündige Meditation begehen, um ihr Verhalten zu überdenken.«

Sophie seufzte. Das bedeutete, dass sie sowohl beim Frühmahl als auch beim Hauptmahl kaum etwas abbekommen würde. Aber damit war ihre Buße noch nicht beendet.

»Zudem wird die Novizin nicht mehr im Skriptorium der Zellerarin arbeiten. Diese Aufgabe wird in Zukunft die Novizin Uthilda übernehmen. Die Novizin Sophie wird der Weberei zugeteilt, bis sie bei demütigen Aufgaben gelernt hat, die Arbeit dort zu respektieren.« Damit beschloss die Äbtissin das Schuldkapitel und überließ es einer Priorin, die weiteren Aufgaben des Tages zu verteilen.

Sophie saß da wie erstarrt, während die leise Stimme der Priorin die Aufgaben verlas und an die Schwestern verteilte. Wie konnten sie sie einfach so aus ihrer Arbeit bei der Zellerarin herausreißen? Gerade hatte sie sich gut eingearbeitet und konnte Aufgaben selbstständig definieren und angehen. Eine neue Gehilfin würde wieder Wochen brauchen, um die Zusammenhänge von Schwester Benedictas Verwaltung zu verstehen. Die Zellerarin konnte diese Entscheidung, die wieder einmal nur auf den rigiden Klosterregeln basierte, unmöglich gutheißen.

Als Sophie zum Dienst in der Webstube eingeteilt wurde, kam ihr ein neuer Gedanke. Offenbar war Uthilda eifersüchtig auf Sophies Sonderstellung und wollte ihre Aufgabe. Sophie schalt sich eine dumme Gans, dass sie sich in einem Kloster sicher vor allem Neid und aller Missgunst gefühlt hatte. Die Frauen blieben im Wesen nun einmal dieselben, ob sie den Schleier nahmen oder nicht. Ein flüchtiger Blick auf Schwester Benedicta, über deren Nase sich eine steile Falte gebildet hatte, bestätigte ihren Verdacht, dass die Zellerarin ebenso wenig vorbereitet war wie sie selbst. Aber auch sie konnte sich der Äbtissin und dem durchaus schlau eingefädelten Vorgehen Uthildas offensichtlich nicht erwehren. Nur Schwester Anselma schien mit den Vorgängen einverstanden, auch wenn sie von ihnen gewiss ebenfalls überrascht worden war. Endlich wurde hier einmal mit strenger Hand durchgegriffen. Als die Nonnen den Kapitelsaal verließen, blieb sie vor Sophie stehen, die noch immer auf ihrem Platz saß.

»Der erste Grad der Demut ist der unverzügliche Gehorsam«, zitierte die Novizenmeisterin wieder einmal den heiligen Benedikt von Nursia und sah Sophie streng an. »Darum folge schweigsam den Anweisungen unserer lieben Äbtissin und gehe in dich, was du an deinem Verhalten zukünftig verbessern kannst.«

Sie wartete, bis Sophie sich mit einem Seufzer, den sie einfach nicht unterdrücken konnte, erhob und sich den anderen anschloss. Mit unmotivierten Schritten machte sie sich auf den Weg in die Webstube.

Kapitel 6

Als Sophie das erste Mal zum Arbeitsdienst in der Webstube erschien, fühlte sie sich fast ein wenig schuldig. Hatte Schwester Augusta ihren Besuch gestern auch als Beleidigung aufgefasst? Zaghaft betrat sie die Werkstatt und näherte sich der Nonne. Sie waren noch alleine im Raum, in dem es auch heute wieder behaglich warm war. Die Webmeisterin sah Sophie aufmerksam an, der auffiel, wie wach und interessiert die blauen Augen der Nonne blickten, obwohl sie bestimmt schon über fünfzig Jahre alt war.

»Da werden wir wohl einige Zeit miteinander auskommen müssen«, sagte Schwester Augusta nun ohne Umschweife. Sophie schluckte. »Sei mir also willkommen. Wenn es dir gelingt, deine Enttäuschung und deine Wut vor dieser Schwelle zu lassen, kannst du viel bei uns lernen.«

Bei diesem aufrichtig gemeinten Angebot regte sich in Sophie das schlechte Gewissen. »Ich wollte Euch gestern nicht kritisieren, Schwester«, flüsterte sie ungewollt heiser. »Bitte verzeiht.«

»Es gibt nichts zu verzeihen«, antwortete die Webmeisterin in selbstverständlichem Ton. »Du wolltest einfach deine Aufgabe so gut erledigen wie möglich. Eine lobenswerte Eigenschaft, auf die ich bei der Novizin Uthilda vermutlich noch lange hätte warten können.« Unwillkürlich streifte ihr Blick den Haufen mit Stickfäden, der noch immer unordentlich auf dem Tisch lag. Sophie folgte ihrem Blick und musste ein Lächeln unterdrücken.

»Aber die Dreistigkeit, eine andere Novizin der mangelnden Demut zu bezichtigen, für die nun gerade Uthilda selbst bekannt ist, hätte ich ihr doch nicht zugetraut.« Schwester Augusta sah Sophie verschmitzt an. »Es tut mir nur leid für dich, Sophie. Und natürlich für Schwester Benedicta, die sich jetzt mit der Erziehung dieser unreifen Person befassen darf.«

Sophie zuckte mit den Achseln. »Ich scheine seit einiger Zeit das Unglück einfach anzuziehen«, entschlüpfte es ihr. Dann begriff sie die Doppeldeutigkeit ihrer Worte und verbesserte sich hastig. »Ich meine nicht, dass es ein Unglück ist, bei Euch zu arbeiten, Schwester Augusta.«

Die ältere Nonne lächelte amüsiert. Dann wurde sie wieder ernst. »Vergiss nicht, dass Er immer bei dir ist«, sagte sie ruhig. »Und dass Er dein Schicksal fest, aber gütig in seinen Händen hält. Aber nun erzähle mir noch ein wenig von dir, bevor die anderen kommen. Warum kennst du dich zum Beispiel so gut mit den Preisen für Wolle aus?«

Sophie berichtete ihr in stockenden Worten von ihrer Herkunft. Sie war es kaum noch gewöhnt, so lange an einem Stück zu berichten, und Schwester Augusta musste einige Male nachfragen. Aber letztendlich schaffte es Sophie doch, ihre Geschichte zu beenden, sosehr sie auch noch immer schmerzte. Schwester Augusta schwieg, als sie geendet hatte.

»Ich kann mich nur wiederholen«, sagte sie schließlich. »Wenn du möchtest, können wir dir hier in der Webstube viel beibringen. Es ist eine gute Arbeit, die Demut und Kreativität miteinander verbindet. Und sie hat mit Dingen zu tun, die du seit deiner Kindheit kennst. Kannst du dir das für dich vorstellen?«

Sophie nickte zögernd. Auch wenn sie innerlich noch immer am Versuch scheiterte, sich ihr gesamtes restliches Leben im Kloster vorzustellen. Dann fiel ihr etwas ein. »Darf ich Euch etwas fragen, Schwester?«

Die ältere Nonne nickte aufmunternd.

»Die Bildwirkerei im Kirchenschiff«, begann Sophie zögernd, da ihr schon wieder Zweifel kamen, ob sie zu weit ging.

Aber jetzt gab es kein Zurück mehr. »Wer … wer hat sie gemacht?«

Über Schwester Augustas Gesicht huschte ein Anflug von Überraschung. »Du hast sie bemerkt?«, fragte Schwester Augusta erfreut.

»Aber ja! Wer würde dieses Werk übersehen?«

Schwester Augusta seufzte. »Nun, offensichtlich die meisten unserer demütig betenden Mitschwestern. Bisher hat mich zumindest noch niemand auf die Arbeit angesprochen.«

»Wisst Ihr denn, woher sie stammt?«

»Natürlich«, sagte Schwester Augusta, wobei sie aber Sophies Blick mied. »Das Motiv wurde von einem Maler entworfen, der auch die Altarbilder gemalt hat«, bestätigte sie dann Sophies Einschätzung. »Und die Tapisserie, wie sie diese Werke in meiner Heimat nennen, habe ich hergestellt.«

»Ihr?« Sophie verschlug es den Atem. Nie hätte sie gedacht, dass dieses herrliche Werk innerhalb des Klosters hergestellt worden war. Vielmehr hatte sie auf die Werkstätten in Flandern und Frankreich getippt, von wo auch ihr Vater das Millefleurs-Werk für ihre Aussteuer erworben hatte. War dies wirklich noch nicht einmal ein Jahr her?

Schwester Augusta nickte. »Ich habe den Bildteppich zum fünfzigsten Geburtstag unserer lieben Äbtissin gemacht. Es hat mich viele Monate zusätzliche Arbeit gekostet, bis er fertig war«, fügte sie hinzu, als sie Sophies ungläubige Miene sah. »Und es war eine große Überraschung für sie.«

»Er … er ist wunderschön«, sagte Sophie leise. »Und Ihr habt dieses Werk ganz alleine vollbracht?«

»Ich muss zugeben, dass ich durchaus helfende Hände hatte«, gab die Webmeisterin zu. »Schwester Imma und damals auch noch Schwester Klara – Gott habe sie selig – haben mich tatkräftig unterstützt.«

Unwillkürlich streifte Sophies Blick den großen, verhangenen Webstuhl im Hintergrund des Raumes, und es lag fast so etwas wie Sehnsucht darin. Schwester Augusta folgte ihrem Blick und lächelte still in sich hinein. Vielleicht war der Ehrgeiz Uthildas nur gut für die junge Sophie, dachte sie bei sich und freute sich heimlich auf die kommende Zeit. Es würde sich schon zeigen, ob die Novizin über verborgene Talente für das Handwerk der Weberei verfügte.

»Nun muss ich dich allerdings um etwas bitten«, holte Schwester Augusta Sophies Aufmerksamkeit wieder zu sich zurück, in deren Augen ein neuer Eifer glänzte. Sie wies auf die verworrenen Stickbänder. »Bitte kümmere dich doch um die Hinterlassenschaften unserer demütigen Uthilda.«

Sophie grinste Schwester Augusta unwillkürlich an und hielt sich dann erschrocken die Hand vor den Mund. So weit war es mit ihrer eigenen Demut wohl doch nicht her, dachte sie, während sie sich mit einem kurzen Nicken von der Nonne abwandte. Den restlichen Teil der Arbeitszeit sortierte sie mit leichtem Herzen die feinen Fäden und Bänder wieder hübsch nach Länge und Farbe und hängte sie in ein kleines Holzgestell, aus dem sie beim Sticken wieder bequem und ohne zu verknoten entnommen werden konnten.

Auch in den folgenden Tagen wurde Sophie mit einfachen Diensten betraut. Sie reichte den Nonnen, die an den Webstühlen arbeiteten, die Dinge an, die sie brauchten, räumte die Vorratskammer auf, reinigte die Webstühle und ging den Weberinnen bei einfachen Arbeiten zur Hand. Sie verstand, dass Schwester Augusta sie durch all diese einfachen Dienste langsam auf schwierigere Aufgaben vorbereitete.

»Wer sein Werkzeug nicht kennt oder die Arbeiten, die vor einem geleistet wurden, der kann sein eigenes Tun nicht wirklich verstehen«, erklärte sie.

Sophie überlegte einen Moment, welcher Regel des heiligen Benedikt sie dabei folgte, aber dann kam sie zu dem Schluss, dass es Schwester Augustas persönliche Überzeugung war.

Nach und nach lernte Sophie, dass Schwester Imma eine feste Arbeitskraft in der Webstube war. Die übrigen Webstühle wurden von wechselnden Nonnen bearbeitet, die dieser Arbeit je nach Verfügbarkeit und Notwendigkeit zugeteilt wurden und hauptsächlich Gebrauchsleinen für den Bedarf des Klosters herstellten.

Als Sophie sich blind in der Webstube auskannte, schickte Schwester Augusta sie unter dem Vorwand von Botengängen zu den Nonnen, die die Wolle für die Webstube vorbereiteten. Nach den Erfahrungen mit Uthilda hielt sich Sophie demütig zurück, bis die Nonnen sie von sich aus heranwinkten und ihr die verschiedenen Arbeitsschritte erklärten. Nach der Erntezeit, die die meisten der Nonnen beanspruchte, wurden jetzt die letzten Wollvorräte zu Garn verarbeitet, damit während der langen Wintermonate in der Weberei gut gearbeitet werden konnte. Dennoch gab es weniger zu tun als im Frühjahr, und die Nonnen ließen sich gerne von der neugierigen Novizin über die Schulter blicken.

Die angelieferten und im Kloster geschorenen Vliese wurden zunächst sortiert, geschlagen und gewaschen. Durch das, wie Sophie fand, sehr anstrengende Schlagen teilte man die Wolle in einzelne Flocken und bereitete sie so auf das Spinnen vor. War der Fettgehalt der Wolle nach dem Waschen zu gering, wurde ihre Geschmeidigkeit durch zusätzliches Schmälzen verbessert. Die gereinigten Wollfasern wurden dann je nach Länge weiterverarbeitet. Die grobe, langhaarige Wolle wurde mit langzinkigen Kämmen bearbeitet, während feinere, kurzhaarige Wollsorten mit den hölzernen und kurzzinkigen Krempeln für das Spinnen aufbereitet wurden. Sophie sah mit Erstaunen, wie die spanische Merinowolle unter den Händen der Kremplerin flaumweich und langflorig wurde, und bekam zum ersten Mal eine Ahnung davon, wie edel das Tuch sein würde, das daraus gewebt wurde.

Nachdem die Wollfasern aufgelöst waren, wurden sie in der

Spinnerei zu Garnen verarbeitet. Einige der Nonnen arbeiteten hier noch mit der althergebrachten Handspindel oder einem Wirtel, während andere auf die dreimal schnellere Arbeit mit dem fußbetriebenen Spinnrad schworen. Sophie lernte aber, dass die radgesponnene Wolle als minderwertiger galt und in den feinsten Tuchen nichts zu suchen hatte. Sie ließ sich von beiden Garnen eine Probe geben und verbrachte viel Zeit damit, die Garne zu vergleichen. Sie kam zu dem Schluss, dass handgesponnenes Garn unregelmäßiger war und daher beim Weben nicht so fest zusammengepresst werden konnte wie das am Rad gesponnene Garn. Dadurch wurden die Tuche lockerer, dicker und leichter. Attribute, die auch von den Kunden ihres Vaters immer geschätzt wurden. Als sie Schwester Augusta ihre Überlegungen mitteilte, wurde sie von der Weberin darin bestätigt.

»Du hast eine gute Beobachtungsgabe, Sophie«, lobte Schwester Augusta sie erfreut. »Jetzt werden wir herausfinden, ob deine Hände auch geschickt sind.«

Die Stoffe, die die Nonnen täglich für ihre Kleidung, für ihre Bettstatt oder für andere haushälterischen Zwecke brauchten, waren funktional und sehr strapazierfähig. Feineres Tuch war vor allem den Priorinnen und der Äbtissin sowie der Ausstattung der Kirche vorbehalten, oder es diente dem Verkauf. Sophie wusste bereits, dass im Kloster mehr Tuch hergestellt wurde, als für den Eigenbedarf notwendig war. Sie erinnerte die Umsätze, die das Kloster mit dem Tuchhandel erzielte, der sich nicht nur auf Eichstätt bezog, sondern sich bis nach Treuchtlingen und Neuburg erstreckte. Vor allem in Neuburg schien große Nachfrage nach robustem Tuch zu herrschen, da der junge Pfalzgraf aufgrund der zunehmenden Unruhen im Land damit beschäftigt war, sein Heer auszuweiten. Sophie dachte an Thomas, der inzwischen vielleicht auch schon einen Rock trug, der in Sankt Walburg gewebt worden war, und wurde von

Zweifel befallen. Wie konnte Gott zulassen, dass die Früchte der Arbeit, die Ihm zu Ehren getan wurde, später dazu dienten, einander totzuschießen? Doch sie beschloss, diesen Gedanken lieber nicht mit Schwester Augusta zu erörtern, die womöglich noch nie darüber nachgedacht hatte.

Als Sophie zum ersten Mal dabei half, einen Webstuhl für ein neues Tuch vorzubereiten, verließ sie fast der Mut. Das würde sie nie lernen! Zuerst zeigte ihr die Nonne, wie sie auf einem Schärrahmen genau gleich lange Kettfäden herstellen konnte, die auf den Webstuhl passten. Mit dieser Aufgabe konnte Sophie sich noch anfreunden. Aber als die Nonne sie hieß, mehr und mehr Kettfäden zu schneiden, kam ihr langsam ein übler Verdacht.

»Aber es müssen doch schon weit über Hundert sein«, wandte sie zaghaft ein. Die Nonne lächelte still in sich hinein. »Sag Bescheid, wenn es über Tausend sind«, antwortete sie nur. »Und sei froh, dass es nur ein einfaches Tuch ist, das wir weben wollen. Sonst bräuchten wir noch viel mehr.«

Als Sophie am Abend endlich genug Kettfäden aus Kammgarnwolle geschnitten hatte, schmerzten ihr die Arme, die sie bei der ungewohnten Arbeit im Stehen ständig hochgehalten hatte. Müde schleppte sie sich nach der Vesper zum Abendessen ins Refektorium, wobei ihr Schwester Klarissa begegnete. Die fröhliche Nonne zog sie heimlich beiseite und flüsterte ihr die letzten Neuigkeiten zu.

»Hast du schon gehört? Schwester Benedicta hat Uthilda wieder aus ihrem Skriptorium verbannt.« Schwester Klarissa war offenbar in bester Klatschlaune.

Überrascht sah Sophie auf.

»Anscheinend hat die gute Uthilda ein wenig übertrieben, als sie der Äbtissin ihr Wissen pries, und Schwester Benedicta hat gesagt, dass sie eine Unterstützung braucht und keine Schülerin.« Schwester Klarissa kicherte undemütig. »Geschieht ihr recht, der Uthilda. Nur weil sie aus einem alten Adelsgeschlecht stammt, hält sie sich auch hinter Klostermauern für etwas Besseres.«

»Tatsächlich«, murmelte Sophie nur, denn in diesem Augenblick kam Schwester Anselma vorbei und strafte Sophie und Schwester Klarissa mit strengem Blick. Um nicht wieder eine Buße im Schuldkapitel auferlegt zu bekommen, senkte Sophie rasch den Kopf und eilte so schnell an der Novizenmeisterin vorbei, dass diese ihr keine Vorhaltungen machen konnte.

Während des Essens dachte Sophie über die Neuigkeit nach. Sie erfüllte sie nicht mit Genugtuung. Vielmehr verspürte sie die leise Befürchtung, dass sie nun wieder in den Dienst der Zellerarin gestellt werden würde. Nach allem, was sie bisher in der Webstube gesehen und gelernt hatte, schien ihr die Arbeit dort verlockender als die der Zahlen und Worte. Bei Schwester Augusta brachte jeder Tag ihr etwas Neues, und sie ahnte, dass der Weg, den sie dort gehen konnte, noch lang und abwechslungsreich war. Unwillkürlich erinnerte sie sich an die Worte, die ihr die Äbtissin am ersten Tag gesagt hatte, dass Gott manchmal einen Platz im Leben für einen vorsah, den man ohne Seine Führung gar nicht finden konnte.

Schon einige Tage später war sich Sophie ihrer Sache nicht mehr so sicher. Mithilfe von Schwester Imma, die seit Jahren in der Webstube arbeitete, bereitete sie einen der beiden Webstühle für das nächste Stück Tuch vor. Dazu mussten sie gut über tausend Kettfäden durch die Ösen und Litzen des waagerechten Handwebstuhls fädeln, wofür schon eine geübte Weberin mehrere Tage brauchte. Schwester Imma hatte von Schwester Augusta offensichtlich den Auftrag erhalten, die Novizin zu Übungszwecken die meiste Arbeit alleine machen zu lassen. Obwohl sich Sophie nach Kräften bemühte, war sie nicht nur langsamer als die versierte Nonne, sie musste auch viele der Kettfäden wieder lösen, da sie falsch eingefädelt waren oder die Spannung nicht stimmte. Zum Muskelkater in den Armen kamen so schnell wunde Fingerkuppen, die sie gefühllos werden ließen und ihr die Arbeit zusätzlich erschweren. Aber sie erlaubte sich keinen Laut der Beschwerde, und auch Schwester Augusta tat, als ob sie den Kampf der jungen Novizin gar nicht bemerkte. Am Abend begutachtete Sophie missmutig die überschaubare Anzahl an Kettfäden, die einer Beanstandung durch Schwester Imma entgangen waren, und erkannte frustriert, dass sie mindestens noch eine Woche an dieser Arbeit sitzen würde.

Sophie sollte sich nicht getäuscht haben. Auch weiterhin wurde sie täglich zum Dienst in der Webstube eingeteilt. Wenige Tage nachdem sie von Uthildas Entlassung aus dem Skriptorium der Zellerarin gehört hatte, hatte Schwester Augusta ihr frei heraus die Frage gestellt, ob sie wieder zurück in den Dienst bei Schwester Benedicta wolle. Ohne auch nur einen Augenblick nachzudenken, hatte Sophie abgelehnt, und die Webmeisterin hatte mit einem zufriedenen Lächeln den inneren Pakt besiegelt, den sie mit der Novizin schloss. Obwohl Sophie sich für die Webstube entschieden hatte, gab es Augenblicke, in denen sie sich zu Tintenfass und Schreibgriffel zurücksehnte.

Uthilda jedoch musste ihre Niederlage täglich erneut eingestehen, wenn sie vor aller Ohren zu anderen Diensten eingeteilt wurde. Sophie versuchte tunlichst, während der Versammlung im Kapitelsaal keinen Blickkontakt zu Uthilda herzustellen und ihr auch sonst aus dem Weg zu gehen. Begegnete sie ihr dennoch einmal im Kloster, verstand Uthilda es immer, sich ihren Weg so zu bahnen, dass Sophie ihr ausweichen musste. Nicht selten zischte sie Sophie Beleidigungen und Gemeinheiten zu, und zum ersten Mal war Sophie dem Gebot des Schweigens im Kloster dankbar, das ihr erlaubte, mit würdiger Miene einfach beiseitezutreten.

In der Webstube hingegen machte sie Fortschritte. Nach einer Woche konnte sie die Kettfäden mit verbundenen Augen einfädeln und erzielte in der Regel auf Anhieb die richtige

Spannung. Schwester Imma und Schwester Augusta nickten ihr anerkennend zu, und Sophie freute sich über dieses hohe Maß an klösterlichem Lob. Nun stellten die beiden Nonnen die Novizin allerdings gleich vor die nächste Herausforderung, das Weben selbst. Das Kammgarn, das aus der Spinnerei geliefert wurde, war gleichmäßig und von guter Qualität. Schwester Imma zeigte Sophie, wie sie damit erst das Weberschiffchen bestücken musste, das anschließend durch die Kettfäden geschleudert wurde und so quer zur Kette den sogenannten Schussfaden einbrachte. Sie erklärte Sophie, dass in den einfachen Weberfamilien die Kinder schon in jungen Jahren diese Arbeit übernehmen mussten, damit die Eltern möglichst schnell das fertige Tuch abliefern konnten. Immerhin waren Weber oft einen großen Teil ihres Lebens damit beschäftigt, ihren Webstuhl abzubezahlen, der so viel wert sein konnte wie ein kleines Häuschen.

Dann begann die Arbeit am Webstuhl. Durch die Fußpedale wurden die Kettfäden immer gegensätzlich gehoben und gesenkt. Durch diese Lücke, das Fach, wurde das Schiffchen geschleudert, das dabei seine ach so dünne Wollspur hinterließ. Beim nächsten Fachwechsel wurde jeder Schussfaden mit dem Webblatt fest an seinen Vorgänger gepresst und ergänzte das entstehende Tuch um ein winziges bisschen. Nachdem Schwester Imma Sophie den eigentlich simplen Ablauf mehrmals gezeigt hatte, begann für die Novizin erneut ein mühsamer Lernprozess. Wo die erfahrene Nonne mit fließenden Bewegungen und geschmeidigen Händen gearbeitet hatte, blieb Sophie hängen, verhedderte sich und straffte den Schussfaden so stark, dass die äußeren Kettfäden eingeschnürt wurden. Vor dem Hintergrund des schnell und gleichmäßig klappernden Webstuhls, an dem Schwester Imma arbeitete, kamen Sophie die Geräusche ihres Tisches vor wie das unbeholfene Stottern in einer fremden Sprache. Unwillkürlich sagte sie sich die Psalme auf Latein vor, die sie schon verstand, und versuchte, durch den Takt ihrer Worte

Gleichmäßigkeit in ihre eckigen Bewegungen zu bringen. Ora et labora, ging es ihr wieder einmal durch den Kopf. So nahe konnten sie also beieinanderliegen, die beiden ersten Grundsätze des heiligen Benedikt. Immer wieder prüften Schwester Imma und Schwester Augusta ihre Arbeit und korrigierten sie. Mehr als einmal musste Sophie sogar ihren Schussfaden durchtrennen und die letzten Zoll Tuch wieder auflösen. Von ihrem Vater wusste sie, dass ein guter Ballen Tuch sechzig bis siebzig Ellen lang war. Wenn sie nicht schneller arbeitete, würde sie dafür bis zur Feier von Christi Auferstehung brauchen. Der Gedanke machte sie hektisch und verleitete sie zu noch mehr Fehlern.

»Habe Geduld mit dir«, riet ihr Schwester Imma, als sie wieder einmal missmutig die Schultern hängen ließ. »Deine Hände und dein Herz werden sich schon noch an diese Arbeit gewöhnen.«

Hoffentlich, dachte Sophie grantig. Immerhin habe ich ein Leben lang Zeit dazu.

Kapitel 7

Es hatte geschneit. Die Adventszeit rückte näher, und obwohl im Kloster außer vermehrtem Gebet und Lesungen zum Leben und Wirken Christi nicht viel davon zu bemerken war, klopfte Sophies Herz in freudiger Erwartung auf das Weihnachtsfest. Während in der Klausur kaum weihnachtlicher Schmuck aufgehängt wurde, standen viele Arbeiten an, durch die das Kloster sich nach außen präsentierte. Neben Geschenken an den hochrangigen Klerus der Diözese und die Gönner des Klosters galt es, Almosen und Armenspeisungen vorzubereiten. So kam es immer häufiger vor, dass Sophie nicht zum Dienst in der Webstube eingeteilt wurde, sondern zu ihrer Enttäuschung an anderer Stelle aushelfen musste. Dabei begann sie gerade, einen geschmeidigen Rhythmus am Webstuhl zu finden.

Bei der morgendlichen Versammlung am ersten Advent jedoch traute Sophie ihren Ohren kaum. Sie war zum Küchendienst eingeteilt, da dort die traditionelle Adventssuppe gekocht wurde, die gegen Mittag von den Nonnen an Bedürftige ausgegeben wurde. Diesen Dienst sollte Sophie ausgerechnet gemeinsam mit Uthilda verrichten. Unwillkürlich fragte sich Sophie, wer auf diese Idee gekommen war. Dass sie nicht gerade die beste Freundin Uthildas war, hatte sich inzwischen schweigend herumgesprochen. Seufzend machte sie sich im Anschluss an die Versammlung auf den Weg in die Küche, um sich von der Köchin einweisen zu lassen. Vor ihr türmten sich bereits die geputzten Steckrüben, als Uthilda mit einiger Verspätung endlich erschien. Sie warf einen verächtlichen Blick auf Sophies von der Arbeit geröteten Hände und griff ihrerseits erst nach mehrmaliger Aufforderung durch die Köchin nach einem Schälmesser. Als Sophie das nächste Mal nach einer Rübe griff, beeilte sich Uthilda, dasselbe zu tun. Nur tat sie es mit ihrem Messer in der Hand, und die scharfe Klinge glitt haarscharf an Sophies Hand vorbei.

»Pass doch auf«, fauchte Uthilda sie ärgerlich an, als ob Sophie etwas dafür konnte.

Sophie warf Uthilda einen ärgerlichen Blick zu. Warum hasst du mich so?, hätte sie beinahe ungehalten gefragt, aber das Schweigegebot und die Ahnung, dass Uthilda darauf ohnehin keine vernünftige Antwort geben würde, hielten sie davon ab. So schaffte sie es, gleichmütig weiterzuarbeiten, während sie Uthildas Blicke wie kleine Nadelstiche von der Seite spürte. Wahrscheinlich gehörte Uthilda einfach zu den Mädchen, die sich lieber an den nächsten Ritter hätten verheiraten lassen, als ins Kloster zu gehen, dämmerte es Sophie.

Während die Suppe in einem großen Kessel köchelte, füllten Sophie und Uthilda unter Aufsicht der Köchin weitere Zutaten nach. Sogar etwas Fleisch wurde zugefügt, und obwohl die Suppe auf Sophie eher wässerig wirkte, würde sie für viele der Bedürftigen ein Festmahl darstellen.

Zur Verteilung musste der Kessel in einen Raum in der Nähe der Pforte getragen werden, der sich nicht in der Klausur des Klosters befand. Sophie schleppte das schwere, heiße Gefäß mit einer anderen Nonne, da Uthilda urplötzlich nicht mehr aufzufinden gewesen war. Sophie hängte den Kessel an eine schwenkbare Kette. Längst hatte sich eine lange Reihe von Menschen gebildet, die schon seit Stunden in der Kälte auf die Speisung warteten. Die Nonne verschwand wieder in Richtung Küche, und Sophie sah sich suchend nach Uthilda um, von der weit und breit noch nichts zu sehen war. Dann wandte sie sich unschlüssig den stummen, ausgezehrten Gesichtern der Menschen zu, die vor ihr geduldig auf ihr Essen warteten, und sie griff beherzt zur Kelle. Ihre Näpfe und Holzlöffel hatten die Armen selbst mitgebracht und hielten sie Sophie erwartungsvoll hin.

Nun denn, dachte Sophie, bevor die Suppe kalt wird. Und sie begann, die Barmherzigkeit Gottes in Form der heißen Suppe in die Näpfe der Menschen zu füllen. Zahlreich zogen sie an ihr vorbei, Alte, Weiber und unzählige magere Kinder, hin und wieder bleiche Männer, die leise Dankesworte und Lobpreisungen murmelten und sich mit ihrem nahrhaften Schatz in einen Winkel des Raumes oder wieder nach draußen verzogen.

Sophie schöpfte, bis ihr der Arm schwer wurde. Die aufgerissenen Augen der Kinder, die schmalen, zusammengepressten Lippen der Frauen, das Leid, die Krankheit und der nahe Tod zogen in einer nicht enden wollenden Reihe an ihr vorüber. Sie sah, wie der Kessel sich leerte. Bald hatte sie bereits mehr als die Hälfte der Suppe verteilt, ohne dass der Andrang der Armen abgenommen hätte. Sophie bekam ein schlechtes Gewissen. Hatte sie zu viel ausgeteilt? Würde es jetzt nicht mehr für alle reichen? Aber würde es jemals für alle reichen?

Während sie ins Grübeln geriet, wurde die Tür hinter ihr aufgestoßen, und Uthilda kam mit einem kleinen, dampfenden Kessel herein. Offenbar hatte die Köchin sie aufgespürt und mit Nachschub zu Sophie geschickt. Sophie war gerade dabei, einer Mutter und ihren fünf halb verhungerten Kindern Suppe in die Näpfe zu füllen, als Uthilda neben sie trat. Im nächsten Augenblick war ihr, als ob sich die Feuer der Hölle über ihre Hände ergossen hätten. Sie schrie auf und ließ die Kelle fallen. Rückwärts taumelnd sah sie ungläubig auf ihre Hände und Arme, auf denen sich bereits hässliche rote Blasen zeigten, während die hungrigen Kinder vor ihr ungläubig auf die Suppe sahen, die in dampfenden Rinnsalen über den Boden floss. Uthilda hatte nicht gewartet, bis Sophie zur Seite getreten war. Sie hatte die heiße Flüssigkeit mit Schwung in den Kessel und über Sophies Hände gegossen.

Endlich rang sich ein heiserer Schrei aus Sophies Kehle, der die Umstehenden aus ihrer Starre befreite. Die Mutter, der sie eben noch Essen ausgegeben hatte, packte Sophie und zerrte sie ins Freie. Sie warf sie zu Boden und häufte frischen Schnee über ihre Hände und Arme und auf ihren Oberschenkel, an dem der mit Suppe durchtränkte Habit klebte. Das Geschrei der Kinder lenkte schließlich die Aufmerksamkeit der Pförtnerin auf den Tumult. Als Uthilda sah, dass die Nonne herüberkam, kniete sie sich neben Sophie und häufte mehr Schnee auf die Verbrennungen.

»Viel Spaß damit in der Webstube«, raunte sie Sophie böse zu und drückte den Schnee schmerzhaft auf die Brandblasen. Blass vor Schmerz, sah Sophie zu ihr hoch. Plötzlich stieg weiße Wut in ihr hoch, die jede Demut und Frömmigkeit in ihr erstickte.

»Kein Wunder, dass deine Familie dich loswerden wollte«, zischte sie zurück. »Wer würde schon eine Hexe wie dich heiraten!«

Mit Genugtuung sah sie Uthilda erbleichen. Weit weg von der Wahrheit hatte sie mit ihrer Vermutung anscheinend nicht gelegen.

Doch dann kam schon die Pförtnerin heran, die die Szene mit einem Blick erfasste. Sie rief zwei weitere Nonnen heran, von denen eine Uthilda mit zurück zum Kessel nahm, während die andere dabei half, den kühlenden Schnee um Sophie mit Wolldecken zu fixieren, bevor sie sie vorsichtig ins Krankenzimmer brachten.

Kurz darauf lag Sophie im nüchternen Krankenzimmer des Klosters auf einer Pritsche. Die Nonne, die im Kloster die Aufgabe eines Medicus versah, beugte sich über sie und versuchte, ihr etwas zu trinken einzuflößen.

»Trink das, mein Kind«, flüsterte sie Sophie zu. »Es lindert deinen Schmerz und gibt dem Körper das zurück, was er durch die Verbrennung verloren hat.«

Sophie schluckte brav und war erstaunt über den frischen, fruchtigen Geschmack. Ihre Hände schmerzten noch immer fürchterlich, und sie konnte sie nicht bewegen. Für einen Augenblick überfiel sie Panik, aber dann bemerkte sie, dass sie noch immer in den schweren, nassen Wolldecken steckten, die man um sie gewickelt hatte. Die Nonne begann nun, Sophies Hände zu befreien, was sie mehrmals vor Schmerz aufstöhnen ließ. Dann nahm die Nonne ein kleines Messer und schnitt die Ärmel ihres Habits bis zu den Schultern auf, und schließlich entfernte sie sie ganz. Unwillkürlich machte sich Sophie Sorgen, wie sie ihren zerstörten Habit nun der Novizenmeisterin erklären sollte. Auch ihren Oberschenkel begutachtete die Nonne eingehend.

»Nicht so schlimm«, murmelte sie daraufhin und legte ein sauberes, nasskühles Leintuch darüber. Der schwere Wollstoff des Habits hatte Sophie anscheinend vor dem Schlimmsten bewahrt. Die Hände der Novizin betrachtete die Nonne allerdings mit sorgenvoller Miene. Sie legte Sophies nackte Arme, die bis über die Ellenbogen Verbrennungen aufwiesen, auf saubere Leintücher.

»Das war ein guter Gedanke, die Hände in sauberen Schnee zu packen«, lobte die Heilerin. »Vermutlich haben dich die Schwestern so davor bewahrt, den Nutzen deiner Hände zu verlieren.«

»Es war keine der Schwestern«, flüsterte Sophie. »Es war eine der Bedürftigen, die zur Speisung gekommen sind.«

Sophie dachte an die Mutter mit ihren dürren Kindern, die das Kloster wahrscheinlich schon längst wieder verlassen hatte. Wie sollte sie ihr jemals für ihre Geistesgegenwart danken? Sophie schwor sich, ab jetzt freiwillig bei der Almosenverteilung und den Armenspeisungen zu helfen, bis sie sie wiedergefunden hatte. Gleichzeitig ahnte sie aber, dass es sehr lange dauern würde, bis sie wieder eine Kelle würde halten können.

Die Nonne nickte anerkennend und wandte sich wieder

einem kleinen Herd zu, auf dem mehrere Töpfe dampften. Sophie beobachtete, wie sie sich wieder über ihre Tinkturen beugte, während der Schmerz in ihren Händen tatsächlich langsam nachließ. Die Heilerin nahm einen der Töpfe vom Herd und tauchte ein Stück Leinen hinein. Dann ließ sie das Tuch vorsichtig abtropfen und kühlte es ein wenig aus. Lauwarm legte sie es schließlich auf Sophies Arme. Die Angst vor neuem Schmerz ließ Sophie den Atem anhalten, aber die Temperatur war angenehm und der Schmerz jetzt fast ganz betäubt.

»Leinsamen«, erklärte die Heilerin. »Er wird die Verbrennung aus der Wunde ziehen, wie unsere liebe Hildegard von Bingen uns lehrt.«

Sophie seufzte und schloss die Augen.

»Ganz recht, mein Kind«, hörte sie die warme Stimme der Nonne. »Ruhe dich jetzt ein wenig aus. Dein Körper muss sich von dem Schock erholen.«

Sophie spürte, wie die Anspannung langsam aus ihrem Körper wich. Nur ihre Gedanken flogen noch wirr hin und her. Warum hatte Uthilda ihr das angetan? Dass es pure Absicht der Novizin gewesen war, war Sophie völlig klar. Kam dieser Hass wirklich nur aus Uthildas Hochmut und ihrer Verbitterung, ein Leben im Kloster führen zu müssen? Und warum traf er sie? Gab es einen besonderen Grund dafür, oder war sie einfach die Erste gewesen, die Uthilda eine Angriffsfläche geboten hatte. Sophie erinnerte sich an den Tag in der Webstube. Dann fielen ihr Uthildas hässliche Worte wieder ein. Sie hatte die Suppe extra über Sophies Hände geschüttet, damit diese nicht mehr weben konnte. Die Webstube und Schwester Augusta waren die letzten Dinge, an die Sophie dachte, bevor sie in einen erschöpften Schlaf fiel.

Sophie erwachte davon, dass ihr die Heilerin behutsam eine Salbe auf die Arme strich. Der Schmerz war zurückgekehrt, aber er biss nicht mehr mit der gleichen Heftigkeit zu wie vorher. Draußen war es dunkel.

»Wie lange habe ich geschlafen?«, fragte Sophie leise.

»Das Gebet zur Vigilie ist eben vorüber«, erklärte die Nonne ruhig, die auch jetzt, mitten in der Nacht, ebenso wach und ausgeruht wirkte wie am Mittag. Die kühle Salbe roch nach Veilchen und Ringelblumen und tat Sophie sofort gut. Dennoch war sie erleichtert, als die Berührungen der Nonne aufhörten, so sanft sie auch gewesen waren. Dankbar nahm sie den Trank an, der ihr schon am Mittag geholfen hatte. Obwohl sie keinen Hunger verspürte, ließ sich Sophie danach noch folgsam einen Becher Brühe einflößen.

»So ist es gut«, raunte die Heilerin beruhigend. »Du wirst sehen, deine Hände werden dir schon bald wieder gut gehorchen.«

Erleichtert atmete Sophie auf. Doch dann schrak sie erneut zusammen. »Werden Narben bleiben?«, fragte sie mit der natürlichen Eitelkeit eines hübschen Mädchens.

Die Heilerin sah sie eine kurze Weile schweigend an. »Die Salbe wird deine Haut beruhigen«, versprach sie dann, »und ihr helfen zu heilen. Violae odoratae und Calendula. Damit tue ich alles, was ich kann. Das Übrige liegt in Seiner Macht.«

Unwillkürlich war Sophie versucht, Gott in einem Stoßgebet um reine, weiße Hände zu bitten. Aber als ihr Blick auf das schlichte Holzkreuz an der nüchternen weiß gekalkten Wand gegenüber ihrer Bettstatt fiel, hielt sie inne. Sie lebte im Kloster. Für immer. Es würde nie wieder eine Rolle spielen, ob ihre Hände vernarbt waren oder nicht. Wenn sie nur wieder arbeiten, wieder weben konnte! Sie schloss die Augen und bat Gott zum ersten Mal seit langer Zeit wieder um seine Gnade.

Als sie das nächste Mal erwachte, schien eine fahle Wintersonne durch die kleinen Fenster und zeichnete lange Muster auf

Boden und Wände der Krankenstube. Sophie war alleine im Zimmer und stellte erfreut fest, dass sie sich stärker fühlte. Der Schmerz in ihren Armen war erträglich. Vorsichtig hob sie eine Hand, die jedoch in einen Leinenverband gewickelt war. Die Bewegung schmerzte unverhofft stark, und sie legte die Hand so langsam wie möglich wieder ab. Vorsichtig bewegte sie ihr linkes Bein, um festzustellen, wie es um ihren Oberschenkel bestellt war. Eine Bandage konnte sie nicht fühlen, und auch die Bewegung löste nicht mehr als ein unangenehmes Ziehen aus. Unvermittelt verspürte Sophie das dringende Bedürfnis, den Abort aufzusuchen. Sie lauschte, ob sie die Anwesenheit der Heilerin oder einer anderen Nonne in einem der Nebenzimmer wahrnehmen konnte, aber alles war völlig still. War es Zeit zum Gebet? Sophie zögerte, die Stille durch lautes Rufen zu unterbrechen. Nach den Wochen, die sie bereits im Kloster verbracht hatte, hatte sie die Ruhe bereits verinnerlicht. Aber es führte kein Weg daran vorbei, sie musste unbedingt ihre Notdurft verrichten.

Stöhnend versuchte sie, sich ohne Einsatz der Hände aufzurichten. Im Sitzen wartete sie einen Moment, bis ihr Kreislauf sich stabilisierte, und sah sich dann vorsichtig nach einem Nachttopf um. Tatsächlich fand sie eine gusseiserne Bettpfanne, die unter einer der beiden anderen Pritschen im Raum stand. Vorsichtig drehte sie sich zur Seite und stand auf. Wieder wartete sie einen Moment, dann tappte sie mit nackten Füßen über den kalten Boden und zog die Bettpfanne mit dem Fuß unter dem Holzbett hervor. Da sie sie nicht aufheben konnte, kniete sich Sophie vorsichtig darüber und raffte ihr Hemd unbeholfen zusammen. Erleichtert seufzte sie auf. Das Aufstehen gestaltete sich schon schwieriger. Sophies Knie knickten unvermutet ein, und sie kippte vornüber. Reflexartig stützte sie sich mit den Händen ab und schrie vor Schmerz laut auf. Wenige Augenblicke später wurde die Tür hastig geöffnet, und die Heilerin kam herein.

»Was machst du denn?«, tadelte sie Sophie sanft und hob sie auf. Sie führte sie zurück ins Bett. »Warum hast du nicht gerufen?«

Sophie schwieg. Gute Frage, schalt sie sich selbst. Ihre Hände brannten unerträglich, und ihr rechtes Knie würde sicher bald ein schöner blauer Fleck zieren. Die Nonne gab ihr etwas zu trinken und entsorgte dann die benutzte Bettpfanne. Nach einer Weile kehrte sie mit einem Tablett zurück, auf dem einige Tiegel, frisches Leinen und ein Messer lagen.

»Dann wollen wir mal sehen«, sagte sie leise. »Du hast einen ganzen Tag und eine Nacht durchgeschlafen. Das ist ein gutes Zeichen. Wenn sich eine Entzündung bilden würde, hätten dich der Schmerz oder das Fieber längst geweckt.«

Sophie beobachtete die sanften Bewegungen der Nonne, die die Bandagen von ihren Händen nahm. Als sie freilagen, sog Sophie scharf die Luft ein. Kaum eine Stelle an Fingern, Handrücken und der Außenseite ihrer Unterarme war von Blasen verschont geblieben. Sie drehte die Hände und war froh, dass die Innenflächen weit besser aussahen.

»Du hattest viel Glück«, sagte die Heilerin und besah sich die Wunden sorgfältig. Der Schmerz hatte sie reizbar gemacht, und so konnte Sophie ein ungläubiges Schnauben nicht unterdrücken.

»Jetzt brauchst du nur noch Ruhe. Und etwas mehr Geduld mit dir selbst.« Die Heilerin begann wieder, Sophies Hände mit der Veilchensalbe zu bestreichen.

In diesem Augenblick öffnete sich die Tür, und Schwester Anselma trat ein. Unwillkürlich befielen Sophie beim Anblick der Novizenmeisterin Schuldgefühle. Dabei hatte sie sich nicht das Geringste vorzuwerfen.

Schwester Anselma grüßte Sophie durch ein kurzes Nicken und beobachtete dann die Heilerin bei ihrer Arbeit. Angesichts von Sophies verbrühten Händen verzog sie keine Miene. Als die Nonne Sophies Hände versorgt hatte, zog sie sich wortlos zurück und ließ Sophie mit der Novizenmeisterin alleine, die aufrecht am Fußende von Sophies Bett stand.

»Ich habe gehört, dass du dich auf dem Wege der Besserung befindest«, eröffnete Schwester Anselma das Gespräch. »Ich freue mich, das zu hören.«

Sophie nickte.

»Bei Schwester Maria bist du in den besten Händen. Ich habe sie mithilfe Gottes und dem Wissen der lieben Hildegard von Bingen schon wahre Wunder vollbringen sehen.«

Sophie bestätigte die ausgezeichnete Pflege und wartete auf die nächsten Worte der Novizenmeisterin. Aber zu ihrer Überraschung schwieg Schwester Anselma. Vielmehr schien sie Sophie erwartungsvoll anzusehen.

»Möchtest du mir etwas mitteilen, Sophie?«, fragte sie schließlich direkt und stürzte Sophie damit in tiefe Verwirrung. Nicht nur, weil die Novizenmeisterin, die sie sonst immer zu demütigem Schweigen anhielt, sie gezielt zum Sprechen aufforderte. Sie wusste einfach nicht, worauf die ehrwürdige Nonne hinauswollte. Sollte sie eine Schuld eingestehen, von der sie nichts wusste? Ihre Verunsicherung musste sich deutlich in ihrer Miene gespiegelt haben, denn Schwester Anselma hob beschwichtigend die Hand.

»Ich möchte nur wissen, was sich vor zwei Tagen zugetragen hat«, sagte sie ruhig.

»Hat Uthilda das nicht schon berichtet?«, fragte Sophie vorsichtig.

»Ich möchte es von dir hören, Sophie«, forderte Schwester Anselma, und Sophie ahnte, dass ihren Worten eine besondere Bedeutung beigemessen werden würde. Zweimal hatte die Novizenmeisterin sie bereits bei ihrem Namen genannt, und nicht einfach nur »mein Kind«, wie sie es meistens bei jüngeren Novizinnen zu tun pflegte. Sophie überlegte fieberhaft, was sie Schwester Anselma sagen sollte. Eine Lüge war einfach unvorstellbar.

»Ich habe mir die Hände verbrüht, als Uthilda die Suppe für die Armenspeisung nachgefüllt hat«, versuchte sie so neutral wie möglich zu bleiben.

Schwester Anselma hob eine Braue. »War es ein Unfall?«, fragte sie die Novizin direkt.

Wieder hatte Sophie das Gefühl, dass ihre Antwort irgendetwas entscheiden würde. »Ich kann mir nicht vorstellen, warum Uthilda mich absichtlich verbrühen würde?«, antwortete sie nach kurzem Zögern. Das war immerhin wieder keine Lüge. Diese Frage stellte sich Sophie tatsächlich seit zwei Tagen.

»Jemand von den Bedürftigen hat der Pförtnerin gesagt, Uthilda habe dir die heiße Suppe mit voller Absicht über die Hände gegossen«, eröffnete Schwester Anselma Sophie überraschend.

»Aber warum sollte sie?«, fragte Sophie kleinlaut.

Schwester Anselma hob leicht die Schultern. »Hattest du auch den Eindruck, dass sie es mit Absicht getan hat?«

Sophie kam ins Schwitzen. Natürlich hatte sie den Eindruck, aber etwas hielt sie davon ab, es vor der Novizenmeisterin zuzugeben.

»Ich hatte Uthilda noch gar nicht richtig bemerkt«, wich sie daher aus. »Ich war ja noch damit beschäftigt, Suppe zu verteilen.«

»Sie hat dich also nicht gewarnt«, sagte Schwester Anselma leise.

Sophie senkte den Kopf und schwieg beharrlich.

»Gut.« Die Stimme der Novizenmeisterin war wieder sachlich. »Ich danke dir, Sophie. Ruhe dich nun aus. Schwester Maria wird mich regelmäßig über deinen Gesundheitszustand unterrichten.«

Damit nickte ihr die Novizenmeisterin noch einmal zu und verließ den Raum. Mit gemischten Gefühlen sah Sophie ihr nach.

Sophie blieb noch einige Tage im Krankenzimmer. Hier war sie vom streng geregelten Tagesablauf des Klosters befreit. Zuerst genoss Sophie die Ruhe und die Muße und vor allem den ungestörten Schlaf. Aber schon bald begann sie sich zu langweilen. Daher war sie Schwester Anselma fast dankbar, die ihr ihre Bücher bringen ließ, damit sie auch jetzt fleißig studieren konnte. Ihre Lateinkenntnisse reichten mittlerweile schon dazu aus, kurze Passagen aus der Bibel und einige Gebete zu verstehen, die immer wieder verwendet wurden. Die Novizenmeisterin hatte ihr zudem Meditationsübungen gegeben und besuchte sie täglich, um sich von Sophies Fortschritten zu überzeugen. Sophie begrüßte diese Besuche, da sie eine willkommene Abwechslung in ihren Tagen darstellte. Überrascht stellte sie fest, wie belesen die Novizenmeisterin war und wie gut sie sich in Philosophie und Religion auskannte. Nicht selten gerieten die beiden Frauen in eine Diskussion voller Eifer, den Sophie der strengen Nonne gar nicht zugetraut hätte. Selten genug hatte Sophie dabei das letzte Wort.

Eines Tages öffnete nicht die Novizenmeisterin die Tür, sondern Schwester Klarissa. Sophie freute sich über den Besuch der fröhlichen Nonne, für die sie fast freundschaftliche Gefühle hegte. Zwar war Schwester Klarissa mit dem Auftrag geschickt worden, sich der Bildung der Novizin zu widmen, aber sie nutzte die ungestörte Atmosphäre nur zu gern für ein heimliches Schwätzchen.

»Wie geht es dir denn?«, fragte sie besorgt und betrachtete Sophies Hände, die inzwischen nur noch von dünnen Gazebinden bedeckt wurden.

»Immer besser«, erwiderte Sophie, die sich längst wieder kräftig und gesund fühlte. Ihr Oberschenkel war fast wieder geheilt, nur die Hände brauchten noch viel Pflege und Ruhe.

»Werden deine Hände wieder ganz heilen?«

Sophie bewegte vorsichtig die Finger. »Schwester Maria sagt, ja«, antwortete sie. »Sie hat mir sogar erklärt, dass die Haut sich immer wieder erneuert. Ist das nicht unglaublich? Deshalb heilen Wunden auch wieder, es dauert eben nur einige Wochen.« Dann sah sie auf ihre Hände, an denen die Blasen bereits zurückgegangen waren, die aber immer noch stark gerötet waren. »Es können sich nur Narben bilden.«

Schwester Klarissa schnupperte an einem Tiegel, der neben Sophies Bett stand. »Hm, Veilchenöl«, murmelte sie. »Das sollte helfen. Schau her.«

Damit zog sie unvermutet ihren Habit ein Stück in die Höhe und zeigte Sophie ihre Wade, über die sich eine lange, dünne Narbe zog. »Mein erster Versuch mit der Sense«, erklärte sie und grinste. »Keiner konnte sich erklären, wie ich es geschafft habe, mir das Ding ins eigene Beine zu hauen. Aber ich sage dir, es war eine fürchterliche Wunde. Und sie hat sich entzündet! Schwester Maria fürchtete schon, dass sie mir das Bein abnehmen müsse, aber dann ist es doch besser geworden. Und heute sieht man fast nichts mehr davon.«

Sophie staunte. »Hm, anscheinend ist das Klosterleben doch nicht so beschaulich und ungefährlich, wie man sich das so gemeinhin vorstellt.«

Schwester Klarissa sah sie aufmerksam an. »Stimmt es denn, dass Uthilda dich absichtlich verbrüht hat?«

Sophie fuhr hoch. »Wer sagt das?«

»Alle«, erklärte Schwester Klarissa mit einem Schulterzucken. »Ich meine, es ist ja auch nicht verwunderlich nach dem, was im Frühjahr passiert ist.«

»Was ist denn im Frühjahr passiert?«

Schwester Klarissa schien einen Augenblick innezuhalten, als ob sie bereits zu viel gesagt hätte. Aber dann siegte ihre Gesprächslust. »Uthilda hat schon einmal einen schweren Unfall verursacht«, erzählte sie. »Es war im März, wenige Wochen nachdem sie hier Novizin geworden war. Sie hatte schon den ganzen Tag schlechte Laune, aber als ihr dann aufgetragen wurde, in den Ställen auszuhelfen, ist sie fast geplatzt vor Wut. Uthilda von

Staben beim Vieh ausmisten! Als eine der Nonnen sie dann noch gemaßregelt hat, hat sie mit der Heugabel auf eine andere Novizin eingestochen. Aus Versehen, wie sie behauptet hat, sie wollte eigentlich das frische Stroh aufnehmen. Nun, das arme Ding hat dann ebenfalls geraume Zeit in Schwester Marias Pflege verbringen müssen.«

»Warum ist Uthilda denn so garstig?«, fragte Sophie verwundert.

»Garstig war sie vielleicht, als sie vier Jahre alt war«, gab Schwester Klarissa sarkastisch zurück. »Heute würde ich sie regelrecht bösartig nennen, wenn wir dieses Wort innerhalb unseres Klosters nicht vergessen müssten.«

»Aber warum?«

»Nun, Uthilda ist nicht gerade aus frommer Überzeugung hier eingetreten«, bestätigte Schwester Klarissa Sophies Vermutung.

»Das bin ich auch nicht«, gab sie zurück. »Ich werde dennoch nicht zur Gefahr für alle anderen.«

»Bei Uthilda ist das anscheinend komplizierter. Genau weiß ich es auch nicht«, gab Schwester Klarissa zu, »aber sie hat sich bestimmt sehr dagegen gewehrt, dass ihr Vater sie ins Kloster gesteckt hat. Sie wollte eigentlich eine gute Partie machen, was bei einer von Staben auch nicht überrascht hätte. Aber sie war wohl noch nie besonders einfach. Ihre große Liebe wollte anscheinend nichts von ihr wissen. Als ihr Vater dann einen anderen Mann für sie gefunden hatte, wurde die Verlobung kurz vor der Hochzeit gelöst, weil Uthilda angeblich nicht mehr rein war.«

Sophie zog erstaunt die Brauen hoch. »Wie hat ihr Zukünftiger das denn vor der Hochzeitsnacht festgestellt?«, fragte sie interessiert.

»Angeblich hat Uthilda es ihm selbst gesagt, weil er ihr so zuwider war. Sie konnte ja nicht ahnen, dass es sie ins Kloster bringen würde. Oder sie war einfach nur verwirrt, weil sie zu dieser Zeit erfahren hat, dass sich ihre große Liebe verlobt hat, noch dazu mit einer Bürgerlichen! Welche Schmach für eine von Staben. Da lässt sie sich schon gnädig zum Sohn eines einfachen Freiherrn herab, und der zieht ihr eine hübsche Kaufmannstochter vor.«

Ein ungutes Gefühl begann sich in Sophie auszubreiten. »Du weißt nicht zufällig, in wen sie verliebt war?«

Schwester Klarissa zuckte mit den Schultern. »Sie hat den Namen nie erwähnt. In irgendeinen hübschen Junker aus Neuburg oder Donauwörth. Niederer Adel, verglichen mit den Stabens, aber durchaus ein altes Geschlecht von Freiherren.«

Das ungute Gefühl formte sich in Sophie zu einem üblen Verdacht. Konnte Uthilda in Heinrich von Sternau verliebt gewesen sein? Dann kam ihr eine ganz andere Frage in den Sinn. »Woher weißt du das eigentlich alles?«, fragte sie die Nonne.

Schwester Klarissa wurde tatsächlich rot. »Nun … einen Teil von ihr selbst …«, stotterte sie. »Und …«

»Und den Rest?«

Sophie erinnerte sich an ihr Begrüßungsgespräch mit der Äbtissin. Wenn sie auch mit Uthilda ein solches Gespräch geführt hatte und jemand es heimlich belauscht hatte? Streng sah sie die Nonne an, die noch tiefer errötete und den Blick abwandte. »Ich kann nun mal nichts dafür, dass ich so neugierig bin«, flüsterte sie beschämt.

»Hörst du jedes Mal zu?«, fragte Sophie entsetzt.

Schwester Klarissa wischte die Bedenken mit einer Handbewegung weg. »Ach was«, sagte sie. »Das war nur Zufall!«

Ein Zufall, dem Schwester Klarissa sicher zu gerne nachgeholfen hatte. Wusste sie auch Bescheid über Sophies Geschichte? Sophie war sich durchaus bewusst, dass die gesprächige Nonne nicht nur mit ihr in diesen informativen Plauderton verfiel. Also war es wahrscheinlich, dass Sophies Geschichte auch bei Uthilda angekommen war. Und die würde sich ganz schnell ihren eigenen Reim darauf gemacht haben. Alles passte zusammen, und Uthilda wusste sicher einiges über die Frau, die Heinrich ihr vorgezogen hatte. Sophie brach der kalte Schweiß aus, als sie daran dachte, wie sehr Uthilda sie hassen musste. Und dass sie beide für den Rest ihres Lebens gemeinsam in diesem Kloster leben würden.

»Übrigens hat Schwester Anselma Uthildas Noviziat um ein halbes Jahr verlängert«, wechselte Schwester Klarissa das Thema. Überrascht sah Sophie auf.

»Sie hat sie im Schuldkapitel bezichtigt, wiederholt durch ihre Unachtsamkeit eine Mitschwester ernsthaft verletzt zu haben«, erzählte Schwester Klarissa weiter. »Obwohl wir alle wussten, dass auch sie meinte, es wäre Absicht gewesen. Daher hat man Uthilda schwere Bußen auferlegt und gesagt, dass man ihr die Weihen erst abnehmen könne, wenn sich ihr Verhalten gebessert hätte. Ich glaube, wenn Schwester Anselma hätte beweisen können, dass Uthilda dich absichtlich verbrüht hat, hätte sie darauf gedrängt, dass man Uthilda aus dem Kloster entlässt.«

Sophie dachte an das komische Gefühl, das sie während ihres Gespräches mit der Novizenmeisterin gehabt hatte, und war dankbar für ihre Vorsicht. Kaum auszudenken, wenn sie jetzt auch noch Schuld daran gehabt hätte, dass Uthilda aus dem Kloster gewiesen und zu ihrer Familie zurückgeschickt worden wäre! Das wäre für jede Novizin hier eine unerhörte Schande gewesen, besonders für ein Mädchen aus einer so angesehenen Familie wie den von Stabens.

»Was hat Uthilda denn gesagt?«, fragte sie weiter.

»Sie hat die ganze Zeit mit steinerner Miene dagesessen und nicht einmal den Versuch unternommen, sich zu verteidigen.«

Jetzt weiß sie mal, wie das ist, dachte Sophie unwillkürlich.

»Vielleicht ist sie auch gar nicht so unglücklich über den Aufschub«, überlegte Schwester Klarissa. »Wer weiß, was in einem halben Jahr noch alles passieren kann.«

Wer weiß, dachte Sophie ängstlich. Hoffentlich lebe ich dann noch. Vielleicht hat mich Uthilda bis dahin auch von der Klostermauer gestoßen.

Die Tür öffnete sich leise, und Schwester Maria trat herein. Sie warf einen strengen Blick auf die beiden Frauen und legte dann kurz den Finger an ihre geschlossenen Lippen.

Schwester Klarissa sprang schuldbewusst auf. Sie verabschiedete sich von Sophie mit dem typischen Nicken der Nonnen, nicht ohne ihr heimlich noch einmal verschwörerisch zuzuzwinkern.

Kapitel 8

Weihnachten rückte näher. Obwohl Sophie noch immer im Krankenzimmer blieb und nicht zum Arbeitsdienst eingeteilt werden konnte, nahm sie wieder regelmäßig an den Gebeten teil. Als sie die Klosterkirche zum ersten Mal nach ihrem Unfall wieder zur Prim aufsuchte, klopfte ihr Herz zum Zerspringen. Die Köpfe der Nonnen drehten sich kaum merklich nach ihr um, und das Schweigen war beredter, als es tausend getuschelte Worte hätten sein können. Von Schwester Augusta empfing sie einen warmen Blick und ein gütiges Nicken, das sie mit einem Lächeln beantwortete.

Als sie sich auf ihren Platz setzte, spähten die Novizinnen neugierig auf ihre verbundenen Hände und ließen den Blick dann zwischen Sophie und Uthilda hin und her gleiten. Uthilda selbst würdigte sie keines Blickes, und auch Sophie schaffte es, sie nach einem flüchtigen Blick nicht mehr zu beachten. Stattdessen versank sie mit ungewöhnlicher Aufrichtigkeit im Gebet und lauschte der Stimme der Nonne, die die Psalmen und Bibeltexte verlas.

Als Sophie wieder den Blick hob und auf die Apsis richtete, stutzte sie. Etwas hatte sich verändert. Obwohl der Altar weihnachtlich geschmückt war und sich das Kerzenlicht in der goldenen Monstranz spiegelte, wirkte die Apsis ungewöhnlich nackt und leer. Sophie überlegte kurz, und dann fiel es ihr auf. Das Altarretabel, das sie immer so bewundert hatte, war verschwunden! Irritiert überlegte Sophie, was damit wohl geschehen war. Hatte das Kloster dieses Kunstwerk fortgegeben? Ein Weihnachtsgeschenk an den Bischof vielleicht? Oder war es beschädigt worden? Von den Kerzenflammen angesengt? Sophie nahm sich vor, bei der nächsten Gelegenheit jemanden danach zu fragen. Unwillkürlich vergewisserte sie sich, dass Schwester Augustas Tapisserie noch an ihrem Platz hing, und lächelte der gütig blickenden heiligen Walburga zu. Nach dem Gebet folgte Sophie den anderen Nonnen schweigend und mit demütig gesenktem Haupt aus der Kirche. Noch ahnte sie nicht, dass ihr die Antwort auf ihre Frage nach den Altarbildern schon viel früher als erwartet in den Schoß fallen sollte.

Während die anderen Nonnen ihren Arbeitsdiensten entgegeneilten, hatte Sophie nichts weiter zu tun, als in die Krankenstube zurückzukehren und ihre Lateinkenntnisse zu verbessern. Obwohl sie es nicht eilig hatte, kürzte sie den Weg zurück zur Abwechslung durch einen Teil des Klosters ab, der nicht zur Klausur zählte. Zwar war ihr als Novizin das eigenmächtige Verlassen der Klausur streng verboten, aber die Tage, die sie auf der Krankenstube verbracht hatte, hatten ihre Disziplin gelockert, und die Freundlichkeit und Nachsicht der Novizenmeisterin hatten sie mutig werden lassen.

Die wenigen Räume, in denen sich auch Nichtangehörige der Benediktinerinnen innerhalb der Klostermauern aufhalten durften, beschränkten sich auf kleine Besuchsräume, Skriptorien und Krankenzimmer, da Schwester Maria ihr Können in Seinem Namen auch den Menschen von Eichstätt und der näheren Umgebung zur Verfügung stellte. Allerdings mussten die Kranken sie aufsuchen, sie selbst verließ das Kloster nie.

Als Sophie mit leichten Schritten durch die hölzernen Flure ging, hielt sie plötzlich inne und lauschte. Ganz deutlich hörte sie eine Stimme eine bekannte Volksweise singen. Sophies Überraschung über diese völlig unerwarteten Töne steigerte sich ins Unermessliche, als ihr bewusst wurde, dass es ein Mann war, der da sang. Der volle Bariton sang zwar leise und verhalten, aber es war eindeutig ein Sänger, dessen schmeichelnde Worte ihren Weg zu Sophies Erinnerungen an ihr früheres Leben fanden: zu den Bauernfesten auf dem Anger, zu denen sie sich schon als Zehnjährige in einfacher Kleidung geschlichen hatte, zu den bunten Bändern in den Haaren der Mädchen und den Burschen, die versuchten, die Schönste für sich zu gewinnen. Einige Augenblicke lauschte Sophie wie verzaubert, dann wurde ihr bewusst, dass sich der Sänger in einem Zimmer in der Nähe befand. Sophie legte den Kopf ein wenig schief und versuchte, die Richtung zu bestimmen, aus der der Gesang kam. Dann schlich sie sich lautlos vorwärts, bis sie vor einer angelehnten Tür stand, hinter der sich der Sänger befinden musste. Zaghaft streckte Sophie die Hand nach der Tür aus.

Schnell, geh weiter!, mahnte eine Stimme in ihr, die Sophie an den weisen Blick der heiligen Walburga erinnerte. Du hast hier nichts zu suchen!

Doch längst hatten ihre Fingerspitzen das dunkle Eichenholz der Tür berührt und verstärkten langsam den Druck, sodass die Tür Spalt um Spalt nachgab.

Ich muss wissen, wer hier singt, dachte Sophie störrisch.

Du musst nicht, du willst, verbesserte die heilige Walburga. Hör auf mich, hinter dieser Tür lauert Gefahr.

Sonnenlicht flutete in den Flur und ließ Sophie blinzeln. Vorsichtig schob sie den Kopf durch die Türöffnung und erstarrte. An der dem Fenster gegenüberliegenden Wand stand das Altarretabel, das Sophie vorhin vermisst hatte. Und vor dem Kunstwerk stand mit dem Rücken zu Sophie ein Mann, der eine Farbpalette in der Hand hielt und immer wieder mit kleinen Pinseltupfern an den Bildern feilte. Er war groß gewachsen, und seine breiten Schultern erinnerten Sophie eher an einen Handwerker als an einen Künstler. Dunkle Locken fielen über seinen Nacken herab, und seine Bewegungen waren geschmeidig und präzise und folgten unwillkürlich dem Rhythmus seines Liedes. Längst stand Sophie ganz im Raum, gefangen vom Zauber des Raumes und der Kunst der Bilder, die hier im hellen Licht erst voll zur Geltung kamen.

Gerade tupfte der Maler an dem hingebungsvollen Gesicht Marias auf der Tafel, die Christi Geburt zeigte. Da hielt er plötzlich mit Gesang und Malen inne und drehte sich um.

»Heilige Mutter Gottes!«, entfuhr es ihm, als er Sophie vor sich sah, und um ein Haar hätte er Pinsel und Palette fallen lassen.

Auch Sophie zuckte zusammen und wäre Hals über Kopf aus dem Zimmer gestürzt, wenn ihre Beine ihr nur gehorcht hätten. Mit aufgerissenen Augen starrte sie den Maler an, der nur wenige Schritte vor ihr stand. Die markanten Züge wurden von den weichen Locken und seinem dunklen, jungenhaften Blick fast Lügen gestraft, besonders jetzt, da sich übermäßiges Erstaunen in ihm spiegelte.

Mehrere Augenblicke lang starrten sich die beiden fassungslos an.

»Bist du … eine Erscheinung?«, fragte der Maler schließlich heiser und holte Sophie dadurch in die Wirklichkeit zurück.

Sie lächelte kurz und schüttelte den Kopf. Dann sah sie ihn wieder staunend an. Er war hübsch! Unwillkürlich schlich sich die Koketterie eines jungen Mädchens in ihr Verhalten, und sie versteckte die bandagierten Hände hinter ihrem Rücken.

»Wer bist du?«, versuchte es der Maler noch einmal und drehte sich nach der schönen Madonna um, an deren Gesicht er eben gearbeitet hatte. »Eben noch habe ich dein Gesicht gemalt«, flüsterte er.

Sophie sah auf die Tafeln des Retabels. Die Mariendarstellungen hatten durchaus Ähnlichkeit mit ihr, wenn man das so sehen wollte, obwohl ihr geschorenes Haar ganz unter der weißen Haube verborgen war, während das der gemalten Gottesmutter auf einigen Bildern golden über deren Rücken fiel.

Der Maler machte einen Schritt auf sie zu und hob die Hand, wie um sie zu berühren. »Wirst du wieder verschwinden?«, fragte er dann, und Sophie dachte, dass seine Stimme auch melodisch klang, wenn er nicht sang.

Verschwinden wäre genau das Richtige, meldete sich die

bohrende Stimme wieder in ihr. Mach, dass du endlich hier fortkommst!

Der inneren Stimme gehorchend, machte Sophie einige zaghafte Schritte rückwärts auf die Tür zu.

»Bleib«, bat der Maler leise, und Sophie hielt wieder inne. »Bleib doch und sage mir, wer du bist!« Seine Stimme klang fast flehentlich, als ob er Angst hätte, etwas Kostbares und Unwiederbringliches zu verlieren. Sie schluckte und versuchte, den Kloß in ihrem Hals zu überwinden.

Du sollst schweigen, nicht sprechen, schimpfte die Stimme wieder in ihr. Und schon gar nicht mit einem Mann!

Aber er ist so hübsch.

Eben!

»Ich bin Novizin hier im Kloster«, brachte Sophie schließlich leise hervor und wurde wieder zu einem irdischen Wesen.

Der Maler starrte sie überrascht an. Einen Augenblick, zwei. Dann hatte auch er begriffen, dass sie sich nicht vor seinen Augen in Luft auflösen würde.

»Wünscht …«, er räusperte sich, »… wünscht die Äbtissin etwas von mir?« Seine Stimme klang jetzt fast wieder normal und sachlich.

Sophie schüttelte den Kopf. Guter Gott, die Äbtissin hatte hoffentlich keine Ahnung davon, dass sie hier war und würde es auch nie erfahren! Der Zauber des Augenblicks verflüchtigte sich mit der Erwähnung der Hüterin des Klosters wie ein Duft durch ein geöffnetes Fenster.

Geh jetzt, mahnte es wieder in Sophie. Schnell!

Noch einmal schüttelte Sophie vehement den Kopf, als ob sie die Begegnung ungeschehen machen wollte. Dann warf sie einen letzten Blick auf den unbekannten Maler und flüchtete aus dem Raum.

Atemlos und mit klopfendem Herzen erreichte sie endlich die Krankenstube und schloss die Tür so nachdrücklich, als ob sie etwas Gefährliches ausschließen müsste.

Überrascht sah Schwester Maria durch die gegenüberliegende Tür herein. »Hast du Schmerzen?«, fragte sie besorgt, als sie in Sophies gerötetes Gesicht sah.

»Nein, Schwester«, antwortete sie. »Es geht mir gut. Es geht mir gut.«

Verwundert zog Schwester Maria die Brauen hoch und begann, Sophies Verbände zu wechseln. Als sie ihre Hände begutachtete, nickte sie wohlwollend mit dem Kopf. Die Wunden verheilten, und die neue Haut wurde langsam geschmeidiger. Nur eine unschöne Röte blieb hartnäckig trotz allen Veilchenöls. Aber die Heilerin tröstete Sophie damit, dass sie auf die Zeit vertrauen müsste. Sophie nickte brav. Zum ersten Mal seit dem Unfall waren ihre Gedanken vollkommen mit etwas anderem beschäftigt.

Als Schwester Anselma wenig später nach ihr sah und gemeinsam mit ihr die lateinischen Psalme und Texte durchging, wunderte sie sich über die Unkonzentriertheit ihrer Schülerin. Sophie machte Fehler über Fehler, bis es der Novizenmeisterin allmählich zu viel wurde.

»Ich denke, es ist an der Zeit, dass du deine Studienzeit wieder gemeinsam mit den anderen Novizinnen verbringst«, erklärte sie kurz angebunden. Aber auch einer verärgerten Schwester Anselma gelang es an diesem Tag nicht, Sophies gute Laune zu trüben.

Die nächsten beiden Tage ergab sich für Sophie keine Möglichkeit, den Raum, den der unbekannte Maler als Werkstatt benutzte, wieder heimlich aufzusuchen. Nach der Prim begab sie sich mit den anderen Novizinnen in die Bibliothek, wo sie sich den Vormittag über irgendwelche Texte beugte, die ihre Aufmerksamkeit nicht gewinnen konnten. Außerdem erinnerte das Kloster angesichts des am nächsten Tag bevorstehenden Weihnachtsfestes an einen regen Bienenkorb, in dem jeder alle Hände voll zu tun hatte. Obwohl Sophie nicht tatkräftig mit anpacken konnte, wurde sie von den anderen Nonnen bald als willkommene Botin entdeckt. Immer wieder wurde sie mit einer Nachricht vom einen Ende des Klosters zum anderen geschickt, sodass sie von der nach den Wochen auf der Krankenstube ungewohnten Bewegung fast schon wieder Muskelkater bekam. Am 24. Dezember gelang es ihr schließlich doch, sich kurz vor der Vesper schnell noch einmal in das Malerzimmer zu schleichen. Umso enttäuschter war sie, als sie es verlassen fand. Nur das Altarretabel erhob sich im dämmerigen Zimmer wie ein kunstvoller Schatten. Sophie nutzte die Gelegenheit, um näherzutreten und sich die Arbeit genauer anzusehen. Doch das schwindende Tageslicht und die Glocken, die eindringlich zur Vesper und den sich anschließenden Weihnachtsmessen riefen, drängten sie weiter.

Als sie sich gerade umwandte, fiel ihr Blick auf einige Skizzen, die auf einem Tisch am Fenster lagen. Mit wenigen gekonnten Strichen waren hier Motive für weitere Tafeln des Retabels skizziert. Sophie hob einige der Skizzen näher an die Augen, bis ihr plötzlich der Atem stockte. Eine der Skizzen zeigte eine Mariendarstellung, die ganz eindeutig Sophies Züge trug. Die Figur war wunderschön gezeichnet und dafür, dass der Maler sein Modell nur so kurz gesehen hatte, sehr gut getroffen. Zu gut, dachte Sophie erschrocken. Jeder, der diese Skizze in die Finger bekam, musste wissen, dass der Maler und Sophie sich begegnet waren. Unwillkürlich sah sich Sophie um, ob jemand sie beobachtete. Dann faltete sie das Papier so gut sie konnte zusammen und versteckte es unter ihrem Habit.

Ich betrachte es einfach als Weihnachtsgeschenk, schöner Fremder, dachte sie lächelnd und bedauerte, dass sie nichts hatte, das sie ihm hinterlassen konnte.

Nachdem am Vormittag zur ersten Messe schon gewürztes Brot, warmes Bier und dicke Suppe als Armenspeisung ausgegeben worden war, fiel das Weihnachtsessen auch für die Nonnen besonders delikat, wenn auch nicht üppig aus. Neben

Wildbret in dicker Soße gab es Fleischfladen mit Walnüssen, Speck und Eiern, Briestorte, gepökelte Rinderzunge und sogar Lauchgemüse. Sophie hatte zwar noch Mühe, ihren Löffel mit der Hand zu halten, aber sie genoss die Leckereien ebenso wie die anderen Nonnen. Die Bratäpfel mit Rosinen, Honig und Mandeln und die kleinen Elisenlebkuchen, die es zum Nachtisch gab, erinnerten Sophie an die Weihnachtsfeste in Donauwörth. War es wirklich erst ein Jahr her, dass sie mit Thomas und ihrem Vater am heimatlichen Kamin Bratapfel mit Würzwein genossen hatte? Wie behütet und unantastbar hatte sie sich damals gefühlt.

Als die Nonnen nach dem Essen im Kapitelsaal weihnachtliche Lieder anstimmten, hielt sie nur mit größter Mühe die Tränen zurück. Verstohlen sah sie sich um und bemerkte, dass es vielen Novizinnen und sogar einigen Nonnen ähnlich erging. Es bringt doch jede ihre eigene Geschichte mit ins Kloster, dachte Sophie, während sie einige der jüngsten Novizinnen, die oft schon mit sechs oder sieben Jahren ins Kloster kamen, mitleidig betrachtete. Nach den Gesängen las die Äbtissin auf Lateinisch die Geschichte der Geburt Jesu vor. Sophie freute sich, dass sie die Worte bereits gut verstehen konnte. Dieser Erfolg mochte aber daran liegen, dass sie die Weihnachtsgeschichte aus den Erzählungen ihres Vaters gut kannte und schon als Kind mit ihrer Puppe im Stall nachgespielt hatte. Einmal hatte ihr Vater sie mit einem Stück besten Mailänder Tuches als Umhang dabei erwischt und ordentlich mit ihr geschimpft. Am nächsten Tag jedoch hatte er ihr ein Stück einfaches Tuch geschenkt, aus dem Lotta, die Magd, ihr einen richtigen Umhang genäht hatte, wie man ihn wohl zur Lebenszeit Jesu getragen haben mochte. Als Sophie in kindlicher Unbescheidenheit auch noch nach einem Esel und einem Ochsen fragte, war die Grenze des Ballheimers allerdings erreicht gewesen. Daher mussten wieder die Strohballen als Vieh, die Besen und Forken als die Heiligen Drei Könige und mit etwas Glück ihr ungeduldiger Bruder Thomas als Josef herhalten.

Die Nonnen verließen den Kapitelsaal, um den Heiligen Abend weiter gebührend zu begehen. So war nach dem Komplet, dem Abendgebet, in dieser besonderen Nacht eine Mitternachtsmesse nach der Vigil angesetzt, die Sophies Nacht zusätzlich verkürzte. Entsprechend war sie am nächsten Tag wieder einmal unausgeschlafen, da die Nonnen sich natürlich auch am Weihnachtsmorgen schon vor Sonnenaufgang zum Frühgebet begaben.

Noch vor der Prim schaffte Sophie es allerdings, sich wieder in die Werkstatt des Malers zu schleichen. Nachdem sie die Zeichnung an sich genommen hatte, hatte sie das Bedürfnis, selbst auch etwas zurückzulassen. Daher hatte sie einen der Lebkuchen, die es am Vorabend als besondere Nascherei gegeben hatte, heimlich aufbewahrt. Mit eiligen Schritten lief Sophie den Gang entlang, um ihr kleines Präsent zu hinterlegen. Schwungvoll trat sie ein und fror im selben Augenblick auf der Stelle fest. In der noch fahlen Morgensonne stand der Maler am Tisch und rührte seine Farben an. Durch Sophies plötzliches Eintreten zuckte er zusammen und ließ fast den Tiegel fallen, in dem er mit einem kleinen Stößel stampfte. Akrobatisch gelang es ihm, das entgleitende Gefäß mit einer Hand aufzufangen, ohne dass die zerstoßene Farbe verschüttet wurde, während die andere den Stößel erwischte, kurz bevor er auf dem Boden aufkam. Mit einem erleichterten Seufzer richtete er sich wieder auf und sah Sophie an.

»Oh! Ihr seid ja hier«, entfuhr es dieser wenig geistreich.

Er lächelte sie entwaffnend an. »Ihr auch«, antwortete er mit der warmen Stimme, die Sophie so gut in Erinnerung behalten hatte. »Und so voller Schwung.«

Einige Augenblicke starrten sie sich wortlos an. Dann stellte er den Tiegel vorsichtig auf den Tisch. »Kobaltblau. Wäre schade, wenn ich den doch noch fallen lasse«, sagte er charmant. Oder kam es Sophie nur so vor, weil sie alles, was er tat, charmant fand? Zumindest charmant genug, um sie weiterhin wortlos dastehen zu lassen.

»Oh, aber ich habe mich Euch noch gar nicht vorgestellt«, fuhr er hastig fort. »Wo bleiben nur meine Manieren. Ich bin Thilmann Weber, Maler und – wie wohl alle noch namenlosen Meister – käuflich.«

Als Sophie nicht mit ihm über seinen Scherz lachte, wurde er verlegen. »Ich meine, ich ziehe durch die Lande und nehme Auftragsarbeiten an, wo ich sie bekommen kann.«

Sophie brachte endlich ein Lächeln zustande. Sie deutet auf das Altarretabel. »Habt Ihr das gemalt?«, fragte sie.

Überraschenderweise schien ihre Frage ihn in noch größere Verlegenheit zu stürzen. »Nein«, sagte er etwas zu knapp, um glaubwürdig zu wirken. »Mein Meister hat die Tafeln gemacht. Adalbert Wiegand. Sein letztes Werk.«

Sophie sah ihn scharf an.

»Er ist im Herbst leider verschieden«, setzte der Maler hinzu. »Seine Jahre waren gezählt.«

Sophie sah von dem Kunstwerk zu dem Maler. Dann trat sie an den Tisch, auf dem sie am Vortag die Skizzen für die neuen Motive gefunden hatte. »Aber diese Skizzen sind von Euch?«

Thilmann nickte und lächelte. »Ja«, gab er entspannter zu. »Leider konnte mein Meister das Retabel nicht vollenden, und nun habe ich die Ehre, der Äbtissin diesen Dienst zu erweisen.«

Sophie besah die Skizzen und zog dabei die Brauen ein wenig zusammen. Dann warf sie wieder einen kritischen Blick auf die Tafelbilder. Sie hatte mit ihrem Vater jedes Bild in jeder Kirche von Donauwörth betrachtet und war geübt im Vergleichen geworden. »Wenn die Skizzen von Euch sind, dann sind es die Tafeln auch«, erklärte sie unerschütterlich.

Thilmann wurde blass. Mit offenem Mund starrte er sie an, als ob er sie wieder für die Erscheinung der Mutter Gottes hielt.

»Wie … wie kommt Ihr nur darauf?«, stotterte er.

Sophie hob die Brauen. »Man muss sich die Arbeiten nur ansehen«, sagte sie. »Der gleiche Stil, die gleichen Blicke, die gleichen Kompositionen.«

»Ich habe eben viel von Meister Adalbert gelernt«, versuchte der Maler zu erklären.

Wieder sah Sophie ihn skeptisch an. »Wenn die Tafelbilder nicht von Euch sind, habt Ihr überhaupt nichts gelernt«, gab sie zurück. »Denn dann seid Ihr einfach ein begabter Kopist ohne eigenen Stil.«

Thilmann schluckte sichtlich. Sophie wurde langsam bewusst, in welche Verlegenheit sie ihn brachte. »Warum steht Ihr nicht zu Eurem Werk?«, fragte sie verständnislos. »Es ist wundervoll.«

Verkrampft bohrte Thilmann beide Hände in seine Kitteltaschen. Das Lob schien ihn nicht erreicht zu haben. »Weil es nun mal nicht meines ist«, erklärte er trotzig.

Plötzlich verstand Sophie. »Ihr habt es für Euren Meister gemalt«, mutmaßte sie. »Der es wiederum dem Kloster als sein Werk verkauft hat.«

Thilmann schwieg beharrlich, wurde aber verräterisch rot. »Wer seid Ihr, dass Ihr Euch in solche Dinge einmischt«, gab er schließlich giftig zurück. »Lässt die Äbtissin mich etwa prüfen?«

Aber Sophie schüttelte nur lächelnd den Kopf und sah ihn auffordernd an.

Der Maler seufzte. »Nun, da Ihr es ohnehin schon erkannt habt«, gab er nach. »Meister Adalbert war krank und schwach. Die Gicht hat seine Finger längst verkrümmt und ihm den Pinsel aus der Hand genommen. Aber nach wie vor waren es sein Name und sein Ruf, die die Aufträge angezogen haben.«

Sophie wurde blass. »Wie lange habt Ihr schon so für ihn gearbeitet?«, fragte sie. Es war nicht ungewöhnlich, dass alternde Meister noch eine gute Weile vom Talent ihrer besten Schüler lebten.

Thilmann machte eine wegwerfende Geste. »Ich gebe ja zu, dass es meine Bilder sind«, gab er trotzig zu, und Sophie spürte, dass er mit diesem Geständnis ihre vorherige Frage umgehen wollte. »Werdet Ihr mich jetzt bei der Äbtissin verraten? Ich sage Euch gleich, ich kann das Geld nicht zurückzahlen.«

Jetzt verstand Sophie seine Zurückhaltung. Für ein Werk des Meisters hatten sie natürlich weit mehr verlangen können als für ein Werk des Schülers. War es nicht ihre Pflicht, die Äbtissin auf diesen Betrug hinzuweisen? Sie sah wieder zu den Altarbildern und entschied sich dagegen.

»Nein«, sagte sie und stellte sich vor, wie die heilige Walburga bedenklich ihr Haupt schüttelte. »Es ist sehr gut und sicher jeden Gulden wert, den Ihr dafür erhalten habt.«

Überrascht sah der Maler sie an. Dann lächelte er gequält. »Nun, die Gulden sind leider längst in die Taschen irgendwelcher Bader geflossen, die meinem Meister versprochen haben, ihm seine Kraft und die Geschmeidigkeit seiner Hände wiederzugeben«, sagte er bitter. »Deshalb stehe ich auch mit leeren Taschen da. Und wer braucht schon über Weihnachten einen Maler, den er dazu noch beherbergen und durchfüttern muss. Also bin ich nach Eichstätt gekommen und habe der Äbtissin vorgeschlagen, das Retabel zu vollenden.« Er schnaubte sarkastisch. »Für einen Teller Suppe und ein Lager im Stroh.«

Sophie sah ihn überrascht an. »Das kann ich nicht glauben«, entfuhr es ihr. Die Äbtissin war keine ungerechte Frau.

Thilmann erwiderte düster ihren Blick. Dann brachen sein Charme und seine jungenhafte Unbekümmertheit wieder mit einem Lächeln durch. »Na ja, zumindest für die Entwürfe«, gab er zu. »Aber auch diese Arbeit wird einem bekannten Meister besser bezahlt. Ganz egal, wie talentiert man ist.« Er zog eine Grimasse, die einiges an Selbstmitleid verriet.

»Nun, dann verkauft Euch besser«, gab Sophie ungeduldig zurück. »Anscheinend sind der Teller Suppe und das Lager im Stroh im Augenblick für Euch unentbehrlich. Also ist es fair, dass Ihr Eure Entwürfe dafür hergebt. Nicht aber die Tafeln selber.«

Überrascht sah er sie an. »Woher habt Ihr nur einen solchen Geschäftssinn?«, fragte er neugierig. »Lernt man das hinter Klostermauern?«

»Geerbt«, gab Sophie knapp zurück.

»Und könnt Ihr mir auch sagen, wie ich mich besser verkaufen soll?«, fragte er spöttisch, aber Sophie spürte sowohl Ungeduld als auch aufrichtiges Interesse hinter dieser gelassenen Fassade. Sie lachte. Dabei war die Antwort ganz einfach, denn sie galt für jede Art von Ware. »Macht Euch rar.«

Verständnislos sah er sie an. Sophie seufzte. »Offenbar ist das Retabel nicht fertig. Und offenbar möchte die Äbtissin es gerne beendet sehen.«

Thilmann nickte.

»Und ganz offenbar seid Ihr der Einzige, der dazu in der Lage ist. Vor allem, wenn Ihr die fehlenden Entwürfe geliefert habt.«

»Da draußen gibt es jede Menge Maler, die die Arbeit nur zu gerne ausführen würden.«

An seinem bitteren Ton erkannte Sophie, dass er schon die eine oder andere Niederlage bei der Bewerbung um einen Auftrag hatte hinnehmen müssen.

»Aber die Äbtissin will nicht irgendjemanden. Sie will Talent, und davon werdet Ihr sie mit Euren Entwürfen überzeugen.«

Verständnis begann die Züge des Malers zu erhellen. »Und dann?«, fragte er dennoch.

Sophie verdrehte die Augen. Schade, dass künstlerisches Talent so selten mit kaufmännischem Gespür verbunden war, dachte sie. Welche Schätze gingen der Welt verloren, weil ihre Schöpfer nicht auf sich aufpassen konnten! »Dann vertröstet Ihr sie auf später«, sagte sie.

»Auf später?« Thilmann blickte ratlos drein.

Sophie seufzte wieder. Der Maler konnte ihren Gedankengängen schon wieder nicht folgen. »Auf später«, wiederholte sie. »Ein, zwei Monate, den Frühling vielleicht. Sagt ihr, Ihr hättet andere Aufträge. Lukrative Aufträge! Nennt vielleicht die eine oder andere Summe, die ihr helfen wird, Euren Preis für die Tafelbilder einzuschätzen. Kurz, tut einfach so, als ob Ihr Meister Adalbert wäret.«

Thilmann nickte, und Sophie hatte endlich das Gefühl, dass er sie wirklich verstand.

»Seid nicht zu bescheiden im Preis«, riet sie ihm dennoch. »Wenn die Äbtissin auch auf Eure Forderung eingeht, wird spätestens Schwester Benedicta, die Zellerarin, erbittert mit Euch handeln.«

Ein breites Lächeln erhellte das Gesicht des Malers. »Ihr habt recht«, gab er zu. Dann zeichnete sich schon wieder die nächste Frage auf seinen Zügen ab. »Und was mache ich in der Zeit, die ich die Äbtissin vertröste?«

»Verhungern, wenn Ihr nicht etwas Lebenstauglichkeit an den Tag legt«, schimpfte Sophie. Beleidigt sah Thilmann sie an.

»Geht nach Neuburg oder Ingolstadt«, schlug Sophie vor. »Schmeichelt Euch bei den Patrizierfrauen und ihren Töchtern ein. Findet heraus, wer sich verloben will. Die eine oder andere werdet Ihr sicher für ihren zukünftigen Bräutigam malen dürfen. Vor allem, wenn Ihr einige Eurer Skizzen vorlegt.«

»Und die Reise …«, begann Thilmann gedehnt.

»… bezahlt Ihr mit dem Vorschuss, den Ihr von unserer lieben Äbtissin erhaltet«, vollendete Sophie den Satz vorsorglich. »Dann wird sie auch auf Eure Rückkehr warten und die Arbeit nicht an den einen anderen vergeben, der zufällig des Weges kommt. Nur Mut!«

Der Maler strahlte. »Das könnte klappen«, freute er sich.

Sophie sah ihn skeptisch an. Wenn er es nicht verdirbt, dachte sie, hütete sich aber, seinen Elan gleich wieder im Keim zu ersticken. Stattdessen gelang es ihr, ihn ermunternd anzulächeln.

»Aber wer seid Ihr?«, fragte er Sophie erneut und mit mehr

Nachdruck. »Warum seid Ihr wieder in meine Werkstatt gekommen?«

»Um Euren Lohn für die Entwürfe noch zu erhöhen«, sagte sie geheimnisvoll und legte schnell den Elisenlebkuchen auf den Tisch.

»Frohe Weihnachten.«

Er wandte sich um und entdeckte die Leckerei. Wie einem Kind gingen ihm die Augen über, und sofort griff er zu und biss herzhaft hinein. Mitten im Kauen hielt er inne. »Aber ich habe gar nichts für Euch«, bedauerte er mit vollem Mund. »Wie sollte ich wissen, dass ich Euch wiederbegegnen würde?«

Sophie lächelte. »Macht Euch keine Gedanken«, tröstete sie. »Ich habe mein Geschenk schon erhalten.«

Verdutzt sah er sie an. Dann verstand er. »Ihr habt meine Zeichnung gefunden!«

»Und sogar mitgenommen«, gab Sophie zu. Dann wurde sie ernst. »Bitte malt mich nicht wieder. Wer weiß, wem die Zeichnung noch in Hände fällt. Es ist wirklich besser, wenn niemand weiß, dass wir uns begegnet sind.«

Er nickte. »Ihr seid tatsächlich Novizin hier im Kloster?«, fragte er leise.

Sophie nickte.

»Wie ist Euer Name?«, fragte er.

»Sophie.«

»Und wie weiter?«

Sophie zuckte mit den Schultern. »Das ist hier nicht mehr wichtig.«

»Ich verstehe.« Bedauernd betrachtete der Maler das ungewöhnliche Mädchen vor ihm. Noch nie hatte eine Frau ihn durch ihr Gesicht und durch ihre Worte so stark beeindruckt. Und noch nie war er einer Frau begegnet, die so eindeutig außerhalb seiner Reichweite war. Von so mancher adeligen Dame hatte er schon Avancen erhalten und sie gelegentlich sogar angenommen. Und er hatte gelernt, dass eine Ehe eine Frau noch lange nicht davon abhalten musste, einem anderen schöne Augen zu machen. Aber eine Nonne?

Als er sie wieder ansah, lag in seinen Augen ein fast trauriger Ausdruck, der ihn zum ersten Mal wie einen erwachsenen Mann wirken ließ.

»Die Skizze«, fragte er dann. »Hat sie Euch gefallen?«

»Sie ist wunderschön.« Unwillkürlich hob Sophie die Hand an ihre Brust, wo noch immer die kleine Skizze von ihr unter ihrem Habit verborgen lag.

Er beobachtete die Geste mit einem Lächeln, das sich jedoch plötzlich verdüsterte. »Mein Gott, was ist mit Eurer Hand geschehen?«

Sofort verbarg Sophie die Hände wieder hinter dem Rücken. Es störte sie, dass er ihren Makel entdeckt hatte.

Doch Thilmann griff sanft nach ihrem Arm und zog ihn hervor, um ihre Hand in seine zu nehmen. Sophie genoss die warme Berührung, während er behutsam die frischen Narben betrachtete.

»Wie ist das passiert?«

»Heiße Suppe. Leider etwas mehr als nur ein Teller voll.« Sophie versuchte, betont gleichgültig zu wirken.

Vorsichtig strich sein Daumen über ihre Handinnenfläche, und Sophie spürte, wie sie ein wohliger Schauer überlief. Gleich würde sie ihre Gleichgültigkeit gänzlich einbüßen, dachte sie, als wie zu ihrer Rettung die Glocken zur Prim riefen.

»Ich muss gehen«, sagte Sophie und entzog ihm ihre Hand.

»Sehe ich Euch wieder?«, fragte er hoffnungsvoll.

Sophie warf ihm einen letzten Blick zu und hob die Schultern. Wer konnte das schon sagen? Dann schlüpfte sie hinaus und begab sich so schnell wie möglich in die Klosterkirche.

Kapitel 9

Die nächsten beiden Tage standen weiterhin ganz im Zeichen des heiligsten Festes. Schwester Maria hatte Sophie dünne Handschuhe gegeben, unter die sie weiterhin die Heilsalbe auftrug. So konnte Sophie ihre Hände schon wieder recht gut einsetzen, wenn auch noch mit gemäßigten Kräften.

Der weihnachtliche Tagesablauf ließ ihr zu ihrem Leidwesen keine Gelegenheit, sich aus der Klausur in Thilmanns Werkstatt zu schleichen. Wie sehr ihr der Maler fehlte, merkte Sophie an ihrer schlechten Laune. Während die Weihnachtstage für sie früher immer eine Zeit voller Harmonie und Fröhlichkeit waren, war sie jetzt unkonzentriert und angespannt. Zum Glück schützte sie ihr demütiges Schweigen vor allzu unüberlegten Äußerungen gegenüber ihren Mitschwestern.

Eine freudige Überraschung empfand Sophie, als sie nach den Feiertagen zum ersten Mal wieder zum Dienst in der Webstube eingeteilt wurde. Schwester Augusta und Schwester Imma begrüßten sie warmherzig und erkundigten sich besorgt nach ihrer Gesundheit. Sophie hob tatendurstig ihre behandschuhten Hände und lächelte. »Damit werde ich es schon schaffen.«

An dem von Sophie eingerichteten Webstuhl hatte inzwischen eine andere Nonne gearbeitet. Sophie besah sich interessiert das hergestellte Tuch.

»Es ist zwar unüblich, den Weber innerhalb eines Ballens zu wechseln«, gab Schwester Augusta zu, »aber in diesem Fall wirst du schon anknüpfen können. Es wird wohl noch einige Zeit dauern, bis du wieder einen eigenen Webstuhl einrichten kannst.«

Sophie lächelte dankbar. Sie einigten sich darauf, dass Sophie es vorerst alleine versuchen würde, um herauszufinden, wie weit ihre Hände die Arbeit schon wieder vertrugen. Das Weberschiffchen lag ihr zunächst etwas ungewohnt und schlüpfrig in der Hand, und einige Male musste sie Schwester Imma bitten, es wieder zwischen den Kettfäden herauszuangeln, aber bald schon hatte Sophie in ihren Rhythmus zurückgefunden. Die gleichmäßigen Bewegungen wirkten beruhigend auf sie, und sie spürte, wie eine innere Zufriedenheit über ihre Arbeit sich in ihr ausbreitete, die ihr die Wochen auf der Krankenstube gefehlt hatte. Für einige Zeit gelang es ihr sogar, den hübschen Maler zu vergessen.

Als Schwester Augusta ihr am Nachmittag wieder über die Schulter sah, nickte sie zufrieden. »Das sieht doch schon sehr gut aus«, murmelte sie, während ihre Hände prüfend über das Gewebe strichen und die Festigkeit des Tuches durch kräftiges Rucken testeten. »Ich denke, davon können wir noch mehr gebrauchen.«

Und so kam es, dass Sophie auch die nächsten Tage am Webstuhl saß. Wann immer sie die Kettfäden verlängern musste oder ihr Schussfaden gerissen war, half Schwester Imma ihr geduldig, die Enden zu verknüpfen. Sophie sah mit Genugtuung, wie das Tuch, das unter ihren Händen wuchs, gleichmäßig und fest wurde. Eine Qualität, die ihrem Vater gefallen hätte, dachte Sophie.

Am letzten Tag des Jahres überfiel Sophie an ihrem Webstuhl plötzlich eine unsinnige Sehnsucht, Thilmann zu besuchen. War er überhaupt noch im Kloster? Hatte er sich an ihre Ratschläge gehalten? Ihre Gedanken schweiften immer häufiger in die kleine Werkstatt, und ihre Hände quittierten den Mangel an Konzentration mit zunehmender Nachlässigkeit.

»Hast du Schmerzen?«, wollte Schwester Augusta schließlich wissen, als sie einen skeptischen Blick auf Sophies Produktion geworfen hatte. »Dein Tuch wird heute bei Weitem nicht so gut wie die letzten Tage.«

Sophie witterte eine Möglichkeit, der Webstube für kurze Zeit zu entkommen, und nahm dafür eine Notlüge in Kauf.

»Die Salbe für meine Hände ist aufgebraucht«, erklärte sie. »Ich muss nachher noch bei Schwester Maria vorbeigehen und mir einen neuen Tiegel geben lassen.«

Schon gut, dachte sie, bevor die heilige Walburga sie wieder innerlich tadeln konnte. Du hast ja recht. Aber ich muss ihn einfach sehen.

Wie Sophie erwartete hatte, ließ Schwester Augusta bei diesem Thema keine Verzögerung zu. »Am besten gehst du gleich zu ihr«, empfahl sie Sophie so hilfsbereit, dass diese doch ein schlechtes Gewissen bekam. »Wir wollen doch alle, dass deine Hände so schnell wie möglich wieder ganz gesund werden.«

Erleichtert dankte Sophie der Nonne für ihre Güte und sprang auf. Auf schnellen Wegen eilte sie zur Krankenstube, wo sie sich von Schwester Maria tatsächlich einen Tiegel Salbe geben ließ. Zu ihrem Verdruss ließ es sich die Heilerin aber nicht nehmen, Sophies Hände selbst sorgfältig zu untersuchen. Das nahm einige Zeit in Anspruch, aber Schwester Maria stellte schließlich zufrieden fest, dass Sophie bald auf die Handschuhe würde verzichten können. Die Haut war schon wieder geschmeidig und widerstandsfähig, wenngleich Sophies Hände auch noch durch deutliche Narben entstellt wurden.

Nachdem sie Schwester Maria verlassen hatte, schlich sich Sophie in den Gang, in dem Thilmann seine Werkstatt eingerichtet hatte. Mit klopfendem Herzen setzte sie einen Schritt vor den anderen, während die heilige Walburga sie finster beobachtete.

Tu, was du nicht lassen kannst, warnte sie. Aber komm hinterher nicht zu mir, wenn du Ärger bekommst.

Sophie hielt schon die Klinke der Tür in der einen Hand und hatte die andere zum Klopfen erhoben, als sie noch einmal das Ohr an das Holz legte, um festzustellen, ob Thilmann überhaupt da war. Zu ihrem großen Entsetzen hörte sie in diesem

Moment genau auf der anderen Seite der Tür ganz deutlich die Stimme der Äbtissin.

»Dann sind wir uns einig, Meister Weber«, sagte sie zufrieden. »Wir sehen uns nach dem Osterfest wieder.«

Die Klinke der Tür bebte, als sich von innen eine Hand darauf legte, und Sophie fuhr wie gestochen zurück. Thilmann antwortete etwas, das Sophie nicht verstand, und rettete sie so davor, der Äbtissin im nächsten Moment von Angesicht zu Angesicht gegenüberzustehen.

Mit rasendem Puls fuhr Sophie von der Tür zurück und sah sich fieberhaft nach einem Versteck um. Hastig prüfte sie die gegenüberliegenden Türen, die jedoch erbarmungslos verschlossen blieben. Schon hörte sie die Äbtissin wieder an der Tür, die sich einen Augenblick später einen Spalt weit öffnete.

»Sehr gut, Meister Weber«, hörte Sophie die Äbtissin, während sie hinter einen leicht verstaubten Vorhang schlüpfte, der sich jetzt mehr als verräterisch hervorwölben musste. »Ich wünsche Euch eine gute Reise.«

Damit trat die Äbtissin auf den Flur. Sophie schloss die Augen und wartete mit zusammengebissenen Zähnen darauf, dass die Äbtissin den absurd ausgebeulten Vorhang beiseiteschieben und sie nach dem Grund für ihre Anwesenheit außerhalb der Klausur fragen würde. Aber nichts dergleichen geschah. Die Schritte der Äbtissin entfernten sich eilig den Flur hinunter, und kurz darauf war für Sophie nichts weiter zu hören als ihr eigenes, wild klopfendes Herz. Vorsichtig lugte sie hinter ihrem Vorhang hervor und sah den Flur in unschuldiger Einsamkeit vor sich liegen. Mit weichen Knien sank sie auf eine Truhe neben dem Vorhang und atmete erleichtert auf. Das wäre ja beinahe schiefgegangen, dachte sie, während die heilige Walburga sie nur kopfschüttelnd und mit hochgezogenen Brauen betrachtete.

Sophie sammelte sich noch einen Moment, bevor sie wieder an die Tür trat. Zaghaft klopfte sie an und öffnete auf Thilmanns Ruf hin die Tür.

»Sophie!«, rief er erfreut. Dann wurde sein Ausdruck ernst. »Die Äbtissin war gerade noch bei mir«, warnte er sie.

»Ich weiß«, erwiderte Sophie und lächelte zittrig. »Wir wären beinahe zusammengestoßen.«

»Sophie«, wiederholte Thilmann jetzt weicher und nahm ihre Hände in seine. Erstaunt betrachtete er die Handschuhe.

»Zum Arbeiten«, erklärte Sophie schnell, bevor er auf den Gedanken kommen könnte, dass sie die Handschuhe aus Eitelkeit trug. Auch wenn es ihr ganz recht war, dass ihre Narben heute vor seinem Blick verborgen blieben. »Ich bin wieder der Webstube zugeteilt.«

Thilmann lächelte sie an, und für einen Moment dachte Sophie daran, dass Heinrich sie in einem Moment wie diesem geküsst hätte.

»Was hast du mit der Äbtissin besprochen?«, fragte sie stattdessen neugierig. Gleich darauf errötete sie, da er an der vertrauten Anrede, die ihr entschlüpft war, unschwer erkennen konnte, wie sehr sie sich in Gedanken mit ihm beschäftigt hatte. Unwillkürlich ging er auf ihren Ton ein.

»Was du mir geraten hast, du Beste unter den Händlerinnen!«

»Und?«

»Es hat geklappt! Sie hat meine Entwürfe angenommen, und ich werde nach Ostern zurückkehren, um die Tafelbilder zu malen.«

»Kein Wunder«, freute sich Sophie mit ihm. »Ich hörte, wie sie dich Meister Weber nannte. Was werden sie dir bezahlen?«

Er nannte ihr stolz den Preis, den er ausgehandelt hatte, und Sophie beglückwünschte ihn. »Ich hoffe nur, dass Schwester Benedicta dich nicht noch um einige Gulden herunterhandelt«, sagte sie.

»Wird sie nicht«, freute sich Thilmann. Dann klingelte er mit einer kleinen Geldkatze. »Und einen Vorschuss habe ich auch schon erhalten.«

Plötzlich wurde Sophie traurig, denn sie ahnte, was das bedeutete.

»Wann wirst du abreisen?«

Ihr Ernst spiegelte sich in seinen Zügen.

»Morgen schon«, antwortete er.

»Ach.« Sophie schluckte. Bis Ostern waren es gute drei Monate! So lange sollte sie ihn nicht wiedersehen?

Gewöhn dich daran, mahnte die heilige Walburga sie erbarmungslos. Denn nach dem Auftrag wird er für immer fortgehen, während du hier im Kloster bleibst. Ora et labora, du erinnerst dich?

Lass mich doch in Ruhe, dachte Sophie und schüttelte unwillig den Kopf. Sie konnte es sich einfach nicht vorstellen, dass sie ihr ganzes Leben lang Eichstätt nicht mehr verlassen sollte.

So schlimm ist es auch wieder nicht, gab die heilige Walburga beleidigt zurück.

Thilmann schwieg betreten, und Sophie hätte schwören können, dass ihm ganz ähnliche Gedanken durch den Kopf gingen.

»Möchtest du die Entwürfe sehen?«, fragte er.

Sofort nickte Sophie begeistert. Eilfertig lief er zum Tisch und rückte zwei Blätter in das Licht des trüben Wintertages. Gespannt trat Sophie neben ihn und betrachtete die beiden Skizzen. Wie sie erwartet hatte, benutzte Thilmann die letzten drei Motive, um die Aussage des Altarretabels zu vervollständigen. In dieser Reihenfolge wirkten die Bilder fast wie eine gemalte Predigt.

»Ich nenne sie ›Die Auferstehung‹, ›Die Entschlafung Marias‹ und ›Die Heilstreppe‹«, erklärte er eifrig. »Nach dem Leben, Wirken und dem Tod Jesu möchte ich die Botschaft verkünden, dass Christus jedem Menschen das Heil bringt.«

Sophie sah ihn von der Seite an. Jetzt war er wieder ganz der Maler, der seine Arbeit und sein Werk liebt, dachte sie. Und er hatte allen Grund dazu.

»Die Szene, in der Christus aus seinem Grab aufersteht, findet sich in der Bibel erstaunlicherweise nicht wieder«, erklärte Thilmann weiter. »Es steht nur geschrieben, dass die Frauen am Morgen des ersten Tages zum Grab gingen und es leer vorfanden. Die Auferstehung Christi wird ihnen von einem Engel verkündet. Nur Matthäus wird ein wenig genauer. Bei ihm steigt der Engel herab und wälzt den Stein vom Eingang des Grabes fort. Den Moment der Auferstehung lässt aber auch er diskret aus.« Thilmann betrachtete die Skizze. »Deshalb hat dieses Motiv eine so starke Wirkung«, fuhr er fort. »Niemand war dabei. Der Moment, in dem Jesus von den Toten aufersteht, ist und bleibt ein Mysterium.«

Sophie betrachtete die Skizze. Thilmann hatte die Darstellung der Auferstehung aus einem geschlossenen Sarg der aus dem offenen Grab vorgezogen und den Tod Jesu so durch eine für das Volk verständliche Darstellung manifestiert. Einen Sarg hatte jeder schon einmal gesehen, während das Grab Jesu nur vage Vorstellungen weckte. Der zentral angeordnete, überragende Christus aber entstieg dem Sarg. Den rechten Fuß hatte er bereits aus dem Totenschrein gehoben, während der linke noch darin stand. Dadurch, dass Jesus in einen langen Mantel gehüllt war, der das Innere des Sarges verbarg, vermied Thilmann es aber, dem Vorgang sein letztes Geheimnis zu nehmen.

»Und hier die Heilstreppe«, zeigte Thilmann begeistert auf eine andere Skizze. »Die Menschen wenden sich mit ihren Fürbitten auch an Maria. Diese bittet für sie als Mutter bei ihrem göttlichen Sohn. Christus wiederum bittet bei seinem Vater und bietet sich ihm zugleich als Sühneopfer an. Er ist bestrebt, das Wohlwollen seines Vaters zu gewinnen. Die Menschen halten durch die Gottesmutter und Christus zweifache Fürbitte beim Heiligen Vater, ein stufenweiser Zugang zu Gott. Intercessio. Eine Heilstreppe.«

Sophie nickte anerkennend. Thilmanns Wissen um die zeitgenössische Symbolik und seine wiedererkennbare und doch individuelle Interpretation bekannter Motive bewiesen ihr erneut sein großes Talent. Kein Wunder, dass die Äbtissin auf seine Forderungen eingegangen war und ihn Meister nannte.

»Und dieses Motiv?«, fragte sie und wies auf das dritte Blatt, das auf dem Tisch lag.

»Die Entschlafung Marias«, sagte Thilmann leise und wurde rot. »Ich habe es erst gestern eingefügt.«

Sophie betrachtete das Bild, auf dem die Gottesmutter blass und mit halb geschlossenen Augen inmitten der Apostel lag, die sie ins Paradies verabschiedeten. Wie ähnlich ihr die Mutter Gottes hier sah!

»Auch zur Dormitio Mariae gibt es keine Beschreibung in den Evangelien«, erkärte Thilmann. »Aber seit dem Konzil von Ephesus vor über tausend Jahren ranken sich Legenden um Marias Tod und ihre Aufnahme ins Paradies. Ich möchte sie noch lebend zeigen. In einem Moment, in dem sie sich von allen verabschiedet, die sie auf Erden kannten und die sie in ihrem Herzen behalten und immer zu ihr aufsehen werden.«

Sophie verstand. Dieses Motiv war seine Art, Abschied von Sophie zu nehmen. Auch er hatte längst erkannt, dass ihre Lebenswege nur für eine kurze Strecke so nah beieinanderlagen. Sie wandte sich ab und blinzelte die Tränen fort, die sich in ihren Augen sammelten.

»Also sehen wir uns im Frühjahr wieder«, versuchte sie sich ganz normal zu geben.

»Wenn du es schaffst, mich hier zu besuchen?« Thilmann lächelte sie sanft an. »Ich habe darum gebeten, wieder in diesem Zimmer arbeiten zu dürfen. Anscheinend liegt es günstig für deine kleinen Abstecher.«

Sophie wurde rot.

»Außerdem ist es nach Süden ausgerichtet, und die Fenster sind groß genug, um gute Lichtverhältnisse zuzulassen«, fuhr Thilmann fort. »Eine gute Malerwerkstatt.«

Er wandte sich seinen Tiegeln und Töpfchen zu, die er zum

Teil schon eingepackt hatte. Sophie warf einen Blick auf seinen Beutel, der in der Ecke die nächste Etappe seines Herrn erwartete.

Was, wenn er gar nicht wiederkommt?, fragte sich Sophie plötzlich. Einem einsamen Wanderer konnte allerhand zustoßen auf den Straßen. Und einem Männerherz konnte allerhand begegnen, wie sie wusste.

Wenn er eine andere findet, dann freue dich für ihn, sagte die heilige Walburga mitfühlend. Er hat es verdient. Und jetzt spute dich, Schwester Augusta wird dich schon vermissen.

Sophie riss sich zusammen. »Ich muss fort«, sagte sie leise.

Thilmann sah sofort auf. Für einen Moment hielten sich ihre Blicke gefangen, dann machte er drei große Schritte auf sie zu und nahm sie fest in die Arme.

Sophie schloss die Augen und ließ sich von seiner Wärme und seinem Duft einhüllen, die die Kühle der Klostermauern verdrängten.

»Ich sehe dich bald wieder«, flüsterte er.

»Ich sehe dich bald wieder«, antwortete sie. Dann schlüpfte sie aus dem Zimmer.

Kapitel 10

Das Weberschiffchen glitt geschmeidig durch die Kettfäden und webte unermüdlich das Tuch. Hin und wieder fuhr Sophie mit der Hand über das weiche, langflorige Produkt, das sie aus der feinen Merinowolle herstellte. Seit vier Wochen saß sie täglich mehrere Stunden am Webstuhl und gab sich der meditativen Gleichförmigkeit ihrer Bewegungen hin. Vier Wochen, während denen nicht ein Tag vergangen war, ohne dass Sophie an Thilmann gedacht und sich heimlich nach ihm gesehnt hätte. Wenige Tage nach seiner Abreise hatte sich das Altarretabel wieder in der Apsis der Kirche befunden. Sophie war bei seinem unerwarteten Anblick und dem Beweis, dass er tatsächlich fort war, fast in Tränen ausgebrochen. Nur ihre anscheinend inbrünstig vor das Gesicht geschlagenen, betenden Hände bewahrten sie davor, nach der Messe unangenehme Fragen beantworten zu müssen.

Die Fastenzeit hatte begonnen, und die einfachen Speisen aus Milch, Gerste und gebeiztem Fisch machten Sophies Körper und Geist leichter. Dennoch konnte sie ihre zunehmend schlechte Laune und ihre Ungeduld nur mangelhaft verbergen. Sie war ungewöhnlich schweigsam und zurückhaltend. Sogar, wenn sie die Gelegenheit zu einem kleinen Plausch mit Schwester Klarissa hatte. Begegnete ihr Uthilda in den Korridoren, sah Sophie kaum noch auf, und immer wieder schlichen sich Flüchtigkeitsfehler in ihre Arbeit und ihre Studien. Während Schwester Anselma sich aber darauf beschränkte, sie zu tadeln und zur Verbesserung ihrer Fehler aufzufordern, machte Schwester Augusta sich langsam Sorgen um ihren talentierten Schützling. Sophies Hände waren inzwischen wieder beweglich und einsatzfähig, auch wenn nach wie vor die unschönen Feuermale nicht wirklich verblassen wollten. Schwester Augusta war sich jedoch sicher, dass nicht ihre Hände der Grund für Sophies seltsamen Zustand waren. Sie vermutete vielmehr, dass sich Sophie aufgrund der Eintönigkeit ihrer Arbeit zu langweilen begann. Nach kurzer Rücksprache mit Schwester Imma beschloss sie, Sophie an eine neue Aufgabe heranzuführen. Leise trat sie neben die Novizin und beobachtete deren fließende Bewegungen am Flachwebstuhl und das Resultat, das sich durchaus sehen lassen konnte. Schwester Augusta hatte noch nie eine Schülerin gehabt, die sich das Weben so schnell verinnerlicht hatte – weder während ihrer Zeit im Kloster noch davor –, und sie hatte noch viel mit Sophie vor.

»Es sieht so aus, also ob die Merinowolle sich dem Ende zuneigt«, begann Schwester Augusta unverbindlich.

Sophie zuckte zusammen. Sie war mit ihren Gedanken weit fort gewesen und hatte nicht bemerkt, dass die Nonne neben sie getreten war.

»Was schätzt du, wie viele Ellen Tuch du noch daraus weben kannst?«

Sophie dachte nach. »Es werden höchstens fünfzehn bis zwanzig Ellen werden, wenn ich gleichmäßig weiterwebe«, antwortete sie dann. Schwester Augusta nickte zufrieden über die Schätzung. Sophie hatte wirklich schon viel gelernt.

»Also noch Arbeit bis Ende nächster Woche«, überlegte sie absichtlich laut. »Es sieht so aus, als ob wir dann eine neue Aufgabe für dich finden müssen.«

Jetzt sah Sophie interessiert auf. Instinktiv spürte sie, dass die Nonne etwas Besonderes für sie plante.

»Die Wollvorräte des Klosters sind verarbeitet, und wir haben ausreichend Tuch für unsere Bedürfnisse«, fuhr Schwester Augusta fort. »Es wird Zeit, sich wieder anderen Produkten zu widmen. Leinen zum Beispiel.« Schwester Augusta sah Sophie auffordernd an. »Was weißt du über Leinen, Sophie?«

Sophie überlegte. Zuerst fielen ihr die Ballen ein, die ihre Schwestern und sie selbst als Teil ihrer Aussteuer erhalten hatten. Daraus wurden im neuen Haushalt in der Regel Bettzeug, Handtücher und Servietten hergestellt, die mit gestickten Monogrammen versehen wurden. Während sie bei Agnes und Katharina noch fleißig mitgeholfen hatte, waren die Stickarbeiten für ihre eigene Aussteuer durch die Ereignisse jäh unterbrochen worden. Sophie erinnerte sich an die Frau, die die Ballen ihrer Aussteuer gekauft und fortgeschleppt hatte, und an ihr bitteres Gefühl dabei. Aber nach dieser Geschichte hatte Schwester Augusta sie nicht gefragt.

»Mein Vater handelte mit allen Arten von Leinenqualität«, sagte sie stattdessen. »Mit reinem Leinentuch oder Leinwand, mit Barchent, also mit Leinen, in das Baumwolle gemischt wird. Und hin und wieder auch mit Batist, Linon und leichten Schleiern aus Leinen.« Sophie erinnerte sich an die Begeisterung ihres Vaters für jede einzelne Qualität und musste lächeln. »Mein Vater sagte immer, dass er gerne in Reims leben würde, weil das dort produzierte Leinen fünfmal so viel wie schwäbisches Leinen und zehnmal so viel wie italienisches Leinen bringen würde. Er nannte es gerne das weiße Gold. Und haben nicht die Fugger in Augsburg ihren Reichtum auf dem Leinenhandel begründet?«

Schwester Augusta nickte anerkennend. »Weißt du, wie die alten Ägypter das Leinen nannten?«, fragte sie dann. Sophie schüttelte neugierig den Kopf.

»Gewebtes Mondlicht«, erwiderte Schwester Augusta stolz, dass sie ihrer Novizin etwas Neues erzählen konnte. »Wegen seiner bleichen Schönheit und angenehmen Kühle. Weniger poetisch, dafür umso treffender ist die lateinische Bezeichnung ›linum usitatissimum‹, der überaus nützliche Lein.« Schwester Augusta musste lachen. »Er ist sogar so nützlich, dass ich mich um unsere kleine Klosterernte jedes Jahr mit Schwester Maria streiten muss, die aus dem Leinsamen wertvolles Öl gewinnt.

Du hast seine heilende Wirkung ja selbst an deinen Händen erfahren.«

Sophie betrachtete kurz ihre roten Hände. »Aber braucht man für das Weben nicht nur die Fasern?«, fragte sie dann.

Schwester Augusta nickte. »Bei der Ernte wird der Flachs nicht geschnitten, sondern mit der Wurzel ausgerissen. Die Samen und Zweige werden beim Riffeln entfernt. Schwester Maria ist nur der Meinung, dass bei diesem groben Vorgang zu viele ihrer kostbaren Samen beschädigt werden. Sie bevorzugt eine weitaus sanftere Methode, bei der allerdings nicht viel von der Faser übrig bleibt. Daher unser jährlicher Disput, wie mit der Flachsernte zu verfahren ist.«

Sophie konnte sich die beiden stillen, gütigen Nonnen nur schwer in einem Disput vorstellen. »Nun, und wer entscheidet?«, fragte sie neugierig.

»Der jeweilige Vorrat«, gab Schwester Augusta augenzwinkernd zu. »Aber da unsere Ernte sehr bescheiden ist, lasse ich Schwester Maria auch gerne den Vortritt. Ich kaufe die Fasern oder noch lieber die fertigen Garne bei den Bauern in der Umgebung. Die meisten bauen Flachs an und verarbeiten ihn über den Winter in ihren Stuben auch gleich zu Garn oder sogar zu Leinen weiter, sofern sie sich einen Webstuhl leisten können. Wir im Kloster haben in unserer Spinnerei schon genug damit zu tun, die Wollvliese unserer Schafe zu verarbeiten. Die Herstellung des Leingarns ist um ein Vielfaches aufwändiger.«

Sophie erinnerte sich an die vielen Arbeitsschritte, die sie in der Wollspinnerei beobachtet hatte.

»Erst werden die Fasern beim Hecheln durch lange, spitze Drähte gezogen, um sie weiter zu reinigen. Dann werden sie gesponnen, und zwar nass! Nur grobe Garne können trocken gesponnen werden. Je feiner das Garn werden soll, desto feuchter muss es gesponnen werden. Dabei quillt nämlich der in der Pflanze enthaltene Leim auf.«

Sophie hörte beeindruckt zu. Sie ahnte, dass hinter Schwester Augustas knappen Ausführungen noch erheblich mehr Wissen verborgen lag, mit dem sie Sophie im Augenblick aber noch nicht ablenken wollte. Die Nonne verstand es wie keine andere, ihre Lektionen und Demonstrationen immer wieder mit überraschenden Details und neuem Wissen zu würzen. Und gerade, wenn Sophie sich einer Sache sicher war, ließ eine kleine Bemerkung Schwester Augustas die Tatsachen doch wieder in einem neuen Licht erscheinen.

»Und weißt du, worin die Herausforderung des Leinens an den Weber liegt?«, fragte Schwester Augusta sie geheimnisvoll.

Sophie schüttelte den Kopf.

»Batist und Schleierleinen verlangen ein ausgesprochen feines Gespür für das Garn und seine gleichmäßige Verarbeitung, während Damaste die Kreativität herausfordern, da in ihnen feine Muster eingewebt sind, die ihre Qualität ausmachen.«

Sophies Augen leuchteten auf, und Schwester Augusta erkannte, dass sie ihren Schützling da hatte, wo sie ihn haben wollte.

»Dann fangen wir in der nächsten Woche mit deinem ersten Stück Leinwand an«, ernüchterte sie Sophies künstlerische Anwandlungen sofort wieder, denn das grobe Tuch würde sie lediglich mit dem neuen Material und den Webtechniken vertraut machen. Die versprochenen künstlerischen Tätigkeiten hatte Schwester Augusta ihr als Belohnung für später in Aussicht gestellt.

Sophies Laune verbesserte sich mit jedem Tag, an dem sie in der Webstube etwas Neues lernte. Dass am Anfang des Leinenwebens wieder die Einrichtung des Webstuhls stand, war für sie bereits selbstverständlich. Inzwischen war sie auch auf den Aufwand und die Langwierigkeit der Aufgabe vorbereitet und freute sich, dass ihre Finger wieder geschmeidig und feinfühlig genug dafür waren.

»Die Kette für Leinen muss aus sehr gleichmäßigem Garn gemacht sein«, erklärte ihr Schwester Imma.

»Macht das das Gewebe nicht unnötig teuer?«, wunderte sich Sophie, die an Schwester Augustas Ausführung über das Spinnen der Flachsfasern dachte.

Schwester Imma nickte. »Aber die Kettfäden werden beim Weben stark belastet. Unregelmäßige Garne leiden stärker unter der Reibung und reißen zu oft. Und wer einmal ein solches Tuch zum falschen Zweck eingesetzt hat, wird den höheren Preis das nächste Mal gerne bezahlen.«

Die beiden Nonnen waren dabei, die von Sophie zugeschnittenen Kettfäden auf dem Webstuhl zu spannen. Schwester Augusta hatte Sophie zuvor in das Lagersystem ihrer Garnvorräte eingeweiht, die nach Qualität und Länge sortiert aufbewahrt wurden. Immer wieder kamen zu dieser Jahreszeit die Bäuerinnen, bei denen Schwester Augusta seit Jahren einkaufte, um ihre im Winter produzierte Ware anzubieten, und das Lager füllte sich schnell.

»Warum kauft ihr nicht mehr gewebtes Leinen von ihnen ein?«, fragte Sophie. »Würden sie daran nicht mehr verdienen?«

Schwester Augusta nickte. »Das würden sie schon. Aber lohnen würde es sich dennoch nicht für sie. Nur wenige von ihnen können wirklich hochwertige Leinwände herstellen. Sei es, dass ihnen das handwerkliche Geschick fehlt, sei es, dass ihre Webstühle schlecht sind, wenn sie überhaupt welche besitzen.«

Schwester Augusta hielt inne, um eine Anzahl Garnrollen zu zählen und prüfend in der Hand zu wiegen. »Außerdem habe ich gelernt, dass sie das grobe Leinen, das sie herstellen, meistens für sich selbst brauchen. Das Frühjahr steht an, und die Felder rufen nach ihnen. Die Zeit, die sie für Handarbeiten verwenden können, wird knapp. Womit sollen sie sich kleiden, wenn sie uns jetzt ihr gewebtes Leinen verkaufen?«

Sophie verstand. Sie bewunderte Schwester Augusta für ihre menschliche Weitsicht. Im Handel ihres Vaters war es immer nur um Preise, Qualitäten und Profite gegangen. Nie hatte sie erlebt, dass er sich für die Bedingungen interessierte, unter denen die Stoffe und Tuche hergestellt worden waren. Dabei hatte ihr Thomas hin und wieder von den Bedingungen der Spinner und Weber in Norditalien erzählt, die oft für einen geringen Lohn große Mengen Garn oder Tuch in kurzer Zeit liefern mussten, da sie von großen Manufakturen abhängig oder ihre Webstühle noch nicht abbezahlt waren. Schon kleine Kinder wurden daher zum Bestücken der Schiffchen oder Kämmen der Vliese herangezogen, womit sie täglich von Sonnenaufgang bis Sonnenuntergang beschäftigt waren. Sophie war froh, dass Schwester Augusta offensichtlich nicht einmal im Entferntesten daran dachte, diese Arbeiten von den jüngsten Novizinnen ausführen zu lassen, wie es jederzeit ihr Recht gewesen wäre.

»Handwerkskunst besteht nicht nur aus einzelnen Arbeitsschritten«, hatte Schwester Augusta einmal zu Sophie gesagt. »Nur wer den ganzen Prozess kennt und jeden Schritt beurteilen kann, wird auch gute Qualität liefern.«

Sophie musste daher ihre Weberschiffchen selbst bestücken, wie sie es bei der Wollweberei schon getan hatte. Schwester Augusta teilte ihr dafür einen Vorrat aus Werggarn zu, das aus kurzen Faserresten hergestellt und trocken gesponnen wurde.

»Schau, wie du damit zurechtkommst«, empfahl sie Sophie. »Der Prozess des Webens ist dem der Wollweberei sehr ähnlich. Nur die Garne verhalten sich unterschiedlich. Wie du damit umgehen musst, lernst du nur durch das Weben selbst.«

Sophie macht sich also an die Arbeit. Obwohl das Werggarn sehr unregelmäßig war, glitt der Schuss doch sehr geschmeidig durch die Kette, was ihr ein völlig neues Gefühl für die Spannung des Garns abverlangte. Auch das Anschlagen des Schusses verlangte aufgrund der Unregelmäßigkeiten besondere Sorgfalt. Dennoch betrachtete Sophie frustriert ihre ersten Ellen selbst gewebter Leinwand, die ihr im Vergleich zu ihrem letzten

Wolltuch unregelmäßig und stümperhaft vorkamen. Unwillkürlich versetzte sie ihrem Webstuhl einen kleine Tritt.

»Erspare mir bitte, dich wieder zur Geduld mit dir selbst aufrufen zu müssen«, sagte Schwester Augusta, ohne von ihrem eigenen Webstuhl aufzusehen.

Schuldbewusst über ihren Mangel an Demut, fuhr Sophie herum und sah, dass Schwester Augusta an dem großen Webstuhl saß, der die meiste Zeit verhüllt im Hintergrund des Zimmers stand. Neugierig stand sie auf und näherte sich der Webmeisterin. Als sie nur noch wenige Schritte hinter ihr stand, erkannte sie eine Vielzahl von kleinen Spindeln und Fäden, die eine farbenfrohe, aber von Knoten und Verwicklungen chaotische Fläche bildeten. Schon holte sie Luft, um die Nonne nach ihrem erstaunlichen Werk zu befragen, da wandte sich diese um.

»Bist du denn mit deiner Arbeit schon zufrieden?«, fragte sie die Novizin.

Sophie errötete und schüttelte den Kopf.

»Dann geh zurück und bringe dich deinem Ziel näher, mein Kind.«

Eine gute Woche später war Sophie diesem Ziel tatsächlich schon ein ganzes Stück näher gekommen. Ihr Leinen wurde gleichmäßiger und zeigte nur noch die Unebenheiten, für die das grobe, unregelmäßige Werggarn verantwortlich war. Da es aber noch nicht geblichen war, erinnerte es nur entfernt an das gewebte Mondlicht, das die Ägypter beschrieben hatten.

Immer wieder schielte Sophie auch nach dem großen, verhangenen Webstuhl, an dem sie einen Blick auf die seltsame Arbeit Schwester Augustas erhascht hatte und der seitdem eine fast magische Anziehungskraft auf die junge Novizin ausübte.

Eines Tages saß Sophie wieder an ihrem Webstuhl und ließ das Leinen Elle für Elle unter ihrem flinken Weberschiffchen hervorgleiten. Ihr Magen knurrte, da sie an diesem Morgen bei der Milchsuppe etwas zu kurz gekommen war. Ein Fehler, der während der Fastenzeit doppelt so schwer wog. Schwester Imma war nicht in der Webstube, und Schwester Augusta saß über ihrer Abrechnung, die sie der Zellerarin am Ende jedes Monats übergab. Sophie wurde plötzlich bewusst, dass der Februar schon fast vorüber war. Nur noch der März trennte sie vom Osterfest, das in diesem Jahr auf den Anfang des Aprils fiel. Dann würde Thilmann wiederkommen, dachte Sophie und konnte einen kleinen, freudigen Sprung ihres Herzens nicht leugnen.

In diesem Augenblick beendete Schwester Augusta ihre Arbeit und sah unschlüssig aus dem Fenster. Draußen tanzten schon den ganzen Tag weiße Schneeflocken vom Himmel, die noch einmal in diesem Winter eine friedliche, weiße Decke über das Kloster legten.

»Ich muss für eine Weile zu Schwester Benedicta«, sagte Schwester Augusta plötzlich unvermittelt. Überrascht sah Sophie auf. »Ich nehme an, du kommst allein zurecht.«

Sophie nickte. Sie war noch nie allein in der Webstube gewesen. Die unerwartete Situation erfüllte sie mit einem Gefühl von Stolz, Macht und – Neugierde. Sofort dachte sie an Schwester Augustas Webstuhl.

Er ist nicht umsonst zugehängt, mischte sich die heilige Walburga ein, aber Sophie schüttelte unwillig den Kopf. Sie beobachtete, wie Schwester Augusta ihre Papiere sammelte und mit einem Nicken das Zimmer verließ. Sie wartete einen Augenblick, bis die festen Schritte im Flur verklangen, dann schob sie sich flink von ihrem Stuhl und war mit wenigen Schritten beim Webstuhl.

Du hast schon beim ersten Mal nicht verstanden, was sie da tut, erinnerte die heilige Walburga sie. Warum wartest du nicht, bis sie es dir erklärt?

Nur ein kurzer Blick, dachte Sophie und hob das Tuch an. Nur ein ganz kurzer Blick.

Aber in diesem Augenblick erklangen wieder Schritte vor der Tür, und Sophie schaffte es gerade noch in drei großen Sprüngen hinter ihren Webstuhl. Dann öffnete sich die Tür. Zu ihrer großen Überraschung kam aber nicht Schwester Augusta herein, sondern Uthilda von Staben.

»Wo ist Schwester Augusta?«, fragte sie überrascht, als ihr Blick durch die Webstube geglitten war, aber außer Sophie niemanden entdeckt hatte.

»Bei der Zellerarin«, gab Sophie knapp zurück und schickte das Schiffchen geschickt durchs Fach.

Uthilda blieb an der Tür stehen, offensichtlich unschlüssig, was sie jetzt tun sollte.

»Schwester Angelika aus der Färberei schickt ihr dieses Paket«, sagte sie schließlich und hob ein in grobes Tuch eingeschlagenes Bündel hoch.

So, so, dachte Sophie unvernünftig zufrieden. Uthilda von Staben auf Botengang. Hoheitlich wies sie auf Schwester Augustas Schreibtisch.

»Dann lege es doch dort für sie ab«, sagte sie, ohne ihre Stimme ganz von Herablassung befreien zu können.

Uthilda ging wortlos zum Tisch und legte das Paket ab. Auf dem Rückweg wählte sie aber den Weg, der an Sophies Webstuhl vorbeiführte, und sah auf das Leinen. Sophie schaffte es, weiterzuweben und nicht zu ihrer Feindin aufzusehen.

»Mit so etwas hätten wir auf Burg Staben nicht einmal unsere Dienstmägde eingekleidet«, sagte Uthilda abfällig, als sie das Gewebe betrachtet hatte.

Sophie zog die Brauen hoch. »Wie schade«, gab sie selbstbewusst zurück. »Gegenüber anderen Bastfasern ist die Leinenfaser nämlich gut teilbar und fein zu spinnen, was sie für Wäsche und Kleidung auszeichnet. Aber ich verstehe schon, dass es wohl über eure Verhältnisse ging.«

Uthilda wurde blass vor Wut. »Es scheint dir große Freude zu bereiten, mich mit deinem Spott zu überschütten«, fauchte sie.

»Nun, von wem habe ich das wohl gelernt?«, konterte Sophie und sah Uthilda endlich an. Wütend funkelten die beiden jungen Frauen sich an, und Sophie spürte, wie die heilige Walburga in Deckung ging. »Und solange keine kochend heißen Flüssigkeiten in der Nähe sind, fühle ich mich auch einigermaßen sicher.«

»Du hast es nicht besser verdient«, zischte Uthilda.

Sophie spürte, wie in ihr eine Welle von Wut und Ungeduld emporkroch, die sie unvorsichtig werden lassen würde. Aber sie konnte nicht an sich halten. »Und warum? Was habe ich dir Böses angetan, Uthilda von Staben? Ich habe dich nie zuvor gesehen.«

»Du hast mir den Mann weggenommen!«, gab Uthilda mit schmalen Lippen zurück.

»Welchen denn genau?«, fragte Sophie zurück. »Ich kann mich nicht daran erinnern, deinem Verlobten jemals vorgestellt worden zu sein. Ich dachte, du hättest die Trennung selbst eingefädelt, indem du vorgegeben hast, nicht mehr unberührt zu sein. Oder warst du es tatsächlich nicht mehr?«

Uthilda wurde weiß vor Wut. »Woher weißt du …«, begann sie, aber Sophie kam jetzt richtig in Fahrt.

»Woher weißt du denn über mich, was dich so aufbringt?«, fiel sie der Kontrahentin ins Wort. Uthilda biss sich auf die Lippen.

»Das Kloster scheint nicht viel verschwiegener zu sein als der Hof des Kaisers«, fuhr Sophie fort. »Anscheinend weiß hier jeder über jeden Bescheid, wenn er es will.«

»Du weißt aber auch genau, welchen Mann ich meine«, gab Uthilda zurück.

»Ja«, gab Sophie zu. »Heute weiß ich es. Wohl aus der gleichen Quelle, aus der du deine Weisheiten ziehst. Aber damals habe ich es nicht gewusst. Ich wusste nicht einmal, dass du existierst!«

Sie erhob sich und stand jetzt dicht vor Uthilda, die Sophie um einen halben Kopf überragte. »Wir können frei entscheiden, ob wir hier unseren Frieden finden wollen oder ob wir uns weiter in sinnlosen Ränkespielen die Kräfte rauben wollen. Alles, was geschehen ist, ist unabänderliche Vergangenheit, Uthilda. Weder du noch ich können in ein anderes Leben zurückkehren. Hör also endlich auf, darauf zurückzublicken.«

Noch immer fand Uthilda keine Worte, um dem Ansturm Sophies zu begegnen.

»Ich kann auch nichts dafür, dass uns derselbe Mann ausgerechnet im selben Kloster hat enden lassen. Wenn du meine Geschichte genau kennst, weißt du aber, dass ich meinen Preis längst bezahlt habe. Denn ich habe nicht nur meine Familie, sondern auch meine große Liebe verloren. Eine Liebe, von der du nur geträumt hast!« Den letzten Satz gönnte sich Sophie als finalen Triumph.

»Heinrich hat dich nicht geliebt«, sagte Uthilda tonlos, als ob sie die Wahrheit damit ändern könnte.

Sophies Augen blitzten. Sie sah Heinrichs warme Augen vor sich und hörte wieder seine zärtlichen Worte, von denen er damals sicher jedes einzelne so gemeint hatte. »Du kannst nur wissen, dass er dich nicht geliebt hat«, gab sie zurück. »Was unsere Gefühle angeht, wirst du nur raten können.«

»Wenn er dich so geliebt hat, warum hat er dich dann nicht doch geheiratet, als deine Familie in Schande gefallen ist? Warum ist er nicht mit dir auf und davon und hat für dich auf sein Erbe verzichtet?«

Sophie schluckte. Uthilda verstand es, zu treffen. Wie oft hatte sie selbst sich diese Fragen schon gestellt, und wie oft war sie zu der gleichen Antwort gekommen? Weil Heinrich sie einfach nicht genug geliebt hatte.

»Meine Mutter hat mir geschrieben«, fuhr Uthilda geheimnisvoll fort, die Schwäche ihrer Gegnerin nutzend. »Wusstest du schon, dass er erneut verlobt ist? Er wird bald die Tochter des Herzogs zu Hohenfels heiraten. Keine schlechte Partie, wenn man bedenkt, dass sie reich und von makellosem Stammbaum und Ruf ist.« Uthildas Genugtuung war unübersehbar, und Sophie erkannte, dass auch Worte so heiß brennen konnten wie Feuer.

Was hast du denn erwartet?, sagte die heilige Walburga zaghaft. Natürlich wird er heiraten. Er hat seine Pflichten gegenüber seiner Familie, und du bist für ihn längst nicht mehr als eine romantische Erinnerung. Denke doch an dein eigenes Herz und wie es um es steht.

Sophie fühlte sich auf einmal unendlich müde. »Nun, dann hat sie uns beiden offensichtlich etwas voraus«, sagte sie tonlos. »Aber wenn Heinrich sich wirklich vermählt, sollten wir erst recht damit aufhören, uns unser Leben absichtlich schwer zu machen. Das Schicksal hat uns schon genug abverlangt.«

»Hör endlich auf, dich mit mir auf eine Stufe zu stellen«, zischte Uthilda. »Eine von Staben wird immer über einem Emporkömmling wie dir stehen.«

»Hier im Kloster sind wir alle gleich«, gab Sophie zurück. »Lies doch einfach noch einmal in den Regeln des heiligen Benedikt nach.«

»Adel bleibt Adel«, gab Uthilda hochmütig zurück. »Und ich warte nur auf den Tag, an dem du einen Fehler machst und ich dich aus dieser Gemeinschaft ins Nichts stoßen kann, wo du hingehörst!«

Uthildas Gesicht war wutverzerrt, und Sophie spürte, dass weitere Worte sinnlos waren. Sie dachte an Thilmann und hoffte, dass sie nicht errötete. Wusste Uthilda etwas davon? Kannte sie bereits die verwundbarste Stelle ihrer Feindin? Doch Uthilda drehte sich um und verließ mit erhobenem Haupt die Webstube.

Sophie sank vor Erregung bebend auf ihren Stuhl nieder. Wie konnte Uthilda noch im Kloster auf Standesunterschieden herumreiten? Auch wenn sie diese Herablassung von klein auf gelernt zu haben schien, musste sie sich hinter den Mauern von

Eichstätt doch selbst albern dabei vorkommen. Das letzte Gespräch mit ihrem Bruder Thomas fiel ihr ein. Gärte und brodelte es nicht schon im ganzen Süden? Sammelten die Adeligen nicht bereits Soldaten, um sich zu schützen? Die Bürger und Bauern wurden ungeduldig und wollten nicht länger die nutzbringenden Schafe des Adels sein. Sie sammelten sich in Bauernhaufen und lehnten sich gegen die Traditionen der letzten Jahrhunderte auf. Ein neues Zeitalter lag in der Luft! Eines Tages würde den von Sternaus und den von Stabens ihr Titel noch eine Last sein. Und auch Uthildas Welt würde über ihr zusammenbrechen, und von ihrem Hochmut würde nichts übrig bleiben als Heulen und Zähneklappern. Wütend griff Sophie wieder zu ihrem Schiffchen und schleuderte es mit so viel Schwung durch das Fach, dass der Schuss zerriss. Sie konnte nicht ahnen, dass ihre Prophezeiung bereits im nächsten Jahr wahr werden sollte.

Kapitel 11

Schwester Augusta hatte allen Grund, zufrieden mit ihrer Schülerin zu sein. Sophie stellte bald aus Garnen unterschiedlichster Qualität gute Leinwand her und wusste um die drei Grundarten der Leinwandbindung. So konnte es neben der gleichmäßigen Abwechslung der Schuss- und Kettfäden auch sein, dass mehrere Kettfäden wenige Schussfäden überlagerten oder umgekehrt. Jede Bindung hatte ihre Auswirkung auf Dehnbarkeit und Produktionsgeschwindigkeit des Gewebes. Sophie stellte sich jeder Herausforderung und arbeitete auch bei erlernter Routine noch aufmerksam und sorgfältig. Wieder einmal in ihrem Leben dachte die Nonne, dass die Wege des Herrn unergründlich, aber richtig waren. In einem weltlichen Leben hätte das Mädchen höchstens Stick- und Näharbeiten gemacht. Als Patriziertochter hätte sie sich wahrscheinlich nie an einen Webstuhl gesetzt. Noch immer galt diese Tätigkeit als einfache Nutzarbeit, da die künstlerischen Aspekte, die darin enthalten sein konnten, schon wieder so viel Erfahrung, Einweisung und handwerkliches Geschick erforderten, dass sie in privaten Haushalten selten erreicht wurden. Aber genau diese Fähigkeiten wollte Schwester Augusta Sophie als Nächstes vermitteln.

Bisher hatte sich das Mädchen als gelehrige und talentierte Schülerin gezeigt, die geduldig einen Schritt nach dem anderen mit ihrer Lehrerin gegangen war. Nun würde sich zeigen, ob sie auch die nächste Lektion bewältigen konnte, die einen Meilenstein in der Kunst des Webens darstellte. Schwester Augusta beabsichtigte, Sophie in die Musterweberei einzuführen. Dazu eignete sich die Leinweberei besser als die Wollweberei, da die

Leingarne die Muster deutlicher abzeichneten und dem Weber so die Kontrolle über die entstehenden Strukturen erleichterte.

Bevorzugt wurden gewebte Musterbordüren, aber auch ganze Ballen wurden durchgehend mit einfachen Musterstrukturen versehen, die das Leinen veredelten und den Verkauf lukrativer machten. Gleich am nächsten Tag nahm die Nonne ihre Schülerin beiseite. Wieder hielt sie sich an die bewährte Taktik, die Novizin mit der Aussicht auf die höchsten Lorbeeren zu den ersten Schritten in die richtige Richtung zu verleiten.

»Ich möchte dir etwas zeigen«, begann Schwester Augusta, als Sophie sich ihr zuwandte. Sophie kannte diesen geheimnisvollen Ton bei Schwester Augusta bereits und spürte ein erwartungsvolles Kribbeln in sich aufsteigen.

Die Nonne trat zu einem Weidenkorb, aus dem sie nacheinander mehrere Leinenstücke nahm. Wortlos breitete sie die Tücher, von denen keines mehr als wenige Ellen maß, auf dem Tisch aus. Sophie staunte nicht schlecht, als sie in jedem Tuch eingewebte Motive entdeckte. Kunstvolle Bordüren aus verschlungenen Mustern, florale Formen, die das gesamte Tuch bedeckten, und sogar menschliche Darstellungen konnte sie entdecken bis hin zu eingewebten Bibelsprüchen, deren Latein Sophie inzwischen dank zahlreicher Lektionen und Stunden in der Bibliothek einigermaßen lesen konnte.

»Die Stickerei der Weber«, kommentierte Schwester Augusta die kleinen Kunstwerke stolz, die sie mit liebevollen Bewegungen glatt strich.

Sophie staunte ehrfürchtig. »All das ist wirklich nur am Webstuhl entstanden?«

Schwester Augusta nickte. »Doch davor hat ein Weber sich diese Muster ausgedacht und sie für den Webstuhl skizziert.«

Sophie verstand. Bei diesen Arbeiten mussten die Motive fertig sein, bevor mit der Weberei begonnen werden konnte, da sie die Größe des Leintuches und somit die Einrichtung des Webstuhls bestimmten. Mit leuchtenden Augen wandte sie sich ihrer Lehrmeisterin zu, um an deren Blick zu erkennen, dass sie auch diese Kunst ganz von vorne würde lernen müssen. Mit einem Seufzer ließ sie kurz den Kopf hängen und sah ihre Lehrmeisterin dann ergeben an.

»Also gut, Schwester Augusta«, bat sie. »Womit soll ich beginnen?«

Die Nonne freute sich über die Demut der Schülerin. »Wir beginnen mit der Köperbindung«, sagte sie. »Einfache Strukturen wie Spitzgrät- oder Fischgrätköper. Dabei machen wir uns zunutze, dass der Schussfaden dort, wo er über den Kettfäden liegt, einen gut sichtbaren Grat bildet. Den Verlauf dieses Grats beeinflussen wir, indem wir bestimmen, über welchen Kettfäden er liegt. Im Gegensatz zu den einfachen Leinwandbindungen lassen wir ihn dabei aber immer wieder nach unseren Wünschen die Richtung wechseln, bis sich eine Struktur ergibt.«

Gemeinsam richteten sie Sophies Flachwebstuhl mit Kettfäden auf nur zwei Ellen Breite ein.

»Damit sich der Grat auch gut abhebt, kann man als Schussfaden ein dickeres oder stärker glänzendes Garn verwenden«, erklärte Schwester Augusta weiter. »Viele Weber bevorzugen hier Seide, aber das führt uns zu weit in den Bereich des Damasts. Die wahre Kunst liegt darin, auch mit ähnlichen Garnen eine deutliche Struktur hervorzuweben.«

Mit geübten Strichen skizzierte Schwester Augusta auf einem Papier die Struktur, die sie weben wollten. Sophie sah, dass die Nonne auf dem Papier bereits feine Linien gezogen hatte, die ein gleichmäßiges Raster an Quadraten bildeten. Nun färbte sie die Stellen ein, an denen der Schussfaden über der Kette liegen sollte, die also den zukünftigen Verlauf des Grats festlegten. Danach forderte sie Sophie auf, die Skizze am Webstuhl nachzuweben. Aufmerksam führte Sophie das Schiffchen durch das Fach. Dazu musste sie den Tritt pro Weg mehrfach betätigen, damit die Abwechslung des Schussfadens recht gelang. Schnell dämmerte es Sophie, dass sie unendlich viel länger für diese Tuche brauchen würde als für die einfache Leinwand, bei der sie das Weberschiffchen mit einem Schwung über die gesamte Breite des Tuches bewegen konnte.

»Du wirst schon Übung darin bekommen«, ermunterte Schwester Augusta sie. »Gerade an einfache Köpermuster, die sich über dem ganzen Tuch wiederholen, gewöhnt man sich schnell und webt sie nach einer Weile wie eine einfache Bindung.«

Sophie brummte nur kurz, da sich ihr Schiffchen schon auf Abwegen befand. Schwester Augusta lächelte nachsichtig und beobachtete Sophies Bemühungen noch eine Weile. Als sie sah, dass ihr Schützling auf dem richtigen Weg war, überließ sie die Novizin wie gewohnt ihrer Übung.

Sie ging zu ihrem Arbeitstisch und begann, ein Paket zu öffnen, das Sophie aus dem Augenwinkel sofort wiedererkannte. Es war das Paket, das Uthilda in die Webstube gebracht hatte. Obwohl sie von ihrer neuen Aufgabe ganz in Anspruch genommen wurde, konnte Sophie ihre aufflackernde Neugierde kaum unterdrücken. Sie sah, wie Schwester Augusta dem Paket einige Garne in unterschiedlichen Farben entnahm und sich damit zu dem verhangenen Webstuhl begab. Prompt verwebten sich Sophies Finger, als sie den Hals reckte, um Schwester Augusta weiter beobachten zu können. Erst ein deutliches Räuspern von Schwester Imma hinter ihr ließ Sophie schuldbewusst wieder auf die eigene Arbeit sehen.

Ostern stand bevor, und die warme Märzsonne versprach bereits einen warmen, freundlichen Frühling. Das erste zarte Grün kündigte sich an, und hin und wieder wurde Sophie jetzt nicht der Webstube zugeteilt, sondern der Arbeit in den Klostergärten und Feldern. Der Unrat des Winters wurde beseitigt und die Erde für die bevorstehende Aussaat vorbereitet. Die ungewohnte körperliche Arbeit tat Sophie gut, und außerdem hatte sie hier Gelegenheit zu heimlichen Gesprächen mit der wie immer bestens informierten Schwester Klarissa.

Inzwischen waren mehrere neue Mädchen als Novizinnen in das Kloster gekommen, und Sophie verließ sich auf Schwester Klarissas Berichte über die Herkunft der Neuankömmlinge. Besonders interessant war offenbar eine Frau, die aus einer hochvornehmen Adelsfamilie stammte, deren Namen nicht einmal Klarissa kannte.

»Sie ist schon fast dreißig Jahre alt und noch immer Jungfrau«, raunte Schwester Klarissa. »Angeblich ist sie mit einem richtigen König verheiratet, aber er verweigert ihre Annahme, nachdem er ihre Mitgift schon verbraucht hat. Und ihre Familie hatte lieber eine abgelehnte Königin zu Hause sitzen als eine geschiedene Frau ohne Rang und Titel. Daher kann die Ärmste nicht einmal mehr den Papst um einen Dispens bitten, da sie sonst unverheiratet, verstoßen und völlig mittellos dastehen würde.«

Sophie schüttelte den Kopf. Waren adelige Frauen denn wirklich nicht mehr als Figuren auf dem Schachbrett der Männer? Kein Wunder, dass viele von ihnen den Gang ins Kloster vorzogen, wo sie ihre Gedanken und ihren Neigungen einen freieren Lauf lassen konnten. Auch in den Patrizierfamilien wurden Ehen oft nach Mitgift und Geschäften entschieden, aber immerhin gab es hier auch immer wieder Liebesheiraten. Ihre Schwester Katharina hatte ihren Apotheker schon geliebt. Zumindest zum Zeitpunkt der Hochzeit, schränkte sich Sophie in Gedanken gleich wieder ein. Wie es ihr jetzt, acht Kinder später, ging, wollte Sophie lieber nicht wissen. Ihr Schwager Martin war ein hübscher Mann, dessen Blicke die Frauen schon immer gern erwidert hatten. Sie dachte kurz an Heinrich von Sternau und seine neue Braut. Liebte er sie so, wie er sie geliebt hatte? Waren Männer einfach von solch flatterhaftem Wesen, dass sie ihre Gefühle nur zu ihren eigenen Gunsten zuließen und verteilten? Als Sophie sich bei der Überlegung ertappte, ob Thilmann sich wohl ebenso verhalten könnte, rief sie sich zur Ordnung. Was ging es sie, eine Novizin, auch an?

Seufzend hackte sie weiter auf die steinige Erde vor sich ein und lenkte sich mit dem Gedanken an das Muster ab, das sie als Nächstes weben wollte. Schwester Augusta hatte ihr gestattet, einen eigenen Entwurf zu gestalten, und Sophie sah vor ihrem geistigen Auge ständig die Formen und Möglichkeiten, die ihr der Webstuhl zur bildlichen Darstellung bot. Unwillkürlich zeichnete sie sich mit der Hacke ein Raster in die Erde und begann, darauf ihre vorgestellten Webstrukturen zu skizzieren.

»Du sollst die Steine auslesen, nicht einkreisen«, machte sich Schwester Klarissa über sie lustig, als sie Sophies zaghafte Bewegungen mit der Hacke sah. »Nur zu, sie werden dich schon nicht beißen.«

Also holte Sophie wieder schwungvoll aus und ließ ihr Werkzeug in die satte Erde fahren.

Als sie ihren Entwurf zwei Tage später Schwester Augusta vorlegte, wurde diese plötzlich ernst. Besorgt betrachtete Sophie das Gesicht der älteren Nonne und überlegte fieberhaft, was an ihrem Entwurf auszusetzen sein könnte. Unbehaglich trat sie von einem Fuß auf den anderen, während das Schweigen dauerte und dauerte.

»Ausgezeichnet«, sagte Schwester Augusta schließlich leise, und Schwester Imma, die ihr neugierig über die Schulter geschaut hatte, lächelte aufmunternd. »Ich gebe zu, dass ich viel von dir erwartet habe, Sophie«, fuhr Schwester Augusta fort. »Aber du hast meine Erwartungen durchaus übertroffen.«

Sophie spürte, wie das Blut in ihre Wangen schoss und ihren undemütigen Stolz über das Lob verriet. »Danke, Meisterin«, flüsterte sie leise, obwohl sie gehofft hatte, dass die Nonne von ihrem Entwurf positiv überrascht sein würde. Sie hatte als Motiv die heilige Walburga mit ihrem Ölfläschchen gewählt, aber sie hatte sie nicht in die Gemeinschaft ihrer Brüder integriert, sondern sie in einem angedeuteten, blühenden Garten dargestellt.

»Du wirst dieses Motiv nicht in Leinwand weben«, sagte Schwester Augusta da zu ihrer Überraschung. Sophie sah sie verwirrt an. Sie hatte sich die ganze Zeit darauf gefreut, ihren Webstuhl einzurichten und ihre Skizze im Garn auszuprobieren.

»Sie ist zu schade für ein einfaches Tuch.« Schwester Augusta besah sich die Skizze noch einmal. »Wir werden sie mit festem, gleichmäßigem Garn in Batist einweben. So eignet sie sich als Fensterbehang, und das Tageslicht wird das Motiv noch umso deutlicher hervortreten lassen.«

»Aber ich habe noch keine Erfahrung mit Batist«, wandte Sophie zaghaft ein.

»Die hat dafür Schwester Imma«, sagte Schwester Augusta. »Sie wird dir die erste Zeit zur Seite stehen, bis du dich an die Herstellung gewöhnt hast. Sie wird dir auch zeigen, worauf es ankommt, wenn du mit Garnen von unterschiedlicher Stärke arbeitest.«

Schwester Augusta besah sich Sophies Skizze noch einmal. Dann sah sie die beiden Frauen herausfordernd an.

»Ich erwarte zudem, dass ihr das Motiv bis zum Auferstehungsfest unseres lieben Herrn Jesu Christi beendet habt«, fügte sie hinzu. »Die Symbolik ist blühend und aufstrebend wie das Heil unseres Herrn, und der Fensterbehang wird das Zimmer unserer Äbtissin sicher auf das Beste zieren.«

Die beiden Frauen sahen einander an, und Sophie erkannte auch in Schwester Immas Gesicht Zweifel, ob das Werk in der kurzen Zeit gelingen würde. Sophies Ängste wurden durch die Begleitung der erfahrenen Nonnen jedoch besänftigt, und sie freute sich außerordentlich, dass Schwester Augusta ihre Arbeit als gut genug für das Zimmer der Äbtissin ansah. Sie beschloss, in den nächsten Tagen auch die wenige Zeit, die sie zur freien

Verfügung hatte, in der Webstube zu verbringen, um mit ihrer Arbeit die Webmeisterin nicht zu enttäuschen. Sie ahnte, dass dieses Werk eine Art Gesellenstück für sie darstellen würde, dessen ausgezeichnete Qualität ihr die Tür zu weiterem Wissen der Webmeisterin öffnen würde.

Die folgenden Tage waren nicht einfach für Sophie. Durch die Arbeit mit unterschiedlichen Garnen verzerrte sich ihre Skizze auf dem Webstuhl, und sie musste sie an die neuen Gegebenheiten anpassen, bevor die Relationen wieder stimmig waren. Auch die Eigenschaften des für den Batist verwendeten Baumwollgarns verlangten ihr einiges an Eingewöhnung ab. Mehr als einmal war sie versucht, das Weberschiffchen wütend in eine Ecke der Webstube zu schleudern.

»Wie sollen wir das Werk nur in der vorgegebenen Zeit schaffen?«, klagte sie bereits am zweiten Tag der gemeinsamen Arbeit Schwester Imma ihr Leid. »Und wie sollen wir unter solchem Zeitdruck noch gute Qualität abliefern?«

»Es ist nicht die Knappheit der Zeit, die dich nervös macht, Sophie«, verbesserte Schwester Imma sie. »Es ist nur das Gefühl, dass du die Kontrolle verlierst.«

»Wo liegt da der Unterschied?«, brauste Sophie auf.

Schwester Imma lächelte geheimnisvoll. »Du weißt, dass du dich auf deine Fähigkeiten verlassen kannst«, sagte sie ruhig. »Und Schwester Augusta weiß das auch. Deshalb solltest du Vertrauen in die Aufgabe haben.«

»Vertrauen«, schnaubte Sophie, die geflissentlich die tadelnden Blicke der heiligen Walburga ob ihres unklösterlichen Temperaments übersah.

»Es wird immer wieder geschehen, dass du eine Arbeit in sehr kurzer Zeit ausführen musst. Immerhin hattest du für die kreative Gestaltung alle Ruhe der Welt. Damit hast du die größte Herausforderung doch schon bewältigt.«

»Um jetzt an der Ausführung zu scheitern?« Sophie konnte

sich einfach nicht beruhigen. Prompt machte sie einen Fehler mit den Tritten, und der Schuss schob sich an der falschen Stelle über die Kettfäden.

»Seht Ihr, Schwester, ich schaffe es einfach nicht.«

»Meistens hilft es, sich ein wenig Zeit zu lassen, wenn man glaubt, keine mehr zu haben«, orakelte Schwester Imma. »Daher bitte ich dich, kurz hinüber in die Färberei zu gehen und etwas für Schwester Augusta abzuholen.«

Ergeben seufzte Sophie und sah auf ihre Webarbeit. Eine kurze Pause würde ihr wirklich guttun. Sie streifte ihr Skapulier über, da der Tag unerwartet frisch war, und machte sich auf den Weg.

Unwillkürlich fanden ihre Füße den Weg zur Abkürzung, die an Thilmanns Werkstatt vorbeiführte. Jeden Tag hatte sie darauf gehofft, dass das Altarretabel nicht mehr in der Apsis stand, als Zeichen, dass der junge Maler ins Kloster zurückgekehrt war. Was bedeutete nach Ostern? Am nächsten Tag? Eine Woche später? Einen Monat später? Sophies schlechte Laune verstärkte sich, als sie den Raum leer und leicht verstaubt vorfand. Nichts deutete darauf hin, dass er in der nächsten Zeit wieder als Malerwerkstatt genutzt werden sollte.

Denk nicht mehr an ihn, schalt sie sich selbst und kam damit sogar der heiligen Walburga zuvor. Kümmere dich um deine eigenen Aufgaben. Er wird schon kommen. Oder auch nicht.

In der Färberei händigte ihr Schwester Angelika ein Päckchen aus, das genauso aussah wie jenes, das Uthilda vor einigen Tagen gebracht hatte.

»Ich hoffe, sie passen jetzt besser«, sagte Schwester Angelika, als ob Sophie wüsste, was sich in dem Päckchen befand. Sophie erkannte ihre Chance.

»Was war an den anderen auszusetzen?«, fragte sie leichthin, als ob sie tatsächlich eingeweiht war.

»Die Nuancen waren ein wenig zu dunkel«, erklärte Schwester Angelika. »Bei den Garnen für ihre Wirkarbeiten ist Schwester Augusta sehr genau. Da duldet sie nicht die geringste Abweichung von der Kartonage.«

Sophie nickte und versuchte, eine verstehende Miene aufzusetzen. Dabei konnte sie sich nicht wirklich einen Reim auf Schwester Angelikas Erklärung machen. Nur eines hatte sie ganz deutlich begriffen. Schwester Augusta arbeitete wieder an einer Tapisserie. Und sie tat es auf dem verhangenen Webstuhl. Sophie erinnerte sich an das Gewirr von Schussfäden und kleinen Holzspindeln, auf das sie einen kurzen Blick erhascht hatte, und lächelte. Würde die Webmeisterin sie auch in diese Kunst einführen?

Frohen Mutes machte sie kehrt und brachte das Päckchen in die Webstube. Danach setzte sie sich mit neuem Eifer an ihre Webarbeit. Schwester Imma warf einen kurzen Blick über ihre Schulter und freute sich, dass die Novizin ihre Begeisterung und somit ihr Geschick für die Arbeit wiedergefunden hatte.

Am Gründonnerstag war Sophies Fensterbehang fast fertig. Die Arbeit war zwar nicht von perfekter Schönheit, aber in Anbetracht der Umstände hatten Schwester Imma und Sophie ein kleines Wunder geschaffen. Die Batistflächen waren leicht und ebenmäßig, und die Übergänge zu den festeren Schussfäden, aus denen das Motiv gewebt war, waren glatt. Nach der Prim holte Schwester Augusta das Werk im Kapitelsaal vor aller Augen hervor und übergab es der Äbtissin. Diese nahm es vorsichtig entgegen und betrachtete die Arbeit eingehend. Sophie hielt inmitten der Novizinnen den Atem an, und sie wusste, dass es Schwester Imma auf der anderen Seite des Saals ebenso erging.

Schließlich lächelte sie Äbtissin. »Ein schönes Werk«, lobte sie. »Es verbindet die Kreativität einer wahren Künstlerseele mit dem Geschick eines Handwerkers. Ihr habt Euch und unserem Kloster alle Ehre gemacht, Schwester Augusta.«

Schwester Augusta wurde ob des Missverständnisses rot. »Aber nein«, begann sie hastig. »Das Motiv wurde von meiner

Schülerin entworfen, die es dann auch zusammen mit Schwester Imma hergestellt hat.«

»Von einer Novizin?«, fragte die Äbtissin erstaunt. Der ganze Saal schien zu staunen, und Sophie spürte, wie sie vor Stolz eine Gänsehaut bekam. »Ich bitte die beiden Schwestern, vorzutreten«, rief die Äbtissin sie auf.

Mit klopfendem Herzen stand Sophie auf und trat neben Schwester Imma, deren glühende Ohren ein wenig unter der Leinenhaube hervorlugten und ihre Aufregung verrieten.

Der Blick der Äbtissin ruhte lange auf den beiden Frauen. Dann wandte sie sich Sophie zu. »Du hast dieses Motiv selbst entworfen?«

Sophie nickte und versuchte, den Kloß in ihrer Kehle zu beseitigen.

»Die Arbeit zeugt von Talent«, fuhr die Äbtissin fort. »Du erinnerst dich bestimmt daran, was ich dir an deinem ersten Tag hier in Eichstätt gesagt habe.«

Wieder nickte Sophie.

»Glaubst du denn, dass du deine Bestimmung und deinen Platz bereits gefunden hast?«

Sophie räusperte sich. »Die Weberei macht mir große Freude«, begann sie. Als sie merkte, dass wenig benediktinische Demut durch ihre Worte klangen, fuhr sie schnell fort. »Und ich glaube, dass sie mir Wege eröffnet, Gott zu ehren und zu dienen und den Menschen die Augen für die Schönheit Seines Wirkens zu öffnen.«

Atemlos schwieg sie. Hatte sie zu viel gesagt? Waren ihre letzten Worte nicht schon wieder zu hochmütig gewesen? Ich werde nie eine gute Nonne, dachte Sophie entmutigt.

Das wird schon noch, tröstete die heilige Walburga sie. Wenn du es denn tatsächlich willst …?

»Dann wirst du bis zu deinen Weihen deine Arbeitszeit fest in der Webstube verbringen«, bestimmte die Äbtissin.

Ein leichtes Raunen ging durch die Novizinnen, und Sophie

konnte beinahe spüren, wie sich Uthildas missmutiger Blick direkt in ihren Rücken bohrte und Schwester Anselma kritisch die hohe Stirn in Falten legte. Das war eine ganz besondere Auszeichnung. Sie würde keinen Garten mehr umgraben und keinen Küchendienst mehr versehen müssen wie die anderen Novizinnen! Sie warf Schwester Augusta einen Blick zu und erkannte an deren zufriedener Miene, dass sie genau das hatte erreichen wollen. Sie wollte ganz über ihre talentierte Schülerin verfügen können, bevor sie mit ihr die nächste, die größte Herausforderung der Weberei in Angriff nahm.

»In Schwester Augusta hast du eine gute Lehrerin gefunden, die dir das Handwerk in all seinen Facetten beibringen kann«, fuhr die Äbtissin fort und lächelte Sophie wohlwollend an. »Nutze deine Chance.«

»Das werde ich«, sagte Sophie mit lauter, selbstbewusster Stimme. »Ich werde Euch nicht enttäuschen.«

Als sich Sophie am Nachmittag zur Vesper in der Klosterkirche einfand, erlebte sie eine weitere Überraschung. Auf den ersten Blick bemerkte sie, dass das Altarretabel nicht mehr an seinem Platz in der Apsis stand.

KAPITEL 12

Die folgenden Ostertage ließen Sophie kein Möglichkeit, sich heimlich in Thilmanns Werkstatt zu schleichen. Mit wachsender Ungeduld ließ sie sowohl die frommen Gebete und kargen Mahlzeiten des Karfreitags als auch die opulenteren Auferstehungsmessen und das Lamm des Ostermontags über sich ergehen, das ihr nach den strengen Fastenwochen fast Übelkeit bereitete, obwohl sie sich bei Tisch zurückhielt. Während der wie immer schweigsamen Mahlzeiten wurden die Auferstehungsgeschichten der Evangelien vorgelesen. Immer wieder hatte Sophie Thilmanns Motive für das Altarretabel vor Augen, besonders jenes, auf dem Christus dem Sarg entstieg. Sie konnte es kaum erwarten, die Motive als fertige Gemälde zu sehen. Und sie konnte es kaum erwarten, den Künstler selbst wiederzusehen.

Erst als die Tage im Kloster wieder ihren normalen Lauf nahmen, ergab sich eine Möglichkeit für Sophie, auf einem Botengang für Schwester Imma einen Abstecher zur Werkstatt zu wagen. Mit klopfendem Herzen stand sie vor der Tür und lauschte vorsichtig, ob sich nicht wieder die Äbtissin oder eine andere Schwester bei Thilmann befand. Aber hinter der Tür waren keine Stimmen zu hören. Nur einige gedämpfte Geräusche, die ihr verrieten, dass der Maler anwesend und bei der Arbeit sein musste. Unwillkürlich fiel ihr Blick auf ihre Hände. Zwar konnte sie sie wieder voll einsetzen, aber die hässliche Rötung ließ sich einfach nicht bleichen. Schwester Maria hatte ihr bereits gesagt, dass die Narben wohl Jahre brauchen würden, um zu verblassen. Sophie habe jedoch großes Glück gehabt, dass das Narbengewebe nicht zu wuchern begann. Dafür trug sie noch immer nachts die engen Handschuhe, die sie sich jetzt herbeiwünschte, um ihren Makel zu verbergen. Schließlich holte sie tief Luft und klopfte an. Eine Stimme bat sie herein, und vorsichtig öffnete sie die Tür.

Es war, als ob seit ihrem letzten Treffen keine Zeit vergangen wäre. Thilmann stand in seinem mit bunten Farbflecken versehenen Arbeitskittel an der Staffelei, das Altarretabel vor Augen. Die zaghafte Aprilsonne schien schräg durch die großen Südfenster und ließ den feinen Staub im Zimmer tanzen, über den Thilmann sich schon an Weihnachten so geärgert hatte, weil er sich auf seine frisch aufgetragene Ölfarbe zu legen pflegte und ihre Wirkung beeinträchtigte. Er hatte sich erwartungsvoll zur Tür umgedreht, an die sich Sophie nach einem zaghaften Schritt in den Raum jetzt von innen lehnte. Plötzlich war sie sich unsicher über ihren Besuch. Was in Gottes Namen tat sie hier eigentlich? Mit einer Mischung aus Neugier und Sehnsucht sah sie Thilmann an. Er hatte sich nicht verändert. Seine dunklen Locken waren ein wenig gekürzt, aber die Augen blickten Sophie noch immer genauso jungenhaft an, wenn auch mit einem Blick, den sie nicht recht zu deuten wusste. Er hielt seine Palette und den Pinsel locker in der Hand, und Sophie bemerkte zum ersten Mal, wie lang und schlank seine Finger und Handgelenke waren. Diese Hände waren nicht für ein hartes Handwerk gemacht. Am liebsten wäre sie auf ihn zugegangen, um sich von ihnen berühren zu lassen. Aber kein Schritt wollte ihr gelingen. Auch Thilmann sah sie nur stumm an und machte keine Anstalten, auf sie zuzugehen oder etwas zu sagen.

»Guten Tag«, flüsterte Sophie schließlich. »Da bist du ja wieder.«

Thilmann starrte sie weiterhin an und nickte schließlich.

»Pünktlich und zuverlässig, wie ich es eurer Äbtissin versprochen habe«, sagte er brav und blieb, wo er war. Ein seltsames Schweigen kam auf.

»Das wird sie freuen«, brachte Sophie schließlich hervor und ärgerte sich sofort über ihre unbeholfene Antwort. Was war nur mit ihr los? Dieses Wiedersehen entsprach so gar nicht den Vorstellungen, die sie sich davon gemacht hatte. Kein Lächeln, keine Freude, keine Umarmung und schon gar kein leidenschaftlicher Kuss, wie sie ihn sich in ihren Träumen nicht hatte verbieten können. Unsicher blieb sie an der Tür stehen.

»Wie ist es dir in der Zwischenzeit ergangen?«, fragte sie gezwungen, als Thilmann noch immer keine Anstalten machte, noch etwas zu sagen.

»Gut«, sagte er schnell. »Wirklich gut.«

Jetzt lächelte er sie unverbindlich an und wirkte immer noch ein bisschen verlegen. »Dank deiner guten Ratschläge.«

»Wie schön.« Sophies Mut sank in sich zusammen. Was hatte sie sich nur gedacht, dass sie hierhergekommen war? Wahrscheinlich war ihr Erscheinen dem Maler sogar unangenehm. Wenn man sie hier erwischte, würde die Äbtissin ihm sicher den Auftrag entziehen. Gerade als sie sich umdrehen und hinausschlüpfen wollte, schenkte Thilmann ihr sein offenes, verzauberndes Lächeln.

»Ich war in Ingolstadt«, berichtete er, und seine Stimme hatte endlich den warmen Klang, den Sophie von ihm kannte. »Die Äbtissin war sogar so freundlich, mir ein kleines Empfehlungsschreiben mitzugeben. So gelang es mir, sofort einen kleinen Auftrag im dortigen Benediktinerkloster zu erhalten.« Er sah sie stolz an. »Der erste Auftrag, den ich wirklich selbst für mich gewinnen konnte. Zwei kleine Ikonen für die Kapelle des heiligen Martin!«

Er legte die Palette auf dem Tisch ab und stellte den Pinsel in ein dafür vorgesehenes Gefäß, in dem sich eine bereits getrübte Flüssigkeit befand. Mit gewissenhaften Bewegungen wischte er sich die Hände an einem bunt gefleckten Tuch ab und begutachtete sie sorgfältig, ob noch Farbe an ihnen zu finden war.

»Die Mönche dort wissen gute Arbeit wenigstens noch zu schätzen«, erzählte er weiter. »Über die Lombardei schwemmen immer mehr Arbeiten aus dem Ausland in unsere Gegend, die billig und lieblos gemacht sind. Ich habe mir sagen lassen, dass ein venezianischer Händler auf der Ikonen-Insel Kreta über tausend Ikonen bestellt hat, in byzantinischem und westlichem Stil. Lieferbar in nur fünfundvierzig Tagen! Kannst du dir das vorstellen? Wie soll dabei noch gute Arbeit entstehen.« Er schnaubte verächtlich durch die Nase. »Wahrscheinlich sitzen sie dort in einer langen Reihe, und einer malt die Augen, der Nächste die Nase und der Dritte den Mund. Und alle Bilder sehen gleich aus! Kein Wunder, dass wir Maler hier mit diesen Preisen nicht mithalten können. Ein echtes Werk erfordert Hingabe und Zeit.«

Er warf einen stolzen Blick auf seine Staffelei, auf der Sophie bereits die Umrisse des Auferstehungsmotivs erkennen konnte.

»Wer allerdings gute Arbeit schätzt, der bezahlt sie auch ordentlich«, fuhr Thilmann fort.

Sophie spürte die Sachlichkeit hinter seinen Worten und fragte sich, ob sie echt oder als Schutz gewollt war. Sein Redefluss schüchterte sie fast noch mehr ein als sein Schweigen. Auch wenn seine Beobachtungen über seinen Broterwerb durchaus einsichtig waren.

»Die Mönche haben mich noch zwei Patriziern in der Stadt empfohlen, die ich porträtiert habe. Sie waren sehr zufrieden und großzügig und haben in ihren Empfehlungsschreiben mit Lob nicht gespart. Ich bin auf dem besten Weg, mir einen Namen zu machen!«

Sophie staunte. Sie kannte sein Talent für Porträts von der Zeichnung, die er von ihr gemacht hatte. Es adelte seine Kunst, denn nur wenige Maler waren wirklich in der Lage, Ähnlichkeit zu erzielen. Wenn sie denn vom Modell überhaupt gewünscht wurde.

»Wie geht es deinen Händen?«, fragte er unvermittelt, und

Sophie konnte nicht verhindern, dass sie beide Hände hinter ihrem Rücken verbarg.

»Gut«, murmelte sie. »Ich kann sie schon wieder fein benutzen.«

Würde er zu ihr treten und ihre Hände wieder in die seinen nehmen? Sophie erinnerte sich an die Berührung und unterdrückte den Wunsch, ihm ihre Hände entgegenzustrecken. Aber der Maler blieb, wo er war.

»Das freut mich.«

Die kurze Antwort kränkte Sophie. »Ich kann auch wieder gut am Webstuhl arbeiten«, sagte sie beinahe trotzig. »Erst zu Ostern haben wir der Äbtissin einen Fensterbehang geschenkt, den ich selbst entworfen habe. Er hat ihr so gut gefallen, dass sie mich schon als Novizin fest der Webstube zugeordnet hat.«

Wenn er mit seinen Erfolgen prahlte, wollte sie nicht zurückstehen. Auch sie war schließlich in gewisser Weise eine Künstlerin. »Er zeigt die heilige Walburga mit ihrem Ölfläschchen und ist aus unterschiedlichen Garnen gewebt.«

»Wie schön«, gab Thilmann zaghaft zurück, und Sophie erkannte an seinem Ton, dass er ihre Arbeit in keiner Weise zu bewerten wusste. Sie spürte, wie ihre Enttäuschung in Zorn umschlug.

»Was verstehst du schon davon«, schnappte sie, bevor sie sich zügeln konnte.

»Weniger als du von Malerei«, räumte er ein. »Aber es freut mich, dass du offenbar ein unbekanntes Talent in dir entdeckt hast. Sicher wirst du Großes damit schaffen.«

Sophie schnaubte. Sie dachte an Schwester Augustas herrliche Tapisserie, die von den meisten Nonnen unbeachtet in der Kirche hing.

»Hier? In diesem Kloster soll ich Großes schaffen? Und wer würde davon erfahren?«, brauste sie auf. »Nein, ich werde mir sicher keinen Namen machen, wie du es so schön gesagt hast.

Das gehört sich nicht für eine Frau, und für eine Nonne schon gar nicht.«

Der Maler trat von einem Fuß auf den anderen. Plötzlich wirkte er sehr verloren auf Sophie. Die jungenhaften Augen blickten traurig. »Wann wirst du die Weihen ablegen?«, fragte er leise, ohne sie direkt anzusehen.

Sophie erstarrte. Sie vermied es, an diesen Tag zu denken, der das Tor des Klosters endgültig hinter ihr schließen würde. »Im Herbst«, sagte sie leise.

»Im Herbst«, wiederholte er.

Und plötzlich verstand Sophie seine seltsame Stimmung. Offenbar besaß Thilmann mehr Vernunft als sie und hatte die Zeit ihrer Trennung für nüchternere Überlegungen genutzt als sie mit ihren Tagträumereien. Ein Maler am Anfang einer ungewissen Karriere und eine benediktinische Novizin! Konnte eine Bekanntschaft denn aussichtsloser sein? Mutlos ließ sie Schultern und Kopf sinken. Wie recht er hatte! Dunkel erinnerte sie sich an die Mahnungen der heiligen Walburga und schalt sich. Sie war selbst schuld an ihrer Enttäuschung. Was hatte sie sich nur vorgemacht? Sie zwang sich, den Kopf zu heben und ihn direkt anzusehen.

»Ich bin gespannt auf dein Werk«, sagte sie schließlich mit einer Stimme, die kaum ihren inneren Aufruhr verriet. »Es wird mich immer an dich erinnern, wenn ich es während der Messen betrachte.«

Er lächelte und zeigte auf die Skizze der Jungfrau Maria. »Und sie wird mich immer an dich erinnern, Sophie. Falls ich dafür wirklich eine Erinnerung brauche.«

Seine warme Stimme schmerzte fast, und Sophie spürte, wie ihr die Tränen kamen. Nur nicht vor ihm weinen, dachte sie verzweifelt.

»Geh mit Gott, Thilmann Weber«, brachte sie noch hervor. Danach wirbelte sie herum und stürzte nach draußen. Blind vor Tränen eilte sie durch die Korridore des Klosters und suchte sich eine versteckte Nische, um ihrem Kummer freien Lauf zu lassen.

Sie würde Thilmann nicht wiedersehen. Immer wieder sagte Sophie sich diese Worte vor, während ihre Hände gleichmäßig webten. Sie würde Thilmann nicht wiedersehen. Die letzte Romanze ihres Lebens hatte somit ein Ende genommen, bevor sie überhaupt angefangen hatte, und es war gut so. Das wusste Sophie auch ohne die weisen Worte der heiligen Walburga, die sie erbarmungslos aus ihren Gedanken ausgeschlossen hatte. Nur war es so unendlich viel schwerer, die Tatsache auch zu akzeptieren. Und die romantischen Träume, die ihr Thilmann beinah jede Nacht wieder nahebrachten, halfen dabei schon gar nicht.

Die neue Aufgabe hingegen, an die Schwester Augusta sie führte, lenkte Sophie schon weit besser ab. Als sie am Tag nach dem unglückseligen Wiedersehen in die Webstube kam, enthüllte Schwester Augusta für Sophie die Arbeit, die sie auf dem großen, verhangenen Webstuhl ausführte. Dieser Webstuhl unterschied sich von Sophies bisherigem Arbeitsplatz nicht nur durch seine eindrucksvolle Größe, die mehrere Ellen mehr in Höhe und Breite maß. Er war auch senkrecht aufgestellt und nicht flach. Verwirrt sah Sophie auf die Vielzahl an kleinen Spindeln, auf die jeweils Garne in unterschiedlichen Farben gewickelt waren. Auch gab es keine einheitliche Webkante bei dieser Arbeit. An einigen Stellen war das Werk schon weiter fortgeschritten als an anderen, was die Arbeit auf den ersten Blick sehr unübersichtlich machte. Hinter den Kettfäden jedoch erkannte Sophie eine Art Zeichnung, auf die das Motiv des Teppichs bereits aufgemalt war. Daran konnte Schwester Augusta sich orientieren, wenn sie die einzelnen Farbflächen webte. Sophie hob staunend den Blick. Wenn man direkt vor dem Webstuhl stand, wirkten seine Ausmaße besonders imposant.

»Ein Hochwebstuhl oder, wie man in Frankreich sagt, ein Hautelissestuhl«, erklärte Schwester Augusta. »Du musst wissen, dass die französischen Teppichweber einen Ruf haben, der fast an den der Orientalen heranreicht. Nicolas Bataille zum Beispiel hat einst seine berühmteste Tapisserie, die die Apokalypse darstellt, für eintausend Goldfranken an den Herzog von Anjou verkauft.«

Sophie keuchte. Was für eine unvorstellbare Summe für ein einziges Produkt! Nicht einmal für ein herrliches Goldgeschmeide könnte sie sich einen solchen Kaufpreis vorstellen. Eine vage Vorstellung formte sich in ihren Gedanken, was wohl der Bildteppich wert sein musste, den Schwester Augusta gewebt hatte und der nun in der Klosterkirche von Eichstätt hing.

Schwester Augusta legte den Kopf zur Seite. »Nun, die Vorliebe für Tapisserien liegt bei den französischen Königen anscheinend in der Familie. Und beim Herzog von Anjou bin ich mir nicht sicher, ob ich seine Verschwendungssucht tadeln oder seinen Kunstsinn loben soll.«

Sophie vermied ein Lächeln. Also war auch Schwester Augusta nicht ganz frei von weltlichen Gedanken. Schwester Anselma hätte eindeutig die Verschwendungssucht getadelt und sofort Beispiele gehabt, wie man das Geld besser und gottesfürchtiger hätte einsetzen können. Sophie aber verstand den Zwiespalt Schwester Augustas nur zu gut.

»Und sind es auch heute noch die Franzosen, die die besten Teppiche weben?«, fragte sie neugierig und dachte an die Millefleurs-Arbeit, die ihr Vater für ihre Aussteuer erstanden hatte.

»Hm«, brummte Schwester Augusta. »Als die Könige nicht mehr in Paris residierten, verschwanden auch die Werkstätten für Tapisserien. Wer sonst sollte diese Kunst bezahlen können? Inzwischen gibt es gute Webereien in Flandern. In Arras zum Beispiel.« Schwester Augusta seufzte. »Als Kind hatte ich sogar die Ehre, die berühmte ›Dame mit dem Einhorn‹ zu sehen. Ein atemberaubender Teppichzyklus.«

»Wo habt Ihr ihn gesehen?«

»In Arras. Bevor er an Jean le Viste von Lyon, den Herrscher von Arcy, verschickt wurde.«

»Ihr wart in Arras?«

»Ich bin dort geboren.«

Sophie hielt den Atem an. Noch nie hatte Schwester Augusta etwas von ihrem Leben vor dem Kloster erzählt. Mehrere Augenblicke wartete die Novizin darauf, dass die Nonne fortfuhr. Aber es schien, als ob es bei diesem kurzen Einblick bleiben würde, und Sophie wagte nicht, weitere Fragen zu stellen.

»Nun, mein Kind«, sagte Schwester Augusta stattdessen mit einer energischen Handbewegung. »Genug der Historie. Befassen wir uns lieber mit dem, was unsere Hände heute fassen und schaffen können. Was siehst du hier?«

Die Nonne zeigte auf das Gewirr von Garnen, Spindeln und Kettfäden, das Sophie schon beim ersten Anblick eingeschüchtert und zugleich herausgefordert hatte. Vorsichtig überlegte sie sich ihre Antwort.

»Die Kettfäden stehen sehr dicht, und es sind sehr, sehr viele«, antwortete sie langsam, ohne vorerst das sichere Terrain des Bekannten zu verlassen.

»Gut«, nickte Schwester Augusta zufrieden. »Weiter.«

Sophie überlegte. »Der Schussfaden ist nicht mehr durchgängig«, wagte sie sich weiter vor.

Wieder nickte die Nonne. »Eine Tapisserie ist ein Kunstwerk. Sie entsteht in der Regel in einem langsamen und überlegten Ablauf, der sich gern über viele Stufen entwickelt«, erklärte sie. »Eine Tapisserie lässt sich daher auch nicht so leicht herstellen wie normale Tuche. Zwar wird auch hier mit den Pedalen des Webstuhls gearbeitet, aber oft sind die Farbflächen so fein, dass die Trennung der Kettfäden für den Weg des Schussfadens in mühsamer Handarbeit getan werden muss. Da kann eine Elle je nach Muster schon ein bis zwei Monate in Anspruch nehmen.«

»Also ist es eigentlich nicht wirklich eine Webarbeit?«, überlegte Sophie laut.

Schwester Augusta nickte anerkennend. »Die Grundtechnik ist wohl Weberei. Aber die Komplexität der Ausführung hat dazu geführt, dass man diese Arbeit auch das Wirken von Teppichen nennt.«

»Wirken«, wiederholte Sophie leise und fand den Begriff ungeheuer passend. Schloss er doch so viel von dem kreativen Schaffen des Webers mit ein. Hieß es nicht auch von Gott, er habe große Dinge gewirkt? Augenblicklich sah sie vor ihrem geistigen Auge Schwester Anselmas zorniges Gesicht und eine sehr blasse heilige Walburga, die ob ihrer Lästerung wieder einmal die Hände über dem Kopf zusammenschlug. Schon gut, entschuldigte sie sich schnell in Gedanken und besah sich wieder den Webstuhl.

»Man setzt das Bild aus verschiedenen Farbflächen zusammen«, erkannte sie dann. »Und jede Farbe hat ihre eigene Spindel.«

»So ist es«, bestätigte Schwester Augusta sie. »Diese Spindeln heißen Flieten. Es liegt an der Kunstfertigkeit des Webers, mit wie vielen Nuancen und Farbflächen er arbeitet. Je feiner die Schattierungen, desto aufwendiger und edler das Werk.«

Sophie besah anerkennend das Gewimmel an Flieten auf Schwester Augustas Arbeit. War dies schon das höchste Maß an Kunstfertigkeit? Oder arbeitete man in Arras mit noch mehr Schussfäden gleichzeitig?

»Je nach Talent und Übung des Webers gibt es in den großen Werkstätten Leute, die nur die einfachen Hintergründe wirken dürfen«, erklärte Schwester Augusta weiter. »Andere wiederum sind zum Beispiel für den Faltenwurf der Kleidung oder für Gesichter zuständig, die sehr viel schwieriger herzustellen sind. Und da Tapisserien oft ungeahnte Ausmaße haben und ganze Wände verhüllen sollen und können, arbeiten auch viele Bildwirker gleichzeitig daran.«

»Sonst würden sie wohl auch nie damit fertig werden«, entschlüpfte es Sophie.

Schwester Augusta lachte. »Du siehst, auch hier bricht dieses Handwerk jeden Vergleich mit der Tuchweberei.« Sie sah ihre Schülerin prüfend an. »Wirst du dich auf dieses Abenteuer einlassen, Sophie?«

Sophie spürte eine unerwartete Freude und Lust in sich aufsteigen. Am liebsten hätte sie sich gleich an die Arbeit gemacht. »Womit soll ich beginnen?«, fragte sie spontan und übermütig. »Mit dem Hintergrund hier?« Schon hob sie die Hände, um nach den Flieten zu greifen.

Schwester Augusta lächelte sie ruhig an und ergriff sanft ihre Hände.

»Du solltest mich inzwischen besser kennen, mein Kind«, sagte sie freundlich und wies auf einen hölzernen Kasten neben sich. »Setz dich zu mir und sortiere erst einmal diese Garne, die man mir in der Färberei bereitet hat, nach Länge und nach Farbschattierungen.«

Sophie seufzte übertrieben ergeben. »Ich hätte es wissen müssen«, sagte sie und spähte missmutig in den Holzkasten.

Schwester Augusta bedachte Sophie mit einem kurzen, amüsierten Blick und wandte sich wieder der Tapisserie zu. Mit flinken Fingern begann sie, die Flieten zu sortieren.

»Du kannst mir dabei gern auf die Finger schauen«, sagte sie mit abgewandtem Gesicht, und Sophie hätte schwören können, dass sie schmunzelte. »Dabei kannst du nämlich schon eine ganze Menge lernen. Auch das Zusehen übt bereits die Finger.«

Sophie wusste inzwischen, dass Schwester Augustas Lehrmethode in den letzten Monaten gut funktioniert hatte, und fügte sich brav ihren Anweisungen. So verbrachte sie den Rest des Tages damit, die Garne nach ihrer Beschaffenheit zu ordnen und Schwester Augustas Händen zu folgen, unter denen sich fast wie mit einem Pinsel auf den Webstuhl gemalt eine lebendig wirkende Baumkrone formte, in der sich das Licht eines Sommertages zu fangen schien.

Sophie wagte nicht zu hoffen, dass sie nach den langen Stunden des Sortierens tatsächlich eine Fliete in der Hand halten würde, und sie sollte recht behalten. Nachdem sie Schwester Augustas Fragen nach Längen und Material der Garne auch im Schlaf hätte beantworten können, lernte sie, dass es bei Weitem nicht nur ein Grün oder ein Blau gab. Schwester Augusta nannte ihr unzählige Namen von Farbnuancen und betonte immer wieder, dass es keine Schattierung gäbe, die man nicht mischen oder färben konnte.

»Betrachte die Farben als dein Handwerkszeug«, erklärte Schwester Augusta. »Wenn du wirklich edle, realistische Teppiche wirken willst, dann musst du deine Vorlage nicht nur in den Maßen, sondern auch in den Nuancen genau treffen. Dazu kannst du auch gut mehrere gefärbte, dünne Garne zu einem einzigen Schussfaden verbinden.«

Sophie hatte gelernt, dass die Motive der Teppiche meistens von namhaften Malern erstellt wurden, die ihre Farben frei auf der Palette mischen konnten und mit weichen Übergängen und Verläufen arbeiteten. Im Anschluss wurde das Motiv auf einen Karton übertragen, der schon einzelne Farbflächen definierte und zur Orientierung hinter die Kettfäden gehängt wurde. So brauchte es insgesamt mindestens drei Spezialisten, um eine Tapisserie herzustellen, oder einen Künstler, der all diese Talente in sich vereinte, wie Schwester Augusta es tat. Zwar reichte Schwester Augustas Talent für Malerei bei Weitem nicht an Thilmanns heran, aber sie hatte dafür ein sehr gutes Gespür, welche Motive und Relationen sich gut auf einem Bildteppich ausnehmen würden. Sophie versäumte es nicht, ihre Lehrmeisterin mit immer neuen Fragen zu beschäftigen. Längst ging ihr Wissensdurst über das eigentliche Handwerk hinaus.

»Warum sind Tapisserien eigentlich so beliebt?«, fragte sie die Nonne unvermittelt. Vor Kurzem erst hatte sie über die Anzahl an Wirkereien gestaunt, die es angeblich allein in Arras geben sollte.

Schwester Augusta lächelte. »Weil sie so hübsch sind«, antwortete sie.

»Das sind Gemälde auch«, gab Sophie zu bedenken.

»Aber im Gegensatz zu Gemälden erfüllen Wirkteppiche auch praktische Aufgaben. Sie schützen einen Raum gegen die Kälte und beeinflussen sein Klima positiv. Vor allem in großen, hohen Sälen dämpfen sie den Schall. Gerade, wenn viele Menschen sich dort versammeln, verstünde man sonst sein eigenes Wort nicht mehr.«

»Das lässt sich auch mit einem guten Wolltuch weitaus billiger bewerkstelligen«, gab Sophie zurück.

»Aber Wolltuch ist bei Weitem nicht so repräsentativ«, konterte die Nonne. »Immerhin wollen die noblen Herren etwas darstellen und es jeden auf den ersten Blick wissen lassen. Der Besitz vieler Tapisserien spiegelt also den eigenen Reichtum und Stand wider. Und den Kunstsinn. Viele Bildteppiche haben nämlich auch eine symbolische oder belehrende Funktion. Im Prinzip verherrlichen sie alle das ideale höfische Leben, dem es nachzueifern gilt. Rittertum. Herrlichkeit. Regentschaft. Und nicht zu vergessen die Liebe.« Schwester Augusta schlug kokett die Augen auf.

»Und warum besitzen manche Könige und Kaiser dann mehrere Hundert Stück?«

»Der Hof zieht gerne von einem Ort zum anderen. Tapisserien sind ein wunderbares Mittel für einen Herrscher, um schnell und überall eine würdige Umgebung zu schaffen, die seine Macht und seinen Reichtum zeigt. Je mehr, desto besser und eines Königs erst würdig.«

»Aber mehrere Hundert«, überlegte Sophie laut. »Da können sie ja ganze Städte mit auskleiden.«

»Nun, manche Frauen haben ja auch viele Ketten und nur einen Hals«, erwiderte Schwester Augusta. »Denk daran, Tapisserien sind in erster Linie Kunst und Vermögen und nur in zweiter Linie ein Nutzgegenstand.«

Sophie schwieg eine Weile und widmete sich ihren Garnen.

»Manche Teppiche erzählen auch ganze Geschichten«, fuhr Schwester Augusta schließlich fort. »Der Teppich von Bayeux zum Beispiel stellt auf über hundert Ellen Länge die Eroberung Englands im Jahr 1066 dar.«

Sophie hielt inne. »Hundert Ellen? Aber dafür braucht man ja Jahrzehnte!«

»Oder viele Sticker«, schmunzelte Schwester Augusta. »Denn dieses wunderbare Werk ist ausnahmsweise nicht am Webstuhl entstanden. Es wurde auf Leinen gestickt.«

Sophie dachte an Thilmann und seinen Bericht über die Ikonen aus Kreta. Konnte man auch etwas so Kunstvolles wie einen Bildteppich mit vielen Händen, die alle nur einen kleinen Teil leisteten, erschaffen? Und wie viele Wirker konnten überhaupt an einem Webstuhl arbeiten? Manchmal schwirrte ihr regelrecht der Kopf von all dem Wissen, das so unerschöpflich aus Schwester Augusta floss. Hin und wieder stellte Sophie amüsiert fest, dass auch Schwester Imma die Ohren spitzte, wenn die Lehrmeisterin zu erzählen begann.

»Fertig«, sagte sie schließlich, als die Garne in ihrem Holzkasten wieder einmal ordentlich sortiert waren und sie die nächsten Flieten für Schwester Augusta vorbereitet hatte.

»Schon? Du hast wirklich Übung«, stellte Schwester Augusta fest.

»Kein Wunder«, sagte Sophie und sah sehnsüchtig auf die Fliete in der Hand der Nonne. »Ich tue ja auch seit Tagen nicht viel mehr.«

»Dann wird es wohl Zeit für ein weiteres Stück Theorie«, lockte die Nonne.

Sophie stieß einen missmutigen Laut aus. »Aber ich möchte weben!«, rief sie leidenschaftlich.

»Wirken«, korrigierte Schwester Augusta. »Gewebt hast du schon.«

»Ich will wirken«, wiederholte Sophie nachdrücklich.

»Und was?«

Sophie zeigte auf den Webstuhl. »Das.«

»Und wie?«

»So wie Ihr.«

»Gut«, sagte die Nonne. »Schau hier drüben. An dieser Blüte kannst du es versuchen.«

Sophies Wangen röteten sich, als sie eifrig ihren Stuhl an die bezeichnete Stelle rückte. Sie griff nach dem Kasten mit den Garnen und dem Behälter mit unbespulten Flieten und betrachtete dann aufmerksam das Motiv auf dem Karton. Vorsichtig verglich sie die Garne in ihrem Kasten mit den Farbnuancen des Motivs. Keines wollte so recht passen. Sie nahm mehrere Garne und verglich erneut. Wieder sollte keines wirklich die Schattierung treffen. Vergeblich versuchte Sophie es noch eine ganze Weile, ehe sie entnervt aufgab.

»Also gut«, sagte sie kleinlaut. »Zurück zur Theorie. Wollt Ihr mir wieder erzählen, welcher Herzog wann welchen Teppich an welche Wand gehängt hat?«

Schwester Augusta schüttelte lächelnd den Kopf. »Nein«, gab sie zurück. »Ich denke, es wird Zeit, dass wir uns noch etwas mehr der Farblehre widmen. Und der Herr will es, dass wir dafür mit einem ganz besonderen Fachmann sprechen können.«

Sie verknotete die Flieten am Teppich, sodass sie nicht herunterfallen und sich abspulen konnten, und stand auf. Mit einer energischen Bewegung strich sie sich ihr Skapulier glatt und sah Sophie auffordernd an. »Folge mir.«

Sophie folgte ihrer Lehrmeisterin durch die Korridore des Klosters. Zunächst schenkte sie ihrem Weg nicht viel Aufmerksamkeit, aber nach einer Weile kam ihr der Weg merkwürdig bekannt vor. Und kurz darauf wurde ihr heiß und kalt gleichzeitig. Schwester Augusta führte sie direkt zu Thilmanns Malerwerkstatt!

Sie hat mich durchschaut, durchfuhr es die Novizin wie ein Blitz. Sie weiß, dass ich Thilmann heimlich besucht habe! Sie wird alles der Äbtissin erzählen. Ich werde nie wieder weben!

Aber zu ihrer Überraschung warf Schwester Augusta ihr vor der Tür zu Thilmanns Werkstatt einen verschwörerischen Blick zu. »Ich werde dir nun jemanden vorstellen, der dir weit mehr über Farben erzählen kann als ich«, sagte sie geheimnisvoll, und Sophie spürte, wie ihr die Knie weich wurden.

Schwester Augusta klopfte leise an die Tür und wartete auf die Antwort von drinnen. Dann öffnete sie vorsichtig und bedeutete Sophie, ihr zu folgen.

Sophies Füße fühlten sich plötzlich bleischwer an und wollten sich keine Elle vom Fleck bewegen. Was, wenn Schwester Augusta sie verraten würde? Und auch wenn Schwester Augusta noch nicht Bescheid wusste, könnte Thilmann sie begrüßen und damit ungewollt ihre Bekanntschaft verraten!

Zögernd folgte sie Schwester Augusta in den Raum, den sie so gut kannte. Thilmann hatte sich umgewandt und begrüßte Schwester Augusta ehrerbietig. Sie ist nicht zum ersten Mal hier, schoss es Sophie durch den Kopf. Kein Wunder, warum sollte sie sich die Gelegenheit, sich mit einem Künstler auszutauschen, auch entgehen lassen?

»Das ist meine Schülerin Sophie«, stellte Schwester Augusta sie vor und lenkte die Aufmerksamkeit des Malers auf sie. »Sie ist Novizin in unserem Kloster und wird von mir in die Kunst des Bilderwirkens eingeführt.«

Sophies Herz klopfte zum Zerspringen, als sie den überraschten Ausdruck auf Thilmanns Gesicht sah. Aber einen Augenblick später hatte er sich bereits wieder in der Gewalt. Mit neutralem, aber interessiertem Blick grüßte er sie mit einer leichten Verbeugung, ohne das Wort an sie zu richten oder ihr die Hand zum Gruß zu reichen. Noch nie hatte sich Sophie so sehr als Novizin und so wenig als Frau gefühlt. Thilmanns Blick ruhte nur einen kurzen Augenblick länger auf ihr, als es schicklich war. Dann wandte er sich wieder der älteren Nonne zu und schenkte ihr seine Aufmerksamkeit.

»Eure Vorschläge für mein Motiv waren außerordentlich hilfreich«, sagte diese, und Sophie hörte amüsiert die winzige Spur Koketterie, die auch in der Stimme der gestandenen Nonne mitschwang, als sie mit dem hübschen Maler sprach. Auch sie hatte ob all der Gebete und der Demut nicht vergessen, dass sie eine Frau war. »Die Figuren wirken so viel plastischer.«

»Es war mit eine große Ehre, Euer Werk betrachten zu dürfen«, gab Thilmann bescheiden zurück und verbeugte sich leicht. »Gerne stehe ich Euch wieder zu Diensten, solange ich noch im Kloster weile.«

Der Gedanke daran, dass Thilmann fortgehen würde, durchfuhr Sophie mit überraschender Schärfe, und sie schalt sich eine dumme Gans.

»Deshalb bin ich hier, nur möchte ich Euch heute keines meiner Werke vorstellen. Vielmehr bitte ich Euch, gemeinsam mit uns einen Blick auf Eure Bilder zu werfen. Deshalb habe ich auch meine Schülerin mitgebracht, die von Eurem Talent und Euren Erfahrungen nur profitieren kann.«

Thilmann sah zu Sophie, die einige Schritte hinter ihrer Lehrmeisterin stehen geblieben war. Ein warmes Lächeln entspannte sein Gesicht. »Sehr gerne«, sagte er ruhig. »Tretet doch näher.«

Schwester Augusta sah sich um. »Sophie«, sagte sie und riss Sophie aus ihrer Bewegungslosigkeit. »Komm, mein Kind.«

Sophie trat neben die Nonne, doch sie schaffte es nicht, ihren Blick auf die Staffelei zu richten. Noch immer starrte sie den Maler an, der mit ihrer unerwarteten Begegnung erstaunlich souverän umging.

Du verrätst dich noch selbst, mahnte die heilige Walburga ungnädig. Starr ihn doch nicht an wie ein zu Tode erschrockenes Kaninchen.

Sophie schluckte und riss endlich ihren Blick los. Die Staffelei zeigte das Auferstehungsmotiv, das schon beeindruckend weit fortgeschritten war. Aber Sophie ahnte, dass die letzten Details den Maler die meiste Zeit kosten würden, bis er schließlich den Grad an Perfektion erreicht haben würde, den er sich schuldete. Ihr Blick richtete sich wieder auf Thilmann. Ohnmächtig glitt er über seine schönen Augen mit den ungewöhnlich langen Wimpern, über die nicht ganz ebenmäßige, aber schmale Nase, die weichen Lippen, die Worte formten, die sie nicht erreichten.

Und dafür bin ich nun tagelang nicht hergekommen, bedauerte sie. Genützt hat es nicht viel. Ich bin noch immer so verliebt in ihn wie am ersten Tag.

»Sieh nur, dieser Faltenwurf«, sagte Schwester Augusta und drehte sich zu Sophie um. Argwöhnisch betrachtete sie das andächtige Gesicht ihrer jungen Schülerin und warf dem Maler wieder einen Blick zu. »Wie geschickt hier die Schatten eingesetzt sind, damit er wirklich plastisch wirkt«, fuhr sie langsamer fort.

Sophie spürte den leisen Hauch des Argwohns und riss sich zusammen. »Auch das Bein, das Jesus aus dem Sarg gehoben hat, scheint wirklich nach vorne zu treten«, sagte sie schnell, da sie diese Besonderheit der Perspektive schon in der Skizze beeindruckt hatte.

»Die Gesichter werden durch den gezielten Einsatz von Schatten ebenfalls sehr realistisch«, erklärte Thilmann weiter. »Dazu ist es wichtig, dass die Nuancen ineinanderfließen.«

»Das ist uns bei der Bilderwirkerei leider nicht ganz so gut möglich«, seufzte Schwester Augusta.

»Dafür sind Tapisserien auch sehr groß und werden höher aufgehängt als Bilder«, sagte Thilmann. »Aus der Entfernung schauend, übernimmt das Auge des Betrachters diese Aufgabe selbst.«

»Oder der Himmel«, nahm jetzt auch Sophie aktiv am Gespräch teil. »Er ist in feinen Nuancen von Dunkel nach Hell abgestuft. Dadurch gewinnt das Bild an räumlicher Tiefe.«

Thilmann lächelte sie anerkennend an. »Gut beobachtet«, lobte er und wandte sich schnell wieder an Schwester Augusta, die sein strahlendes Lächeln noch skeptischer gemacht hatte. »Der helle Bereich erscheint hier jedoch besonders leicht, ja siegreich.«

»Das Leben hat über die Dunkelheit des Todes gesiegt«, ergänzte Sophie. »Der Ostermorgen ist angebrochen.«

Wieder strahlte Thilmann sie an, und sie konnte nicht anders, als sein Lächeln zu erwidern. Nur für einen Moment, dann hatte sie sich wieder in der Gewalt.

Thilmann schlug vor, die Nonne und ihre Schülerin in seine Farben und Mischtechniken einzuweihen. Und so vertieften sie sich die nächste Zeit in die einzelnen Tiegel und Töpfchen mit bekannten und exotischen Namen. Thilmann wusste zu jedem Farbstoff eine Geschichte zu erzählen und erklärte, wie sie angerührt und behandelt werden mussten. Nur mit Mühe gelang es Sophie, unbefangen mit ihm zu sprechen und ihre Begeisterung nur den Farben zu schenken. Sie spürte Schwester Augustas Argwohn und hoffte, die Nonne dennoch täuschen zu können.

Als sie sich schließlich verabschiedeten, hatte Sophie das Gefühl, das Herz würde ihr übergehen, so sehr hatte sie das Gespräch und die Gegenwart Thilmanns genossen.

»Vielleicht sehen wir uns noch einmal wieder«, konnte Thilmann sich nicht erwehren zu sagen. Und seine Augen ruhten dabei nur auf Sophie. »Einige Wochen werde ich noch im Kloster zu arbeiten haben.«

Sophie senkte demütig den Blick und überließ Schwester Augusta die Verabschiedung.

»Wie fandest du meine kleine Lektion?«, fragte Schwester Augusta gleichmütig auf dem Weg zurück in die Webstube.

»Es war ein wundervoller Einfall«, sagte Sophie vorsichtig. »Meister Weber scheint wirklich ein besonderes Talent zu besitzen.«

Schwester Augusta zog erstaunt die Brauen hoch. Sie hatte gegenüber ihrer Schülerin den Namen des Künstlers nicht erwähnt. Während Sophie noch wie verzaubert hinter ihrer Lehrmeisterin her eilte, bemerkte sie nicht, wie ein Schatten hinter den breiten Säulen des Korridors verschwand. Uthilda von Staben lehnte sich mit siegesgewissem Lächeln gegen den kühlen Stein und freute sich über die Aussicht ihres nahen Triumphes über Sophie.

Kapitel 13

Am Tag nach ihrem unerwarteten Besuch bei Thilmann suchte Sophie die Webstube besonders früh auf. Sie konnte nicht erwarten, mit Schwester Augusta weiter über die Farbgebung zu diskutieren und die Erkenntnisse gleich am Werk selbst zu überprüfen. Als sie sich jedoch der Tür zur Webstube näherte, hörte sie laute Stimmen und blieb verdutzt stehen. Einen Streit hatte sie – von ihrem Disput mit Uthilda einmal abgesehen – nicht mehr angehört, seit sie das Haus ihrer Schwester verlassen hatte. Vorsichtig schlich sie näher, um herauszufinden, wem die Stimmen gehörten. Die eine Partei war Schwester Augusta. Die andere Stimme erkannte Sophie ebenfalls sofort. Es war die Stimme der Äbtissin. Die sonst so sanftmütige Klostervorsteherin tobte.

»Schwester Augusta, wie konntet Ihr eine unserer Novizinnen einem ledigen Mann vorstellen, noch dazu innerhalb der Klostermauern!«

»Wo denn sonst?«, gab Schwester Augusta ungerührt zurück. »Das Kloster kann ich mit ihr ja nicht verlassen. Immerhin war es nicht innerhalb der Klausur.«

»Das wäre ja noch schöner gewesen.« Die Äbtissin schnaubte. »Aber was habt Ihr Euch nur dabei gedacht?«

»Sophie verdient jede Möglichkeit zur Ausbildung, die ich ihr geben kann. Der Herr hat mir einen hochtalentierten Maler geschickt, und ich soll diese Chance zum künstlerischen Austausch verstreichen lassen?«, schimpfte Schwester Augusta in einem Ton, den Sophie ihr nie zugetraut hätte. So viel zum Schweigegebot, dachte sie. Wenn es darauf ankam, saßen im Kloster auch bei den Amtsträgerinnen die Zungen locker.

»Künstlerischer Austausch«, zischte die Äbtissin. »Ihr wisst, wie die anderen Schwestern darüber denken werden. Und dafür, dass alle von diesem Ausflug erfahren, wird Uthilda schon sorgen.«

»Sollen sie denken, was ihre unruhigen Gemüter sie denken lassen«, erwiderte Schwester Augusta jetzt wieder gelassen. »Ich war immerhin die ganze Zeit dabei. Die beiden haben sich nicht einmal berührt.«

Ein leises Unbehagen stieg in Schwester Augusta auf, als sie an die gespannte Atmosphäre dachte, die zwischen der Novizin und dem Künstler geherrscht hatte und die sie so gar nicht einzuschätzen wusste.

»Trotzdem kann ich das Mädchen unmöglich hier in der Webstube lassen«, gab die Äbtissin scharf zurück, und Sophie fühlte, wie ihr der Schreck wie flüssiges Feuer in die Adern fuhr. Nicht mehr weben dürfen?

»Ich habe noch nie eine so talentierte Schülerin gehabt wie Sophie, und ich werde sie mir nicht nehmen lassen«, brauste an ihrer Stelle schon Schwester Augusta auf. »Wenn ich bei meinen Lehrmethoden die fragwürdigen Gefühle einer neidischen Novizin oder einer unkeuschen Schwester verletze, interessiert mich das nicht.«

»Augusta!«, entfuhr es der Äbtissin, und Sophie horchte ob der vertraulichen Anrede auf. »Das kann doch nicht dein Ernst sein! Du hättest wenigstens mit mir darüber sprechen sollen.«

»Du hättest es uns aber nicht gestatten dürfen«, gab Sophies Lehrmeisterin zurück. »Ich konnte dich unmöglich damit belasten oder womöglich anschließend gegen dein Wort verstoßen.«

Die Äbtissin seufzte ergeben, und Sophie nahm an, dass sie sich auf einen Stuhl sinken ließ. »Augusta, Augusta«, sagte sie jetzt wieder ruhiger. »Wir haben bei Gott genug zusammen erlebt, um uns gegenseitig Vertrauen zu schenken.«

»Und um uns nicht gegenseitig zu hintergehen«, fügte

Schwester Augusta hinzu. »Versteh doch, dass es eine harmlose, aber sehr wertvolle Chance für Sophie war.«

»Was ich verstehe, tut leider nichts zur Sache«, gab die Äbtissin zurück. »Wenn diese Geschichte unser Kloster verlässt und womöglich sogar dem Bischof zu Ohren kommt, werden wir uns eine gute Erklärung überlegen müssen.«

Offenbar kannte Schwester Augusta die Äbtissin wirklich gut, denn sie spürte deren Stimmungsumschwung sofort.

»Bis es so weit ist, kann ich Sophie noch viel beibringen«, lockte sie daher. »Lass sie bei mir in der Webstube. Es gibt ja keine weiteren Männer mehr im Kloster, die wir besuchen können. Die nächste Lektion führt uns ganz keusch in die Färberei.«

Sophie flehte innerlich zur heiligen Walburga, die erschrocken abwehrend die Hände hob. Dann hörte sie, wie ein Stuhl nach hinten geschoben wurde. Die Äbtissin machte sich bereit zum Gehen.

»Ich werde die ganze Sache noch einmal in Ruhe überdenken«, sagte sie und klang müde. »So lange kann Sophie weiter hier arbeiten.«

»Du weißt, dass du jeden Verdacht nur bestätigst, wenn du Sophie wirklich an anderer Stelle einsetzt«, sagte Schwester Augusta noch.

Die Äbtissin hielt offensichtlich inne, und auch Sophie ahnte, dass ihre Lehrmeisterin jetzt ihr stärkstes Argument ins Feld führen würde.

»Beantworte dir einfach die Frage, wie viel Macht du Uthilda von Staben tatsächlich zugestehen willst. Sie ist nichts weiter als ein hochmütiges und neidisches Geschöpf, das sich in diesem Leben wohl kaum noch ändern wird.«

»Das mag deine Ansicht sein«, gab die Äbtissin ausweichend zur Antwort.

»Sehr kurz gefasst – ja«, erwiderte Schwester Augusta trocken.

Sophie hörte wieder die Schritte der Äbtissin und wich mit der Übung, die sie darin bereits hatte, hinter eine Säule zurück. Nur mit Mühe verbot sie sich, einen heimlichen Blick auf das Gesicht der Äbtissin zu erhaschen, als diese an ihr vorüberging.

Eines jedoch konnte Sophie nicht vermeiden. Der von Schwester Augusta eingefädelte Besuch bei Thilmann hatte ihre guten Vorsätze, sich von ihm fernzuhalten, haltlos in sich zusammenbrechen lassen. Es war ihr unmöglich, seine Malerwerkstatt weiter zu meiden. Immer wieder besuchte sie den Maler heimlich, auf das Sorgfältigste darauf bedacht, dass niemand sie beobachtete. Am Anfang redete sie sich noch ein, dass sie es zum Zweck der Lehre tat, damit er ihr mehr über Farbgebung und Bildgestaltung erzählte. Aber schnell wurde ihr klar, dass ihr Herz nicht deshalb so schnell klopfte, weil er sie in die Unterschiede von Ultramarin, Kobalt- und Indigoblau einwies. Sie konnte einfach nicht von ihm lassen, so wie ein Kind den Honigtopf, den es unbeaufsichtigt entdeckt, mit Genuss ausleckt.

Er wird ohnehin bald gehen, rechtfertigte sie sich vor der heiligen Walburga, die wieder mahnend den Finger hob. Warum soll ich seine Anwesenheit diese letzte kurze Zeit nicht noch genießen?

Weil dir der Abschied umso schwerer fallen wird? Weil es ohnehin zu nichts führen wird?

Eben, weil es zu nichts führen wird. Warum also all die üblen Gedanken?

Beleidigt schmollte die heilige Walburga. Sie hatte es doch nur gut gemeint.

Aber auch Thilmann war wieder zugänglich und offen wie in den Tagen nach Weihnachten. Von seiner anfänglichen Zurückhaltung war nichts mehr zu spüren. Sophie war sich nicht schlüssig, ob das daran lag, dass er ihre Besuche für legitim hielt. Jetzt, da Sophie ihm durch eine Nonne vorgestellt worden war.

Dass sie all die weiteren Male heimlich kam, hatte sie mit keiner Silbe erwähnt. Zu sehr genoss sie die gelöste Stimmung, wenn sie zusammen waren.

So verabschiedete sich der April stürmisch und machte einem sonnigen Mai Platz. Die warmen Temperaturen und die nach allerlei Blüten und Kräutern duftende Luft, die aus dem Klostergarten hereinwehte, machten Sophie gute Laune. Der Gedanke, dass sie vor einem Jahr erst mit Heinrich von Sternau hatte vermählt werden sollen, kam ihr kaum in den Sinn. Nur der Todestag ihres Vaters war trotz des azurfarbenen Himmels für Sophie traurig überschattet. Sie sehnte sich nach Thomas, und das Gefühl der Einsamkeit trieb sie zu Thilmann.

»Sophie«, freute er sich. »Wie schön!«

Er trat näher und strahlte sie an. Trotz der zunehmenden Vertrautheit zwischen ihnen berührten sie sich so gut wie nie. Es war, als ob beide instinktiv eine zu große Nähe vermeiden wollten.

»Wie geht es deinem Webbild?«

Sophie verdrehte die Augen. »Tapisserie, Thilmann. Schwester Augustas Tapisserie«, verbesserte sie. »Ein bisschen mehr Respekt vor unserer Kunst, bitte.«

Er lächelte. »Schwester Augustas Tapisserie«, wiederholte er brav.

»Oh, ganz wunderbar«, gab Sophie zurück. »In dieser Woche ist sie mindestens um eine Spanne gewachsen.«

»Aber ich bin sicher, es ist eine ganz exquisite Spanne«, vermutete Thilmann charmant.

»Sagen wir es so, wir mussten nichts wieder auftrennen«, gab Sophie zu. »Im Gegensatz zu Ihnen, Herr Maler, können wir unsere Mängel nicht einfach unter der nächsten Schicht Garn verbergen.«

»Im Gegensatz zu Ihnen, Frau Wirkerin, kann ich meine Bilder aber auch nicht einfach wieder auftrennen.«

Sie lachten gemeinsam, und Sophie genoss den Moment der

Nähe zwischen ihnen. Diese Art von humorvollem Geplänkel hatte sie nicht einmal mit Heinrich führen können. Seine Sätze waren immer viel romantischer und gefühlsbetonter gewesen und hatten schnell zu heimlichen Küssen geführt.

»Was macht denn die Auferstehung?«, fragte Sophie neckend weiter.

»Vollbracht«, antwortete Thilmann plötzlich ernst. »Schau her.« Er zeigte ihr das Tafelbild, das auf einem Holzgestell am Fenster stand. Sophie verschlug es für eine Moment die Sprache. Das Bild erschien ihr vollkommen. Ausdrucksvolle Gesichter, ein plastischer Faltenwurf und eine ausgewogene Bildkomposition, die durch die harmonische Farbgebung noch unterstrichen wurde. Langsam trat sie näher, bis sie direkt neben Thilmann vor dem Bild stand.

»So kann es gewesen sein«, sagte sie leise, und Thilmann verstand das große Lob in ihren Worten.

»Sieh her, die schlafenden Wächter hier am unteren Bildrand. Eigentlich sind sie ein Symbol des Todes, denn sie schlafen einfach weiter. Sie bekommen nichts von dem großartigen Vorgang mit, der sich neben ihnen abspielt. Die Auferstehung Christi. Denn wie du weißt, hat es keine Zeugen gegeben.«

»Der Betrachter des Bildes darf also mehr sehen als die Menschen, die damals zugegen waren«, stellte Sophie fest. »Wie schmeichelhaft.«

Thilmann war so offensichtlich stolz auf sein Werk, dass Sophie lächeln musste. »Der Äbtissin wird es sehr gefallen. Hat sie es schon gesehen?«

»Ja. Und sie hat mir alle Unterstützung und Zeit für die weiteren Motive zugestanden.«

Sophie sah zu ihm auf. Erst jetzt wurde ihr bewusst, wie dicht sie neben ihm stand. Sie konnte seine Wärme spüren und atmete den Geruch nach Farbe und Lösungsmitteln ein, der ihr inzwischen so vertraut war. »Wie lange bleibst du denn noch?«, fragte sie leise.

»Noch einige Wochen«, antwortete er im gleichen Tonfall. Langsam hob er die Hand und zeichnete die Linie ihrer Wange dicht neben ihrer Haube nach. Sophie spürte die Berührung mit ihrem ganzen Körper und schloss unwillkürlich die Augen.

»Ich wünschte, ich müsste nicht fort«, flüsterte er.

»Ich wünschte, ich müsste nicht bleiben«, murmelte sie, bevor sie seine Lippen auf ihren spürte und seine feste Umarmung sie einhüllte. Nur ein kurzer Kuss, aber Sophie spürte ihn noch, als sie im Refektorium leise das Tischgebet murmelte.

Energisch schob Sophie die Fliete durch die Kettfäden. Schwester Augusta warf einen argwöhnischen Blick auf ihre Schülerin.

»Nicht so straff«, tadelte sie schließlich. »Du verdirbst uns noch die Gleichmäßigkeit der Spannung.«

»Verzeihung«, murmelte Sophie abwesend, nur um den Fehler bei der nächsten Bahn zu wiederholen.

»In Gottes Namen, Sophie«, schimpfte Schwester Augusta und nahm ihr die Fliete aus der Hand. »Gib das her, bevor ich wahnsinnig werde. Was ist nur los mir dir? Du stellst dich an, als wärest du gestern erst an einen Webstuhl gekommen.«

Sophie fiel keine bessere Antwort ein, als noch einmal halbherzig um Verzeihung zu bitten. Immerhin konnte sie Schwester Augusta unmöglich davon erzählen, wie Thilmann sie zwei Tage zuvor geküsst hatte und wie sie diese Zärtlichkeit von ganzem Herzen erwidert hatte. Schließlich war es Thilmann gewesen, der erschrocken einen Schritt zurückgetreten war und sich so überschwänglich bei Sophie entschuldigt hatte, dass es fast einer Beleidigung gleichgekommen war. Aber auch sie war aus dem Gleichgewicht geraten und hatte ihr Heil wieder einmal in der Flucht aus der Malerwerkstatt gesucht. Seither war sie fast blind und taub gegenüber ihrer Umgebung durch den Tag gewandelt und war dem geregelten Ablauf des Klosterlebens zum ersten Mal dankbar.

»Was bedrückt dich?«, fragte Schwester Augusta mit einer

Besorgnis, die Sophie ein schlechtes Gewissen einflößte. »Wirst du krank?«

Sophie schüttelte den Kopf. »Ich schlafe schlecht«, wich sie aus und musste dabei nicht einmal lügen. Während die anderen Novizinnen auf den Pritschen neben ihr mehr oder weniger laut schnarchten, lag Sophie wach auf dem Rücken und beobachtete, wie sich das Licht des Mondes langsam über die weiß gekalkte Wand bewegte. Die Glocke zur Mitternachtsmesse war ihr noch nie so willkommen gewesen.

»Lass dir von Schwester Maria doch einen Trank geben«, schlug Schwester Augusta vor. »Wenn wir mit unserem Werk hier bald fertig werden wollen, brauche ich dich konzentriert und wachsam. Ich kann kein mondsüchtiges Mädchen gebrauchen, das sich benimmt wie eine verliebte Magd.«

Sophie zuckte zusammen und konnte nicht verhindern, dass sie errötete. Vergeblich suchte sie nach einer schlagfertigen Antwort und hatte das Gefühl, dass jeder Augenblick ihres Schweigens sie gegenüber Schwester Augusta verriet. Die Nonne handhabte ihre Flieten zwar mit den gewohnt fließenden Bewegungen, aber Sophie meinte eine Spannung zwischen ihnen zu spüren, die nichts Gutes verhieß. Die nächsten Worte ihrer Lehrmeisterin sollten diesen Verdacht bestätigen.

»Du kennst ihn schon länger?«, fragte sie auffallend gleichmütig.

»Wen?«, krächzte Sophie und räusperte sich peinlich berührt.

»Den Maler.«

Sophie wurde heiß. Was wusste die Nonne?

»Du hast ihn bei unserem Besuch mit seinem Nachnamen benannt«, fuhr Schwester Augusta fort. »Ich hatte ihn dir aber nicht genannt.«

Jetzt perlte feiner Schweiß auf Sophies Stirn. Wie konnte sie jetzt noch leugnen? Aber wie konnte sie alles zugeben?

»Ja, ich kenne ihn von früher«, flüchtete sie sich wieder einmal in halbe Wahrheiten.

»Was bedeutet früher?«, hakte die Nonne unbarmherzig nach, während sie gleichmäßig weiter an einer komplizierten Blüte wirkte. »Letzten Monat? Vorletzten Monat?«

Sophie schluckte. »Weihnachten«, gab sie tonlos zu und zog fast ein wenig den Kopf ein in Erwartung der Reaktion ihrer Lehrmeisterin. Säße sie Schwester Anselma gegenüber, wäre ihr jetzt mit Sicherheit der Himmel auf den Kopf gefallen. Aber Schwester Augusta arbeitete weiter, als ob sie sich nur über das Wetter unterhalten hätten.

»Ich kam zufällig in seine Malerwerkstatt, und wir kamen ins Gespräch über seine Bilder.«

»Zufällig?«, fragte Schwester Augusta. »Wie konntest du zufällig aus der Klausur des Klosters geraten?«

Sophie senkte schuldbewusst den Kopf. »Von der Krankenstube ist es nur ein Katzensprung. Und ich wollte den Weg von der Messe abkürzen.«

Schwester Augusta schwieg. »Warum hast du es mir nicht gesagt, nachdem wir bei ihm waren?«, fragte sie dann.

»Ich konnte Euch unmöglich damit belasten oder womöglich anschließend gegen Euer Wort verstoßen«, entschlüpfte es Sophie.

Schwester Augusta verstand. »Mein Gespräch mit der Äbtissin hast du also auch mit angehört.«

»Ich war zufällig ein wenig früher hier als sonst«, murmelte Sophie.

»Noch ein Zufall also«, stellte die Nonne fest.

»Ihr glaubt mir nicht?«

»Doch.«

Sophie schwieg. Was würde Schwester Augusta nun entscheiden.

»Hast du dich in ihn verliebt?«, fragte Schwester Augusta in ihrer direkten Art.

Sophie zögerte. Noch nicht einmal sich selbst gegenüber hatte sie das bisher einzugestehen gewagt. Wie sollte sie es jetzt laut aussprechen? »Wir verstehen uns gut«, wich sie daher wieder aus. »Und wir interessieren uns beide für die gleichen Dinge. Er erzählt mir von seinen Gemälden und ich … ich berichte ihm von unserer Arbeit.«

Die Nonne musste unwillkürlich lächeln. »Ich muss zugeben, dass ich bei diesen Gesprächen gerne dabei gewesen wäre«, gab sie zu. Auch über Sophies Gesicht huschte ein kleines Lächeln.

»Aber ich muss auch wissen, ob das alles ist, Sophie.« Die Augen ihrer Lehrmeisterin ruhten ernst auf ihr. »Wenn dein Herz nämlich an ihm hängt, dann muss ich dir um deinetwillen verbieten, ihn wiederzusehen. Sonst muss ich es nur aufgrund der Klosterregeln.«

Sophie zögerte. »Ich bin nicht in ihn verliebt«, sagte sie schließlich und ignorierte die heilige Walburga, die ergeben den Kopf hängen ließ. Fest sah sie ihre Lehrmeisterin an. »Wohin sollte das auch führen? Ein Maler und eine Novizin?«

Schwester Augustas Blick ruhte schweigend auf ihr. Sophie hatte das Gefühl, als ob die Nonne ihr direkt ins Herz schauen wollte. Aber sie verstand auch, dass es aus Sorge und nicht aus Missgunst geschah.

»Das Herz ist ein unzuverlässiger Geselle«, sagte sie schließlich. »Es ist besser, ihm von Anfang an zu sagen, wo es langgeht.«

»Ihr sprecht, als ob ihr diesen Zwiespalt selber kennen würdet«, entschlüpfte es Sophie.

Schwester Augusta lächelte. »Die meisten von uns kennen ihn«, sagte sie zu Sophies Überraschung. Die Mitschwestern waren ihr immer so demütig und keusch erschienen. Aber die meisten von ihnen hatten ebenso wie Sophie ein weltliches Leben zurückgelassen.

»Deshalb bitte ich dich, meine Worte auch als guten Rat zu verstehen«, fuhr Schwester Augusta fort. »Seine Nähe mag für dich jetzt verlockend sein. Sein Abschied wird dir dafür umso schmerzvoller. Und in der Einsamkeit unseres Klosters lässt sich der nagende Schmerz einer unerfüllten Liebe mit aller Hingabe pflegen.«

Sophie dachte an Uthilda von Staben und nickte. Sie wollte nicht voller Hass und Neid enden. »Ich verstehe«, sagte sie schließlich fest, und Schwester Augusta nickte ihr wohlwollend zu.

»Gut«, sagte sie. »Und jetzt erzähle mir, was er dir noch alles beigebracht hat. Ich sterbe vor Neugierde!«

Trotz Sophies Verständnis schien Schwester Augusta in den nächsten Tagen sichergehen zu wollen, dass ihr Schützling nicht den Weg in das Zimmer des Malers fand. Sie beschäftigte Sophie in der Webstube und begleitete sie auf vielen Wegen im Kloster. Aber sie tat es auf eine so unverfängliche und sympathische Weise, dass Sophie ihr für diese Aufsicht nicht böse sein konnte. Vielmehr war sie froh, dass sich ihre Lehrmeisterin mit ihrem Wissen nicht an Schwester Anselma oder gar die Äbtissin gewandt hatte. Aber sie ahnte, dass Schwester Augusta befürchtete, dass ihre Schülerin dann nicht mehr in der Webstube arbeiten dürfte. So hatten sie also beide viel zu verlieren. Sophie dankte der Nonne ihr Verhalten, indem sie ihr alles weitergab, was sie von Thilmann gelernt hatte. Und sie entdeckte, dass die gemeinsame Diskussion mit der erfahrenen Bildwirkerin ihr half, das neue Wissen auch in ihrer Kunst umzusetzen.

»Heute gehen wir einen Schritt weiter«, verkündete Schwester Augusta an einem sonnigen Tag Ende Mai. »Wir besuchen Schwester Angelika in der Färberei. Hier, nimm diese Bündel.« Und sie belud Sophie mit einem schweren Bündel gewebten Leinens.

»Soll es gefärbt werden?«, fragte Sophie und besah sich das Rohleinen, das noch immer eine recht unansehnliche Farbe hatte.

»In gewisser Weise«, gab Schwester Augusta in der von ihr bevorzugten orakelhaften Art zurück. »Wir bleichen es.«

Sophie verstand. »Gewebtes Mondlicht«, sagte sie.

»Genau. Allerdings brauchen wir für das Mondlicht die Sonne.« Schwester Augusta lächelte sie an und griff nach einem nicht minder großen Ballen. Auch Schwester Imma half ihnen beim Tragen, und so machte sich die kleine Karawane auf den Weg in die Färberei.

Schwester Angelika begrüßte sie freundlich. »Dann wollen wir den Erzeugnissen des Winters mal ans Licht helfen«, sagte sie und rief zwei ihrer Gehilfinnen herbei. Gemeinsam wurden die Ballen abgerollt und in große Kessel getaucht, die Sophie an die Waschküche erinnerten, in der sie zu Beginn ihres Noviziats so viel Zeit verbracht hatte.

»Was ist das für eine Flüssigkeit?«, fragte sie die Nonne, die mit ihr in dem Kessel rührte.

»Eine Lauge aus Holzasche, der wir noch etwas Kalk zugesetzt haben«, antwortete sie. »Schließlich ist Eichstätt berühmt für sein besonders strahlendes Leinen.«

Nachdem das Leinen eine gute Zeit in dem Sud bewegt worden war, hievten die Nonnen das nasse, schwere Tuch zu viert aus dem Kessel und wuschen es in klarem Wasser, bis keine Laugenreste mehr zu sehen waren. Wieder mit vereinten Kräften wurden die langen Bahnen dann auf einem trockenen Südhang im hinteren Teil des Klostergartens ausgebreitet.

»Wie lange muss es hier liegen?«, fragte Sophie neugierig.

»Bis es regnet«, gab eine der jungen Gehilfinnen keck zurück und kicherte.

Schwester Angelika maßregelte sie durch einen finsteren Blick. »Es muss nicht nur trocknen«, erklärte sie. »Die meiste Arbeit beim Bleichen übernimmt die Sonne. Je nach Wetterlage kann dieser Vorgang einige Monate dauern.«

»Den ganzen Sommer!«, rief Sophie erstaunt aus und dachte an die viele Arbeit, die es bereiten musste, die Bahnen, die sich schon hell von ihrem dunklen Hintergrund abhoben, immer wieder einzurollen und bei schönem Wetter wieder auszubreiten. Kein Wunder, dass die Färberinnen kräftige Hände und breite Schultern hatten. Sie war froh, dass Schwester Augusta ihre diese Lektion vor allem als Anschauungsunterricht angedeihen ließ. Als ob sie ihre Gedanken erraten hätte, richtete jetzt wieder Schwester Angelika das Wort an sie.

»Aber du bist heute auch aus einem anderen Grund hier. Wir wollen dich ein wenig in unsere Kunst des Färbens einweisen. Schließlich gehören unsere Erzeugnisse zu deinem wichtigstem Handwerkszeug.«

Sophie nickte gespannt. Schwester Angelika bedeutete ihr durch eine Handbewegung, mit ihr zu kommen.

Die Nonne führte sie in einen Raum, der Sophie auf den ersten Blick an Schwester Marias Apotheke erinnerte. Nur waren die Behältnisse in der Färberei deutlich größer.

»Unser Vorrat an Farbe«, präsentierte die Färberin stolz. »Mit diesen Rohstoffen können wir eine unendliche Vielzahl an Farbtönen erzielen.«

Staunend betrachtete Sophie die Tiegel, Töpfe und Fässer.

»Einige von ihnen kommen einen ebenso weiten Weg wie die Gewürze aus dem Orient, und sie sind ebenso rar und wertvoll. Zum Beispiel Henna, Indigo oder Sandelholz.« Sie öffnete einen Behälter und hielt ihn Sophie unter die Nase.

Sophie atmete das feine, süße Aroma ein und erkannte das Sandelholz. »Ich dachte, es wird vor allem für Düfte benutzt«, staunte sie.

»Und für ein wunderschönes Rotbraun«, setzte Schwester Angelika hinzu. »Aber wir benutzen auch viele Farbstoffe, die wir hier vor unserer Haustür finden. Sattere Rottöne erzielen wir zum Beispiel durch Cochenille.«

Sophie sah sie fragend an.

»Schildläuse«, lachte die Nonne. »Nur etwas vornehmer ausgedrückt. Oder durch Krappwurzel. Besonders haltbare Rottöne liefert das Rotholz aus Ceylon, aber es ist teuer und schwer zu bekommen, seit die Osmanen den Handel unterbrochen haben. Angeblich haben die Portugiesen in ihren neuen Kolonien ein ähnliches Holz entdeckt, das sie Brasil nennen, aber ich habe noch keine Erfahrungen damit sammeln können.«

Sophie schwieg beeindruckt vom Wissen der Nonne. Sie hatte weder von Ceylon gehört, noch wusste sie viel über das neue Land, das der Seefahrer Kolumbus unter der spanischen Krone entdeckt hatte, und das auch die anderen Fürsten Europas zu abenteuerlichen Eroberungszügen bewegte. Anscheinend waren Klöster als zentrale Orte des Wissens doch nicht zu unterschätzen.

»Schöne Gelbtöne liefern die Reseda, auch Färberginster genannt, oder Safran aus Krokussen«, fuhr Schwester Angelika beschwingt fort, und Sophie erkannte, dass die Nonne ganz in ihrem Element war. »Apfelbaumrinde bringt das schönste Goldgelb.«

Sophie besah sich jeweils die Stoffe, die teilweise recht unscheinbar wirkten. Vor allem vom viel gelobten Indigo war sie kaum beeindruckt, aber sie kannte dessen Farbentfaltung zu einem satten Blau schon von Thilmanns Palette.

»Am häufigsten benutzen wir aber Färberwaid aus der Lombardei für eine tiefe Blaufärbung oder zum Vorfärben für weitere Nuancen«, fuhr Schwester Angelika nun fort. »Und hier noch ein wahrer Schatz.«

Die Nonne öffnete einen Behälter, in dem Sophie einen Farbstoff sah, der auf den ersten Blick wie Cochenille aussah.

»Kermes«, sagte Schwester Angelika geheimnisvoll. »Wohl der teuerste Farbstoff, den wir verwenden. Man gewinnt ihn aus zwei ganz speziellen Schildlausarten, die nur im Mittelmeerraum leben. Er kostet dreißig mal so viel wie einfache Krappwurzel. Dafür färbt er auch ein einmaliges Scharlachrot.«

»Eine beliebte Farbe«, sagte Sophie und dachte an die Tuche, die ihr Vater an adelige Kunden verkauft hatte. »Sie verleiht ihrem Träger ein so königliches Gefühl.«

Schwester Angelika winkte ab. »Sieh dir nur unsere Bischöfe und Kardinäle an. Auch sie können nicht auf diese Farbe verzichten.«

Die Färberin zeigte Sophie noch etliche weitere Farbstoffe und hatte zu vielen gleich ein passendes Stück Tuch oder Garn, das das Resultat demonstrierte. Auf Sophies Frage nach dem Färbeprozess lachte die Nonne amüsiert auf.

»Leider gibt es den einen Prozess nicht«, sagte sie. »Jeder Farbstoff will auf ganz besondere Weise behandelt werden und folgt seinen eigenen Gesetzen. Und mit der gleichen Menge Farbe können bei unterschiedlicher Handhabung ganz andere Ergebnisse erzielt werden.«

Sophie seufzte enttäuscht. Anscheinend war die Färberei wirklich eine Kunst für sich, und Schwester Augusta konnte froh sein, eine so fähige Färberin wie Schwester Angelika zur Seite zu haben. Sophie konnte sich gut vorstellen, wie jede Nuance, die die Weberin bestellte, der Färberin eine willkommene Herausforderung war.

»Nur ein Vorgang ist bei fast allen Farben gleich«, erzählte Schwester Angelika weiter. »Das Fixieren. Schließlich müssen die Farben haltbar sein und oft auch sehr strapazierfähig. Zum Fixieren benutzen wir Alaun.«

»Eine Pflanze?«, fragte Sophie verwundert.

»Nein«, lachte die Nonne. »Auch wenn der Name ein bisschen danach klingt. Alaun ist ein Mineral, das früher aus dem Orient eingeführt werden musste. Dann hat man es auch in italienischen Bergwerken entdeckt, aber viel billiger ist es leider trotzdem nicht geworden, denn inzwischen haben die Medici ein Monopol auf die Werke von Tolfa. Tja, wenn die einmal Gewinne wittern, beißen sie sich fest wie die Wölfe. Das mag man nun Geschäftssinn nennen oder Verbohrtheit, wie man will.«

Sophie musste lächeln. Auch Schwester Angelika betrachtete die weltlichen Werte aus dem Kloster offenbar auch mit einer größeren Distanz und Gleichmut, ebenso wie Schwester

Augusta. Diese Eigenschaft gefiel Sophie. Dennoch staunte sie wieder über die Kenntnisse der Nonne. Zwar hatte sie ihren Vater und Thomas mehrmals den Namen Medici erwähnen hören, und sie ahnte, dass diese Familie wohl noch reicher und mächtiger als die berühmten Augsburger Fugger war. Aber Schwester Angelika sprach all dieses Wissen so selbstverständlich aus, dass Sophie nicht anders konnte, als ihr Bewunderung zu zollen. Sie kannte sich nicht nur mit ihrem Handwerk aus, sondern wusste darüber hinaus auch einiges über die wirtschaftlichen Zusammenhänge. Anscheinend war das Kloster doch nicht der abgeschiedene und von der Außenwelt abgeschottete Ort, den Sophie sich immer vorgestellt hatte. Eine vage Hoffnung begann in ihr zu keimen, dass sie sich ihr Leben in Eichstätt doch einrichten könnte. In vier Monaten würde sie ihre Weihen empfangen. Gemeinsam mit Uthilda von Staben. Der Gedanke an ihre Kontrahentin ließ Sophie missmutig den Mund verziehen.

Als Sophie einen Kasten mit einem Gewirr an unterschiedlichst gefärbten Garnen sah, fragte sie die Färberin verwundert nach dessen Bedeutung.

»Fehlversuche«, lachte die Nonne. »Zu kurz oder zu lang gefärbt, falsches Material, kurz, alles, was Schwester Augustas strenge Kontrolle nicht passiert hat. Es wird Zeit, die Restekiste mal wieder in den Abfall zu entsorgen.«

»Nein«, fiel ihr Sophie unwillkürlich in die Hand, als Schwester Angelika schon eine ihrer Gehilfinnen herbeirufen wollte. »Kann ich sie behalten?«

Erstaunt sah die Nonne die Novizin an. »Natürlich«, wunderte sie sich. »Aber wofür?«

»Schwester Augusta sagte mir, dass sie oft bis zu fünf Farbgarne zu einem Schussfaden verwirkt, um die richtige Nuance zu treffen. Wie ein Maler die Farben auf seiner Palette mischt. Aber es braucht viel Übung, um bestimmte Farbtöne im Schuss zu erzielen. Dafür kann ich diese Garne gut gebrauchen.«

Schwester Angelika sah Sophie anerkennend an. »Langsam verstehe ich, was Schwester Augusta an dir findet«, sagte sie, und Sophie freute sich über das Lob. »Nimm den Kasten ruhig mit.«

»Vielen Dank!«, sagte Sophie und klemmte sich ihre Beute unter den Arm. »Ich muss leider zurück. Bestimmt wartet Schwester Augusta schon mit reichlich Arbeit auf mich.«

»Dann lauf«, entließ die Färberin sie. »Und, Sophie!«

Sophie drehte sich an der Tür noch einmal um.

»Falls du eines Tages die Färberei richtig erlernen willst, bist du mir immer willkommen.«

Sophie wurde rot vor Freude über das Angebot. Sie dachte wieder an ihre Weihen und was sie für ihr Leben bedeuten würden. Sie würde reichlich Zeit haben, um in Eichstätt neue Dinge zu erlernen.

»Gerne«, antwortete sie. »Sehr gerne.«

Kapitel 14

Sophie saß in Thilmanns Malerwerkstatt an einem Tisch am Fenster und sortierte ihre Garne. Der Maler hatte sie mit der Begründung auf diesen Platz geschickt, dass Farben immer unter den besten Lichtverhältnissen gemischt werden mussten, damit es hinterher keine bösen Überraschungen gab.

»Für einen Maler ist es ohnehin schon schwierig genug, die Veränderung seiner Farben beim Trocknen zu berücksichtigen«, erklärte er ernsthaft. »Ein Problem, das ihr ja euren Färbern überlasst.«

Er hielt einen Moment inne. »Eigentlich gar keine so schlechte Idee, sich die Farben von jemand anderem vorbereiten zu lassen«, sagte er dann nachdenklich. »Ich wette, viele der großen Meister bilden ihre Schüler speziell dafür aus.«

Sophie musste laut lachen. »Als ob du wirklich jemandem deine Palette anvertrauen würdest. Das schaffst du doch auch dann nicht, wenn du ein so berühmter Maler wie dieser Italiener wirst, von dem du mir erzählt hast. Ludovico de …«, sie stockte.

»Leonardo da Vinci«, berichtigte er sie ungeduldig. »Wie kann man sich für Kunst interessieren und sich diesen Namen nicht merken?«

»Was sagt dir denn der Name Nicolas Bataille?«, konterte Sophie.

Thilmann sah sie ratlos an.

»Er webte die Apokalypse für Karl V.«, sagte sie mit überlegen gesenkten Lidern. »Wie kannst du dich für …«

»Schon gut, schon gut«, wehrte der Maler ab und hob drohend seinen Pinsel in ihre Richtung. »Aber immerhin höre ich den Namen heute zum ersten Mal. Und ich werde ihn mir merken.«

Sophie lächelte in sich hinein. Sie war froh, dass die Stimmung zwischen ihnen ganz normal zu sein schien. Seit dem Kuss waren einige Wochen vergangen, in denen Sophie Thilmann so gut wie gar nicht hatte besuchen können, da Schwester Augusta sie in der Webstube ordentlich eingespannt hatte. Das erste Treffen hatte Sophie an das Wiedersehen zu Ostern erinnert, als von Thilmann eine kühle Zurückhaltung ausgegangen war. Offensichtlich hatte er wegen des Kusses ein schlechtes Gewissen. Sophie wollte jedoch auf jeden Fall vermeiden, dass er sich womöglich für den Kuss entschuldigen und ihm so in ihrer Erinnerung jeden Zauber nehmen würde. Daher versuchte sie so normal und unbefangen aufzutreten, dass er gar nicht auf den Gedanken kam. Auch wenn ihr Herz noch immer heftig bei seinem Anblick klopfte und ihr die Worte Schwester Augustas schuldbewusst im Kopf herumspukten. Doch sie hatte es einfach nicht fertiggebracht, sich von seinem Malzimmer fernzuhalten. Die heilige Walburga hatte sich zum Glück auf einen beobachtenden, aber schweigsamen Posten zurückgezogen. Und was war schon dabei, dass sie und Thilmann sich einfach gut verstanden und über Kunst unterhielten, sagte sie sich selbst, als sie den verbotenen Weg wieder ging. Alles würde ohnehin bald ein Ende finden, wenn Thilmann Eichstätt verließ. Bis dahin würde sie seine Anwesenheit einfach und unschuldig genießen. So wie diese Unterhaltung.

»Außerdem«, setzte Sophie jetzt noch hinzu, »lassen wir Bildwirker uns ja nicht alle Farben von den Färbern vorbereiten. Was meinst du denn, was ich eigentlich hier mache.«

Thilmann trat näher und sah auf ihre Garne. »Deckchen sticken?«

Sophie nahm blitzschnell einen seiner Farblappen und warf damit nach ihm. Lachend duckte er sich und fing den Lappen geschickt auf.

»Ich mische die Nuancen von Christi Mantel auf deiner Heilstreppe.«

Thilmann wandte sich nach seiner Staffelei um, auf der das letzte seiner drei Motive langsam Gestalt annahm. Der auferstandene Christus stand als Schmerzensmann in einem roten Mantel im Mittelpunkt. Neben ihm befanden sich die Jungfrau Maria auf der einen und eine Anzahl an betenden Menschen auf der anderen Seite. Als Sophie genauer hinsah, erkannte sie unter den Betenden auch die Äbtissin von Eichstätt.

»Ah«, machte sie und zeigte auf die Figur. »Ich wusste nicht, dass sie so alt ist.«

Thilmann lachte. »Und der Bischof von Eichstätt«, er deutete auf den Mann, der vor der Figur mit dem Gesicht der Äbtissin kniete, »war damals auch schon dabei. Nun, wie du vielleicht weißt, lassen sich die Auftraggeber großer Werke gerne in ihnen verewigen.«

Sophie besah sich den Bischof, den sie noch nie leibhaftig gesehen hatte. »Woher weißt du, wie er aussieht?«

»Ich habe ihn einmal getroffen«, erklärte Thilmann. »Außerdem hat man mir dieses Porträt gegeben.«

Er zeigt Sophie eine abscheuliche Miniatur, die ihrer Meinung nach jeden darstellen konnte, so klein und undetailliert war sie. Sie warf einen Blick auf die Züge, die Thilmann der Figur verliehen hatte, und bewunderte wieder einmal sein Talent. Da der Mann auf dem Bild nicht besonders schön war, ging sie davon aus, dass er dem echten Bischof dafür umso ähnlicher war. Sie wandte sich wieder ihren Garnen zu und wählte einige Farben aus.

»Schau her. Du hast mir doch erklärt, wie du Schatten und Nuancen verwendest, um deine Darstellung plastischer und realistischer wirken zu lassen.«

Thilmann nickte.

»Auf deiner Palette kannst du auch jeden Farbton im Nu mischen, den du brauchst.«

Thilmann wollte etwas einwenden, aber Sophie ließ ihn nicht zu Wort kommen.

»Was meinst du, wie sich Schwester Angelika in der Färberei beschweren würde, wenn ich sie alleine für den Mantel und seinen Faltenwurf um gut zwanzig Farbnuancen bitten würde?«

Thilmann schwieg.

»Eben«, sagte Sophie. »Sie würde mich fragen, ob ich nicht wüsste, dass sie auch noch andere Dinge zu tun hat, als meine Experimente auszuführen. Also muss ich mir selbst helfen.«

Sie nahm die ausgewählten Garne und verzwirbelte sie zwischen den Fingern zu einem einzigen. Schwester Augusta hatte ihr die Technik gezeigt, mit der sie jeweils eine kleine Probe eines Schussfadens herstellen konnte, und Sophie hatte seither täglich geübt. Für größere Mengen würde sie dann das Spinnrad zu Hilfe nehmen, wenn sie sich für eine Zusammensetzung entschieden hatte. Thilmann beobachtete, wie sich die verschiedenen Garne zu einem Rot mischten, das Sophie triumphierend neben sein Gemälde hielt. Der Ton stimmte fast haargenau. Sophie runzelte die Stirn. »Zu dunkel«, seufzte sie und versuchte es noch einmal. Jetzt passte das Garn.

»Siehst du«, sagte sie zufrieden. »Farbe gemischt.«

»Ich bin beeindruckt«, sagte Thilmann und war es wirklich. »Aber ist es für euch wirklich ratsam, mit so vielen Nuancen zu arbeiten? Immerhin ist es ein großer Aufwand, die vielen Farbfelder zu füllen. Ihr braucht ja ewig für so ein Werk.«

»Etwa einen Monat pro Elle«, gab Sophie zurück, »wenn man ein geübter Bildwirker ist. Aber sag selbst, würdest du dich mit weniger Realismus zufriedengeben, jetzt, wo du weißt, wie du ihn erzeugst?«

Thilmann lächelte und schüttelte den Kopf. »Ertappt«, sagte er. »Allerdings weiß ich nicht, was ich tun würde, wenn ich plötzlich Jahre für ein Bild brauchen würde. Verhungern wahrscheinlich.«

»Nicht, wenn du für ein Werk eintausend Goldfranken bekommst.«

»Eintaus…«, begann Thilmann ungläubig.

»So viel hat zumindest Bataille für einen seiner Teppiche bekommen«, erklärte Sophie. »Wie viel verdient denn dein da Vici pro Bild?«

»Da Vinci«, verbesserte Thilmann impulsiv, bevor er an ihrem süffisanten Lächeln bemerkte, dass Sophie ihn absichtlich ärgern wollte. »Keine Ahnung, aber er malte für Lorenzo de' Medici und den Papst.«

»Je berühmter der Auftraggeber, desto spärlicher der Lohn«, sinnierte Sophie. »Vor allem bei Adel und Klerus.«

»Für eine angehende Nonne hast du reichlich lasterhafte Gedanken«, tadelte Thilmann sie.

Sophie wurde rot. Wenn du wüsstest, dachte sie nur und verspürte sofort wieder dieses angenehme Kribbeln im Bauch, das sein Kuss in ihr ausgelöst hatte.

Thilmann spürte den Umschwung in ihrer Stimmung und wurde unsicher. Er freute sich jedes Mal, wenn Sophie ihn besuchte, obwohl er nicht ganz schlau aus ihr wurde. Meistens plauderten sie ganz unverfänglich, so wie heute, und dann war es nur ein Wort oder ein Blick, der die Luft knistern und sein Herz schwingen ließ. Denn eines konnte er längst nicht mehr leugnen. Diese kleine Novizin übte eine Anziehungskraft auf ihn aus, die gänzlich neu für ihn war. Und gänzlich fehl am Platze.

Jedes Mal war er kurz davor, sie zu bitten, ihn nicht mehr zu besuchen. Aber wenn sie dann an der Tür stand und ihn zum Abschied noch einmal ansah, als ob es das letzte Mal war, brachte er kein Wort über die Lippen.

Und hatte nicht ihre Lehrmeisterin selbst Sophie und ihn miteinander bekannt gemacht? Dann konnte es doch auch nicht so falsch sein, was sie taten, solange er sich beherrschen konnte und sie nicht mehr küsste. So sehr es ihn auch danach verlangte.

Der endgültige Abschied würde früh genug kommen. Er wollte die letzte Zeit mit Sophie genießen und sich nicht damit quälen, jetzt schon an die Zeit nach Eichstätt zu denken.

Sophie blieb noch, bis die Glocken sie zur Vesper riefen, und übte das farbliche Mischen des Schussfadens. Dann lief sie mit beschwingten Schritten zur Webstube, um ihre Garne abzuliefern. Auf dem Weg dorthin stieß sie beinahe mit Schwester Anselma zusammen.

Misstrauisch sah die Novizenmeisterin sie an. »Wo kommst du her?«, bellte sie, der es ein besonderer Dorn im Auge war, dass sich Sophie fast schon so frei im Kloster bewegen konnte wie eine der Amtsträgerinnen. Eine Novizin hatte in ihren Augen immer noch folgsam und demütig zu sein, besonders wenn sich um ihre Person solche Gerüchte rankten, wie sie es bei Sophie taten. Besuch bei einem Mann, auch wenn eine weitere Nonne anwesend gewesen war. Wo gab es denn so etwas?

Sophie war auf der Hut. Sie musste eine Ausrede erfinden, in die keine andere Nonne verwickelt war. Schwester Anselma war durchaus dazu fähig, Sophie auf der Stelle mitzunehmen, um ihr Alibi zu überprüfen. Fieberhaft überlegte sie, welche Räume in der Richtung lagen, aus der sie kam. Dann kam ihr der rettende Einfall.

»Ich habe meine Übungsgarne aus dem Dormitorium geholt«, erklärte sie gewollt vage und wies auf die Holzkiste unter ihrem Arm.

»Übungsgarne?«, wiederholte Schwester Anselma verwirrt und wunderte sich, auf welche Lehrmethode ihre webende Schwester nun wieder verfallen war.

»Ja«, bekräftigte Sophie. »Schwester Augusta hat mich geheißen, die Technik, einen Schussfaden nuancenecht zu mischen, in jedem freien Augenblick zu üben.« Sie gab sich Mühe, die einfache Aussage möglichst kompliziert zu formulieren, um der Novizenmeisterin jedes weitere Argument zu entkräften. Und sie hatte Erfolg.

»Nun gut«, lenkte Schwester Anselma ein. »Dann begib dich jetzt sofort zur Vesper. Und im Anschluss möchte ich dich in meinem Skriptorium sehen, da wir beide ein Wörtchen über deine Studien zu wechseln haben.«

Auf diese Aufforderung war Sophie allerdings vorbereitet. Immerhin konnte sie nicht leugnen, dass die achtjährigen Mädchen sie inzwischen im Lateinischen weit hinter sich gelassen hatten. Bei Sophie reichte es gerade mal zum Verständnis und Nachsprechen der geforderten hundertfünfzig Psalme, aber sobald sie etwas selbst formulieren oder womöglich aufschreiben musste, kapitulierte sie.

»Aber natürlich«, flötete sie erleichtert und versuchte, ihr rasendes Herz wieder zu beruhigen. Das war knapp gewesen! Jetzt galt es nur noch, sich eine Verteidigungsstrategie zurechtzulegen, die Schwester Anselma davon abhalten sollte, ihre Zeit in der Webstube womöglich zu Gunsten der Studien zu beschneiden. Sophie hoffte, dass einige lateinische Texte, die sie vorsorglich auswendig gelernt hatte, die Nonne später besänftigen würden.

Der milde Juni ging in einen ungewöhnlich heißen Juli über. Sophie war den dicken Klostermauern zum ersten Mal dankbar, denn sie hielten die größte Hitze ab und sorgten für ein angenehm kühles Raumklima. Einige Nonnen und die meisten der Novizinnen kamen mit den Temperaturunterschieden jedoch weniger gut zurecht, und Schwester Maria braute in ihrer Krankenstube allerlei Tränke und Arzneien gegen Erkältungen, sodass das ganze Dormitorium nach Pfefferminze, Melisse, Salbei und Kamille roch. Sophie zog diesen Duft jedoch bei Weitem dem leicht säuerlichen Schweißgeruch vor, der sie sonst in den Schlaf begleitete.

Als Schwester Augusta und Schwester Imma sich ebenfalls eine heftige Erkältung zuzogen und das Bett hüten mussten, fand sich Sophie mehr oder weniger unbeaufsichtigt in der

Webstube wieder. Schwester Augusta hatte ihr freie Hand gelassen, am Hintergrund der Tapisserie weiterzuwirken, und Sophie gab sich jede Mühe, sich dieser Ehre auch würdig zu erweisen. Zufrieden stellte sie fest, dass die von ihr gewebten Blüten sich durchaus mit jenen messen konnten, die die Webmeisterin selbst geformt hatte.

Auf der anderen Seite war die ungewohnte Freiheit für Sophie auch eine große Versuchung. Schon nach wenigen Tagen nutzte sie jeden Nachmittag, um sich für eine Weile zu Thilmann in die Malerwerkstatt zu schleichen. Wenn schon alle mit einer Erkältung darniederlagen, war die Wahrscheinlichkeit, bei ihren verbotenen Ausflügen ertappt zu werden, ja auch geringer, sagte sie sich leichthin.

Der Maler freute sich über die häufigen Besuche und zeigte ihr täglich, wie weit sein Werk schon fortgeschritten war. Auch das letzte Motiv, die Heilstreppe, war jetzt schon bis auf den letzten Schliff fertig. Einerseits bewunderte Sophie Thilmanns Werk. Andererseits zog sich ihr das Herz zusammen bei dem Gedanken, dass er nun bald das Kloster verlassen würde.

»Wohin wirst du gehen, wenn deine Arbeit hier beendet ist?«, fragte sie ihn, bemüht, in ihrer Stimme nicht zu viel Traurigkeit mitschwingen zu lassen.

Thilmann seufzte. »Ich weiß es noch nicht«, gab er zurück. »Wahrscheinlich werde ich zuerst Ingolstadt oder Augsburg aufsuchen, um meine Vorräte an Farben zu ergänzen.«

Sophie wartete schweigend, bis er fortfuhr.

»Und dann geht es für mich immer den Aufträgen nach«, sagte er schließlich. »Immerhin muss ich von irgendetwas leben. Die Referenz aus Eichstätt wird mir zwar viele Türen öffnen, aber aussuchen kann ich mir meinen Weg noch nicht. Vielleicht führt er mich sogar ins Ausland. Italien würde mir gefallen. Man sagt, das Licht dort sei ganz ausgezeichnet für einen Künstler. Und wenn die Zeiten hier in den Deutschen Ländern noch unruhiger werden, hat ohnehin niemand mehr Muße und Geld für meine Kunst.«

»Was meinst du mit unruhigen Zeiten?«, fragte Sophie irritiert.

Überrascht sah Thilmann sie an. »Die Bauernaufstände«, sagte er, als ob Sophie davon unbedingt wissen müsste. Doch sie sah ihn nur weiter verständnislos an.

»Seit der Bundschuh-Verschwörung im Schwäbischen ist es nie ganz ruhig geworden«, erklärte ihr Thilmann. »Irgendwo rebellieren die Bauen immer gegen ihre Lebensbedingungen. Und ich kann sie weiß Gott verstehen. Fürsten, Adel, Beamte, Patrizier und der Klerus leben von der Arbeitskraft der Bauern. Und da die Zahl der Nutznießer immer weiter ansteigt, steigt auch die Höhe der Abgaben, die die Bauern zu leisten haben. Sie zahlen nicht nur Großzehnt und Kleinzehnt auf ihre Erträge. Sie dürfen auch noch Steuern, Zölle und Zinsen leisten. Und dann sind da noch die Fron- und Spanndienste, zu denen sie gegenüber ihren Grundherren verpflichtet sind. Da bleibt ihnen selten genug, um sich und ihre Kinder satt zu bekommen.«

Sophie dachte an die abgezehrten Gestalten, die zur Armenspeisung ins Kloster kamen, und errötete beschämt. Nie hatte sie sich gefragt, wie sie in diese Situation gekommen waren. Nicht einmal in Donauwörth hatten ihr Vater oder Thomas ein Wort darüber verloren.

»Ich sage dir«, fuhr Thilmann fort, »dem Adel gelingt es mit seinen Soldaten nur so lange, die Bauern niederzuhalten, bis sie sich großflächig verbünden und zusammen erheben. Und langsam sinken auch die religiösen Bande, die sie noch zurückgehalten haben, woran der Wittenberger Mönch nicht ganz unschuldig ist. Sie erkennen, wie die Kirche sie durch den Ablasshandel ausblutet, der einfach im Widerspruch zum Wort Jesu steht.« Missmutig legte Thilmann seine Palette auf den Tisch.

»Woher kennst du dich damit so gut aus?«, fragte Sophie schüchtern.

Überrascht sah Thilmann sie an. »Jeder, der ein bisschen Anteil am öffentlichen Leben nimmt, sollte etwas davon spüren.«

Sophie wurde rot, und Thilmann verstand. Seine Stimme wurde sanfter.

»Aber du hast in deinem behüteten Heim wahrscheinlich wirklich nichts von alldem mitbekommen?«, stellte er fest. »Siehst du, ich hingegen bin in einer Bauernfamilie aufgewachsen. Mit zehn Jahren musste ich erleben, wie mein Vater alles verlor, weil er die Abgaben nicht aufbringen konnte. Davor habe ich drei meiner vier jüngeren Geschwister eines nach dem anderen sterben sehen. Um mich zu retten, hat mein Vater mich schließlich bei meinem Meister in die Lehre gegeben. Nachdem er mich jahrelang dafür verprügelt hat, dass ich mich mit etwas so Brotlosem wie Zeichnen beschäftige.« Thilmann verstummte kurz, und Sophie wagte nicht, ihn zu stören. »Dass mein Meister mich überhaupt genommen hat, war ein großer Glücksfall«, fuhr der Maler schließlich fort. »Er sah durch Zufall eine Kritzelei von mir. Seither habe ich meine Eltern nicht wiedergesehen. Ich weiß nicht einmal, ob sie noch leben.«

Sophie schwieg betroffen. Das hatte sie nicht geahnt. Thilmann hatte immer so selbstbewusst gewirkt, wie jemand, der seinen Lebensweg selbst bestimmte.

»Aber du wirst sehen«, fuhr Thilmann fort. »Die Oberen werden dieses Ungleichgewicht nicht mehr lange halten könne. Schon verliert der niedere Adel an Bedeutung. Zwar steht das Land in Blüte, aber die Abgaben reichen bei Weitem nicht, um das luxuriöse Leben weiter zu finanzieren, das diese Herren vorziehen.«

Diese Herren, dachte Sophie. Einen von ihnen hätte ich beinahe geheiratet. Wahrscheinlich hat der alte Sternau deshalb auch diese aberwitzig hohe Mitgift von Vater gefordert. Insgeheim hatte Sophie schon immer den Freiherrn für das Unglück ihrer Familie verantwortlich gemacht, denn mehr als seinen bescheidenen Titel hatte der feine Herr wohl auch nicht mehr zu bieten gehabt. Kurz durchfuhr Sophie der Gedanke, dass Heinrich es daher selbst nur auf eine Patriziertochter mit hoher Mitgift abgesehen haben könnte. Aber dann verwarf sie diese Idee wieder. Soweit er dazu fähig gewesen war, hatte Heinrich sie wirklich geliebt.

»… du wirst sehen, bald kommt Krieg über dieses Land«, beendete Thilmann gerade seine Ausführungen.

»Krieg?« Unwillkürlich dachte Sophie an Thomas, der die Zeichen der Zeit bestimmt ebenso klar interpretiert hatte wie Thilmann, und Sorge breitete sich in ihr aus. Was würde ihm beim Militär zustoßen, wenn es tatsächlich Krieg gab?

Thilmann interpretierte ihr Mienenspiel falsch. »Hier im Kloster hast du nichts zu befürchten«, versuchte er sie zu beruhigen.

»Und du in Italien auch nicht«, entgegnete sie tapfer, und schon waren sie bei einem Thema angekommen, das sie beide zum Verstummen brachte. Die bevorstehende Trennung wurde in ihren Gesprächen sonst sorgsam ausgespart. Aber heute wurde Thilmanns Miene ernst.

»Die Heilstreppe ist so gut wie fertig«, sagte er leise. »Ich werde noch den Rahmen für die neuen Tafelbilder herstellen und ihn an das Altarretabel anfügen. Dann ist meine Aufgabe hier in Eichstätt erledigt. In spätestens zwei Wochen werde ich wohl wieder aufbrechen.«

Sophie erstarrte. So deutlich hatte er noch nie von seinem Abschied gesprochen. Und nun, da der Termin im Raum stand, half auch Schweigen nichts mehr.

»So bald schon«, murmelte sie leise und zeichnete mit dem Finger einen Ring getrockneter Farbe auf dem Tisch nach. »So bald schon.«

Thilmann trat hinter sie, legte ihr die Hände auf die Schultern und zog sie sanft an sich. Unwillkürlich lehnte sie sich zurück und legte ihren Kopf an seine Schulter. Die sperrige Flügelhaube störte entsetzlich.

»Du wusstest doch, dass ich wieder fort muss.«

Sophie lächelte wehmütig. »Natürlich.« Sie dachte an Schwester Anselmas Worte. Vielleicht hätte sie sich doch früher von Thilmann fernhalten sollen. Die heilige Walburga zuckte hilflos mit den Schultern. Was habe ich dir denn die ganze Zeit über geraten?, sagte sie. Nun kann ich dir nicht mehr helfen. Den Schmerz der Trennung musst du alleine tragen.

Abrupt drehte sich Sophie um und sah zu Thilmann auf. Ganz bewusst wollte sie sich seine Züge einprägen. Das kantige, glatt rasierte Kinn, die hohen Wangenknochen, die jungenhaften Augen unter den markanten Brauen. Wann würde sein Antlitz in ihrer Erinnerung verblassen? In einem Jahr? In zehn? In zwanzig?

Langsam senkte Thilmann seine Lippen zu ihr herab. Mit einem letzten Rest von Vernunft wandte Sophie ihr Gesicht ab, und sein Kuss berührte ihre Stirn. Warm presste er sie an sich und hielt sie noch einmal ganz fest. Dann trat er zurück und hob sanft ihr Kinn an.

»Ich werde dich nie vergessen, Sophie«, sagte er leise.

Sophie hätte ihm gerne etwas Ähnliches versprochen, aber sie brachte kein Wort über die Lippen. »Leb wohl«, flüsterte sie daher nur tonlos und verließ fluchtartig den Raum. Als sie an Schwester Marias Krankenstube vorbeieilte, folgte ihr ein trüber Blick mit großem Interesse. Uthilda von Staben schnäuzte sich die stark gerötete Nase und sah Sophie feindselig nach. Ein kurzer Blick in die Richtung, aus der ihre Kontrahentin gekommen war, verriet ihr, wo sie gewesen war. Sie traf sich also immer noch mit diesem Maler, ohne Beisein von Schwester Augusta.

»Ich habe dir gesagt, dass ich auf deinen Fehler warte«, flüsterte Uthilda hasserfüllt. »Jetzt muss ich nur noch auf den richtigen Moment warten, und deine Karriere als Liebling des Klosters wird ein für alle Mal beendet sein.«

Sophie hatte sich an Schwester Immas Webstuhl gesetzt und webte sich die Wut aus dem Leib. Das Stück Leinen, an dem sie arbeitete, wurde ungewöhnlich fest und straff, da sich ihre innere Anspannung auf die Arbeit ihrer Hände übertrug. Für die feine Arbeit an der Tapisserie hatte sie heute keine Muße, denn sie war schon seit dem frühen Morgen schlecht gelaunt. Der Grund für ihre schlechte Laune war schlicht, dass sie Thilmann eine ganze Woche nicht gesehen hatte. Sophie haderte wieder mit ihrem Schicksal und verwünschte den Tag, an dem sie ihr Gelübde ablegen sollte und als Nonne in Eichstätt aufgenommen werden würde. Schwester Anselma hatte ihr gestern eröffnet, dass dieser Tag bereits Ende August kommen würde, also etwas früher, als Sophie es selbst erwartet hatte. In einem Monat würde ihr weltliches Leben also ein Ende haben.

So war sie nach der Vesper wieder in die Webstube zurückgekehrt, um das zu dieser Jahreszeit lang anhaltende Tageslicht weiter zu nutzen. Schlaf hätte sie ohnehin keinen gefunden, und ihre höfliche Anfrage hatte nicht einmal Schwester Anselma abschlagen können. Nun saß sie in der beginnenden Dämmerung und webte voller Schwung weiter, bis das Garn auf ihrem Schiffchen verbraucht war. Als sie nach einem der vorbereiteten Weberschiffchen greifen wollte, stellte sie fest, dass sie alle blank und leer gewebt waren. Auch das Garn war sowohl am Webstuhl als auch in Schwester Augustas kleiner Vorratskammer verbraucht.

Ich will aber weben, dachte Sophie grimmig und stand auf. Wenn es hier kein Garn mehr gab, musste sie eben in der Spinnerei nachsehen. Zwar stand die neue Flachsernte noch aus, aber ein paar Spulen passendes Garn würden sich gewiss noch finden lassen. Mit zielstrebigen Schritten verließ sie das Gebäude und durchquerte einen kleinen Garten, hinter dem die Spinnerei lag.

Die Luft roch süß nach Sommer, und der Abendhimmel spannte sich inzwischen samtig blau über das Kloster. Der

Nachtgesang der Vögel war bereits verstummt, und Ruhe und Frieden breiteten sich über Eichstätt aus. Sophie war an diesem Tag noch kaum im Freien gewesen, und so hielt sie jetzt inne, um die verführerischen Aromen des Gartens mit tiefen Atemzügen in sich aufzunehmen. Sie spürte, wie ihr leichter ums Herz wurde und ihre üble Laune vom Charme des Abends einfach fortgeweht wurde. Unwillkürlich breitete sie die Arme aus und hob sie zum Himmel, und am liebsten hätte sie ihrer Stimmung in einem lauten Schrei Platz gemacht.

»Sophie«, hörte sie plötzlich ein leises Flüstern, und sie schrak erstaunt zusammen.

»Sophie«, erklang die Stimme ein wenig eindringlicher, und sie erkannte, dass ihre Sinne sie nicht getäuscht hatten.

»Thilmann?«, flüsterte sie verdutzt zurück und versuchte, den Maler in der Dämmerung auszumachen.

»Hier«, rief er etwas lauter, und Sophie entdeckte eine kleine, halb unter Efeu versteckte Gitterpforte in der Gartenmauer. Sie trat näher.

»Was machst du hier?«, fragte sie überrascht, als sie ihn endlich auf der anderen Seite der Pforte im Halbschatten der Klostermauern entdeckte.

»Dasselbe wie du, nehme ich an«, sagte er leise, als sie dichter an die Pforte herantrat. »Ich genieße den wunderschönen Abend. Und ich sehne mich nach dir. Ich kann kaum glauben, dass du jetzt wirklich vor mir stehst.«

Sophie wurde rot.

»Warum bist du die ganze Woche nicht gekommen?«, fragte er eindringlich.

»Warum hätte ich kommen sollen?«, antwortete sie trotzig und spürte, wie ihre schlechte Laune in ihrem Ton mitschwang. »Um dir beim Packen zuzusehen?«

Thilmann senkte den Kopf. »Du weißt, dass ich nicht gehen will«, murmelte er. »Aber wir sind einfach durch unser Leben so deutlich voneinander getrennt wie jetzt durch diese Tür hier.«

Dabei rüttelte er demonstrativ an der Gitterpforte. Zu ihrer beider Überraschung gab das rostige Gitterchen nach und öffnete sich mit leisem Quietschen. Sprachlos standen sie sich gegenüber, nur noch einen Schritt voneinander getrennt.

Ihre Blicke begegneten sich im Licht der ersten Sterne. Ohne ein Wort zu sagen, traten sie aufeinander zu. Thilmann hob die Hand, und Sophie schmiegte ihre Wange in die warme Innenfläche. Sie schloss die Augen, und die Welt um sie herum verschwand aus ihren Sinnen. Mit einem tiefen Atemzug schlang sie die Arme um ihn. Thilmann zog sie fest an sich, und sie roch neben den Farben und Lösungsmitteln das warme Aroma seiner Haut, als sie das Gesicht an seinem Hals barg. Wie selbstverständlich fanden sich ihre Lippen, während ihre Hände den anderen jeweils mit der Neugier und Ungeduld der letzten Monate erforschten. So unvorbereitet beide auf dieses Treffen gewesen waren, so vollkommen überließen sie sich jetzt ihren Gefühlen, die keine Einwände der Vernunft mehr zuließen. Vorsichtig nahm er ihre Haube ab und freute sich über den Anblick ihres blonden Haares, das sich schon wieder üppig um ihre Ohren kringelte. Ihre schmalen Schultern schimmerten wie Perlen, als er ihren Habit abstreifte. Thilmann küsste die warme Haut mit der Hingabe eines Künstlers und strich mit sanftem Atem über die empfindliche Haut von Hals und Schlüsselbein. Sophie erschauerte unter seinen Zärtlichkeiten, die ihr wie die Erfüllung eines längst gegebenen Versprechens erschienen. Ihre Hände glitten unter sein Hemd und folgten der schlanken Linie seines Körpers. Lächelnd zog er sich das Hemd über den Kopf, nur um gleich darauf wieder nach ihren Lippen zu suchen. Sie wussten, dass es nur noch diese Nacht in ihrem Leben geben würde, die einen samtigen, betörend duftenden Vorhang um die beiden Liebenden schloss. Mit einem Seufzer zunehmender Begierde zog Thilmann Sophie an sich und bettete sie schließlich in das weiche Sommergras zu ihren Füßen.

»Meine Sophie«, murmelte Thilmann Welten später, während er der feinen Linie ihrer hohen Wangenknochen mit der Fingerspitze folgte und sich dann in ihrem Haar vergrub. »Meine schöne Sophie. Ich wünschte, du würdest mit mir kommen.«

Sophie lag in seinem für einen Künstler unerwartet sehnigen Arm, auf dem sich markant eine Ader abzeichnete, die die kraftvolle Linie noch betonte. Sie zögerte. Meinte er es ernst? Würde er sie mitnehmen, wenn sie auf die Weihen in Eichstätt verzichtete? Bot ihr das Schicksal hier die letzte Hintertür, bevor das Kloster sie endgültig verschluckte?

Ihr Herz begann zu klopfen, als sie sich die Frage stellte, ob sie ihm folgen würde.

Was wird aus dem Gelübde?, meldete sich die heilige Walburga zum ersten Mal seit langer Zeit wieder zu Wort. Und wovon wollt ihre beide überhaupt leben?

Ich kann weben, überlegte Sophie.

Während er nach Italien zieht?

Ich kann auch in Italien weben, wandte Sophie bockig ein.

Der Weg dorthin ist lang, und vielleicht würde er dich an irgendeiner Weggabelung einfach verlassen?

Niemals!

»Warum guckst du so zornig«, fragte Thilmann betroffen, als er die kleine, steile Falte über ihrer Nasenwurzel sah. »Ich wollte dich nicht verärgern. Ich verstehe es ja, wenn du die Geborgenheit des Klosters dem ungewissen Leben auf den Landstraßen vorziehst.«

Schwang nun Enttäuschung oder Erleichterung in seiner Stimme mit?

»Aber …«, wollte Sophie ihn gerade in ihre Gedanken und ihre Bereitschaft, doch mit ihm zu gehen, einweihen, als ein scharfes Zischen auf der anderen Seite der noch immer geöffneten Pforte sie aus ihrem kleinen Garten Eden vertrieb. Schwester Anselma beugte sich wie ein Racheengel über das einander am Boden umschlungen haltende Paar.

»Ich habe es geahnt! Ich habe es doch geahnt!«, fauchte sie, während ihre Arme wild um sie schwangen. »Auf frischer Tat ertappt! Und noch dazu hier im Kloster. Welche Schande. Welche Schande! Uthilda, ich danke dir dafür, dass du mich geholt hast.«

Wie elektrisiert fuhr Sophie hoch und versuchte, mit ihrem Habit ihre Blöße zu bedecken. Hinter Schwester Anselma gewahrte sie Uthilda von Staben, die sie boshaft und neugierig zugleich betrachtete. Dieses Mal hatte sie offenbar nichts dem Zufall überlassen und gleich die Novizenmeisterin geholt, damit Sophies Fehltritt von einer gewichtigen Zeugin gesehen und die Strafe auf jeden Fall ausgeführt werden würde.

»Sophie, sofort in mein Skriptorium«, zeterte Schwester Anselma weiter. »Und Ihr«, sie wandte sich mit glühenden Augen an Thilmann, der inzwischen wenigstens wieder seine Hose anhatte und nun mit nacktem Oberkörper im Licht des vollen Mondes stand. Sophie bemerkte, wie Uthilda von Staben angesichts seiner Schönheit der Mund offen stand. »Ihr werdet Euch sofort in Eure Werkstatt begeben und schon einmal anfangen, Eure Sachen zu packen.«

»Sie sind bereits gepackt«, konnte Thilmann sich nicht verkneifen zu sagen.

Die Novizenmeisterin schnappte nach Luft. »Ihr habt Euch also gedacht, dass Ihr noch eben eine unschuldige Novizin ins Verderben stürzt, bevor Ihr mit dem Dank und dem Lohn der Äbtissin aus Eichstätt verschwindet? Der Herr sieht alles, Meister Weber, und hierfür lässt er Euch in der Hölle schmoren!«

Mit diesen Worten zog sie Sophie mit sich fort, der es gerade noch gelang, einen letzten Blick auf ihren Geliebten zu erhaschen, bevor die Klostermauern sie unerbittlich voneinander trennten.

Kapitel 15

Es war kühl in der kleinen Klosterzelle, in der Sophie die letzten beiden Tage und Nächte verbracht hatte. Das schmale Fenster zeigte nur einen Bruchteil des strahlenden Sommertages, der sich draußen entfaltete. Aber Sophie hätte ohnehin keinen Blick dafür gehabt. Sie fragte sich, was aus Thilmann geworden war. War er noch hier im Kloster?

Unwahrscheinlich, meldete sich die heilige Walburga. Die Äbtissin hat ihn bestimmt gleich am nächsten Morgen entlassen. Seine Arbeit war ohnehin beendet.

Nachdem sich Sophie unmittelbar an jenem Abend im Skriptorium der Novizenmeisterin stumm eine nicht enden wollende Standpauke voller Wiederholungen angehört hatte, hatte man sie in dieser Zelle untergebracht, mit der strengen Auflage des Fastens und der Meditation. Schwester Anselma hatte ihr untersagt, an den Mahlzeiten und den Messen im Kloster teilzunehmen, da die Geschehnisse in kürzester Zeit die Runde gemacht haben würden und sie keine Störung des Klosteralltags durch Sophies Anwesenheit wünschte. Daher brachte man Sophie Wasser und Fastenspeisen in die Zelle, die sie trotz der unverschlossenen Tür nicht zu verlassen hatte.

»Ich kann nicht zulassen, dass deine Anwesenheit den Glauben und die Demut unserer Schwestern ablenkt«, sagte Schwester Anselma scharf und erklärte Sophie vorerst zur Persona non grata. »Außerdem wird es dir guttun, wenn du deine Taten in Ruhe und Abgeschiedenheit überdenken kannst.«

Wie lange diese Abgeschiedenheit dauern sollte, hatte die Novizenmeisterin allerdings nicht gesagt. Sophie nahm an, dass die Äbtissin erst zu einem Entschluss über ihr weiteres Schicksal kommen wollte. Hatte Uthilda von Staben es tatsächlich geschafft, dass man sie aus dem Kloster verbannte? Sophie erinnerte sich an den hungrigen Blick, mit dem Uthilda Thilmann angesehen hatte, und die Boshaftigkeit, die sie für Sophie übriggehabt hatte. Doch beide Bilder konnten den Zauber des Abends in ihrer Erinnerung nicht trüben. Vielmehr taten die auferlegte Ruhe und Meditation ihr wirklich gut und schärften ihr Inneres für die Dinge, die ihr wirklich etwas bedeuteten. Sophie wusste, dass sie jederzeit wieder so handeln würde. Schwester Anselma hatte sie zu Reue und Buße aufgefordert, aber wie konnte sie bereuen, ihrem Herzen gefolgt zu sein? Diese Gewissheit machte sie seltsam gelassen. Je länger sie über alles nachdachte, desto leichter wurde ihr Gewissen.

Als die schwere Holztür ihrer Zelle geöffnet wurde und Schwester Anselma ihr durch eine knappe Geste zu verstehen gab, dass sie ihr folgen sollte, ahnte Sophie, dass eine Entscheidung gefallen war. Ruhig folgte sie der Novizenmeisterin durch die Korridore, bis sie schließlich das Vorzimmer zum Skriptorium der Äbtissin erreichten. Schwester Anselma bedeutete Sophie zu warten. Sophie nahm auf der Bank Platz, auf der sie an ihrem ersten Tag im Kloster gewartet hatte, und ihr Blick fiel auf das Kreuz an der gegenüberliegenden Wand.

»Vielleicht bist du doch nicht der richtige Bräutigam für mich«, murmelte sie. »Oder ich bin wieder einmal keine passende Braut.«

Kurze Zeit später holte Schwester Anselma sie in das Zimmer der Äbtissin. Ruhig stand Sophie auf und trat ein. Ihr Puls beschleunigte sich erst, als sie auch Schwester Augusta gewahrte, die auf einem Stuhl neben dem Schreibtisch der Äbtissin saß und Sophie entgegensah. Was hatte die Anwesenheit der Webmeisterin zu bedeuten?

Die Äbtissin saß hinter ihrem Schreibtisch und bedeutete Sophie, sich auf den Stuhl zu setzen, den sie schon von ihrem ersten Besuch her kannte. Dann sah die Klostervorsteherin die Novizin lange Zeit schweigend an.

»Sophie«, hob die Äbtissin schließlich an, nachdem auch Schwester Anselma sich gesetzt hatte.

Wie ein Tribunal, dachte Sophie, und die Erinnerung an den Prozess ihres Vaters blitzte vor ihrem Inneren auf.

»Du weißt selbst, warum du jetzt hier vor uns sitzt.«

Weil ich getan habe, was die meisten anderen Nonnen hier an meiner Stelle auch getan hätten?, dachte Sophie angriffslustig. »Ja«, gab sie stattdessen leise, aber fest zurück.

»Ich möchte von dir wissen, wie es dazu gekommen ist«, fuhr die Äbtissin fort. »Hat der Maler dich verführt oder gezwungen, bei ihm zu liegen?«

Sophie überlegte. Thilmann hatte das Kloster wahrscheinlich längst verlassen. Was lag näher, als nun die gesamte Schuld auf ihn zu schieben? Aber sie erinnerte sich auch an die Prüfung, der die Äbtissin sie am ersten Tag unterzogen hatte. Es war die Wahrheit, die zählte. Nicht nur im Zimmer der Äbtissin, sondern auch in Sophies Herzen.

»Nein«, gab sie daher zurück. »Ich habe Meister Weber schon über längere Zeit hinweg in seinem Zimmer besucht.« Sie hörte, wie Schwester Anselma nach Luft schnappte. Schwester Augustas Blick ruhte unverwandt auf ihr.

»Haben diese Besuche stattgefunden, nachdem dich Schwester Augusta mit Meister Weber bekannt gemacht hat?« Sophie spürte die Bedeutung, die diese Frage für die Äbtissin persönlich hatte. Hatte ihre Freundin den Grundstein für diese unselige Entwicklung gelegt?

»Nein. Ich habe Meister Weber auch schon vorher besucht.« Sophie war froh, die Befürchtungen der Äbtissin zerstreuen zu können. »Bei dem Besuch mit Schwester Augusta kannten wir uns längst.«

Überrascht fuhr Schwester Anselma auf. »Wie das? Woher wusstest du überhaupt von seiner Anwesenheit im Kloster?«

»Ich habe Meister Weber schon an Weihnachten durch Zufall getroffen, als ich noch bei Schwester Maria auf der Krankenstube war«, erklärte Sophie ruhig. Es erleichterte sie ungemein, endlich alles erzählen zu können. Sie berichtete von der ersten Begegnung und ihren Gesprächen über das Altarretabel. Von dem Wiedersehen an Ostern, wie sie sich zu dem Maler hingezogen gefühlt hatte, wie sie sich weitere Besuche versagt hatte, und wie Schwester Augusta sie dann wieder in die Werkstatt gebracht hatte.

Die Äbtissin wechselte einen kurzen Blick mit der Webmeisterin. Nur ihre Ratschläge für Thilmann in Bezug auf die Preisverhandlungen ließ Sophie aus. Angesichts der letzten Geschehnisse würde dieses kleine Vergehen ohnehin eher belanglos erscheinen.

»Ich hatte nicht vor, dass es so weit kommt«, schloss Sophie ihren Bericht leise. »Aber als ich an jenem Abend im Garten war und Meister Weber zufällig an der Pforte getroffen habe, da …« Sophie stockte. Wie sollte sie diesen Moment, diese völlige Herrschaft ihrer Gefühle nur in verständliche Worte fassen? »Da konnten wir beide einfach nicht anders.«

»Zufällig getroffen«, schnaubte die Novizenmeisterin. »Das sind ja eine ganze Menge Zufälle, die angeblich zu deinem Fehltritt geführt haben.«

Sophie erwiderte ihren skeptischen Blick angriffslustig. »Ihr könnt mir viel vorwerfen«, entgegnete sie schärfer als beabsichtigt. »Ich habe gewiss mehr als eine Klosterregel gebrochen. Aber ich habe nicht gelogen.«

Die Äbtissin hob beschwichtigend die Hand. »Ich verstehe nun, was geschehen ist«, sagte sie. »Es bestärkt mich in meiner Entscheidung.«

Gleichmütig sah Sophie die Äbtissin an. Irgendwie kam es ihr so vor, als ob die folgenden Worte gar nicht ihr gelten würden, als ob eine ganz andere hier auf diesem Stuhl sitzen würde.

»Wir erlauben dir weiterhin, deine Weihen abzulegen«, fuhr die Klostervorsteherin zu Sophies Überraschung fort. Jetzt erst wurde ihr klar, dass sie fest mit dem Ausschluss aus dem Kloster gerechnet hatte.

»Du wirst aber erst in einem halben Jahr in unseren Orden aufgenommen. Bis zu diesem Zeitpunkt erwarten wir höchste Demut und uneingeschränkten Gehorsam nach den Regeln des heiligen Benedikt von dir.«

Schwester Anselmas Miene zeigte deutlich, dass sie Sophie immer wieder auf beides prüfen würde. Demut und Gehorsam. Mal sehen, ob ich das so plötzlich schaffe, dachte Sophie, die jetzt weder Erleichterung noch Enttäuschung darüber verspürte, dass man sie doch nicht des Klosters verwies.

»Daher wirst du vorerst auch nicht mehr in der Webstube arbeiten«, fuhr die Äbtissin zu Sophies Entsetzen fort. »Du wirst in die Aufgaben und Pflichten zurückkehren, die unsere Novizinnen hier üblicherweise erfüllen. Durch dein tadelloses Verhalten wirst du uns zeigen, dass die Entscheidung für die Weihen richtig war.«

Sophies Blick suchte den der Webmeisterin. Schwester Augusta las die stumme Bitte in Sophies Blick und schüttelte kaum merklich den Kopf. Konnte sie die Entscheidung der Äbtissin nicht beeinflussen, oder wollte sie es nicht?, fragte sich Sophie. Sie dachte an das Gespräch, das sie in der Webstube belauscht hatte. Hatte die Webmeisterin bereits versucht, die Äbtissin umzustimmen, und war gescheitert?

Die Äbtissin entließ die Nonnen und Sophie mit einer Handbewegung. Sophie trat mit Schwester Anselma und Schwester Augusta in den Korridor, wo ihr die Novizenmeisterin mit einer herrischen Bewegung sofort zu verstehen gab, ihr zu folgen.

»Auf ein Wort«, unterbrach sie da die Webmeisterin. »Ich möchte mit Sophie kurz unter vier Augen sprechen.«

Sophie sah, wie sehr Schwester Anselma dieses Anliegen

missfiel. Für einen Augenblick sah es so aus, als ob sie der älteren Nonne die Bitte abschlagen würde. Doch dann nickte sie kurz und ging einige Schritte voraus, wo sie in einer Fensternische wartete.

Schwester Augusta wandte sich Sophie zu, die bereits eine wortreiche Bitte um Wiederaufnahme in die Webstube auf der Zunge hatte. Doch der undurchdringliche Blick der Webmeisterin ließ Sophie stocken. Sie las keine Freundlichkeit oder Mitleid in Schwester Augustas Blick. Vielmehr spürte sie eine Fremdheit, die sie traf.

»Sophie«, begann die Webmeisterin. »Ich kann verstehen, was geschehen ist. Ich kann sogar verstehen, wie es dazu gekommen ist und wie es in dir aussieht. Aber ich kann es nicht akzeptieren.«

Sophies Mund wurde trocken. Hatte sie ihre Freundin verloren?

»Ich kenne die Liebe und weiß, wozu sie fähig ist«, fuhr die Webmeisterin fort. »Daher habe ich deine Bekanntschaft mit dem Maler auch nicht verraten, als mir klar wurde, dass sie schon länger dauerte. Und das wusste ich bereits nach unserem gemeinsamen Besuch bei ihm.«

Schwester Augusta schwieg einen Augenblick, als ob sie Kraft für die Worte sammeln wollte, die nun folgten. »Aber ich habe dich gebeten, sie zu beenden. Ich habe dich davor gewarnt, ihn wiederzusehen. Zu deinem Besten und letztendlich auch zu meinem Besten. Ich wollte weder in den Ruf kommen, zu deinem Fall beigetragen zu haben, noch wollte ich meine beste Schülerin verlieren. Doch du hast nicht auf meinen Rat gehört. Zum ersten Mal hast du dich meines Vertrauens nicht würdig erwiesen.«

Sophie schluckte schuldbewusst.

»Ich habe dir die Chance gegeben, dich für Eichstätt und die Weberei zu entscheiden«, fuhr Schwester Augusta nun fort. »Aber du hast eine andere Wahl getroffen. Du wirst daher verstehen, dass ich mich bei der Äbtissin nicht weiter dafür einsetzen konnte, dass du meine Schülerin bleibst.«

»Aber doch nur für eine halbes Jahr, oder?«, fragte Sophie schüchtern. Schwester Augusta sah sie ernst an. »Du weißt wirklich nicht, was du da getan hast?«, fragte sie dann.

Sophie sah sie verständnislos an.

»Du hast dich deiner größten Feindin ausgeliefert«, sagte Schwester Augusta bedauernd. »Uthilda von Staben hat nun endlich den Dorn in der Hand, mit dem sie dich immer wieder stechen kann.«

»Aber sie hat mich doch längst verraten«, entgegnete Sophie verständnislos.

»Hier im Kloster schon«, sagte Schwester Augusta. »Aber darüber hinaus? Die meisten Nonnen hier werden einige Zeit darüber klatschen, was passiert ist. Einige werden schockiert sein, andere werden von Neid erfüllt sein und viele Stunden des Gebets und der Meditation brauchen, um sich von ihren sündigen Gedanken zu befreien. Dann werden die Ereignisse langsam in Vergessenheit geraten. Aber Uthilda wird nicht vergessen.«

Sie sah Sophie ernst an. »Ich weiß, dass sie bereits bei der Äbtissin deinen endgültigen Ausschluss aus der Webstube gefordert hat, da sie ansonsten die Ereignisse über Eichstätt hinaus bekannt machen würde. Der Bischof, die Kardinäle, ja sogar bis Rom würde sie Nachricht davon schicken, dass bei den Benediktinerinnen von Eichstätt alles drunter und drüber geht.«

Sophie erstarrte, als sie die Bedeutung von Schwester Augustas Worten erfasste.

»Du weißt, dass Eichstätt schon einmal Anlass zur Beschwerde gegeben hat. Damals hat Rom einen Reformator geschickt. Bischof Johannes III. von Eych hat das Kloster im Sinne der Konzilien von Konstanz und Basel reformiert. Wenn es nun wieder begründeten Verdacht gibt, dass die Äbtissin das Kloster nicht ordnungsgemäß führt, riskiert sie Restriktionen oder sogar ihre Absetzung. Sie wird daher viel tun, um Uthilda zu besänftigen.«

»Das heißt, ich darf nicht mehr weben, wenn Uthilda es nicht will?«, entfuhr es Sophie fassungslos.

»Gut möglich«, erwiderte die Novizenmeisterin. »Du weißt selbst, wie sehr sie dich hasst.«

»Es wird ihr eine Freude sein, mir das zu nehmen, was ich liebe«, sagte Sophie tonlos.

»Sie nimmt auch mir viel«, erwiderte Schwester Augusta. »Und ich kann nichts dagegen tun. Jetzt nicht mehr.«

Sophie senkte schuldbewusst den Kopf. »Das habe ich nicht gewollt«, murmelte sie.

»Natürlich nicht«, entgegnete die Nonne. »Aber es ist nun einmal so gekommen.«

Sophie schwieg. Dann hob sie den Kopf und sah die Webmeisterin, die sie zu ihren wenigen Freundinnen im Kloster zählte, offen an. »Dennoch würde ich es wieder tun«, gestand sie ihr.

Die Webmeisterin verstand den Freundschaftsdienst hinter Sophies Worten und lächelte ein wenig wehmütig. »Das will ich für dich hoffen«, sagte sie. »Lass uns also abwarten, welchen Weg der Herr für dich vorgesehen hat.«

Sophie nahm noch einmal ihren Mut zusammen. »Wo ist Thilmann?«

»Die Äbtissin hat ihn gleich am nächsten Tag ausbezahlt, und er ist seiner Wege gezogen.«

»Ohne mir eine Nachricht zu hinterlassen?«, entschlüpfte es Sophie.

»Wie denn, Kindchen?«, murmelte Schwester Augusta. »Wie denn? Meinst du, unsere Äbtissin eignet sich zur Liebesbotin?«

Sophie errötete. Doch dann wurde ihr klar, was Schwester Augustas Worte bedeuteten. Thilmann war fort, und sie wusste nicht, wohin er gegangen war. Sie würde ihn nicht wiedersehen.

Nach einer Woche kehrte Sophie langsam in den Klosteralltag zurück. Bei der ersten Messe in der Klosterkirche, an der sie wieder teilnahm, wandten sich ihr viele Köpfe zu, und sogar leises Getuschel war zu vernehmen, das erst verstummte, als die Orgel zum ersten Gesang rief. Sophie hielt den Blick starr geradeaus gerichtet und erkannte daher sofort, dass das Altarretabel wieder an seinem Platz stand. Fast wären ihr die Tränen gekommen, war es doch der untrügliche Beweis dafür, dass Thilmann fort war. Breit und prunkvoll dominierte es in seiner neuen Pracht die Apsis und würde ihr in Zukunft tägliche Erinnerung an ihre letzte Liebe sein.

Während des Schuldkapitels begegnete sie Uthilda von Stabens triumphierendem Blick. Ich habe den Kampf gewonnen, sagten ihr die Augen der Kontrahentin stumm. Und du wirst dich unterordnen müssen. Für den Rest deines Lebens.

Sophie wurde dem Dienst in der Küche zugeteilt, den sie noch mehr hasste als die Arbeit in der Waschküche. Sie war sich nicht schlüssig, ob Schwester Anselma darin einen weiteren Teil ihrer Buße sah oder ob es heute einfach dort an helfenden Händen mangelte. Die anderen Nonnen bedachten sie mit scheuen Blicken, wagten aber nicht, ihr Fragen zu stellen.

Anders Schwester Klarissa, die Sophie bei der ersten Gelegenheit in einen abgelegenen Winkel zog und die ganze Geschichte von ihr hören wollte. Die redselige Nonne war allerdings die Letzte, der Sophie auch nur einen Satz über Thilmann erzählt hätte. Sie wusste nur zu gut, dass vertrauliche Informationen bei Schwester Klarissa nicht gerade gut aufgehoben waren.

Als Sophie auch weiterhin stur zu den Geschehnissen schwieg, kehrten die Schwestern wieder zur Normalität zurück. Die Obst- und Getreideernte stand an, und die meisten Nonnen arbeiteten jeden Tag so hart, dass ihnen die Lust auf Gerüchte und Klatsch verging. Sophie genoss die schwere, körperliche Arbeit ebenfalls, sorgte sie doch dafür, dass sie am

Abend auf ihrer Holzpritsche sofort einschlief und sich nicht mit immer wiederkehrenden Fragen herumquälen musste, für die sie keine Antwort fand. Der Zeitpunkt, an dem sie ursprünglich die Weihen hätte ablegen sollen, kam und verstrich.

Eigentlich wäre ich jetzt schon Nonne, dachte Sophie und verspürte eine heimliche Dankbarkeit, dass es noch nicht so weit war.

Sie bat darum, in der Spinnerei oder der Färberei eingesetzt zu werden, was ihr jedoch verwehrt wurde. Dann bat sie darum, wieder bei der Armenspeisung zu helfen, nur um zu erfahren, dass die Speisungen erst im Winter wieder einsetzten. Im Sommer wurden nur Reste und Überproduktionen, für die keine Verwendung mehr bestand, an der Klosterpforte ausgegeben.

Schließlich begann Sophie sogar, sich intensiver ihren Studien zu widmen, um eine erfüllende Tätigkeit auszuüben. Dennoch konnte sie nicht verhindern, dass der Klosteralltag sie langsam mürbe machte. Das Aufstehen in der Nacht und am frühen Morgen fiel ihr wieder so schwer wie am Anfang. Sie verlor an Gewicht und wurde launisch und missgestimmt. Mehr als einmal erhob sie unwillig ihre Stimme und handelte sich so Strafen von Schwester Anselma ein.

Eines Tages war sie auf dem Weg, um die Abfalleimer der Küche zum Kompost zu bringen, als ihr Uthilda von Staben begegnete. Sophie hatte gehört, dass sie jetzt bei Schwester Maria das Heilwissen erlernte, und bedauerte die zukünftigen Kranken. Uthilda trug einen Korb mit duftenden Kräutern und warf nur einen abfälligen Blick auf die stinkenden Eimer, die Sophie in den Händen hielt.

»Nun«, sagte sie hochmütig. »Es scheint, als ob wir nun endlich den Platz gefunden haben, den wir verdienen.«

»Sprichst du von dir jetzt im Pluralis Majestatis?«, fragte Sophie, gereizt mit ihren mageren Lateinkenntnissen wuchernd. »Dann sei bloß vorsichtig, dass ich das nicht im Schuldkapitel herausposaune. Sonst trägst du morgen selbst die Abfalleimer.«

Uthildas Augen verengten sich zu schmalen Schlitzen. »Was braucht es noch, um dir das Maul zu stopfen?«, knurrte sie grimmig. »Sag es mir, ich sorge dann schon dafür, dass du es bekommst. Aber eines kann ich dir versprechen, ein Mann wird es nicht sein.«

»Im Gegensatz zu dir kann ich mir den auch selbst besorgen«, gab Sophie zurück. Jede Faser ihres Wesens warnte sie davor, Uthilda noch weiter zu reizen. Aber sie konnte nicht widerstehen, ihrer Wut auf die adelige Novizin endlich unter vier Augen Luft zu machen.

»Gib doch zu, dass du selbst ein Auge auf Thilmann geworfen hattest«, mutmaßte sie süffisant. »Aber dass sich die Männer, die du begehrst, lieber für mich entscheiden, sollte ja nicht neu für dich sein.«

Mit Genugtuung stellte Sophie fest, dass Uthilda von Staben bereits innerlich kochte.

»Hüte dich«, fauchte sie. »Du scheinst nicht zu wissen, dass ich über dein weiteres Leben bestimmen kann.«

»Nur der Herr bestimmt über mein Schicksal«, gab Sophie belehrend zurück. »Sollte das bereits dein zweiter Verstoß gegen die Regel der Demut gewesen sein?«

Uthilda trat dicht an Sophie heran. »Hör mir gut zu«, sagte sie leise. »Denn ich werde dir das alles nur ein einziges Mal sagen. Du wirst in diesem Kloster nur noch tun, was ich will. Du wirst nicht mehr weben. Du wirst nicht mehr in der Spinnerei oder der Färberei arbeiten. Du wirst nur noch Gemüse putzen, Fußböden schrubben und meine Wäsche waschen, hast du das verstanden?«

Und ob Sophie verstanden hatte. Obwohl sie es mit keiner Regung ihrer Miene verriet. Die nächsten dreißig Jahre breiteten sich als endloser Teppich von Schikanen und Mühsal vor ihr aus. Vielleicht würde Uthildas Einfluss auf die Äbtissin und auf

Schwester Anselma eines Tages abnehmen. Aber sollte sie auf diese vage Hoffnung vertrauen? Sie hatte keine Lust, Uthilda von Stabens kleines Spielzeug zu sein, mit dem sie sich den Klosteralltag verkürzte und das sie quälen konnte, wie ein ungezogenes Kind einen Käfer quält. Auch wenn sie sich heute alles in besonders düsteren Farben ausmalte, wusste Sophie in diesem Augenblick, dass sie die Weihen unmöglich ablegen und in Eichstätt bleiben konnte. Denn hier gab es keinen Grund mehr, aus dem sie bleiben sollte.

»Und du kannst gleich damit anfangen«, zischte Uthilda, als Sophie keine Widerworte gab. Kräftig trat sie gegen einen der Eimer, sodass sich der Unrat über den Korridor und bis auf die weiß gekalkte Wand ergoss. »Wisch das lieber weg, bevor Schwester Anselma es sieht.«

Damit stolzierte Uthilda von Staben erhobenen Hauptes davon. Sophie sah ihr nach. Dann fiel ihr Blick auf ihre Hände, deren Haut noch immer die verblassten, aber unverkennbaren Spuren von Uthildas Bosheit trugen. Sie ist krank, schoss es Sophie durch den Kopf. Sie ist wirklich krank. Und zu allem fähig. Wer weiß, was sie mir noch alles antut?

Ich muss fort von hier, dachte sie resigniert. Ich muss fort.

Seit Sophie ihren Entschluss gefasst hatte, versank der Klosteralltag um sie herum in Gleichgültigkeit. Sie hielt sich an jede Regel und führte brav jeden Befehl aus, den man ihr erteilte. Aber nicht etwa aus Beflissenheit, wie Schwester Anselma stolz annahm. Es war Sophie schlichtweg egal, was sie tat. Und da Gehorsam weniger Probleme ergab als Ungehorsam, tat sie sich den Gefallen. Die Absicht, Eichstätt zu verlassen, erfüllte sie mit einer tiefen Ruhe und Zufriedenheit. Sie wusste vom ersten Augenblick an, dass es die richtige Entscheidung war und dass sie schon länger in ihr geschlummert hatte. Kurz erwog sie, die Äbtissin aufzusuchen und sie um die Entlassung aus dem Kloster zu bitten. Aber sie konnte sich die Antwort schon deutlich vorstellen. Sie solle sich nicht von noch nicht verarbeiteten Gefühlen leiten lassen und erst einmal bis zum Zeitpunkt ihrer Weihen abwarten. Bis dahin wären ihr die Türen des Klosters dann erst recht verschlossen gewesen, und Sophie hatte nicht die Absicht, nach Preisgabe ihres Wunsches noch weiter in Eichstätt zu bleiben. Nun galt es also, den richtigen Zeitpunkt für eine Flucht abzuwarten und sich so gut es ging auf ihr neues Leben vorzubereiten.

Sophie war sich bewusst, dass sie kein Geld hatte und auch keines erlangen konnte, wenn sie nicht in den Almosenbeutel oder die Kasse der Zellerarin greifen wollte. Dennoch würde sie die erste Zeit irgendwie überbrücken müssen. Sie musste essen und irgendwo schlafen. Schließlich kam sie auf den Gedanken, sich mit Naturalien aus dem Kloster zu versorgen, die sie auf ihrer Wanderung zu Geld machen konnte. Käse, Honig, Gebäck, Garne und Nähwerkzeuge ließen sich gut tragen und warfen die höchsten Gewinne ab. Augenblicklich begann Sophie damit, sich einen kleinen Vorrat an diesen Dingen zuzulegen, den sie an einer abgeschiedenen Stelle im Klostergarten verbarg. Ihre offensichtliche Demut und Ergebenheit hatten die Novizenmeisterin und Uthilda anscheinend so weit beruhigt, dass Sophie die Freiheit für ihre kleinen Beutezüge blieb.

Diebstahl, schimpfte die heilige Walburga.

Nur zu meinem Schutze, rechtfertigte sich Sophie. Und wenn ich erst eine Stadt erreicht habe, kann ich mich schon selbst versorgen. Das zumindest hat sich zum Guten gewendet, seit ich zum ersten Mal fliehen musste. Heute beherrsche ich ein Handwerk, mit dem sich Brot verdienen lässt.

Dann stellte sich die Frage nach einer unauffälligen Kleidung. Sophie hatte ihren Besitz am ersten Tag ihres Noviziats Schwester Anselma ausgehändigt. Inzwischen wusste sie aber, dass die Kleidung in einer Kammer den Armen bereitgestellt wurde. Da diese Kammer nicht verschlossen war, gelang es Sophie, ein einigermaßen passendes, unauffälliges Kleid zu entwenden, das eine jüngst ins Kloster eingetretene Nonne abgegeben hatte.

Wohin sie als Erstes gehen wollte, war ihr auch schnell klar. Sie würde gen Neuburg an der Donau aufbrechen. Die Strecke müsste in kurzer Zeit zu schaffen sein, und dort würde sie den einzigen Menschen suchen, der noch eine Bedeutung für sie hatte. Wenn Thomas wirklich dem Heer beigetreten war, würde sich seine Spur dort finden. Gemeinsam musste es ihnen gelingen, eine würdige Existenz aufzubauen.

Soweit war Sophie mit ihren Plänen zufrieden. Nun stellte sich nur noch die Frage, wie sie es schaffen würde, das Kloster zu verlassen.

Ich bin bisher auch schon aus dem Bereich der Klausur gekommen, sagte sie sich. Da werde ich es auch schaffen, die Klostermauern ganz hinter mir zu lassen.

Zuerst dachte sie daran, sich in weltlichen Kleidern unter das Volk bei der Armenspeisung zu mischen. Im Winter, bei dem großen Andrang, den Sophie erlebt hatte, wäre es auch bestimmt kein Problem gewesen. Aber da alle Almosen jetzt über die Pförtnerin gingen und die Klostertür so gut wie nie einem Fremden geöffnet wurde, standen die Chancen schlechter. Sie musste einen anderen Weg finden.

Überleg es dir noch einmal, mischte sich die heilige Walburga wieder ein. Doch Sophie spürte, wie halbherzig der Einwand war.

Lass es gut sein, dachte sie. Ich eigne mich nicht für Eichstätt, und Eichstätt eignet sich einfach nicht für mich.

Als Sophie auch weiterhin meistens bei der Ernte eingesetzt wurde, erkannte sie schließlich ihre Chance. Viele der landwirtschaftlichen Erzeugnisse des Klosters verließen Eichstätt noch am Erntetag, um frisch auf Märkte und an andere Abnehmer geliefert zu werden. Die Nonnen, die für diese Lieferungen zuständig waren, hatten oft selbst schon den ganzen Tag hart gearbeitet. Sophie suchte daher ihre Nähe, reichte ihnen

Wasser, wenn sie selbst trank, und packte hilfsbereit mit an, wann immer es schwierig wurde. Sie wusste aber, dass sie nicht darum bitten konnte, die Lieferung begleiten zu dürfen. Ein solches Anliegen wäre mit Sicherheit der Novizenmeisterin oder der Äbtissin zu Ohren gekommen. Diese Situation musste sich also von selbst ergeben. Dabei konnte sie immerhin ein bisschen nachhelfen.

Zuerst versteckte Sophie ihre Schätze ganz in der Nähe der Wagen, die für die Auslieferungen beladen wurden. An einem sonnigen Spätsommertag Anfang September zog sie dann ihr Kleid unter dem Habit an und schwitzte einen ganzen Tag bei der Arbeit darin. Während der Frühmesse wechselte sie einen langen Blick mit Schwester Augusta. Von ihr hätte sie sich gerne richtig verabschiedet und ihr für alles gedankt, was sie ihr beigebracht hatte. Aber sie konnte sie unmöglich wieder mit dem Wissen über Sophies verbotene Absichten belasten. Vielleicht ergab sich eines Tages eine Möglichkeit, der Nonne all das zu vergelten, was sie für sie getan hatte.

Zum richtigen Zeitpunkt näherte sie sich den Nonnen, die die Auslieferung an diesem Tag durchführen würden. Kurzerhand überbrachte sie der Nonne, die ihr am einfältigsten schien, die Nachricht, dass die Äbtissin sie zu sprechen wünschte. Wie geplant, wunderte sich die gute Frau nur darüber, was die Äbtissin wohl mit ihr zu besprechen haben würde, nicht aber darüber, dass sie ihr die Botschaft durch eine Novizin schickte. Sie machte sich eilfertig auf den Weg, und als man zur Abfahrt bereit war, fehlten zwei helfende Hände. Auf diesen Moment hatte Sophie gewartet. Die anderen Nonnen waren ungehalten darüber, dass sie ihre Schwester nicht finden konnten. Aber Sophie wusste sich an der richtigen Stelle zu platzieren, sodass der Blick der Nonnen schließlich auf die schweigsame Novizin fiel, die gut zupacken konnte.

»Wir warten nicht auf Schwester Elisabeth«, sagte die Erste. »Sophie, komm her. Heute wirst eben du uns helfen.«

»Aber Schwester Anselma …«, murmelte Sophie leise, ihre Freude hinter einem Vorhang an Gehorsam verbergend.

»Schon in Ordnung«, beschwichtigte die Nonne. »Das kläre ich schon selbst mit ihr.«

Viel Spaß dabei, dachte Sophie mit demütig gesenktem Blick, während sie sich und heimlich ihr Bündel auf dem Wagen unterbrachte und sich wieder einmal auf den Weg in ein neues Leben schaukeln ließ.

Kapitel 16

Das grobe, ungebleichte Leinen von Sophies Kleid war längst durchweicht, und immer weitere Rinnsale troffen aus ihrem nassen Haar. Das Sommergewitter war in einen ausdauernden Landregen übergegangen, der Sophies Weg immer beschwerlicher machte. Tapfer kämpfte sie sich über die Straße, die zunehmend morastiger wurde. Einen Vorteil hatte das Wetter zumindest, sie begegnete so gut wie keinen anderen Reisenden. Da sie sich bewusst war, als allein reisende Frau in ständiger Gefahr zu schweben, achtete sie sehr genau auf ihre Umgebung und versteckte sich beim ersten Anzeichen von Reitern oder Fuhrwerken im Gebüsch, das links und rechts der Straße schnell in das dichte Gehölz des Waldes überging. Es war weniger die Angst, dass man sie nach Eichstätt zurückbringen würde. Die Mühe würde sich dort wahrscheinlich kaum jemand machen. Aber sie hatte keine Lust, ihrer wenigen Habseligkeiten beraubt oder womöglich noch dafür erschlagen zu werden.

Am Vortag hatte sie den Nonnen noch pflichteifrig bei ihren Lieferungen geholfen. Als sie merkte, dass es bald wieder zum Kloster zurückgehen würde, hatte Sophie sich ihr Bündel geschnappt und war um die nächste Ecke verschwunden. Ehe die Nonnen begriffen, was passiert war, hatte sie mehrere Straßen und Gassen zwischen sie gebracht. Als sie sicher war, dass die Nonnen ihr nicht folgten, zog sie in einem versteckten Winkel den Habit aus und verstaute ihn in ihrem Gepäck. Dann mischte sie sich vorsichtig unter die Bürger Eichstätts und fragte nach dem Weg nach Neuburg.

Erst als sie die Stadtgrenze erreicht hatte, fiel ihr auf, dass die

Abenddämmerung sich über das Land legte. Sie hatte nicht berücksichtigt, dass sie sich nun ganz in der Nähe von Eichstätt eine Unterkunft suchen musste. Was, wenn sich herumsprach, dass eine Novizin aus dem Kloster davongelaufen war? Die Äbtissin und Schwester Anselma würden zwar alles daransetzen, ein solches Vorkommnis nicht bekannt werden zu lassen, aber so könnte man womöglich doch auf ihre Spur kommen. Sophie beschloss, nichts zu riskieren. Die Nacht war lau, und die Heuschober waren gut gefüllt. Sie verließ Eichstätt und suchte sich ein ruhiges Plätzchen, an dem sie eine kleine Mahlzeit aus Brot und Käse essen konnte und sich ein Lager aus Stroh machte. Als sie ihren Habit als Laken und das Skapulier als Decke über sich zog, verspürte sie plötzlich ein nie gekanntes Gefühl von Freiheit. Noch nie in ihrem Leben war sie vollkommen für sich selbst verantwortlich gewesen. Noch nie hatte niemand gewusst, wo sie sich aufhielt und wo sie die Nacht verbrachte. Und noch nie hatte der kommende Tag so im Dunkeln gelegen wie an diesem Abend. Morgen kann mir alles passieren, dachte Sophie, und ihr Herz machte einen erwartungsvollen Sprung.

Die Freude hatte sich gelegt, als sie kurz vor Adelschlag müde, hungrig und völlig durchnässt durch den Morast stapfte. Reiß dich zusammen, Sophie, schalt sie sich selbst. Ein bisschen Regen, und schon jammerst du wie ein Prinzesschen.

Kehr doch wieder um, murmelte da die heilige Walburga leise in ihren Gedanken. Sie nehmen dich gewiss wieder auf.

Was tust du noch hier?, schimpfte Sophie. Wir haben Eichstätt längst hinter uns gelassen.

Ich konnte dich doch nicht alleine lassen, gab die heilige Walburga erbost zurück. Wer weiß, was du sonst noch so alles anstellst. Außerdem wirst du ein kleines Stückchen Eichstätt immer in deinem Herzen tragen. Somit bin ich auch bei dir zu Hause.

Sophie lächelte über sich selbst und stapfte tapfer weiter.

Sollte die heilige Walburga ruhig mit ihr kommen und das weltliche Leben kennenlernen. Der graue Tag ließ nur erahnen, dass langsam die Dämmerung hereinbrach. Sie würde sich eine Unterkunft für die Nacht suchen müssen.

Sie hatte noch keinen ihrer Schätze zu Geld machen können und hoffte, in Adelschlag noch Käufer zu finden. Aber bei diesem Wetter waren die Gassen und lehmigen Wege des kleinen Dorfes verlassen. Zaghaft klopfte sie an eine Tür, aber außer dem wütenden Gebell eines sich groß anhörenden Hundes vernahm sie nichts. Sophie verlor den Mut, an weitere Häuser zu klopfen, und schlich sich durch das Dorf. Sie hatte es schon fast verlassen, als sie ein einladend beleuchtetes Haus fand, das ein Schild als den »Weißen Ochsen« auswies. Eine Schenke, dachte sie erfreut und trat ein, froh, endlich ins Trockene zu kommen.

Eine Schenke!, rief die heilige Walburga entsetzt. Du kannst doch nicht alleine in eine Schenke gehen!

Bleib du meinethalben im Regen stehen, erwiderte Sophie. Für mich ist ein Platz am warmen Feuer einladender.

Die gemütliche Gaststube war warm und behaglich und roch nach feuchter Wolle. Anscheinend war Sophie nicht der einzige Gast, der hier Zuflucht vor dem Regen genommen hatte. Einige Augenpaare wandten sich ihr mit der natürlichen Neugier zu, die man Fremden gegenüber aufbringt. Als aber klar wurde, dass Sophie allein eingetreten war, wurden die Blicke interessierter.

»Junges Fräulein, so allein unterwegs?«, fragte ein Mann, dessen Gesicht durch seinen unglaublich schwarzen Bart fast bleich wirkte. »Setz dich zu uns und trink ein Glas«, lockte er sie mit einer Stimme, die in Sophie sofort eine Warnglocke auslöste. Den Tonfall kannte sie schon von den Wachen des Donauwörther Schuldturms, die ihr damals unziemliche Angebote gemacht hatten.

»Wenn du ein bisschen nett zu uns bist, kann das ein ganz angenehmer Abend werden, der dich nichts kosten soll.«

Sophie warf dem Schwarzbart einen angewiderten Blick zu. »In welchen Zeiten leben wir denn, wenn eine Dame nicht einfach ein Gasthaus betreten kann, ohne sich gleich Anmaßungen von irgendwelchem dahergelaufenen Gesindel anzuhören«, dröhnte sie mit tiefer, voller Stimme los und bewegte sich mit schweren, unweiblichen Bewegungen in Richtung Tresen, hinter dem der Wirt mit einer Schankmagd stand. Dabei räusperte sie sich lauthals und spuckte zischend ins offene Feuer. Der laute Furz, den sie gerne noch obendrauf gesetzt hätte, misslang ihr leider, dabei hatte sie so etwas in ihrer Kindheit im Winter Ewigkeiten lang mit ihrem Bruder geübt.

Ihr Verhalten verfehlte seine Wirkung nicht. Der Schwarzbart und seine Kumpanen sahen einander angewidert an und widmeten sich wieder ihren Würfeln. Auch die anderen ausschließlich männlichen Gäste verloren das Interesse an Sophie. Mit klopfendem Herzen erreichte sie den Tresen und ließ sich auf einem hohen Stuhl nieder.

»Einen Becher heißen Würzwein?«, fragte der Wirt belustigt, der sich die ganze Vorstellung interessiert angesehen hatte.

»Sehr gern«, seufzte Sophie. Dann fuhr sie zusammen. »Das heißt … nein, ich …« Sie stotterte und wurde rot. »Ich habe leider kein Geld bei mir«, gestand sie kleinlaut. »Aber ich kann tauschen«, fuhr sie fort, als die Miene des Wirtes sich zu verfinstern drohte. »Ich habe ausgezeichneten Honig, und ich würde Euch einen großen Topf geben, wenn ich heute hier essen und schlafen kann.«

Nachdenklich betrachtete der Wirt das schmale Mädchen mit der ungewöhnlichen Bitte. Es war ihm anzusehen, dass er nicht wusste, was er von ihr halten sollte. War sie letztendlich doch nicht mehr als eine Dirne oder Diebin? Er beschloss, ihr eine Chance zu geben. »Zeig her«, forderte er sie auf.

Sophie kramte in ihrem Bündel und reichte dem Wirt den Honig. Er beobachtete sie und nahm dann die Tauschware entgegen und prüfte sie eingehend. »Guter Honig«, murmelte er anerkennend.

»Der beste Wiesenhonig von Eichstätt«, entschlüpfte es Sophie, bevor sie nachdenken konnte.

»Eichstätt, ja?«, fragte der Wirt und verschränkte die Hände über dem Bauch, dem man den Genießer langsam ansah. »Die Benediktinerinnen haben eine gute Imkerei dort.«

Sophie senkte den Blick. »Was ist nun, kommen wir ins Geschäft?«, drängelte sie, um den Wirt auf andere Gedanken zu bringen.

Er betrachtete sie noch einmal stumm und nickte schließlich. »Gut«, sagte er. »Du kannst hierbleiben.«

Dann stellte er den heißen Würzwein vor Sophie auf den Tresen und prostete ihr zu.

»Meine Name ist Thomas«, stellte er sich ganz nebenbei vor, nachdem Sophie einige große Schlucke getrunken hatte und spürte, wie ihr die Wärme und der Alkohol in die Glieder fuhren.

»Sophie«, antwortete sie unwillkürlich und sah den Wirt an, der sie belustigt betrachtete. Himmel, warum hatte sie ihm jetzt noch ihren wirklichen Namen gesagt?, dachte Sophie. Nun, von einem Menschen, der Thomas heißt, kann mir einfach nichts Schlechtes drohen.

Thomas lächelte sie auch freundlich an und wartete, bis sie ihren Becher geleert hatte. Dann bedeutete er ihr, ihm zu folgen. Er führte sie vom Schankraum in die Wohnstube seines Hauses, in der seine Frau gerade eine Mahlzeit für sich und die drei Kinder bereitete.

»Meine Frau Katharina und unsere Kinder Anne, Klara und Leo«, stellte Thomas vor und strich dabei dem Jüngsten über den Kopf, der kaum älter als ein Jahr sein mochte. »Das hier ist Sophie. Sie wird heute bei uns übernachten. Dafür hat sie uns auch ausgezeichneten Honig mitgebracht.«

Er hob den Topf hoch, auf das sich sofort begehrliche Kinderblicke hefteten. Überrascht sah Katharina auf den Neuankömmling, nickte ihr dann aber einladend zu. Anscheinend war sie derlei Überraschungen von ihrem Mann gewöhnt. Sie reichte Sophie ein Tuch, mit dem sie ihr durchnässtes Haar trocknen konnte, und bot ihr dann einen Platz am Tisch an, den sie zusätzlich aufdeckte.

»Setz dich«, sagte sie und stellte einen Stuhl für Sophie an den gedeckten Tisch und streifte Sophies kurzes Haar mit einem flüchtigen Blick. »Wir haben gerade angefangen zu essen.«

Auch Thomas setzte sich und griff beherzt zu. Das Brot war locker und frisch, und der geräucherte Schinken stammte von einem gut gefütterten Schwein. Die blonden Mädchen kauten stumm und sahen Sophie mit neugierigen Augen an.

Thomas griff nach einem Krug und schenkte Sophie Wein nach.

»Etwas Besonderes«, sagte er und hob den Becher mit Kennermiene an die Nase. »Ein guter Freund schickt mir immer wieder Weine aus Norditalien. Dieser hier kommt aus einem kleinen Dorf in der Toskana, in dem die Winzer schon seit Hunderten von Jahren die roten Trauben anbauen.«

Sophie roch vorsichtig an dem Wein. Im Haus ihres Vaters hatte es zu besonderen Anlässen auch edle Tropfen gegeben. Sie bekam einen Schreck. »Störe ich etwa an einem besonderen Tag?«, fragte sie die Hausfrau.

Katharina zog erstaunt die Brauen hoch. »Gar nicht«, antwortete sie. »Du bist willkommen.«

»Bei einem guten Wein soll man nicht erst auf den richtigen Anlass warten«, sagte Thomas. »Sonst trinkt man ihn am Ende nie.«

Er prostete Sophie zu. Erleichtert trank sie einen Schluck. Dann sah sie den Wirt ratlos an. »Der Wein schmeckt aber nach Beeren«, sagte sie verwundert.

Thomas strahlte sie an. »Ah«, machte er. »Und was für Beeren?«

Sophie nahm noch einen kleinen Schluck. »Brom… – nein, eher Johannisbeeren«, tippte sie. »Aber wie kann das sein?«

»Wein wird da von vielem geprägt«, begann der Wirt. »Der Boden, die Lage, ja sogar die Ausrichtung nach einer bestimmten Himmelsrichtung geben ihm seinen eigenen Charakter.«

Sophie staunte. Es machte den Eindruck, als ob der Wirt noch eine ganze Weile über Wein erzählen konnte. Seine Frau schien einen ähnlichen Gedanken gehabt zu haben, denn sie wandte sich schnell ihrem Gast zu.

»Aber erzähle uns doch, was dich hierher gebracht hat«, forderte sie Sophie auf. »Mitten im schlimmsten Regen und ganz allein.«

Auch der Wirt richtete seinen Blick jetzt interessiert auf Sophie. Die wurde prompt rot. Sie hatte sich noch gar nicht überlegt, wie sie anderen Leuten ihr einsames Reisen erklären sollte. Sie beschloss daher, so dicht wie möglich an der Wahrheit zu bleiben.

»Mein Vater ist gestorben«, sagte sie knapp. »Und es gab niemanden mehr zu Hause, der sich um mich kümmern konnte. Ich habe nur noch einen Bruder, der in Neuburg im Heer des Pfalzgrafen dient. Ihn will ich suchen.«

»Und da bist du einfach alleine losgezogen?«, fragte Katharina und streifte ihre Töchter mit einem besorgten Blick. Was, wenn eine von ihnen eines Tages ohne Schutz dastehen würde.

»Ich habe kein Geld«, sagte Sophie leise. »Und es gab nichts, worauf ich zu Hause noch hätte warten können, nachdem alles verloren war. Also habe ich die erste Gelegenheit ergriffen, mich mit den letzten Habseligkeiten auf den Weg zu machen.«

Der Wirt sah sie aufmerksam an. »Und dieses zu Hause …«, begann er, »war nicht zufällig das Kloster von Eichstätt?«

Sophie wurde blass. Sie hatte sich doch verraten!

»Ich habe den Habit in deinem Bündel gesehen«, erklärte Thomas ihr ruhig. »Willst du uns nicht doch die ganze Geschichte erzählen, Sophie? Wie sollten wir sonst versuchen, dir zu helfen?«

Sophie zögerte. Das Wirtsehepaar war offen und freundlich. Sie hatte keinen Grund, ihnen zu misstrauen. Auch die beiden Becher Wein zeigten langsam ihre Wirkung und lösten Sophies Zunge. So erzählte sie in wenigen Worten, wie ihr Vater in Donauwörth verleumdet und ihre Verlobung gelöst worden war und wie ihre Schwestern sie schließlich ins Kloster gesteckt hatten, wo Uthilda ihr das Leben zur Hölle gemacht hatte. Gerade noch konnte sie sich zurückhalten, bevor sie auch von Thilmann erzählte. Ihr übervolles Herz sehnte sich danach, ausgeschüttet zu werden, aber letztendlich wollte sie diese Erinnerung doch lieber für sich behalten.

»Eine Nonne auf der Flucht«, meinte der Wirt nachdenklich.

»Keine Nonne«, widersprach Sophie. »Ich habe mein Gelübde noch nicht abgelegt und konnte das Kloster daher jederzeit verlassen. Nur wenn ich die Äbtissin gefragt hätte, hätte sie natürlich versucht, mich dort zu behalten. Und das wollte ich nicht mehr. Ich hätte niemals meine Ruhe dort gehabt.«

Der Wirt und seine Frau wechselten einen Blick.

»Und wie willst du deinen Bruder in Neuburg finden?«, fragte Katharina. »Vielleicht ist er zurzeit gar nicht dort stationiert, sondern mit dem Heer unterwegs. Die Zeiten sind unruhig. Überall gibt es Aufstände und Scharmützel.«

Sophie erinnerte sich an den Versuch ihres Bruders, sie damit zu beruhigen, dass er ohnehin nur in Wachstuben herumsitzen würde, und fröstelte. Daran, dass ihr Thomas tatsächlich in den Krieg gezogen war, wollte sie lieber nicht denken. Dennoch war Katharinas Einwand berechtigt. Es würde eine Zeit dauern, bis sie ihren Bruder fand. In dieser Zeit musste sie von irgendetwas leben.

»Ich werde mir meinen Lebensunterhalt verdienen müssen, bis ich ihn finde«, sagte sie.

»Wie das?«, fragte der Wirt. »Als Magd?«

Sophie schüttelte den Kopf. »Ich kann weben«, sagte sie. »Die Nonnen haben mir diese Fertigkeit beigebracht, und jetzt zum Herbst beginnt die Saison in den Wollwebereien. Irgendwer wird schon noch zwei helfende Hände gebrauchen können und mich anstellen. Und ich brauche ja nicht viel.«

Wieder sahen sich der Wirt und seine Frau an. Dann räusperte sich Thomas. »Ich kenne einen Weber in Neuburg«, begann er langsam. »Meister Adam. Ein braver Mann. Er kauft seinen Wein beim gleichen Händler wie ich. Ich werde dir ein Empfehlungsschreiben mitgeben, mit dem du dich bei ihm vorstellen kannst. Dann wird er sich dein Können sicher einmal ansehen.«

Sophie strahlte. Diese Hilfe würde ihr die ersten Schritte in Neuburg sehr erleichtern. »Vielen Dank. Er wird es nicht bereuen. Ich bin gut!« Dabei strahlte sie so viel Zuversicht in ihr Talent aus, dass der Wirt lächeln musste.

»Freut mich, wenn ich helfen kann«, sagte er. »Und noch etwas. Übermorgen brechen zwei zuverlässige Leute aus dem Ort nach Neuburg auf. Ich werde sie bitten, dich mitzunehmen.«

Katharina nickte erleichtert. »Wir können dich doch nicht wieder alleine auf die Landstraße schicken«, sagte sie. »Und so lange bleibst du noch bei uns.«

Sophie wollte etwas einwenden, aber Katharina fuhr unbeirrt fort. »Ich würde mich sehr freuen, wenn ich etwas Hilfe im Haus und mit den Kindern habe«, erklärte sie. »Du tust also auch uns einen großen Gefallen.«

»Und du hast uns ja gut für unsere Hilfe bezahlt«, sagte Thomas anerkennend und biss kräftig in ein Honigbrot. »Wirklich, der beste Honig von Eichstätt.«

Also nahm Sophie das Angebot glücklich an. Es schien, als ob das Schicksal ihre Pläne guthieß, und sogar die heilige Walburga lehnte sich entspannt zurück.

Der Wagen, auf dem Sophie saß, war einfach und ziemlich unbequem. Aber alles war besser als Laufen, dachte Sophie, während sie den weichen Morast unter den Rädern inspizierte. Sie hatte zwei Tage gebraucht, um ihre Schuhe vom letzten Schlammbad zu reinigen, und war nun heilfroh, Abstand zu der zähen Masse halten zu können. Vor zwei Tagen hatte sie sich überschwänglich von Thomas und seiner Familie verabschiedet und sich noch einmal für deren Hilfe bedankt. Sie hatte den Kindern einige Honigbonbons geschenkt, die sie sich als Wegzehrung aus der klösterlichen Imkerei genommen hatte, und Katharina erhielt ein Päckchen bunter Garne und zwei feine Nadeln. Immerhin hatte die Familie Sophie viel Zeit und Mühe erspart, da konnte sie mit ihren Schätzen großzügig sein.

Zwar hatte es inzwischen aufgehört zu regnen, aber die aufgeweichte Straße machte die Reise auch auf dem Wagen beschwerlich und langsam. Sie hatten gerade erst Nassenfels und Altenfeld passiert, und es sah so aus, als ob sie Neuburg erst am dritten Tag ihrer Reise erreichen würden. Die beiden Männer, die Sophie auf Thomas' Bitte hin bereitwillig mitgenommen hatten, schwiegen missmutig. Sie hatten keine dritte Übernachtung eingeplant, aber nun würden sie auf der Nesselhöhe wahrscheinlich noch einmal rasten müssen. Der Wald zwischen Eichstätt und Neuburg war dicht und die Gefahr, Waren und Leben an Räuber zu verlieren, nicht gering. Auch Sophie hätte nichts dagegen gehabt, Neuburg schon an diesem Tag zu erreichen, denn ihre Waren für den Tauschhandel erschöpften sich langsam, aber sicher. In ihrem Bündel befand sich fast nur noch ihr Habit, und sie hatte ein ungutes Gefühl dabei, mit leeren Händen und eingeschränkten Entscheidungsmöglichkeiten in Neuburg anzukommen. Was, wenn dieser Meister Adam jetzt ein Ausbeuter und Halsabschneider war?

Sie schlief schlecht in dieser letzten Nacht, was an ihrer Nervosität ebenso lag wie an den durchgelegenen Strohsäcken, die man ihnen in einer billigen Herberge schließlich für wenig Geld überließ und die unangenehm feucht und dennoch von Flöhen verseucht waren.

Am nächsten Morgen versuchte Sophie, ihr Kleid einigermaßen zu reinigen und mit den Händen zu glätten. Die beiden Männer aus Adelschlag hatten anscheinend ebenso schlecht geschlafen wie Sophie und spannten mürrisch die beiden braunen Pferde vor den Karren. Schweigend brachen sie auf, und schweigend erblickten sie gegen Mittag endlich die Tore von Neuburg an der Donau. Sophies Herz klopfte angesichts der vielversprechenden Stadt. Würde sie hier ein neues Leben finden?

Die Wache am Stadttor ließ den Wagen nach einem kurzen Wortwechsel mit dem älteren der beiden Männer passieren, und sie erreichten das Herz der Stadt, den Marktplatz. Sophie war erstaunt über die Menschenmenge, die sich hier versammelt hatte, und meinte, eine angenehme Stimmung zu spüren. Sie fragte einen Passanten, was in der Stadt los sei.

»Nichts Besonderes«, erklärte der Mann. »Aber seit der neue Pfalzgraf regiert, brechen für Neuburg endlich bessere Zeiten an! Lange lebe Ottheinrich I.« Strahlend lief der Mann weiter, und die drei Neuankömmlinge sahen ihm verwundert nach. Auch die Gesichter der anderen Neuburger strahlten Zufriedenheit aus, und Sophie schöpfte neuen Mut. Die Stadt empfing sie freundlich.

Da sie Thomas versprochen hatten, Sophie direkt bei Meister Adam abzuliefern, fragten sich Sophies Begleiter vom Marktplatz zur Webergasse durch, die sich an den südlichen Burgwehr schmiegte. Die durchweg freundlichen Antworten der Bürger führten sie schließlich vor ein kleines, aber schmuckes Wohnhaus. Es grenzte an ein Gebäude, das offensichtlich als Werkstatt diente, denn Sophie vernahm von dort das typische Klappern der Webstühle. Langsam stieg sie vom Wagen und griff nach ihrem leichten Bündel. Sie vergewisserte sich, dass Thomas' Brief noch darin steckte, dann verabschiedete sie sich mit einem herzlichen Dank von ihren Begleitern. Als der Wagen das Kopfsteinpflaster entlangruckelte und hinter der nächsten Biegung verschwand, hatte Sophie wieder das Gefühl, ganz allein zu sein. Sie warf dem Haus einen zaghaften Blick zu und war für einen Moment versucht, einfach ihres Weges zu ziehen. Aber um zu wissen, dass das in ihrer Situation eine ungeheure Torheit war, brauchte sie nicht einmal die mahnende Stimme der heiligen Walburga. Also holte sie tief Luft und klopfte an die Haustür. Als ihr auch nach weiteren Versuchen niemand öffnete, versuchte sie es in der Werkstatt. Aber anscheinend übertönte das Klappern der Webstühle ihr Klopfen, und so griff sie beherzt zur Klinke und trat einfach ein.

Vier Webstühle standen in der Werkstatt, die trotz ihrer kleinen Fenster, die nur zur Straßenseite hinausgingen, ungewöhnlich hell war. Sophie bemerkte erst auf den zweiten Blick, dass auch im Dach mehrere verglaste Luken waren, die das Sonnenlicht, wenn es denn welches geben sollte, direkt zu den Webern fallen ließen. Auf den ersten Blick erkannte Sophie, dass die drei Basselissestühle zwar nicht mehr ganz neu, aber gut gewartet und funktionstüchtig waren. Zwei Männer und eine junge Frau webten hier an Tuchballen aus Wolle und Leinen. Am einzigen Hautelissestuhl webte eine ältere Frau an einem schmaleren Leinentuch mit feinen Musterstrukturen, das wohl als Tischwäsche gedacht war. Dennoch war Sophie enttäuscht, auf den ersten Blick konnte sie keine Arbeit erkennen, die es mit Schwester Augustas Kunst hätte aufnehmen können. Und noch ein Gedanke beunruhigte sie. Alle Webstühle waren besetzt. Was, wenn Meister Adam nun keine Weber mehr brauchte? Endlich wurde die junge Frau auf sie aufmerksam und legte ihr Schiffchen zur Seite. Sie kam auf Sophie zu und sah sie fragend an.

»Womit kann ich Euch helfen?«, fragte sie beflissen und strich sich eine Strähne ihres braunen Haares aus dem Gesicht.

»Ich suche Meister Adam«, gab Sophie zurück. »Ich habe einen Brief für ihn.«

Dass in diesem Brief stand, dass Sophie hier zu arbeiten wünschte, verriet sie vorerst nicht. Wahrscheinlich würden die Weber sie als Konkurrentin ansehen und sie womöglich irreführen.

Die junge Frau nickte kurz und bedeutete Sophie mit einer stummen Geste, die sie plötzlich stark an das Kloster erinnerte, ihr zu folgen. Sie führte Sophie zu einem Schuppen hinter dem Wohnhaus, der offensichtlich als Lager diente. An einem kleinen Stehpult stand dort ein hochgewachsener Mann über seine Dokumente gebeugt.

»Meister Adam«, unterbrach die Weberin ihn leise, aber nicht zögerlich. »Hier ist Besuch für Euch.«

Er drehte sich um und sah die beiden Frauen aufmerksam an. Sein wacher Blick erinnerte Sophie an ihren Vater, doch im Gegensatz zum dunkelblonden Ballheimer hatte der Webmeister schwarzes Haar, das bereits von grauen Fäden durchzogen war, und einen vollkommen ergrauten Bart, der fein und präzise um seine vollen Lippen gestutzt war. Die braunen Augen erinnerten Sophie ungewollt an Thilmann, doch sahen sie ernst und sehr besonnen drein und hatten nichts von dem jungenhaften Charme des Malers.

»Ich danke dir, Babett«, sagte Meister Adam. »Du kannst wieder an deine Arbeit gehen. Wie du weißt, haben wir alle Hände voll zu tun.«

Bei seinen Worten machte Sophies Herz einen Satz. An Arbeit schien es nicht zu mangeln. Jetzt musste sie den Webmeister nur noch von ihrem Können überzeugen.

»Was kann ich für Euch tun, junge Dame?«, fragte er Sophie höflich und ließ seinen Blick über ihre etwas abgezehrte Gestalt und das schmale Bündel gleiten.

»Thomas Steiner aus Adelschlag schickt mich zu Euch«, begann Sophie gleich mit ihrem stärksten Trumpf, um direkt eine persönliche Bindung zu dem Mann herzustellen, von dem sie sich eine gesicherte Zukunft versprach.

»Der gute Thomas«, brummte Meister Adam auch gleich versöhnlich. »Was hat er sich denn dieses Mal ausgedacht?«

Sophie schluckte. »Er hat mir ein Empfehlungsschreiben für Euch mitgegeben«, sagte sie plötzlich scheu. Dann holte sie tief Luft. »Ich heiße Sophie Ballheim und bin Weberin. Und ich suche eine Anstellung in Neuburg.«

»So, so.« Der Webmeister betrachtete sie noch einmal, als ob er sie erst jetzt zum ersten Mal sähe. »Und Herr Thomas empfiehlt Euch mir. Ich wusste gar nicht, dass der Gute etwas von der Weberei versteht. Bisher habe ich ihn nur für einen wahren Kenner des roten Weines gehalten.« Er nahm den Umschlag aus Sophies Händen und überflog kurz den Inhalt des Briefes.

»Herr Steiner kennt auch meine Fähigkeiten als Weberin nicht«, ging Sophie in die Offensive. Lieber allen Argwohn gleich entkräften, dachte sie. »Aber er war so freundlich, mir einige Nächte Obdach in seinem Haus zu gewähren und mich in meinen Plänen zu unterstützen.«

Der Webmeister hatte den Brief jetzt gelesen und sah Sophie wieder an. »Und was ist, wenn ich gar keine Weberin mehr brauche?«, fragte er.

Sophie fühlte, wie ihr das Herz sank. Doch dann regte sich in ihr wieder der alte Kampfgeist. »Nun, dann werde ich mein Können einem anderen Meister anbieten müssen«, erwiderte sie selbstbewusst. »Wie ich hörte, ist der junge Pfalzgraf noch nicht lange auf dem Thron. Man sollte doch annehmen, dass Hof, Adel und Kaufmannszunft jetzt einen hohen Bedarf an feiner Ware haben. Und ich denke, dass Ihr gerne Profit aus dem anstehenden Aufschwung ziehen möchtet.«

Mit offenem Mund starrte Meister Adam die junge Frau vor sich an. Dann klappte er den Mund wieder zu und begann herzhaft zu lachen. »Nicht schlecht«, nickte er anerkennend. »Nicht schlecht. Wenn Ihr ebenso gut webt, wie Ihr sprecht, sollte ich mich wirklich davor hüten, Euch der Konkurrenz zu überlassen. Erzählt mir von Euch. Wo habt Ihr das Handwerk erlernt, und wie viel Erfahrung habt Ihr bereits?«

Sophie zögerte, aber dann beherzigte sie wieder die Lehre der Äbtissin, dass die Wahrheit einen meistens am weitesten bringe.

Kurz fasste sie die letzten Monate in Eichstätt zusammen. Als der Webmeister angesichts ihrer im Vergleich zu einer richtigen Lehre kurzen Weberfahrung die Stirn runzelte, fügte sie schnell noch hinzu, was sie im Kontor ihres Vaters gelernt hatte.

»Ich kann also nicht nur gut weben, sondern ich weiß mit Tuchhändlern und Kunden umzugehen«, lobte sie sich vollmundig.

Skeptisch sah der Webmeister sie an. »Sogar Tapisserien habt Ihr gewebt«, wiederholte er nachdenklich. »Nun, eine so exquisite Aufgabe wird Euch in meinem Haus nicht erwarten.«

Sophie hielt den Atem an. Hieß das, er würde sie einstellen? Doch die nächsten Worte des Webmeisters ernüchterten sie sofort.

»Und wie Ihr gesehen habt, sind alle meine Webstühle besetzt.«

Sophie senkte den Kopf. Hatte er sie so genau geprüft, um sie doch wieder fortzuschicken? Natürlich konnte sie ihm nicht vorschlagen, einen der anderen Weber ihretwegen auf die Straße zu setzen. Aber die Idee war recht verführerisch.

»Wollt Ihr denn gar nicht sehen, wie ich webe?«, fragte Sophie stattdessen leise.

Meister Adam musste angesichts ihrer Enttäuschung lächeln. Er zweifelte nicht daran, dass sie das Handwerk selbst gut beherrschte. Aber noch würde er sie ein wenig zappeln lassen. »Doch, gewiss«, sagte er. »Aber nicht heute.«

Sophie schluckte. Wie lange sollte sie darauf warten? Sie hatte kein Geld mehr.

»Ich mache Euch einen Vorschlag«, beendete der Webmeister schließlich ihre Not. »Ich stelle Euch als Aushilfe an. Ihr bestückt die Weberschiffchen, überwacht den Bestand an Garnen und helft mir bei der Vorbereitung der Auslieferungen.« Er sah sie nachdenklich an, und der Kaufmann in ihm rang mit seinem Mitleid. »Dafür kann ich Euch natürlich nicht viel bezahlen. Aber wenn uns der Michel verlässt, könnt Ihr seinen Platz am Webstuhl einnehmen und mehr verdienen. Wenn Ihr tatsächlich so gut seid, wie Ihr behauptet. Bei mir sind die Weber immer am Erlös ihrer Produkte beteiligt.«

Sophie seufzte. Schwester Augusta hatte sie wahrhaftig gut in das Handwerk eingeführt. Anscheinend gehörte es wirklich dazu, dass man überall wieder von vorne beginnen und sein Können beweisen musste.

Meister Adam nannte ihr ihren Wochenlohn, und Sophie schluckte. Es kam ihr ungeheuer wenig vor, aber sie hatte auch noch nie ihr eigenes Geld verdient. Die Beträge aus dem Kontor ihres Vaters oder aus Eichstätt waren natürlich viel höher. Der Gedanke an ihren Vater erinnerte sie daran, dass jede Abmachung Verhandlungssache war.

»Ich brauche dazu noch eine Unterkunft und etwas zu essen«, feilschte sie.

Überrascht sah Meister Adam sie an. »Ich kenne niemanden in Neuburg und weiß nicht, wo ich wohnen soll«, erklärte Sophie mit einem Schulterzucken. »Und ich kann besser für Euch arbeiten, wenn ich mich darum nicht mehr zu kümmern brauche.«

Jetzt lachte der Webmeister schallend auf. »Auf den Mund gefallen bist du wirklich nicht, Mädchen«, rief er, und Sophie störte sich nicht daran, dass er in eine vertraute Anrede verfiel. Anscheinend betrachtete er sie schon als seine Angestellte.

»Aber das gefällt mir. Ich kann dir ein Dachzimmer über dem Lager anbieten«, sagte er. »Der letzte Mieter hat es gerade erst vor einer Woche verlassen. Zusätzlich kannst du morgens und abends mit im Wohnhaus essen. Die Weber sitzen ohnehin schon mit am Tisch, da kommt es auf einen Esser mehr oder weniger nicht an. Abgemacht.« Er hielt ihr die Hand hin.

Sieh an, dachte Sophie. Da habe ich mit meinen Forderungen ja gar nicht so falsch gelegen. »Einverstanden«, sagte sie deshalb. »Aber wenn ich Weberin werde, verhandeln wir neu.«

Meister Adam lachte erneut und akzeptierte mit einem Nicken. Strahlend schlug Sophie ein und besiegelte so die erste Anstellung ihres Lebens.

Kapitel 17

Sophie richtete sich in der überraschend kleinen, aber sauberen Mansarde über dem Lager ein. Außer einem Bett, einem Waschtisch und einem kleinen, gusseisernen Ofen gab es hier nichts. Für Ordnung und Sauberkeit war sie selbst verantwortlich, hatte Meister Adam sie wissen lassen. In seinem Haus arbeiteten nur eine Köchin und eine Magd, und die hatten mit seinem Haushalt bereits alle Hände voll zu tun. Als Meister seiner Zunft war sein Auftreten eher bescheiden und zurückhaltend, fand Sophie. Auch vermisste sie eine Familie, denn die Ehe mit einem Meister war immer sehr begehrt. Aber es schien weit und breit keine Ehefrau und auch keine Kinder zu geben, und direkt wollte Sophie ihren Brotgeber nicht danach fragen.

Sie inspizierte lieber das Lager des Webmeisters bis in den hintersten Winkel, befühlte die gewebten Tuche, zog und dehnte sie und roch sogar an ihnen, bevor sie ihr Urteil fällte. Alles in allem stellte Meister Adam mit seinen Angestellten einfache Waren her, die sich gut, aber nicht sehr gewinnbringend auf den Märkten an die Bürgersfrauen verkaufen ließen. Sophie dachte an die Luxusgüter, die sie im Kontor ihres Vaters und auch in Eichstätt gesehen und hergestellt hatte, von denen hier jede Spur fehlte. Konnte oder wollte sich Meister Adam nicht an andere Qualitäten heranwagen? Sie beschloss, auf Umwegen das Terrain dafür zu sondieren.

»Meister Adam«, fragte sie den Webmeister bei einer der nächsten Mahlzeiten, die Sophie im Verhältnis zur Klosterküche recht üppig erschienen. »Welche Bedeutung hat der junge Pfalzgraf für Neuburg? Alle sprechen so hoffnungsfroh von ihm.«

Meister Adam hatte ihr beim ersten gemeinsamen Mahl die anderen Weber vorgestellt, und Sophie gewann den Eindruck, dass es fleißige Arbeiter mit wenig kreativem Anspruch waren. Nur bei Margaret, der älteren Frau, die am Hochwebstuhl arbeitete, sah das anders aus. Als Einzige aß sie nicht mit im Haus des Meisters. Sie war der Meinung, dass es sich nicht gehöre, und als Witwe, die in der Nähe wohnte und keine Kinder mehr zu versorgen hatte, fiel es ihr leicht, darauf zu verzichten. Sophie hatte schnell das Gefühl, dass die matronenhafte Frau gerne zur Frau Meisterin aufgestiegen wäre, denn sie bedachte den Webmeister mit so viel Rücksicht und Charme, dass für die anderen nicht mehr viel davon übrig blieb.

Der Webmeister sah seine neue Angestellte neugierig an. Sie hatte sich als sehr geschickt und umsichtig erwiesen, sie dachte mit und erledigte ihre Aufgaben zuverlässig. Fragen stellte sie selten ohne Hintergedanken, und so überlegte er auch jetzt, worauf die intelligente, junge Frau hinauswollte.

»Nun, in gewisser Weise ist er auch unsere große Hoffnung«, antwortete er mit Bedacht. »Er verspricht uns Neuburgern zum ersten Mal seit über hundert Jahren eine Zeit des Friedens und des Wohlstandes.«

Der Webmeister steckte sich einen großen Löffel Ei mit Speck, Bohnen und Birnen in den Mund. Sophie schwieg ihn erwartungsvoll an.

»Damals hatte der Ingolstädter Herzog Ludwig der Gebartete sich in Neuburg niedergelassen, ein Schloss gebaut, die Anlagen befestigt – kurz, was Herzöge eben so zu tun pflegen, wenn sie sich ihre Herrschaft sichern wollen. Das brachte ihm zwar die Anerkennung der Bürger, die auf eine stabile Zeit für den Handel hofften. Aber es brachte ihm auch die Missgunst seiner Nachbarn und wittelsbachischen Verwandten ein. Auch mit seinem Sohn, Ludwig dem Buckligen, geriet er in Streit. Der fürchtete nämlich, zugunsten eines illegitimen Sohnes – und davon gab es dank der Umtriebigkeit des alten Herzogs wohl einige – enterbt zu werden. Wie so oft endete dieser Streit 1443 in einer blutigen Fehde, wobei der Sohn den eigenen Vater mehrere Monate hier in Neuburg belagerte. Es war also nichts mit dem Wohlstand für die Bürger.«

Wieder aß der Webmeister. Sophie sah sich um und bemerkte, dass nur Babett den Worten des Webmeisters lauschte. Michel und Hans hingegen schaufelten das Essen in sich hinein und strebten offensichtlich einen ordentlichen Nachschlag an.

»Mein Urgroßvater hat in dieser Zeit unser Unternehmen gegründet und beinahe gleich wieder verloren«, sagte Meister Adam.

»Und wie ging es weiter?«, fragte Sophie mit der Ungeduld eines Kindes, dem man ein Märchen erzählt. »Hat der Bucklige sich gegen den Gebarteten durchgesetzt?«

Meister Adam lächelte. »Der Bucklige ist zwei Jahre später vor seinem Vater gestorben, womit sich die Erbangelegenheit für ihn erledigt hatte. Das hatte sie aber auch für den bevorzugten Sohn, denn ein Vetter des Herzogs setzte ihn in Gefangenschaft und verleibte sich Neuburg und Ingolstadt ein.«

»Der lachende Dritte«, warf die stille Babett zu Sophies Überraschung ein.

Meister Adam nickte. »Zu Zeiten meines Vaters brach das nächste Unheil über Neuburg herein«, fuhr er fort. »Georg der Reiche hatte gerade prunkvoll die polnische Prinzessin Jadwiga geheiratet. Nun versuchte er, das Reichsrecht zu umgehen und seinen Vetter Albrecht IV. von Bayern-München von der Erbfolge auszuschließen. Alleinige Erben sollten seine Tochter Elisabeth und der Wittelsbacher Ruprecht sein.«

Sophie staunte. Endlich mal ein Fürst, der sich für seine Tochter einsetzte.

»Und?«, fragte sie atemlos. »Hat Elisabeth die Herrschaft übernehmen können?«

»Als Georg Anfang dieses Jahrhunderts starb, kam es natürlich zum Krieg um das Erbe«, erzählte Meister Adam. »Wie alle Kaufleute und Handwerker, die es unter Georg dem Reichen – und er hieß wirklich nicht umsonst so – zu Wohlstand gebracht hatten, hat auch mein Vater in diesem Krieg wieder fast alles verloren. Neben den Kontrahenten mischten sich noch weitere Fürsten und sogar König Maximilian I. ein. Wie immer, wenn es herrenloses Land gibt, will plötzlich alle Welt Anspruch darauf haben.«

»Und«, fragte Sophie wieder. »Hat Elisabeth es geschafft?«

Meister Adam hob bedauernd die Schultern. »Leider nein«, erwiderte er. »Sie und ihr Gemahl sind ein Jahr später gestorben und hinterließen zwei kleine Söhne.«

»Nein«, entfuhr es Babett. »Wie traurig.«

»Diese neuen Erben nahm sich wiederum deren Onkel Friedrich zum Vorwand, um sich in den Krieg mit einzumischen«, erzählte Meister Adam weiter.

»Und einer der Knaben war Ottheinrich«, mutmaßte Sophie.

Meister Adam nickte anerkennend. »Als der Landshuter Erbfolgekrieg endlich durch den Kölner Schiedsspruch Kaiser Maximilians ein Ende fand, wurde Neuburg zur Haupt- und Residenzstadt des neu gegründeten Fürstentums Pfalz-Neuburg. Da die Erben, die beiden Wittelsbacher Prinzen Ottheinrich und Philipp, noch Kinder waren, verwaltete Pfalzgraf Friedrich von der Pfalz das neue Fürstentum. Und das tat er nicht schlecht. Langsam ging es voran mit unserer schönen Stadt. Schließlich erhielt sie auch noch ein verbessertes Stadtwappen, das neben dem ursprünglichen Torturm auch noch zwei Steckenreiterkinder, die beiden Prinzen, und einen Löwen zeigte.«

»Und seither herrscht Ruhe«, überlegte Sophie weiter. »Die Bürger können sich wieder einmal ihrem Handel, ihrem Vermögen und dem Glanz Neuburgs widmen. Aber können sich die beiden Brüder nicht wieder um das Erbe streiten?«

»Das haben viele befürchtet«, erklärte Meister Adam. »Aber

die jungen Prinzen scheinen aus der Vergangenheit gelernt zu haben und teilen sich die Regierung, auch wenn es nur einen Pfalzgrafen gibt. Ottheinrich ist dafür von herausragenden Lehrern erzogen worden und trotz seiner zwanzig Jahre schon weit gereist. Er war dabei, als man Karl V. in Spanien die Nachricht seiner Wahl zum deutschen König überbrachte, und hat bereits das Gelobte Land bereist, wo er sogar zum Ritter geschlagen wurde.«

Sophie staunte. Der junge Pfalzgraf war nur drei Jahre älter als sie und hatte so viel erlebt und gesehen. Sie hingegen hatte einen Schicksalsschlag nach dem anderen hinnehmen müssen, ohne als Frau ihr Leben selbst in die Hand nehmen zu können. Aber das war jetzt vorbei. Sie hatte nichts mehr zu verlieren, dafür umso mehr zu gewinnen. Und eine Stadt wie Neuburg war mit ihrer Aufbruchstimmung und ihrer Zuversicht in eine neue Zukunft gerade richtig für sie. Brav löffelte sie die letzten Birnen und Bohnen und schwor sich, dass es in Neuburg auch weiterhin guten Speck für sie geben würde.

Sophie gewann schnell einen Überblick über die Situation der Weberei. Ihr erster Eindruck bestätigte sich dabei. Die Werkstatt lieferte solide, gute Waren, die entweder bereits bestellt waren oder schnell ihre Käufer in der Tuchhalle oder bei reisenden Händlern fanden. Eine solide Basis hätte ihr Vater dieses Geschäft genannt und Sophie darauf hingewiesen, dass sich damit das tägliche Brot, nicht aber ein höherer Lebensstil bezahlen ließ. Sophie wunderte sich, dass dennoch zuverlässig Händler an Meister Adams Tür klingelten und seine Ware zu sehen verlangten. Nach einem heimlichen Streifzug durch die benachbarten Webereien hatte sie festgestellt, dass dort eine ähnliche Qualität und sogar noch Besseres zu finden war. Wenn die Nachfrage auf den Märkten nach edleren Stoffen und Tuchen stieg, würde Meister Adam den Händlern nichts zu bieten haben.

»Weißt du, früher einmal war er der erste Webmeister der Stadt«, erzählte ihr Babett scheu, als sie das Mädchen einmal auf den Meister ansprach. »Hier wurden feinste Tuche gewebt, die Damen einkleideten und die Mode mit bestimmten.«

»Und warum ist das heute nicht mehr so?«

Babett schaute betrübt auf das schlichte Wolltuch auf ihrem Flachwebstuhl. »Er hat vor Jahren seine Frau im Kindbett verloren, und kurz danach ist auch das Kind gestorben. Sie konnten es gerade noch taufen und seine Seele so vor dem Teufel retten.« Sie senkte die Stimme. »Man erzählt sich, es hätte sechs Finger an einer Hand gehabt. Ein sicheres Zeichen, dass es ohnehin nur Unglück gebracht hätte. Nur gut, dass es gar nicht erst lange lebte.«

Sophie schauderte. »Und seine Frau? Warum hat er nicht wieder geheiratet.«

Babetts Augen nahmen wieder einen verträumten Ausdruck an. »Er muss sie wirklich geliebt haben«, sagte sie. »Sie war die Tochter eines reichen Patriziers, der sie wohl gerne an den Hof verheiratet hätte. Aber sie verliebte sich in den noch unbedeutenden jungen Weber, der erst am Anfang seines Handwerks stand.«

»Also hat er sich für seine Frau so angestrengt«, mutmaßte sie. »Er wollte ihr und ihrem Vater beweisen, dass sie sich richtig entschieden hatte.«

Babett nickte. »Meine Mutter erzählte mir, dass Meister Adam es damals sogar zum jüngsten Hoflieferanten aller Zeiten gebracht hatte. Und dabei war er bei allen beliebt und gern gesehen.«

»Und nach dem Tod seiner Frau?«, fragte Sophie, obwohl sie sich die Antwort bereits denken konnte.

»Wurde er so, wie du ihn heute kennst«, erklärte Babett. »Er hat ganz einfach keine Lust mehr. Manchmal denke ich mir, es wäre besser, wenn er die Werkstatt verkaufen und einem jungen Meister die Möglichkeit geben würde, sich in Neuburg eine

Existenz aufzubauen. Schau uns doch an! Es ist ihm egal, was wir weben. Hans, Michel und ich können eben nicht viel mehr als das, was wir hier tun. Da nützt es auch nichts, wenn er uns am Umsatz beteiligt. Der ist mager. Margaret ist da schon besser. Hast du gesehen, was sie mit Leinen tun kann?« Babetts Augen leuchteten auf, und Sophie erkannte, dass das junge Mädchen diese Fähigkeiten selbst gerne erlernen würde.

»Habe ich«, antwortete sie trocken, denn sie selbst war weniger beeindruckt von Margarets Künsten. Handwerklich mochten sie sauber und fein gearbeitet sein, aber sie blieben im Vergleich zu dem, was Sophie kannte, langweilig und eintönig.

Babett seufzte. »Ach, dazulernen können wir hier auch nichts mehr. Das ist ja auch der Grund, warum Michel fortgeht. Er meint, hier würde er nur auf der Stelle treten und könnte nicht genug Geld für sich und seine Familie verdienen.«

Sophie wunderte sich. Warum schlugen die Weber ihrem Meister nicht vor, neue Produkte herzustellen? Was Michel anderswo tun konnte, konnte er doch auch hier erreichen, wenn er sich nur durchsetzte. Aber sie schwieg, denn wenn Michel blieb, würde kein Platz am Webstuhl für sie frei. Sie würde Meister Adam schon zeigen, was man aus seiner Werkstatt machen konnte. Aber dazu musste sie erst wieder ein Weberschiffchen in die Hand bekommen. Nach Weihnachten sollte es so weit sein! Um gut vorbereitet zu sein, strich Sophie über die Märkte und beobachtete, was die Kundinnen kauften und wie viel sie dafür zu zahlen bereit waren. Sie verwickelte die Händler in Gespräche, in denen sie ausgefallenere Stücke verlangte, nur um zu sehen, wie schnell ihr diese versprochen wurden. Langsam entwickelte sie ein Gespür dafür, wohin sich die Wünsche der Neuburger entwickelten.

Auf einem ihrer ersten Ausflüge begann Sophie auch mit ihrer Suche nach ihrem Bruder Thomas. Da dem Pfalzgrafen angesichts seiner noch jungen Regentschaft und der unruhigen

Stimmung im Land daran gelegen war, sich ein stehendes Heer aufzubauen, konnte man auf Märkten, Jahrmärkten, in Schenken und auch einfach auf der Straße den Männern begegnen, die Männer und Burschen als Söldner oder Landsknechte anwarben. Sophie hatte einen von ihnen gefragt, wie sie ihren Bruder finden könnte, und er hatte sie an das Büro des Obristen verwiesen, der für Ottheinrich wie schon davor für dessen Onkel Friedrich das Heer versammelt hatte. Mehrmals war Sophie bereits vorstellig geworden, jedoch immer ohne Erfolg. Es schien, als ob der viel beschäftigte Mann selbst nie in seinem Büro erschien. Daher wandte sich Sophie schließlich an seinen Stellvertreter, den Leutinger. Der sah entnervt von seinem Stapel an Dokumenten auf.

»Welches Fähnlein?«, fragte er barsch.

Verständnislos sah Sophie ihn an. »Ich dachte unter dem Banner des Pfalzgrafen …«, stammelte sie, als er sie grob unterbrach.

»Gute Frau!«, donnerte er. »Macht Euch nicht lustig über mich!«

Völlig eingeschüchtert verstummte Sophie mit hochrotem Kopf, bis dem Leutinger klar wurde, dass sie ihn tatsächlich nicht verstanden hatte. »Welche Einheit?«, fragte er daher eindringlich. »Wisst Ihr, in welche Einheit er gekommen ist. Fähnlein? Rotte?«

Sophie schüttelte den Kopf.

»Wisst Ihr wenigstens, wann er eingetreten ist?«

Sophies Verzweiflung nahm zu. »Ich weiß nur, dass er vor etwas mehr als einem Jahr hierherkommen wollte. Thomas Ballheim ist sein Name.«

»Mehr als ein Jahr …«, japste der Leutinger und wurde puterrot. »Herkommen wollte!« Das letzte Worte piepste er in höchsten Tönen. »Wie stellt Ihr Euch denn vor, dass ich den Herrn Bruder finden soll? Womöglich ist er gar nicht in Neuburg gelandet, sondern hat sich dem Augsburger oder dem Ingolstädter verschrieben. Glaubt Ihr etwa, ich hätte Zeit, die Annalen von Neuburg nach ihm abzusuchen?«

Mit jedem Wort hatte sich der Leutinger weiter in Rage geredet. Sophie merkte, dass sie von dem cholerischen Männchen nichts mehr zu erwarten hatte. Sie wandte ihm grußlos den Rücken zu und verließ enttäuscht das Büro.

Der Herbstwind pfiff mit Biss um die Häuserecken und zerrte wütend an ihr. Sophie musste einen Moment lang ihre Haube festhalten, wenn sie ihr nicht quer über die Straße nachlaufen wollte. Fieberhaft überlegte sie, wie sie jetzt weiter vorgehen sollte.

»Suchst deinen Liebsten«, nuschelte ihr da eine Stimme zu.

Überrascht drehte sie sich um und sah in ein abgezehrtes Gesicht mit schmutzigem Bart. Der Atem des Mannes stank nach billigem Alkohol.

»Vielleicht kenn ich ihn ja, bin viel rumgekommen, als mich meine Beine noch trugen!«

Sophie sah an ihm herab und bemerkte, dass eines seiner Beine unterhalb des Knies amputiert war und er sich auf eine abgestoßene Holzkrücke stützen musste. Erschrocken sah sie ihn an.

»Kein schöner Anblick, wenn einen die Feldschlange beißt, nicht wahr?«, grunzte der Mann. »Ist aber alles, was ich vom Heer behalten habe.« Er lachte ein böses Lachen. »Habe dem Pfalzgrafen persönlich das Leben gerettet, und jetzt lässt er mich hier ohne einen Gulden verfaulen!« Der Mann zog ein Schwert, das eindeutig schon bessere Tage gesehen hatte, aus einer ebenso abgenutzten Scheide.

»Vor die Hunde gehen soll er mit seinem ganzen Adelspack. Macht sich ja keiner von denen die Hände schmutzig, geschweige denn blutig!« Schaumige Spucke sprühte aus seinem Mund, und Sophie wich erschrocken und angeekelt vor ihm zurück. Da fühlte sie plötzlich einen festen Griff an ihrem Arm.

»Scher dich weg«, donnerte eine männliche Stimme neben

ihr. »Was ist das für ein unehrenhaftes Benehmen, einer Dame zu nahe zu treten? Eine Schande für das ganze Heer.«

»Das Heer kann zum Teufel gehen …«, fauchte der Einbeinige, ehe er sich vor der drohend ausgestreckten Faust des anderen zurückzog und seine schäbige Waffe wieder einsteckte.

Sophie sah überrascht zu ihrem Retter auf. Der vergewisserte sich, dass der Veteran seines Weges zog, und stellte sich ihr dann formvollendet vor. »Gestattet, Wiesinger«, erklärte er höflich. »Hauptmann Wiesinger. Zu Ihren Diensten, meine Dame.«

»Sophie … Sophie Ballheim«, stammelte Sophie.

»Ich hoffe, der Kerl hat Euch nicht allzu sehr aufgeregt«, meinte Hauptmann Wiesinger jovial. Er war groß gewachsen, kräftig wie ein Baumstamm und hatte ein rundes Jungengesicht mit gesunden, roten Wangen und einem dichten, blonden Bart.

Sophie schüttelte den Kopf. »Nein. Ich hatte nur versucht, beim Obristen etwas über meinen Bruder herauszufinden«, gab Sophie zurück. Dann zogen sich ihre Brauen zusammen. »Was meinte er mit der Feldschlange?«

»Eine Kanone«, kam prompt die Antwort. »Relativ kleines Kaliber. Viereinhalbpfünder. Seit Landshut 1504 zu trauriger Berühmtheit gelangt, da Götz von Berlichingen ihr den Verlust seiner rechten Hand verdankt.«

Sein Wissen beeindruckte Sophie. Auch wenn sie nicht wusste, wer dieser Götz war, und auch wenn sie nicht mehr über diese Kanone hören wollte, die so gierig nach Menschenfleisch war. Wann würde Thomas einer Feldschlange gegenüberstehen?

»Und warum hat man ihm erlaubt, sein Schwert zu behalten?«

»Weil es ihm gehört«, beantwortete der Hauptmann geduldig auch diese Frage. »Die Söldner müssen ihre Ausrüstung selbst stellen. Leute mit Feuerwaffen oder Schwertern erhalten doppelten Sold, da sie in den Gefechtsformationen meist in vorderster Linie kämpften.«

»Wo die Feldschlange zuerst zubeißt«, sinnierte Sophie leise und dachte an Thomas. Zum Glück hatte sich ihr Bruder keine kostspieligen Waffen wie Schwerter oder Arkebusen leisten können. Unschlüssig sah sie zu dem blonden Hauptmann an ihrer Seite auf.

»Ich dank Euch schön, Herr Hauptmann …«, begann sie sich zu verabschieden, als ihr seine Kommandostimme wieder das Wort abschnitt.

»Hattet Ihr denn Erfolg?«

Verständnislos sah Sophie ihn an.

»Beim Obristen«, half der Hauptmann nach. »Konnte er Euch sagen, wo sich Euer Bruder aufhält?«

Sophie seufzte. »Er konnte mir nicht einmal sagen, ob mein Bruder überhaupt ins Heer eingetreten ist.«

Dann erzählte sie Hauptmann Wiesinger die ganze Geschichte.

»Schwierig, schwierig«, gab dieser zu. »Wenn Ihr nicht genau wisst, wann er eingetreten ist, werdet Ihr in den Papieren nichts finden können. Eher schwimmt ein Schwein durch den Rhein.« Er lachte fröhlich über seinen Scherz. Sophie blieb jedoch ernst, und so ließ auch der Hauptmann sein Lachen in ein dezentes Hüsteln übergehen. »Dann gibt es nur noch eine weitere Möglichkeit, die aber auch nur wenig mehr Erfolg verspricht. Ihr werdet Euch direkt bei der Soldateska umhören müssen.«

Mit Schaudern dachte Sophie an den Einbeinigen. Wenn das die Umgangsformen der Söldner waren, dann konnte sie jede Auskunft gleich vergessen. Die würden sie nicht einmal ausreden lassen.

»Vielleicht darf ich Euch dabei behilflich sein?«, fragte Wiesinger zuvorkommend, als habe er ihre Gedanken erraten. »Ich kann mich in meinem Regiment umhören und die Parole weitergeben. Wie ist der Name des werten Herrn?«

»Thomas Ballheim«, sagte Sophie, neue Hoffnung schöpfend. »Aus Donauwörth.«

Wiesinger nickte. »Ballheim. Und Ihr seid die Schwester, richtig?«

Sophie nickte. »Vielen Dank für Eure Hilfe«, murmelte sie.

»Aber nichts zu danken«, dröhnte er. »Noch nicht, jedenfalls. Wo finde ich Euch denn, schönes Fräulein, wenn es Nachricht gibt?«

Sophie zögerte. Sollte sie dem Mann wirklich verraten, wo sie wohnte? Sie kannte ihn kaum. Vielleicht führte auch er nur Übles im Schilde. Aber dann gab sie sich einen Ruck. Wenn sie Thomas finden wollte, durfte sie nicht wählerisch sein. Sie nannte ihm die Adresse von Meister Adams Haus. Eifrig fragte er, ob er sie denn nicht nach Hause begleiten solle, aber Sophie schüttelte erschrocken den Kopf.

»Nun dann«, sagte er. »Bis bald, schönstes Fräulein. Ich freue mich bereits darauf, Euch wiederzusehen. Und Euch gute Nachrichten zu bringen.«

Sophie grüßte ihn noch einmal und schlüpfte dann schnell um die nächste Ecke. Verwundert fragte sie sich, ob sie eben einen Fehler gemacht hatte, und auch die heilige Walburga schüttelte ein wenig ratlos das weise Haupt.

In der Werkstatt fand sie die Weber in gedrückter Stimmung vor. Auf ihre Frage, was vorgefallen sei, sah Michel sie wütend an.

»Er hat unseren Anteil für den letzten Monat ausgezahlt«, zischte er durch zusammengebissene Zähne. »Und es ist erbärmlich wenig!«

»Vielleicht hat er sich verrechnet«, meinte Sophie halbherzig. Sie ahnte schon, wo das Problem lag. Die Kunden blieben langsam aus.

»Ach«, machte Hans mit einer wegwerfenden Geste. »Wenn es denn überhaupt etwas zu rechnen gäbe! Aber er verkauft ja immer weniger, weil er sich einfach nicht mehr um sein Geschäft kümmert.«

»Und was aus uns wird, ist ihm egal«, stieß Michel hervor. »Ich bin nur froh, wenn ich endlich fort bin. Am liebsten würde ich gleich gehen, aber mir soll niemand vorwerfen können, dass ich meinen Vertrag nicht eingehalten hätte.«

Sophie schnaubte. Sie wusste von Babett, dass er erst im neuen Jahr bei seinem neuen Meister anfangen konnte. Würde er ihn jetzt schon bezahlen, wäre Michel auf der Stelle fort.

Michel wandte sich aufgebracht an Hans. »Du solltest auch hier verschwinden, bevor uns der Alte alle an den Bettelstab bringt!«

Sophie beobachtete, wie Hans nachdenklich den Kopf senkte. Oh, nein, dachte sie. Dich brauche ich noch. Sie hatte bemerkt, dass Hans ein erstaunliches Talent für feine Webarbeiten besaß. Zwar hatte sie ihn bisher nicht viel mehr weben sehen als normales Wolltuch, aber die Gleichmäßigkeit und Konstanz seiner Arbeit hätten selbst Schwester Augusta entzückt. Sophie wusste aus eigenem, leidvollem Üben, wie wichtig diese Grundfertigkeit für die edleren Tuche war. Hans schien sie angeboren zu sein.

»Jetzt warten wir erst einmal ab, wie das Geschäft zu Weihnachten wird«, versuchte sie Michels Worten die Wirkung zu nehmen. »Vielleicht sollten wir dann erst mit dem Meister reden, bevor wir uns in alle Winde zerstreuen.«

»Reden«, fauchte Michel. »Was habe ich schon mit ihm geredet! Wenn man das überhaupt reden nennen kann. Er gibt ja einfach keine Antwort und senkt nur stur den Kopf.«

Gut zu wissen, dachte Sophie. Dann müssen wir den guten Meister Adam wohl anders überzeugen.

»Ich bleibe auf jeden Fall nicht einen Tag länger hier, als ich muss«, verkündete Michel nachdrücklich, während Babett den

Kopf senkte und Hans unschlüssig mit einem Schiffchen spielte. Margaret war nicht in der Webstube, aber Sophie ahnte auch so, dass sie erstens mehr Geld für ihre Arbeit erhalten hatte und zweitens ohnehin nicht gehen würde, bevor sie sich nicht Meister Adam unter die verwitweten Nägel gerissen hatte. Und sie konnte es ihr nicht einmal verdenken. Ich muss handeln, überlegte Sophie, die ihre wenigen, abgezählten Münzen ebenfalls erhalten hatte. Ich muss mir etwas einfallen lassen, bevor es zu spät ist.

An den Abenden begann sie damit, sich beim dürftigen Licht einer kleinen Lampe mit dem Flachwebstuhl vertraut zu machen. Sie betrachtete Michels Kettfäden, betätigte die Pedale und prüfte die mechanischen Abläufe. Der Webstuhl unterschied sich zu ihrer Erleichterung kaum von dem, den sie in Eichstätt benutzt hatte. Hier würde sie gut klarkommen. Am nächsten Tag prüfte sie die Qualität der Garne, die Meister Adam geordert hatte und in seinem Lager bevorratete. Sie waren so wie die Tuche, die daraus entstehen sollten, von mittlerer Qualität. Sophie fand einige Rollen feines Leinengarn und wusste, dass sie Margaret vorbehalten waren. Wenn es der Witwe gelang, bei Meister Adam edlere Qualität zu weben, dann würde sie es auch schaffen. Sophie hatte längst beschlossen, dass sie den Meister vor vollendete Tatsachen stellen musste, sprich, sie musste ihre Argumente und Ideen gleich mit einem Stück Tuch untermauern. Eine Art Gesellenstück, dachte sie belustigt, das Meister Adam unbedingt davon abhalten musste, ihre Pläne gleich wieder im Keim zu ersticken. Kurz überlegte Sophie, ob sie schon Gebote von Käufern dafür einholen sollte, aber sie verwarf den Gedanken gleich wieder. Erst musste sie wissen, was sie herstellen würde. Dann konnte sie darüber nachdenken, wie sie es dem Meister präsentieren wollte.

In den folgenden Tagen verglich Sophie das Material mit dem, was in den Neuburger Spinnereien sonst noch zu haben war. Sie stattete auch den Färbern einen Besuch ab, die trotz der kalten Temperaturen mit geröteten Händen am Bach ihre Tuche wuschen, holte Preise ein, verglich Angebote und feilschte unerbittlich. Da sie inzwischen als Gehilfin von Meister Adam bekannt war, gab man ihr bereitwillig Auskunft, und als Sophie ihre Bestellung in seinem Namen aufgab, wurde sie ihr ohne Weiteres zugesagt. Sophie atmete tief durch, als sie die Spinnerei verließ. Bald würde die Rechnung dafür bei Meister Adam eintreffen. Bis dahin musste sie also schon etwas vorweisen können, das die Ausgaben rechtfertigte.

Der Zufall spielte ihr dabei in die Hände. Babett zog sich eine dicke Erkältung zu und musste das Bett hüten. Sie war verzweifelt, da sie nun auch einen entsprechenden Lohnausfall zu verkraften hatte. So machte Sophie ihr den Vorschlag, dass sie, soweit es ihre Kräfte zuließen, die Weberschiffchen für die Weber bestücken würde, was eigentlich Sophies Aufgabe war. Sophie würde ihr dafür einige Münzen ihres Lohnes abgeben und durfte in ihrer gewonnenen Zeit Babetts Webstuhl benutzen.

Vorsichtig bat Sophie Meister Adam in einem guten Moment um seine Erlaubnis und erhielt sie unter desinteressiertem Gebrumm.

Mit einer Mischung aus Neugierde und Misstrauen beobachtete Margaret, wie Sophie sich den Webstuhl einrichtete. Als sie sah, dass die junge Frau nur wenige Kettfäden aus bester Wolle einspannte, wurde sie argwöhnisch.

»Was hast du vor?«, keifte sie. »Dieses Garn kannst du nicht als Kette verwenden! Gib das sofort wieder her.«

»Kann ich nicht?«, gab Sophie knapp zurück und ärgerte sich über Margarets Ton. Sei du nett zu mir, dann bin ich es zu dir. »Dann warte mal ab. Meister Adam hat es mir übrigens erlaubt.«

Auch Michel und Hans sahen ihr kurz zu. Michel schüttelte nur den Kopf und murmelte, jetzt sei auch die Letzte in der Webstube wahnsinnig geworden, und es sei höchste Zeit, dass er sich davonmache. Hans lächelte Sophie jedoch schüchtern an und stellte keine Fragen. Geduldig wartete er darauf, was unter ihren Händen entstehen würde, an deren routinierten Bewegungen er längst erkannt hatte, dass Sophie durchaus wusste, was sie tat.

Vorsichtig legte Sophie sich die Schiffchen mit den verschiedenfarbenen Wollgarnen bereit. Das Material hatte ein kleines Vermögen gekostet, vor allem, weil Sophies Bestellung nur so klein gewesen war. Aber Sophie war sich sicher, dass sie den Einsatz wieder wettmachen würde. Motiviert begann sie ihr Werk. Schon nach zwei Tagen konnten die anderen erkennen, worauf die junge Weberin hinauswollte. Unter ihren geschickten Händen entstand ein fein gewebter Wollschal in dreieckiger Form. Mit den verschiedenen Farben webte Sophie ein apartes Muster in das Tuch, das durch die Struktur der Kett- und Schussfäden noch unterstrichen wurde. Die weiche, langflorige Wolle trug zum edlen Charakter des Stückes bei, und die dicht gesetzten Kettfäden würden zum Abschluss schöne lange Fransen an den Rändern bilden, wie sie derzeit in Mode waren.

Hans strahlte sie an. »Das wird schön«, murmelte er leise. »Ein richtiges Kunstwerk.«

Wenn du wüsstest, dachte Sophie und rief sich die Tapisserie von Eichstätt wieder in Erinnerung. »Danke, nett von dir«, sagte sie stattdessen laut.

Auch Michel zeigte sich schließlich beeindruckt von Sophies Arbeit, fand aber dennoch wieder nur Gründe, warum man diese Webstube schnell verlassen müsste.

»Und so jemanden lässt der Alte hier wochenlang die Weberschiffchen bestücken. Aber warte nur, wahrscheinlich schickt er dich auch wieder dorthin zurück«, unkte er. »Komm lieber mit und such dir eine Werkstatt, in der man dein Talent auch zu schätzen weiß. Ich könnte bei meinem neuen Meister ein gutes Wort für dich einlegen.«

Von Margaret hörte sie keinen Kommentar, aber den verkniffenen Zug um ihren Mund, wenn sie auf Sophies Webstuhl sah, interpretierte Sophie als Lob. Wenn auch ein neiderfülltes.

Natürlich rechnete Sophie damit, dass Meister Adam in der Webstube vorbeischauen und ihre Arbeit begutachten würde. Immerhin kannte er ihre Webkünste noch nicht, und sie sollte ja in wenigen Wochen Michels Platz am Webstuhl einnehmen. Aber er ließ sich nicht blicken.

Sophie bemerkte, dass in diesem Monat die Händler noch seltener an die Tür der Werkstatt klopften. Wie konnte sich der Meister nur so gar nicht mehr um seine Werkstatt kümmern?, dachte sie verwundert. Es mochten ihn ja Schicksalsschläge ereilt haben, aber konnte das der Grund sein, sich so gehen zu lassen? Wenn sie sich einfach allem gefügt hätte, wäre sie jetzt Nonne von Eichstätt, ohne dass sie die Liebe noch kennengelernt hätte, und würde sich den Rest ihres Lebens mit der rachsüchtigen Uthilda von Staben herumschlagen müssen. Manchmal lohnte es sich doch, aufzustehen und zu kämpfen. Und sei es auch nur für eine einzige Nacht. Die plötzliche Erinnerung an Thilmann brachte sie fast zum Weinen. Mühsam schluckte sie die Tränen hinunter und konzentrierte sich wieder auf ihre Arbeit.

Wer kämpft, wird auch verwundet, sagte die heilige Walburga mitfühlend. Vielleicht meint Meister Adam ja, dass er genug gelitten hat.

Das mag für ihn ja zutreffen, dachte Sophie. Aber für mich ist dies hier die Chance für ein neues Leben. Und ich gedenke, sie zu nutzen, bevor ich ausweiche und einen anderen Weg wähle. Der Herr wird mich schon nicht ohne Grund hierher geführt haben.

Auf dieses Argument konnte selbst die heilige Walburga nichts mehr entgegnen. Zufrieden webte Sophie weiter und verspürte einmal mehr die beruhigende Wirkung der Arbeit auf ihr aufgeregtes Gemüt.

Mitte November war Sophies Schultertuch fertig. Sie fand es für die Kürze der Zeit und ihre Zurückhaltung bei der Auswahl der Materialien sehr gelungen. Glücklich nahm sie es vom Webstuhl und legte es sich um. Es schmiegte sich genauso weich und leicht um ihre Schultern, wie sie sich das vorgestellt hatte. Hans und Babett bewunderten die Arbeit. Babett war seit zwei Tagen wieder in der Webstube, aber sie hatte geduldig gewartet, bis Sophie mit ihrer Arbeit fertig war. Ihre Augen leuchteten, als sie Sophie bat, ihr diese Webtechniken auch beizubringen.

»Lass es uns gleich Meister Adam zeigen«, sagte sie dann, aber Sophie schüttelte den Kopf.

»Wir haben nur einen Versuch, ihn aus seinem Gleichmut zu ziehen«, sagte sie. »Ich habe keine Lust, dass er mir mit einem schlecht gelaunten Argument die ganze schöne Idee verdirbt.«

»Was ist denn eigentlich deine Idee?«, fragte Michel und versuchte, betont gleichgültig zu klingen. Doch Sophie hörte sein Interesse heraus und zögerte. War es ratsam, Michel in ihre Pläne einzuweihen? Immerhin würde er die Werkstatt in einem guten Monat verlassen. Entweder brachte sie mit ihren Vorstellungen seinen Entschluss zu gehen ins Wanken und verlor womöglich ihren Platz am Webstuhl, oder sie gab ihm dieses Wissen mit auf den Weg zur Konkurrenz. Wieder einmal entschied sie sich für den Weg der halben Wahrheit. Süß lächelte sie Michel an.

»Dass er mich endlich weben lässt natürlich«, erklärte sie leichthin.

Michel sah sie misstrauisch an und spürte, dass sie ihm nicht ihre wirklichen Gedanken anvertraute. »Na, weben kannst du ja«, gab er ruppig zurück. »Da wird er dich schon an den Stuhl lassen. Aber glaub bloß nicht, dass du weiterhin feine Schals weben darfst. Ich sage nur: Willkommen in der Welt der endlosen, tristen Tuchbahnen und der Hungerlöhne.«

Das werden wir ja sehen, dachte Sophie, hütete sich aber, es laut auszusprechen. Was machte es für einen Sinn, wenn sie sich jetzt noch mit Michel stritt?

Sie sah wieder ungeduldig aus dem Fenster, und endlich sah sie den Besucher kommen, auf den sie den ganzen Morgen gewartet hatte. Schnell strich sie ihre Schürze glatt und steckte einige Haarlocken zurück unter die Haube. Dann trat sie schnell aus der Webstube, um den Mann anzusprechen, bevor er das Wohnhaus erreichte.

»Bartl Ludwig«, begrüßte sie ihn freundlich, während sich hinter ihr die Weber neugierig an die Fenster der Werkstatt drückten. »Wie schön, dass Ihr es einrichten konntet.«

»Frau Ballheim«, grüßte der Fremde höflich zurück. »Ich konnte ja nicht mehr anders, nachdem Ihr mir den Mund so wässerig gemacht habt. Wo ist denn das Muster, das ich besichtigen soll?«

»Kommt nur herein«, lud Sophie ihn mit der Selbstverständlichkeit einer Gastgeberin ein. Sie war nur froh, dass Margaret noch nicht da war und womöglich die Krallen ausfuhr, um ihr vermeintliches Terrain zu verteidigen.

»Meister Adam ist im Haus, folgt mir bitte. Und das Muster habe ich hier.« Sie hielt ein in ein Tuch geschlagenes Paket hoch und ließ es wie einen Köder vor der Nase des Mannes hin und her tanzen. Dann ging sie voran ins Wohnhaus und sandte ein Stoßgebet zur heiligen Walburga.

Bitte mach, dass er sich darauf einlässt, dachte sie und meinte Meister Adam. Der saß in seiner Wohnstube und hatte keine Ahnung, was da gerade auf ihn zukam.

Nun, meinte die heilige Walburga lapidar, wer sich zu weit nach vorne wagt –

– fängt die dicksten Fische, schnitt ihr Sophie das gedankliche Wort ab, und nahm ihre ganze Zuversicht zusammen. Mit festen Schritten trat sie ins Haus und klopfte an die Wohnstube.

Meister Adam saß am Tisch und las in einem Buch. Überrascht blickte er auf, als Sophie mit dem Besucher eintrat.

»Bartl Ludwig«, grüßte er den Mann überrascht, den er als Händler feiner Wollwaren kannte. Er stand auf und reichte ihm die Hand zum festen Druck. »Es ist eine Weile her, dass wir miteinander Geschäfte getätigt haben.«

Der Händler grüßte ebenso höflich zurück. »Nun, die Nachfrage richtet sich immer nach dem Angebot«, gab er zurück. »Das einfachste Gesetz des Handels. Und Eure fleißige Gehilfin hat mir den Mund wahrhaft wieder wässerig gemacht.«

Verwirrt sah Meister Adam Sophie an. »Hat sie das?«, fragte er langsam und betrachtete das Päckchen, das Sophie zwischen die Männer auf den Tisch legte.

»Ich hatte vor einiger Zeit das Glück, Herrn Ludwigs Bekanntschaft zu machen«, erklärte Sophie leichthin, als ob sie die Verwirrung ihres Meisters überhaupt nicht wahrgenommen hätte. »Und da habe ich ihm – natürlich im engsten Vertrauen – von unseren Plänen erzählt.«

Sie nahm das Tablett mit Bechern und einem Krug guten Weines von der Magd entgegen, bei der sie es bestellt hatte, und schenkte den Männern ein.

»Pläne?«, wiederholte Meister Adam wieder irritiert.

»Genau«, fuhr Sophie fort und behielt dabei den Händler im Auge. »Die feine Kollektion für die Damen von Neuburg.«

»Kollektion …«, murmelte Meister Adam entgeistert, und Sophie spürte, dass er kurz davor war, zu platzen. Jetzt war der richtige Zeitpunkt, ihre Idee ausführlich darzustellen.

»Es weht ein neuer Wind in Neuburg«, erklärte sie lebhaft. »Der Hof des jungen Pfalzgrafen bringt wieder Schwung in das gesellschaftliche und das wirtschaftliche Leben. Man möchte zeigen, was man hat. Bei Einladungen, bei Ausfahrten, beim Kirchgang …«

Sophie machte eine Pause und vergewisserte sich mit zwei Blicken, dass die Männer ihr aufmerksam zuhörten. »Ich habe auf den Märkten ein wenig beobachtet, wonach die wohlhabenden Damen der Neuburger Gesellschaft fragen«, fuhr sie dann fort. Dann sah sie Meister Adam fest an. »Und sie fragen nicht nach einfachem Wollstoff, wie wir ihn herstellen. Die Damen erwarten von ihren Tuchen schon eine Qualität in Mustern und Farben, die bereits den Modestil der fertigen Kleidung unterstreichen. Ein kreativer Weber spart die halbe Stickerin.«

»Aha«, machte Meister Adam, während die Augen des Händlers leuchteten. Die junge Frau sprach ihm – und seiner solventen Kundschaft – aus der Seele.

»Genau«, fuhr Sophie schnell fort, damit Meister Adam sie nicht unterbrechen und ihre Argumentation stören konnte. »Und daher habe ich Bartl Ludwig von unseren neuen Produkten berichtet.«

Meister Adam klappte überrumpelt den Mund auf und schloss ihn wieder. Sophie konnte seine Gedanken förmlich hören. Welche neuen Produkte? War das Frauenzimmer denn komplett verrückt geworden? Und ihm blieb nichts anderes mehr übrig, als sie, die bisher immer so angenehm still und schüchtern gewirkt hatte, schalten und walten zu lassen. Schließlich wollte er sich vor dem Händler nicht als inkompetenter Meister blamieren, dem seine Angestellten auf der Nase herumtanzten. Auch wenn er sich gerade genauso fühlte.

»Wir sind nämlich noch einen Schritt weiter gegangen«, sagte Sophie geheimnisvoll und begann, das Päckchen auszupacken. »Wir haben ein Stück gefertigt, das direkt an die Kundin verkauft werden kann. Ohne dass noch weitere Arbeit daran getan werden muss. Das heißt, wir alle werden eine hübsche Gewinnspanne daran haben.«

»Woran?«, krächzte Meister Adam.

»An unserer Kollektion modischer Schals«, rief Sophie triumphierend und packte ihre Webarbeit aus. Sie hielt sie kurz hoch und schlang sie sich dann selbst um die Schultern, wohl wissend, dass die verwendeten Farben ihr ausgenommen gut standen und ihre Augen zum Leuchten brachten. Vergnügt drehte sie sich einige Male um sich selbst, damit der Schal auch gut zur Geltung kam.

»Wie ich schon sagte, möchten die Damen zeigen, was sie haben. Aber wie sollen sie das im Winter bei Kälte und Schnee angemessen tun? Durch einen dicken Wollumhang, der Kleider, Kragen und Haube verbirgt? Mit unseren Schals und Schultertüchern können sie auch zu dieser Jahreszeit auf allen Wegen modische Akzente ganz nach ihrem Geschmack setzen.«

Sie nahm den Schal wieder ab und breitete ihn zwischen den Männern aus, die sich unwillkürlich darüberbeugten, ihn befühlten und die Qualität der Webarbeit prüften.

»Feinste Wolle und eine leichte Qualität, die dennoch Wind und Schnee abzuhalten vermag«, erklärte Sophie stolz.

»Ein feines Stück«, murmelte Bartl Ludwig, und in seinen Augen stand schon der Glanz des Gewinns, den er sich davon versprach. Dann kam er gleich zur Sache. »Wie hoch ist Euer Preis, Meister Adam? Und wie viel könnt Ihr mir davon noch vor Weihnachten liefern?«

Meister Adam sah erstaunt auf Sophie. Ihm wurde klar, dass sie den Schal gewebt hatte. Außerdem hatte sie ihn schön an der Nase herumgeführt und mit viel Geschick in eine Situation gebracht, in der er ihren Plänen nur noch zustimmen konnte. Fast war er versucht, sie dafür aus dem Haus zu werfen. Aber dann sah er in ihrem halb bangen, halb zuversichtlichen Blick, dass sie es von Grund auf gut meinte. Sie wollte weben, und sie wollte es im Dienste der Werkstatt tun. Und sie hatte es bei Gott geschafft, ihn aufzurütteln und für ihre Pläne zu begeistern. Er lächelte in sich hinein. Dann bemerkte er, dass der Händler noch immer auf seine Antwort wartete.

»Nun«, sagte er gedehnt und räusperte sich. »Das werde ich noch einmal mit meinen Webern besprechen. Welche Menge schwebt Euch denn vor?«

»Gut zwei Dutzend mindestens«, sagte der Händler. »Für

zwei Gulden das Stück.« Meister Adam holte überrascht Luft. Der Preis war nicht schlecht.

»Sechzig Gulden insgesamt, und wir kommen ins Geschäft«, entfuhr es Sophie, die sich streng an die Faustregel ihres Vaters hielt, auf jedes Angebot erst einmal ein Viertel draufzuschlagen.

Als sie Meister Adams strafenden Blick sah, fügte sie kleinlaut hinzu:

»Wenn Meister Adam einverstanden ist.«

Der Webmeister hob bedenklich die Brauen. In seine Verhandlungen hatte sich das Mädchen nun wirklich nicht einzumischen. »Wir werden uns morgen bei Euch melden, Herr Ludwig«, versprach er knapp und begleitete den Händler höflich nach draußen. Dann wandte er sich seiner engagierten Angestellten zu.

Unruhig trat Sophie von einem Fuß auf den anderen. Was würde jetzt folgen? Eine gehörige Standpauke? Plötzlich hatte Sophie Angst vor der eigenen Courage.

»So, so«, brummte Meister Adam nur und schenkte sich einen weiteren Becher Wein ein. Den konnte er jetzt trotz der frühen Tageszeit gut gebrauchen. Dabei beobachtete er Sophie und konnte ihre zwiespältigen Gefühle deutlich von ihrem Gesicht ablesen. Sie hatte sich seinen vollen Respekt verdient, aber er würde sie noch einen Moment zappeln lassen.

»Was hast du dir nur dabei gedacht?«, fragte er.

Sophie suchte nach Worten. »Die Idee ist gut«, wählte sie dann die Offensive zu ihrer Verteidigung. »Und sie ist genau das Richtige für Eure Werkstatt. Ihr wisst, dass wir es schaffen können. Wollt Ihr denn gar nichts von Eurem früheren Ruhm zurückgewinnen?« Nach dem letzten Satz fürchtete sie schon, zu viel gewagt zu haben.

Meister Adams Gesicht verfinsterte sich kurz. »So, du hast also davon gehört«, sagte er.

Sophie nickte. »Und Ihr habt es nicht verdient, jetzt durch solche Mittelmäßigkeit in Vergessenheit zu geraten.«

Meister Adam lächelte matt. »Du meinst, ihr Weber hättet es nicht verdient«, korrigierte er sie.

Sophie schüttelte den Kopf. »Die Saison zieht an«, erklärte sie einfach. »Wir können woanders eine Anstellung finden, bei der wir mehr verdienen.«

»So wie Michel.«

Sophie nickte. »Er ist nur der Erste, wenn Ihr nicht handelt«, stellte sie fest. »Aber so weit muss es nicht kommen. Ihr wisst, dass meine Pläne gut sind. Ich habe mir alles genau überlegt.«

Meister Adam schwieg eine Weile. »Deine Pläne sind sogar perfekt«, gab er dann zu. »Und du hast deine Arbeit gründlich gemacht. So gründlich, dass mir beim besten Willen kein Grund einfällt, ihnen nicht zu folgen.«

Sophie hielt die Luft an. »Heißt das …«, begann sie atemlos.

»Das heißt, dass wir es mit deinen Schultertüchern versuchen«, erwiderte Meister Adam schmunzelnd.

»Tatsächlich?« Sophie strahlte ihn an. Ehe sie wusste, was sie tat, war sie dem Webmeister um den Hals gefallen. Erschrocken ließ sie ihn wieder los und trat einen Schritt zurück. »Oh, verzeiht«, murmelte sie. »Ich wollte nicht respektlos erscheinen …«

Meister Adam lachte. »Nachdem du mich heute so überrumpelt hast, habe ich mir ein bisschen Anerkennung wohl verdient.«

Sophie wurde rot.

»Aber jetzt lass uns deine Pläne noch einmal genau besprechen. Ich muss wissen, was das Material kostet, wie lang du an dem Stück gewebt hast, und vor allem, ob die anderen diese Qualität auch liefern können.«

»Und wie hoch mein Anteil ist«, entschlüpfte es Sophie.

Überrascht sah Meister Adam sie an.

»Nun, noch bin ich bei Euch nicht als Weberin angestellt«, erklärte sie. »Ich arbeite noch für einen festen Lohn. Ich möchte auch am Gewinn beteiligt werden.«

»Du bist wahrhaftig die Tochter eines Kaufmanns«, seufzte Meister Adam ergeben und versprach ihr einen fairen Anteil.

Die nächste Stunde verbrachten sie damit, die Anfrage von Bartl Ludwig zu diskutieren und zu planen, wie sie die Lieferung schnell und möglichst günstig erstellen konnten. Mit leichtem Herzen tanzte Sophie schließlich in die Webstube zurück. Sie war hochzufrieden mit sich und fest entschlossen, Meister Adam nicht zu enttäuschen. Die Zeit bis Weihnachten war zwar sehr knapp, aber sie würden es mit vereinten Kräften schon schaffen.

Ich glaube langsam, dass du wirklich nicht besonders geeignet für das Leben im Kloster gewesen wärest, sagte die heilige Walburga mit einem feinen Lächeln.

Danke für das Kompliment, dachte Sophie zufrieden. Anscheinend kann ich ja doch einmal etwas richtig machen. Und du wirst schon sehen, es wird sich lohnen.

Kapitel 18

Als Meister Adam die anderen Weber in die neuen Pläne einweihte, waren Hans und Babett sofort Feuer und Flamme. Margaret wirkte zuerst ein wenig überrumpelt und betrachtete Sophie misstrauisch. Dann sprang sie aber über ihren Schatten und betrachtete das Schultertuch eingehend.

»Feine Arbeit«, gab sie leise zu und konnte dann der Versuchung nicht widerstehen, sich das Tuch umzulegen. Ihr Lächeln lobte Sophie mehr, als jedes Wort es getan hätte. Genau dieses Lächeln wollte sie auf den Gesichtern der Neuburger Damen sehen.

Einzig Michel nahm die Neuigkeiten verhalten auf. Sophie hatte Meister Adam gegenüber ihre Zweifel geäußert, ob man Michel überhaupt noch in die Pläne einweihen sollte.

»Er wird fortgehen und das Wissen mitnehmen«, sagte sie. »Eine gute Idee ist schnell kopiert.«

Meister Adam lächelte sie an. »Und was hindert ihn oder irgendjemanden daran, unsere Idee zu kopieren, sobald sie auf dem Markt ist?«

Sophie musste zugeben, dass er recht hatte. Aber dann kam ihr ein Gedanke.

»Kopien wird es wohl geben«, sagte sie. »Umso wichtiger ist es, dass man dann noch das Original erkennt.«

Der Webmeister stutzte. Dann verstand er. »Mein Zeichen.«

Wie jeder Meister hatte auch Meister Adam sein persönliches Zeichen, mit dem seine Ware gekennzeichnet wurde. Bei den Webern war es zumeist in den Rand eines Ballens eingewebt oder sogar nur auf die Hülle gestempelt.

»Wir werden es zu einem Teil des Musters machen«, schlug Sophie vor.

»Das ist kompliziert«, gab Meister Adam zu bedenken. »Es wird unsere Preise in die Höhe treiben.«

»Nun, wenn die Originale nachher auch mehr wert sind und teurer verkauft werden können, lohnt sich die Investition«, erwiderte Sophie. »Und wir können das Symbol ein wenig vereinfachen. Lasst mich nur machen, es wird gut aussehen.«

Meister Adam hob ergeben die Schultern. »Habe ich eine Wahl? Hast du nicht längst die Kontrolle über mein Geschäft ... und über mein Leben übernommen?« Er sah sie aufmerksam an.

Sophie errötete. Schwang da ein neuer Unterton in seiner Stimme mit? Oder bildete sie sich das ein? Schnell entwand sie sich seiner Berührung.

»Trotzdem bin ich mir bei Michel nicht sicher«, lenkte Sophie ab.

»Wir brauchen ihn«, ging der Webmeister auf ihren neutralen Ton ein. »Wie sollen wir sonst die zwei Dutzend Schals bis Weihnachten schaffen?«

»Aber wir haben nur vier Webstühle«, warf Sophie ein. »Wo soll ich weben?«

Der Webmeister musste lachen. »Sei unbesorgt, Sophie. Ich werde dich schon weben lassen. Aber zuerst werden dir die anderen ohnehin viel über die Schulter schauen müssen. Ich denke, nur Margaret ist in der Lage, anhand deines Musters ohne Hilfe einen Adam-Schal zu weben. Und auch sie wird für das erste Stück noch länger brauchen. Außerdem wird es eine Zeit dauern, bis das neue Material geliefert werden kann. Wie du weißt, ist es um meine Lagerbestände nicht besonders gut bestellt.« Er lächelte entschuldigend.

»Und dann?«

»Wenn wirklich alle selbstständig arbeiten können, müssen wir die durch den Unterricht verlorene Zeit wieder aufholen«, gab der Webmeister zurück. »Das heißt, es werden alle weben müssen.«

Fragend zog Sophie die Brauen hoch.

»Wir werden einen Webstuhl leihen.«

»Das ist zu teuer!«, rief Sophie unwillkürlich aus. Aber Meister Adam winkte ab.

»Ich habe einen Freund, der mir noch einen Gefallen schuldet«, sagte er. »Ich glaube, es ist an der Zeit, alte Rechnungen zu begleichen.« Er sah sie vieldeutig an. Sophie hatte den Blick niedergeschlagen und gemeinsam hatten sie sich auf den Weg in die Webstube gemacht, um die anderen in ihre Pläne einzuweihen.

Es war eine Freude, Hans und Babett die neue Arbeit zu zeigen. Sie saßen neben Sophie am Webstuhl und sogen begierig jede ihrer Handbewegungen in sich auf. Sophie zeigte ihnen zuerst, wie man das Muster des Schals auf Papier festhalten konnte. Dann ordnete sie die Kettfäden den einzelnen Pedalen so zu, dass sich immer die richtigen Fächer bildeten.

»Wenn der Webstuhl erst richtig vorbereitet ist, geht es schneller«, versprach Sophie. »Dann ist es nur noch eine Frage, die richtigen Farben für den Schussfaden auszuwählen. Diese Aufgabe macht am meisten Spaß.«

Obwohl Margaret sich zurückhielt, bemerkte Sophie doch ihre gespitzten Ohren. Immerhin ist sie bereit, etwas zu lernen, dachte sie amüsiert. Auch wenn sie es nicht zugibt. Denn Margaret war zwar in der Lage, ihre Muster auf dem Webstuhl einzurichten, aber ein neues Muster erst auf dem Papier zu entwerfen, war auch ihr neu.

Michel war da ein schwierigerer Fall. Er war wenig motiviert, stellte gelangweilte Fragen und sprang ständig auf, um ein Fenster zu öffnen, eines wieder zu schließen oder auf sonst eine Weise Unruhe zu stiften.

»Wenn du keine Lust hast, zuzuschauen, dann setz dich an

deinen Webstuhl und arbeite weiter an deinem Tuchballen«, fuhr ausgerechnet die stille Babett ihn an. »Du benimmst dich wie ein vierjähriges Kind!«

Michel wurde rot und setzte sich brav neben die anderen. »Ich dachte, dass es sich für mich ohnehin nicht mehr lohnt«, gab er zu.

»Oh, doch«, entgegnete Sophie schmeichelnd. »Wir brauchen dich, Michel. Auch wenn du uns leider bald verlässt, bitten wir dich eben ein letztes Mal um deine Hilfe. Ohne dich würden wir es doch nie schaffen.«

Geschmeichelt warf sich Michel in die Brust. Ab jetzt passte er besser auf und hatte sogar einige wertvolle Fragen und Einwände. Sophie lächelte innerlich. Man musste Männer halt auf dem richtigen Fuß erwischen, dann waren sie lammfromm.

Der Advent kam, und die Schalproduktion in Meister Adams Werkstatt kam richtig in Schwung. Das Material aus der Spinnerei war eingetroffen, und die Webstühle klapperten emsig. Sophie beobachtete unauffällig die Arbeit ihrer Schüler, die sich schnell in das neue Weben eingewöhnt hatten. Babett neigte zwar noch immer dazu, die Schussfäden zu straff zu ziehen, aber Sophie erklärte ihr geduldig, dass gerade hier Großzügigkeit wichtig war, damit die Tuche nachher so weich und anschmiegsam um die Schultern fielen. Sehr begeistert hingegen war Sophie von dem feinen Gespür, das Hans für die Farbwahl seiner Schals an den Tag legte. Teilweise waren die Kontraste sehr gewagt, aber wenn man dann das fertige Stück sah, fügte sich alles zusammen. Margaret, Babett und Sophie standen staunend vor Hans' Schultertüchern und konnten einen begehrlichen Glanz nicht ganz aus ihren Augen verbannen. Der schüchterne junge Mann mit den feingliederigen Händen errötete wie ein Mädchen unter ihren bewundernden Ausrufen.

Selbst Michel machte sich handwerklich nicht schlecht, auch

wenn er es nach dem ersten Schal bereits aufgegeben hatte, die Farben selbst zu wählen. Dabei ließ er sich lieber von Hans helfen, der um mehrere Zoll zu wachsen schien, als Michel ihn um Unterstützung bat.

Meister Adam erschien jetzt sogar täglich in der Webstube und informierte sich über den Fortschritt seiner Weber. Am Anfang noch nervös und skeptisch, beruhigten ihn die fertigen Produkte zunehmend, und langsam steckte Sophie mit ihrer Begeisterung alle an. Als Bartl Ludwig in der dritten Adventswoche vorbeischaute, um seine Lieferung zu begutachten, hatten sie bereits achtzehn Schals gefertigt. Zufrieden prüfte der Händler die Qualität und lobte die kreativen Muster, besonders die von Hans.

»Im Herzen ein Mädel, was?«, dröhnte der Händler anerkennend, und Hans wurde dunkelrot.

»Ach was«, wehrte er halbherzig ab. »Ich bin nur mit vier Schwestern groß geworden.«

Die Männer sprachen ihm lachend ihr Bedauern aus, aber Sophie sah den schmächtigen, blonden Weber, der noch nie von einem Mädchen erzählt hatte, verstohlen von der Seite an und lächelte in sich hinein.

»Weiter so«, feuerte Bartl Ludwig die Weber an. »Wenn ich die restlichen Stücke schon bis zum vierten Advent haben kann, lege ich für jeden von euch noch einen Gulden drauf. Aber werdet mir nicht schlampig!«

Sophie horchte auf. Wenn der Händler so bereitwillig einen Zuschlag anbot, hatte er das Terrain für seine Ware schon sondiert und war offensichtlich mehr als zufrieden. Sie wechselte einen Blick mit Meister Adam und sah ihm an, dass er den gleichen Gedanken gehabt hatte. Anscheinend konnten sie in Zukunft die Preise anziehen, bevor andere Werkstätten ihre Ware kopierten.

Wie von Bartl Ludwig gefordert, konnte Meister Adams Werkstatt die vereinbarte Lieferung zum vierten Advent vorweisen. Der Händler prüfte die Stücke eingehend und ließ sie voll des Lobes ordentlich verpacken und auf seinen Wagen laden. Dann zählte er Meister Adam die vereinbarten sechzig Gulden in die Hand und händigte den vier Webern ihren Extragulden aus. Ehrfürchtig betrachtete Babett die schwere Münze in ihrer Hand. Bisher hatte sie es nur mit Kreuzern zu tun gehabt, und auch davon hatte sie noch nie viele auf einem Haufen gesehen. Für diese Münze musste ein Tagelöhner drei Tage von früh bis spät schuften, und sie erhielt sie einfach so als Zugabe zu ihrem vereinbarten Lohn. Diesen zählte Meister Adam für jeden Weber gleich ab. Auch Sophie erhielt ihre Gulden und kam sich plötzlich ungeheuer reich vor. Obwohl sie aus wohlhabendem Hause kam, hatte sie ebenso wie Babett noch nie so viel eigenes Geld besessen. Auch Hans starrte andächtig auf sein Geld, während Margaret und Michel die Münzen schon in ihren Börsen hatten verschwinden lassen.

»Jetzt haben wir uns erst einmal eine Pause verdient«, seufzte Margaret. »Nach der Plackerei.«

Sophie lächelte. »Eigentlich nicht«, sagte sie, und die Ältere warf ihr einen misstrauischen Blick zu. Sophie spürte Margarets wachsenden Argwohn ihr gegenüber und wusste, dass sie vorsichtig sein musste.

»Nun, ich kann mir gut vorstellen, dass Bartl Ludwig schon Käufer für unsere Ware gefunden hat«, versuchte Sophie es daher mit Logik. »Sonst hätte er uns niemals so großzügig noch einen Gulden obendrauf gelegt.«

»Gut so«, brummte Margaret und rückte an ihrem imposanten Mieder. »Verdienen wir alle daran. Dagegen ist nichts einzuwenden.«

»Nehmen wir einmal an«, fuhr Sophie vorsichtig fort, »dass es Herren sind, die unsere Schals an Weihnachten verschenken. Was meint ihr, wie lange es dauert, bis die unbeschenkten Damen der Stadt auch danach verlangen?« Sie dachte an ihre

Schwestern Agnes und Katharina, die selbst auch sofort jede Mode imitierten, weil sie selbst zu einfallslos waren, ihren eigenen Stil zu finden.

»Keine zwei Tage«, entschlüpfte es ausgerechnet Hans.

Sophie verkniff sich ein Grinsen. Der junge Weber kannte sich wirklich gut aus mit der weiblichen Psyche, das musste sie zugeben. Sie würde ihn ein wenig im Auge behalten.

»Genau«, stimmte sie zu. »Und wollen wir dann mit leeren Händen dastehen? In einem Augenblick, in dem wir vielleicht sogar das Doppelte an einem Schal verdienen können?«

»Das Doppelte?« Michel horchte auf.

»Was interessiert es dich?«, fuhr Margaret ihn bissig an. »Du wolltest dir doch ein trockeneres Plätzchen suchen! Nur weil die Sonne jetzt hier aufgeht, können wir dich doch nicht zurückhalten und deinem Glück im Wege stehen.«

Michel schnappte nach Luft und suchte nach einer passenden Antwort.

»Das geht uns nichts an«, beschwichtigte Sophie. »Das soll Michel mit Meister Adam ausmachen.«

Und wenn er jetzt bleibt?, dachte sie entsetzt. Was wurde dann aus ihrem festen Platz am Webstuhl?

»Ich webe auf jeden Fall weiter«, verkündete Babett. »Wenn Sophie recht hat, dann können wir hier noch gut verdienen. Und ich kann's brauchen.«

»Ich auch«, pflichtete Hans ihr bei. »Mir macht die neue Arbeit zudem noch Spaß. Man merkt kaum, wie die Zeit vergeht.«

Sophie lächelte die beiden an. Dann fiel ihr Blick auf den Webstuhl, den Meister Adam geliehen und in der Werkstatt aufgestellt hatte. Wenn Michel blieb, würde sie mit dem Webmeister darüber sprechen müssen.

Weihnachten kam. Meister Adam hatte die Weber zu einem Festmahl in seinem Haus eingeladen. Bis auf Michel, der zu seiner eigenen Familie wollte, hatten alle zugesagt. Nach dem Kirchgang, bei dem sie schon die ersten Schultertücher aus der Werkstatt Adam erspäht hatten, tischte der Webmeister großzügig frisches Wild mit Kohlgemüse und Linsen, Kalbsnierenbraten im Teigmantel mit einer Soße aus Knoblauch und zum Nachtisch dreifarbigen Mandelmilchpudding mit Kompott aus Weichselkirschen auf. Sophie musste zugeben, dass selbst bei ihrem Vater selten so gut gegessen wurde. Der schwere Rotwein aus Italien, den sie dazu tranken, erinnerte Sophie an Thomas Steiner und seine Familie, und sie beschloss, dem Wirt in den nächsten Tagen einen Brief zu schreiben und sich noch einmal für seine wertvolle Hilfe zu bedanken. Wo wäre sie ohne sein Zutun gelandet?

Müde und zufrieden sank Sophie am Abend in ihr Bett. Sie dachte an ihre Schwestern, die jetzt in Donauwörth bei ihren Familien saßen und ebenso Weihnachten feierten. Dachten Agnes und Katharina auch noch an ihre Geschwister? Sie überlegte, ob sie auch den Schwestern eine Nachricht schicken sollte, verwarf den Gedanken dann aber wieder. Für Agnes und Katharina wäre es nur eine weitere Schande, wenn bekannt würde, dass ihre Schwester jetzt auch noch aus dem Kloster fortgelaufen war. Und was hatte sie schon vorzuweisen außer ihrer Webkunst, drei Gulden und einigen Kreuzern? Nein, noch konnte sie ihren Schwestern keine Nachricht zukommen lassen. Und Thomas? War er im Feld? War er in Neuburg? Ging es ihm gut? Sophie dachte an Hauptmann Wiesinger und wünschte ihre Hilflosigkeit zum Teufel. Es musste doch möglich sein, einen Soldaten im Heer ausfindig zu machen. Sie würde sich einfach noch einmal beim Obristen melden.

Ihr letzter Gedanke, bevor sie sich die Decke über den Kopf zog, galt jedoch Thilmann. War er bereits im sonnigen Italien? Für einen Moment war die Erinnerung an ihn so intensiv, dass sie fast spürte, wie er neben ihr im Bett lag und sie mit seinen warmen Händen streichelte. Aber als sie ihre Hand suchend ein wenig vorschob, fand sie nichts als die kalten Laken und pieksendes Stroh.

Es kam, wie Sophie es vorhergesehen hatte. Die Adam'schen Schultertücher waren bei den Neuburger Damen sehr begehrt, und sie hatten in der Werkstatt allerhand zu tun. Zwar kamen jetzt die ersten Produkte anderer Werkstätten auf den Markt, die ebenfalls von guter Qualität waren, aber ein echtes »Adam-Tuch« konnte noch immer für einen höheren Preis verkauft werden. Daher wartete Sophie nur darauf, dass die ersten Weber damit anfingen, das Zeichen des Webmeisters nachzumachen, und sie ließ es sich nicht nehmen, persönlich über die Märkte zu schlendern und die Waren heimlich zu prüfen.

Michel hatte sich nach einem Gespräch mit Meister Adam doch tatsächlich dazu entschlossen, zu bleiben. Das brachte ihm zwar einige boshafte Bemerkungen von Margaret ein, die er aber stoisch ertrug. Zuerst erschrak auch Sophie, da sie befürchtete, jetzt ihren Status als Weberin aufgeben zu müssen. Umgehend suchte sie den Meister auf.

»Glaubst du wirklich, dass ich dich so schlecht für das belohne, was du für mich und die Werkstatt getan hast?«, seufzte Meister Adam. »Womit habe ich das nur verdient?«

Sophie senkte schuldbewusst den Kopf.

»Nein, mein Kind«, belehrte er sie. »Vorerst werden wir den geliehenen Webstuhl noch behalten. Und dann werden wir wohl noch einen für dich dazukaufen, wenn die Geschäfte sich weiterhin so prächtig entwickeln.«

Sophie sog scharf den Atem ein. Das war eine gehörige Investition, auch für einen gestandenen Webmeister. Sie freute sich über das Vertrauen, das er ihr damit bewies. Ein neuer Webstuhl! Sofort kam ihr ein Gedanke.

»Meister, wenn es Euch nichts ausmacht, dann sollten wir einen Hochwebstuhl kaufen.«

Meister Adam brach in schallendes Gelächter aus. »Typisch

Sophie«, brachte er schließlich hervor. »Wenn sie erreicht hat, was sie möchte, dann verhandelt sie noch schnell nach. Ein Hautelissestuhl soll es also sein? Warum das denn?«

Sophie druckste ein wenig herum. Aber wenn Meister Adam für das teure Gerät bezahlen würde, dann sollte er auch wissen, was sie damit vorhatte. »Wie Ihr seht, hat die Idee mit den Schals gut geklappt«, bereitete sie erst einmal das Terrain mit ihrem Erfolg vor.

»Bis jetzt schon«, gab Meister Adam bereitwillig zu. »Und weiter?«

»Damit hat die Werkstatt Adam begonnen, sich wieder einen Namen als Hersteller von feinster Arbeit und kreativer Kunst zu machen«, fuhr Sophie eifrig fort.

»Das Wort ›begonnen‹ lässt mich ahnen, in welche Richtung deine Gedanken gehen«, sagte Meister Adam.

Sophie lächelte ihn an. »Wie ich Euch bereits erzählt habe, hat man mich in Eichstätt auch in der Kunst des Wirkens unterrichtet.«

»Und jetzt willst du einen zweiten Teppich von Bayeux weben?«, fragte Meister Adam mit einem zwinkernden Auge.

»Oh, dieser Teppich wurde gestickt«, wusste Sophie. »Aber nein, wie sollen wir so etwas denn in Neuburg verkaufen? Aber es gibt auch andere Produkte, die man wirken kann.«

Der Webmeister zog gespannt die buschigen Augenbrauen hoch.

»Kleine Bilder, zum Beispiel, oder Tischdecken, Stuhlbezüge, Altarbehänge.« Sophie geriet außer Atem. »Alles, was nicht zu viel Zeit und Material in Anspruch nimmt und von den Bürgern auch noch bezahlt werden kann.«

Meister Adam wiegte bedenklich sein Haupt. »Der Markt dafür wäre sicher bereit«, sagte er. »Aber wer übernimmt die künstlerische Führung bei solchen Produkten? Traust du dir das wirklich zu, Sophie? Oder brauchen wir einen Maler und einen Kartonnier?«

Sophie sah ihn überrascht an. Seine Worte verrieten ihr, dass auch Meister Adam sich mit der Wirkerei auskannte. Sie schüttelte den Kopf. »Nein«, beruhigte sie den Webmeister. »Die Motive werden wir schon selbst gestalten. Oder wir finden sie in Büchern oder in Bildern unserer Auftraggeber.«

»Und das von der Frau, die in jedes ihrer Schultertücher ein Zeichen einwebt, damit man es nicht nachmachen kann«, spottete Meister Adam milde. »Du bist nicht ganz aufrichtig!«

Sophie errötete leicht, aber dann machte sie eine wegwischende Handbewegung. »Wir lassen uns ja nur unsere Arbeit gut bezahlen«, redete sie sich heraus. »Wenn wir uns die Fachkräfte sparen, wird es halt billiger. Nur einen guten Färber brauchen wir.«

»Den haben wir schon«, sagte Meister Adam. »Jasper Aubach, bei dem du bereits unser Material für die Schals bestellt hast, liefert uns alles, was wir anfragen. Er ist weit und breit der Beste seines Faches.«

Sophie nickte. Sie hatte schon auf Aubach spekuliert, aber die spontane Bestätigung durch Meister Adam sicherte sie ab. »Wir werden ihn aufsuchen und die neuen Anforderungen mit ihm besprechen«, schlug sie vor.

Meister Adam nickte. »Lass uns das zusammen tun«, sagte er und bewies damit eine Eigeninitiative, die Sophie noch gar nicht von ihm kannte.

»Woher wisst Ihr so viel über die Wirkerei?«, fragte sie ihn spontan.

Meister Adam lächelte. »Als ganz junger Bursche habe ich ein paar Lehrjahre in Arras verbracht«, erklärte er kurz, und ein leichter Schatten glitt über sein Gesicht. Sophie konnte nicht sagen, ob es eine freudige oder eine schlechte Erinnerung war, aber sie war froh, dass der Webmeister sich als adäquater Gesprächspartner zum Thema Wirken erwies.

»So, mein Kind«, sagte er und schob Sophie sanft aus der Wohnstube, wobei seine Hand einen Augenblick länger auf ihrem Arm ruhte, als es notwendig gewesen wäre. »Dann mal wieder frisch an die Arbeit. Immerhin haben wir einen Hautelissestuhl zu verdienen!«

Sophie überquerte den Hof und spürte noch immer den warmen Händedruck auf ihrem Arm. Der Webmeister verwirrte sie zunehmend. Mal nannte er sie Kind, dann wieder Frau. Mal besprach er sich mit ihr in vollkommen professionellem Ton, dann wieder wirkte eine Geste oder ein Wort viel vertrauter als sonst. Als sie in die Werkstatt eintrat, holte das Klappern der Webstühle sie schnell wieder in die Realität zurück, und sie schüttelte ihre Gedanken ab wie die Schneeflocken, die sich auf ihren Schultern niedergelassen hatten.

Mitte Februar, im kältesten Winter, klopfte es aufgeregt an die Tür der Adam'schen Werkstatt. Sophie sprang auf. Sollte der Webstuhl endlich geliefert worden sein? Zwar hatte der Baumeister etliche Verzögerungen angekündigt, da er nicht das richtige Holz trocken und gelagert vorrätig gehabt hatte, aber Sophie gab die Hoffnung nicht auf. Vor ihr stand jedoch nur ein Hüne von einem Mann, den sie in seinem schneebedeckten Umhang und mit der über beide Ohren gezogenen Mütze auf den ersten Blick gar nicht erkannte. Erst als er eintrat, die Mütze abnahm und sich grüßend vor ihr verbeugte, erkannte sie Hauptmann Wiesinger.

»Mein Gott …«, entfuhr es Sophie, und fast hätte sie hinzugefügt, dass sie ihn ja beinahe ganz vergessen hätte. Aber dann fing sie sich. »Euch muss ja ganz kalt sein! Setzt Euch ans Feuer.«

Er trat ein, und erst jetzt bemerkte Sophie einen zweiten Mann in abgerissener Uniform, der sich hinter dem Hauptmann ins Warme schob. Die beiden setzten sich an den kleinen Kamin im hinteren Bereich der Webstube, der neben dem großen Hauptmann plötzlich noch kleiner wirkte, und ließen sich von Sophie einen Becher heißen Würzwein einschenken. Michel, Babett und Hans reckten neugierig die Köpfe, und Sophie war froh, dass wenigstens Margaret heute nicht da war.

»Was kann ich für Euch tun, Hauptmann?«, fragte Sophie, während der blonde, rotwangige Riese seine Hände um den warmen Becher spannte.

»Fragt lieber, was ich für Euch tun konnte, mein Fräulein«, sagte er geheimnisvoll.

Sophie spürte, wie ihr Herz einen Sprung machte. Thomas! Der Hauptmann brachte ihr Nachricht von ihrem Bruder! »Ihr habt meinen Bruder gefunden?«

Wiesinger nickte strahlend. »Fast«, sagte er und nahm noch einen Schluck Wein. »Ich habe zumindest einen Mann aufgetrieben, der behauptet, einen Thomas Ballheim zu kennen. Auch wenn er sich jetzt Thomas Leipold nennt.«

»Leipold«, entfuhr es Sophie. Der Mädchenname ihrer Mutter! »Das ist er! Das kann nur mein Bruder sein!« Sie wandte sich dem Mann neben dem Hauptmann zu. »Wo ist er? Wie geht es ihm?«

Der Mann hob beschwichtigend die Hand. »Ganz ruhig, gute Frau«, schnarrte er mit einer heisern Stimme. »Erzählt mir erst einmal, wer Ihr seid.«

Sophie stutzte. »Ich bin seine Schwester«, erklärte sie verwirrt mit einem Seitenblick auf Wiesinger. »Sophie Ballheim.«

»Ballheim«, wiederholte der Mann langsam. Dann beugte er sich vor und sah Sophie fast unverschämt offen ins Gesicht.

»Hm, die gleichen Augen«, brummte er dann. »Dann muss ich Euch wohl glauben.«

»Warum auch nicht?«, fragte Sophie aufgebracht. »Beantwortet Ihr mir jetzt meine Fragen? Wo ist er?«

»Nicht in Neuburg«, erwiderte der Mann. »Im Winterlager bei Augsburg.«

»Wann kommt er? Wie geht es ihm?«

»Nun, das letzte Mal habe ich ihn vor Weihnachten gesehen, kurz bevor ich raus bin aus dem Heer«, antwortete der Mann und stopfte sich den Mund mit dem Gebäck voll, das Sophie gereicht hatte. Das verzögerte seine weiteren Erklärungen um eine gute Weile. »Da ging es ihm noch gut. Und da seither nicht mehr gekämpft wird, wird es ihm bis auf die üblichen Soldatenplagen wohl nicht schlecht ergehen.«

»Soldatenplagen?«, fragte Sophie erschrocken, und bevor Hauptmann Wiesinger eingreifen konnte, antwortete der ehemalige Soldat wie aus der Pistole geschossen.

»Hunger, Läuse, Krätze, Syphilis. Ungefähr in dieser Reihenfolge.« Dann sah er Sophies entsetztes Gesicht und lenkte ein. »Na, Syphilis wird's beim Thomas wohl kaum gegeben haben. Hat sich ja nicht eingelassen mit den Weibern und Huren.« Er bleckte grinsend seine verfaulten Zähne. »Hat ein Liebchen hier in Neuburg, soviel ich weiß.«

Sophie horchte auf. Thomas hatte ein Mädchen? Aber andere Fragen waren weit drängender. »Und warum nennt er sich Leipold? Das ist der Mädchenname unserer Mutter. Warum hat er den Namen Ballheim abgelegt?«

»Das ist es ja«, schnarrte der Mann. »Thomas will wohl mit seinem alten Namen nichts mehr zu tun haben. Warum, weiß ich nicht, aber er kam wohl her, um ein ganz neues Leben anzufangen.«

Sophie begann zu verstehen. Thomas wollte nicht mehr mit der Familie Ballheim aus Donauwörth in Verbindung gebracht werden. Ein zu großer Makel haftete daran. Und da er sie längst verheiratet glaubte, musste er davon ausgehen, dass der Name somit ausgelöscht sei.

»Kennt Ihr sein Regiment?«, fragte sie den Mann weiter.

»Fähnlein«, verbesserte Wiesinger, der bei ihrem Fehler hochfuhr.

»Fähnlein«, wiederholte Sophie ungeduldig.

Der Mann nickte und nannte eine kryptische Bezeichnung, mit der Sophie nichts anzufangen wusste. Aber Hauptmann Wiesinger nickte wissend.

»Und wie gut kennt Ihr meinen Bruder?«, forschte Sophie weiter. Jede kleinste Information über Thomas war für sie wie das Wasser für den Durstenden.

»Sehr gut, möchte ich sagen«, schnarrte der Mann wieder. »Hat mir mein verdammtes Leben gerettet, als die Bauern wild geworden sind und uns mit ihren Mistgabeln gepiekt haben. Wackerer Bursche.«

»Er war in Kämpfe verwickelt?«, fragte Sophie mit einem flauen Gefühl im Magen. Von wegen eine ruhige Zeit in der Wachstube!

Verdutzt sah der Mann sie an. »Natürlich. Ist ja immerhin Soldat. Und ein guter dazu. Sollte mich nicht wundern, wenn er inzwischen Rottmeister oder Feldwebel ist.« Der Mann stopfte sich weitere Kekse in den Mund, wobei ihm die Krümel im ungepflegten Bart hängen blieben. »Kann gut denken«, nuschelte er mit vollem Mund. »Weiß, was der Feind als Nächstes vorhat.«

Der Feind. Bauern mit Mistgabeln. Sophie war die Vorstellung noch immer fremd, dass ihr Bruder tatsächlich ins Feld gezogen war. »Wann kommt sein Regi… sein Fähnlein wieder nach Neuburg?«, fragte sie.

»Kann man nicht sagen«, antwortete der Hauptmann, der eben mit Bedauern festgestellt hatte, dass die Kekse alle waren. »Das hängt natürlich ganz von der Strategie der Offiziere ab.«

»Und von der Wut der Bauern«, schnarrte der Soldat wieder. »Wo die hochkocht, da geht's halt zur Sache.«

Sophie schüttelte den Kopf, um den Gedanken an die Schlacht loszuwerden. »Kann ich ihm schreiben?«

»Ein Versuch ist es allemal wert«, ermutigte der Hauptmann sie. Aber der Soldat grinste sie nur mitleidig an.

»Die Feldpost braucht Wochen und Monate. Wenn sie überhaupt ankommt. Was meint Ihr, was die an Liebesbriefen zu transportieren hat.«

»Himmel noch einmal, ich will ihm ja keinen Liebesbrief

schicken«, schimpfte Sophie und stampfte mit dem Fuß auf. »Ich will ihn nur endlich wiedersehen. Und ich will, dass er weiß, wo er mich findet. Da muss es doch einen Weg geben.«

Der Soldat kaute jetzt auf seinem Daumennagel herum. »Bin nächste Woche wieder unterwegs nach Augsburg. Nicht zum Heer. Aber für Thomas kann ich ja eine Ausnahme machen. Hat mir immerhin mein verdammtes Leben gerettet.«

»Das würdet Ihr tun?« Sophie riss die Augen auf. »Dann gebe ich Euch einen Brief mit. Und einen gebe ich in die Feldpost. Irgendwie muss ich Thomas einfach erreichen.«

Sie wandte sich dem Hauptmann zu.

»Hauptmann Wiesinger, wäre es Euch möglich, mich ab und an darüber zu informieren, wo das Fähnlein meines Bruders sich gerade befindet? Und vor allem, ob es nach Neuburg zurückkehrt.«

»Natürlich.« Der blonde Riese strahlte sie an. »Mit dem größten Vergnügen. Aber Ihr müsst ihn dennoch schnell finden. Wenn eine Einheit im Kampf stark dezimiert wird, werden die Übrigen oft auch auf andere Einheiten verteilt.«

»Dezimiert?«, hauchte Sophie entsetzt.

»Natürlich nicht Euer Bruder«, fuhr der Hauptmann beflissen fort. »Aber das würde seine Spur wieder verwischen.«

Sophie seufzte. Anscheinend hatte sie keine Wahl. Sie würde die Chance nutzen, die sich ihr bot. So gering sie auch war. Seufzend stand sie auf und geleitete die Männer zur Tür. Als Hauptmann Wiesinger ihr dort zum Abschied die Hand küssen wollte, entzog sie ihm diese unwillkürlich. Noch immer waren dort die Narben der Verbrühung durch Uthilda von Staben zu sehen. Wiesinger, der die Hintergründe nicht kannte, sah sie enttäuscht an. Dann aber riss er sich zusammen, versprach, sich bald wieder zu melden, und verabschiedete sich mit einem höflichen Gruß.

Als die Männer fort waren, kamen Babett und Hans sofort zu Sophie ans Fenster.

»Einen schönen Verehrer hast du dir da ausgesucht«, sagte Babett anerkennend, und Hans nickte eifrig.

»Wie bitte?« Sophie, die in Gedanken ganz bei ihrem Bruder gewesen war, fuhr zusammen. »Was denn für einen Verehrer?«, fragte sie verdutzt.

»Na, den Hauptmann«, sagte Babett.

»Ein schöner Mann«, entfuhr es Hans hingebungsvoll. Die beiden Frauen sahen ihn überrascht an.

»Sollten das nicht meine Worte sein?«, fragte Babett schmunzelnd und weidete sich an der dunklen Röte, die die zarten, bartlosen Wangen des Webers überzog.

»Zu groß für dich«, sagte Sophie nur, dem Fenster zugewandt.

»Meinst du jetzt mich oder Hans?«, fragte Babett amüsiert.

Sophie drehte sich zu den beiden um. »Wie auch immer. Ich will ihn jedenfalls nicht.«

»Weiß er das schon?« Babetts braune Augen funkelten belustigt. »Sah nicht danach aus.«

»Ich will nur, dass er mir hilft, meinen Bruder zu finden«, sagte Sophie. »Das Privatleben von Hauptmann Wiesinger interessiert mich nicht im Geringsten.«

Babett sah aus, als ob sie diese Entscheidung für sich selbst noch treffen müsste. Die beiden Frauen kehrten an ihre Webstühle zurück, während Hans noch einen Augenblick länger zum Fenster hinaussah.

Kapitel 19

Sophie beugte sich eifrig über ihren Webstuhl. Der neue Hochwebstuhl entsprach vollkommen ihren Erwartungen. Die Pedale ließen sich leicht bedienen und variabel mit den Kettfäden verbinden. Er war mit seinen acht Ellen breit genug, um darauf irgendwann einmal große Dinge zu vollbringen. Irgendwann. Aber zuerst musste sich Sophie wieder einmal einen guten Ruf erarbeiten und dabei noch die Bedürfnisse des Neuburger Marktes berücksichtigen. Sie hatte sich mit Bartl Ludwig beraten und den guten Tipp bekommen, ihrer ersten Arbeit einen religiösen Hintergrund zu geben und sie rechtzeitig zum Osterfest bereitzuhalten.

»Zu den hohen Festen sitzt das Geld lockerer als sonst«, riet ihr der gewiefte Händler. »Und für religiösen Schmuck geben es die Neuburger gleich noch einmal so gern aus wie für Mode. Macht nur, meine liebe Sophie. Ich werde gegen eine kleine Provision schon den richtigen Käufer für Euch finden.«

Sophie war klug genug, die kleine Provision direkt auf das Prozent zu verhandeln, damit dem Kaufmann hinterher nicht Tor und Tür zu ihrem Geld geöffnet waren. Dann hatten sie gemeinsam überlegt, welche Arbeit sich anbieten würde, und sich für einen Tischläufer entschieden, der nur zwei auf vier Ellen maß. Sein Käufer würde ihn vielseitig einsetzen können, und es sollte nicht ausgeschlossen sein, dass er tatsächlich als Schmuck auf einem Altar landen würde. Über das Motiv hatte Sophie sich lange den Kopf zerbrochen. Letztendlich war sie auf eine vereinfachte Darstellung von Thilmanns Auferstehungstafel gekommen. Das Thema passte hervorragend zum Osterfest, und Sophie hatte das Bild so gut in Erinnerung, dass sie es ohne große Mühen auf einen Karton skizzieren konnte. Dann nahm sie sich viel Zeit für die Farbflächen, in die sich das Bild gliedern ließ. Da sie mit dieser Arbeit noch kaum vertraut war, musste sie mehrmals von vorne beginnen, bevor sie mit dem Ergebnis einigermaßen zufrieden war. Als sie schließlich mit dem Karton fertig war, betrachtete Babett die Arbeit argwöhnisch.

»Wie soll man denn so etwas jemals weben können?«, fragte sie verwundert und betrachtete ihr Schiffchen. Auch Margaret beobachtete aus dem Augenwinkel, wie Sophie den Karton hinter ihren Kettfäden befestigte. Sie war verstimmt, dass Meister Adam Sophie an den neuen Webstuhl ließ und nicht sie. Und noch viel mehr beunruhigte es sie, dass Meister Adam nicht nur viel Zeit mit Sophie verbrachte, sondern auch einen zunehmend vertrauten Umgang mit ihr pflegte. Langsam begann sie, der hübschen jungen Frau gründlich zu misstrauen, und sah ihre eigenen Pläne in Gefahr. Was, wenn dieses junge Luder hinter ihrem unschuldigen Lächeln nur die Absicht verbarg, selbst Webmeisterin Adam zu werden.

Nichts lag Sophie jedoch ferner, als sie begann, die Flieten für ihre Arbeit vorzubereiten. Sie hatte lange und viel mit dem Färber Aubach gefeilscht und verhandelt, bis sie endlich die ersten Garne geliefert bekommen hatte, mit denen sie anfangen konnte. Jetzt saß sie vor Thilmanns Motiv und dachte daran, wie sie es vor einem Jahr zum ersten Mal als Skizze und kurze Zeit später als fertiges Tafelbild gesehen hatte. Sie erinnerte sich an die Gespräche über den Wurf der Mantelfalten und das erhobene Bein und vermisste Thilmann plötzlich schmerzhafter denn je.

So wird das nichts, schimpfte die heilige Walburga aufgebracht. Du musst ihn vergessen, sonst wird es ewig wehtun. Man kann sich auch selbst unnötig quälen, und es ist doch wirklich schon lange Zeit her.

Sophie blinzelte eine Träne aus ihren dichten Wimpern und legte die zitternden Hände in den Schoß.

Ich will ihn wiederhaben, dachte sie verzweifelt. Jetzt könnten wir doch zusammenkommen.

Er ist in Italien, gab die heilige Walburga zurück. Meinst du wirklich, er würde sich für dich entscheiden, wenn er die Wahl zwischen dir und seinem Ruhm als Maler hätte? Ein Maler muss nun einmal von Ort zu Ort ziehen, um berühmt zu werden. Und das wollte er doch.

Ja, dachte Sophie. Das wollte er, und sie wünschte ihm das Beste dafür. Er hatte es verdient. Dennoch ließ der Schmerz lange Zeit nicht nach, während sie an ihrem Ostertuch arbeitete, und langsam verfluchte sie ihre Wahl. Sie würde froh sein, das vermaledeite Tuch bald los zu sein.

So ging die Fastenzeit langsam vorbei, und Sophie war sehr beschäftigt. Sie dachte daran, wie sie vor einem Jahr den Fensterbehang für die Äbtissin von Eichstätt gewebt hatte. Ihr Gesellenstück bei Schwester Augusta. Nun, diese Arbeit würde weit mehr Aufsehen erregen, hoffte sie. Sie gab sich viel Mühe, und Meister Adam, der hin und wieder einen leicht besorgten Blick auf das Werk warf, das so viel Zeit und Material verschlang, entspannte sich zunehmend.

»Wie lange haben sie dich in Eichstätt in der Wirkerei unterrichtet?«, fragte er neugierig. »Nur ein knappes halbes Jahr«, erwiderte Sophie.

»Dafür hast du dir diese Fertigkeit wirklich ausgezeichnet angeeignet.«

Sophie lächelte. »Nun, wenn man sonst so gut wie nichts anderes tut«, sagte sie und dachte an die unzähligen Messen und Gebete, die sie in der Ungeduld, schnell zurück an den Webstuhl zu kommen, über sich hatte ergehen lassen. »Und ich hatte eine wunderbare Lehrerin.«

»Dennoch zeigst du ungewöhnlich viel Talent«, brummte Meister Adam. »Ich weiß, wovon ich rede. Ich habe es in meiner Jugend immerhin selbst versucht.«

»In Arras?«, fragt Sophie unwillkürlich.

Meister Adam sah sie erstaunt an. »Ja. Wie kommst du darauf?«

»Nun, Ihr habt erwähnt, dass Ihr dort gewesen seid«, erklärte Sophie. »Und meine Lehrerin stammt aus dieser Stadt.«

»Eine Nonne aus Arras?«, fragte der Webmeister erstaunt.

»Nun, sie war ja nicht immer eine Nonne«, gab Sophie zurück und sah Schwester Augusta vor sich. »Sie hat mich in streng abgesteckten kleinen Lektionen an die Kunst des Wirkens herangeführt. Ich weiß noch, wie ich gejammert habe, als ich tagelang nur Weberschiffchen bestücken musste, und wie lange ich das erste Mal für das Einrichten eines Webstuhls gebraucht habe.«

Meister Adam lachte. »So ähnlich ist es auch mir mit meiner Lehrerin ergangen. Ich war damals noch ein ganz junger Spund und voller Ungeduld. Sie hat mich immer wieder zu den einfachsten Handreichungen verdonnert, wenn ich mich nicht geschickt genug angestellt habe. Und bei Gott, ich hatte alles Mögliche im Sinn.« Zu Sophies Überraschung errötete er.

»Schwester Augusta pflegte immer zu sagen, dass man Krabbeln lernen muss, bevor man Laufen lernt«, sagte Sophie lachend und dachte an die strengen Blicke der ehrwürdigen Nonne.

Meister Adam starrte sie mit offenem Mund an. »Das hat auch meine Lehrerin mir immer gesagt« stammelte er verwundert. »Und sie sagte auch immer, dass bereits das Zusehen die Finger übt.«

»Meine auch!« Sophie stutzte. Ein sonderbares Gefühl breitete sich in ihr aus. Konnten das alles wirklich Zufälle sein? Immerhin war Arras eine Stadt, in der es viele Wirker gab.

»Wie hieß Eure Lehrerin?«, fragte sie gespannt.

Doch Meister Adam wandte sich brüsk ab. Seine gesamte Körperhaltung drückte aus, dass er darüber nicht weiter sprechen wollte. Verwundert betrachtete Sophie noch einen Augenblick die angespannten Schultern des Webmeisters, der aus der Werkstatt stampfte, bevor sie sich wieder ihrer Wirkerei zuwandte. Irgendetwas hatte Meister Adam tief erschüttert. Etwas, über das er nicht weiter sprechen wollte.

Eine Woche vor dem Osterfest am 16. April hatte Sophie ihr Tischtuch fertig. Sie hatte nur feinste Garne, meist aus Seide, verwendet, um es nicht zu dick und schwerfällig werden zu lassen. Außerdem schimmerte und glänzte die Arbeit wunderschön und würde im Schein von Kerzen das Motiv und die Farben wunderbar zur Geltung bringen. Die Weber zollten ihr das gebührende Lob, und auch Meister Adam war begeistert. Sophie nahm das Tuch mit zu Bartl Ludwig.

»Ein schönes Stück«, lobte er. »Sehr kunstvoll. Ich muss schon sagen, Sophie, Ihr steckt voller Überraschungen. Wer hätte gedacht, dass in dem kleinen Mädchen, das mich vor einem halben Jahr angesprochen hat, solche Talente schlummern.«

»Und solche Gewinne«, ergänzte Sophie. »Was, meint Ihr, können wir dafür verlangen?«

Der Händler befühlte das Tuch eingehend und prüfte genau die Fadenführung auf Vorder- und Rückseite. »Normalerweise würde ich es auf gut zehn Gulden taxieren«, sagte der Händler, und Sophie sog hörbar die Luft ein. Das war viel!

»Aber da ich schon jemandem den Mund sehr wässerig gemacht habe mit der Aussicht, dass er ein originales Wirktuch aus der Werkstatt Adam erwerben kann, denke ich, werden wir es mit zwölf Gulden versuchen.«

»Zwölf Gulden!« Sophie strahlte. Das war mehr, als sie in ihrer ganzen Zeit bei Meister Adam verdient hatte. Dann fiel ihr aber ein, dass sie die Kosten für das Material noch abziehen musste, die mehr als die Hälfte ausmachten. Trotzdem würde sie gut daran verdienen.

»Ich sagte, wir versuchen es«, beschwichtigte Bartl Ludwig sie. Er schlug das Tuch wieder in das feste Leinen, das es vor Schmutz und Schäden schützte. »Ich lasse wieder von mir hören, sobald der Verkauf perfekt ist.« Sophie dankte ihm und war versucht, ihm eine Frage zu stellen, die ihr schon seit Längerem auf den Nägeln brannte. Würde sich eine richtige Tapisserie hier verkaufen lassen? Aber instinktiv spürte Sophie, dass es dafür noch zu früh war. Die Lektion der kleine Schritte, die sie bei Schwester Augusta so eindringlich gelernt hatte, schien sich auch jetzt wieder zu bewähren. Zuerst wollte sie auf den Erfolg ihrer kleinen Wirkereien warten, bevor sie sich an ein großes Werk machte. Dazu müsste sie auch mindestens Babett und Hans mit einarbeiten. Und die sollten ihr Handwerk ebenso von der Pike auf lernen, wie sie es hatte tun müssen.

Frohen Mutes machte Sophie sich auf den Weg zurück zur Werkstatt. Der Apriltag verwöhnte die Neuburger mit Sonne und einer warmen Brise, die schon ganz nach Frühling duftete. Die Hyazinthen blühten in den Gärten, und die Blumenmädchen hatten die ersten Blüten zu Gebinden geflochten, die sie auf dem Markt feilboten. Zufrieden bemerkte Sophie, dass trotz der milden Temperaturen noch viele Schultertücher aus ihrer Werkstatt getragen wurden. Hin und wieder erkannte sie eines, das sie selbst gewebt hatte, und war stolz darauf.

Dennoch schwang eine seltsame Stimmung mit. Die Leute schienen nervös und aufgeregt zu sein, und überall sah sie kleine Grüppchen beieinanderstehen und aufgeregt disputieren.

»Was ist geschehen?«, fragte sie einen der Männer, die gestenreich dozierten. »Warum sind alle so aufgeregt?«

»Es hat eine große Schlacht gegeben, bei Leipheim!«, erklärte dieser. »Vor fünf Tagen.«

»Das sind nur an die fünfzig Meilen«, rief ein anderer dazwischen. »Das ist viel näher als Forchheim im letzten Jahr.«

»Was für eine Schlacht?«, fragte Sophie dazwischen, in der sich Angst um ihren Bruder breitmachte. »Was für eine Schlacht denn nur?«

Die Männer sahen sie an, als ob sie eine fremde Sprache spräche.

»Der Leipheimer Haufen unter dem Prediger Jakob Wehe hat sich erhoben«, sagte einer. »Es gärt doch schon seit einem Jahr überall in Schwaben.«

Dann beachteten sie Sophie nicht weiter. Verzweifelt fragte sie weiter, um herauszufinden, ob auch Soldaten des Pfalzgrafen beteiligt gewesen waren, aber niemand antwortete ihr. Da spürte sie plötzlich einen festen Griff an ihrem Arm und sah auf. Neben ihr stand Hauptmann Wiesinger. Sophie wollte ihn schon freudig begrüßen, da bemerkte sie seinen bandagierten Arm. »Oh, Ihr seid verletzt!«

Wiesinger nickte kurz. »Und ich habe Neuigkeiten von Eurem Bruder. Ich war gerade auf dem Weg zur Webstube, als ich Euch hier so verloren herumstehen sah. Kommt, setzen wir uns einen Augenblick dort in die Schenke.«

Sophie zögerte. Schicklich war das nicht, das wusste sie auch ohne die Ermahnung der heiligen Walburga. Aber die Aussicht, etwas von Thomas zu erfahren, ließ sie dem blonden Hünen folgen.

Hauptmann Wiesinger wirkte ungewöhnlich nervös und aufgewühlt. Sophie wartete, bis die bestellten Getränke kamen und er die ersten Schlucke von seinem Wein getrunken hatte. Dann fragte sie nach. »Was wisst Ihr von Thomas? Wie geht es ihm?«

»Er kommt nach Neuburg.«

Ein freudiger Schauer durchlief Sophie. »Wann?«

»Schwer zu sagen, aber der Pfalzgraf zieht seine Truppen nach der Schlacht bei Leipheim wieder ab.«

»Thomas war bei Leipheim?«

»Ich auch.« Wiesinger trank noch einen Schluck. »Verdammtes Blutbad.« Dann fiel sein Blick auf Sophies bleiches Gesicht. »Die Verluste im Heer des Pfalzgrafen haben sich in Grenzen gehalten. Ihr habt also eine gute Chance, Euren Bruder halbwegs gesund wiederzusehen.«

»Eine gute Chance?«, fuhr Sophie auf. »Ihr habt ihn also

nicht gesehen?« Hauptmann Wiesinger schüttelte den Kopf. »Leider nein. Aber ich weiß immerhin, dass sein Fähnlein noch existiert und nach Neuburg beordert wurde. Ich war gerade auf der Suche nach Euch, um Euch diese Nachricht zu bringen.«

Er kommt zurück, aber ich weiß nicht, wann und in welchem Zustand. Und vielleicht ist er doch tot. Eigentlich hatte Hauptmann Wiesinger ihr nichts Neues erzählt, dachte Sophie. Aber sie wollte alles aus ihrer einzigen Informationsquelle herausholen, was sie kriegen konnte. »Erzählt mir von der Schlacht. Wie wurdet Ihr verletzt? Ist es schlimm?«

Wiesinger nahm noch einen Schluck. »Streifschuss«, sagte er. »Recht schmerzhaft, wenn das Opium nachlässt.«

Deshalb trank er wahrscheinlich auch so viel, dachte Sophie, als die Schankmagd den zweiten Humpen Wein vor ihn hinstellte. Sie selbst hatte an ihrem Wein noch kaum genippt.

»Erzählt«, forderte sie ihn noch einmal auf.

Wiesinger nickte. »Der Leipheimer Haufen hat sich erhoben«, sagte er.

Sophie sah ihn verständnislos an. Wiesinger sah ein, dass er weiter ausholen musste.

»Dass die Bauern sich langsam gegen die gegebenen Zustände wehren, sollte Euch nicht neu sein«, fragte er rhetorisch.

Sophie nickte. »Ich hörte etwas von einem Aufstand bei Forchheim im letzten Jahr.«

Wiesinger machte eine wegwerfende Handbewegung. »Und all die Jahre davor«, sagte er. »Seit gut vierzig Jahren gärt es an allen Ecken und Enden. Im Breisgau, in Baden, ja sogar in Österreich kommt es immer wieder zu einzelnen Unruhen, wenn sich kleine Haufen erheben. Gott sei gedankt, dass es bisher noch niemandem gelungen ist, die einzelnen Haufen zu einer Macht zusammenzuschweißen. Bei gut fünfzigtausend Mann könnte der Adel einpacken.« Erschrocken sah er sich gleich darauf um, ob jemand seine Worte gehört hatte. Dann nahm er einen weiteren großen Schluck und fuhr fort.

»Eigentlich gibt es drei große oberschwäbische Bauernhaufen, die nichts weiter wollen, als ihre Lebensverhältnisse verbessern«, erklärte er. »Die wollen keinen Krieg, denn sie wissen, dass letztendlich sie ihn bezahlen, weil ihre Felder brachliegen und die Abgaben erhöht werden. Die wollen verhandeln, mit dem Schwäbischen Bund. Daher haben sie sich auch im letzten Monat in Memmingen getroffen, um ihre Forderungen zusammenzufassen.«

»Wer ist der Schwäbische Bund?«, fragte Sophie.

»Der Zusammenschluss der schwäbischen Reichsstädte«, sagte der Hauptmann und bestellte den dritten Humpen. »Wurde schon vor geraumer Zeit von Kaiser Friedrich III. gegründet, da der schon ahnte, was da kommen sollte. Und wer lässt sich schon freiwillig etwas wegnehmen? Nun, die Bauern haben also ihre zwölf Artikel formuliert, und wisst Ihr, was sie wollten?«

Sophie schüttelt den Kopf.

»Zum Beispiel Freiheit der Person, freie Nutzung der Wälder, freies Jagen, freie Wahl des Dorfpfarrers, Abgaben, die sie nicht ruinieren, und vor allem keine willkürliche Rechtsprechung mehr. Also nichts, was sich unsereiner nicht auch wünschen würde. Nach Generationen der Ausbeutung und der Frondienste weht eben ein neuer Wind durch ihre Reihen. Nicht zuletzt nachdem dieser Mönch Luther angefangen hat, den Ablasshandel der Kirche anzuprangern und Schriften wie ›Von der Freiheit eines Christenmenschen‹ zu formulieren. Aber er ist nur ein Funke, der den ausgedörrten Haufen Brennholz in Brand setzt.« Wiesinger trank weiter, und Sophie begann sich zu fragen, wann er vom Stuhl kippen würde. Aber der Hüne schien gut in Übung zu sein, was seinen Alkoholkonsum anging.

»Wie ist die Schlacht denn ausgegangen?«

»Leipheim? Der Schwäbische Bund hat gesiegt. Kein Wunder. Mit dem Silber der Fugger haben sie gut zehntausend bewaffnete und ausgebildete Soldaten aufgestellt, während die Bauern mit ihren Sensen und Dreschflegeln um sich schlugen.«

»Aber Euer Streifschuss?«, fragte Sophie verdutzt.

Der Hauptmann grinste schief. »Wahrscheinlich eine verirrte Kugel aus den eigenen Reihen«, sagte er bitter. »Wie dem auch sei. Die Führer des Leipheimer Haufens wurden im Handumdrehen hingerichtet und die Stadt für ihre Kooperation mit den Bauern gut zur Kasse gebeten.«

»Dann sollte der Adel doch endlich zufrieden sein.« Sophie verstand ihren eigenen Zorn nicht.

»Von wegen«, sagte der Hauptmann, dessen Zunge langsam schwer vom Wein wurde. »Jetzt schlagen die Bauern wieder zurück. In Weinsberg haben sie den Grafen Ludwig von Helfenstein Spießruten laufen lassen. Kein schöner Tod, kann ich nur sagen.«

»Wen?«

»Den Schwiegersohn des verstorbenen Kaisers Maximilian I.«

»Oh.«

»Eben.«

Jetzt nahm auch Sophie einen guten Schluck. »Ihr meint also, es fängt gerade erst an? Es wird weiterhin Krieg geben?«

»Was meint Ihr wohl, warum der junge Pfalzgraf seine Soldaten nach Neuburg zurückbeordert, obwohl ihm die Fugger gutes Geld bieten? Die Querelen kommen ihm zu nah an seine eigenen Ländereien.«

Und ich sitze hier und wirke Osterdeckchen, dachte Sophie. Gleich darauf meldete sich schon ihr kaufmännisches Ich. Wir sollten Drillich und Wolldecken herstellen, wenn das Heer wirklich anrückt. Aber dann schalt sie sich zur Erleichterung der heiligen Walburga für ihre eigenen Gedanken. Wie konnte sie nur darüber nachdenken, am Krieg zu verdienen?

»Wann wird es so weit sein?«, fragte sie zaghaft.

Der Hauptmann lachte laut auf. »Morgen, übermorgen oder

gar nicht.« Er zuckte mit den Schultern. »Die Frage kann Euch wirklich niemand beantworten. Wenn das Heer des Schwäbischen Bundes sich weiter um die anderen Bauernhaufen kümmert, zieht es von hier fort Richtung Westen. Das ist wahrscheinlich. Aber auch hier kann es – angefeuert von den Siegen der Bauern anderswo – jederzeit zu Aufständen und Unruhen kommen. Müssen ja nicht immer gleich Tausende von Mann sein. Knapp fünfzig reichen auch, wie man an Eichstätt sieht.«

»Eichstätt?«, fragte Sophie alarmiert.

»Dort haben sie das Benediktinerinnenkloster verwüstet«, sagte der Hauptmann und trank seinen Becher leer. »Was jetzt die braven Nonnen dafür können, weiß der Himmel. Aber offenbar sind einige Klöster den wütenden Bauern zum Opfer gefallen.«

Sophie hatte das Gefühl, als tue sich ein großes, schwarzes Loch vor ihr auf. Sankt Walburg verwüstet? Nacheinander tauchten die Gesichter von Schwester Augusta, Schwester Imma, Schwester Klarissa und Schwester Maria vor ihr auf. Die Äbtissin. Die Zellerarin. Schwester Anselma und sogar Uthilda von Staben! Was war aus ihnen geworden?

»Was genau ist dort passiert?«, fragte sie ungeduldig. »Sind die Nonnen tot?«

»Ein paar sicherlich«, brummte Wiesinger, dem das herzlich egal zu sein schien. »Jeder Krieg fordert seine Zufallsopfer. Warum interessiert Ihr Euch so dafür?«

Sophie machte eine abwinkende Handbewegung. Der Hauptmann musste nichts von ihrer Vergangenheit erfahren. Mit einem Zug leerte sie ihren Becher. Dann verabschiedete sie sich von ihm und eilte mit raschen Schritten nach Hause. Der Zufall wollte es, dass sie im Hof mit Meister Adam zusammenstieß, der besorgt ihr verstörtes Gesicht betrachtete.

»Was ist mit dir? Machst du dir Sorgen wegen des Krieges?«, fragte er, während er Sophie half, ihr Gleichgewicht wiederzufinden. »Das ist doch alles Unsinn, die Kämpfe werden sich schon bald viel weiter nach Westen verlagern. Neuburg wird dieses Mal verschont bleiben.«

»Neuburg schon«, keuchte Sophie. »Aber Eichstätt nicht.«

»Wie bitte?« Meister Adam wirkte verwirrt. Aber da war auch eine besondere Wachsamkeit in seinem Blick.

»Ich habe gerade die Nachricht erhalten, dass das Kloster Sankt Walburg in Eichstätt angegriffen wurde«, brach es aus Sophie heraus. »Sie haben es wohl dem Erdboden gleichgemacht!«

Meister Adam wurde bleich. »Auguste«, murmelte er und sprach den Namen aus, wie er ihn aus Arras kannte.

»Wer?«, fragte Sophie, nun ihrerseits verwirrt.

Aber der Webmeister antwortete ihr nicht. Verblüfft sah sie ihm nach, wie er seinen Knecht anwies, sein Pferd zu satteln.

Sie folgte ihm ins Haus, wo er sich einen Mantel überwarf und hohe Stiefel anzog. Dann prüfte er den Inhalt seiner Börse.

»Was habt Ihr vor?«, fragte sie atemlos, während sie eine böse Ahnung beschlich. Meister Adam hastete an ihr vorbei und brüllte auf dem Hof ungeduldig nach seinem Pferd.

»Frank«, schimpfte Sophie und nannte ihn zum ersten Mal bei seinem Vornamen. »Du sagst mir augenblicklich, was du vorhast!«

Mit präzisen Griffen prüfte Meister Adam das Sattelzeug und den Sitz der Satteltaschen. Dann schwang er sich auf sein Pferd. Sophie glaubt schon, dass er fortreiten würde, ohne ihr sein Ziel zu nennen. Sie stampfte mit dem Fuß auf.

»Zum letzten Mal, wohin reitest du? Du kannst uns doch nicht alle im Ungewissen lassen!«

Der Webmeister nahm die Zügel auf und sah Sophie düster an. »Ich reite nach Eichstätt.«

»Dachte ich mir«, erwiderte Sophie. »Aber warum?«

»Auguste«, wiederholte er. »Deine Schwester Augusta – sie war die Liebe meines Lebens.«

Damit trieb er den Wallach an und galoppierte aus dem Hof.

Wie betäubt war Sophie im Hof zurückgeblieben. Sie hatte geahnt, dass es eine Verbindung gab zwischen der Lehrerin des Webmeisters und der ihren. Doch niemals wäre sie auf den Gedanken gekommen, dass sie dieser Natur sein könnte. Aber hatte ihr nicht Schwester Augusta selbst verraten, sie würde die Liebe kennen? Auch die betagte Nonne war schließlich einmal jung gewesen.

Die folgenden Tage vergingen daher in bangem Warten. Warten auf das Heer des Pfalzgrafen, mit dem womöglich ihr Bruder in die Stadt zurückkehrte, und warten auf die Rückkehr des Webmeisters und seine Nachrichten aus Eichstätt. Sie verfluchte den Umstand, dass sie nicht einfach mit ihm gegangen war. Jede noch so beschwerliche Reise wäre leichter zu ertragen gewesen als diese elende Warterei.

Die erste Zeit war Sophie unruhig durch die Webstube gelaufen, nachdem sie Hans, Michel, Babett und Margaret irgendeine Geschichte von einem erkrankten Freund aufgetischt hatte. Sie hoffte natürlich, dass die Inspiration dieser Geschichte, der Wirt Thomas Steiner, sich bester Gesundheit erfreute. Dann hatte sie sich an ihren neuen Webstuhl gesetzt und mit der Hand liebevoll über das glatte Holz des Rahmens gestrichen. Sie würde tun, was ihr schon so oft geholfen hatte, wenn sie verwirrt und hilflos war. Sie würde weben. Wie im Traum spannte sie die Kettfäden für eine weitere Wirkarbeit ein. Da sie sich noch keine Gedanken über das Motiv gemacht hatte und auch kein Karton vorbereitet war, begann sie einfach mit einem floralen Muster, das sie an Schwester Augustas zweiter Tapisserie so lange geübt hatte, bis es ihr in Fleisch und Blut übergegangen war. Aus den Blumen ergaben sich weitere Formen, und ehe Sophie sich versah, wirkte sie das Motiv der heiligen Walburga, das sie vor einem Jahr der Äbtissin von Eichstätt als Fensterbehang geschenkt hatte. Was mochte aus ihrem Werk geworden sein? War es verbrannt, gestohlen, gerettet? Und was war mit der Tapisserie von Schwester Augusta und

Thilmanns meisterhaften Tafelbildern geschehen? Waren diese Kunstwerke für immer verloren? Vor ihrem inneren Auge sah sie immer wieder die verkohlten Reste der Klostermauern vor sich, als ob sie davorstünde.

Die anderen Weber wunderten sich, dass Sophie so abwesend war und ihnen kaum über die Schulter sah. Babett und Hans tauschten besorgte Blicke und stellten ihr wenigstens hin und wieder einen Becher Wein oder heiße Suppe hin. Aber die Werkstatt hatte gut zu tun, und die Webstühle klapperten emsig. Michel freute sich über die guten Geschäfte, die sie mit den Tüchern machten. Hans erging sich in immer kühneren Farbkombinationen und feilschte mit dem Färber Aubach erbittert um jede Farbnuance. Babett versuchte, sich von Sophie die Grundlagen des Wirkens abzuschauen, und Margaret hing ihren Gedanken nach, deren Inhalt zweifelsohne die plötzliche Reise des Webmeisters war. Als Bartl Ludwig wieder vorbeikam, um sich nach neuer Ware zu erkundigen, wurde Sophie bewusst, dass das Leben weiterging.

»Es war eine ausgezeichnete Idee von Euch, die Schultertücher jetzt zum Frühjahr in einer leichteren Qualität zu weben«, lobte er Sophie. »Auch die heiteren Farben und blumigen Muster treffen ganz genau den Geschmack der Damen. Ihr versteht wirklich etwas davon, was sich wie gut verkaufen lässt.«

Sophie winkte ab. »Ich weiß nur, was ich selbst kaufen würde«, murmelte sie abwesend.

Der Händler ließ sich von ihrer gedrückten Stimmung nicht beeinflussen.

»Auch Eure Wirkarbeit ist ausgezeichnet angekommen«, er ließ einen Beutel mit Münzen vielversprechend klingeln. »Dreizehn Gulden für Euch. Ein hübscher Batzen Geld.«

Sophie nahm den Beutel dankend entgegen. Fast widerwillig zählte sie das Geld nach, aber sie musste gegenüber dem Händler ein Mindestmaß an Normalität aufrechterhalten. Auch nach Abzug der Materialkosten und der Provision blieb ein hübscher Gewinn für die Werkstatt und sie selbst übrig.

»Woher habt Ihr eigentlich das Motiv?«, plapperte Bartl Ludwig weiter, während Sophie die Münzen überflog. »Hat Meister Weber einige Motive hier vergessen?«

Fast wäre Sophie das ganze Geld aus der Hand gefallen. »Meister Weber?«, fragte sie mühsam.

»Na, der junge Maler, der hier gewohnt hat. Einige Wochen, bevor Ihr selbst eingetroffen seid. Er hat die Kammer über dem Lager vor Euch gemietet.«

Das Blut toste in Sophies Ohren. Konnte das sein? Schlief sie, ohne es zu wissen, seit Monaten in dem Bett, in dem Thilmann genächtigt hatte, als er in Neuburg weilte?

»Talentierter Bursche«, fuhr Bartl Ludwig fort. »Hat in der Sankt-Magdalenen-Kapelle eine kleine Wandnische ausgemalt, in der der Putz abgebröckelt war. Als ich Eure Decke gesehen habe, habe ich gleich so ein vertrautes Gefühl gehabt. Tja, und dann ist es mir vor einigen Tagen plötzlich eingefallen. Euer Motiv ist eindeutig in seinem Stil gehalten!«

»Wo ist er jetzt?«, fragte Sophie.

»Oh, er wollte weiter nach Italien«, berichtete der Händler. »Wollte den Winter in einem milderen Klima verbringen.« Bartl Ludwig rieb sich die Fingerknöchel. »Kann ich ihm gut nachfühlen. Mir sitzt die Gicht auch in den Knochen. Gut, dass endlich wieder etwas Frühlingssonne darauf scheint.«

Sophie konnte es nicht fassen. Thilmann hatte bei Meister Adam gewohnt. Welche Streiche spielte ihr das Schicksal noch? Sollte sie den Maler tatsächlich nur um kurze Zeit verpasst haben?

Der Händler sah sie mit einem Glitzern in den Augen an. »Kanntet Ihr ihn etwa?«

Sophie schüttelte den Kopf. Ich habe ihn geliebt, dachte sie. Das ist etwas ganz anderes.

»Nun«, fuhr der Händler fort und betrachtete Sophie eingehend. »Aber er kannte anscheinend Euch. Ihr solltet Euch das Fresko einmal ansehen, das er in Sankt Magdalenen erstellt hat. Ihr werdet Euch wundern.«

Sophie sah den Händler unverwandt an und versuchte herauszufinden, ob in seiner Stimmer etwas Bedrohliches mitschwang. Aber sie spürte nur unverhohlene Neugierde und einen gewissen Schalk. Dann reichte ihr der Händler artig die Hand und packte seine Bündel auf den Wagen.

»Bis auf bald, Frau Sophie. Und grüßt mir Meister Adam, wenn er zurückkehrt«, rief er über die Schulter. »Ich habe gehört, er besucht einen kranken Freund? Hoffentlich ist es nichts Schlimmes. In diesen Zeiten …«

So schnell macht eine Lüge also die Runde, dachte Sophie und hob die Hand zum Gruß. Sie wartete, bis der Händler um die nächste Ecke verschwunden war. Danach eilte sie in ihre Kammer, warf sich ein einfaches Tuch über Schultern und Haar und machte sich auf den Weg nach Sankt Magdalenen. Sie fand die schlichte, weiß gekalkte Kapelle in der Nähe der Färbergasse und trat ein. Ihr Blick suchte die Seitenwände ab, und schon nach wenigen Schritten hatte sie die Nische gefunden, in der erst vor Kurzem gearbeitet worden war. Auf den ersten Blick wusste Sophie, dass es ein Werk von Thilmann war. Nicht nur die Bildgestaltung und die Kunstfertigkeit der Darstellung verrieten seine vertraute Hand. Die Frau, die ihr als Maria Magdalena mit einem leuchtend blauen Gewand bekleidet von der Wand entgegenlächelte, war unverkennbar Sophie selbst.

Kapitel 20

Sophie wusste nicht, wie sie zurück in die Werkstatt gekommen war. Es dämmerte bereits, als sie die Stiegen zu ihrer Kammer emporstieg und sich mit brennenden Augen auf ihr Bett legte. Tief sog sie den Atem ein, um eine Spur von Thilmann zu finden. Aber sie roch nur Stroh und Leinen und begriff schließlich, dass sie ihn hier nicht mehr finden würde. Es spielte keine Rolle mehr, wie nahe sie ihm gewesen war und wie nahe sie sich ihm jetzt fühlte. Er war fort.

Endlich flossen ihre Tränen. Zuerst langsam und heimlich aus den Augenwinkeln. Dann schüttelten lautlose Schluchzer sie, bis sie sich schließlich herumwarf und ihren Tränen freien Lauf ließ. Voller Sehnsucht und kalter Wut über ihren Verlust weinte sie sich ihre Liebe zu dem jungen Maler aus jeder Faser ihres Herzens.

Sie wusste nicht, wie lange sie so gelegen und ihr Schicksal verflucht hatte. Mit einem Mal drangen Geräusche vom Hof an ihr Ohr, und sie schnellte ans Fenster. Meister Adam war zurückgekehrt. Er sprang von seinem Pferd und warf die Zügel einem verschlafen wirkenden Knecht zu. Sophie fragte sich kurz, wie er zu so später Stunde noch durch das Stadttor gelangen konnte, denn es war bereits dunkle Nacht. Aber dann fiel ihr wieder ein, woher er kam. Eichstätt! Er konnte ihr berichten, was in Eichstätt geschehen war. Wie es den Schwestern ergangen war. Mit fliegenden Händen suchte sie nach einer Kerze, bis ihr einfiel, dass sie kein Feuer mit hinaufgebracht hatte. Vorsichtig tastete sie sich die schmale Stiege hinunter und lief über den jetzt einsamen Hof.

Im Haus war es still. Die Köchin schlief außerhalb, und die

tumbe Magd hatte einen Schlaf wie ein Ochse. Ohne anzuklopfen, trat Sophie in die Wohnstube, in der Meister Adam gerade eine Lampe entzündete. Das flackernde Licht warf seltsame Schatten auf sein Gesicht, die mit dem dunklen Bart und den dunklen Augen zu einer dramatischen Maske verschmolzen. Er war über und über mit Dreck und Lehm bespritzt, und Sophie sah ihm an, dass er kaum aus dem Sattel gekommen war. Tausend Fragen drängten sich in ihr, während sie langsam auf ihn zutrat.

Er las die Fragen in ihren Augen, aber was er gesehen und erfahren hatte, verschloss ihm noch immer den Mund. Erschöpft an Körper und Geist, betrachtete er die junge Frau, als sähe er sie zum ersten Mal. Ihr Haar war zerzaust und die Augen ungewöhnlich blank. Sie hatte geweint, und er beneidete sie darum. Er sehnte sich ebenfalls danach, dass seine Tränen ihm Erleichterung verschaffen würden, aber in ihm war nichts als eine stumpfe, drückende Beklemmung, die ihren Weg aus seinem Herzen noch nicht gefunden hatte. Bis jetzt. Bis er Sophie wiedersah, hier, in seiner Wohnstube in Neuburg, das so nah an Eichstätt lag und doch so unendlich weit fort. Er sah, wie sie näher kam. Jede Bewegung eine zögernde Frage, jeder Blick eine Hoffnung, dass er ihr Gutes zu berichten hätte. Und doch lag noch mehr in ihren Augen. Das Gefühl eines großen Verlustes, das er selbst so gut kannte. Wusste sie bereits, was er ihr würde berichten müssen?

Schweigend standen sie einander im flackernden Licht der Kerze gegenüber. Dann hob er schließlich die Arme und zog Sophie an sich. Sie lehnte sich in seine Wärme, und ihre Arme schlossen sich unter seinem Mantel um seine Taille. Sie spürte den Gürtel und die Waffe, die darin steckte und die sie bei seiner Abreise nicht bemerkt hatte. Sie spürte seinen Herzschlag, der gleichmäßig und fest schien und doch so gar nicht zu dem passte, was sie in seinen Augen gelesen hatte. Den Schmerz brauchte er ihr nicht zu beschreiben. Für den Verlust brauchte sie keine Erklärung. Sie wusste genau, wie es in ihm aussah, und in diesem Augenblick waren sie sich so nahe.

Langsam hob er ihren Kopf und suchte ihre Lippen. Erst sanft und vorsichtig, dann fester und verzweifelter. Ein Schluchzen entrang sich ihrer Kehle, das er fortküsste, während seine Arme sie an ihn pressten. Auch Sophie spürte, wie sie sich längst an ihn klammerte, wie ihr Körper zu ihm drängte. Sie öffnete seine Mantelschnalle, und er ließ ihn zu Boden gleiten. Dann hob er sie auf seine Arme und trug sie die Stiege hinauf. Erst auf seinem Bett begann sie, die Schnüre ihres Mieders zu lösen und ihre kühle Haut von seinen Berührungen wärmen zu lassen. Sie waren einander Halt, Vertrauen und Verlangen in einer Nacht, die einsam und dunkel begonnen hatte.

Die Morgendämmerung kroch bereits durch das Fenster, als Sophie in den Armen des Webmeisters erwachte. Verwirrt sah sie sich um, bis sie in seine dunklen Augen blickte. Er hatte keinen Schlaf finden können und die Frau in seinen Armen bewacht und behütet wie einen zerbrechlichen Schatz. Sophie war sich unsicher, wie sie mit der Situation umgehen sollte. Die Morgendämmerung tauchte alles in ein so anderes Licht als der Mond.

Meister Adam verzog spöttisch den Mund. »Und?«, fragte er. »Bereust du schon, was geschehen ist.«

»Noch nicht«, erwiderte Sophie wahrheitsgemäß. »Sollte ich es denn tun?«

Jetzt lächelte er sie aufrichtig an. Seine Hand glitt in ihren Nacken, und er zog sie für einen Kuss an sich. »Nicht, was mich anbetrifft. Es mag eine seltsame Stimmung gewesen sein, die uns zueinander gebracht hat. Aber das Ergebnis gefällt mir auch bei Tageslicht noch ausnehmend gut.« Dabei glitt sein Blick unwillkürlich auf ihre Brüste, die vom Laken kaum bedeckt waren.

Sophie zog instinktiv die Decke hoch und errötete etwas.

Dann schwiegen sie beide, und Sophies unausgesprochene Frage stand im Raum. Was hatte er in Eichstätt erlebt?

»Es war furchtbar«, sagte er schließlich, ohne dass sie ihn hätte fragen müssen, und rieb sich die Augen mit Daumen und Mittelfinger seiner rechten Hand. »Wirklich furchtbar. Viele der Nonnen haben ihr Leben verloren oder wurden verletzt, obwohl sie sich den Angreifern gar nicht entgegengestellt hatten. Wer zufällig im Weg stand, wo es Lebensmittel oder Gold gab, wurde einfach niedergemetzelt. Der Hass auf die Kirche muss sehr groß geworden sein bei den einfachen Leuten.«

Sophie lauschte seinen Worten und versuchte, es sich vorzustellen. Schwester Benedicta vor ihrer Schatulle. Die Äbtissin in ihrem Skriptorium. Die Köchinnen vor der Speisekammer.

»Aber sie haben das Kloster nicht vollständig niedergemacht«, fuhr der Webmeister seinen Bericht fort. Seine Hand streichelte wie von alleine Sophies Arm und tröstete sie und ihn. »Es gab einige Brände. Mobiliar wurde geraubt und bestimmt das eine oder andere schöne Stück. Aber das meiste steht noch. Die Nonnen haben sich wohl zum größten Teil in die Kirche geflüchtet, um den Angreifern zu entgehen. Diese anzuzünden fehlte den Bauern dann doch der Mut.«

Sophie seufzte auf. Doch eine Erleichterung wollte sich nicht einstellen. Sie überlegte, ob sie nach Namen fragen sollte, der Toten und der Überlebenden, aber der Webmeister hatte unmöglich nach einzelnen Personen fragen können. Bis auf eine Ausnahme.

»Und … sie?« Sophie wagte nicht, den Namen laut auszusprechen. Die Hand hörte auf, sie zu streicheln, und legte sich schwer nieder. Sophie bemerkte, wie kühl die Finger waren.

»Sie ist tot«, kam die Stimme aus dem Dämmerlicht. Sophie wagte nicht, ihn anzusehen. Sein Schmerz musste den ihren noch übertreffen. »Die Vorratskammer der Webstube wurde ebenso geplündert wie die der Spinnerei, der Färberei und natürlich aller anderen Orte, an denen es etwas zu holen gab. Sie muss sich ihnen in den Weg gestellt haben, als sie eines ihrer Werke vom Webstuhl reißen wollten.«

Die Tapisserie, dachte Sophie. Unsere Tapisserie.

»Wen konntest du dazu befragen?«

»Eine Schwester Imma«, sagte der Webmeister. »Sie wurde nur niedergeschlagen und befand sich schon wieder bei Kräften.«

Ein bisschen wärmende Freude durchfuhr Sophie. Schwester Imma hatte überlebt! Sie war versucht, ihn zu fragen, ob er der Nonne von Sophie erzählt hatte. Aber ihr eigenes Schicksal war in diesen Augenblicken denkbar unwichtig gewesen. Er hatte erfahren, dass Schwester Augusta tot war. Sophie spürte plötzlich, dass ihr die Tränen stumm über die Wangen rannen. Sie zögerte, doch dann stellte sie ihm die Frage, die noch zwischen ihnen stand. »Was hat sie dir bedeutet?«

Er schwieg einen Augenblick. Nur seine Hand griff plötzlich fester um ihren Arm. »Sie war meine große Liebe«, sagte er. »Mein Vater schickte mich nach Frankreich, als ich fünfzehn war. Ich sollte dort alles über das Weben lernen, wo sie es am besten beherrschten. Also ging ich nach Paris. Nach Reims. Und schließlich nach Arras. Und dort begegnete ich ihr. Auguste war die Tochter des Meisters, bei dem mein Vater mich untergebracht hatte. Sie war unvergleichlich talentiert und zögerte nicht einen Augenblick, mich an ihren Geheimnissen teilhaben zu lassen. Auch wenn sie mich immer ganz von vorne anfangen ließ. Aber das kennst du ja schon.«

Sophie nickte.

»Wir webten bis in die späten Abendstunden, und es dauerte nicht lange, bis sich unsere Gespräche nicht mehr nur um Garne, Webstühle und Muster drehten. Wir wurden ein Liebespaar. Heimlich zwar, aber Abaelard und Héloïse können sich nicht inniger begegnet sein, als wir beide es taten.«

Sophie lauschte gespannt. »Aber …«, hob sie an. »Aber sie muss doch erheblich älter gewesen sein als du.«

Der Webmeister lächelte und zeigte die vielen Fältchen um seine Augen. »Nun, ich bin ja auch erheblich älter als du«, sagte er verschmitzt. »Auguste war zehn Jahre älter. Aber nicht verheiratet. Das hätte unserem Skandal noch die Krone aufgesetzt. Eine alte Lehrerin verführt ihren siebzehnjährigen Schüler.«

»Ein Mann wäre mit siebenundzwanzig gerade mal im besten Alter«, widersprach Sophie. »Wenn du sie geliebt hast, war sie noch nicht alt.«

»Das erzähle mal den Matronen, die sich am Brunnen das Maul über dich zerreißen und munkeln, dass du deine Seele dem Teufel verkauft hast, um so gut weben zu können.« Er nahm Sophie fester in den Arm, die an die Weiber dachte, die damals über sie und Heinrich von Sternau geklatscht hatten.

»Nun, es kam, wie es kommen musste«, fuhr der Webmeister fort. »Ihr Vater ertappte uns bei einem Stelldichein und schickte mich sofort nach Hause. Ich hatte so gut wie keine Möglichkeit, mich von ihr zu verabschieden. Auf meine Briefe erhielt ich nie eine Antwort, und so wusste ich nicht, was aus ihr geworden war, bis du hierhergekommen bist.«

»Warum hast du nicht um sie angehalten?«, fragte Sophie verständnislos. Von Männern, die sich zu leicht fortschicken ließen, hatte sie langsam genug.

»Ich wollte ja«, sagte er. »Aber sie hat abgelehnt. Sie war der Meinung, dass man uns den Altersunterschied weder in Arras noch Neuburg, noch sonst irgendwo verzeihen würde. Und wahrscheinlich hatte sie recht.«

Sophie verkniff sich die Bemerkung, dass er es nun niemals herausfinden würde.

»Und ich war jung«, fuhr der Webmeister fort. »Das soll keine Entschuldigung sein, aber vielleicht der Versuch einer Erklärung. Als ich nach Neuburg zurückkam, spannte mein Vater mich in seinem Geschäft ein und ließ mir nicht einmal mehr die Zeit für einen Besuch in der Schenke. Als er starb, war ich schon weit über zwanzig. Ich dachte nicht, dass ich Auguste jemals wiederfinden würde. Wie hätte ich auch ahnen sollen, dass sie damals bereits Nonne war und vielleicht schon in Eichstätt? Um mir nahe zu sein? Also flüchtete ich mich in mein Talent. Meinen Erfolg.«

Sophie wurde unbehaglich. Die Geschichte ähnelte ihrer eigenen zu sehr.

Sie dachte an Thilmann. Jung bin ich auch. Hätte ich ihn nicht gehen lassen sollen? Aber es war zu spät.

»Ich nahm eine Frau«, erzählte der Webmeister weiter. »Eine gute Frau, die nur ein wenig jünger war als ich. Sie gebar unseren Sohn, und für eine Weile dachte ich, dass ich doch noch glücklich werden könnte. Dass Gott mir meine schlechten Taten und meine Feigheit doch noch verzeihen würde. Aber dann starben sie vor einigen Jahren beide an einem Fieber. Zuerst mein Sohn und dann meine Frau. Der Verlust des Kindes hatte sie kampflos gemacht. Ich hielt ihre Hand, als das Leben daraus schwand. Und mit ihren letzten Worten verzieh sie mir, dass ich sie nie geliebt hatte.«

Sophie sah ihn vorsichtig an. Seine Miene blieb unbewegt, und sie erinnerte sich an die romantisch verfärbte Version der Geschichte,die Babett ihr einst erzählt hatte. So unterschiedlich also konnte man die Dinge betrachten. Noch immer zeigte sich auf seinem Gesicht keine Träne. »Erzähl mir von ihr«, forderte der Webmeister sie nun auf, und Sophie verstand, dass er gerne über Auguste sprechen wollte.

»Wie hast du sie kennengelernt?«

Sophie dachte nach. Was konnte sie ihm erzählen, ohne seine Erinnerung an seine Jugendliebe zu zerstören?

Alles, sagte die heilige Walburga, die wieder einmal heimlich zugehört hatte. Sie war eine wunderbare Frau. Mit siebenundzwanzig genauso wie dreißig Jahre später.

Also berichtete Sophie. Wie sie zu Schwester Augusta in die Webstube gekommen war, wie sie über das gemeinsame Interesse an der Kunst der Wirkerei gute Freundinnen geworden waren. Sie erzählte von Uthilda von Staben, die ihr die Hände verbrüht hatte. Von der Novizenmeisterin, die sie drangsaliert hatte. Nur von Thilmann erzählte sie nichts. Es war, als stünde der Maler neben ihr und legte sanft einen Finger an den Mund.

»Ich kann es nicht glauben, dass sie tot ist«, schloss Sophie schließlich. »Außer meinem Vater und meinem Bruder gab es nie jemanden, der so gut zu mir gewesen ist.«

Frank Adam zog Sophie fester an sich. »Vielleicht hat es Gott gefallen, uns so zusammenzuführen«, sagte er leise. »Ich kann nur für mich sprechen, Sophie, aber ich lobe den Tag, an dem du deinen Fuß über meine Schwelle gesetzt hast. Ich hätte zwar niemals geglaubt, dass wir eines Tages hier zusammen liegen würden. Aber jetzt wage ich sogar zu hoffen, dass es unser Schicksal ist.«

Er machte eine Pause, und Sophie rutschte nervös hin und her.

»Ich würde dich in den Stand einer Meisterin erheben. Dir alle Freiheiten in der Werkstatt lassen. Dir mein Haus anbieten. Wie du weißt, habe ich keinen Erben, und du bist so viel jünger als ich. Eines Tages könnte diese Werkstatt ganz dir gehören und dein Leben für alle Zukunft sichern. Und ich würde nur das Lager mit dir teilen, wenn du es auch möchtest, Sophie. Ich hatte kein Glück mit einer älteren Frau, und ich hatte kein Glück mit einer Frau in meinem Alter. Ich habe den gesamten Weg von Eichstätt hierher darüber nachgedacht, ob nicht du die Richtige für mich bist. Willst du meine Frau werden?«

Verwirrt hielt Sophie inne. Ihr Herz klagte leise bei den Worten des Webmeisters. Sollte eine Vernunftehe alles sein, was ihr von der Liebe blieb? Aber ihr Verstand forderte sie auf, den Mut zu haben. Was konnte sie hier nicht alles bewegen? Unwillkürlich sah sie vor ihrem inneren Auge Tapisserien, die eines Kaisers würdig wären. Und hatte sich die Liebe nicht als wankelmütiges Wesen entpuppt, das stets für seine leeren Versprechungen hofiert werden wollte und sie letztendlich doch nicht einhielt? Sie wusste, dass der Webmeister sie nicht noch einmal fragen würde. Er würde auch nicht lange auf eine Antwort warten. Schließlich stützte sie sich auf einen Ellenbogen, um ihm ins Gesicht sehen zu können. Seine dichten Brauen und der Bart waren grau durchzogen. Die Linien auf seinen Wangen zeigten sich auch, wenn seine Miene ruhte. Er war fast dreißig Jahre älter als sie. Aber er meinte jedes Wort so, wie er es gesagt hatte, was sie von den jüngeren Männern in ihrem Leben nicht wirklich behaupten konnte. Und er bot ihr den Weg zu ihrer wahren Liebe, der Weberei.

Sie lächelt ihn an. »Ja. Das halte ich für eine gute Idee«, sagte sie und drückte seine Hand.

Sophie schlich sich zurück in ihre Kammer, bevor die Werkstatt zum Leben erwachte. Sie hatten sich auf eine Hochzeit im späten Sommer geeinigt. Das würde ihnen genug Zeit lassen, die Werkstatt und die Mitarbeiter vorzubereiten. Sophie hatte zaghaft eingeworfen, ob er an Margaret gedacht hätte. Verständnislos hatte Frank Adam sie angesehen, bis sie ihm erklärte, dass die Witwe nur deshalb so fleißig in der Werkstatt arbeitete, damit sie eines Tages vielleicht Frau Adam werden könnte.

»Aber sie isst doch nicht einmal zusammen mit uns«, hatte der Webmeister darauf überrascht erwidert.

»Was soll sie auch tun, wenn wir alle mit am Tisch sitzen und sie neugierig beobachten?«, sagte Sophie. »Dazu hätte ich auch keine Lust. Aber sie wartet sehnsüchtig darauf, dass du sie einmal auf einen Becher Wein einlädst.«

»Tatsächlich?«, sagte der Webmeister. »Der Gedanke wäre mir nie gekommen.«

Männer, dachte Sophie. Vielleicht ist es gar nicht so schlecht, es mit einer Vernunftehe zu probieren.

»Nun, sie wird damit zurechtkommen müssen«, fuhr der Webmeister fort. »Denn ich habe eine viel bessere Wahl getroffen.« Er lächelte sie warmherzig an, und Sophie bemerkte, dass er sie wirklich mochte.

Er wird dich gut behandeln, sagte die heilige Walburga.

Heißt das, dass ich deinen Segen habe? Sophie lächelte in Gedanken.

Das heißt, dass du kaum Gefahr läufst, einen großen Fehler zu machen. Oder glaubst du wirklich, dass dir die Liebe noch einmal einen schmucken Freiherrn oder talentierten Künstler in den Weg stellt, der es dieses Mal ernst genug meint?

Thilmann hat es ernst gemeint, verteidigte Sophie ihn.

Ist er hier oder ist er nicht hier?, fragte die Stimme in ihr. Bist du mit ihm gegangen oder bist du nicht mit ihm gegangen?

Sophie seufzte. Die heilige Walburga hatte recht. Die Chance war vertan. Und eine neue tat sich auf.

Als sie ihre Verlobung schließlich bekannt gaben, begrüßten die anderen Weber die Nachricht. Michel freute sich darüber, dass Sophie die Werkstatt zu ihrer aller Vorteil führen würde, während Hans und Babett romantische Gefühle hinter der Verlobung vermuteten und Sophie von Herzen Glück wünschten. Nur Margarets Gesicht versteinerte, als Meister Adam mit Sophie an seiner Seite die Nachricht verkündete. Ihr kalter Blick legte sich auf Sophie, die sich sofort an Uthilda von Staben erinnert fühlte. Kann ich denn nicht einmal etwas erreichen, ohne dass ein anderer Mensch mich dafür mit seinem Neid verfolgt?, dachte sie resigniert. Wie zu erwarten, suchte Margaret den Meister gleich im Anschluss auf und kündigte ihre Mitarbeit. Sophie wusste nicht, was ihm die Witwe noch alles an den Kopf geworfen hatte, aber als er mit ihr die Wohnstube wieder verließ, wirkte er zerknirscht und schuldbewusst. Dennoch zwinkerte er ihr beruhigend zu.

Von Sophie verabschiedete sich Margaret kühl. »Als Weberin achte ich dich und dein Kunst«, sagte sie. »Aber als Frau halte ich dich für eine falsche Schlange, die sich nur in ein gemachtes Nest setzen will. Du liebst den alten Mann doch gar nicht.«

»Für mich ist er kein alter Mann«, widersprach ihr Sophie.

»Aber du bist fast noch ein Kind. Es schickt sich einfach nicht.«

Sophie seufzte ergeben. Eine weitere Diskussion würde ohnehin zu nichts führen. Margaret verließ noch am selben Tag die Werkstatt. Sophie sah auf den freien Hochwebstuhl mit der begonnenen Arbeit.

»Babett«, rief sie. »Wenn du mit deiner Arbeit fertig bist, wirst du Margarets Platz einnehmen und dich mehr auf die Wirkerei konzentrieren. Wir werden hier in Zukunft erheblich mehr Ware herstellen.«

»Aber gerne, Frau Meisterin«, scherzte Babett, und Sophie hielt inne. Bald würde es ganz normal sein, dass man sie so ansprach. Frau Meisterin. Und sie wäre dann eine verheiratete Frau.

Sophie besah sich ihren Webstuhl. Gemeinsam mit Babett hatte sie die Kettfäden über die gesamte Breite eingerichtet.

»Was hast du vor?«, fragte Babett, und auch Hans und Michel kamen neugierig näher.

Sophie wandte sich ihren Webern zu. Sie hatte ihre Pläne bereits mit Meister Adam und Bartl Ludwig besprochen. Nach dem Erfolg der ersten gewirkten Stücke aus der Werkstatt Adam wollte Sophie sich nun an ein größeres Werk wagen. Tatsächlich hatte sie beiden nicht gesagt, wie groß es tatsächlich werden würde. Sie wollte eine Tapisserie wirken, wie sie sie in Eichstätt noch nicht gesehen hatte. Gut sechs auf vier Ellen sollte sie messen und groß genug für ein herrschaftliches Zimmer sein. Nachdem feststand, dass das Heer des Schwäbischen Bundes tatsächlich weiter nach Westen zog, fühlten die Neuburger sich wieder sicher und gaben sich ihren Vergnügungen hin. Sophie und Bartl Ludwig kamen zu dem Schluss, dass die Zeit reif sei für ein wirkliches Kunstwerk. Meister Adam hielt Wort und ließ Sophie weitgehend freie Hand in den Entscheidungen, die

die Werkstatt betrafen. Als seine offizielle Verlobte hatte sie Einsicht in seine Bücher und sein Vermögen erhalten und wusste, was sie investieren konnte. So hatte sie einen Maler gebeten, ihr einen Entwurf zu fertigen und – da sie in Neuburg keinen Kartonnier finden konnte – ihn mit ihrer Hilfe auf einen Karton zu bringen, den sie zum Wirken verwenden konnte. Diesen Karton zeigte sie nun den Webern, um ihn mit ihrer Hilfe hinter ihren Kettfäden anzubringen.

Die drei Weber staunten. Das Motiv war zwar denkbar einfach, aber umso wirkungsvoller. Vor einem Hintergrund aus Gärten spielten zwei Knaben gemeinsam mit einem Löwen. Sophie hatte den Inhalt gewählt, weil er eng an das Wappen des jungen Pfalzgrafen angelehnt war, das seinerzeit von seinem Onkel, dem Pfalzgrafen Friedrich, entworfen worden war. Es zeigte den jungen Ottheinrich und seinen Bruder Philipp vor dem Tor Neuburgs, auf dem der Löwe saß. Bartl Ludwig war von Sophies Wahl begeistert, da er wusste, dass sich das Motiv im aufstrebenden und durch den Hof zu neuem Reichtum gelangenden Bürger- und Patriziertum gut verkaufen lassen würde.

»Wir müssen allerdings einen Käufer finden, bevor wir mit der Arbeit beginnen«, verlangte Sophie. »Die Investitionen sind zu hoch, als dass wir sie unverbindlich tätigen können.«

Der Händler überlegte eine Weile und nickte dann. Mit dem Karton machte er die Runde bei seiner betuchten Klientel und hatte bald in einem alteingesessenen Patrizier, dessen Familie zu den ältesten Geschlechtern Neuburgs zählte, einen Käufer gefunden. Sophie begleitete den Händler bei seinem nächsten Besuch und besiegelte die Abmachung mit einem Handschlag. Zudem gelang es ihr, eine Anzahlung von hundert Gulden zu erlangen. Das war zwar nur ein Drittel der von ihr als Anzahlung geforderten Summe, aber Sophie gab sich damit zufrieden. Sie besprachen das Motiv noch einmal, und Sophie redete dem nicht gerade ansehnlichen Mann aus, sich selbst auf der Tapisserie verewigen zu lassen. Dieses Porträt hätte sie weiteres Geld bei dem Maler gekostet, mit dessen Arbeit sie ohnehin nicht besonders zufrieden war. Nachdem sie Thilmanns Talent kennengelernt hatte, war sie allerdings auch besonders anspruchsvoll geworden.

Nun saß sie also mit dem Material, das sie bereits aus der Färberei bekommen hatte, und mit Babett vor dem Webstuhl und richtete den Karton ein. Sie hatten verabredet, dass Hans und Michel sich weiterhin um die Produktion der berühmten Adam-Tücher kümmern würden, was den beiden auch recht war.

»Das ist wenigstens ehrliche Webarbeit«, hatte Michel natürlich wieder gebrummt. »Nicht so ein Gestückel und Gewerkel wie bei eurer Frauenarbeit.«

Sophie und Babett hatten ihm den Rücken zugekehrt und mit den Augen gerollt. Das Letzte, das sie an ihrer Tapisserie gebrauchen konnten, waren die ungeschickten, dicken Finger von Michel Lönner. Hans hingegen war einerseits froh, dass er sich weiterhin mit den modischen Tüchern befassen konnte, andererseits lockten ihn die schimmernden Seidengarne und bunten, gedrehten Schussfäden, die Sophie und Babett verwendeten. Wann immer er Zeit fand, kam er herüber und sah zu.

Sophie sah jedoch schnell ein, dass sie unbedingt Verstärkung brauchten. Sie mussten jemanden finden, der Babetts Platz in der Schultertuchproduktion ersetzte, und womöglich noch jemanden, der ihnen bei der Wirkarbeit zur Hand gehen konnte. Außerdem begann Sophie, nach einem Lehrling zu suchen, der in der Werkstatt aushelfen und ausgebildet werden sollte.

»Du investierst viel«, sagte der Webmeister bei einem gemeinsamen Becher Wein am Abend zu ihr.

Sophie lächelte. »Die Schultertücher verkaufen sich so gut, dass sich der zusätzliche Weber schnell rechnen wird. Und ein Lehrling braucht nicht viel. Wir belohnen ihn mit Wissen, damit er uns später gute Dienste erweisen kann.«

»Und die Wirkerin?«

Sophie lächelte, weil auch Frank gleich die weibliche Form des Berufes wählte. »Oder der Wirker«, ergänzte sie. »Nun, der wird ohnehin schwierig zu finden sein, hier in Neuburg. Vielleicht sollten wir den fahrenden Händlern Nachricht mitgeben.«

Der Webmeister dachte einen Augenblick nach. Dann nickte er. »Das wird allerdings dauern.«

Sophie hob ergeben die Schultern. »Dann ist es eben so. Hauptsache, wir beenden die Wirkarbeit bis zum nächsten Frühjahr. Spätestens zum Osterfest will der Käufer das Stück bei sich haben.«

»Das wird ja immer schöner«, spöttelte Frank Adam. »Was willst du denn im Jahr darauf produzieren, um noch mehr Anerkennung zu gewinnen? Einen ganzen Zyklus?«

Sophie lachte. »Warum nicht? Aber dafür würde ich mir dann doch mehr Zeit lassen. Natürlich müsste ich auch warten, bis die vielen Wirker bei uns klopfen, die unserem Ruf ins berühmte Neuburg folgen.«

Jetzt musste auch der Webmeister lachen. In einer der seltenen vertrauten Gesten zwischen ihnen legte er Sophie den Arm um die Schultern und küsste sie auf die Schläfe. Wie mein Vater, dachte Sophie unwillkürlich mit einem gemischten Gefühl im Bauch. Dennoch sagte ihr ihr Verstand, dass sie das Richtige tat.

Als ob ihr das Schicksal zeigen wollte, dass sie recht hatte, klopfte wenige Tage später eine Frau an die Tür der Werkstatt, die Mitte dreißig sein mochte. Ihr aschblondes Haar trug sie in einem dicken Zopf und ihr Bündel unter dem Arm.

»Hab gehört, dass hier eine Wirkmeisterin noch Hilfe braucht«, sagte sie, als Babett Sophie herangewunken hatte. Sophie nickte und betrachtete die Frau neugierig. Sie war einfach gekleidet, und ihre Mimik und Sprache ließen ebenfalls darauf schließen, dass sie aus bescheidenen Verhältnissen kam.

»Nun, dann kann ich hier ja anfangen, nicht?«, fragte sie, und es klang wie eine Feststellung.

»Tretet erst einmal ein«, forderte Sophie sie auf und versuchte, die Frau nicht nach ihrem Äußeren zu beurteilen. »Wie ist Euer Name?«

»Bin die Gunhild«, gab die Frau zurück. »Und lass doch das ›Ihr‹ und ›Euer‹. Ich bin ein einfaches Menschenkind, und solch hochwohlgeborenen Worte machen mich immer ganz wirr.«

Babett grinste, als sie der Frau einen Krug frisches Brunnenwasser hinstellte. Durstig trank sie in langen Zügen den halben Krug leer und sah sich dann um.

»Wo habt Ihr … hast du die Wirkerei erlernt?«, fragte Sophie weiter. Schon so viele Leute hatten sich bei ihr vorgestellt und hohe Löhne verlangt. Je mehr Geld sie wollten, desto erbärmlicher waren in der Regel ihre Leistungen am Webstuhl gewesen.

»Angefangen hab ich in Nürnberg«, erzählte Gunhild mit ihrer lauten Stimme. »Dann in Straßburg. Und jetzt hat meine Schwester von Nürnberg nach hier geheiratet, und da war ich auf der Feier. Da hab ich von der Werkstatt gehört, wo eine Frau sagt, wo's langgeht.«

Vorsichtig sah sich Sophie nach Hans und Michel und dem neuen Lehrling Paul um, die aber weiter beflissen ihren Aufgaben nachgingen. An Babetts Flachwebstuhl saß zudem Herrmann, ein Weber, den Michel heimlich aus der Werkstatt abgeworben hatte, in die er einst selbst hatte wechseln wollen. Da man nun bei Meister Adam deutlich besser verdiente, war Herrmann gerne gekommen. Sophie war sich im Hinterkopf bewusst, dass die beiden ebenso problemlos aus ihrer Tür hinausspazieren würden, wenn es irgendwo ein besseres Angebot gab. Aber im Augenblick bestand diese Gefahr zum Glück noch nicht.

»Nun«, sagte Sophie langsam, noch immer unschlüssig, was sie von Gunhild und ihrem offenbar recht einfachen Gemüt halten sollte. »Es stimmt schon, ich werde in wenigen Wochen den Meister der Werkstatt heiraten. Aber Meister Adam wird noch immer der Werkstatt vorstehen und die Entscheidungen gemeinsam mit mir treffen.«

»Sag ich doch«, grinste Gunhild. »Hier hat eine Frau das Sagen.«

Babett musste laut losprusten und schnappte sich schnell den Krug, um ihn wieder zu füllen.

»Nun gut«, seufzte Sophie. »Dann zeig uns doch, was du kannst.«

Was Sophie und Babett nun erlebten, kehrte ihre Meinung über Gunhild augenblicklich ins Gegenteil. Die korpulente, kleine Frau sortierte die Garne mit flinken Fingern, verschaffte sich schnell einen Überblick über die Farben und den Karton und begann, mit gezielten Griffen eine Fliete vorzubereiten. Dann setzte sie das Schiffchen an und wirkte in gleichmäßigen, zügigen Bewegungen. Sophie und Babett tauschten beeindruckte Blicke. Als Gunhild nach einer ganzen Weile noch immer keine Anstalten machte, sich nach ihnen umzudrehen, legte Sophie ihr die Hand auf die Schultern.

»Es ist gut«, sagte sie lächelnd. »Es ist ja gut! Du arbeitest so schnell und routiniert, wie ich es noch nie gesehen habe!«

Gunhild errötete. »Na, Wirken ist irgendwie eben doch auch nur Weben«, brummte sie. Dann wies sie auf den Karton hinter den Kettfäden. »Aufmalen kann ich so was aber nich«, sagte sie. »Nur dass da keiner was falsch versteht.«

Jetzt musste Sophie herzlich lachen. Gunhild war ein braves kleines Arbeitspferdchen am Webstuhl, das sich um nichts weiter Gedanken machte als um den nächsten Schussfaden. Kein Neid, keine Ambitionen, keine Querelen, dachte Sophie zufrieden. Genau das, was ich brauche.

»Gunhild«, sagte sie strahlend, »du bist willkommen!«

Kapitel 21

Die Augustsonne brannte heiß auf Neuburg nieder. Jetzt, gegen Mittag, war kaum ein Platz im Schatten zu finden, und die Menschen hatten sich in ihre Häuser zurückgezogen. Sophie betrachtete die gedeckten Tafeln im Hof. Das weiße Leinen leuchtete wie frisch gefallener Schnee. Der Blumenschmuck, der für die farbigen Akzente sorgen würde, stand noch im Lager, damit er in der Wärme keinen Schaden nahm. Aufgrund der unverhofften Hitze hatten sie den Tagesablauf umgestellt. So würde Sophie erst am Abend, wenn es etwas abgekühlt wäre, die Frau von Frank Adam, Webmeister zu Neuburg, werden.

Noch einmal sah sie zum Fenster ihrer ehemaligen Kammer über dem Lager hoch, in der längst die brave Gunhild schlief. Die einfache Frau hatte sich nicht nur als zuverlässige Wirkerin erwiesen, sie hatte in den letzten Tagen auch Elle um Elle Blumengirlanden aus Rosen und Efeu gewunden, die später den Hof schmücken würden. Sophie war gerührt ob dieses freiwilligen und von Herzen kommenden Dienstes. Gunhild hatte erklärt, dass es bei ihr zu Hause so Brauch sei. Nachbarn und Freunde flochten zu besonderen Anlässen Ranken und Girlanden, an deren Art auch Außenstehende auf den ersten Blick erkennen konnten, welches Ereignis es zu feiern gab. Angesichts ihres Eifers hatten sich Babett, Hans und sogar der mürrische Michel ebenfalls ans Werk gemacht, und Sophie hatte sich sehr gefreut. Waren die Weber doch die einzigen Freunde, die sie in Neuburg gefunden hatte, wenn sie von Bartl Ludwig und Hauptmann Wiesinger einmal absah, der sich aber schon seit Wochen nicht mehr hatte blicken lassen. Auch von ihrem Bruder fehlte jedes Wort. Das Heer war zwar nach Neuburg zurückgekehrt, und sie hatte mehr als einmal an allen möglichen Stellen nachgefragt, aber es war vergeblich gewesen. Auch nach Donauwörth hatte Sophie nach einigem Überlegen keine Nachricht geschickt. Mehrfach hatte sie Feder und Papier zur Hand genommen. Aber nach allem, was geschehen war, fand sie einfach keine Worte, mit denen sie ihren Schwestern verzeihen und sie einladen konnte. Und wie konnte sie Agnes einladen, ohne dass sie ihren Mann mitbrachte? Bei dem Gedanken an jene Nacht überfielen Sophie noch immer Wut und Abscheu. War es wirklich erst zwei Jahre her? Überrascht davon, wie tief ihr Schmerz saß, hatte sie sich schließlich mit dem Gedanken abgefunden, dass kein Mitglied ihrer Familie bei ihrer Hochzeit anwesend sein würde. Dafür hatte der Webmeister den Wirt Thomas Steiner und seine Familie eingeladen, der Sophie herzlich in den Arm nahm und ihr wie einer Tochter seinen Segen gab.

Frank Adam trat zu ihr und legte Sophie die Hände auf die Schultern. An heißen Tagen wie diesem waren seine Hände angenehm kühl, und er schien nie zu schwitzen. Sophie selbst dachte schon mit leichten Beklemmungen an ihr Hochzeitskleid, das zwar aus leichtem Batist, durch seine schweren Stickereien und Besätze aber doch um Brust und Schultern wenig luftig war.

»Nervös?«, fragte er mit seiner sanften, beruhigenden Stimme.

Sophie lachte. »Sind junge Bräute das nicht immer?«

»Keine Ahnung. Ich war noch nie eine junge Braut.«

Sie knuffte ihn in die Seite. »Aber du warst immerhin schon einmal verheiratet.«

»Nun, und du warst kurz davor, Freifrau zu werden.«

»Ja«, seufzte Sophie. »Kurz davor.«

Was wohl aus Heinrich von Sternau geworden war? Hatten er und sein hochwohlgeborener Vater die Wirren der Bauernkriege bisher unbeschadet überstanden? Vielleicht würde sie sich einmal bei Hauptmann Wiesinger erkundigen, ob er ihn kannte.

Am frühen Nachmittag nahm Sophie ein laues Bad, in das sie etwas Minze und Rosmarin gab, um das Schwitzen zu stoppen. So würde sie zwar nicht gerade wie eine Rose duften, aber das war ihr egal. Einen Teil der Minze kaute sie auch und brühte einen erfrischenden Tee damit auf. Dann puderte sie sich gut ab und schlüpfte in ihr Hochzeitskleid. Meister Adam hatte es sich nicht nehmen lassen, den Stoff dafür selbst auszuwählen. So wurde Sophie jetzt ganz entgegen der schweren, prunkvollen Mode von Elle über Elle feinsten flandrischen Batists umweht, die sich wie eine Wolke um sie bauschten. Die gepufften Ärmel blieben so leicht und beweglich, und nur die feinen Stickereien aus elfenbeinfarbenem und zartgrünem Seidengarn auf Brust und Rücken verwandelten das Kleid in eine exquisite Robe. Auf dem Kopf würde Sophie nur einen Schleier tragen, der so fein gewebt war, wie sie es nie für möglich gehalten hätte, und mit Blüten festgesteckt wurde. Kurz dachte sie an Agnes goldene Kugelhaube und war froh, dass ihr diese Art von Schmuck erspart blieb. Die Magd des Webmeisters, die hell erfreut war, dass noch einmal Leben in das stille Haus kommen würde, und sich schon die zahlreiche Nachkommenschaft auf den Knien schaukeln sah, wusch und kämmte Sophies Haar, das bereits bis über die Schultern nachgewachsen war, und steckte es hoch. Als Sophie sich im leichten Brautschleier im Spiegel sah, schluckte sie schwer. Wie sehr hätte sich ihr Vater über diese Ehe gefreut! Ein angesehener Webmeister, der nicht nur Sophies hübsches Gesicht und gebärfähigen Leib zu schätzen wusste, sondern auch ihr Talent für die Geschäfte und das Tuch. Sie holte tief Luft und trat hinaus.

Die Hitze wirkte auch zu dieser frühen Abendstunde noch wie eine Wand und lag drückend und schwül auf Neuburg. Sämtliche Nachbarn und die ganze Zunft reckten die Hälse, als die Braut vorbeifuhr. Wie zu erwarten war, hatte es viel Geflüster und Getuschel gegeben über das angesehene Mitglied der Weberzunft, das eine achtzehnjährige Weberin von ungeklärter Herkunft heiratete. Die Formalitäten hatten Frank in der Tat einige Mühe gekostet, da Sophie durch ihre Hochzeit auch das Bürgerrecht Neuburgs erwerben würde. Die spitzesten Bemerkungen machten allerdings wieder die Frauen, die sich selbst Hoffnungen auf den ledigen Meister gemacht hatten, und Sophie dachte, wenn sie Nadeln bei sich hätten, würden sie sie damit am liebsten stechen. Aber eine gleichmütige Miene zum bösen Spiel aufzusetzen war eine Kunst, die Sophie inzwischen beherrschte. Auch der Webmeister hatte eine freundliche, aber unverbindliche Miene für die Schaulustigen aufgesetzt. Sophie wusste, dass seine erste Hochzeit mit allem Prunk gefeiert worden war. Sein Vater hatte es sich einiges kosten lassen, einen deutlichen Schlussstrich unter Franks Affäre mit der kleinen Weberin aus Arras zu setzen.

Vielleicht heiratet er mich deshalb umso lieber, dachte Sophie. Um zu zeigen, dass es nicht immer eine Meistertochter aus der gleichen Stadt sein muss.

In der Kirche war es erfrischend kühl. Sophie hatte sich gewünscht, in Sankt Magdalenen zu heiraten. Meister Adam hatte sich zwar etwas über die bescheidene Bitte gewundert, aber kein Problem damit gehabt. Er hatte es auch nicht nötig, durch eine prunkvolle Hochzeit in der großen Kirche von Sankt Peter seinen sozialen Status in der Stadt und in der Zunft zu beweisen. Die kleine Kapelle war bis auf den letzten Platz besetzt, und alle genossen die Kühle des Gotteshauses und die klare Stimme des Pfarrers, der die Ehe pries und segnete und schließlich zum Eheversprechen überleitete.

Sophie hatte beim Eintreten einen kurzen Blick auf das kleine Wandgemälde von Thilmann geworfen. Bis zu diesem Augenblick war es ihr nicht wirklich klar gewesen, dass sie die Kapelle gewählt hatte, um sich noch einmal von ihrer großen Liebe zu verabschieden, und sie spürte einen Kloß in ihrem

Hals. Dennoch kam ihr jetzt das Jawort deutlich und bestimmt über die Lippen. Als sie ins Freie traten, umringten die geladenen Gäste und etliche Schaulustige das Paar zur Gratulation, und es dauerte eine halbe Ewigkeit, bis sie ihre Kutsche erreichten. Sophie spürte, wie ihr langsam der Schweiß den Rücken hinunterlief.

Erleichtert stieg sie im Hof der Werkstatt Adam aus der Kutsche. Die Magd und die Köchin sowie ihre Weber begrüßten sie freundlich und nannten sie Meisterin, ohne eine Spur von Ironie. Erst jetzt wurde Sophie bewusst, dass sie tatsächlich Meisterin Adam war. Die Tuchhändlertochter Sophie Ballheim aus Donauwörth gab es nicht mehr.

Das Festmahl hatte Sophie ebenfalls den heißen Temperaturen anpassen lassen. Anstatt der fetten Braten und Soßen gab es reifes Gemüse und Geflügel in allen Variationen, duftendes, helles Brot und viel Obst. Die Gäste sprachen eifrig dem kühlen Bier zu, sodass die Stimmung trotz der noch immer drückenden Schwüle bald ausgelassen wurde. Thomas Steiner hatte ein ganzes Fässchen italienischen Rotwein aus einem kleinen Dorf namens Montepulciano mitgebracht, das niemand kannte, auf das aber bald weinselige Loblieder gesungen wurden.

Man ließ auch das Brautpaar immer wieder hochleben, und obwohl Sophie stets nur vorsichtig aus ihrem silbernen Kelch nippte, wurde ihr langsam immer schwindeliger. Zu guter Letzt glaubte sie sogar, ihren Bruder zu sehen, der durch die Hochzeitsgesellschaft auf sie zukam. Erst als auch Hauptmann Wiesinger neben ihm auftauchte und Thomas' Bild dennoch nicht verschwand, wurde sie stutzig. Ungläubig starrte sie ihn an.

»Thomas?«

Ein breites Lächeln überstrahlte sein gebräuntes, von einem neuen Bart geziertes Gesicht, als er vor ihr stehen blieb. Noch immer fassungslos sog Sophie jede Veränderung seines Antlitzes in sich auf. Er war älter geworden in den beiden Jahren. Ein Mann. Tiefe Linien zogen sich über Stirn, Augen und Mundwinkel, und seine Züge waren markanter. Oder war es einfach, dass er magerer geworden war? Breitschultriger? Sehniger? Dennoch war er es, ihr Bruder. Sie sah in seine Augen, die den ihren so sehr glichen, und spürte eine Woge der Freude und der Zugehörigkeit über sich kommen, die sie so lange vermisst hatte.

»Thomas!«

Er breitete die Arme aus. »Sophie.«

Sie sank ihm an die Brust und klammerte sich für eine junge Ehefrau ganz unschicklich an ihn. Eng umschlungen standen Bruder und Schwester vor den Augen der gaffenden Gäste, als plötzlich ein ohrenbetäubender Donner die Luft zerriss. Erstaunt fuhren die Köpfe hoch, und es war, als ob der Himmel alle Bitten um Abkühlung der letzten Tage auf einmal erfüllte. Er öffnete seine Schleusen und ließ den Regen wie eine Sintflut auf das heiße, ausgedörrte Land fallen. Wie von Schlangen gebissen, stoben die Gäste auseinander. Einige suchten so schnell wie möglich Schutz für sich und ihre feinen Kleider. Andere hingegen blieben einfach stehen, um sich im ersehnten Regen abzukühlen oder um erst einmal abzuwarten, bis sich der vom Wein- und Biergenuss schwankende Boden ein wenig beruhigen würde.

Die Hochzeitsgesellschaft hatte sich in alle Richtungen versprengt. Tafel und Blumen ertranken im Gewitterregen, aber Sophie hatte keinen Blick dafür. Sie flüchtete sich mit ihrem Bruder, ihrem Mann, Hauptmann Wiesinger und der Familie Steiner in die Wohnstube. Fest hielt sie dabei Thomas' Hand umklammert, als ob eine Gewitterböe ihn ihr wieder entreißen könnte. Nass und derangiert saßen sie schließlich am Kamin und tranken den italienischen Rotwein, den Thomas Steiner fürsorglich ins Trockene gerettet hatte.

Sophie setzte sich neben ihren Bruder. Sie hatte ihn ihrem Mann vorgestellt, und immer wieder suchten ihre Hände jetzt seine Berührung, als ob sie sich vergewissern wollten, dass er wirklich noch neben ihr saß. Auch Thomas streifte seine Schwester mit liebevollen Blicken. Schließlich zog sich der Wirt mit seiner Familie zurück, da die durchnässten Kinder kräftig niesen mussten, und das Brautpaar blieb allein mit den Soldaten zurück.

Thomas betrachtete seine Schwester nachdenklich. »Nun haben sie dir also doch keinen Ehemann mehr in Donauwörth gesucht«, sagte er.

Sophie schüttelte den Kopf und lächelte schief. »Ich war wohl im wahrsten Sinne des Wortes nicht mehr an den Mann zu bringen«, sagte sie. »Also hat Agnes befunden, dass ich gerade noch als Braut Jesu tauge.«

Thomas schnaubte abfällig durch die Nase. »Die alte Vettel«, schimpfte er. »Da sollte sie sich einmal um dich kümmern …«

»Es war nicht nur allein ihre Schuld«, nahm Sophie Agnes in Schutz. »Ich konnte einfach nicht mehr bei ihr im Haus bleiben.«

Thomas sah sie aufmerksam an. »Dann wundert es mich aber, dass du sie nicht zur Hochzeit eingeladen hast, wenn du ihr Verhalten so gut verstehen kannst.«

Sophie schwieg. Frank wusste, wie die Dinge damals gelaufen waren, aber vor Hauptmann Wiesinger wollte sie die Nacht, in der Konz Wohlfahrt über sie hergefallen war, nicht erwähnen.

»Dich wollte ich einladen«, lenkte sie daher ab, »und konnte es nicht. Gott, Thomas, was habe ich dich gesucht! Und dann tauchst du einfach auf meiner Hochzeit auf.« Sie strahlte den Hauptmann an. »Hauptmann Wiesinger, das ist das schönste Hochzeitsgeschenk, das Ihr mir machen konntet.«

Der Hauptmann lächelte gequält. »Hätte ich geahnt, dass es Euer Hochzeitstag ist, hätte ich mich in die Donau gestürzt«, sagte er theatralisch.

Sophie lächelte ihn lieb an. »Aber Hauptmann. Ich habe Euch doch nie Hoffnungen gemacht.«

»Nein, nein«, gab er zu. »Die habe ich mir schon ganz alleine gemacht. Dennoch meinen aufrichtigen Glückwunsch, Meister Adam.« Er prostete dem Webmeister zu.

»Übrigens ist Herr Wiesinger inzwischen Generalleutnant«, sagte Thomas.

»Oh«, machte Sophie. »Ich gratuliere …«

»Und er ist Hauptmann«, fiel ihr Wiesinger ins Wort und zeigte auf Thomas. »Hat dem Pfalzgrafen persönlich das Leben gerettet, als der Trupp in einen Hinterhalt geriet.«

Sophie fuhr wieder zu Thomas herum. Auch Frank Adam sah ihn interessiert an. »Ihr habt den Pfalzgrafen eskortiert?«

Thomas nickte.

»Dann habt Ihr Euch schon vorher ausgezeichnet.«

Wieder nickte Thomas und sah verlegen aus.

»Der Lebensretter vom Dienst ist er«, schnaubte Wiesinger. »Hätte es viel eher verdient gehabt, Generalleutnant zu werden.«

Thomas winkte ab, aber Sophie erinnerte sich an den Soldaten, den Wiesinger aufgetrieben hatte. Auch er hatte behauptet, dass Thomas ihm sein Leben gerettet habe.

»Ein unglaubliches Talent, die richtigen Entscheidungen zum richtigen Zeitpunkt zu treffen«, lobte der Generalleutnant vollmundig. »Zum Beispiel, den Pfalzgrafen von seinem Pferd in den Modder der Landstraße zu werfen, damit ihn das feindliche Geschoss verfehlt.« Wiesinger schüttelte sich vor Lachen, das auch Sophie und Frank ansteckte.

»Wirklich?«, fragte Sophie.

»Als ob er die Kugel hätte kommen sehen!«

»Hab ich ja auch«, verteidigte sich Thomas noch immer verlegen. »Zumindest die Arkebuse, aus der sie abgefeuert wurde.«

Über Sophies Gesicht glitt ein Schatten. Noch immer konnte sie sich ihren Bruder nicht im Feld vorstellen.

Als ob Thomas ihre Gedanken erraten hätte, fuhr er fort. »Man lernt so einiges in der Schlacht«, sagte er.

Sophie spürte die Zweideutigkeit seiner Worte. Hast du getötet?, wollte sie ihn fragen, aber sie wusste, dass es keinen Sinn machte. Und sie wollte gar keine Antwort darauf haben. Natürlich hatte er als Soldat wahrscheinlich getötet. Dazu zog er in die Schlacht. Aber sie musste den Soldaten von ihrem Bruder trennen. Denn ihr Bruder – das wusste sie – hätte nie die Hand gegen seinen Nächsten erhoben.

»Dein Plan mit der Wachstube ist wohl nicht aufgegangen?«, fragte sie und versuchte, unbeschwert zu klingen.

Thomas lächelte matt. »Ganz und gar nicht.«

Da wusste Sophie, dass er Dinge gesehen, erlebt und getan hatte, die ihn verändert hatten. Er war nicht mehr der vielversprechende, angehende Tuchhändler aus Donauwörth.

»Aber das wussten wir doch beide«, sagte Thomas, um seinen Worten das Gewicht zu nehmen. »Dennoch ist es etwas anderes, wenn man auf einen Haufen aufgebrachter Bauern schießen soll, die nur mit Dreschflegeln und Sensen bewaffnet sind.«

»Unter so einen Dreschflegel will ich aber nicht geraten«, sagte Wiesinger und schenkte sich Wein nach.

»Natürlich nicht«, sagte Thomas. »Aber sie fordern doch nur mehr Gerechtigkeit. Wer von uns wollte nicht, dass seine Kinder genug zu essen haben und nicht einfach dem Schicksal und der Willkür der Gesetze ausgeliefert sind?«

»Gewichtige Worte«, schaltete sich der Webmeister ein. »Nur haben leider nicht alle dieselben Interessen. Solange der Adel sich seinen Luxus vom Volk finanzieren lässt, wird das immer einer ungerecht finden.«

»Aber die Dinge ändern sich nicht über Nacht«, sinnierte der Generalleutnant. »Und wir haben nun mal dem Pfalzgrafen einen Eid geschworen, und er bezahlt uns für unser Wort.«

Thomas leerte seinen Becher. Sophie ahnte, dass er mit diesem Entschluss haderte.

»Die Dinge ändern sich nicht über Nacht«, wiederholte er. »Aber sie ändern sich. Und wenn es hundert Jahre und länger dauert. Eines Tages wird es mehr Gerechtigkeit für das Volk geben.«

»Außerhalb dieser vier Wände wären Eure Worte Hochverrat«, stellte Frank Adam nüchtern fest. »Ich hoffe, Ihr hütet Eure Ansichten andernorts eifersüchtiger.«

Thomas ließ den Kopf hängen.

»Vermutlich habt Ihr recht«, fuhr der Webmeister fort. »Die Frage ist nur, wie viele tote Bauern und gelynchte Adelige es vorher noch geben muss.«

»Vorerst keine mehr, mit denen wir zu tun hätten«, sagte Wiesinger. »Der Pfalzgraf ist jung. Er hat sich auf dem Feld ausgetobt und sich seinen Ruhm verdient. Nun will er die Annehmlichkeiten seiner Herrschaft genießen.«

»Die wiederum das Volk bezahlt«, ergänzte Frank Adam.

Sophie dachte an ihre Waren. Setzte nicht auch sie auf den Luxus, den sich nur die Reichen leisten konnten? Aber auch sie musste Steuern und Abgaben entrichten.

»Und die Patrizier«, fügte sie hinzu.

»Die tun wenigstens etwas dafür«, sagte Wiesinger. »Und wenn es auch nur das Verwalten ihres Erbes ist.«

»Nun, vielleicht wird ja jetzt etwas aus meinem Dienst in der Wachstube«, sagte Thomas und rieb sich die Augen.

»Als Retter eines Fürstenlebens?« Der Generalleutnant grinste breit. »Niemals. Viel eher holt Ottheinrich dich an den Hof.«

»Bleibt abzuwarten, was schlimmer ist«, spottete der Webmeister. »Aber auch ich glaube, dass der junge Pfalzgraf sich aus den Kriegen heraushält. Schon alleine, weil seine Finanzminister und sein Onkel ihm die Schatulle zuhalten werden. Nachdem gerade etwas Fugger-Silber eingegangen ist.«

»Bin auf jeden Fall froh, den Hauptmann unter mir zu haben«, dröhnte der zusehends betrunkener werdende Wiesinger. »Auf dem Feld und am Hof. Und melde gehorsamst, Frau Ballh… äh … ich meine Frau Adam, dass der Auftrag ausgeführt ist. Bruder ist gefunden!«

Sophie lächelte ihn an. Er hatte recht, das war das Wichtigste. »Ich danke Euch. Ohne Eure Hilfe hätte es noch ewig gedauert.«

Der Generalleutnant salutierte. »Das Gewitter hat sich verzogen. Und das werde ich jetzt am besten auch tun. Es ist immerhin ein Brautpaar anwesend, das sicher auf weitere Gesellschaft verzichten kann.«

Thomas stand ebenfalls auf. Am liebsten hätte Sophie die ganze Nacht mit ihm am Feuer gesessen und über all das geredet, was seit Donauwörth geschehen war. Aber Wiesinger hatte recht. Es war immerhin ihre Hochzeitsnacht.

Wir werden reden, sagten seine Augen, als er sie noch einmal in die Arme schloss. »Ich komme dich besuchen«, sagte er laut. »Schon in den nächsten Tagen.«

Dann schüttelte er seinem neuen Schwager die Hand. Sophie beobachtete die Geste und war froh, dass die Männer einander zu respektieren und vielleicht eines Tages sogar zu mögen vermochten.

Generalleutnant Wiesinger beugte sich über ihre Hand. »Ihr habt mir das Herz gebrochen«, nuschelte er leise, sodass nur Sophie es verstand. Schlagartig wurde ihr heiß. Würde er ihr jetzt und hier eine Szene machen?

»Aber in der Schellengasse gibt es ein Haus, in dem man solche Wunden sehr sorgsam zu heilen versteht«, flüsterte Wiesinger weiter und grinste breit. Dann sah er sie erschrocken an. »Bitte vielmals um Entschuldigung, Meisterin Adam. Ich wollte sicher nicht untertänig, äh … unanständig …«

»Es ist gut, Herr Generalleutnant«, sagte Sophie und manövrierte Wiesinger vorsichtig durch die Tür. »Kommt gut an, wo immer Ihr hingeht. Mein Dank ist Euch auf jeden Fall gewiss.«

Sophie sah den beiden Soldaten nach, von denen der Jüngere den älteren Blonden stützte. Neben Wiesinger wirkte sogar Thomas klein.

»Ein Tag voller Überraschungen«, sagte Frank Adam und trat neben sie.

Sophie nickte. Thomas war wieder da! Sollte das Schicksal sich langsam doch wieder dazu durchringen, ihr Geschenke zu machen? Sie lehnte sich an die Schulter ihres Mannes.

»Lass uns zu Bett gehen«, sagte er.

Sophie nickte.

Einander an den Händen haltend, stiegen sie zum blumengeschmückten Schlafzimmer empor. In dieser Nacht umarmten sie sich sanft und zärtlich und hielten einander beim Einschlafen fest.

Kapitel 22

Ihr neues Leben als Meisterin begann für Sophie so, wie ihr altes Leben als Weberin geendet hatte. Sie setzte ihren Kopf durch. Das bekamen zunächst die Händler und Lieferanten zu spüren, die jetzt immer häufiger mit der frischgebackenen Meisterin verhandeln mussten und das kleine Kontor, das Sophie im Lagerhaus eingerichtet hatte, schwitzend verließen. Frank Adam beobachtete die Geschäftstüchtigkeit seiner jungen Frau amüsiert und ließ sie gewähren. Sophie befürchtete zunächst, dass er sich nun ganz aus der Werkstatt zurückziehen würde. Daher sah sie ihm neugierig zu, als er sich neben dem Lagerhaus noch einen kleinen Schuppen anbauen ließ und allerlei Werkzeuge hineinstellte. Schließlich konnte sie sich nicht mehr beherrschen und musste ihn fragen, was er vorhatte.

Der Webmeister riebt sich zufrieden das Kinn. »Ich richte mir eine Werkstatt ein«, erklärte er.

Sophie verzog den Mund. »Das habe ich mir schon gedacht«, erwiderte sie säuerlich. »Aber wofür? Einen Webstuhl sehe ich jedenfalls nicht darin.«

»Noch nicht«, gab sich ihr Mann weiterhin geheimnisvoll.

Sophie stampfte ungeduldig mit dem Fuß auf. »Nun sag schon, was du vorhast«, schimpfte sie, wohl wissend, dass ihre Ungeduld ihn vorzüglich amüsierte.

»Ich werde einen Webstuhl bauen«, erlöste er sie endlich von ihrer Neugierde und freute sich nun über den perplexen Ausdruck auf ihrem Gesicht.

»Da das Geld inzwischen meine mit allen Wassern gewaschene Ehefrau verdient, habe ich mich dazu entschieden, mich dem Fortschritt zu widmen.«

Noch immer sah Sophie ihn zweifelnd an.

»Ich werde einen Webstuhl bauen, wie ich ihn mir vorstelle«, erklärte der Webmeister. »Einen, der viel mehr kann und keine Nachteile mehr hat.«

»Aha«, meinte Sophie, und ihre Zweifel waren ihr deutlich ins Gesicht geschrieben.

»Ein bisschen mehr Vertrauen hätte ich schon erwartet«, sagte Frank Adam gespielt beleidigt. »Immerhin glaube ich ja auch an alles, was du tust.«

»Ich sage ja gar nichts«, verteidigte sich Sophie.

»Eben.« In der Stimme des Webmeisters schwang jetzt doch eine Spur Unmut mit. Doch dann obsiegte seine gute Laune wieder. »Ich war immerhin schon Webmeister, als du noch vorhattest, Freifrau zu werden«, zog er seine Frau wieder auf. »Und ich habe schon so manche Elle Tuch auf so manchem Webstuhl gewebt. Ich bin geradezu dazu bestimmt, den optimalen Webstuhl zu entwickeln.«

»Bis auf die kleine Nebensache, dass du noch nie geschreinert hast«, gab Sophie mit gerunzelter Stirn zurück.

Frank Adam rieb sich nachdenklich das Ohrläppchen. »Da hast du allerdings recht«, gab er zu. »Aber was nicht ist, kann ja noch werden. Und es gibt immer jemanden, den man fragen kann, nicht wahr? Oder hältst du mich für zu alt, um etwas Neues zu lernen?«

»Aber nein, aber nein«, Sophie hob beschwichtigend die Hände.

»Und wenn, würdest du es ohnehin nicht zugeben.«

Sophie drückte sich kurz an seine Brust. »Ich würde nie Geheimnisse vor dir haben«, sagte sie und meinte es auch.

Der Webmeister küsste ihren blonden Scheitel. »Ich weiß«, sagte er leise. »Ich weiß.«

Der Sommer ging kaum merklich in einen außergewöhnlichen milden Herbst über, der wiederum von heftigen Novemberstürmen abgelöst wurde. Schon Anfang Dezember lag der Schnee gut zwei Ellen hoch, und die Bürger von Neuburg mussten sich ihre Wege durch die Stadt immer wieder freischaufeln. Der Reiseverkehr über Land kam so gut wie zum Erliegen, und die ersten Dinge wurden knapp.

Die Werkstatt Adam war jedoch gut bevorratet, was Garne und Wolle anging, und die Weber arbeiteten emsig. Hans und Michel hatten sich zu einem perfekten Gespann für die Herstellung der Adam-Tücher entwickelt und produzierten immer waghalsigere Muster und Formen. Inzwischen hatten sie sich einen praktischen Umhang ausgedacht, bei dem der Kopf durch eine Öffnung mitten im Tuch gesteckt wurde und der dennoch Ärmel und eine Kapuze besaß. Sophie, Babett und Gunhild hatten schallend gelacht, als sie das unförmige Gebilde zum ersten Mal in den Händen gehalten hatten, und Sophie wollte schon schimpfen, dass die beiden Männer für ihren ersten Versuch gleich eine so gute Wollqualität gewählt hatten. Aber als sie sich den Umhang überzog, verstummte sie beeindruckt. Mit einem Kleidungsstück war ihr gesamter Oberkörper warm und gut eingepackt, ohne dass sie vor der Brust etwas festhalten oder feststecken musste. Der Umhang passte sich jeder Bewegung gut an und wärmte ausgezeichnet. Sophie erkannte sofort, dass dieses praktische Stück für jene Neuburger gedacht war, denen die Adam-Tücher bisher zu modisch oder zu teuer gewesen waren. Zu Hans' Enttäuschung bat sie die Männer, ihre Fantasie in Bezug auf Muster und Farben hier ein wenig zu bezähmen.

Bald war der Umhang so begehrt, dass Hans und Michel noch Herrmann und den Lehrling Paul in ihre Produktion mit einbinden mussten, um die Nachfrage bedienen zu können. Sophie hingegen hatte in der gutmütigen Gunhild eine wertvolle Hilfe gefunden, die zwar keine eigenen Ideen einbrachte, aber Sophies Vorgaben auf das Genaueste umzusetzen verstand. Auch Babett stellte sich inzwischen schon sehr geschickt am

Wirkrahmen an, und so kam es Sophie manchmal vor, als ob sie über sechs Hände verfügte. Dabei genoss sie ihre kreative Führung außerordentlich. Mit Schwester Augusta hatte sie sich immer wieder hitzige Diskussionen über die Umsetzung von Details geliefert, die ihr nun erspart blieben. Allerdings musste Sophie auch zugeben, dass diese Reibereien oft befruchtend gewesen waren und sie erst gemeinsam die richtige Idee entwickelt hatten. Wenn ihr der künstlerische Rat fehlte, holte sie sich Hans hinzu, der immer eine fundierte Meinung hatte. Nur waren seine Ideen oft viel zu kompliziert umzusetzen, und so war es wieder an Sophie, ein gutes Mittel zu finden.

Kurz vor Weihnachten war ihr erster, eigener Bildteppich schon zu drei Vierteln fertig. Sie lagen also gut in der Zeit, um das Werk im Frühjahr zu präsentieren. Bartl Ludwig hatte es hin und wieder interessiert in Augenschein genommen und Sophie und ihre Wirkerinnen hochgelobt.

»Ich hätte nie gedacht, dass solche Werke eines Tages in Neuburg gefertigt werden würden«, sagte er. »In Nürnberg oder Augsburg vielleicht, aber in Neuburg!«

»Neuburg ist eben eine aufstrebende Stadt«, gab Sophie vergnügt zurück. »Und man muss in seiner Zunft zu den Ersten gehören, um vom Aufschwung zu profitieren.«

Der Händler sah sie an. »Frau Adam, manchmal macht Ihr mir mit Euren Ansichten fast ein wenig Angst«, sagte er.

»Weil sie so verwegen sind?«

»Nein, weil sie so richtig sind. Ihr habt einen besseren Geschäftssinn als so mancher Meister, den ich kenne.«

»Pah«, machte Sophie. »Ein scharfer Verstand wird eben nicht nur an die Söhne vererbt. Was meinen Sie, wie viel Geschäftssinn hinter irgendwelchen Kochtöpfen oder Stickarbeiten vergeudet wird.«

Der Händler lächelte sie an, aber Sophie spürte eine gewisse Zurückhaltung. Es war eben doch sehr ungewöhnlich für eine Frau, eine so aktive Rolle einzunehmen, wie sie es tat. Sophie war sich bewusst, dass nur ihr außergewöhnlicher Erfolg sie gesellschaftlich legitimierte. Sollte sie einen Fehler begehen oder gar Verluste zu verantworten haben, würden die Stimmen ihrer Konkurrenten, die ihr einen Stickrahmen in die Hand und ein Kind in den Bauch wünschten, schnell laut werden. Bei dem Gedanken an ein Kind wurde sie nachdenklich. Sie wünschte sich Kinder und hatte früher damit gerechnet, in ihrem jetzigen Alter schon ein oder zwei davon auf den Knien zu schaukeln. Aber obwohl sie in einem Bett schliefen, liebten sich der Webmeister und seine junge Frau nur selten. Sophie hatte lange darüber gegrübelt, woran es liegen konnte. Sie kam schließlich zu dem Ergebnis, dass Frank Adam zwar ihr Ehemann war, sie aber immer mehr an ihren Vater erinnerte. Ein Kuss auf die Stirn kam weit häufiger vor als einer auf die Lippen, und so hatte sich ihr Verhältnis langsam in Respekt und Zuneigung entwickelt, nicht aber in Liebe und Leidenschaft. Sophie wusste, dass dieser Zustand auch dem Webmeister bewusst war und dass sie beide es vorzogen, darüber zu schweigen. Doch langsam keimte der Wunsch nach einer wirklichen Familie in ihr auf, und sie wusste nicht, wie sie damit umgehen sollte. Aus diesem Grund lenkte sie sich ab und stürzte sich mit einem Eifer in die Arbeit, der ihren Bruder stutzig werden ließ. Über die Weihnachtstage, die er bei den Adams verbrachte, stellte er ihr in einer ruhigen Minute die einfache Frage, ob sie eigentlich wirklich glücklich sei.

»Bist du es denn?«, stellte sie ihm die Gegenfrage, ihre bewährte Taktik, um einer unangenehmen Antwort auszuweichen.

Aber Thomas kannte seine Schwester zu gut. »Erst du«, forderte er sie auf.

Sophie seufzte. Es war schon spät, und ihr Kopf summte vom Geläut der Glocken und dem schweren Würzwein, den sie alle am Feuer genossen hatten. Draußen klirrte der Frost, und Sophie hatte sich mit ihrem Bruder auf die kleine Bank am Kamin gesetzt, auf der nur zwei Platz hatten. Sie fühlte sich warm und geborgen.

»Es geht mir gut«, gab sie zurück und erkannte sofort an Thomas' Gesichtsausdruck, dass er auch dieses Ausweichen nicht akzeptieren würde. Seine Hartnäckigkeit machte sie wütend. Dann sollte er auch die ganze Wahrheit mit ihr tragen, wenn er es denn so darauf anlegte.

»Ich habe einen Mann geheiratet, den ich respektiere und mag, aber nicht liebe. Ich wünsche mir Kinder und weiß nicht, ob ich sie haben werde. Und ich trage eine Liebe in meinem Herzen, die sich nie erfüllen wird.«

Den letzten Satz hatte sie ausgesprochen, ohne darüber nachzudenken. Er war ihr einfach über die Lippen gekommen, und Sophie wusste sofort, dass er wahr war. Sie hatte und konnte Thilmann nicht vergessen. Mit knappen Worten erzählte sie ihrem Bruder, was damals in Eichstätt geschehen war.

Eine Weile schwieg Thomas. »Tja, man kann nicht gerade behaupten, dass unsere Leben so verlaufen sind, wie wir uns das vorgestellt haben«, sagte er dann.

Sophie lächelte wehmütig. »Deshalb ist die Frage, ob wir glücklich sind, auch nicht so richtig gut zu beantworten, oder? Ich kann jedenfalls sagen, dass ich tue, was ich liebe, einen Mann habe, den ich mag, und dem Schicksal sehr, sehr dankbar bin, dass es mir wenigstens meinen Bruder wiedergegeben hat.«

Ihr Lächeln wurde weicher, aber Thomas ging nicht wirklich darauf ein. Noch immer las Sophie viel in seinem Blick, das er ihr nicht erzählt hatte, und wieder fragte sie sich, was er in der Schlacht gesehen und erlebt hatte. »Wie geht es am Hof?«

Thomas entspannte sich, als sie das Thema wechselte.

»Der Pfalzgraf versteht weiß Gott zu leben«, sagte er. »Er ist eben jung und will sich amüsieren. Rauschende Feste, die schönen Künste. Er holt Sänger, Schauspieler, Dichter und Maler von überall her nach Neuburg. Und natürlich Frauengeschichten! Die Damen reißen sich geradezu um ihn. Außerdem hat er einen großen Kreis an Freunden um sich versammelt, der ihn ständig begleitet.«

»Gehörst du als sein Lebensretter dazu?«

»Hin und wieder«, Thomas dachte nach. »Es ist wirklich seltsam, wie unterschiedlich er und sein Bruder sind. Ottheinrich ist der weit gereiste Diplomat und Feldherr, der schon die halbe Welt gesehen hat. Philipp vergräbt sich lieber in seinen Büchern und bleibt so im Schatten seines Bruders, obwohl sich beide doch die Regentschaft teilen. Im Augenblick warten alle darauf, dass Ottheinrich endlich heiratet. Oder Philipp. Erst wenn es einen legitimen Nachfolger gibt, ist die wirtschaftliche Stabilität von Neuburg auch weiterhin gesichert.«

Thomas leerte seinen Becher. »Wie laufen denn deine Geschäfte?«, fragte er seine Schwester.

»Gut!« Sophies Augen begannen unwillkürlich zu strahlen, als sie fast mütterlichen Stolz in sich aufsteigen spürte. »Bald liefern wir unsere erste Tapisserie aus. Du wirst sehen, ganz Neuburg wird Augen und Münder aufsperren, und Franks Schatullen werden nicht groß genug sein, um all die Gulden zu fassen.«

Sie lachte, aber Thomas hörte, dass es ihr ernst war. Sie war noch ehrgeiziger, als ihr Vater es gewesen war, und die Tapisserie betrachtete sie als wahre Feuerprobe für ihre Arbeit. Und Thomas war sich sicher, dass sie sie bestehen würde.

Das neue Jahr kam, und man wünschte sich allgemein mit strahlender Miene viel Erfolg. Die gute Stimmung in der Stadt hielt an, und Sophie freute sich über die guten Umsätze, die sie nach wie vor mit den Adam-Tüchern und Umhängen machten. Ihr Blick glitt über die zahlreichen Flieten, die vor ihr am Webstuhl baumelten und jede für sich ihren kleinen, farbigen Beitrag zu dem großen Bild leistete, das unter den fleißigen Händen der drei Frauen entstand. Sie wollte gerade aufstehen, um sich einen Becher Würzwein vom Ofen zu holen, als es an die Tür der Werkstatt pochte. Überrascht öffnete sie, und ein reichlich mit frischem, kleinflockigem Schnee bedeckter Bartl Ludwig polterte herein. Sophie lachte, als er seinen Mantel ausschüttelte und einen kleinen Schneehaufen hinterließ, der sich bald in eine kapitale Pfütze verwandeln würde. Sie bat den Lehrling Paul, den Schnee hinauszukehren, wo er schließlich hingehörte, und führte den durchgefrorenen Händler an den Kamin, in dem ein munteres Feuer prasselte. Sophie sorgte stets dafür, dass die Werkstatt gut geheizt war, wie sie es in Eichstätt kennengelernt hatte. Sie setzten sich, und Sophie reichte Würzwein.

»Was treibt Euch denn bei diesem Wetter vor die Tür, Bartl Ludwig? Ich kenne Euch doch sonst so gemütlich.«

Der Händler umklammerte seinen Becher und starrte ins Feuer. Noch hatte er kein Wort gesprochen und Sophie nicht einmal mit einer seiner glatten Wortspielereien begrüßt.

»Seid Ihr gekommen, um einen Blick auf die Tapisserie zu werfen?«, fuhr Sophie verunsichert fort. »Sie ist wieder ein gutes Stück gediehen. Ich denke, wir können sie Herrn Lutz sogar noch vor dem Osterfest liefern. Was haltet Ihr von Mitte März?«

Erwartungsvoll sah sie ihn an, doch der Händler blickte weiter ins Feuer. Seine Hände, die sich in der warmen Werkstatt langsam röteten, umklammerten nach wie vor den Becher. Langsam empfand Sophie das seltsame Verhalten des Mannes als unhöflich. Gerade wollte sie eine scharfe Bemerkung machen, als er sich räusperte.

»Mitte März …«, wiederholte er schließlich, ohne sie jedoch anzusehen. »Mitte März …«

Besorgt sah Sophie ihn an. »Ist Euch nicht gut? Habt Ihr vielleicht Fieber?«

Schon wollte sie die Hand nach seiner Stirn ausstrecken, da wandte er sich ihr endlich zu. Sie erschrak über sein trotz der Wärme noch immer blasses Gesicht.

»Seid Ihr krank?«, versuchte sie es noch einmal. Inzwischen waren auch die anderen auf das merkwürdige Verhalten des sonst so jovialen Händlers aufmerksam geworden und reckten die Hälse.

»Nein, Frau Adam«, erwiderte der Händler endlich. Seine Stimme klang rau und heiser. »Ich bin nicht krank. Aber ich bringe schlechte Nachrichten.«

Verwirrt sah Sophie ihn an, während sie in Gedanken unwillkürlich alle möglichen Nachrichten durchspielte, die der Händler ihr bringen konnte. Darunter gab es nur eine, die sie wirklich erschreckte. Und schon einen Augenblick später sollte sie zur Gewissheit werden.

»März wäre sehr schön, Frau Adam. Aber Herr Lutz wird Euren Teppich leider nicht kaufen.«

Sophie spürte, wie sie versuchte, die Nachricht zu verarbeiten. Die Bedeutung der Worte war ihr schnell klar, doch gelang es ihr nicht, sie als Tatsache zu begreifen. Stumm sah sie den Händler an.

»Herr Lutz hat heute öffentlich bekannt, dass er sein Vermögen verloren hat.«

»Verloren?«, wiederholte Sophie fassungslos. »Wie um alles in der Welt konnte das geschehen? Seine Familie gehört doch zu den ältesten und reichsten Geschlechtern Neuburgs.«

»Nun, mit dem Vermögen scheint es weniger weit her zu sein, als alle angenommen haben. Was meint Ihr, warum er so erbittert um die Anzahlung für die Tapisserie gefeilscht hat?« Der Händler leerte seinen Becher, und Sophie schenkte ihm mechanisch nach.

»Warum ordert er dann eine Tapisserie?«, fragte sie, mühsam gegen die in ihr aufsteigende Panik ankämpfend.

»Um gerade den Eindruck zu vermeiden, er habe kein Geld mehr«, erklärte Bartl Ludwig matt. »Ein Kaufmann lebt vor allem von seinem Ruf. Nie darf er geschwächt oder zweifelhaft wirken, sonst verdirbt er sich seine Geschäfte.«

Sophie dachte an ihren Vater und wie schnell er alles verloren hatte, als alle ihn für einen Betrüger gehalten hatten.

»Er hat den aktuellen Mangel an einigen Waren in Neuburg wohl als Chance erkannt, seine finanzielle Situation aufzubessern, und eine umfangreiche Lieferung aus Norditalien geordert.« Bartl Ludwig seufzte.

»Im Winter?«, rief Sophie entsetzt.

Der Händler nickte. »Und dieser Winter ist einer der strengsten seit Langem«, sagte er. »Nicht umsonst ist der Handel weitestgehend zum Erliegen gekommen. In den Alpen hat es wochenlang nur geschneit. Die Hänge sind voll und schwer von den Schneemassen.«

»Eine Lawine …?«

Der Händler nickte. »Den ganzen Tross mit Mann und Maus. Kein Wagen ist durchgekommen.«

Endlich nahm der Händler einen Schluck Würzwein. »Simon Lutz hat eine Menge Geld in das Unternehmen gesteckt«, berichtete er dann. »Und er hat viele Neuburger Bürger dazu überredet, es ihm gleichzutun.«

Sophie schwante Böses. »Wie viel habt Ihr investiert?«

Der Händler schloss die Augen wie im Schmerz. »Nicht so viel wie Lutz. Aber es trifft mich empfindlich.«

»Wie konntet Ihr nur?«, entfuhr es Sophie ungewollt scharf. »Im Winter über die Alpen! Das ist doch Wahnsinn!«

Der Händler winkte ab. »Ich könnte Euch jetzt mit Renditen und Profiten kommen. Aber nun, wo ich meinen ganzen Einsatz verloren habe, erscheint mir all das selbst so sinnlos. Fragt mich nicht. Ich muss einfach geblendet vom schnellen Geld gewesen sein.«

Wie Vater, dachte Sophie. Genau wie Vater. Und dann wurde ihr noch etwas klar. Auch dieses Mal würde wieder sie dafür büßen müssen. Wenn Lutz die Tapisserie nicht kaufen würde, saß sie auf einem teuren Luxusgut, das sie nicht eben schnell an den Nächstbesten verkaufen konnte. Sie hatte mit Lutz einen

Preis von gut sechshundert Gulden vereinbart, von denen erst ein Bruchteil als Anzahlung geleistet worden war. Und sie hatte mit dem Geld zu Ostern gerechnet, um die hohen Rechnungen der Färberei und der Spinnerei zu decken sowie ihre sonstigen Investitionen zu finanzieren. Sollte sie viel länger auf das Geld warten müssen, könnte es für die Werkstatt Adam eng werden. Im Geiste sah Sophie schon die Spötter vor sich, die mit dem Finger auf sie zeigten und sagten, dass eine Frau eben kein Geschäft führen könne. Dass ihr Engpass nur auf die Tollkühnheit eines Mannes zurückzuführen sein würde, interessierte dann niemanden.

Gib wenigstens zu, dass du diese Tapisserie auf jeden Fall machen wolltest, meldete sich da die vertraute Stimme der heiligen Walburga wieder. Du hättest auch bei deinen Tüchern bleiben können, dann wäre all das nicht passiert.

Sophie schüttelte den Gedanken ab und versuchte, sich auf die Zukunft zu konzentrieren. Was sollte sie jetzt tun?

»Als ich die Nachricht erhalten habe, habe ich erst einmal einen kräftigen Schluck gebraucht«, sagte Bartl Ludwig. »Falls es Euch ebenso geht, greift nur zu. Ich sag's nicht weiter.« Dem Händler gelang ein schiefes Lächeln, und Sophie erwiderte es halbherzig.

»Ich brauche keinen Schnaps«, antwortete sie, obwohl sie in diesem Moment dachte, dass so ein kleiner Schluck ihr ganz guttun würde. »Im Gegensatz zu Euch geht es mir ja noch halbwegs gut. Meine Investition befindet sich immerhin noch in meiner Werkstatt, während Eure Ware unter Bergen aus Schnee und Eis begraben liegt.«

Ihr Blick streifte den Webstuhl, an dem Babett und Gunhild fleißig weiterwirkten, nicht ohne immer wieder argwöhnische Blicke in Richtung Kamin zu werfen. Der Händler hob anerkennend seinen Becher Wein.

»Das ist das Schöne an Euch, Frau Sophie. Ihr versteht es, die Dinge positiv zu sehen.«

Sophie schnaubte durch die Nase. »Das hat das Leben mich in einigen harten Lektionen gelehrt, Herr Bartl. Für mich gilt es jetzt nur, das Vermögen, das wir hier verwebt haben, wieder in harte, klingende Münze umzuwandeln. Gelingt mir das nicht, dreht mir mein Mann den Kragen um.«

Der Händler hob abwehrend die Hände. »Das würde er nicht tun. Meister Adam ist der gelassenste Mensch, den ich kenne. Deshalb war er ja auch so erfolgreich im Geschäft, als er es noch sein wollte. Nichts reizt mehr als Gelassenheit, Frau Sophie. Das müsst Ihr Euch merken.«

In den Worten des Händlers lag viel Wahrheit, das wusste Sophie. Sie dachte an die Zeit, als sie und Thomas den gesamten Besitz ihres Vaters zu Spottpreisen veräußern mussten, weil jeder wusste, in welch prekärer Lage sich der Tuchhändler befand. Diese Erfahrung wollte sie kein zweites Mal machen. Nachdenklich strich sie sich über die Brauen. »Wie viele Menschen wissen davon, dass wir eine Tapisserie für Herrn Lutz herstellen?«

Der Händler sah zur Decke und überlegte. »Ich habe es natürlich einigen Leuten erzählt, als ich einen Käufer gesucht habe. Und die werden es wiederum anderen erzählt haben. Was Herrn Lutz und sein geschwätziges Weib angeht, dem ich es übrigens von Herzen gönne, dass es nicht mehr Samt und Seide auf sie regnet, kann ich Euch keine Auskunft geben.«

»Also eine gute Basis für ein Gerücht«, überlegte Sophie laut.

»Was habt Ihr vor?«, fragt der Händler interessiert.

»Ich weiß es noch nicht«, gab Sophie wahrheitsgemäß zu. »Aber ich werde auf jeden Fall versuchen, das Unglück als Glücksfall darzustellen. Sonst kostet mich die Sache ein Vermögen.«

»Wenn Euch das gelingt, könnt Ihr auch Gold aus Blei machen«, erwiderte Bartl Ludwig.

»Na, na«, machte Sophie. »Und am Ende verbrennt man mich auf dem nächsten Scheiterhaufen.« Sophie starrte ins Feuer und nagte an ihrer Unterlippe. »Eine sehr gute Idee«, murmelte sie. »Die brauche ich jetzt.«

»Das ist es!«

Hellwach schüttelt Sophie ihren Mann, der neben ihr langsam aus seinem tiefen, frühmorgendlichen Schlaf erwachte.

»Was ist was?«, fragte er schlaftrunken und versuchte, sich in dem dunklem Zimmer umzusehen. »Es ist mitten in der Nacht! Was um alles in der Welt ist in dich gefahren.«

»Eine Eingebung«, rief Sophie fröhlich und setzte sich auf. »Eine Eingebung, was wir mit der Tapisserie machen.«

»Nun, ich finde meine Idee mit der Wohnstube ganz hübsch«, brummte der Webmeister müde und handelte sich einen festen Knuff in die Seite ein. Nachdem Bartl Ludwig sich verabschiedet hatte, war Sophie in die Stube gegangen und hatte ihrem Mann alles gebeichtet. Er hatte sich die Lage ruhig angehört und dann zwei kleine Becher mit Weinbrand gefüllt. Einen davon hatte er ihr gereicht.

»Auf diesen Schreck brauchst auch du erst einmal einen Schluck«, hatte er gesagt. »Und damit du nicht alleine trinken musst, trinke ich einen mit.«

Sophie stutzte, nahm dann aber den Becher dankbar entgegen. Sie leerten ihn jeweils in einem Zug. Dann sahen sie sich schweigend an. Beide überschlugen im Kopf die Summe, die bereits in den Bilderteppich geflossen war. Schließlich seufzte der Webmeister und schenkte die beiden Becher noch einmal voll.

»Nun, wenn das Geld alle ist, werden wir wohl weiter unsere Tücher produzieren, bis wir wieder Neues verdient haben«, sagte er und schnitt eine Grimasse.

Sophie beobachtete ihn. »Und die Tapisserie?«, fragte sie.

Der Webmeister sah sich suchend in der Wohnstube um. Dann zeigte er auf eine Wand, an der eine schwere Holztruhe stand.

»Wir stellen die alte Truhe in die Küche und hängen deinen Teppich hier auf, was meinst du?«

Sophie starrte ihn mit offenem Mund an. »Du machst Witze«, erwiderte sie heiser. »Wir können uns doch keine sechshundert Gulden an die Wand …«

Der Webmeister hob abrupt die Hand und stoppte so Sophies Worte. »Keine Zahlen«, sagte er. »Bitte keine Zahlen.«

Dann prostete er ihr zu und leerte seinen Becher wieder in einem Zug. Mit dem leeren Becher wies er wieder auf die Wand. »Er wird sich hier gut machen«, sagte er. »Wir sollten dann vielleicht häufiger Gäste zum Essen einladen, damit das gute Stück auch gewürdigt wird.«

Gegen ihren Willen musste Sophie lachen. Der Webmeister fiel in ihr Gelächter ein.

»Nein, mal ehrlich«, sagte Sophie. »Uns muss etwas einfallen. Mir muss etwas einfallen. Und warte ab, das wird es auch.«

Sie warf der Truhe einen finsteren Blick zu, hob ihren Becher und leerte ihn in einem Zug.

Das war vor drei Tagen gewesen, und nun war ihr tatsächlich etwas eingefallen.

»Hör mir jetzt endlich zu«, forderte Sophie ihren Mann auf, der sich schon wieder zur Seite drehen wollte.

Brummelnd richtete er sich auf. »Soll ich den Weinbrand holen?«, fragte er, noch immer nicht richtig wach.

»Du sollst mir zuhören«, wiederholte Sophie ernst.

»Hmm«, brummte er. »Ganz Ohr bin ich.«

»Wir versteigern die Tapisserie«, sagte Sophie triumphierend.

Es dauerte eine Weile, bis ihre Worte sich in seinem müden Kopf zu einem Sinn geformt hatten.

»Versteigern«, wiederholte er und spürte sofort, dass die Idee eine gute war.

»Genau«, fuhr Sophie eifrig fort, und er sah ihr begeistertes Gesicht deutlich vor sich, obwohl das Zimmer dämmerig und dunkel war. »Wir streuen das Gerücht, dass wir ein gutes Angebot hätten – von außerhalb. Vielleicht die Fugger in Augsburg oder sonst wer Berühmtes. Da es ein typisches Motiv für Neuburg ist, wird es schon den einen oder anderen wurmen, dass es aus der Stadt gehen soll. Wenn die Tapisserie fertig ist, hängen wir sie daher einige Tage zur Besichtigung in Neuburg auf. Vielleicht in einer Kirche. Oder im Rathaus. Kurz vor dem angeblichen Termin streuen wir dann wieder Gerüchte, dass jetzt auch Gebote aus Neuburg vorlägen.«

»Und dann?« Frank Adam versuchte einmal mehr, den raschen Gedanken seiner Frau zu folgen.

»Dann geben wir bekannt, dass wir keine Geschäfte unter der Hand machen möchten und es daher zu einer offiziellen Auktion kommen wird«, freute sich Sophie. »Wir sind die Guten, verstehst du!«

»Und sie werden bieten, unsere guten Neuburger«, stimmte der Webmeister ihr zu.

»Sie werden bieten, und sei es nur, um den Fuggern den Teppich wegzuschnappen.«

»Und die Fugger?«

»Bieten mit.«

»Bieten mit?«

»Sie müssen es ja nicht wissen. Wir stellen einen Strohmann auf. Der muss halt rechtzeitig aussteigen.«

»Wird sie das nicht stören?«

»Die Neuburger?«

»Die Fugger!«

»Solange es sie kein Silber kostet, kaum.« Sophie lehnte sich wieder zurück. »Das wird wunderbar, sage ich dir. Eine offizielle Auktion für eine Tapisserie. Ich glaube nicht, dass es so etwas schon gegeben hat.«

»Es können ja auch nicht viele so etwas bezahlen«, gab der Webmeister zu bedenken.

»Deshalb müssen sie es ja auch rechtzeitig wissen. Sie sollen sich gut überlegen, wie viel sie offiziell zu bieten bereit sind. Ich habe keine Lust, dass mir ein weiterer Käufer abspringt. Du wirst schon sehen, sie werden sich nicht lumpen lassen.«

»Nein, das werden sie nicht. Weißt du was?«

»Hm?«

»Du bist ein Genie.«

Sophie kicherte und ließ sich von ihrem Mann im Dunkeln küssen. Hoffnungsvoll schlief sie am Ende doch noch ein. Endlich hatte sie einen Plan, den sie angehen konnte.

Kapitel 23

Der Raum war brechend voll. Sophie war froh, dass sie auf Hans' Rat gehört hatte und den Bereich vor dem Bildteppich mit einem roten Samtband abgesperrt hatte. So mussten die Leute einige Schritte Abstand halten, und wenigstens die Hälfte der Anwesenden hatte einen einigermaßen freien Blick auf das Werk. Bartl Ludwig hatte ihr mit strahlenden Augen gratuliert. Aber Sophie ließ sich von dem Ansturm nicht täuschen. Die meisten Leute waren Schaulustige. Nur ein Bruchteil der Anwesenden waren ernst zu nehmende Bieter.

Seit jener Nacht, in der Sophie dem Webmeister ihren Plan dargelegt hatte, hatte sie unermüdlich daran gearbeitet, ihn in die Tat umzusetzen. Jetzt stand sie in dem überfüllten Saal des Rathauses, in dem die Luft langsam stickig zu werden begann, und beobachtete die Leute, die ihre Tapisserie betrachteten. Sie fächelte sich eifrig Luft zu. Es war Mitte April und ungewöhnlich heiß für diese Jahreszeit. In einer Woche, kurz vor dem Osterfest, würde die Auktion stattfinden, und Sophie setzte alle Hoffnungen auf ein gutes Gelingen. Trotz ihrer Vorsicht waren bereits Gerüchte im Umlauf, und die Lieferanten standen bei den Adams Schlange, um ihre Außenstände einzutreiben. Nur Sophies Engelszunge und einigen gepfefferten Notlügen war es zu verdanken, dass sich die Gläubiger wieder beruhigten und auf den Zeitraum nach der Versteigerung vertrösten ließen.

Sophie grüßte mit undurchdringlicher Miene nach verschiedenen Seiten. Jetzt kam es darauf an, dass sie selbstsicher und überlegen wirkte. Immerhin sollten alle glauben, dass es bereits ein großzügiges Gebot gab. Thomas hatte zwar eingewendet, dass dieser Glaube die Leute auch davon abhalten könnte, zu bieten, aber Bartl Ludwig hatte Sophie wieder ermutigt.

»Es gibt durchaus Geschlechter in Neuburg, die ihren sozialen Status demonstrieren wollen und können«, erklärte er. »Wartet nur ab.«

Und genau das tat Sophie nun seit drei Tagen, und sie musste zugeben, dass sie es sich nicht so zermürbend vorgestellt hatte.

Wieder ließ sie den Blick über die Menschen gleiten. Plötzlich begegneten ihre Augen einem Blick, der nicht auf die Tapisserie gerichtet war. Die schwarzen Augen starrten ihr direkt ins Gesicht, und mit einem Mal spürte sie, wie alles Blut aus ihrem Gesicht wich und ihre Knie sie kaum noch tragen wollten. Sie taumelte ein paar Schritte zurück, und ihre Hand suchte Halt an der Wand hinter ihr. Dann kam der Mann auf sie zu. Es war, als ob sich die Menge wie von selbst teilte, um ihn durchzulassen. Sophie spürte, wie er ihren Arm nahm und sie mit einem vorsichtigen Blick um sich hinausführte. Gemeinsam verließen sie das Rathaus und gingen durch einige Straßen und Gassen, bis der Mann an einem verlassen in der Mittagssonne liegenden Brunnen hielt. Er stützte sich auf das steinerne Geländer des Brunnens und sah in die Tiefe. Dann wandte er sich wieder Sophie zu. Zaghaft berührten seine Fingerspitzen ihr Gesicht, als könne er nicht glauben, sie wirklich zu berühren. Sophie schloss die Augen und nahm seine Berührung wahr. Wie oft hatte sie davon geträumt. Wie oft hatte sie sich danach gesehnt. Noch immer sprach keiner von ihnen ein Wort. Dieser Augenblick des unerwarteten Wiedersehens hatte einen ganz besonderen Zauber, den keiner der beiden brechen wollte.

»Ich dachte, du wärst in Italien.«

»Ich dachte, du wärst Nonne.« Thilmann Weber starrte sie ungläubig an.

Wieder schwiegen beide für eine lange Zeit. Sie betrachteten einander, als sähen sie sich zum ersten Mal, und in gewisser

Weise war es auch so. Beide hatten sich verändert und suchten im Gesicht des anderen nach Anzeichen dafür, was er erlebt hatte. Er trug das Haar länger und im Nacken lose zusammengebunden. Seine Kleidung war schlicht, aber gut gearbeitet: ein weißes Hemd mit ungewöhnlichen Stickereien, eine dunkle Weste, eng anliegende Hosen.

»Was hast du in den letzten beiden Jahren getan?«, fragte Sophie den Maler endlich. »Hast du Leonardo da Vinci getroffen?«

Er schloss für einen Moment die Augen. »Und ich dachte schon, du hättest dich verändert«, erwiderte er, und die weißen Zähne blitzten in dem von der italienischen Sonne gebräunten Gesicht. »Ich hatte dir doch erzählt, dass der große Leonardo schon einige Jahre tot ist.«

Sophie lächelte. »Immerhin habe ich mir den Namen gemerkt«, erwiderte sie und spürte, wie ihre unbefangenen Worte ein ganz anderes Gefühl zu überdecken suchten. »Und seine Werke? Hast du die gesehen?«

Er nickte mit strahlenden Augen. »Ich war in Florenz«, sagte er. »Und in Rom.« Er sah sie an. »Und nirgendwo konnte ich dich vergessen. In jeder Frau sah ich nur dich, ob sie nun schwarzes Haar hatte oder blondes.«

Sophie schluckte.

»Und dann sagte ich mir, vergiss sie«, fuhr er fort, und eine kleine Falte bildete sich auf seiner Stirn. »Vergiss sie, denn sie lebt in ihrem Kloster. Sie hat das Leben als Nonne gewählt und nicht dich.«

»Gewählt«, entfuhr es Sophie. »Wer redet hier von wählen! Fortgezerrt haben sie mich, und du hast dich noch am selben Tag fortschicken lassen. Wer hat dir gesagt, dass ich nicht mit dir kommen würde?«

»Die Äbtissin. Als sie mir einen Beutel voller Silber in die Hand gedrückt hat und mir von dir bestellte, dass du deine Sünde in der Abgeschiedenheit des Klosters zu büßen wünschst.«

»Und das hast du geglaubt?«

»Wärst du denn mitgekommen?«

»Vielleicht. Hättest du mich denn mitgenommen?«

Er schwieg eine Weile. Dann ließ er den Kopf hängen. »Vielleicht.«

Sanft legte Sophie ihm eine Hand auf die Schulter. »Wir hatten beide Angst, die Chance, die sich uns bot, zu ergreifen«, murmelte sie. »Und das Schicksal hat uns weiß Gott dafür gestraft. Es verging kaum ein Tag, an dem ich nicht an dich gedacht habe, Thilmann Weber.«

Er trat dicht vor sie und nahm ihr Gesicht in seine Hände. »Meine schöne Sophie«, flüsterte er. »Ich habe dich immer im Herzen behalten.« Er lächelte. »Wenn du wüsstest, in wie viele meiner Werke du eingeflossen bist. In Rom war ich berühmt für meine blonden Madonnen!«

»In Neuburg auch«, erwiderte sie.

Er stutzte. »Sankt Magdalenen«, rief er dann. »Womöglich mein ähnlichstes Porträt, da ich dich noch so gut in Erinnerung hatte.«

»Mir gefällt es«, sagte sie und legte die Wange in die Wärme seiner Hand.

»Sophie«, flüsterte er. »Jetzt gibt uns das Schicksal eine zweite Chance. Ich habe viel gelernt in Italien und für bekannte Persönlichkeiten gearbeitet. Einen gewissen Namen besitze ich schon. Und auch du hast deine Kunst weiterentwickelt, wie ich selbst sehen konnte. Ich habe nur zufällig von der Tapisserie gehört und war natürlich neugierig auf das Werk. Dann hat mich dein Anblick vollkommen überrascht. Ich dachte, du hättest längst dein Gelübde abgelegt und wärst … für mich unerreichbar. Aber jetzt …«

Sophie seufzte. »Auch jetzt gibt uns das Schicksal keine zweite Chance, Thilmann.«

Verständnislos sah er sie an.

»Ich bin zwar keine Nonne«, sagte sie leise und senkte den Blick. »Aber ich bin verheiratet.«

Fassungslos ließ er die Hände sinken. Unwillkürlich fiel sein Blick auf ihre Hände, die noch immer die Rötungen aus Eichstätt zeigten. An ihrer linken Hand glänzte ein goldener Ring.

»Verheiratet?«, wiederholte er.

»Seit dem letzten Sommer. Mit Frank Adam«, flüsterte Sophie. »Dem Webmeister.«

Thilmann starrte sie entsetzt an. »Sag, dass das nicht wahr ist!«

»Warum würde ich es sonst erzählen?«, fuhr Sophie ihn ungewollt scharf an. »Woher sollte ich denn wissen, dass wir uns jemals wiedersehen? Als ich nach Neuburg kam, habe ich ja sogar in der Kammer geschlafen, die du gemietet hattest! Wie, meinst du, habe ich mich gefühlt, als ich es herausfand? Als ich mir jede Nacht vorgestellt habe, du würdest neben mir liegen? Als ich dachte, ich müsste verrückt werden vor Sehnsucht?«

Sie wandte sich ab, damit er die Tränen nicht sah, die ihr in den Augenwinkeln schwammen. »Ich bin neunzehn Jahre alt, Thilmann. Gerade hatte ich das Kloster hinter mir gelassen und einen Platz gefunden, an dem ich mein Leben selbst in die Hand nehmen konnte. Allein. Ohne Familie. Das ist keine Situation, in der man auf die große Liebe hofft. Schon gar nicht, wenn sie einem den Rücken gekehrt hat.«

Ihre Stimme begann zu zittern. Also schwieg sie, um sich wieder zu sammeln.

Thilmann lehnte neben ihr und knetete hilflos seine schlanken Hände. »Liebst du ihn?«, fragte er schließlich leise.

»Er ist ein guter Mann«, gab sie in einem Ton zurück, der ihm die Wahrheit besser eröffnete, als weitere Worte es gekonnt hätten. »Auch er hat seine große Liebe einst verloren.«

»Verwandte Seelen«, giftete Thilmann, und Sophie erkannte entsetzt, wie verletzt er war. »Wie romantisch.«

»Sei nicht ungerecht«, gab sie zurück. Eine unbestimmte Traurigkeit breitete sich in ihr aus. Hier waren sie also, keine Elle voneinander entfernt. Und es fielen so harte Worte. »Ich habe deinen Zorn nicht verdient.«

»Ich weiß«, sagte er. »Aber meine Liebe darf ich dir wieder nicht geben.«

Sophie seufzte. »Warum bist du nach Neuburg zurückgekehrt?«

»Ich habe vom Hof des jungen Pfalzgrafen gehört«, erwiderte der Maler. »Er ist ein Mann mit einem guten Sinn für das Schöne. Und mit einer gut gefüllten Schatulle. Der Posten des Hofmalers wäre noch vakant.«

»Wirst du für ihn arbeiten?«

Thilmann nickte. »Gestern habe ich meinen ersten Kontrakt mit dem Hof unterzeichnet. Ich werde eine Salondecke in seinem neuen Schloss ausschmücken. Mein Name wurde ihm wohl von einem meiner Auftraggeber in Rom hinterbracht.« Er lachte freudlos auf. »Eine blonde Madonna soll es werden. Ich scheine mein Markenzeichen nicht mehr loszuwerden.«

»Vielleicht solltest du es dann ein wenig variieren«, murmelte Sophie.

»Stimmt.« Wieder klang der bissige Spott in seiner Stimme auf. »Du bist ja jetzt keine gefallene Nonne mehr, sondern eine ehrbare Frau.«

Sophie seufzte. Die Streiterei machte sie unendlich müde. Dabei wollte sie eigentlich nur eines.

Mit einem Mal drehte sie sich um und drückte sich an seine Brust. »Ich liebe dich«, flüsterte sie. »Immer.« Ihre Hände zogen sein Gesicht zu ihr herab, und sie küsste ihn. Mit der Sehnsucht und dem Verlangen der letzten Jahre. Und aller zukünftiger.

Dann wandte sie sich schnell von ihm ab und verschwand zwischen den Häusern. Mit hängenden Armen und wundem Herzen blieb der Maler am Brunnen zurück. Der Grund, aus dem er nach Neuburg zurückgekehrt war, hatte sich erfüllt. Er war ihr nahe gewesen. Viel zu nahe.

Die nächsten Tage waren für Sophie furchtbar. Ihre Stimmung wechselte von einem Höhenflug zu vollkommener Niedergeschlagenheit und zurück. Die Weber und Meister Adam führten ihre Gereiztheit auf die bevorstehende Auktion zurück, die alle nervös machte. Niemand ahnte, dass Sophie einen ganz anderen Kampf mit sich ausfocht.

Sie hatte Thilmann wiedergefunden! Noch immer konnte Sophie es kaum glauben. Wann immer sie an ihn und den Kuss am Brunnen dachte, machte ihr Herz wilde Luftsprünge, und ihre Augen blitzten vor Freude. Aber dann fiel ihr Blick auf ihre linke Hand, an der der schmale goldene Reif allen verkündete, dass sie eine verheiratete Frau war.

Warum erlaubt Gott ein Wiedersehen, nur um uns zu zeigen, dass wir doch nicht zusammen sein können?, haderte sie mit der heiligen Walburga. Weidet er sich an unserem Leid?

Die heilige Walburga runzelte missbilligend die Stirn. So etwas darfst du nicht denken, sagte sie milde. Denk an die Worte der Äbtissin in Eichstätt.

Dass ich im Kloster doch noch meine wahre Bestimmung finden würde.

Die heilige Walburga schüttelte den Kopf. Dass Gott uns oft auf ungewöhnliche Wege führt, um uns neue Möglichkeiten zu zeigen.

Welche neuen Möglichkeiten?, schimpfte Sophie. Ich sehe hier nur die, die ich schon kenne! Ich darf nicht mit dem Mann zusammenleben, den ich liebe.

Die heilige Walburga schwieg ein wenig unbehaglich.

Und das Schlimmste ist, dachte Sophie, dass ich nicht weiß, wo er jetzt ist. Sie war so überstürzt davongelaufen, dass sie ihn nicht gefragt hatte, wo er abgestiegen war. Vielleicht hatte er Neuburg aus Enttäuschung längst wieder verlassen!

Doch er hatte einen Auftrag am Hof angenommen, fiel Sophie wieder ein. Er würde die Stadt eine ganze Weile nicht verlassen. Aber er konnte ihr aus dem Weg gehen, und sie hatte keine Möglichkeit, ihn aufzusuchen. Einen Augenblick überlegte sie, ob sie ihren Bruder einweihen sollte. Vielleicht konnte er Thilmann am Hof ausfindig machen. Aber was sollte er ihm sagen? Missmutig blickte sie auf die Blätter der Blume, die in kleinste Stücke zerpflückt zu ihren Füßen lagen. Es hatte keinen Sinn, sich den Kopf zu zerbrechen. In zwei Tagen würde die Auktion stattfinden. Danach würde sie weitersehen.

Sophie stand vor dem Spiegel und rückte ihre bestickte Haube zurecht. Zum ersten Mal in ihrem Leben hatte sie ein wenig Schminke aufgelegt. Das Gesicht, das ihr am Morgen aus dem kleinen Spiegel im Schlafzimmer entgegengeblickt hatte, war zu blass gewesen und hatte sich auch durch einen Becher heißen Würzwein nicht beleben lassen. Babett hatte sie schließlich zur Seite genommen und ihr ein wenig Wangenrot und Lippenglanz aufgelegt. Auch die Augen hatte sie mit feinem Kohlenstaub betont, und Sophie fühlte sich von diesem neuen Gesicht wie von einer Maske geschützt. Auch auf ihre Kleidung hatte sie besonderen Wert gelegt und ein leichtes, blaues Kleid mit einer chamois Haube gewählt. Sie hatte sogar eine silberne Halskette umgelegt, die Frank Adam ihr zur Hochzeit geschenkt hatte. Heute würde sie die letzte Vorstellung als selbstsichere Webmeisterin geben, die sich keine Sorgen um die Existenz ihrer Werkstatt machen musste. Es würde sich zeigen, ob es sich lohnte.

Die Auktion würde ebenfalls im Rathaus stattfinden. Sophie hatte die Ehefrauen der Ratsherren rechtzeitig mit feinen Adam-Tüchern beschenkt und ihnen gute Plätze für die Auktion zugesichert. Jetzt beobachtete sie, wie sich der Saal langsam mit der Neuburger Gesellschaft füllte. Sophie hatte Sessel für die Herrschaften aufstellen lassen, die bald bis auf den letzten Platz besetzt waren. Jede Familie, die etwas auf sich hielt, war zur Auktion erschienen. So saßen die Patrizier neben den Freiherren und Grafen, und man unterhielt sich angeregt, während Babett und Gunhild Erfrischungen reichten. Sophie wollte nichts dem Zufall überlassen. Die Auktion musste das Ereignis des Frühjahrs werden.

Bartl Ludwig hatte sich als Auktionator angeboten, und Sophie hatte seinen Vorschlag dankend angenommen. Niemand würde ihre Arbeit so gut anpreisen können wie er. Und niemand kannte die Klientel so gut wie er und verstand es, sie mit den richtigen Argumenten und beiläufig fallen gelassenen Bemerkungen zu ködern.

Die Anspannung im Saal stieg langsam. Sophie nickte dem Mann zu, der angeblich für die Familie Fugger bieten würde. Dann setzte sie sich auf einen Stuhl, der seitlich in der ersten Reihe für sie reserviert war, und wartete mit klopfendem Herzen ab.

Bartl Ludwig eröffnete die Auktion mit einer Rede über das Handwerk, die Kunst und die goldene Zukunft der Stadt Neuburg. Sophie bewunderte seine klug gewählten Worte, als er den Bogen zu ihrer Tapisserie als dem Zeichen für den Wohlstand und das Ansehen der aufstrebenden jungen Pfalz und der freien Reichsstadt Neuburg schlug. Schließlich beschrieb er den Bildteppich in sachlichen, aber anerkennenden Sätzen und forderte die Anwesenden zu ihren Geboten auf. Mit Sophie hatte er vereinbart, dass man mit einem Mindestgebot von dreihundert Gulden einsteigen würde.

Vorsichtig sah Sophie sich um. Mit ihrem Strohmann hatte sie vereinbart, dass er diese Summe direkt bieten würde. Pflichtbewusst hob er auch die Hand, und Bartl Ludwig verkündete das Gebot laut. Jetzt kam Bewegung in die Neuburger. Es sollte in Schritten von zehn Gulden geboten werden, und Sophie fiel ein Stein vom Herzen, als die Gebote bald bei knapp vierhundert Gulden lagen. Zusammen mit der Anzahlung von Herrn Lutz könnte sie so wenigstens die Forderungen der Lieferanten zum großen Teil bedienen. Aber sie wollte mehr. Erst bei einem Preis von sechshundert Gulden würde sie den Gewinn machen, der auch den Wirkerinnen und ihr selbst ein lohnendes Auskommen sicherte. Sie sah zu ihrem Strohmann hinüber, der auf ihr Zeichen brav um zehn Gulden erhöhte. Noch einmal wiederholte sich das Spiel, bis die Gebote bei vierhundertsiebzig Gulden lagen. Wieder ließ Sophie ihren Strohmann höher bieten und sah sich erwartungsvoll um. Aber die Neuburger hielten sich zurück. Einige tauschten Blicke, andere lehnten sich bereits zurück. Sophie begann zu schwitzen. Was, wenn sie jetzt selbst auf ihrem Werk sitzen blieb? Während sie äußerlich versuchte, weiterhin die Gelassenheit in Person zu bleiben, klopfte ihr Herz zum Zerspringen. Hatte sie es zu weit getrieben? Das Gemurmel im Saal schwoll an, als Bartl Ludwig das letzte Gebot noch einmal wiederholte und um weitere Gebote bat. Bietet doch, flehte Sophie innerlich. So bietet doch!

Sie wechselte einen Blick mit ihrem Mann, der in einer ungewohnt edlen Schaube und einem schlichten Barett an der gegenüberliegenden Wand des Saales lehnte und sich der Situation natürlich bewusst war. Dennoch blieb seine Miene unbeweglich.

Wieder forderte Bartl Ludwig die Anwesenden zu einem höheren Gebot auf. Sophie sah, wie einige der Bieter hin- und hergerissen waren. Die Summe war für die Neuburger sehr hoch, auch wenn sie für ein Werk dieser Qualität vergleichsweise günstig war. Aber mit Waren in dieser Preisklasse wurde in der Stadt nur selten gehandelt.

Bietet doch, flehte Sophie noch einmal innerlich, aber sie spürte bereits, dass sie verloren hatte. Mühsam widerstand sie dem Drang, resigniert den Kopf hängen zu lassen.

Bartl Ludwig, dem natürlich ebenfalls bewusst war, dass der Zuschlag im Augenblick beim falschen Bieter lag, pries noch einmal die außerordentlichen Vorzüge. Er spielte sogar charmant darauf an, dass dieses Werk doch unter keinen Umständen Neuburg verlassen dürfe. Zaghaft regte sich die Hand eines alten Patriziers, der sich offenbar bei seiner Ehre gepackt fühlte.

Doch bevor Sophie wirklich Hoffnung schöpfen konnte, zog seine sauertöpfische Gattin die Hand wieder herunter und sah ihren Mann streng an.

Verflucht sei die Sparsamkeit der Ehefrauen, dachte Sophie. Mit jedem Augenblick, der verstrich, sank ihre Hoffnung. Sie hatte die letzte Möglichkeit, die Tapisserie in Neuburg zu verkaufen, vertan. Jetzt blieb ihr vielleicht noch eine andere Reichsstadt oder gar der kaiserliche Hof. Aber wie sollte sie den Bildteppich dorthin bringen? Sie konnte ihn doch nicht durch die Gegend schleppen, bis ihn jemand kaufte. Wütend auf sich selbst, war sie den Tränen nahe. Gerade wollte sie Bartl Ludwig das Zeichen geben, dass er die Auktion abbrechen konnte, da öffnete sich die Tür des Rathaussaales schwungvoll.

Ein ebenso teuer wie geschmackvoll gekleideter Mann trat mit einem Gefolge von sechs bis sieben Männern ein und schritt aufrecht den Mittelgang entlang, bis er vor der Tapisserie stehen blieb und sie interessiert betrachtete. Sophie hörte ehrfürchtiges Geraune im Saal und entdeckte im Gefolge des Mannes ihren Bruder Thomas. Direkt neben Thilmann Weber.

War sie eben noch resigniert gewesen, so machten sich jetzt Verwirrung und Panik in ihr breit. Langsam ahnte sie jedoch, wer da so unvorhergesehen in ihre Auktion geplatzt war. Ottheinrich, der junge Pfalzgraf persönlich. Trotz seiner Jugend zierte bereits ein sorgsam getrimmter, rotblonder Bart sein Gesicht und ließ ihn älter und würdevoller erscheinen. Seine Statur war kräftig und wies ihn bereits als Freund der guten Küche aus. Jetzt stand er allerdings mit kritischer Miene vor Sophies Werk und inspizierte es bis ins letzte Garn, während die höhere Gesellschaft von Neuburg den Atem anhielt.

»Das also ist das Tagesgespräch in meiner Stadt«, sagte Ottheinrich schließlich neutral. »Aus der Werkstatt Adam, nicht wahr?« Er sah sich suchend um, und Frank Adam trat einige Schritte vor, um sich vor dem Pfalzgrafen zu verbeugen. Wohlwollend ruhte der Blick des Fürsten auf dem Webmeister.

»Da hat er sich eine gelungene Rückkehr in die ersten Reihen der Weberzunft ausgedacht«, lobte er. »Meine Hochachtung.«

»Mit Verlaub«, erwiderte der Webmeister. »Die Ehre Eurer Hochachtung gebührt eigentlich meiner Frau Sophie Adam. Die Wirkarbeit war ihre Idee. Sie hat sie auch mit eigenen Händen hergestellt.«

Er hob die Hand, und Sophie trat neben ihn, um sich ebenfalls vor dem Pfalzgrafen zu verbeugen. Als sie wieder aufstand, begegnete ihr Blick dem ihres Bruders und dem Thilmanns. Wussten die beiden bereits, wer der jeweils andere war?

»Tatsächlich?« Der Pfalzgraf betrachtete nun die junge Frau, die ihm gegenüberstand und ihm ganz offensichtlich gut gefiel. »Dann seid Ihr also die Schwester meines Lebensretters?«

Sophie gelang ein nervöses Lächeln. »Ich bin die Schwester von Thomas Leipold«, sagte sie, sich gerade noch daran erinnernd, dass Thomas in Neuburg nicht unter dem Namen Ballheim bekannt war.

»Ein glücklicher Mann, dass er Euch schon sein ganzes Leben kennen darf, Frau Adam«, sagte der Pfalzgraf galant und beugte sich über Sophies Hand.

Sophie spürte den angehaltenen Atem der Neuburger Damen, die jeden Augenblick der sich ihnen darbietenden Szene gierig in sich aufsogen, um sie später ausführlich zu bereden.

»Nicht, wenn man bedenkt, dass ich ihm jahrelang die Weihnachtsleckereien stibitzt habe«, antwortete sie ungewollt offen.

Überrascht starrte der Pfalzgraf sie an. Dann brach er in schallendes Gelächter aus, das der Situation sofort jegliche Anzüglichkeit, die jemand darin gesehen haben mochte, nahm.

»Ein hoher Preis, in der Tat«, dröhnte Ottheinrich. Er wandte sich zu Thomas um. »Respekt, Hauptmann.«

Dann wandte er sich wieder Sophie zu.

»Respekt aber auch Euch, dass Ihr in so jungen Jahren schon ein solches Werk geschaffen habt. Eure Tapisserie kann sich durchaus mit denen am kaiserlichen Hofe messen. Wenn auch nicht ganz mit jenen, die ich bei den Ungläubigen im Gelobten Land sehen durfte.«

Sophie atmete auf. Das pfalzgräfliche Lob würde die Auktion womöglich noch einmal beleben. Sie warf Thomas einen dankbaren Blick zu, denn sie zweifelte keinen Augenblick daran, dass er es irgendwie geschafft hatte, den Fürsten hierher zu bringen.

»Wie Ihr selbst wisst, legen die Jahre, die jemand zählt, manchmal ein schlechtes Zeugnis darüber ab, was er kann und kennt.«

Überrascht zog der Pfalzgraf die dichten Brauen hoch. »Weise Worte«, lobte er. »Wie mir scheint, ist Meister Adam in jeder Hinsicht zu beneiden. Meint Ihr nicht auch, Meister Weber?«

Thilmann zuckte zusammen. »Das ist er, Durchlaucht«, antwortete er, ohne Sophie aus den Augen zu lassen. »Zumindest, was das künstlerische Talent von Frau Adam angeht.«

»Genau«, fiel dem Pfalzgrafen wieder ein. »Ich bat Euch um Eure Meinung zu dem Motiv.« Der Fürst sah zum Webmeister und seiner Frau.

»Meister Weber ist Maler und gerade erst aus Italien zurückgekehrt, wo er die großen Meisterwerke in Rom und Florenz gesehen hat. Ich bin sehr gespannt auf sein Urteil.«

Das war Sophie ebenfalls. Thilmann wandte seine Aufmerksamkeit der Tapisserie zu und betrachtete sie eine ganze Weile, während die Anwesenden erwartungsvoll schwiegen.

»Die Komposition ist sehr ausgeglichen«, sagte Thilmann schließlich sachlich, ohne den Blick vom Bilderteppich zu nehmen. »Die Harmonien überwiegen. Auch die Farbwahl und die Übergänge sind gelungen. Besonders hier in den Schatten und im Faltenwurf der Kleidung. Die räumliche Tiefe lässt ein wenig zu wünschen übrig, aber hier muss man berücksichtigen, dass dem Handwerk des Bilderwirkens Grenzen gesetzt sind, die uns in der Malerei nicht so hart treffen.«

»Und das Motiv selbst?«, fragte der Pfalzgraf.

Thilmann lächelte. »Darüber müsste ich eher Euch befragen, Durchlaucht. Es sind die Symbole Neuburgs in einer ungezwungenen Anordnung. Sagt sie Euch zu?«

Ottheinrich strich sich über den Bart. »Durchaus«, sagte er. Dann warf er einen Blick auf den Auktionator. »Wo sagtet Ihr, waren die Gebote stehen geblieben?«

»Vierhundertachtzig Gulden.« Bartl Ludwig beugte sich interessiert vor.

Ein aufgeregtes Raunen ging durch Menge. Etliche Neuburger rutschten unruhig auf ihren Stühlen herum, und es zuckte in so mancher Hand. Sophie schloss die Augen und wartete auf ein Gebot.

»Fünfhundert Gulden!«

Überrascht riss sie die Augen auf. Der Pfalzgraf selbst hatte geboten, und im Saal breitete sich ehrfürchtige Stille aus. Sophie wusste, dass niemand weiter bieten würde. Abgesehen davon, dass die Summe sehr hoch war, würde es niemand wagen, dem Pfalzgrafen seine Beute streitig zu machen. Bartl Ludwig sah das auch so und erteilte dem Fürsten mit drei zügigen Hammerschlägen den Zuschlag.

Fünfhundert Gulden. Sophie atmete erleichtert auf. Zwar hatte sie ihre Wunschsumme verfehlt, aber den Vorschuss ihres ehemaligen Auftraggebers eingerechnet hatte sie die Tapisserie mit Gewinn verkauft. Und zwar an den Pfalzgrafen persönlich! Wenn das kein Ritterschlag für ihre Werkstatt war.

Ottheinrich grüßte den Webmeister und seine Frau und ließ sich zusichern, dass die Tapisserie in Kürze ins Schloss gebracht werden würde. Dort sollte der Webmeister auch umgehend die Kaufsumme erhalten. Mit einem Handschlag wurde die Abmachung besiegelt, und Ottheinrich sah sich Beifall heischend um. Majestätisch winkte er seinen Untertanen zu, bevor er mitsamt seinem Gefolge den Saal verließ. Sophie sah, wie Thomas ihr zufrieden zulächelte. Dann begegnete ihr Blick dem Thilmanns. Der Maler nickte ihr voll der Hochachtung zu, die ein Künstler für einen anderen empfindet. Dann wandte er sich abrupt ab und verließ den Raum, bevor Sophie, die sich an den Kuss erinnerte, verräterisch erröten konnte.

Das Stimmengewirr, das sich mit dem Auszug des Pfalzgrafen erhoben hatte, schwoll noch weiter an. Man umringte Meister Adam, klopfte ihm auf die Schultern und gratulierte Sophie zu ihrem Werk. Sie solle sich doch melden, sobald ein weiteres Werk aus ihrer Werkstatt vollendet sei, flüsterten ihr etliche Münder zu, ohne dass sie sich an einen Namen hätte erinnern können. Sie wusste nicht, wie lange sie dort gestanden und mechanisch gelächelt hatte. Sie kam erst wieder zu sich, als sie Michel irgendwo Hans fragen hörte, ob sich die Adams denn jetzt Hoflieferanten nennen dürften.

»Lasst uns erst einmal aufräumen und nach Hause fahren«, fiel Meister Adam ihm ins Wort. »Ich denke, wir haben mehr zu sortieren als unsere Tapisserie.«

Wie recht du doch hast, dachte Sophie. Wie recht.

Kapitel 24

Am Abend saßen sich Sophie und ihr Mann bei einem Becher Wein gegenüber.

»Sieg oder Niederlage?«, fragte der Webmeister und betrachtete seine junge Frau.

»Sieg«, antwortete Sophie sofort. »Bedenke doch! Der Pfalzgraf selbst! Was hätte unseren Namen bekannter machen können? Auch über Neuburg hinaus.«

»Besonders spendabel war er ja nicht, der gute Ottheinrich«, bemerkte der Webmeister lapidar. »Er weiß ganz genau, dass der Teppich gerne hundert Gulden mehr wert ist.«

»Natürlich«, gab Sophie zurück. »Aber er hat es verstanden, sich vor seinen Untertanen als großzügig und kunstsinnig zu präsentieren.« Sie nahm einen Schluck Wein. »Zumindest großzügiger als die Neuburger selbst, von denen sicher auch der eine oder andere den wahren Wert der Arbeit kennt. Dennoch ist mir ein sparsamer Pfalzgraf als Käufer immer noch lieber als ein Fugger, der gar nichts davon weiß«, fügte sie verschmitzt hinzu.

Frank Adam lachte auf. »Allerdings. Ich habe Blut und Wasser geschwitzt, als wir auf unserem eigenen Gebot sitzen zu bleiben drohten.«

»Und ich erst«, sagte Sophie. »Schließlich war es meine Idee. Aber auch mit den fünfhundert Gulden bin ich zufrieden. Unterm Strich haben wir einen Gewinn gemacht, und ich kann Babett und Gunhild einen guten Anteil geben. Die beiden haben sich ordentlich ins Zeug gelegt.«

Der Webmeister nickte. Er war mit seinen Gedanken schon bei einem anderen Thema. »Der Maler, den der Pfalzgraf bei sich hatte«, sagte er, und Sophie spürte, wie ihr die Vorsicht in alle Glieder fuhr. »Ich kenne ihn.«

»Ach ja?« Sophie blieb zurückhaltend.

»Er hat bei mir gewohnt, einige Monate bevor du gekommen bist.«

»Wirklich?« Verzweifelt überlegte Sophie, wie viel Interesse jetzt normal wäre.

Der Webmeister nickte. »Er hatte einen Auftrag hier in der Stadt. Ein Wandgemälde in Sankt Magdalenen. Ein talentierter junger Mann. Ich habe mir seine Arbeit einmal angesehen. Seine Madonna sieht aus wie du.«

Die dunklen Augen des Webmeisters ruhten auf Sophie, die unwillkürlich ein schlechtes Gewissen bekam. Warum eigentlich, schalt sie sich nach einigen Momenten selbst. Wegen eines Kusses? Dann entschloss sie sich, es wieder einmal mit der Wahrheit zu probieren.

»Mir kam er auch sehr bekannt vor«, sagte sie. »Und inzwischen weiß ich auch, woher. Ich habe ihn in Eichstätt gesehen. Er hat dort ein ganz exquisites Altarretabel gemalt.«

»Und er hat auch dich gesehen?«, fragte der Webmeister, und Sophie glaubte, eine Spur von Misstrauen aus seinen Worten herauszuhören.

»Schwester Augusta – Auguste – stellte uns einander vor. Es war Teil meiner Ausbildung zur Wirkerin. So habe ich ihn einige Male in seiner Malerwerkstatt besucht.«

Sophie schwitzte. Wie glaubwürdig bin ich?, fragte sie sich. Noch nie hatte es sich so unehrlich angefühlt, die Wahrheit zu sagen.

Bei der Erwähnung von Augustes Namen glitt ein Schatten über Frank Adams Gesicht. Er seufzte. »Er hat dich gut getroffen«, sagte er. »Du solltest dir das Bild einmal ansehen.« Er trank den Rest seines Weines. »Lass uns schlafen gehen«, sagte er und sah hinaus. Trotz der späten Stunde war es noch dämmerig hell draußen. Die Tage wurden länger.

»Ich bin noch gar nicht müde«, erwiderte Sophie. »Der Tag war zu turbulent.«

In diesem Moment klopfte es an der Tür. Verwundert sahen sich die Eheleute an.

»Sophie«, rief die Stimme ihres Bruders. Sie stand auf und öffnete. Thomas trat ein und strahlte seine Schwester an.

»Entschuldige die späte Stunde, aber ich konnte nicht früher fort. Der Pfalzgraf hat seinen Kauf noch ausgiebig gefeiert.«

»Nun, bei dem Preis sollte er noch etwas Geld zum Feiern übrig haben«, gab Sophie zurück. »Sehr tief in die Tasche greifen muss er ja nicht.«

Als sie das verwirrte Gesicht ihres Bruders sah, legte sie ihm beruhigend die Hand auf den Arm. »Vergiss meine Worte. Ich bin froh und dankbar, dass ich die Tapisserie unter diesen Umständen noch so gut verkauft habe. Und noch dazu an den Pfalzgrafen!«

Thomas grinste stolz. »Ja, das habe ich gut eingefädelt, nicht wahr?«

Sophie umarmte ihn. »Ich wusste doch, dass du dahintersteckst. Ich bin dir sehr dankbar!«

»Da schließe ich mich an«, sagte der Webmeister. Dann sah er seine Frau an. »Ich nehme an, dass du noch bei Thomas bleibst?« Sie nickte und empfing seinen Kuss auf die Wange. »Dann verabschiede ich mich jetzt.«

Sophie sah ihm nach, bis sie seine Schritte auf der Stiege hörte. Dann wandte sie sich wieder ihrem Bruder zu. »Wie hast du es geschafft, den Pfalzgrafen persönlich zur Auktion zu bringen?«, fragte sie neugierig.

Thomas lehnte sich gemütlich zurück und nahm dankend den Becher Wein entgegen, den Sophie ihm reichte. Auch ihren eigenen Becher füllte sie noch einmal mit dem trockenen Roten.

»Indem ich ihm einfach sagte, dass das Werk so brillant sei, dass sogar die Fugger es haben wollten …«

Sophie sog den Atem ein.

»... und dass die Tapisserie bei jemandem mit mehr Kunstverstand sicher besser aufgehoben wäre.«

»Das war alles?«, fragte Sophie erstaunt.

»Es hat gereicht. Also war es das Richtige. Ottheinrich hätte niemals mitgeboten, wenn er nicht selbst auf die Idee gekommen wäre.«

Er grinste wieder und knuffte seine Schwester, die neben ihm auf der Bank Platz genommen hatte, in die Seite. »Bist du denn zufrieden?«

Sophie lächelte. »Aber klar. Die ganze Sache hätte bitter ausgehen können.«

»Nun, das Leben hält eben auch einmal eine schöne Überraschung bereit«, entgegnete Thomas.

Sophie sah ihrem Bruder tief in die Augen und lächelte. »Was ist eigentlich los mit dir? So gut gelaunt bist du doch nicht nur, weil du dem Pfalzgrafen eine ausgezeichnete Tapisserie verschafft hast?«

Thomas grinste belustigt und hob seinen Becher. »Stimmt, meine scharfsinnige Schwester. Es gibt noch einen weiteren Grund für meine gute Laune, wie du sie so schön nennst.«

»Welchen?«

»Ich bin verliebt.«

»Aaaaahhh«, rief Sophie entzückt auf. »Kenne ich sie?«

Thomas schüttelte den Kopf. »Ich habe sie bei Hof kennengelernt.«

Sophies Lächeln verrutschte etwas. »Bei Hof?«

»Ganz recht, bei Hof. Ihr Name ist Sybille von Greifenstein.«

»Von?«, fragte Sophie überrascht.

»Ganz recht, von.«

»Etwa so wie von Sternau, du erinnerst dich?«

Sophie wurde rot.

»Ihr Vater war der Freiherr von Greifenstein. Er ist leider mitsamt seinem Gut dem Bauernaufstand zum Opfer gefallen.

Leider für Sybille, aber gut für uns. Somit kann er uns wenigstens nicht mehr verbieten, zu heiraten.«

»Heiraten?«, echote Sophie.

»Ganz recht«, sagte Thomas zum dritten Mal. »Ich habe Sybille gebeten, meine Frau zu werden.«

»Und sie hat ja gesagt?«

»Ja.«

»Und ihre Familie?«, fragte Sophie, da sie sich nur zu gut an die Behandlung durch die von Sternaus erinnerte.

»Ist so gut wie nicht mehr vorhanden. Sie lebt unter der Aufsicht einer sehr liberalen Tante am Hof, und da sich keine Mitgift mehr aufbringen lässt, ist diese Tante auch nicht unbedingt auf eine standesgemäße Partie aus.«

»Nach allem, was du mir über die Rechte der Bauern erzählt hast, wirst du jetzt also selber Freiherr.«

Thomas winkte ab. »Keineswegs. Da es ohnehin nichts zu erben gibt, außer dem Titel und dem damit verbundenen Ärger, wird die Linie der Greifensteins wohl leider aussterben. Dafür gründen wir das Geschlecht der Leipolds von Neuburg. Was meinst du, eine schöne Ehre für Mutters Mädchennamen, nicht wahr?«

»Ich kann durchaus verstehen, dass du nichts mit dem Geschlecht der Ballheims aus Donauwörth zu tun haben willst«, gab Sophie eine Spur bissiger zurück, als sie es beabsichtigt hatte, und trank noch einen Schluck Wein.

»Ach, Sophie«, sagte Thomas leise. »Du verstehst mich doch eigentlich, nicht wahr?«

Sophie sprang über ihren Schatten. »Natürlich. Und ich freue mich ja auch für euch.«

»Du sollst Sybille auch so schnell wie möglich kennenlernen«, sagte Thomas eifrig.

Sophie sah ihren Bruder an. »Du liebst sie sehr, nicht wahr?«

»Sehr«, wiederholte er ernsthaft.

»Dann hast du das größte Glück schon erreicht«, sagte Sophie leise. Der Wein machte sie langsam schwermütig. »Aus Liebe zu heiraten.«

Thomas nahm die Hand seiner Schwester und drückte sie sanft. »Du hast einen guten Mann.«

»Aber ich liebe einen anderen«, rutschte es Sophie heraus. Erschrocken sah sie Thomas an, der ihren Blick ebenso verwirrt erwiderte.

»Wen?«, fragte er, denn natürlich konnte er von den jüngsten Ereignissen nichts ahnen. Er musste glauben, dass es sich um einen Mann aus Neuburg handelte.

Sophie schwieg. Wie hatte sie nur so dumm sein können? Ausgerechnet Thomas gegenüber, der Frank Adam schätzte, aber seine Schwester nie verraten würde.

»Es ist besser, wenn du es nicht weißt«, sagte sie ausweichend. »Dann musst du dir auch nicht an meiner Stelle den Kopf zerbrechen.« Sie leerte ihren Becher. »Wobei es eigentlich gar nichts zu zerbrechen gibt«, sagte sie leise wie zu sich selbst. »Außer wieder einmal mein Herz. Denn auch jetzt passt es wieder einmal nicht zusammen.«

Thomas sah sie ahnungsvoll an. »Der Maler«, sagte er schließlich langsam. »Der Maler, den der Pfalzgraf heute dabeihatte.« Er erinnerte sich an den seltsamen Gesichtsausdruck seiner Schwester, als sie den Maler angesehen hatte, den er einfach nicht zu deuten verstanden hatte.

Sophie gab auf und nickte. »Thilmann Weber. Der Maler aus Eichstätt«, sagte sie. »Ich dachte, ich würde ihn nie wiedersehen.«

»Man sagt sich wahre Wunderdinge von ihm.« Auch Thomas leerte seinen Becher. »Ein großes Talent.«

»Ist er auch«, bestätigte Sophie. »Davon kannst du dich in der Kirche Sankt Magdalenen überzeugen. Dort hat er eine seiner blonden Madonnen gemalt, die offensichtlich alle so aussehen wie ich. Hoffentlich reist nie jemand aus Neuburg nach Rom oder Florenz.«

»Er liebt dich also auch«, stellte Thomas fest. »Warum sollte er dich sonst malen?«

Das muss sich Frank auch gefragt haben, kam es Sophie in den Sinn. Er ist ja nicht dumm. Ihm stellt sich anscheinend nur die Frage, ob ich Thilmann ebenfalls liebe.

Sophie versuchte, sich vorzustellen, was die ehrliche Antwort auf diese Frage aus ihrem Leben machen würde, und kam zu dem Schluss, dass sie in jedem Fall ein heilloses Durcheinander auslösen würde.

»Und nun?«, fragte Thomas so rat- und hilflos, dass Sophie unwillkürlich lächeln musste.

»Nun werde ich meinem Mann treu und ergeben sein und mit Herrn Weber hin und wieder ein freundliches Wort wechseln, falls wir uns begegnen sollten. Bis er die Stadt verlässt, um sich seine Aufgaben anderswo zu suchen. Dann kann ich mir vielleicht endlich sicher sein, dass ich ihn nie wiedersehen werde.«

Zaghaft streichelte Thomas ihre Hand. Zum ersten Mal fehlte ihm ein Ratschlag für seine kleine Schwester. Und noch nie hatte er sich so sehr gewünscht, ihr zu helfen.

»Wirst du denn Agnes und Katharina zu deiner Hochzeit einladen?«, wechselte Sophie schließlich das schlüpfrige Thema, was zu einer längeren Diskussion darüber führte, ob sie ihr neues Leben wieder mit dem alten vermischen sollten. Thomas entschied sich schließlich dagegen.

»Ich habe den Namen Ballheim abgelegt. Und das Leben in Donauwörth gleich mit«, sagte er.

Als Thomas sich endlich verabschiedete, war es finstere Nacht. Sophie umarmte ihren Bruder mit der Ermahnung, ihr seine Braut recht bald vorzustellen. Dann stieg sie die schmale Treppe hinauf und legte sich neben ihren fest schlafenden Mann, der eine vertraute und behagliche Wärme ausstrahlte, die Sophie ein wenig tröstete.

Die nächsten Tage vergingen in Geschäftigkeit. Sophie und Frank Adam lieferten die Tapisserie aus und nahmen das Geld dafür in Empfang. Immer wieder überlegten sie, wie sie die Werkstatt weiterführen sollten. Sophie hatte vorerst genug von Werken in der Größenordnung einer Tapisserie. Aber Frank Adam kannte seine Frau inzwischen gut genug, um zu wissen, dass sie nur eine kleine Pause zum Atemholen brauchte, bevor sie sich wieder mit Elan in das nächste riskante Unternehmen stürzte. Auch Sophie war sich bewusst, dass sie nicht einfach wieder zu normalem Tuch zurückkehren konnte. Babett und Gunhild webten in der Zwischenzeit Adam-Tücher nach Hans' Entwürfen und warteten ungeduldig darauf, was Sophie ausbrütete. Auch Paul machte sich gut und konnte inzwischen schon an den Webstuhl gelassen werden. Sophie erwog, weitere Leute einzustellen und neue Webstühle zu kaufen. Aus Frank Adams kleiner Schreinerei kamen zwar bereits vielversprechende Geräusche, aber noch keine wirklichen Innovationen.

Während Sophie noch darüber nachdachte, in welche Richtung sie die Werkstatt führen würde, hielt das Schicksal schon die nächste Probe für sie bereit. Eine Woche nach der Auktion überraschte der Webmeister sie am Mittagstisch mit der Nachricht, dass er den jungen Maler, Thilmann Weber, den sie ja auch kennen würde, zum Essen eingeladen habe. Sophie fuhr der Schreck wie flüssiges Blei in die Glieder. Nervös warf sie ihrem Mann einen Blick zu, um herauszufinden, ob diese Einladung nur ein Ausdruck harmloser Wiedersehensfreude mit einem ehemaligen Mieter war oder ob er Sophies Gefühle für den anderen Mann testen wollte.

Ich mache mir zu viele Gedanken, rief sich Sophie selbst zurecht.

Mit einem schlechten Gewissen lebt es sich eben nicht gedankenlos, bemerkte die heilige Walburga altklug.

Habe ich mir das etwa ausgesucht?, fragte Sophie giftig. Ich war doch bereit, mich demütig mit einem guten, braven Mann zu bescheiden.

Du hast dein Herz verraten, erwiderte die heilige Walburga.

Ach ja? Warst nicht du es, die mir in Eichstätt immer zur Vernunft geraten hat? Sophie hätte schwören können, dass die heilige Walburga errötet wäre, hätte sie tatsächlich vor ihr gestanden. Wenigstens schwieg sie nun zurückhaltend.

Wenige Tage später saß Sophie mit ihrem Ehemann und dem Mann, den sie liebte, an einem Tisch. Es war ein warmer Juniabend, und Sophie hatte die Fenster weit öffnen lassen. Dennoch hatte sie das Gefühl, ersticken zu müssen.

Mit einem Blick hatten sie und Thilmann sich gleich bei der Begrüßung verständigt, dass nicht ein vertrautes Wort zwischen ihnen fallen würde. Sie begrüßten einander freundlich und wechselten einige Worte über Eichstätt. Thilmann war sichtbar betroffen, als Sophie ihm von den Ereignissen dort berichtete. Beide dachten auch an das wundervolle Altarretabel, das Thilmann gemalt hatte. War es den Unruhen zum Opfer gefallen?

»Die Bereiche der Klausur und die Kirche wurden kaum angetastet«, sagte sie. »Die Menschen waren wohl in erster Linie an Lebensmitteln, Gebrauchsgegenständen und Geld interessiert.«

»Wer soll es ihnen verdenken.« Thilmanns Miene wurde undurchdringlich, und Sophie erinnerte sich daran, dass er aus genau so einer armen Bauernfamilie stammte, wie sie sich jetzt überall in Schwaben erhoben.

»Wie war Euer Aufenthalt in Italien?«, fragte der Webmeister jetzt interessiert. »Haben sich Eure Erwartungen erfüllt?«

Thilmann schluckte seinen Bissen von der Lammpastete hinunter und nickte dabei begeistert. »Seit dem Tod Lorenzo de' Medicis hat Florenz zwar seinen Ruf als Stadt der schönen Künste verloren, und der Prediger Savonarola hat das Seine dazu getan, viel der Pracht und der Herrlichkeit zu vernichten. Aber die ersten zarten Keime sind schon wieder dabei, sich ans

Tageslicht emporzuarbeiten. Und Rom wird immer ein Zentrum der Künste sein. Man denke nur an den Vatikan mit seinen herrlichen Bauten und all die anderen Kirchen und Palazzos.«

Frank Adam nickte. »Ich war selbst vor vielen Jahren einmal in Rom. Allerdings nur für einen kurzen Aufenthalt«, sagte er, und Sophie hob überrascht den Blick. Sofort durchfuhr sie heißer Neid, da ihre längste Reise bisher die unglückselige Fahrt von Donauwörth nach Eichstätt gewesen war. Warum kamen die Männer in der ganzen Welt herum, während die meisten Frauen froh sein durften, einen Blick aus dem Stadttor zu werfen? Missbilligend zogen sich ihre hübschen Brauen zusammen, als sie sich vornahm, eines Tages selbst zu einer Reise aufzubrechen. Aber die Männer waren längst bei einem anderen Thema angekommen.

»Der Pfalzgraf hat einen ausgeprägten Sinn für Ästhetik und einen großen Kunstverstand«, sagte Thilmann. »Es überrascht mich nicht, dass er sich für die Tapisserie Eurer … Frau begeistern konnte.«

Sophie hielt den Atem an. Hatte Frank Adam Thilmanns kurzes Stocken bemerkt? »Und ich denke, dass er damit durchaus eine neue Mode in Neuburg auslösen wird. Die Produktion weiterer Wirkarbeiten sollte sich für Eure Werkstatt durchaus lohnen.« Er sah zu Sophie hinüber. »Wie ich gehört habe, sind auch Osterdecken sehr beliebt. Vor allem jene mit dem Auferstehungsmotiv.«

Sophie wurde rot. Wie hatte er davon erfahren? »Ihr habt meine Arbeit zu Gesicht bekommen?«, fragte sie unverfänglich.

»Allerdings. Ein sehr gelungenes Motiv. Und so vertraut.«

Sie erwiderte Thilmanns Blick und bemerkte das belustigte Zwinkern in seinen Augen. Erleichtert atmete sie auf. Er nahm ihr die Kopie seiner Arbeit also nicht übel.

»Wie Ihr selbst wisst, gehört das Lob für das Motiv Euch«, gab sie zu.

»Und ein paar Gulden wahrscheinlich auch«, fügte der Webmeister lachend hinzu. »Meine Frau hat offensichtlich nicht damit gerechnet, dass Ihr wieder nach Neuburg zurückfinden würdet.«

Sophie wurde rot. Meinte der Webmeister seine Worte nun zweideutig?

»Es war auch nicht mein Plan«, gab Thilmann zurück und sah Sophie an. »Es hat sich einfach so gefügt. Als ob es mir vom Schicksal vorherbestimmt sei.«

Unbehaglich rutschte Sophie auf ihrem Stuhl hin und her. »Nun, ich würde Rom auch der Pfalz vorziehen«, sagte sie.

Thilmann winkte ab. »Nicht, wenn Ihr dort gelebt hättet. Die Stadt ist heiß, laut, teuer und voller skrupelloser, machthungriger Menschen.«

Der Webmeister lachte. »Klingt wie der Vorhof zur Hölle. Und so bezeichnet Ihr die Stadt des Papstes!«

»Hm«, machte Thilmann und wartete wieder, bis er den Bissen heruntergeschluckt hatte. »Die sogenannte Heiligkeit der römischen Kirche steht allgemein im Kreuzfeuer der Kritik. Wartet nur ab, Martin Luther hat nicht nur ein Strohfeuer angezündet.«

»Er sollte froh sein, wenn sie keines unter ihm anzünden«, erwiderte Frank Adam. »Aber ich hätte Euch nicht wirklich für einen Protestanten gehalten.«

Sie verstehen sich, durchfuhr es Sophie. Sie diskutieren über Politik und Religion und verstehen sich blendend! Keine Spur mehr von Misstrauen bei ihrem Mann, falls es je existiert haben sollte. Und auch Thilmanns ganze Aufmerksamkeit gehörte dem Webmeister. Mit einem Mal schlugen Sophies Befürchtungen in stechende Eifersucht um. Wie konnte es sein, dass sie wieder einmal tausend Tode starb und Thilmann unbeschwert sein Mahl genoss?

Im Hintergrund hörte sie die heilige Walburga ungeduldig seufzen. Während die Männer immer redseliger wurden, wurde

Sophie immer schweigsamer. Sie lauschte den Worten des Gespräches, ohne dem Austausch inhaltlich folgen zu können. Als Frank Adam aufstand, um noch mehr Wein zu holen, sah Thilmann sie warmherzig an. Kühl reckte sie das Kinn und gab ihm durch ihre ganze Haltung ihre Unzufriedenheit zu verstehen. Überrascht machte der Maler eine fragende Geste, die Sophie nur mit einer abwehrenden Handbewegung beantwortete. Ergeben sah Thilmann zur Decke und hob die Schultern. Dann eben nicht, interpretierte Sophie, und lehnte sich verletzt zurück.

Der Webmeister kehrte mit dem Wein zurück, und Sophie leerte ihren Becher in einem Zug. Verwundert sah der Webmeister seine Frau an.

»Ich habe auf eine Knoblauchzehe gebissen«, entschuldigte sich diese, als ihr ihr auffälliges Verhalten bewusst wurde.

»Dann trink nur, mein Schatz«, empfahl der Webmeister beflissen. Dann vertiefte er sich wieder in sein vertrautes Gespräch mit Thilmann, bis Sophie sich beleidigt verabschiedete, sich die Bettdecke über den Kopf zog und sich ihrem Selbstmitleid hingab.

Kapitel 25

Der Pfalzgraf wird heiraten!«, platzte Thomas eines schönen Tages heraus.

»Nun, dann habt ihr ja noch etwas gemeinsam«, gab Sophie ruhig zurück und versuchte, einen störrischen Faden einzufädeln. Zur Abwechslung beschäftigte sie sich heute damit, einige Kleidungsstücke zu flicken. Die Magd war erkrankt und lag schon seit einer Woche mit Fieber und roten Punkten im Bett. Zuerst war allgemein befürchtet worden, dass es sich um die Blattern handeln könnte. Aber schließlich hatte das Mädchen sich Sophie anvertraut und gestanden, dass sie sich von einer Kräuterfrau einen Liebestrank hatte mischen lassen, um Hans auf sich aufmerksam zu machen.

Sophie hatte gestutzt. Abgesehen davon, dass das einfältige Ding wahrscheinlich einen ganzen Wochenlohn für diesen Unsinn ausgegeben hatte, war das Objekt ihrer Begierde ja nun denkbar ungeeignet. Sophie war sich inzwischen ebenso sicher, dass sich Hans nichts aus jungen Mädchen machte, wie sie wusste, dass Generalleutnant Wiesinger sich nichts aus Hans machte. Sie war nur heilfroh, dass die Magd den unseligen Trank nicht Hans eingeflößt hatte. Wäre ihr kreativster Weber eine Woche ausgefallen, hätte sie ganz andere Sorgen gehabt als ein paar zerrissene Säume an ihren Röcken.

»Und wen wird er heiraten, der gute Ottheinrich?« Seit der Pfalzgraf ihre Tapisserie so günstig erworben hatte, hatte Sophie sich einen reichlich respektlosen Ton angewöhnt, wenn sie mit ihrem Bruder über ihn sprach. »Auch eine ›von‹?«

Thomas ließ Sophies Spott an sich abprallen. Er wusste, dass seine Schwester seine Braut in dem Moment ins Herz geschlossen hatte, in dem sie sie kennengelernt hatte. Sybille war ein erfrischend natürliches und offenes junges Mädchen mit braunen Locken und einem lustigen Lachen, und Sophie war davon überzeugt, dass ihr Bruder eine gute Wahl getroffen hatte. Der Verzicht auf den Adelstitel schien Sybille ebenfalls nicht weiter schwerzufallen. Sophie hoffte, dass das auch so blieb, wenn sie in Thomas' einfacher, aber geräumiger Wohnung lebten und niemand sonst als eine Zugehfrau und eine Köchin ihnen helfen würde. Aber da die beiden sich bereits seit fast einem Jahr ohne besondere Eile auf ihre Hochzeit vorbereiteten, hatte Sophie es aufgegeben, ihre Unterstützung anzubieten, und wartete nur noch geduldig auf den tatsächlichen Termin.

»Susanna von Bayern«, lüftete Thomas das wohl bekannteste Geheimnis von Neuburg. »Witwe des Markgrafen Kasimir Brandburg-Kulmbach und Tochter des Herzogs Albrecht IV. zu Bayern. Ihre Mutter war die Tochter von Friedrich III., dem Kaisers des Heiligen Römischen Reiches!«

Sophie hob anerkennend die Brauen. »Klingt ja nach einer wichtigen Partie.«

»Ist sie auch. Bereits im Alter von zwei Jahren wurde sie daher dem über zwanzig Jahre älteren brandenburgischen Kurprinzen Kasimir zur Frau versprochen, den sie 1518 während des Reichstags zu Augsburg auch geheiratet hat.«

»Versprochen ist versprochen«, meinte Sophie trocken dazu. Thomas warf ihr einen verschmitzten Blick zu. »Mein Mann ist übrigens auch erheblich älter als ich.«

»Das Beste ist aber, dass unser lieber Pfalzgraf, der damals kaum sechzehn Jahre alt war, die Braut im Gefolge Kaiser Maximilians an der Lechbrücke vor den Toren der Stadt in Empfang genommen hat. Und man erzählt sich, dass er sich auf der Stelle in sie verliebt hat.«

Sophie schnaubte. »Ha, die Liebe eines Sechzehnjährigen kenne ich«, kommentierte sie. »Die ist so flüchtig wie der Rauch am Himmel.«

»Himmel, Sophie, hast du denn gar keinen Sinn für Romantik mehr behalten? Alle am Hof tuscheln darüber, wie schön es ist, dass der Pfalzgraf seine Jugendliebe jetzt doch noch ehelicht.«

»Wie lange ist sie denn schon verwitwet?«

»Kaum ein paar Monate.«

»Das ging ja schnell.« Sophie biss ihren Nähfaden mit den Zähnen durch. »Und? Liebt sie Ottheinrich auch?«

Ratlos sah Thomas sie an. »Darüber spricht man nicht am Hof.«

»Hab ich es mir doch gedacht. Armes Mädchen, wahrscheinlich war sie froh, den Burschen los zu sein, und jetzt das!«

»Immerhin schafft dieser Bursche durch seine Hochzeit den politischen Ausgleich der seit den Landshuter Erbfolgekriegen verfeindeten Wittelsbacher-Linien Heidelberg und München. Wie gesagt, ihr Großvater war Friedrich III.«, fügte Thomas noch hinzu. »Und ihr Onkel war der deutsche Kaiser Maximilian I.«

»So viele Kronen«, seufzte Sophie. »Und dann kommt sie hier in unser kleines Neuburg.«

»Von wegen kleines Neuburg.« Thomas winkte ab. »Ottheinrich und sein Bruder Philipp helfen der jungen Pfalz zu ungeahnten Höhenflügen. Du wirst schon sehen.«

»Nur weil er sich ein schönes Schloss bauen lässt? Das tun doch alle jungen Herrscher. Nur die wenigsten werden damit zu Lebzeiten fertig. Ist sie denn schön?«

»Susanna? Nun, bisher gibt es nur ein Porträt von ihr am Hof. Wer es gesehen hat, sagt, sie sei recht schön, wirke aber sehr streng und ernst.«

»Oh«, machte Sophie. »Armer Ottheinrich. Er feiert doch so gerne. Kommt er denn zu deiner Hochzeit? Wann ist sie denn?« Verschmitzt zwinkerte sie ihrem Bruder zu.

»Wo denkst du hin?«, rief Thomas kopfschüttelnd und ging über ihre Frage nach einem Termin hinweg. »Ich bin letztendlich nur ein kleiner Hauptmann. Lebensretter hin, Lebensretter her. Aber er macht uns ein großzügiges Geschenk.«

»Eine Tapisserie?«, neckte Sophie ihren Bruder weiter.

»Ich dachte, die bekommen wir von dir?«, konterte Thomas.

»Das hättest du wohl gerne.«

»Der Pfalzgraf überlässt uns eine schöne Wohnung gleich gegenüber vom Schloss.«

»Als Geschenk?«

»Nein, zur freien Nutzung.«

»Dann wünschen wir ihm mal eine lange Regentschaft«, sagte Sophie und hob prüfend den Rock hoch, an dem sie gerade den Saum befestigt hatte. Gerade konnte man ihn nicht nennen. »Hoffentlich ist Liese bald wieder gesund«, murmelte sie. »Das sieht ja zum Fürchten aus.«

Thomas lachte. »Handarbeiten waren eben nie dein Liebstes. Ich frage mich heute noch, was sie im Kloster mit dir angestellt haben, dass du das Weben erlernt hast.«

»Ich war inspiriert«, gab Sophie zurück, da sie keine Lust hatte, ihrem Bruder die Intrigen Uthilda von Stabens im Detail zu erläutern.

»Von Thilmann?«

»Von seinem Werk.«

»Er hat übrigens den Auftrag, die Pfarrkirche Sankt Peter, in der die pfalzgräfliche Hochzeit stattfinden soll, auszuschmücken.«

»Auszuschmücken?«, wiederholte Sophie, die schon wieder eine blonde Madonna vor sich sah, die ihr ähnelte.

Thomas nickte. »Dem Pfalzgrafen schwebt ein Fresko vor, das ihn selbst in heiliger Pose zeigt.«

Also keine Madonna. Sophie war erleichtert. Dann wurde sie neugierig. »Arbeitet er schon daran?«

»Bereits seit einigen Tagen. Im Gegensatz zum Hof kann die Kirche übrigens von jedem frei besucht werden«, fügte er vieldeutig hinzu.

»Das haben Kirchen so an sich«, gab Sophie trocken zurück, obwohl genau das auch ihr Gedanke gewesen war. Obwohl sie sich mit der Zeit einen betont höflichen Umgang mit dem Maler angewöhnt hatte, wusste Sophie sofort, dass sie der Gelegenheit, ihn alleine zu sehen, nicht würde wiederstehen können. Als ihr Bruder sich verabschiedet hatte, legte sie ihr Nähzeug beiseite und machte sich auf den Weg.

Sie fand Thilmann auf einem Podest, das er sich für seine Arbeit gebaut hatte. Sein Kittel war über und über mit Farbe bespritzt, und seine Miene wirkte unzufrieden. Sophie betrachtete das Motiv und sah sofort, dass es sich nicht um eine Darstellung des Pfalzgrafen handelte. Vielmehr besserte Thilmann ein bereits bestehendes Fresko aus, das den Leidensweg Jesu zeigte. Die Arbeit des ursprünglichen Künstlers war einfach und wenig gelungen.

»Hübsches Motiv«, sagte Sophie spöttisch hinter Thilmann. Er fuhr herum. »Es ist furchtbar«, verkündete er düster. »Da hätte man den Pinsel auch einem Fünfjährigen geben können.«

»Wo ist der Pfalzgraf?«, fragte sie. »Ich dachte, du solltest ihn hier verewigen.«

Der Maler sah sie mit einer Miene an, die verhieß, dass er den Pfalzgrafen auch gerne auf einen Leidensweg geschickt hätte. »Abgesagt. Zu teuer. Er hat mit dem Geld wohl irgendetwas anderes vor. Ein Geschenk für die neue Pfalzgräfin.« Er wischte sich die Hände an einem Lappen ab. »Stattdessen bessere ich hier Bilder aus, die man lieber ganz überstreichen sollte.«

Er warf dem Bild einen kurzen Blick zu und rang die Hände. »Bei dieser Komposition ist überhaupt keine räumliche Perspektive möglich. Egal, welche Tricks und Kniffe ich auch anwende.«

Sophie sah auf das Bild und fand, dass die übertriebene Leidensmiene Jesu und sein sehr weißer Teint zu dem Werk passten. Sie sagte es Thilmann und brachte ihn so zum Lächeln.

»Du hast recht. Da stimmt es wieder. Aber das macht es auch nicht besser. Was führt dich hierher?«

»Die Beichte.« Das war nicht ganz gelogen, obwohl Sophie sich vorher vergewissert hatte, dass der Pfarrer nicht zugegen sein würde. Er besuchte das Jesuitenkloster, das neben der Baustelle des neuen Schlosses lag.

»Was hast du schon zu beichten?«, frage Thilmann. »Bei dem ehrbaren Leben, das du als angesehene Meisterfrau führst?«

Sophies Brauen zogen sich zusammen, als sie den Vorwurf in seiner Stimme hörte. Gleich würden sie wieder streiten.

»Einen Kuss zum Beispiel, den ich weder bereuen noch vergessen kann«, sagte sie offen.

Ihre Ehrlichkeit überrumpelte Thilmann, und für einen Augenblick sah sie seine Liebe zu ihr in seinen Augen aufleuchten. Er trat einen Schritt auf sie zu. Sein Lächeln war warm, und mit einem Mal versank alles um sie herum. Neuburg, Frank Adam, der Pfalzgraf – alles schien unwichtig. Fast meinte sie, den Duft des nächtlichen Gartens von Eichstätt zu riechen, als sich ihre Hände wie zufällig berührten.

»Der Pfarrer ist aber nicht hier«, sagte er heiser. »Es ist überhaupt niemand hier.«

Sophie spürte, wie sich die feinen Haare an ihren Armen bei seinen Worten und beim veränderten Klang seiner Stimme aufstellten. Sein Mund näherte sich ihrem.

»Wir sind in einer Kirche«, flüsterte sie entsetzt.

»Wir waren auch schon in einem Kloster«, entgegnete er, und seine warmen Finger streichelten fordernd die Innenfläche ihrer Hand.

»Nicht hier«, erwiderte sie, als sein Mund fast ihre Lippen berührte.

»Immerhin sagst du nicht, nicht jetzt«, lächelte der Maler. Seine Hand schloss sich um ihre Finger. »Komm.«

Sophie folgte ihm durch eine kleine Pforte. Zu ihrer Überraschung gelangten sie in einen kleinen, von einer hohen Mauer umgebenen Garten. Während die heilige Walburga entsetzt schwieg, suchten Sophies Augen schnell die umliegenden Häuser ab, ob sie von dort gesehen werden konnten. Schon zog Thilmann sie an sich und küsste sie mit einer fordernden Kraft, die neu für sie war.

»Wie gesagt, es ist niemand hier«, flüsterte er in ihr Ohr, während seine Hand ihre leichte Haube nach hinten streifte. »Ich mag dein Haar«, fuhr er fort.

»Hast du es deswegen in ganz Rom an die Wände der Kirchen gemalt?«, fragte Sophie spöttisch zurück, während ihre Lippen neckende Küsse auf seine tupfte.

»Es ist zu schade, dass du es als Ehefrau immer unter einer Haube verstecken musst.« Er küsste sie leidenschaftlich wieder.

»Du kennst mich doch nur so«, entgegnete sie atemlos vom Küssen. »Außerdem sollst du jetzt nicht von meiner Ehe sprechen. Er hat es nicht verdient.«

»Liebst du ihn?«

»Nicht so wie dich.«

»Wie liebst du mich?«

»Für immer und ewig«, sagte Sophie und wusste im gleichen Moment, dass es wahr war. Sie hatte keine Chance, dieser Liebe jemals zu entfliehen, ganz egal, ob Thilmann an ihrer Seite oder in Italien oder sonst wo war. Zu viele herrliche Augenblicke existierten bereits in ihrer Erinnerung. Seine Hände hatten ihre Haare gelöst und ihr Kleid geöffnet. Er küsste und leckte die zarte Mulde an ihrer Halsbeuge, bis sie ihn von sich schob, um sein Hemd auszuziehen. Gierig drängten sie sich aneinander wie Suchende, die nach langer Zeit endlich fanden, was sie begehrten, und sie überließen sich ihrer Lust, um jeden Augenblick als Gewinn zu empfinden.

Die Reue kam, als Sophie sich ihre Röcke wieder überstreifte und das Haar sorgsam unter der Haube verbarg. Stumm halfen sie einander beim Ankleiden und vermieden es sorgsam, sich in die Augen zu blicken. Sophie machte weder sich noch

Thilmann Vorwürfe. Seit sie Thilmann wiedergefunden hatte, wusste sie, dass sie sich nicht von ihm würde fernhalten können. Sie empfand Schuld und Mitleid gegenüber ihrem Mann. Aber wenn Gott ihr diese Liebe geschenkt hatte, wie sollte sie da stark genug sein, sie zurückzuweisen?

»Er hat es nicht verdient«, wiederholte Sophie murmelnd, als sie an ihren Mann dachte. Thilmann hatte ihr geholfen, ihr Kleid zu schließen, und legte ihr jetzt die Hände auf die Schulter.

»Das sagst du jetzt, wo du satt bist«, murmelte er. »Warte nur, bis wir uns erst wieder nach einer Ewigkeit der Trennung begegnen.«

Sophie drehte sich um und sah zu ihm auf. »Diese Ewigkeit beginnt ja schon nach einem Tag«, sagte sie leise. »Und dann muss ich dich an unserem Tisch sehen, ohne dass ich dich berühren darf.«

»Und ich muss dich die Treppe hinaufsteigen sehen, wo du dich in sein Bett legst.«

Sophie winkte ab. Sie schlief so selten mit ihrem Mann, dass sie sich schon gar nicht mehr an das letzte Mal erinnern konnte. Meistens schmiegten sie sich einfach aneinander und schliefen gemeinsam ein.

»Was meinst du wohl, warum ich keine Kinder habe«, warf sie Thilmann entgegen. Dann durchfuhr sie ein Gedanke. Was, wenn sie Thilmanns Kind empfangen würde?

Thilmann hatte ihr Mienenspiel verfolgt und richtig interpretiert. »Er wird es schon als das Seine anerkennen«, sagte er bitter. »Dafür sehen wir uns ähnlich genug.«

Ungläubig sah Sophie ihn an. »Das kannst du nicht einfach so meinen.«

»Warum nicht? So bleibt dir wenigstens etwas von mir, wenn ich Neuburg wieder verlasse.«

»Du gehst?« Nun war der Schreck ein viel schärferer.

»Natürlich«, gab er kurz zurück. »Was soll ich hier weiter tun? Brave Ehefrauen in Versuchung führen?«

Sophie senkte den Kopf. Natürlich war es das Beste. Aber sie wusste ja, dass ihr Herz auch dann nicht treu sein würde, wenn Thilmann nicht mehr da war.

»Wann?«

»Wenn ich hier in Sankt Peter fertig bin.«

Wie in Eichstätt, dachte Sophie. Genau wie in Eichstätt. Mit einem Mal erinnerte sie sich an den Fehler, den sie sich damals vorgeworfen hatte. Sie war ihrer Liebe nicht gefolgt.

Aber damals warst du freier, als du es heute bist, flüsterte die heilige Walburga. Auch wenn du es nicht so empfunden hast.

Sophie senkte den Kopf. Durfte sie aus einer Ehe davonlaufen? Welche Folgen hatte das für sie und Thilmann? Würde ihre Liebe dieses Opfer ertragen? Und Frank Adam? Er hat es nicht verdient, sagte sie sich wieder. Er hat es einfach nicht verdient.

»Wir dürfen uns nicht wiedersehen«, flüsterte sie, obwohl sie wusste, wie unsinnig dieses Vorhaben sein würde.

»Wer ist denn zu wem gekommen?«, fragte Thilmann hart.

»Wer wusste denn von dem Gärtchen?«, konterte Sophie.

»Ach, jetzt bin ich schuld«, rief er aufgebracht.

»Schuld«, murmelte Sophie. »Gibt es denn wirklich eine Schuld?«

»Ehebruch ist ganz gewiss eine«, fauchte er.

Sophie wich zurück, als hätte er sie geschlagen. Also war sie die Schuldige. Und nur sie. Er war ja nicht verheiratet. Ein ganz neuer Gedanke kam Sophie. Würde Thilmann auch mit ihr schlafen, wenn er verheiratet wäre? Wahrscheinlich schon, beantwortete sie sich diese Frage. Männern wurde so etwas ja immer milde nachgesehen, während eine Frau sich ihr ganzes Leben dadurch ruinieren konnte, dass sie ihrem Herzen folgte. Sie seufzte. In ihrem Kopf drehte sich alles, und ihr Herz wurde schwer, da sie sich schon wieder stritten. Wo war die Leichtigkeit nur hingeflüchtet, die sie eben noch im Gras des kleinen Kirchgärtchens empfunden hatte. Das Gefühl, dass alles so richtig war, wie sie es tat.

»Lass uns gehen«, sagte sie unvermittelt und wandte sich der Tür zum Kirchenschiff zu. Sie traten aus dem Sonnenlicht in die Kirche ein, und es dauerte eine kurze Weile, bis sich ihre Augen an die kühle Dunkelheit der Kirche gewöhnt hatten. In diesem Moment allerdings wünschte Sophie sich, dass sie noch einen Augenblick länger im Garten geblieben wären. Ihre blinzelnden Augen begegneten dem wachen Blick von Margaret, die in einer der Kirchenbänke saß und dem Paar interessiert entgegensah.

Nur mit Mühe unterdrückte Sophie den Impuls, den Sitz ihrer Haube zu prüfen und ihr Kleid nach einem verräterischen Grashalm abzusuchen. Auch Thilmann bemerkte die Frau, ohne jedoch zu wissen, wer sie war. Daher konnte er sie unbefangen grüßen und ruhig mit Sophie zu seinem Podest zurückkehren, während sie das Gefühl hatte, Margarets Blicke wie kleine Dolche im Rücken zu spüren. Vor dem Podest grüßte Thilmann sie kühl, und Sophie wandte sich dankbar um und flüchtete ins Freie. Jetzt erst fanden ihre Hände den Weg zu ihrer Haube und ihrem Kleid und stellten fest, dass sie einen tadellosen Anblick bot. Kein Grund also für Margaret, einen Verdacht zu hegen. Kein Grund, außer dass sie alleine mit einem Mann aus einem kleinen Garten gekommen war, der ganz und gar abgeschieden lag.

Wie wenig sie Thilmann aus dem Weg gehen konnte, merkte Sophie bei der Hochzeit ihres Bruders. Als Sophie schon fast nicht mehr daran glaubte, hatte das Brautpaar zur sommerlichen Feier eingeladen. Auf ihre Frage, was ihn nur so lange aufgehalten habe, hatte ihr Bruder verlegen geantwortet, dass er einerseits noch an seinem Vermögen gespart habe und andererseits auf eine weitere Beförderung gehofft habe.

»Und jetzt hat Sybille dir endlich den Kopf zurechtgerückt?«, fragte Sophie kopfschüttelnd.

»Nein«, grinste Thomas. »Aber ich besitze jetzt ein Vermögen, mit dem ich eine Familie unterhalten kann.«

»Wir hätten dir …«, begann Sophie

»Ich habe aber nicht gefragt«, unterbrach Thomas sie bockig.

Männerstolz, dachte Sophie nur und zuckte mit den Schultern. Als sich die Gesellschaft also zum Feiern in einem Landgasthof einfand, stießen weitere Gäste dazu, und Sophie erkannte zu ihrer Überraschung Thilmann unter ihnen. So schwer es ihr gefallen war, hatte sie sich bemüht, ihm wenig und stets höflich distanziert zu begegnen. Die Zeit wird mir schon helfen, hatte sie sich gedacht und sich darin – wie sie nun feststellen musste – gründlich geirrt.

»Warum bist du gekommen?«, fragte sie ihn leise, bemüht, ihr Herzklopfen zu verbergen.

»Auch sehr schön, dich zu sehen«, antwortete er trocken. »Ich bin hier, weil dein Bruder mich eingeladen hat und dein Mann zugegen war. Wie hätte es denn ausgesehen, wenn ich ohne besonderen Grund abgesagt hätte?«

Sophie seufzte. Er hatte recht. Aber sie erinnerte sich noch zu gut an die bangen Wochen nach ihrem Stelldichein in der Kirche, in denen sie jeden Tag damit rechnete, dass ihr Mann, angespornt von der eifersüchtigen Margaret, sie auf Thilmann ansprach. Sie hatte sich zig Ausreden zurechtgelegt, bis sie befürchten musste, keine von ihnen mehr glaubhaft vorbringen zu können. Und nun stand sie ihm an diesem herrlichen Tag gegenüber, und es war wie immer, wenn sie seine Nähe spürte. Hoffnungslos.

Hungrig fielen die Gäste über Gänse im Teigmantel, gesottene Rebhühner und Wachteln, Pomeranzengemüse und den vorzüglichen Birnenpudding her. Sophie staunte über die Opulenz des Festmahles, das einer höfischen Hochzeit würdig gewesen wäre. Als sie ihren Bruder darauf ansprach, lachte er laut auf.

»Nun, im gewissen Sinne ist es doch auch eine. Und da sie Sybille keine fürstliche Mitgift mehr mitgeben kann, wollte ihre Tante wenigstens für ein beeindruckendes Hochzeitsfest sorgen.«

Sophie hatte Sybille und ihre Tante bereits begrüßt und ihre Glückwünsche ausgesprochen. Sybilles Tante war eine pragmatische, klar denkende Frau, die Sophie an die Äbtissin in Eichstätt erinnerte. Sybille selbst war eine strahlend schöne Braut, die ihr Glück stolz zur Schau stellte. Die Musikanten spielten auf, und Sophie beklatschte mit den anderen Gästen den Hochzeitstanz. Als Frank Adam sie im Anschluss aufforderte, sah Sophie aus dem Augenwinkel Thilmann ein hübsches, blondes Mädchen zur Tanzfläche führen. Heiß durchfuhr sie eine unvernünftige Eifersucht, und sie versuchte, das Paar möglichst unauffällig im Auge zu behalten.

»Was verrenkst du dir denn so den Kopf?«, fragte der Webmeister ungeduldig, als sie zum dritten Mal ihre Drehung verpasste.

»Ich will doch nach dem Brautpaar schauen«, wich Sophie aus.

»Aber dein Bruder tanzt doch gerade gar nicht.« Verwundert sah der Webmeister zu seinem Schwager, der an einer Tafel mit einigen seiner höfischen Freunde anstieß.

Sophie wurde rot. Sie musste sich ihre Ausreden besser überlegen. »Ich habe sie ja auch gesucht«, erwidert sie und war froh, dass der Tanz beendet wurde. Der Blick ihres Mannes, der noch immer auf ihr ruhte, brachte sie aus dem Gleichgewicht.

»Ich brauche eine Erfrischung«, sagte sie und fächelte sich Luft zu. Ihr Kleid aus besticktem Brokat war eindeutig zu warm für den sonnigen Tag. Durstig trank sie einen großen Becher kaltes Bier und merkte augenblicklich, wie es ihr zu Kopfe stieg. Als sie sich umdrehte, stand Thilmann vor ihr.

»Darf ich denn wenigstens mit dir tanzen?«

»Wieso?«, fragte Sophie spitz zurück. »Forderst du alle blonden Frauen auf?«

Aber Thilmann ließ sich nicht provozieren. »Deine Worte sind zwar hässlich, aber ich weiß, dass deine Eifersucht der Beweis für deine Liebe ist.« Sein belehrender Ton reizte Sophie.

Sie schnaubte verächtlich, während Thilmann sie zur Tanzfläche führte.

»Dir muss doch klar sein, dass ich nicht gleich den ersten Tanz mit dir tanzen kann«, sagte er leise. »Es liegt doch in deinem Interesse, dass unser Verhalten keinen Anstoß erregt.«

»Ach, und was liegt in deinem Interesse?«

Seine Hand drückte warm ihre Finger. »Weißt du das nicht selbst?«, raunte er ihr bei der nächsten Drehung leise ins Ohr. Sofort spürte Sophie die Unruhe des Verlangens in sich. Schnell rief sie sich zur Ordnung.

»Nein«, antwortete sie ungewollt knapp.

Thilmanns Griffe um ihre Taille und um ihre Hände wurden fester. Es war, als ob er jede Tanzbewegung dazu nutzen wollte, Sophie zu liebkosen.

»Lass das«, zischte sie leise, aber mit bebenden Lippen.

»Was denn?«, fragte Thilmann unschuldig. »Ich tanze.«

Sophie hatte das Gefühl, als ob alle Blicke auf Thilmann und sie gerichtet seien. Erleichtert sah sie ihren Bruder auf sich zukommen, der sie um den nächsten Tanz bat. Sofort ließ sie Thilmann los und hielt sich an der Hand ihres Bruders fest.

»Na, na«, sagte Thomas. »Du hast es aber eilig, von ihm loszukommen. Dabei hatte ich schon ein schlechtes Gewissen, dich aus seinen Armen zu reißen.«

»Hat es so verfänglich gewirkt?«, fragte Sophie erschrocken.

»Nein.« Verwundert sah Thomas seine aufgeregte Schwester an. »Aber ich weiß ja immerhin, welch süßes Geheimnis euch verbindet.«

Sophie stöhnte. »Du meinst, welche Last«, sagte sie. »Thomas, ich halte es nicht mehr aus. Es kann so nicht weitergehen!«

In kurzen Sätzen gestand sie ihren Ehebruch. Thomas' Miene verdüsterte sich. Jetzt erst wurde Sophie sich bewusst, dass sie ihrem Bruder seine Hochzeit verdarb.

»Verzeih, ich bin wirklich ein Schaf«, seufzte sie.

»Ich habe mir schon gedacht, dass es euch wieder zueinander hinzieht«, gab Thomas zurück. »Du kannst einfach nicht anders, als deinen Gefühlen zu folgen.«

»In meiner Situation klingt das aber eher wie ein Vorwurf als nach einem Kompliment«, sagte Sophie verzweifelt. »Thomas, ich werde noch wahnsinnig. Was soll ich tun?«

Thomas sah seine Schwester an. »Entscheide dich.«

»Was?«

»Entscheide dich. Für deine Liebe oder für deinen Mann. Aber du kannst nicht beides haben.«

»Wie soll ich Frank jemals verlassen?«, sagte Sophie spontan.

»Dann höre auf, Thilmann zu sehen.«

»Aber du hast ihn doch eingeladen«, verteidigte sich Sophie.

»Ich weiß. Und es war ein Fehler. Aber er ist ein feiner Kerl. Ich mag ihn gerne. So wie deinen Mann.«

Sophie runzelte die Stirn. Wie ungerecht, dass Thomas mit beiden befreundet sein konnte.

»Wenn du also bei Frank bleibst, darfst du Thilmann nicht mehr sehen. Das hat er nicht verdient.«

Sophie stieß vernehmlich den Atem aus. Wie sie diesen Satz hasste! »Und was habe ich verdient?«, fragte sie klagend.

»Das kann dir nur dein Herz sagen.« Thomas sah seine Schwester an. Und beide wussten, wie die Antwort lautete.

Kapitel 26

Sophie war schlecht gelaunt. Sie hatte Thilmann seit zwei Wochen nicht gesehen. Und sie würde ihn auch die nächsten zwei Wochen nicht sehen. Sie würde ihren Mann nicht noch einmal betrügen. Jeder Blick des Webmeisters erschien ihr seither argwöhnisch. Jedes Wort doppeldeutig. Sie konnte so nicht leben.

Also tat sie, was sie am besten konnte. Sie stürzte sich in die Arbeit und überlegte, welches Projekt sie als Nächstes verwirklichen könnte. Nach dem nur knapp vermiedenen Fiasko mit der Tapisserie war sie vorsichtig geworden. Aber ihr Mann ermunterte sie dazu, weiterhin ihren ehrgeizigen Ideen zu folgen. Man müsse sich nur die Auftraggeber gut anschauen und eine höhere Vorauszahlung verlangen, vielleicht auch in Verknüpfung mit weiteren Zahlungen, die dem Fortschreiten des Werkes entsprächen. Sophie fragte sich, ob der große Nicolas Bataille jemals mit säumigen Schuldnern zu tun gehabt hatte.

Gerade grübelte sie über ein mögliches Motiv nach, mit dem man die Neuburger locken konnte, als ihr ein Bote des Pfalzgrafen gemeldet wurde. Ihr erster Gedanke war, dass etwas mit dem gelieferten Bildteppich nicht in Ordnung war. Aber der Bote übergab ihr nur mit einer pflichtbewussten Verbeugung einen Umschlag, auf dessen pfalzgräfliches Siegel sie lange eingeschüchtert starrte, bevor sie es unter den neugierigen Blicken des Webmeisters brach.

»Der Pfalzgraf bittet mich an den Hof«, staunte Sophie.

Auch Frank Adam zog erstaunt die dichten Brauen hoch. »Nennt er den Grund?«

Sophie schüttelte den Kopf und studierte das Schreiben noch

einmal. »Aber der Brief ist sehr höflich abgefasst. Ich glaube nicht, dass er verstimmt ist.«

Dennoch machte sich Sophie drei Tage später mit Herzklopfen auf den Weg zum Hof. Die Bauarbeiten am neuen Schloss hatten erst begonnen, weshalb der Pfalzgraf noch in den spartanischen Räumen der Burg residierte, die auch schon seine Eltern in Neuburg bewohnt hatten. Da ausdrücklich Sophie eingeladen war, hatte der Webmeister darauf verzichtet, seine Frau zu begleiten, und so saß Sophie nun alleine in einem kleinen Salon auf ihrem mit blauem Samt bezogenen Schemel und wartete darauf, dass der Sekretär des Pfalzgrafen sie in das Audienzzimmer rief. Nervös zerpflückten ihre Finger eine Seidenrose, die ihren Rock zierte, als sich die Türen endlich öffneten. Sophie holte tief Luft und folgte dem kleinen, gebückt laufenden Männlein in den Raum. Zu ihrer ungeheuren Überraschung war der Pfalzgraf nicht allein. Auf einem Fauteuil ihm gegenüber saß Thilmann.

Er klagt uns an, weil wir Ehebruch in einem Klostergarten begangen haben, dachte Sophie erschrocken und schalt sich im nächsten Moment, wie unsinnig dieser Gedanke war. Woher sollte der Pfalzgraf davon wissen, und warum sollte es ihn interessieren? Zuvorkommend sprang der junge Mann auf und kam auf Sophie zu. Unsicher über die Vorschriften der Etikette, blieb Sophie stehen und versank in eine tiefe Reverenz.

»Meine liebe Frau Adam«, rief Ottheinrich überschwänglich und nahm ihre Hand, die er andeutungsweise küsste, während sie sich erhob. »Wie schön, dass Ihr kommen konntet.«

Wie hätte ich mein Ausbleiben auch rechtfertigen sollen?, fragte sich Sophie, während ihr verwunderter Blick Thilmanns suchte.

»Aber setzt Euch doch zu uns«, fuhr der Pfalzgraf mit einer kameradschaftlichen Freundlichkeit fort, die Sophie völlig verwirrte. Der Sekretär verließ den Raum und ließ sie zu dritt zurück. Sophie setzte sich vorsichtig auf die Kante des Sessels, der neben Thilmanns stand, und warf ihm einen weiteren verunsicherten Blick zu. Er lächelte sie beruhigend an, und sie entspannte sich ein wenig.

»Zuerst möchte ich Euch noch einmal für die wundervolle Tapisserie danken. Wirklich ein ganz ausgezeichnetes Werk, finde ich, und ich habe schon einige herausragende Stücke gesehen.«

Natürlich, dachte sich Sophie. Er war ja auch bereits in seiner Jugend – konnte man bei einem Mann von Anfang zwanzig eigentlich schon rückblickend von seiner Jugend sprechen? – im Gefolge Karls V. weit gereist und hatte illustre Höfe gesehen.

»Eine Erfahrung, um die ich Euch sehr beneide, Hoheit«, brachte sie mühsam, aber aufrichtig hervor. Der Pfalzgraf lächelte sie gewinnend an. Er war nicht ohne Charme, mit seinem vollen, rotblonden Haar und dem imposanten Bart. Seine blauen Augen blickten ihr Gegenüber wach und interessiert an. Doch Sophie spürte auch, dass er hart und unnachgiebig werden konnte, falls man sich ihm entgegenstellte. Noch aber betrachtete er die Frau des Webmeisters mit Sympathie und Ehrerbietung, und Sophie erkannte, dass er etwas von ihr wollte.

»Ich nehme an, dass die Geschäfte sich gut machen?«

»Wir können nicht klagen«, antwortete Sophie höflich.

»Gut, gut.« Der Pfalzgraf blätterte in einigen Dokumenten, die er aber gleich darauf energisch zur Seite schob. Offenbar wollte er schnell zur Sache kommen.

»Wie Ihr vielleicht gehört habt, habe ich eine Frau gefunden, die ich im nächsten Jahr heiraten werde.«

»Susanna von Bayern«, nickte Sophie und hätte fast eine Bemerkung darüber gemacht, wie lohnend die Partie war. Sie musste vorsichtig sein, dass sie nicht in den freundschaftlich-respektlosen Ton verfiel, den sie sich in den Gesprächen mit Thomas und Frank angewöhnt hatte, wenn es um den Pfalzgrafen ging. »Eine schöne Frau, sagt man.«

Der Pfalzgraf nickte. »Durchaus, durchaus«, murmelte er abwesend, als ob ganz andere Gedanken ihn gerade ablenken würden. »Nur ein wenig ernst. Ich gedenke, meine zukünftige Frau zu unserer Hochzeit auf das Großzügigste zu beschenken.« Er sah sie Beifall heischend an. »Schmuck, Gewänder, Pferde, Kutschen, was man halt so schenkt.«

Sophie blieb die Luft weg. Dem Pfalzgrafen schien ein wenig das Gespür dafür zu fehlen, was sich seine Untertanen zur Hochzeit schenkten. Dennoch bemühte sie sich, eine interessierte Miene aufrechtzuerhalten.

»Um aber etwas wirklich Außergewöhnliches zu präsentieren, werde ich in der Werkstatt Adam eine Tapisserie für meine künftige Gemahlin bestellen.«

Jetzt schnappte Sophie überrascht nach Luft. »Was für eine wunderbare Idee, Hoheit«, hauchte sie. »Und was für eine Ehre für die Werkstatt Adam!«

Und was für eine Herausforderung! Eine fürstliche Tapisserie in nur einem Jahr. Und es gab noch nicht einmal ein Motiv! Wusste der Mann eigentlich, was er da verlangte?

Der Pfalzgraf lächelte selbstgefällig. »Nicht wahr?«, fragte er, und Sophie war sich nicht sicher, ob er es auf die Idee oder die Ehre bezog. »Ich habe sogar schon konkrete Vorstellungen davon, was die Tapisserie darstellen soll.«

»Tatsächlich?«, fragte Sophie vorsichtig.

»Mich!«, trumpfte der Pfalzgraf auf. »In Lebensgröße.«

Sophie runzelte die Stirn. An Selbstbewusstsein mangelte es dem Fürsten offensichtlich nicht.

»Irgendeine eindrucksvolle Pose«, fuhr der Pfalzgraf schon fort und machte eine unbestimmte Handbewegung. »Und ein imposanter Hintergrund. Auch die Ahnenreihe und Abstammung soll repräsentiert werden. Die Details überlasse ich dem Maler, der mir den Entwurf liefert.«

Eine Ahnung stieg in Sophie auf, die umgehend bestätigt wurde.

»Darüber habe ich mich mit Meister Weber schon unterhalten, nicht wahr?« Ottheinrich lenkte mit einer weiteren Geste Sophies Blick zu Thilmann. Mit offenem Mund starrte sie ihn an. Das also war die Idee, für die der Pfalzgraf das in Sankt Peter eingesparte Geld verwendete. Umsichtiger Mann, dachte Sophie. Vor allem angesichts der bewegten Vergangenheit seiner Familie und der unruhigen Zeiten. Einen Bildteppich konnte man einrollen und mitnehmen. Ein Fresko nicht.

»Durchaus, Hoheit«, erwiderte Thilmann und deutete eine Verbeugung im Sitzen an. »Und mir schwebt auch schon eine Bildkomposition vor, die Euch zusagen wird.«

»Fein«, freute sich der Pfalzgraf. »Dann kann es ja losgehen. Immerhin wollen wir ja rechtzeitig fertig werden.«

Sophie schluckte. »Steht denn der genaue Hochzeitstermin fest?«, fragte sie.

Der Pfalzgraf nickte. »Zum Herbst erwarte ich meine Braut in Neuburg«, sagte er. »Werdet Ihr das schaffen?«

Hauptsache nicht wieder Ostern, dachte Sophie. Aber es blieb ihr dennoch wenig Zeit, und ein Nein war unmöglich. Ergeben senkte sie den Kopf und nickte. Sie musste sich gleich um weitere geschickte Wirker bemühen. Die Färberei benachrichtigen. Die Vorräte an Woll- und Seidengarn prüfen. Womöglich kam auch Silberlahn und vergoldeter Silberlahn infrage. Bestellungen aufgeben und die Wartezeiten kalkulieren. Sie war so vertieft in ihre gedankliche Vorbereitung, dass sie die Worte des Pfalzgrafen zunächst gar nicht hörte.

»Ich erwarte natürlich, dass Ihr eng mit Meister Weber zusammenarbeitet, damit wir auch wirklich das beste Resultat erzielen. Das Motiv soll vor allem auf dem Teppich wirken, nicht auf der Leinwand. Daher habe ich auch keine Lust, in Arras oder Brüssel produzieren zu lassen. Wir in Neuburg können solche Qualität ebenfalls liefern, nicht wahr, Frau Adam?«

»Gewiss«, pflichtete Sophie bei, während ihr langsam bewusst wurde, dass sie Thilmann von nun an regelmäßig sehen würde.

Sie musste sogar! Sie warf ihm einen Blick zu, in dem er etwas von der in ihr aufsteigenden Panik erkannt haben musste. Die Unsicherheit, die in seinem Blick aufflackerte, trug nicht unbedingt dazu bei, Sophie zu beruhigen.

Warum?, fragte sie sich. Immer wenn ich beschließe, mich von ihm fernzuhalten, führt uns das Schicksal unweigerlich wieder zusammen. Welcher Laune Gottes verdanken wir dieses üble Spiel?

Der Pfalzgraf sah Sophie an. »Frau Adam, ich erwarte einen Teppich von der Qualität, die ich aus Eurer Werkstatt bereits kenne. Ich spreche daher mit Euch und nicht mit Eurem Mann, denn wie ich hörte, ist die Wirkerei Euer Handwerk. Wenn Ihr Eurem Ruf als Wirkmeisterin wieder gerecht werdet, erhaltet Ihr siebenhundert Gulden für die Tapisserie.«

Sophie ahnte, dass der neue Bildteppich größer ausfallen würde als der bereits gewirkte. Immerhin würde er eines Tages die Wände des neuen Residenzschlosses schmücken. Der Pfalzgraf hatte es wieder verstanden, seine Knauserigkeit als Großzügigkeit zu tarnen.

»Siebenhundertfünfzig«, sagte sie spontan und zuckte gleich darauf innerlich zusammen. Feilschte man mit einem Pfalzgrafen?

Aber Ottheinrich lachte laut auf. »Man merkt Euch die kaufmännische Familie an, Frau Adam. Euer Bruder hat mich schon davor gewarnt, dass Ihr eine tüchtige Geschäftsfrau seid. Äußerst ungewöhnlich.« Er ließ offen, ob er damit auf ihre Tüchtigkeit anspielte oder auf die Tatsache, dass sie sich als Frau um die Geschäfte kümmerte.

»Ich bleibe jedoch bei meinen siebenhundert Gulden. Ich stelle Euch aber in Aussicht, dass ich beabsichtige, bei Zufriedenheit zwei weitere Teppiche in Auftrag zu geben. Ein Bildnis meiner Gemahlin und eines meines Bruders Philipp. Diese Aufträge würde ich selbstredend auch gerne hier in Neuburg vergeben. Auch die Stelle des Hoftapezierers wäre noch zu besetzen.«

Sophie knirschte mit den Zähnen, bevor sie ein Lächeln zustande brachte. Sie wusste inzwischen, dass schon der Kurfürst Ludwig V. den Wirkmeister Johannes Velthan aus Brüssel und Friedrich II. den aus Nürnberg stammenden Melchior Grienman zu diesem Zwecke an ihre Höfe geholt hatten. Umso verwunderter war sie, dass sich keine nennenswerte Tapisserieproduktion in der Gegend etabliert hatte.

Was blieb ihr also anderes übrig, als dem Wunsch des Pfalzgrafen nachzugeben? Immerhin hatte sich Ottheinrich als pünktlicher Zahler erwiesen und würde sicherlich auch in diesem Fall sein Wort halten. Die Wahrscheinlichkeit, dass er zum nächsten Herbst ohne Vermögen sein würde, war auch eher gering, nachdem das Fugger-Silber für die erwiesenen Kriegsdienste bei der Niederschlagung der Bauernaufstände eingegangen war.

»Ich verlasse mich also darauf, dass es hier zu einer fruchtbaren Zusammenarbeit kommt«, schloss der Pfalzgraf und sah seine beiden Künstler aufmunternd an. »Und natürlich erwarte ich kontinuierliche Berichte über das Fortschreiten der Arbeit. Ihr dürft Euch zurückziehen.«

Thilmann und Sophie sahen einander mit gemischten Gefühlen an und erhoben sich. Es war offensichtlich, dass Ottheinrich alle Fragen für geklärt hielt. Sie verließen das Amtszimmer und gingen schweigend nebeneinander durch die Korridore nach draußen. Sophie fragte sich, welche Summe Thilmann wohl für seine Arbeit erhielt. Plötzlich hielt sie inne.

»Er erwartet aber nicht, dass ich dich auch noch aus meinem Erlös bezahle?«, fragte sie so unvermittelt, dass Thilmann zusammenzuckte. Verwirrt sah er sie an, bis er den Sinn ihrer Worte begriff. Dann lachte er herzlich und befreit auf.

»Du bist wirklich unschlagbar, Sophie«, japste er, während Sophie sich ärgerlich fragte, was er so lustig fand. »Alles Mögliche hätte ich erwartet, von einer kompletten Weigerung, mich während der gesamten Zeit persönlich zu sehen, bis hin zu Vorschriften, wie ich das Motiv zu gestalten habe. Aber eine rein kaufmännische Bemerkung überrascht mich dann doch. Wahrscheinlich hat der gute Pfalzgraf recht. Du bist einfach die Tochter deines Vaters.«

Sophie fühlte sich ertappt. »Das ist keine Antwort auf meine Frage«, schnappte sie. »Muss ich dich bezahlen oder nicht?«

Er winkte beruhigend ab. »Musst du nicht. Der Pfalzgraf hat sich auch mir gegenüber äußerst großzügig erwiesen.«

»Was heißt hier auch?«, fragte Sophie säuerlich. »Tausend Gulden wären ein angemessener Preis. Ich nehme an, dass ihm ein Bildteppich von recht ansehnlicher Größe vorschwebt. Unter acht auf sechs Ellen wird er es nicht haben wollen. Weißt du eigentlich, wie lange ich an einer Elle arbeite?«

Thilmann schüttelte den Kopf.

»Ich werde mindestens noch eine Kraft einstellen müssen, um die Arbeit zu schaffen«, erklärte Sophie. »Und gute Wirker findet man in Neuburg nun einmal nicht einfach auf dem Marktplatz.«

Ein neuer Gedanke weckte Sophies Besorgnis. Würde sie eine Tapisserie dieser Größenordnung überhaupt auf ihrem Webstuhl anfertigen können?

»Besonders beglückt scheinst du über diesen Auftrag ja nicht zu sein«, stellte Thilmann fest. »Warum hast du nicht einfach abgelehnt?«

»Den Auftrag des Pfalzgrafen kann man nicht ablehnen.«

»Kann man schon.«

»Wenn man seine Sachen packen und weiterziehen kann, mag das möglich sein«, konterte Sophie. »Ich kann das leider nicht.«

»Würdest du es denn tun? Weiterziehen?« Thilmann sah sie aufmerksam an, und Sophie spürte auch die unausgesprochenen Worte, die in seiner Stimme mitschwangen. Sie hatte das unbestimmte Gefühl, diese Szene schon einmal erlebt zu haben. Waren nicht in jener Nacht in Eichstätt ähnliche Worte gefallen? Und hatte sie sich nicht erbittert vorgeworfen, ihre Chance damals nicht beim Schopf gepackt zu haben? Heute kam keine Schwester Anselma wie das Jüngste Gericht über sie und entband sie einer Antwort. Verwirrt sah Sophie Thilmann an.

»Wir haben gerade beide einen Auftrag angenommen, der uns für die nächsten Monate an Neuburg bindet«, sagte sie ausweichend. »Die Frage ist also überflüssig.«

Thilmann schnaubte leise auf, und Sophie meinte, eine Spur von Enttäuschung in seiner Miene zu erkennen. Irgendwo in ihrem Inneren schüttelte die heilige Walburga resigniert den Kopf und gab Sophie das Gefühl, erneut eine Chance verpasst zu haben.

Dann soll er mich doch deutlich fragen, verteidigte sie sich. Immer diese unbestimmten Andeutungen. Davon hatte sie ein für alle Mal genug. Nichts war ihr sicher. Nichts, was sie nicht selbst in die Hand nahm.

»Wann kann ich mit deinem Entwurf rechnen?«, fragte sie kühl.

Thilmann bemerkte ihre schützende Sachlichkeit und war betrübt. Wie weit sollte er sich noch vorwagen? Immerhin war sie eine verheiratete Frau, die er nicht einfach bitten konnte, ihren Mann zu verlassen.

Abwägend hob er die Schultern. »Das kommt darauf an, wie viel Zeit mir der Pfalzgraf als Modell zur Verfügung steht. Schließlich kenne ich ihn nicht gut genug, um ihn aus dem Gedächtnis zu malen.«

Sophie spürte, dass in seiner Stimme noch immer ein besonderes Gefühl mitschwang.

»Als blonde Madonna würde er sich auch nicht gut machen«, erwiderte sie mit einem Lächeln, das schon wieder sanfter war.

»In zwei Monaten frühestens«, mutmaßte Thilmann. »Wenn er es wirklich ernst meint mit seinem Hochzeitsgeschenk.«

»Zwei Monate!« Sophie rechnete bereits, wie viel Arbeit pro Monat die Wirkerinnen dann liefern mussten. Es würde keine leichte Aufgabe werden. »Aber nicht länger«, mahnte sie streng.

»Ich werde den Pfalzgrafen darauf hinweisen«, versprach Thilmann grinsend. »Sonst würde er den Termin gefährden. Aber bei den hochwohlgeborenen Herren weiß man nie, welcher Laune sie gerade nachgeben. Wie viel Einblick brauchst du in meine Arbeit?«

Sophie dachte nach. Eigentlich würde sie alles Wirken können. Aber sie wusste auch, dass diese Bildwirkerei ihr vorheriges Werk noch übertreffen musste, um das gleiche Wohlgefallen zu erzielen.

»Ich möchte die Skizzen sehen«, sagte sie. »Und meine Ideen einbringen.«

»Vorschlagen«, handelte Thilmann.

»Vorschlagen«, akzeptierte Sophie. »Und bei der Farbgebung sollten wir uns absprechen. Es gibt Nuancen, die nur äußerst schwer oder teuer zu erzielen sind. Oder Farbstoffe, die womöglich nicht in der Färberei vorrätig sind. All das würde unsere Arbeit in der Webstube unnötig verzögern.«

Thilmann nickte. »Das heißt, dass wir uns recht häufig sehen werden«, sagte er.

Sophie wurde hellhörig. Freute er sich über diese Tatsache oder nicht?

»Ja«, antwortete sie kurz.

»Wie wirst du damit leben können, nachdem du mich die letzten Wochen gemieden hast?«

Sophie wurde rot. Wenn sie darauf nur eine Antwort hätte. »Lass uns den Weg über den Markt nehmen«, wich sie stattdessen aus. »Ich habe noch Erledigungen zu machen.«

Schweigend ging sie neben Thilmann her und vermied es, ihn anzusehen. Daher bemerkte sie auch nicht den kalten Blick Margarets, die an einem Marktstand frisches Gemüse erhandelt hatte. Die Brauen hochmütig erhoben, folgte ihr interessierter Blick dem Paar, bis es um die nächste Ecke verschwunden war.

Die folgenden Tage hielten einige Aufgaben für Sophie bereit. Zuerst schwor sie Babett und Gunhild auf das neue Unternehmen ein.

»Bis zum Herbst?«, fragten sie entsetzt. »Wie sollen wir das schaffen? Wir haben ja noch nicht einmal das Motiv!«

»Lasst euch nicht gleich einschüchtern«, versuchte Sophie sie halbherzig zu beruhigen. Seit ihrem Besuch beim Pfalzgrafen hatte sie selbst keine Nacht mehr ruhig geschlafen. »Wir versuchen, Verstärkung zu bekommen.«

Die beiden Weberinnen sahen sie skeptisch an. »Noch einen solchen Glücksfall wie Gunhild werden wir in Neuburg nicht finden«, unkte Babett.

»Wir könnten Hans mit anlernen«, überlegte Gunhild. »Oder den Paul.«

Sophie überlegte. Für einfache Ornamente und den Hintergrund käme der Lehrling durchaus infrage. Er war inzwischen auch lange genug in der Werkstatt, um an höhere Aufgaben herangeführt zu werden. Sie erinnerte sich daran, wie motiviert sie selbst nach den vielen Hilfsdiensten gewesen war, zu denen Schwester Augusta sie angehalten hatte. Nun ging es für ihren Lehrling eben von der Herstellung einfacher Tuche direkt an die Flieten. Immerhin hatte er bei Hans und Michel schon ein Gespür für die farbliche Ordnung der Garne und den Aufbau von Mustern entwickelt.

»Und wir?«, entfuhr es Michel, als Sophie die beiden Männer in ihre Pläne einweihte. »Wie sollen Hans und ich die ganze Arbeit zu dritt mit Herrmann schaffen?«

Sophie überlegte. »Für euch finden wir einen neuen Lehrling«, sagte sie.

Michel verzog das Gesicht. »Den müssen wir wieder anlernen«, maulte er. »Mit Paul hat es gerade so schön geklappt.«

»Dafür arbeitest du dann offiziell für einen Hoflieferanten«, lockte Sophie ihn. Der Titel verfehlte seine Wirkung nicht. Michel wirkte versöhnt, und auch Hans hatte gegen Sophies Pläne nichts einzuwenden. Vor allem, da Sophie ihm erlaubte, sich seinen neuen Lehrling selbst auszuwählen. Herrmann tat ohnehin nur das, was Michel tat, und hatte auch jetzt keine Einwände.

Dann diskutierte Sophie mit ihrem Mann, wie sie den Webstuhl bestücken sollte. Immerhin sollten die Wirkerinnen möglichst gleichzeitig daran arbeiten können, damit das Werk in der knappen Zeit auch wirklich fertiggestellt werden konnte.

»Gibt es denn noch kein Wunderwerk aus deiner Schreinerei, das mir die Arbeit abnimmt?«, fragte sie verzweifelt.

Der Webmeister machte ein geheimnisvolles Gesicht. »Noch nicht«, erwiderte er. »Aber glaube mir, das ist die Zukunft. Eines Tages werden die Webstühle von alleine laufen, ohne dass ein Weber das Schiffchen immer wieder mit der Hand einlegen muss.«

Sophie stand ihr Zweifel deutlich ins Gesicht geschrieben. »Du meinst, wie diese Erfindung von Gutenberg. Der Buchdruck, mit dem man Bücher so viel schneller vervielfältigen kann?«

Frank Adam lächelte. »Ein schwieriger Vergleich, aber in etwa so, ja.«

»Pah«, Sophie rümpfte die Nase. »Und wo bleibt da die Kunst? Dann sieht doch ein Buch wie das andere aus. Ein Teppich wie der andere.«

»Der erste Zweck von Büchern ist ja auch nicht ihre Optik«, belehrte der Webmeister sie, »sondern ihr Inhalt. Es ist das Wissen, das allen Menschen zugänglich gemacht werden wird.«

»Allen Menschen, die lesen können«, schränkte Sophie ein.

»Das werden eines Tages die meisten sein«, orakelte ihr Mann. »Vielleicht ist es eines Tages absonderlich, dass Menschen nicht lesen können. Nicht, dass sie es können.«

»Das wird aber noch eine Weile dauern«, meinte Sophie lapidar. »Denn vorher werden sie erst Latein lernen müssen.«

Frank Adam lächelte, da er wusste, dass hier Sophies wunder Punkt lag. Obwohl sie im Kloster fleißig gelernt hatte, war ihr das Lateinische noch immer fremd. Sogar die meisten Psalme, die sie damals auswendig gekonnt hatte, verstand sie zu ihrem Ärger schon nicht mehr. Als der Webmeister seiner Frau einmal ein paar Worte Französisch beibringen wollte, hatte sie sich stur geweigert. Jetzt hatte er jedoch gute Neuigkeiten.

»Die Bücher werden übersetzt«, sagte er. »So kann jeder sie in seiner Sprache lesen.«

Sophie hob anerkennend die Brauen. »Nicht schlecht. Dann müssten die Menschen nur noch den Verstand haben, mit dem, was sie da so lesen, auch richtig umzugehen«, konnte sie nicht vermeiden einzuwenden. Sie strich sich mit der Hand über die Stirn. »Aber wie sind wir noch einmal darauf gekommen?« Sie hatte das Gefühl, noch tausend Dinge erledigen zu müssen.

»Der mechanische Webstuhl«, erinnerte sie der Webmeister. »Du wolltest ihn deinen Bildteppich wirken lassen.«

»Er soll meinethalben ellenweise schlichte Wollstoffe produzieren, um dein lesendes Volk einzukleiden«, gab Sophie pikiert zurück. »Aber die Wirkerei ist eine Kunst, die nicht nur Hand, sondern auch Herz erfordert. Das soll erst einmal jemand mechanisch erzeugen! Im Augenblick wäre ich schon dankbar, wenn mein Webstuhl ein paar Litzen mehr fassen könnte.«

»Sag das doch gleich«, erwiderte der Webmeister mit einem Schulterzucken. »Das lässt sich einrichten. Gib mir ein paar Tage.«

»Oh!« Überrascht strahlte Sophie ihren Mann an. Damit, dass sich ihr Problem so einfach würde lösen lassen, hatte sie nicht gerechnet. »Du bist ein guter Mann«, lobte sie.

»Bin ich das?«, fragte der Webmeister ohne eine Spur von

Ironie zurück und erstickte damit Sophies Unbeschwertheit im Keim. Sofort versetzte ihr ihr schlechtes Gewissen einen Stich.

»Sonst hätte ich dich nicht geheiratet«, gab sie so unbeschwert wie möglich zurück.

»Nun, dafür gibt es auch andere Gründe«, erwiderte Frank Adam. »Zum Beispiel Liebe.«

Er weiß es, durchfuhr es Sophie. Er weiß von Thilmann und mir, oder er ahnt es zumindest. Aber gleichzeitig wurde sie wütend. Wie Thilmann verlor sich auch ihr Ehemann nur in Andeutungen und Vermutungen. Wenn die Männer sich nicht zu einem klaren Wort bereit erklärten, warum sollte sie dann die Dinge beim Namen nennen und sich womöglich den Zorn aller zuziehen? Für ein solches Theaterspiel hatte sie einfach keine Zeit. Sie hatte immerhin eine pfalzgräfliche Tapisserie abzuliefern! Also zuckte sie mit den Schultern.

»Liebe ist wohl der luxuriöseste Grund für eine Hochzeit. Die wenigsten können ihn sich leisten«, sagte sie und stand auf. »Dann werde ich mich jetzt um die Garnbestände kümmern und gleich mit der Färberei sprechen. Sie sind immer gerne auf größere Aufträge vorbereitet. Vor allem, wenn ungewöhnliche Anforderungen dabei sind.«

Damit verabschiedete sie sich in Richtung der Färberei. Dass sie eben so gut wie zugegeben hatte, ihren Mann nicht zu lieben, wurde ihr erst am Abend klar, als sie sich neben ihn ins Bett legte und auf den ihr zugewandten, vom Mond beschienenen Rücken sah.

»Was soll denn das Einhorn?«, fragte Sophie Thilmann drei Wochen später, als sie sich gemeinsam über die ersten Skizzen des Malers beugten. Sie waren übereingekommen, dass sie erst den Hintergrund festlegen wollten. So konnte Sophie bereits mit der Arbeit beginnen, ohne dass sie auf die langwierigen Sitzungen mit dem Pfalzgrafen warten musste. Inzwischen hatten sie sich bereits auf eine Größe geeinigt, und die Wirkerinnen waren bereits damit beschäftigt, Sophies Hautelissestuhl mit strapazierfähigen, aber feinen Kettfäden zu bestücken.

»Du hast mir doch erzählt, dass es in der Wirkerei ein beliebtes Motiv ist«, verteidigte sich Thilmann.

»Motiv ja, aber du kannst doch nicht einfach vier Einhörner in die Ecken setzen.« Sophie schüttelte den Kopf. Auch dem Maler machte der Zeitdruck offensichtlich zu schaffen. Wie um ihre Worte zu bestätigen, warf Thilmann die Skizze entnervt auf den Tisch.

»Ehrlich gesagt ist es mir völlig egal, was wir in die Ecken setzen«, schimpfte er. »Wenn der Pfalzgraf nicht endlich Zeit für mich hat, wird unser Rahmen ohnehin nur ein schönes Nichts zieren!« Thilmanns Beleidigung war ihm so deutlich anzusehen, dass Sophie unwillkürlich lachen musste.

»Ich gebe ja zu, dass die anstrengendste Arbeit ist, seiner Hoheit hinterherzulaufen«, beruhigte sie ihn. Thilmann hatte ihr schon etliche Anekdoten berichtet, wie er vergeblich versucht hatte, Ottheinrich zum Modellsitzen zu bewegen. Wenn die Zeit nicht so drängen würde, könnte wahrscheinlich auch der Maler darüber lachen. Aber Sophie ahnte auch, dass Thilmann in seiner künstlerischen Eitelkeit verletzt war. Berühmte Maler brauchten ihren Modellen nicht nachzulaufen. Sie erwarteten es eher andersherum. Da sie kein Öl in Thilmanns Feuer der gekränkten Eitelkeit gießen wollte, ersparte sie sich eine Bemerkung darüber, dass sein Name und sein Ruf ihm doch noch nicht so weit vorauseilten, wie er es gerne hätte.

»Kannst du nicht schon an seiner Statur und der Kleidung arbeiten? Vielleicht findest du jemanden, der sich für ihn in Pose stellt. Dann bleibt zum Schluss nur noch das Gesicht.«

Thilmann rieb sich nachdenklich die Nase. »Daran habe ich auch schon gedacht«, gab er zu. »Ich hatte bisher nur noch nicht den Mut, es ihm vorzuschlagen. Immerhin müsste er seine edle Kleidung einem Bediensteten überlassen. Falls er sich überhaupt schon entschieden hat, was er denn auf dem Porträt zu tragen gedenkt.«

»Schieb Thomas vor«, schlug Sophie ungerührt vor.

Thilmann rümpfte die Nase. »Wenn, dann spreche ich schon selbst mit dem Pfalzgrafen. Er hat wegen der bevorstehenden Hochzeit und seiner Regentschaft so viel zu tun, dass er jeden Vorschlag, der ihm Zeit spart, dankbar annimmt. Ich hatte inzwischen sogar schon das Gefühl, dass er seine Geschenkidee bereits bereut und der guten Susanna lieber eine teuere Halskette umhängt. Die kann er zur Not auch noch am Hochzeitsmorgen kaufen.«

Sophie schüttelte den Kopf. Seine Worte ließen tiefer in Thilmanns Ansichten blicken, als es ihr lieb war. Allerdings würde sie selbst wohl kaum in die Verlegenheit geraten, von ihm ein gerade erst erworbenes Schmuckstück zur Hochzeit geschenkt zu bekommen. Sie seufzte.

»Was ist?«, fragte der Maler sofort.

»Viel Arbeit«, wich Sophie aus. »Was hältst du davon, wenn wir jetzt die Bordüre und den Hintergrund festlegen. Dann können wir beginnen, und du suchst dir einen Stallknecht, dem die Kleider des Pfalzgrafen passen.«

Thilmann nickte lachend und gemeinsam beugten sie sich wieder über die Skizzen. Auf Sophies Vorschlag hin brachten sie die Wappen, die die beeindruckende Ahnenreihe des Pfalzgrafen demonstrierten, dezent in der Bordüre unter. Die Wappen Pfalz-Bayerns, Savoyens, Masowiens, Sachsens und Habsburgs waren in kunstvolle Blumenornamente gebettet und säumten die Darstellung des Pfalzgrafen. Dieser würde selbstbewusst und in voller Lebensgröße in einem paradiesischen Garten prangen, den Thilmann in der Flucht zu einer weiten Landschaft mit Bäumen, Flüssen, Städten und Burgen weitete. Links neben dem Pfalzgrafen würden die beiden Löwen des Wappens der jungen Pfalz stehen und auf der rechten Seite ein liegender Hirsch. Auch die Anspielung auf seinen Anspruch auf die Nachfolge als pfälzischer Kurfürst hatte sich Ottheinrich erbeten. Über dem Pfalzgrafen würde sich ein opulent geschmücktes Doppellöwenwappen erheben, flankiert von Ottheinrichs Motto »Mit der Zeyt« zur Rechten und dem Schriftzug »Otthenrich, Von Gotes Genaden Pfalczgrave bey Rhein, Herczog in Nidern und Obern Bairn« zur Linken.

Erbittert feilschte Sophie mit Thilmann um jedes Detail, das seine Bildkomposition bereicherte und ihre Arbeit erschweren würde, bis sie schließlich beide zufrieden waren. Thilmann würde die Skizze in voller Werksgröße anfertigen und farbig hinterlegen, damit der Pfalzgraf sie für die weiteren Arbeitsschritte freigeben konnte. Sophie erbat sich vorab schon ein Exemplar, damit sie die Vorbereitungen des Webstuhls abschließen konnte. Damit verabschiedete sie sich von Thilmann und war froh, ein weiteres Treffen konstruktiv und keusch hinter sich gebracht zu haben.

Kapitel 27

Es kam jedoch, wie es kommen musste. Die Skizze durchlief noch etliche Korrekturdurchläufe beim Pfalzgrafen, und immer wieder kamen dem Auftraggeber neue Ideen, die er in den Bildteppich eingearbeitet haben wollte. Aus Tagen wurden wieder Wochen, und Sophie wurde langsam wirklich nervös. Endlich lieferte Thilmann ihr die fertigen Skizzen mit dem Rat, den Pfalzgrafen wissen zu lassen, dass sie sofort mit der Wirkarbeit beginnen würde.

»Solange ich noch skizziere und male, denkt er, dass er das Motiv immer wieder verändern kann«, stieß Thilmann bitter hervor. »Wir Maler können unsere vorherige Arbeit ja einfach wieder überpinseln.«

Sophie erinnerte sich, dass sie darüber schon einmal in Eichstätt gesprochen hatten. »Es ist eben die erste Tapisserie, die er selbst in Auftrag gibt«, sagte sie beschwichtigend. »Er hat die Wunderwerke an den Höfen Karls V. gesehen und sich Werke wie die ›Verherrlichung der Prudentia‹ und das ›Beispiel des guten Glücks‹ gekauft. Daran wird er natürlich sein eigenes Werk messen. Es soll schließlich auch zum hohen Maß an Herrlichkeit beitragen.«

Sophie hatte beide Teppiche am Hof des Pfalzgrafen gesehen und war tief beeindruckt von der Vielseitigkeit der Motive und dem verschwenderischen Einsatz teuerster Materialien gewesen.

»Dann soll er sich doch seine Kartons selber malen«, fauchte Thilmann beleidigt. »Ich bin doch kein Sekretär, dem man ein Motiv einfach so diktieren kann.«

Sophie ahnte, dass er sich nach wie vor als Maler nicht ernst genug genommen fühlte. Neuerdings war auch das Gerücht aufgekommen, dass Ottheinrich den Maler Peter Gertner als Hofmaler einzustellen gedachte, und Thilmann beobachtete den Konkurrenten mit zunehmendem Argwohn. Während er sich mit der Vorlage für eine Wirkarbeit aufhielt, stellte Gertner Werke her, die auf der Leinwand und nicht als Bildteppich gewürdigt wurden.

»Je wichtiger die Auftraggeber, desto schwieriger die Arbeit mit ihnen«, stellte Sophie lapidar fest. »Mögen die Werke auch zum Ruf des Künstlers beitragen, ihre Herstellung macht nicht unbedingt Spaß.«

Sie dachte an die knappe Zeit, die ihr noch blieb. Auch für sie würde die Wirkarbeit nichts weiter als die Ausführung des Kartons sein. Für besondere Kunstgriffe und individuelle Schnörkel fehlte einfach die Zeit.

Als die Originalentwürfe endlich fertig waren, ging es bereits auf den Advent zu.

Babett und Gunhild hatten die Verzögerung dazu genutzt, Paul in die Wirkerei einzuführen und ihn auf die Übernahme einfacher Arbeiten vorzubereiten. Als der Karton zu Beginn des neuen Jahres endlich in den vergrößerten Webstuhl eingesetzt war, machte er sich mit Feuereifer an die ihm zugeteilten Bereiche. Der blonde Schopf des Jungen beugte sich eifrig über die Flieten, und seine abstehenden Ohren leuchteten mit den Purpurgarnen um die Wette. Auch Babett und Gunhild machten sich fleißig ans Werk und saßen täglich gute vierzehn Stunden am Webstuhl. Sophie hatte oft ein schlechtes Gewissen, dass ihre anderen Aufgaben sie davon abhielten, die drei Wirker zu entlasten. Nur hin und wieder konnte sie sich für einige Stunden selbst an das Werk setzen und daran arbeiten.

So ist das also, wenn man seinen Namen und seine Marke auf ein Werk setzt, das man nur zu einem Bruchteil selbst gefertigt hat, dachte sie betrübt. Aber die Werkstatt erforderte zurzeit ihre ganze Aufmerksamkeit. Während Frank Adam sich der Konstruktion eines mechanischen Webstuhls hingab, veränderte sich die Marktlage, und die Adam-Tücher fanden nicht mehr den reißenden Absatz, den sie noch vor wenigen Monaten gehabt hatten. Das Weihnachtsgeschäft war enttäuschend gewesen, und sie bekam den Druck der billigeren Konkurrenz langsam zu spüren.

»Und das jetzt, wo wir das Geld brauchen, um das Material für die Tapisserie auszulegen«, murmelte sie, als die Kassen wieder einmal leer waren.

»Wir müssen den Pfalzgrafen um einen Vorschuss bitten«, schlug Michel vor.

»Der ist ja auch verabredet«, sagte Sophie. »Nur bis jetzt ist er noch nicht eingetroffen. Wie mahnt man einen Pfalzgrafen?«

»Höflich und nachdrücklich, wie jeden anderen Kunden auch«, erwiderte Hans.

»Thilmann Weber und mein Bruder sagen, dass die Hochzeitsvorbereitungen Unsummen verschlingen«, gab Sophie zu bedenken. »Wir werden also nicht die Einzigen sein, die ihr Geld einfordern. Aber wir werden zu jenen gehören, die wenigstens etwas davon sehen«, sagte Sophie entschlossen. »Wozu habe ich einen Bruder, der dem Pfalzgrafen das Leben gerettet hat! Wir dürfen uns dennoch nicht auf dieses Geld verlassen. Was können wir tun, damit die Geschäfte der Werkstatt besser laufen?«

»Nicht alle Kräfte in ein Projekt stecken, dessen Gewinn noch lange auf sich warten lässt«, schimpfte Michel. »Seit ihr uns Paul weggenommen habt, schaffen wir unsere Arbeit kaum noch. Ich habe es langsam satt, dass Hans, Herrmann und ich es sind, die den Betrieb hier am Laufen halten.«

Sprachlos starrte Sophie ihn an. Woher hatte der kapriziöse Weber diese Idee schon wieder? »Sei doch froh«, entgegnete sie ihm. »Du bist doch anteilig an dem Gewinn, den deine Arbeit abwirft, beteiligt. So bekommst du regelmäßig Geld, während Babett und Gunhild immer eine gute Weile darauf warten müssen.«

»Und dann verdienen sie zwanzig Gulden auf einen Schlag«, beschwerte sich der Weber. »Das können sie doch in einem ganzen Jahr nicht ausgeben.«

Daher wehte also der Wind. Michel hatte erkannt, dass die Mädchen besseren Profit machten als er. Auch wenn sie länger darauf warten mussten. Sie warf einen Seitenblick auf Hans und ahnte, dass auch er diesen Gedanken berechtigt fand.

»Also gut«, sagte sie und überlegte fieberhaft, welches Angebot sie den beiden machen konnte. »Wir brauchen eine neue Idee. So etwas wie die Schultertücher oder unsere Umhänge. Etwas Neues, das alle haben wollen. Wenn ihr eine solche Idee entwickelt, beteilige ich euch zu dreißig Prozent an den Gewinnen.« Das war ein gutes Drittel mehr als bisher.

»Fünfzig«, forderte Michel sofort, und Sophie dachte flüchtig daran, ihre Verhandlungen mit Käufern und Lieferanten in Zukunft hinter verschlossenen Türen in ihrem Kontor abzuhalten.

»Fünfunddreißig.«

»Vierzig.«

»Abgemacht.«

Sie streckte beiden die Hand hin, und die Weber schlugen ein. Hans mit zufrieden geröteten Wangen, Michel mit gesenktem Blick. Sophie konnte sich des Gefühls nicht erwehren, dass der ehrgeizige Weber noch immer nicht zufrieden war. Aber damit konnte sie sich jetzt nicht länger aufhalten. Sie würde sich wieder mit Thilmann treffen müssen, um die Farbpalette für die Färberei abzuholen. Der Maler hatte sich dazu bereit erklärt, alle Farbnuancen auf ein Stück Karton aufzubringen, sodass Sophie nur noch das Material und die Menge hinzufügen musste, damit in der Färberei das noch fehlende Material hergestellt werden konnte.

Ihr Blick fiel in den Spiegel. Unwillkürlich blieb sie stehen und betrachtete sich eingehend. Ihr Gesicht war nicht mehr das eines jungen Mädchens.

Schmaler geworden und mit den ersten feinen Linien um Augen und Mundwinkel, die sich beim Lächeln vertieften, wirkte sie reifer und erwachsen. Sie steckte eine vorwitzige Locke zurück unter ihre weiße Leinenhaube und strich sich die Augenbrauen glatt. Als sie sich zum Gehen wandte, stand sie plötzlich ihrem Mann gegenüber, der in seinem Arbeitskittel mit Holzspänen im Haar hereingekommen war.

»Du gehst aus?«, fragte er.

»Ich hole die Farbpalette für die Färberei ab«, erklärte Sophie. »Thilmann und ich haben ein System entwickelt, mit dem ich der Färberei genau mitteilen kann, welche Garne noch benötigt werden.«

»Gut, gut«, sagte Frank Adam. »Geh nur. Wird es lange dauern?«

Sophie schüttelte den Kopf. »Ich bin bald zurück«, sagte sie und wandte sich schnell zum Gehen. Noch als sie um die nächste Häuserecke gebogen war, meinte sie, den Blick ihres Mannes im Rücken zu spüren.

Thilmann war guter Laune. Der Pfalzgraf hatte seinen Entwurf öffentlich gelobt und ihm einen guten Teil seines Gehaltes ausgezahlt. Peter Gertner war anscheinend blass vor Neid geworden. Pfeifend stand er am Fenster und mischte seine Farben an.

»Ist die Farbpalette fertig?«

Thilmann nickte und überreichte ihr eine zusammengerollte Leinwand. Sophie entrollte sie prüfend und nickte zufrieden. Damit würde Jasper Aubach arbeiten können.

»Nachdem unser guter Pfalzgraf mit der majestätischen Pose und dem heroischen Gesichtsausdruck zufrieden war und sein gesamtes Leben symbolisch dargestellt ist, kann ich guten Gewissens behaupten, dass sich am Entwurf nichts mehr ändern wird«, sagte Thilmann ergeben. »Wobei ich ihm auch zutraue, dass er schnurstracks in deine Werkstatt läuft und deine Mädchen anweist, etwas mehr Gold und Silber einzuwirken. Er wird wohl erst zufrieden sein, wenn die Tapisserie so schwer ist, dass sie ihm von der Wand fällt.«

Sophie lachte. »Das klingt nicht wirklich, als ob du noch einen weiteren Auftrag von ihm annehmen willst.«

Thilmann biss genüsslich in einen reifen Apfel. »Da Gertner voraussichtlich Hofmaler wird, komme ich ohnehin nicht in die Verlegenheit«, meinte er kauend.

»Das scheint dich nicht weiter zu stören«, stellte Sophie mit hochgezogenen Brauen fest.

»Was ich nicht ändern kann, muss ich hinnehmen«, erwiderte Thilmann mit erhobenen Schultern. »Zumindest, so weit es unseren lieben Pfalzgrafen angeht. Diese Lektion habe ich gelernt. Und gerade du solltest wissen, dass ich diese Kunst beherrsche. Immerhin verdanke ich den strengsten Unterricht darin dir.«

Er nahm ihre Hand und streichelte sie.

»Dabei habe ich mich immer als Mitschülerin und nicht als Lehrerin verstanden«, erwiderte Sophie und entzog ihm ihre Hand.

Thilmann lachte. »Sagen wir einmal Musterschülerin. Aber ich war noch nie gut in der Schule. Schlichtweg, weil ich keine besucht habe.«

Überrascht sah Sophie ihn an. »Wie hast du dann Lesen und Schreiben gelernt?«

»Wie kommst du darauf, dass ich es beherrsche?«

Sophie starrt ihn an und klappte erst nach einigen Augenblicken den Mund wieder zu. »Du kannst nicht lesen?«

»Dafür spreche ich fließend die Sprache der Römer«, grinste er. »Kannst du da mithalten?«

Sophie dachte an ihre bescheidenen Lateinkenntnisse und errötete. »Möchtest du es lernen?«, fragte sie.

»Würdest du es mir beibringen?«

»Natürlich, warum nicht?«

»Auch, wenn wir uns dann täglich sehen würden?«

Seine Stimme hatte einen warmen Ton angenommen, und Sophie stockte. Plötzlich wurde ihr bewusst, dass er wieder ihre Hand hielt. Und dass sie es genoss. Die letzten Wochen hatten sie so viel Zeit miteinander verbracht, die einzig der Tapisserie gewidmet war, dass Sophie von dem plötzlichen Umschwung der Stimmung überrumpelt wurde. Sie spürte, wie ihr Inneres auf ihn reagierte, und führte seine Hand langsam ihren Arm hinauf.

»A wie Arm«, begann sie ihre Lektion.

Thilmann lächelte und wiederholte brav ihre Worte. Seine andere Hand glitt aber gleichzeitig an ihren Ausschnitt.

»B wie Brust«, murmelte er, während seine Lippen ihre Halsbeuge fanden.

»Ich dachte, du kannst nicht lesen«, flüsterte Sophie.

»Wer hat das behauptet?«

»Du!«

»Nein«, er lächelte fein. »Du.«

Sophie begriff, dass er sie einmal mehr zum Narren gehalten hatte. Aber bevor sie wütend werden konnte, fuhr er fort.

»C wie cara mia, mein Liebling.«

»D wie das sollten wir lieber lassen«, versuchte Sophie einen letzten Widerspruch, während sie die Augen schloss.

»E wie einmal noch.« Thilmanns Atem strich über ihre Schläfe. Sophie spürte, wie all ihre guten Absichten dahinschmolzen wie ein Eiskristall in der Morgensonne. Er würde nicht Hofmaler werden. Er würde Neuburg über kurz oder lang verlassen. Er würde sie vielleicht nie wieder so halten wie jetzt.

»Hm, wann kommt eigentlich das K für Kuss?«, flüsterte Thilmann ungeduldig.

»Analphabet!«

»Musterschülerin!«

Und Sophie überließ sich seinem Kuss mit einer Freude, die sie sich lange genug verwehrt hatte.

Als Sophie Thilmanns kleines Atelier schließlich mit der Farbpalette unter dem Arm verließ, zog er ihr zum Abschied noch einmal das warme Adam-Tuch zurecht, mit dem sie sich gegen die Winterkälte schützte. Mit warmem Herzen und leichten Füßen machte sie sich auf den Weg nach Hause. Sie hatte erst wenige Schritte zurückgelegt, als sich ihr eine Gestalt in den Weg stellte.

»Dass du dich nicht schämst!«

Verwirrt prallte Sophie, die in Gedanken noch immer bei Thilmann und seinen Zärtlichkeiten gewesen war, zurück. Vor ihr stand Margaret, die kräftigen, roten Arme in die Seiten gestemmt. Ihre Augen funkelten Sophie wütend an, und ihr Mund war missbilligend schmal verkniffen. Es dauerte eine Weile, bis Sophie begriff, dass ihre ehemalige Mitweberin ihren Ehebruch durchschaut hatte.

»Dass du dich nicht schämst, Dirne«, wiederholte Margaret mit allem Abscheu, den sie für Sophie empfand. »Du lässt dich von ihm aus der Gosse ziehen und dankst es ihm so? Indem du ihm Hörner aufsetzt!«

In Sophies Ohren klang sofort der unausgesprochene Satz »Das hat er nicht verdient«, und sie spürte, wie sie wütend wurde.

»Was geht's dich an?«, fauchte sie mit der Kraft, die sie einst gegen Uthilda von Staben aufgebracht hatte. »Dich hat er eh nicht gewollt.«

An Margarets verletztem Gesichtsausdruck erkannte Sophie sofort, dass sie zu weit gegangen war. Warum verließ ihr Taktgefühl sie immer dann, wenn es besonders darauf ankam?

»Wenn er geahnt hätte, was für eine Hure er sich mit dir ins Haus holt, hätte er es sich drei Mal anders überlegt«, giftete Margaret jedoch zurück. »Es wird langsam Zeit, dass ihm jemand reinen Wein einschenkt, bevor er zum Gespött von ganz Neuburg wird. So oft, wie du dem jungen Maler nachsteigst.«

»Und zwar auf allerhöchsten Befehl hin, wenn du es wissen willst«, erklärte Sophie schnippisch. »Wir arbeiten zusammen an einer Tapisserie für den Pfalzgrafen. Und mein Mann weiß ganz genau, wo ich wann bin.«

»Weiß er auch, dass du dich für den Maler auf den Rücken legst wie eine Hure?«, zischte Margaret.

Sophie zögerte einen Augenblick, und Margaret erkannte ihren Vorteil.

»Das weißt du selbst nicht, lüstern wie du bist. Was schert dich schon dein Ehemann! Aber ich werde es ihm schon stecken.« Sie leckte sich die vollen Lippen. »Soll er doch sehen, was er sich da ins Haus geholt hat.«

»Halt dein Schandmaul, sonst wirst du es bereuen«, gab Sophie zurück.

»Bereuen?« Margaret spie ihr das Wort förmlich entgegen. »Bereuen tue ich nur, dass ich ihn nicht rechtzeitig vor dir gewarnt habe. Konnte sich ja jeder denken, was du für eine bist, wenn du schon alleine durch die Gegend ziehst. Die Zünfte haben sich schon zu eurer Hochzeit das Maul zerrissen, dass es der Adam auf seine alten Tage noch nötig hat, sich junges Blut zuzulegen.«

»Wohl nur die Meisterinnen«, kam es von Sophie. »Die Meister waren wohl eher neidisch. So wie du.«

»Mir hätte es besser angestanden, Frau Adam zu werden.«

»Das hat Frank wohl anders gesehen.«

Wütend fixierten sich die beiden Frauen. Sophie spürte, wie der Mut, den ihr der Schreck über ihre Entdeckung eingeflößt hatte, sie langsam verließ.

»Sieh dich mit deiner spitzen Zunge vor, damit du keine Lügen in die Welt setzt«, mahnte sie die Ältere in der Hoffnung, sie doch noch davon überzeugen zu können, dass es zwischen Thilmann und ihr nichts gab als die Tapisserie.

Margarets Augen jedoch wurden schmal. »Sieh dich selber vor, Sophie Adam, dass dein Mann dich nicht wieder auf die Landstraße zurückjagt, von der er dich fortgeholt hat.«

Sophie machte auf dem Absatz kehrt und ging. Keine Sekunde länger hätte sie die Tränen zurückhalten können, die ihr jetzt in Strömen über das Gesicht liefen. Sie suchte die einsamen Gassen, bis sie plötzlich vor dem kleinen Brunnen stand, an dem sie Thilmann geküsst hatte, als sie sich in Neuburg wiedergefunden hatten. Sie setzte sich auf den Rand und versuchte, sich wieder zu beruhigen. Ihre Gedanken flatterten wie ein aufgeschreckter Taubenschwarm durch ihren Kopf, doch war nicht eine neue Idee, nicht ein Ausweg dabei, der sie aus ihrem Zwiespalt befreien würde. Die Leichtigkeit, mit der sie Thilmanns Werkstatt verlassen hatte, war verschwunden. Bald kamen die Mägde zum Brunnen, um Wasser zu holen. Sophie wusch sich rasch das verweinte Gesicht mit dem eisigen Wasser und machte sich auf den Heimweg.

Als sie das Licht in der Wohnstube sah, brachte sie es nicht über sich, hineinzugehen. Wie konnte sie sich an den Tisch ihres Mannes setzen und ungezwungen mit ihm plaudern? Sie passte die Magd ab und bat sie, ihm auszurichten, dass sie noch in der Werkstatt zu tun hätte.

Dort zündete sie eine verschwenderische Anzahl von Lichtern rund um ihren Webstuhl an und machte sich an die Arbeit. Wie immer beruhigten sie die gleichmäßige Arbeit und das leise Klappern der Flieten, und bald versank die Welt um sie herum in ihrer Konzentration auf das Werk, das unter ihren Händen wuchs. Als sie plötzlich eine Berührung an der Schulter spürte, fuhr sie erschrocken zusammen.

»Ich wollte dich nicht erschrecken«, sagte Frank Adam. »Aber es ist fast Mitternacht. Meinst du wirklich, ihr seid mit der Zeit schon so knapp, dass du die Nächte durcharbeiten musst?« In seinen Augen blitzte es verschmitzt auf.

Sophie seufzte und steckte ihre Fliete fest. »Ich hatte gar nicht gemerkt, dass es schon so spät ist«, erwiderte sie lahm.

Der Webmeister setzte sich neben sie. Fragend sah Sophie ihn an.

»Es gibt etwas, worüber ich mit dir sprechen muss«, sagte er langsam, während er auf seine Hände sah, die er fest ineinander verschränkt hatte.

Sophies Herzschlag beschleunigte sich. War Margaret etwa schon heute Abend hier gewesen? Hatte sie ihrem Mann schon alles berichtet?

»Ich muss auch mit dir reden«, brachte sie schließlich hervor. Vielleicht war dies die letzte Chance auf Ehrlichkeit, die ihr noch blieb. Aber der Webmeister legte behutsam seine Hand auf ihre. Sophie fiel auf, wie deutlich die bläulichen Adern darauf hervortraten.

»Wenn es um den mechanischen Webstuhl geht, fürchte ich, dass du noch eine Weile auf ihn warten musst. Ich werde mich in der nächsten Zeit erst einmal weiteren Studien widmen. Daher reise ich auch in den nächsten Tagen nach Köln.«

Verblüfft sah Sophie ihn an. Damit hatte sie wirklich nicht gerechnet. »Nach Köln? Zu dieser Jahreszeit?«

»Es gibt dort einen Meister, von dem ich noch viel lernen kann. Ich wechsele schon seit einigen Monaten Briefe mit ihm und tausche Skizzen aus. Aber jetzt würde es uns helfen, wenn wir gemeinsam sein Modell betrachten.«

Sophie schüttelte ungläubig den Kopf. Sie hatte bisher angenommen, dass der Webstuhlbau einfach nur ein Steckenpferd ihres Mannes war, mit dem er sich auf interessante Art und Weise seine Zeit vertrieb, jetzt, da sie die Werkstatt mehr oder minder alleine führte. Und nun wollte er eine Reise nach Köln dafür auf sich nehmen.

»Das sind mehrere Tagesreisen«, stellte sie fest. Der Januar war ungewöhnlich kalt und die Wege entweder glatt vom Eis oder rutschig vom Schlamm. »Warum wartest du nicht das Frühjahr ab?« Als er schwieg, fügte sie hinzu: »Meinst du, dass es das wert ist?« Sie wollte nicht fragen, ob er sich das wirklich antun wollte. In seinem Alter, hätte er unweigerlich ergänzt.

Er seufzte tief. »Ich hoffe es«, murmelte er. »Ich hoffe es sehr.«

Sophie sah ihren Mann an und bemerkte, dass sein Gesicht schmal geworden war. Der einst schwarze Bart lag wie ein Schatten darauf.

»Dann fahr hin«, sagte Sophie mit einem kleinen Lächeln. »Wenn es so vielversprechend klingt. Wer weiß, ob euch nicht gemeinsam eine geniale Idee kommt.«

Der Webmeister erwiderte ihr Lächeln. »Ich bin mir nur nicht sicher, ob ich dich in dieser schwierigen Zeit alleine lassen kann«, gab er zu bedenken. »Jetzt, da ihr alles daran geben müsst, die Tapisserie rechtzeitig zu beenden.«

»Aber da hast du dir die Antwort doch schon selbst gegeben«, beruhigte Sophie ihn. »Die Tapisserie wird mich vollkommen in Anspruch nehmen. Und da du leider kein begnadeter Wirker bist, wirst du uns nicht viel dabei helfen können. Im Grunde erleichtert mir deine Abwesenheit die Arbeit sogar, da ich mich dann nicht ständig darum sorgen muss, ob dir jemand schon einen Teller Suppe in deine Werkstatt gebracht hat.«

Sophie lächelte ihn an. Frank Adam verkroch sich manchmal den ganzen Tag in seiner Werkstatt, ohne auf die Tageszeiten zu achten.

»Das ist nicht fair«, wehrte sich der Webmeister. »Meistens sitze ich noch vor dir bei Tisch.«

»Und isst noch, während ich schon wieder davoneile«, ergänzte Sophie und drückte seine Hand. »Es tut mir wirklich leid.«

»Ich werde am nächsten Montag aufbrechen«, erwiderte Frank Adam. »Mit etwas Glück sollte ich in drei bis vier Wochen wieder hier sein.«

»Dann hoffen wir einmal, dass die Reise nicht zu beschwerlich wird. Warum bist du nicht früher gereist? Das Wetter hätte im Herbst schöner nicht sein können.« Fragend sah Sophie ihren Mann an. Dieser Entschluss zur Reise passte einfach nicht zu ihm.

Der Webmeister winkte ab. »Es hat sich eben jetzt erst ergeben«, sagte er. »Und auch Briefe brauchen ihre Zeit, bis sie die Meilen hinter sich gebracht haben.« Er stand auf. »Aber lass uns jetzt zu Bett gehen. Ich brauche noch ein wenig von deiner Wärme, bevor ich sie so lange entbehren muss.«

Mit diesen Worten zog er sie in seine Arme. Dann hielt er inne. »Aber wolltest du mir nicht auch etwas erzählen?«, fragte er.

Sophie zögerte. Aber dann lächelte sie ihren Mann an. »Das hat Zeit, bis du wieder zurück bist.«

In Köln würde Margaret ihn schon nicht aufsuchen können. Und vielleicht hatte sie bis dahin ein wenig Ordnung in ihre verworrenen Gefühle gebracht.

Während sie die Lichter löschte, sah sie die heilige Walburga ergeben ihr Haupt schütteln. Schnell blies sie die letzte Kerze aus und folgte ihrem Mann ins Wohnhaus.

Kapitel 28

Nachdem Frank Adam abgereist war, konzentrierte sich Sophie voll auf ihre Arbeit. Obwohl Paul sich nicht ungeschickt anstellte, machte der Bildteppich nicht die Fortschritte, die Sophie gerne gesehen hätte. Sie war ernsthaft in Sorge, dass sie die Arbeit nicht rechtzeitig würden beenden können. So saß sie selbst oft am Abend noch im Schein der Tranlampe und wirkte weiter, während die anderen sich bereits verabschiedet hatten. Vor allem die Arbeit mit dem Silberlahn und dem vergoldeten Silberlahn übernahm sie vorerst selbst. Mit diesem teuersten aller Materialien hatte sie selbst noch kaum Erfahrungen gesammelt, und es konnte aufgrund seiner Verarbeitung nicht so einfach wieder ausgelöst und neu verwendet werden. Die Farbpalette für ihre Bestellung bei der Färberei hatte sie längst abgegeben, und Jasper Aubach hatte ihr versprochen, dass sie ihre restlichen Garne in zwei weiteren Lieferungen bis zum Osterfest erhalten sollte.

Der Februar gestaltete sich ebenso wüst und kalt wie der Januar, und Sophie begann zu befürchtete, dass ihr Mann länger in Köln würde bleiben müssen, als er beabsichtigt hatte. Diese Ahnung wurde schließlich durch einen kurzen Brief von ihm bestätigt, in dem er schrieb, er sei einerseits noch in Köln beschäftigt und warte andererseits auf besseres Reisewetter. Und ja, die Zusammenarbeit mit dem Webstuhlbauer war sehr fruchtbar, und beide seien mit ihren Fortschritten hochzufrieden. Sophie riet ihm, auf eine Kutsche zu verzichten und stattdessen zu Pferd zu reisen, aber auf diesen Brief hatte sie noch keine Antwort erhalten.

Endlich schien die Sonne wieder einige Tage hintereinander.

Obwohl die Temperaturen noch empfindlich tief waren, waren die Leute auf den Straßen gut gelaunt, und die Kinder versuchten, den weißen Wolken ihres Atems durch wilde Bewegungen ihrer Münder immer neue Formen zu geben.

Sophie saß am Webstuhl und ließ mit Babett und Paul die Flieten klappern. Sie war ungewöhnlich müde und überlegte schon, ob sie sich entgegen ihrer Gewohnheit zu einem kleinen Schläfchen hinlegen sollte, als Hans ihr die Hand auf die Schulter legte. Sie sah auf.

»Ich hab's«, sagte er leise.

Sophie, die inzwischen daran gewöhnt war, dass bei Hans meist ein oder zwei Fragen nötig waren, bevor sie wusste, wovon er sprach, zeigte sich geduldig. »Was hast du?«, fragte sie.

»Die Idee«, orakelte er weiter.

»Hans, welche Idee?«

»Die Idee, um die du uns gebeten hast«, erklärte der Weber mit einem zufriedenen Lächeln.

»Die Idee, um die ich euch … ach, die Idee!« Sofort flackerte Interesse in Sophie auf. »Tatsächlich? Was ist es? Ein Schal? Ein Mantel? Ein Schleier?«

»Ein Gewebe«, erklärte Hans geheimnisvoll.

»Ein Gewebe«, wiederholte Sophie ernüchtert. »Sicher, aber was wird daraus hergestellt?«

»Was auch immer.«

»Was auch immer? Hans! Wo ist die Idee?« Sophie begann langsam, aber sicher die Geduld zu verlieren.

Aber der Weber lächelte sie nur geheimnisvoll an. »Das Gewebe ist die Idee. Schau selbst.«

Sophie stand auf und folgte Hans ans Fenster. Dort hatte er ein Stück feines Tuch ausgebreitet, das in der Sonne glänzte.

»Mein Seidengarn!«, rief Sophie entsetzt. Die Nuance passte genau zu einem Teil der letzten Lieferung aus der Färberei. »Bist du wahnsinnig? Die brauchen wir doch für die Tapisserie.«

Hans lächelte und bewegte das Seidengewebe vorsichtig hin und her. Je nach Lichteinfall wechselte seine Farbe zwischen einem satten Grün und der Farbe von frischem Senf. Sophie war zwar daran gewöhnt, dass Seidengewebe ungewöhnlich schillerten, aber dieser Effekt war überraschend.

»Wie hast du das gemacht?«, fragte sie, während sie das Gewebe in die Hand nahm und näher untersuchte. Aber es war so dicht gewebt, dass sie auch bei näherem Betrachten nicht erkennen konnte, wie Hans das bewerkstelligt hatte.

»Du kommst nicht drauf«, freute er sich. »Stimmt's?«

Sophie lächelte und nickte. »Stimmt. Ich habe keine Ahnung. Ich meine, dass ich solche Gewebe bereits gesehen habe, wenn auch nicht so hübsche wie dieses. Aber wie hast du es gemacht?«

»Auf die denkbar einfachste Art und Weise«, sagte Hans. »Ich habe zwei Farben verwendet.«

»Aber wie?«, staunte Sophie und hielt sich den Stoff wieder dicht vor die Augen. »Man sieht keine Übergänge.«

»Weil es sie nicht gibt«, erwiderte Hans stolz. »Ich habe die eine Farbe für die Kette genommen und die andere für den Schuss. So ist das Gewebe zwar zweifarbig, aber trotzdem einheitlich.«

Die Idee war so einfach und überzeugend, dass Sophie sich fragte, warum sie nicht selbst darauf gekommen war. Und der Effekt war verblüffend.

»Hast du auch andere Farbkombinationen ausprobiert?«, fragte Sophie.

»Darf ich denn?«

»Aber ja! Diese Idee lebt von den Farbkombinationen, die man ihr gibt. Wenn sich einer damit auskennt, dann du.«

»Ich hatte sogar schon überlegt, mehrere Farben für die Kette zu verwenden«, sagte Hans. »Mit einer dezenten Farbe im Schuss könnte es eine ganz hübsche Wirkung erzielen.«

»Dann probieren wir es aus«, sagte Sophie strahlend. »Wir

machen ein paar Muster, und dann fragen wir Bartl Ludwig, was er davon hält.«

Vorerst zeigten sie Hans' Entwurf Babett, deren spontaner, entzückter Schrei mehr darüber aussagte, wie begehrenswert der Stoff war, als es ein ausführliches Lob gekonnt hätte. Sophie lächelte Hans glücklich an. Auf ihn war wirklich Verlass, dachte sie. Er wäre würdig, eines Tages seine eigene Werkstatt zu führen.

Michel hingegen saß an seinem Webstuhl und werkelte vor sich hin. Wenn Hans' Idee sich gut verkaufen ließ, würde er wieder einmal von der Kreativität der anderen profitieren, dachte sie säuerlich. Aber immerhin verdiente Michel nur dann, wenn auch die Werkstatt verdiente. Und sie brauchte jeden Gulden für die Tapisserie, da der Vorschuss des Pfalzgrafen noch immer auf sich warten ließ. Sie seufzte und sah hinüber zum Webstuhl, an dem Babett und Paul arbeiteten. Würden sie es wirklich rechtzeitig schaffen? Sie beschloss, es Hans' Fingerspitzengefühl zu überlassen, Michel auf seine neue Idee einzuschwören, und setzte sich wieder zu den beiden Wirkern, um das Hochzeitsgeschenk für die ernste Susanna weiterzubringen.

Während ihre Finger mit den Flieten tanzten, schweiften ihre Gedanken unweigerlich zu Thilmann. Sie hatte den Maler nur ein einziges Mal gesehen, seit sie die Farbpalette bei ihm abgeholt hatte. Er war in ihre Werkstatt gekommen, um den Bildteppich zu begutachten, da er dem Pfalzgrafen Auskunft darüber zu bringen hatte, wie es denn mit dem Werk voranginge. Seine Nähe war in Anwesenheit von Babett, Gunhild, Hans und Michel fast unerträglich, und als sich ihre Hände zufällig berührten, war Sophie buchstäblich einen Schritt zur Seite gesprungen.

Sophie wusste, dass Thilmann noch einige Aufträge in der Stadt angenommen hatte. Seine Aussichten, Hofmaler zu werden, waren recht gering, nachdem Gertner ein Gemälde des Pfalzgrafen erstellt hatte, das allseits viel Lob und Anerkennung gefunden hatte. Sophie fragte sich, ob Thilmann Neuburg wieder verlassen würde. Wohin würde er dann gehen? Zurück nach Italien?

Ihre Gedanken wurden von einem Boten unterbrochen, der einen Brief für sie aus Köln brachte. Der Webmeister schrieb, dass er zu Beginn der Fastenzeit wieder zu Hause sein würde. Da der Brief lange unterwegs gewesen war, konnte sie demnach schon in den nächsten Tagen mit seiner Rückkehr rechnen. Sophie lächelte und freute sich. Ein Teil von ihr gönnte ihm seinen Aufenthalt und seine Studien. Vor allem, nachdem sie Margaret ein oder zwei Mal getroffen hatte, die ihr mit giftigem Blick zu verstehen gegeben hatte, dass sie dem Webmeister ihre Beobachtungen durchaus mitzuteilen gedachte. Gleichzeitig wurde Sophie langsam etwas ungehalten über seine lange Abwesenheit, die sie sich nicht wirklich erklären konnte. Tüftelte ihr Mann wirklich mit einem fast Unbekannten so lange an einem neuen Webstuhl herum? Sophie wurde das Gefühl nicht los, das irgendetwas an der ganzen Sache nicht stimmte.

Anfang März kehrte der Webmeister zurück. Sophie empfing ihren Mann in der Wohnstube mit aufrichtiger Freude über seine wohlbehaltene Rückkehr. Über einen Monat hatten sie sich nicht gesehen, und als er sich aus Mantel und Pelz geschält hatte, erschrak sie. Er war dünn geworden, und seine Haltung drückte Schwäche und Müdigkeit aus.

»Um Himmels willen, was ist mit dir passiert?«, rief sie aus, während der Webmeister seine Tasche mit mehreren zusammengerollten Papieren auf den Tisch stellte. »Haben sie dir in Köln nichts zu essen gegeben?«

Frank Adam ließ sich in einen Sessel am Kamin gleiten. »Doch, doch«, winkte er ab. »Aber mich hat in Köln ein schlimmer Husten erwischt. Daher auch die verspätete Abreise.«

»Warum um alles in der Welt hast du mir nichts davon geschrieben?«, fragte Sophie streng.

»Was hättest du denn tun können, hier in Neuburg?«

»Nichts«, gab Sophie zu. »Aber ich wäre zu dir nach Köln gekommen!«

»Um dort vor Ungeduld an meinem Bett auf und ab zu trippeln, ohne mir wirklich helfen zu können? Ich weiß doch, wie wichtig die Tapisserie ist und wie sehr sie dich braucht.« Der Webmeister lächelte seine Frau an. »Dafür kenne ich dich zu gut. Heißen Kräutersud und Brühe konnte ich mir auch von einer Magd in Köln kochen lassen, und der Medicus dort war sehr fähig.«

Sophie rümpfte die Nase. Schätzte er ihre Pflege wirklich nicht höher ein als die einer beliebigen Magd? Andererseits hatte er auch wieder recht. Wenn sie aus Neuburg hätte abreisen müssen, wäre es ihr alles andere als gelegen gekommen. Insgeheim dankte sie ihrem Mann für seine Rücksichtnahme.

»Aber jetzt kann ich dich wenigstens wieder aufpäppeln«, sagte sie beflissen. »Schau dich doch an, nur noch Haut und Knochen! Haben sie in Köln keine fetten Brühen?«

Das Gesicht des Webmeisters war womöglich noch schmaler geworden, und seine Wangen waren geradezu ausgehöhlt. Die Hände waren mager, die Handgelenke staken unter der Haut hervor und wirkten ungewöhnlich zerbrechlich.

»Das wird sich jetzt ändern«, verkündete Sophie.

»Fastenzeit hin, Fastenzeit her. Du musst wieder zu Kräften kommen. Daher werde ich die Köchin erst einmal um heißen Würzwein bitten. Und um ein anständiges Abendessen.« Beschwingt verließ Sophie die Stube, froh über eine Aufgabe, die sie davon ablenkte, dass ihr Mann jetzt wieder in Neuburg war. In Reichweite der rachsüchtigen Margaret.

»Wie geht es in der Werkstatt?«, fragte der Webmeister, als sie zusammen vor dem heißen Kamin saßen und den Würzwein tranken. Frank Adam war froh, endlich am heimatlichen Feuer zu sein. Einige Male während seiner Reise hatte er schon befürchtet, es nicht mehr nach Hause zurückzuschaffen. Die

Behandlung durch den Medicus in Köln hatte leider nicht die gewünschten Genesungserfolge gezeigt. Und dabei war er extra deswegen dorthin gereist. Ein neuer Husten schüttelte ihn. In einem Moment, in dem Sophie nicht hinsah, ließ er das blutbefleckte Taschentuch im Feuer verschwinden. Sie musste es noch nicht wissen.

»Gut«, antwortete Sophie. »Die Tapisserie macht Fortschritte. Wir haben gut ein Drittel des Werkes vollbracht. Wenngleich es auch das einfachste Drittel war. Aber Paul hat sich gut eingearbeitet, und wir können wunderbar zusammen daran arbeiten. Es ist zwar etwas eng, und wir stoßen uns ab und an die Ellenbogen in die Seite, aber es geht.«

»Also keine einsame Nachtarbeit mehr für dich?«, fragte der Webmeister und ließ den beruhigenden Wein durch seine gereizte Kehle fließen.

Sophie lächelte. »Wenige«, gab sie zurück. »Dazu bin ich ohnehin meistens viel zu müde. Es muss an der Jahreszeit liegen, dass ich mich ständig nach einem warmen Bett sehne.«

Dann wurden ihre Augen jedoch wieder lebhaft. »Du musst dir morgen unbedingt das neue Gewebe anschauen, das Hans entwickelt hat. Er arbeitet mit verschiedenen Farben für die Kette und den Schuss und erzielt ganz unglaubliche Effekte damit!«

Der Webmeister nickte. »Solche Effekte habe ich auch schon in Köln gesehen«, sagte er.

»Ach ja?«, sagte Sophie enttäuscht. »Aber dort wird sich keiner mit Hans' kreativem Gespür für Farben messen können«, sagte sie dann. »Er kombiniert Nuancen, auf die ich im Leben nicht kommen würde. Und es sieht toll aus. Bartl Ludwig ist schon dabei, seinen Kundinnen den Mund wässerig zu machen.«

»Rechtzeitig zum Frühling!«, stellte der Webmeister belustigt fest. »Man muss schon sagen, euer Zeitgefühl stimmt. Wenn es gut läuft, wird es eure Kasse füllen.«

»Unsere Kasse«, verbesserte Sophie. »Aber das wäre ja eigentlich Aufgabe des Pfalzgrafen. Der Vorschuss ist noch immer nicht eingetroffen. Und dabei wartet auch Aubach dringend auf sein Geld.«

»Sprich mit ihm.«

»Mit Aubach?«

»Nein, mit dem Pfalzgrafen.« Der Webmeister nahm einen Schluck Wein. »Schließlich arbeitest du an seinem Hochzeitsgeschenk. Dafür wird er sich schon interessieren. Und warum sollst du wieder die ganze Verantwortung übernehmen. Denk an den letzten Teppich und daran, wie knapp du einem schlimmen Verlust entgangen bist.«

»Aber der Pfalzgraf …«

»… ist ein Kunde wie jeder andere auch. Ihr habt die Anzahlung vereinbart, also soll er sich daran halten. Wie viele Handwerker sind schon zugrunde gegangen, weil sie den hochwohlgeborenen Herren aus falschem Ehrgefühl heraus zu große Kredite gewährt haben? Da müssen wir uns nicht einreihen.«

Sophie nickte und nahm sich vor, gleich am nächsten Tag am Hof vorzusprechen. Sie hatte immerhin gute Neuigkeiten, was den Fortschritt der Tapisserie anging. Die würde Ottheinrich gewiss auch hören wollen.

Die Magd kam herein und verkündete, dass das Essen angerichtet sei. Sophie nickte ihrem Mann zu und erschrak, als sie sah, wie schwerfällig er sich aus seinem Stuhl erhob. Schnell hakte sie sich bei ihm unter, um ihn unauffällig zu stützen, obwohl ihr selbst ein wenig schwindelig dabei wurde.

Bei Tisch drehte sich das Gespräch um private Themen. Thomas und Sybille erwarteten ihr erstes Kind, was niemanden überraschte. Es würde auch erst im Sommer so weit sein, und der werdenden Mutter ging es ausgezeichnet. Gereralleutnant Wiesinger war außerhalb beim Heer, und von Thomas Steiner war eine kleine Lieferung ausgesuchter, hiesiger Weine angekommen. Sophie und Frank ließen sich einen Krug kommen und stellten wieder einmal fest, welch feine Zunge der Wirt besaß.

»Und wie geht es Thilmann Weber?«, fragte Frank Adam unvermittelt, während Sophie noch die Stirn darüber runzelte, wie wenig er gegessen hatte. »Du hast ihn gar nicht erwähnt.«

Sofort hatte sie das Gefühl, sich dadurch verraten zu haben.

»Oh, wir haben uns schon einige Zeit nicht mehr gesehen«, plapperte sie bemüht gleichmütig. »Er hat einige Aufträge in Neuburg. Die Stelle als Hofmaler wird allerdings an Gertner gehen. Wenn du mich fragst, die falsche Wahl.«

»Vielleicht will Weber auch gar nicht in Neuburg bleiben«, überlegte der Webmeister. »Ich meine, vor meiner Abreise gehört zu haben, dass der Pfalzgraf ihn nur zu gerne verpflichtet hätte.«

Sophie stutzte. Aus dieser Perspektive hatte sie die Sache noch gar nicht betrachtet. Hatte Thilmann das Angebot des Pfalzgrafen ausgeschlagen, weil er nicht in Neuburg bleiben wollte? Die Gründe dafür waren für sie nur zu offensichtlich. Ihre Affäre konnte auf Dauer nicht gut gehen, also musste sie beendet werden, bevor man sie beide mit Schimpf und Schande davonjagte. Und Thilmann wusste ebenso gut wie sie selbst, dass sie es aus eigener Kraft nicht schaffen würden, solange sie in der gleichen Stadt lebten.

»Du siehst betrübt aus«, stellte der Webmeister fest.

Sophie fühlte sich ertappt. »Nun, es ist schade für Neuburg, einen so talentierten Maler zu verlieren«, sagte sie. Dann nahm sie ihren Mut zusammen und fuhr fort. »Und es ist schade für mich – für uns –, einen guten Freund zu verlieren.«

Frank Adam sah sie lange an. »Ein guter Freund, ist er das für dich?«

Sophie erwiderte seinen Blick. »Nachdem man gemeinsam an etwas so Wunderbarem wie unserer Wirkarbeit gearbeitet hat«, sagte sie. »Wir verstehen uns eben sehr gut.«

Aufmerksam beobachtete der Webmeister seine Frau weiter, und Sophie wurde den Verdacht nicht los, dass er auf etwas wartete.

Sag es ihm, flüsterte die heilige Walburga. Das ist der Moment, sag es ihm.

Aber warum?, wich Sophie aus. Thilmann wird Neuburg verlassen. Dann ist ohnehin alles zu Ende. Warum soll ich Frank jetzt noch verletzen? Sie schenkte ihnen beiden noch Wein aus dem Krug nach.

»Der Wein von Thomas ist wirklich ausgezeichnet«, lobte sie. »Er schreibt, dass er jetzt seinen eigenen Weinberg bestellen will.«

Der Webmeister lächelte in sich hinein. »Das sieht ihm ähnlich.«

»Ich bin gespannt auf seinen ersten Jahrgang. Im nächsten Jahr trinken wir vielleicht schon seinen eigenen Wein!«

»Ja«, erwiderte der Webmeister seltsam gedehnt. »Nächstes Jahr.«

Das Osterfest rückte heran, und Sophie war guter Dinge. Die Tapisserie wuchs, und vor wenigen Tagen hatte sie endlich nach etlichen Stunden im Vorzimmer des Pfalzgrafen einen guten Teil des verabredeten Vorschusses bekommen. Da fiel es nicht so stark ins Gewicht, dass das schillernde Gewebe, das Hans und Michel produzierten, sich schlechter verkaufte als erwartet. Das noch immer kühle Wetter und die vorösterliche Bescheidenheit wirkten sich ungünstig auf die Umsätze mit den exquisiten Seidenstoffen aus. Obwohl Bartl Ludwig ihnen Hoffnung auf den Mai machte, saß Michel mit verdrossenem Gesicht am Webstuhl und weigerte sich schließlich, weiterhin unverkäufliche Ware zu produzieren.

»Denk doch einmal nach«, forderte Hans. »Wenn es wärmer wird, reißen sie uns die Ware dann wieder aus den Händen, und wir können nicht schnell genug nachproduzieren. Wenn wir jetzt Vorräte anlegen, verdienen wir in einigen Wochen jede Menge Geld damit.«

»Ach, und wer ernährt meine Familie heute?«, hatte Michel gejammert.

»Als ob du nicht genug Geld gespart hättest, um diese Zeit zu überbrücken«, gab Hans zurück. »Denk doch mal ein bisschen kaufmännisch.«

»Von wegen kaufmännisch«, brauste Michel auf. »Was weißt du schon davon, wie es ist, eine Familie zu ernähren. Du hast ja noch nicht einmal ein Mädchen!«

Hans wurde rot und wandte sich ab. Michel begann wieder damit, die restlichen Wollvorräte in einfaches Tuch zu verarbeiten, nur um sich später über den zu erwartenden geringen Verdienst zu beschweren. Sophie zuckte mit den Schultern und ließ Michel gewähren. Gleichzeitig ermunterte sie aber auch Hans dazu, seinem Plan zu folgen.

Zum Osterfest fanden sie sich alle in Sankt Peter ein. Sogar der Pfalzgraf erschien und präsentierte sich seinen Untertanen in der gewohnten Pracht. Sophie betrachtete interessiert seinen weinroten mit Fuchs verbrämten Mantel, dessen reiche Stickereien allgemein bestaunt wurden. Sophie hatte jedoch schnell erkannt, dass die ziselierten Ornamente mit Seide und Silberfaden in den festen Brokat eingewebt waren. Beeindruckt von diesem Beispiel webtechnischer Kunst hätte sie beinahe vergessen, in den Hofknicks zu versinken. Nach der Predigt zog sich der Pfalzgraf mit seinem Bruder und ihrem Gefolge schnell wieder zurück, während sich das Volk noch eine Weile in der mittlerweile durch die Kerzen und die Menschen erwärmten Kirche aufhielt. Draußen regnete es in Strömen, und die Bürger nutzten die Gelegenheit, um sich in der Kirche frohe Ostern zu wünschen und ihre Festkleider zur Schau zu stellen. Hier und da konnte Sophie schon die ersten Seidenstoffe aus ihrer Webstube erkennen und freute sich für Hans und Michel. Sie würden ihren Umsatz schon noch machen.

Sophie umarmte ihren Bruder und ihre Schwägerin, die jedoch zu ihrer Enttäuschung noch keine Anzeichen der Schwangerschaft zeigte.

»Die sind unter all den Gewändern gut verborgen«, lachte Sybille und hakte sich bei Thomas unter. Sophie lobte ihre strahlenden Augen und den rosigen Teint.

»Die Schwangerschaft macht sie noch schöner«, freute sich Thomas mit dem klassischen Satz verliebter, werdender Väter, und Sophie stimmte ihm eifrig zu.

»Ich bin schon zufrieden, wenn ich mich nicht mit Übelkeit oder schweren Beinen herumplagen muss«, erwiderte Sybille bescheiden. »Aber seht nur, dort ist Meister Weber. Sophie, habe ich dir schon erzählt, dass er mich malen wird? Meine Tante hat uns ein Porträt zur Hochzeit geschenkt, für das er jetzt endlich Zeit hat, nachdem das Motiv für eure Tapisserie beendet ist. Ich habe ihn nur gebeten, meine Taille lieber aus der Erinnerung zu malen.« Sie winkte eifrig zu Thilmann hinüber, der sich höflich von einer kleinen Gruppe verabschiedete und zu ihnen herüberkam. Sophie zog die Brauen hoch. Das war also einer der Aufträge, die Thilmann noch in Neuburg zu erledigen hatte.

Thilmann wünschte allseits frohe Ostern und erkundigte sich nach dem Befinden der werdenden Mutter. Es wurden höfliche Floskeln ausgetauscht, und Sophie, die zwischen ihm und ihrem Mann stand, gab sich die größte Mühe, ihn nicht über die Maßen anzustarren. Sie wurde erst wieder hellhörig, als sie ihren Mann dem Maler eine Frage stellen hörte.

»Was sind Eure Pläne, wenn Ihr Eure Aufträge in Neuburg erledigt habt? Werdet Ihr die Stadt wieder verlassen?«

Sophie bemerkte, dass ihr Bruder ihr einen aufmerksamen Blick zuwarf. Ahnte er, dass sie ihre Wahl noch immer nicht hatte treffen können?

»Ich weiß es noch nicht«, erwiderte Thilmann. »Irgendwie muss ich mir mein Brot ja verdienen, und da mich der Pfalzgraf nicht als Hofmaler haben will …«

»Aber es gibt doch auch andere Aufträge in Neuburg«, rief Sybille. »Es wäre jammerschade, wenn wir auf Euch verzichten müssten.«

»Hat der Pfalzgraf Euch denn die Stelle als Hofmaler nicht angeboten?«, fragte Frank Adam. »Mir sind Gerüchte darüber zu Ohren gekommen.«

Zu Sophies Überraschung wurde Thilmann rot. Es war also doch etwas Wahres daran.

»Gertner ist der bessere Mann für diese Stelle«, sagte der Maler schließlich. »Ich eigne mich nicht dafür, solch befehlsgewohnter Kundschaft zu dienen.«

»Gut, dass ich es weiß«, lachte Sybille, »Ich werde ein ganz braves Modell sein. Solange Ihr mich nur recht schmeichelhaft darstellt.«

Thilmann versicherte, dass ihm das in ihrem Fall auch nicht schwerfallen würde.

»Als freier Maler mit guten Aufträgen lebt es sich bestimmt auch nicht schlecht«, vermutete Thomas.

»Man kann damit sogar mehr verdienen als in einer festen Anstellung«, gab Thilmann zu. »Aber wie mir Meister Adam beipflichten wird, trägt man dafür auch ein höheres Risiko. Was ist, wenn die Aufträge ausbleiben?« »Oder nicht bezahlt werden?«, warf Sophie ein.

»Ich lobe mir auf jeden Fall meinen festen Sold«, meinte Thomas.

»Der gerade erst erhöht worden ist«, ergänzte Sybille stolz. Thomas hatte Sophie schon von seiner verdienten Beförderung erzählt, die mit einiger Verspätung nun doch noch gekommen war.

»Der Pfalzgraf scheint zu Geld gekommen zu sein«, bemerkte Sophie. »Auch wir haben endlich einen Teil unseres Vorschusses erhalten.«

In diesem Augenblick traten Sybilles Tante und Bartl Ludwig gleichzeitig an die Gruppe heran und zogen die Aufmerksamkeiten auf sich. Sophie spürte, wie Thilmanns Hand die ihre sanft berührte.

»Wie geht es dir«, flüsterte er ihr zu.

Sie sah zu ihm auf. »Gut«, gab sie kurz zurück. Wie hätte sie auch ihrer Sehnsucht nach ihm Ausdruck geben können, die sie in dem Moment befiel, als sich ihre Augen trafen.

»Der Teppich?«

»Bestens.«

»Die Garne?«

»Geliefert.«

»Die Finanzen?«

»Knapp, aber geklärt.«

»Sind das jetzt die Gespräche, die wir in Zukunft führen werden?«

Sophie spürte den Ärger in seinem Ton. »Wenn so viele Menschen um uns sind«, gab Sophie zurück. Sie hatte in der Menge Margarets interessierten Blick entdeckt. »Ich habe dir doch von Margaret erzählt.«

Thilmann sah auf seine Schuhspitzen. »Dann werde ich mich in Neuburg nicht weiter um Aufträge bemühen«, sagte er leise.

Sophie seufzte. »Damit habe ich schon gerechnet. Nachdem du die Stelle als Hofmaler ausgeschlagen hast.«

»Nicht nur du bringst Opfer.«

»Aber es war dein Traum«, sagte Sophie und suchte seinen Blick. »Wie konntest du das nur aufgeben?«

Thilmann hob die Schultern. »Es war nicht ganz so schwer, nachdem ich meinen ersten Auftrag für den Pfalzgrafen erledigt hatte.«

»Er ist doch ein kunstverständiger Mann und verfügt über einen guten Geschmack.«

»Genau das macht mich zu nichts anderem als seiner verlängerten Hand. Das will ich nicht.« Thilmann klackerte unwillig mit seinen Absätzen. Die schmale Schnalle an seinem dunkelblauen Samtbarett funkelte im Kerzenlicht.

»Also tust du es nicht nur wegen mir?« Sophie war erleichtert.

Er zuckte mit den Schultern. Aber dann lächelte er auf sie herab. »Nein. Sei beruhigt.«

»Sophie, wir müssen uns verabschieden«, unterbrach Thomas sie und trat so dicht an Sophie heran, dass diese einen Schritt zurückweichen musste. Verwirrt sah sie ihn an und begegnete einem Blick, der sie deutlich zur Vorsicht ermahnte. Hatten Thilmann und sie zu lange und zu eng beieinandergestanden?

»Auch wenn er noch nicht zu sehen ist, wird mir mein Bauch doch langsam schwer«, sagte Sybille. »Dennoch ist es einfach eine herrliche Zeit. Vor allem in den ersten Wochen, wenn man es ahnt, aber noch nicht wirklich weiß.«

Sophie starrte sie an.

»Ich weiß noch, wie glücklich ich war, als zum zweiten Mal keine Blutung einsetzte. Nur die Müdigkeit ist ein wenig lästig. Ich hätte mich den ganzen Tag wie eine Katze neben dem Ofen zusammenrollen und schlafen können.«

Sophies Blick wurde starr, als die Erkenntnis sie wie ein Schlag traf. Sie war ebenfalls schwanger! Das erklärte ihre Müdigkeit und das zweite Ausbleiben der Regel. Es musste im Januar geschehen sein, kurz bevor ihr Mann nach Köln aufgebrochen war. Unwillkürlich suchte ihr Blick die Augen Thilmanns und übermittelte wortlos ihr neues Wissen. Sein Blick wurde weit, als die Botschaft in sein Bewusstsein drang.

Kapitel 29

Ist es mein Kind?«

Er hatte Sophie unter dem Vorwand, ihr noch ein Detail seines Freskos als Anregung für die Tapisserie zeigen zu wollen, in das bereits menschenleere Seitenschiff gezogen.

»Ist es mein Kind?«, wiederholte er.

Sophie schwieg. Wie sollte sie ihm sagen, dass sie es selbst nicht wusste? Er las in ihrem Gesicht.

»Also hast du auch bei ihm gelegen.« Die Enttäuschung in Thilmanns Gesicht machte Sophie wütend.

»Was hätte ich denn tun sollen? Sollte ich mich ihm mit der Begründung verweigern, dass ich meinen Geliebten nicht eifersüchtig machen will?«

Warum tat alle Welt immer so, als ob sie die freie Wahl hätte. Sie war eine Frau. Wussten die anderen denn nicht, dass Frauen so gut wie nichts selbst zu entscheiden hatten?

Das sagt ja die Richtige, stellte die heilige Walburga trocken fest.

»Wirst du ihm sagen, dass er womöglich nicht der Vater ist?«, fragte Thilmann weiter.

Sophie wusste, dass er ihren Ehemann meinte. Obwohl er leise und ruhig sprach, konnte Sophie Thilmanns Anspannung fast körperlich spüren.

»Nein.« Sie verschränkte demonstrativ die Arme vor der Brust. »Er ist der einzige von uns, der vollkommen unschuldig ist. Warum soll er leiden?«

Sie schwiegen eine Weile.

»Wie sicher bist du dir?«, fragte Thilmann schließlich wieder ruhiger.

»Dass ich schwanger bin oder dass es dein Kind sein könnte?«

»Beides.«

»Ich bin mir ziemlich sicher, dass ich schwanger bin. Ich hätte es früher bemerken können, wenn ich mich nicht so sehr auf die Tapisserie konzentriert hätte.« Sophie zögerte einen Moment, als sie eine unerwartete Freude in sich aufsteigen spürte. Sie würde ein Kind haben! Ihr großer Wunsch würde sich doch noch erfüllen. Ein kleines Lächeln stahl sich auf ihren Mund. »Und mein Gefühl sagt mir, dass es dein Kind ist. Aber ich kann es nicht mit Sicherheit wissen.«

Müde rieb sie sich über die Augen. Warum erfüllte der Himmel ihr den Wunsch nach einem Kind, nur um ihn durch diese unglückselige Verwicklung zu trüben? Gab es denn kein Stück Glück für sie, ohne dass sie irgendeinen Preis dafür zahlen musste?

Selbst schuld, meinte die heilige Walburga lapidar. Du hättest dich einfach früher entscheiden müssen. Jetzt gibt es keine Ausreden mehr, denn du kannst dem Kind nur einen Vater geben. Ganz gleich, wer es gezeugt hat.

Schweigend standen sie beieinander, bis Thilmann hilflos Sophies Hand nahm.

»Vielleicht kann ich es wissen, wenn ich das Kind sehe«, murmelte Sophie. Thilmann winkte ab. »Ist dir noch nie aufgefallen, wie lächerlich ähnlich wir uns sehen? Dein Mann und ich. Würden uns nicht gut zwanzig Jahre trennen, könnten wir Brüder sein.«

Sophie verstummte. Jetzt, wo Thilmann es wieder aussprach, wurde es ihr bewusst. Hatte sie sich deshalb mit Frank Adam vermählt? Weil sie in ihm unbewusst einen Ersatz für ihre verloren geglaubte Liebe sah? Am liebsten hätte sie den Kopf an Thilmanns Schulter gelehnt, aber wieder einmal wagte sie nur die halbe Geste und senkte den Blick.

»Zieht es euch also wieder zum Ort eures Vergehens zurück«, zischte eine Stimme neben ihnen. Margaret funkelte Sophie und Thilmann böse an, die schuldbewusst zusammenfuhren. Jetzt erst bemerkte Sophie, dass sie vor der Pforte in dem kleinen Garten standen, in dem sie sich in Neuburg zum ersten Mal geliebt hatten.

»Und das am Fest der Auferstehung Christi! Das hätte ich mir ja denken können, dass Ihr nicht den mindesten Anstand besitzt.«

Die keifende Stimme war zu viel für Sophies gereizte Nerven. Schon holte sie tief Luft, um Margaret eine scharfe Antwort zu geben, als ihr Mann neben sie trat.

»Sophie. Auch wir müssen aufbrechen.« Frank Adam sah ruhig von Sophie zu Thilmann. »Herr Weber, ich wünsche Euch noch ein frohes Osterfest. Besucht uns doch vor dem neuen Jahr noch einmal. Meine Frau und ich würden uns sehr freuen. Margaret, auch dir frohe Ostern.«

Er nickte seiner ehemaligen Angestellten kurz zu, als er Sophie an ihr vorbeiführte. Sophie wandte sich nicht um, als sie aus der Kirche traten und ihre Mäntel hochschlugen. Sie hüllte sich in ihr Adam-Tuch und sah zum Himmel. Der Regen hatte aufgehört und einen verwaschenen, grauen Himmel hinterlassen.

»Lass uns zu Fuß gehen«, schlug Frank Adam vor. Zwar hatten sie den kleinen Wagen eingespannt, aber der Webmeister bedeutete dem Knecht, alleine aufzubrechen. Bis zum Haus der Adams war es nicht weit. Schweigend gingen sie nebeneinander her, die Hände in ihren Taschen vergraben. Sophie wagte nicht, sich bei ihrem Mann unterzuhaken. Zu viel ging ihr durch den Kopf, und sie wusste nicht, was Frank mitgehört hatte.

Irgendwann spreizte der Webmeister jedoch einen Ellenbogen vom Körper, ohne die Hand aus der Tasche zu nehmen. Sophie verstand die Einladung, und ihre Hand schlüpfte kurz aus der Manteltasche, unter dem Arm ihres Mannes hindurch und wieder zurück ins Warme. Dicht nebeneinander legten sie den Rest des Weges zurück.

In der Wohnstube brannte Licht, und Sophie konnte die Schatten der Menschen erkennen, die sich darin zum Osteressen versammelt hatten. Babett, Gunhild und Hans. Thomas und Sibylle. Sie blieb einen Augenblick stehen. Ohne ihren Mann anzusehen, stellte sie ihm eine Frage.

»Was möchtest du wissen?«

Er schwieg eine Weile, wie um zu überlegen. »Nichts«, sagte er schließlich.

»Was erwartest du von mir?«, fragte Sophie daraufhin, in banger Erwartung des Urteilsspruches, den er als ihr Mann über sie sprechen konnte. Der Webmeister wandte sich ihr zu, und im Schatten des aus der Stube fallenden Lichtes meinte Sophie so etwas wie Bedauern in seinen Zügen zu erkennen.

»Sei vorsichtig. Es geht niemanden etwas an.«

Sophie senkte den Blick und versuchte, eine einzelne Träne mit der Zunge aufzufangen. »Ich bin gerne an deiner Seite.«

»Ich weiß, ich weiß, wie es ist, jemanden zu mögen. Aber ich weiß auch, wie es ist, jemanden zu lieben.«

Fast hätte Sophie gesagt »Verzeih!«, aber ihr wurde bewusst, dass der Webmeister nicht der Meinung war, dass es etwas zu verzeihen gab. Er wirkte so seltsam ruhig und gelassen. Sophie verstand, dass ihr Mann längst einen Verdacht gehegt hatte.

Erzähl ihm von dem Kind, drängte die heilige Walburga.

Nicht jetzt, dachte Sophie. Nicht am Osterfest. Er hat genug zu überdenken und ich auch.

»Lass uns hineingehen«, sagte sie. »Sonst versinken wir hier im Schlamm und wachsen fest bis zum nächsten Jahr.«

»Ja«, sagte er. »Bis zum nächsten Jahr.«

Sophie wurde das Gefühl nicht los, dass sie diese Wort schon gehört hatte. Eine vage Sorge überfiel sie, bevor sie ihren Mann wieder unterhakte und mit ihm zu den anderen in die österlich geschmückte und nach Lammbraten duftende Stube trat.

Nach Ostern begann für Sophie schnell wieder der Alltag. Die Arbeit an der Tapisserie brachte Ruhe in ihr Leben. In der Werkstatt machten sie gute Fortschritte. Zum ersten Mal war Sophie zuversichtlich, dass sie es schaffen konnten, den Bildteppich rechtzeitig zu liefern. Ihre Laune besserte sich.

Der Umgang mit ihrem Mann war in den Tagen seit dem Osterfest freundlich wie immer. Nur in der Schlafkammer blieben sie ohne große Gesten oder Worte jeder auf seiner Seite liegen, was Sophie in ihrer Annahme bestätigte, dass es auf beiden Seiten noch immer viel Unausgesprochenes gab.

Nachdem der Pfalzgraf Sophie die ersten Gulden geschickt hatte, wollte sie größere Beträge bei ihren Lieferanten begleichen. Vor allem die Färberei sollte dringend Geld erhalten, da die Ausgaben für die Garne bei diesem Teppich noch um ein Vielfaches höher lagen als beim letzten Mal. Frank Adam rieb sich nachdenklich die Nase.

»Lass mich heute Nachmittag das Geld für Aubach mitnehmen«, schlug er vor. »Ich habe noch etwas in der Stadt zu erledigen.« Dann unterbrach ihn der heisere Husten, den er seit seiner Reise nach Köln immer häufiger hatte und der Sophie unangenehm an ihren Vater erinnerte.

»Du solltest heute nicht mehr vor die Tür«, mahnte sie. »Es regnet wieder sintflutartig. Dieser April weicht noch die ganze Stadt auf. Bleib am Kamin und trink etwas Warmes.«

»Wie ein alter, räudiger Hund?« Der Webmeister spie die Frage beinahe aus, und Sophie sah ihn erstaunt an. »Das ist doch kein Leben.«

»Das ist ein Leben, nach dem sich viele, die in den Regen hinausmüssen, sehnen würden«, gab Sophie zurück. »Und wenn du dich endlich ein wenig schonen würdest, ginge es dir auch bald wieder besser.«

Der Webmeister starrte mit düsterem Blick in die Flammen des Kamins und gab keine Antwort. Sophie ahnte, dass er ohnehin das Haus verlassen würde, ganz gleich, was sie ihm sonst noch riet.

»Gut«, nahm sie sein Angebot also an. »Ich lege die Börse auf die Truhe im Esszimmer. Der Betrag ist mit Aubach verabredet.«

»Ich mache mich gleich nach dem Essen auf den Weg«, fügte der Webmeister wieder ganz sanftmütig hinzu. Dann trat er vor Sophie und nahm ihre Hände in seine. Der lange Blick, den er ihr schenkte, verwirrte sie.

»Leb wohl, Sophie«, sagte er ungewohnt förmlich. Sophie verabschiedete ihn verwundert mit einem warmen Wort und einem flüchtigen Kuss. Dann verschwand sie in der Werkstatt.

Einige Zeit später nahm der Regen noch zu, und sogar vereinzelte Blitze zuckten über den Himmel. Es wurde schon am frühen Nachmittag dunkel. Sophies Gedanken gingen wieder einmal auf Wanderschaft, während ihre Finger wie von selbst die Flieten bewegten. Plötzlich stutzte sie. In den letzten Tagen hatte Frank Adam beinahe jeden Tag etwas in der Stadt zu erledigen gehabt, wobei Sophie sich weiß Gott nicht vorstellen konnte, worum es sich dabei handelte. Der zurückhaltende Webmeister scheute sonst jeden Gang und überließ ihn anderen, wo es nur ging. Auch in seiner Werkstatt war er nur ein einziges Mal seit seiner Rückkehr aus Köln gewesen, um die Mappe mit den Skizzen dort abzustellen. Ein seltsames Verhalten, wenn sie bedachte, dass er für diese Skizzen extra Hunderte von Meilen gereist war.

Eine furchtbarer Gedanke kam ihr. War ihr Mann etwa dabei, die Ehe aufzulösen? Würde er sie verstoßen? Hatte er in Köln eine andere Frau kennengelernt, die er zu sich holen wollte? Das musste es sein. Deswegen war er so gelassen und ruhig. Deswegen machte er ihr keine Vorwürfe und ließ den Nebenbuhler gewähren. Sophie konnte es nicht glauben, obwohl alles einen so perfekten Sinn ergab.

Aber worauf wartete Frank Adam noch? Darauf, dass sie die Tapisserie fertigstellte? Würde er sie dann aus seinem Haus werfen?

Eine Fliete rutschte ihr aus den Fingern und fiel zu Boden, wobei sie einen langen, purpurroten Faden entrollte. Wie ein feines Blutrinnsal, dachte Sophie und stieß einen Fluch aus. Eine ungewisse Unruhe erfasste sie, und sie sprang so heftig auf, dass Babett und Gunhild verwundert aufsahen. Draußen nahm der Sturm sogar noch etwas zu. Sophie schlug ihr Wolltuch um den Kopf und lief die wenigen Schritte hinüber in die Wohnstube. Es wurde Zeit, dass sie einen geschlossenen Gang zwischen den beiden Gebäuden bauten, dachte sie, nur um sich im nächsten Augenblick daran zu erinnern, dass solche Dinge wohl kaum noch ihre Angelegenheit sein würden. So wie die ganze Werkstatt Adam bald nicht mehr ihre Angelegenheit sein würde. Sie lehnte sich mit der Stirn von außen gegen die Holztür. Sie hatte es verspielt. Das bisschen Glück, das das Schicksal freiwillig für sie herausgerückt hatte, hatte sie verspielt. Ohne Not und ohne Zwang. Und dabei noch einen guten Menschen verletzt. Denn dass Frank Adam sie wirklich mochte, daran hegte sie keinen Zweifel. Tränen stiegen ihr in die Augen, und die Kälte kroch unbarmherzig unter ihren Rock. Sie öffnete die Tür und trat ein.

Der Webmeister war nicht da. Wahrscheinlich war er schon vor dem Sturm aufgebrochen, um das Geld in der Färberei vorbeizubringen. Es war eine stolze Summe, die ihr hier schon wieder aus den Händen glitt. Für dieses Geld mussten viele Hände lange arbeiten. Ihr Blick fiel auf die Truhe, auf die sie die Geldkatze für ihren Mann gelegt hatte, und sie stutzte. Die Börse lag noch immer dort. Schnell ging sie die wenigen Schritte zur Truhe und fühlte nach. Sie war auch noch immer gefüllt. Offensichtlich hatte der Webmeister das Geld nicht mitgenommen. Aber wohin war er dann gegangen? Dass er die Börse einfach vergessen hatte, konnte Sophie sich nicht vorstellen.

Die seltsame Unruhe, die Sophie ergriffen hatte, steigerte sich. Händeringend ging sie in der Stube auf und ab. War er bei einem Notar, um sie von seinem Erbe auszuschließen? Oder war die andere Frau schon in Neuburg, heimlich darauf wartend, dass sie endlich die Meisterin in der Werkstatt werden durfte. Konnte dieses Weib überhaupt weben?

Sophie, rief sie sich zur Ordnung. Du weißt doch gar nicht, ob es eine andere Frau gibt.

Das ist der Spiegel deines schlechten Gewissens, dozierte die heilige Walburga. Du erwartest von den Menschen eben, dass sie handeln könnten wie du.

Eine Schüssel zerschellte an der gegenüberliegenden Wand.

Ich bin nicht schlecht!, rief sie innerlich, während sie gleichzeitig entsetzt auf ihre Hände starrte, die die Schüssel wie von selbst ergriffen und geworfen hatten. Sie schlug die Hände vor das Gesicht und ließ sie dann langsam mit gespreizten Fingern über ihren Hals herabgleiten. Ihr Herz schlug wild in ihrer Brust.

Die Magd kam erschrocken ins Zimmer gestürzt. Verwirrt starrte sie auf Sophie, die noch immer in der Mitte des Zimmers stand. Dann entdeckte sie die Ursache für den Lärm, die zersplitterte Schüssel, deren unnatürliches Ende sie in ihrer Kammer hatte aufschrecken lassen.

»Ist … ist alles in Ordnung?«, fragte sie irritiert.

Sophie holte tief Luft und nickte. »Ja. Ja«, sagte sie mit einigem Abstand. »Mir ist die Schüssel heruntergefallen. Würdest du die Scherben bitte auffegen?«

Die Magd machte einen Knicks und eilte aus dem Zimmer, dankbar darüber, etwas zu tun zu haben. Wenige Momente später war sie bereits mit Blech und Feger zurück und machte sich daran, die Scherben einzusammeln.

»Mein Mann …«, begann Sophie zögernd. »Wann hat er das Haus verlassen?«

»Kurz nachdem Ihr in die Werkstatt gegangen seid«, gab die Magd prompt zur Antwort.

»Hatte er eine Tasche bei sich? Einen Beutel?«

»Ja.« Das Mädchen knickste noch einmal, froh, der Herrin eine Antwort geben zu können. »Er hatte die feine, schwarze Ledermappe dabei, die er immer für besondere Anlässe braucht.«

Sophie kannte die Mappe. Sie selbst hatte sie Frank einmal zum Geburtstag geschenkt. In ihr hatte er das Geld für die erste Tapisserie vom Pfalzgrafen abgeholt. Damals hatte er sich ein paar Burschen angeheuert, die ihn auf dem Weg begleiten sollten. Er meinte, durch die Auktion wüssten zu viele Leute von der großen Summe, die sie erhalten würden. Daher hatte er das Geld auch nicht mit nach Hause gebracht, sondern an einem sicheren Ort verwahrt. Gelegenheit macht Diebe, pflegte er immer zu sagen.

Aber warum hatte er heute die Mappe mitgenommen, nicht aber das Geld? Erwartete er eine andere Zahlung, die er erst entgegennehmen wollte?

Sophie schickte die Magd hinaus und dachte nach. Konnte er das Geld doch vergessen haben? Aber er vergaß nie etwas und schon gar nicht eine unbezahlte Rechnung. Unruhig ging Sophie wieder ans Fenster und starrte in den Sturm. Wo mochte er jetzt sein? Wenn er bei Aubach war, würde er gewiss am Kamin warten, bis sich der Sturm wieder gelegt haben würde. Bei diesem Wetter jagte man ja keinen Hund vor die Tür.

Oder klarte es bereits auf? Sophie kam es so vor, als ob der Regen bereits nachließ. Schon konnte man die Umrisse der benachbarten Häuser wieder deutlich erkennen. Jetzt würde Frank bald heimkommen. Sah sie nicht schon seine Silhouette um die Ecke biegen? Neben dem Mann, den sie schemenhaft erkennen konnte, erschienen ein zweiter und ein dritter. Die Männer schienen etwas Schweres zwischen sich zu tragen.

Dann ist er es nicht, dachte Sophie enttäuscht, so sehr sehnte sie sich gerade nach ihm.

Doch die Männer hielten genau auf das Haus des Webmeisters zu. Der Regen ließ weiter nach, und Sophie erkannte, dass es vier Personen waren, die zwischen sich eine lange, in Decken gehüllte Last trugen. Sophie sank das Herz. Dann klopfte es laut an die Tür. Unfähig, sich zu bewegen, blieb sie in der Mitte des Zimmers stehen. Sie hörte, wie die Magd schnell zur Tür lief und öffnete. Ein spitzer Schrei, gefolgt von hellem Wehgejammer, bestätigte Sophies böse Ahnungen.

Die Männer polterten in die Wohnstube. Die nassen Hüte tief ins Gesicht gezogen blieben sie unschlüssig in der Mitte des Zimmer stehen, als erwarteten sie ein Zeichen von Sophie. Als es ausblieb, entschlossen sie sich, ihre Last irgendwo loszuwerden, und legten sie auf dem Tisch ab. Das Tuch fiel zur Seite und enthüllte den leblosen Körper von Frank Adam.

Dann erst nahmen sie die Hüte ab und kneteten sie verlegen in den Händen. Langsam rann das Wasser von ihren Stiefeln und bildete Pfützen, über die die Magd sonst bitter geklagt hätte. Keiner wagte es, das Wort an Sophie zu richten.

Diese stand bleich noch immer in der Mitte des Raumes und starrte auf ihren Mann. Das wächserne, vom Regen genässte Gesicht war mit geschlossenen Augen zur Seite gefallen. Das Tuch, in dem sie ihn hergetragen hatten, entblößte seine Brust mit dem Fleck, der purpurrot und groß war. Zu groß, um ihm das Leben nicht aus den Adern gesogen zu haben.

»Frau Adam«, begann einer der Männer zögernd. »Wir haben ihn so gefunden …«

»In der Färbergasse«, fügte ein Zweiter hinzu. »Niedergestochen.«

Langsam ging Sophie auf den Tisch zu, ohne sein Gesicht aus den Augen zu lassen. Ihre Hand glitt von ihrer Brust auf seine, die kalt war und ruhig.

»Es muss ein Überfall gewesen sein«, sagte der Dritte. »Er hatte während des Sturmes im Wirtshaus gesessen und gesagt, dass er dem Färber noch Geld schuldet. Dass er es ihm jetzt bringen wolle.«

»Er nannte die Summe und nicht gerade leise. Dann verließ er die Schankstube, bevor der Sturm sich vollkommen gelegt hatte.«

»Jemand muss ihm gefolgt sein.«

»Er hat es ja geradezu herausgefordert.«

»Dennoch eine Schande, so etwas.«

»Ja, eine Schande. Er war ein guter Mann.«

»Guter Mann.«

Die Stimmen verschwammen in Sophies Ohren zu einem einzigen Summen. Sie sah nur Franks weißes Gesicht vor sich und konnte es nicht glauben.

Das Kind, dachte sie. Ich habe ihm nicht von dem Kind erzählt!, durchfuhr es sie sinnlos. Und jetzt ist er tot, bevor es überhaupt geboren ist. Wenn er nun doch der Vater ist … war.

Sophie merkte nicht, wie ihr die Knie schlotterten. Eine Hand führte sie am Arm zu einem Sessel und drückte sie nieder. Eine andere setzte ihr einen Becher mit heißem, starkem Wein an die Lippen, der sie verbrühte. Weitere Stimmen kamen in den Raum, andere gingen. Jemand drückte Sophie etwas in die Hand.

»Seine Tasche. Sie lag geöffnet neben ihm. Sie war schon leer.«

Fast klang die Stimme verteidigend. Hatte sie jemandem einen Vorwurf gemacht?

»Nur ein Brief war darin. Euer Name steht drauf.«

Man schob Sophie auch das Papier in die Hand, aber noch immer starrte sie vor sich hin, ohnmächtig, gegen das übermäßige Gefühl der Schuld in sich anzukämpfen. Hatte nicht sie ihren Mann gebeten, das Geld mitzunehmen? War sie nicht schuld an seinem Tod? Aber er hatte das Geld doch gar nicht dabeigehabt.

Das Tosen in ihren Ohren nahm zu, und Sophie wusste nicht, ob es die vielen Stimmen im Raum waren oder nur das Rauschen ihres eigenen Blutes.

Plötzlich war da eine andere Stimme.

»Ich bitte alle, jetzt das Haus zu verlassen. Danke für die Hilfe, aber bitte geht jetzt.«

Das Summen wurde leiser, und jemand nahm Sophies Hand.

»Sophie, liebste Schwester.«

»Thomas …« Sophies Stimme klang heiser. »Mein Mann ist tot.«

Kapitel 30

Sophie wusste hinterher nicht, wie lange ihr Bruder einfach bei ihr gesessen und schweigend ihre Hand gestreichelt hatte. Gefühllosigkeit hatte sich wie ein zu enger Mantel um sie gelegt, und Sophie wusste nicht, ob sie sie belastete oder schützte.

»Du musst versuchen, zu schlafen«, sagte Thomas schließlich. Sophie schloss daraus, dass es schon tief in der Nacht war. Unwillig schüttelte sie den Kopf, und ihr Bruder, froh, überhaupt eine Reaktion von ihr bekommen zu haben, drang nicht weiter in sie. Die ganze Nacht über wachte Sophie bei ihrem toten Mann und sagte ihm in Gedanken alles, was sie ihm nie tatsächlich hatte sagen können. Auf wundersame Weise hatte sie das tröstende Gefühl, dass er sie dennoch verstanden hatte, schon als er noch lebte.

Als der Morgen grau in die Stube kroch, löschte Thomas die Kerzen bis auf zwei am Kopfende des Tisches, auf dem der tote Webmeister lag. Bald würden die Menschen kommen, die sich von dem Toten verabschieden wollten, und dafür musste noch so vieles vorbereitet werden. Er warf einen Blick auf seine teilnahmslose Schwester und begann, die Dinge für sie in die Hand zu nehmen. Sie wuschen den Webmeister und kleideten ihn in sein bestes Gewand. Dann bahrten sie ihn auf einer eigens dafür herbeigeschafften Bank in der Stube auf und entzündeten neue Kerzen. Als Bahrtuch verwendeten sie ein Stück feines Leinen, das Frank Adam selbst gewebt und mit einem edlen Muster versehen hatte. Im Hause eines Webmeisters musste sich niemand das Bahrtuch von der Kirche leihen.

Sophie beobachtete die Magd und die beiden Gehilfinnen, die Thomas herbeigebracht hatte, ohne dass sie selbst ihnen hätte helfen können. Unbeweglich blieb sie in ihrem Sessel sitzen, während aus der Küche schon die Düfte von Gebratenem und Gesottenem herbeiwehten, mit dem die erwarteten Gäste bewirtet werden sollten.

Warum hatte alles eine solche Eile?, fragte sie sich. Warum konnte sie nicht noch bei ihrem Mann bleiben und ein wenig ruhige Gemeinsamkeit mit ihm verbringen. Sie hatte das Gefühl, sie schulde ihm noch so viel davon.

Schließlich kamen Babett und Gunhild und wollten Sophie dabei helfen, aufzustehen und sich selbst umzukleiden. Sophie folgte ihnen, wobei ihre Hände wieder die Tasche und den Brief spürten, und sie drückte beides fest an sich. Babett zog ihr ein dunkles Kleid an und legte ihr ein einfaches, hauptsächlich schwarz gehaltenes Adam-Tuch über die Schultern. Gunhild bürstete ihr Haar und schlang es in einen einfachen Knoten, den sie unter einer schwarzen Netzhaube versteckte, die Sophie nicht kannte. Sie musste aus Gunhilds Besitz stammen. Als sie schließlich vor ihrem kleinen Spiegel saß, begegnete sie verwundert ihrem eigenen Blick. Dunkle Schatten lagen unter ihren Augen, und ihr fahles Gesicht wirkte unter der schwarzen Haube noch blasser. Ihr Blick fiel auf den Brief, und sie bat Babett und Gunhild, sie allein zu lassen. Dann nahm sie den Brief in beide Hände.

Warum hatte Frank nicht das Geld bei sich gehabt, aber dafür einen an sie adressierten Brief? Warum hatte er, der sonst so zurückhaltend war, im Wirtshaus laut verkündet, wohin er wollte? Eine böse Ahnung begann sich in Sophie auszubreiten, als jedes einzelne Steinchen an seinen Platz des Mosaiks rutschte. Sie holte tief Luft und öffnete Franks letzte Botschaft an sie.

Meine liebe Sophie,

ja, ich weiß von der Liebe. Sie schleicht sich in Dein Herz und bleibt zu Gast, so lange sie will. Man kann sie weder rufen noch sie zum Gehen auffordern. Mich hat sie zwei Male in meinem Leben besucht. Die erste Liebe war Auguste, die Du kennst. Meine zweite Liebe warst Du. Ich muss zugeben, dass mir der jugendliche Elan von damals fehlte, aber mein Herz war das Deine, als ich Dich bat, meine Frau zu werden. Ich wusste, dass Du nicht ebenso für mich empfandest, aber ich hatte Hoffnung. Bis ich bemerkte, dass die Liebe längst in Dir lebte. Die Liebe zu einem anderen. Ich wusste, dass ich es nicht würde ändern können.
Ich bin ein alter Mann, dem nicht mehr viel Zeit bleibt. Der Kölner Medicus hat mir eine kranke Lunge attestiert. In wenigen Monaten würde ich leidvoll dahingehen. Warum also dem Leben etwas stehlen, das man eigentlich gar nicht mehr haben will?
Ich hoffe, ich habe einen Weg aus diesem Leben gefunden, der Dich, die Leute und letztendlich Gott, unseren Herrn, versöhnlich stimmt. Und ich bete für Dich und Dein Glück, das Du so sehr verdient hast.

In Liebe *Frank*

Der Brief war kurz, und flüchtig erinnerte sie sich an einen anderen kurzen Brief, den ihr ein Mann geschickt hatte, der sie verlassen hatte. Wieder liefen ihr die Tränen über die Wange. Nicht aus Selbstmitleid und verletztem Stolz wie damals, sondern aus aufrichtiger Trauer und aus Schuld. Jetzt verstand sie, was der Webmeister am Tag zuvor getan hatte. Er hatte das Geld nicht mitgenommen, da er wusste, dass er es nicht abliefern würde. Er hatte den stürmischen Nachmittag gewählt, da er wusste, dass das Wirtshaus voll sein würde. Und er hatte von dem Geld, das er angeblich bei sich trug, gesprochen, da er wusste, dass irgendjemand kommen und es sich holen würde. Eine kurze Gegenwehr, ein gezücktes Messer, und der Webmeister hatte sein Leben beendet, ohne selbst Hand an sich zu legen. Sogar die Botschaft an seine Frau hatte er nicht vergessen. Zitternd hielt sie das Blatt in der Hand, das ihr die Tür zu einem neuen Leben öffnen sollte und sie doch nur mit Schuld belud. Denn sie zweifelte nicht einen Augenblick daran, dass ihr Mann sich geopfert hatte, damit sie glücklich werden konnte. Eine Erkältung in Köln reichte doch nicht aus, um ihren besonnenen, starken Mann dazu zu bringen, seinen eigenen Tod zu wünschen. Es war nur ihre Untreue, die ihn so weit gebracht hatte. Ihr Verrat, der ihn geschwächt hatte. Sonst nichts.

Es klopfte an ihrer Tür, und Thomas trat ein.

»Die Menschen kommen«, sagte er leise. »Ganz Neuburg spricht von nichts anderem als dem Mord. Viele werden hier erscheinen.«

Sollen sie doch, dachte Sophie. Soll ganz Neuburg doch an seiner Bahre stehen. Keiner von ihnen wird ahnen, dass sie der Mörderin kondolierten.

Langsam erhob sich Sophie und ließ sich von Thomas die Stiege hinunterführen. Da standen sie und wandten ihr ihre Gesichter zu, die jetzt so viel Anteilnahme heuchelten, um nachher schon wieder über Zuckerpreise zu feilschen oder eine Magd für schlecht gewaschene Wäsche zu rügen. Wem von ihnen würde ihr Mann wirklich fehlen? Frank war zufrieden gewesen, als sie ihn zu Lebzeiten in Ruhe gelassen hatten. Er wäre es auch jetzt noch.

Sophie nickte dennoch der endlosen Reihe von Gesichtern zu, die sich vor ihr aufreihte wie Perlen auf einer Schnur, und schüttelte Hände, an denen noch das Fett des Fleisches haftete, das sie in seinem Haus gegessen hatten. Sie betete, dass der Tag zu Ende gehen möge, und wurde schließlich erhört.

Die Beerdigung des Webmeisters fand zwei Tage später statt. Sophie hatte die meiste Zeit im Zimmer des Toten verbracht. Als der Webmeister in seinem schlichten Sarg lag, ließ sie die Bahre und den Tisch, auf den sie ihn zuerst gelegt hatten, im Hof verbrennen.

Der Trauerzug war ansehnlich, aber für den Meister einer Zunft nicht ungewöhnlich. Sophie hatte sich ein schwarzes Kleid machen lassen. Gunhild hatte ihr einen schwarzen Schleier gewebt, der so dicht war, dass man ihr Gesicht so gut wie gar nicht erkennen konnte. So schritt sie, flankiert von den Webern der Werkstatt Adam sowie ihrem Bruder und seiner Frau, die es sich trotz ihres Zustandes nicht hatte nehmen lassen, ihren Schwager zur letzten Ruhe zu geleiten, hinter der Kutsche her, auf der Frank Adam seiner letzten Ruhestätte zugebracht wurde. Dicht hinter ihr ging Thomas Steiner, den sie mit einem Boten benachrichtigt hatte und der ohne eine Rückantwort am nächsten Tag schon gebeugt und um seinen Freund trauernd vor der Tür gestanden hatte.

Man hatte das Grab in die nasse, schwere Erde gegraben und es mit einigen Blüten geschmückt, die nach dem feuchten April zaghaft erblüht waren. Sie ahnte, dass Thilmann irgendwo im Trauerzug ging, aber sie sah weder zur Seite, noch wandte sie sich um.

Wieder zogen die Leute in einer langen Reihe an ihr vorbei. Thilmann war nicht unter ihnen, aber zum Schluss sprachen ihr drei Herren ihr Beileid aus, die nach ihren mitfühlenden Worten nicht weiterzogen.

»Frau Adam, wir würden gerne ein Wort mit Euch sprechen, wenn es recht ist«, begann der Erste, dessen teuer bestickte Schaube und edles Samtwams ihn als reichen Mann auswiesen. Auch die anderen Männer waren in ausgesucht feines Tuch gekleidet. Einer von ihnen trug sogar einen schweren Siegelring am kleinen Finger, der ihn als Patriarchen einer alteingesessenen Familie Neuburgs auswies.

»Wir sind der Vorstand der Weberzunft von Neuburg«, stellte er sich vor. »Auf ein Wort, Frau Adam?«

Sophie zögerte kurz, dann nickte sie und bedeutete den Herren, ihr zu folgen.

Das Mahl für alle, die Frank Adam auf seinem letzten Weg begleitet hatten, war in einer nahe dem Friedhof gelegenen Schenke angerichtet, in der es sich die Leute bereits schmecken ließen.

Sophie zog sich mit den Herren in eine kleine Nische zurück und wartete, bis man ihnen starkes Bier und Würzwein vorgesetzt hatte. Die Herren sprachen den Getränken mit Wohlgefallen zu, bevor ihr Redner wieder das Wort ergriff.

»Frau Adam, mit Eurem Mann haben wir ein geschätztes Mitglied unserer Zunft verloren«, begann er bedächtig. »Den Meister einer blühenden Werkstatt mit ausgezeichnetem Ruf. Wie wir wissen, beliefert die Werkstatt Adam sogar den Hof des Pfalzgrafen.«

Sophie nickte nur. Einen Tag nach dem Tod des Webmeisters hatte der Pfalzgraf einen Boten geschickt, der anfragen ließ, ob die Tapisserie denn nach wie vor rechtzeitig zum Termin fertig werden würde. Das bittere Gefühl, das diese Geschäftsmäßigkeit in Sophie ausgelöst hatte, war noch immer nicht verklungen. Seit Franks Tod hatte sie keine Fliete mehr in der Hand gehabt, und nur dem Fleiß und der Selbstständigkeit ihrer Wirker war es zu verdanken, dass das Werk die erforderlichen Fortschritte machte.

»Wie Euch vielleicht bekannt ist, wird von der Witwe eines Zunftmeisters erwartet, dass sie sich innerhalb eines Jahres erneut vermählt. Sonst verliert sie ihre Werkstatt. Die Zunft kann nur begrenzt viele Meister aufnehmen, daher kann sie es sich nicht leisten, dass eine Werkstatt – nun, wie sollen wir sagen – brachliegt.«

Sophie zog eine feine Braue hoch und schwieg. Die Herren tranken ihre Becher leer und ließen sich erneut einschenken.

»Nun war aber Euer Gemahl vor nicht allzu langer Zeit vorstellig in der Zunft«, fuhr der Mann mit der pelzverbrämten Schaube fort. »Er brachte ein reichlich ungewöhnliches Anliegen vor, das Euren Status als Meisterwitwe betrifft.«

Verblüfft sah Sophie den Mann an. »Wann genau war das?«, fragte sie.

Irritiert sah der Mann sie an. Mit dieser Frage hatte er offenbar nicht gerechnet. Dann sah er nacheinander seine beiden Begleiter an, deren Wangen sich von der Wärme in der Schankstube und vom Alkohol langsam röteten.

»Nun, das mag in etwa im Januar gewesen sein«, schätzte er. »Vielleicht ist es auch etwas länger her.«

Vor seiner Abreise nach Köln also, dachte Sophie verwundert. »Was war sein Anliegen?«, fragte sie leise.

Der Redner räusperte sich, als ob es ihm unangenehm war, fortzufahren. »Er bat darum, Euch im Falle seines Todes als Meisterin in die Zunft aufzunehmen.«

»Wie bitte?« Fassungslos starrte Sophie den Mann an. Sie hatte sich nie mit den Angelegenheiten, die die Zunft betrafen, befasst. Um all das hatte sich nach wie vor der Webmeister gekümmert. Aber eines wusste sie gewiss. Die Weberzunft von Neuburg war eine reine Männergesellschaft. Zwar gab es reine Frauenzünfte und sogar gemischte Zünfte wie die der Garnmacher oder der Seidenweberinnen, aber Sophie hatte noch nie davon gehört, dass eine Frau in eine Männerzunft aufgenommen wurde. Es war wohl möglich, dass eine Witwe die Werkstatt ihres Mannes weiterführte, wenn es einen Sohn gab, der sie mit Erreichen seiner Mündigkeit übernehmen würde. Aber in ihrem Fall konnte noch niemand davon wissen, dass sie ein Kind erwartete.

»Die Zunft hat sich darüber beraten«, fuhr der Redner fort. »Und die Tatsache, dass der Pfalzgraf die Teppiche der Werkstatt Adam hoch schätzt und nach unserem Wissen Ihr dafür verantwortlich zeichnet und nicht Euer verblichener Mann, kam man zu einem guten Ergebnis.«

Sophie stockte der Atem. Sie würden sie aufnehmen? Als Meisterin?

»Es gibt da jedoch einen Haken«, warf einer der beiden Begleiter ein und schürzte sich die schmalen Lippen.

Hab ich es doch gewusst, dachte Sophie. Niemals würden sie so etwas erlauben.

»Ihr habt niemals offiziell eine Lehre absolviert noch eine Gesellenprüfung abgelegt, noch eine Meisterprüfung.«

Stimmt, dachte Sophie. Habe ich nicht.

»Gesellen, die in unserer Zunft die Meisterprüfung ablegen wollen, müssen gewisse Voraussetzungen erfüllen«, dozierte der Begleiter weiter. »Sie müssen auf eigene Kosten ein Meisterstück anfertigen, das Bürgeraufnahmegeld zahlen, sich einen Brustpanzer anfertigen lassen, den Betrag von vier Gulden an die Zunft zahlen und ihr eine Wachskerze kaufen. Außerdem müssen sie ehrbar sein, ein Haus besitzen oder das nötige Geld dazu vorlegen und ein Mahl von mehreren Gängen für alle Meister der Zunft spenden.«

Sophie runzelte die Stirn. Sollte es darauf hinauslaufen, dass die Zunft Geld, eine Kerze und eine Einladung zum Essen von ihr wollte? Wörtlich ging sie aber diplomatischer vor.

»Den Brustpanzer brauche ich als Frau wohl nicht wirklich«, sagte sie und quälte sich ein kleines Lächeln auf die Lippen. »Und durch meine Ehe bin ich bereits ehrbare Bürgerin von Neuburg und besitze ein Haus. Bliebe also das Meisterstück.«

Der Mann räusperte sich. »In erster Linie, ja.«

Sophie hob die Brauen. »Auf eigene Kosten hergestellt habe ich schon so manches Werkstück«, sagte sie. »Muss es sich noch in meinem Besitz befinden?«

Die Männer sahen einander ratlos an. »Dieses … äh … dieses Problem hat sich uns noch nie gestellt«, gab der erste Redner zu. »Unsere Anwärter sind normalerweise auch die Eigentümer ihrer Meisterstücke. Und sie halten große Stücke darauf, es zu bleiben.«

Sophie zuckte mit den Achseln. »Ich lasse Euch gerne eine Auswahl an Tüchern bringen, die ich gewebt habe und unter denen Ihr ein Meisterstück wählen könnt. Alternativ steht natürlich auch noch mein erster Wirkteppich zur Verfügung, der am Hof hängt. Vielleicht gewährt der Pfalzgraf Euch noch eine Begutachtung.«

»Wir kennen selbstverständlich die Wirkarbeit«, sagte nun der dritte Webmeister.

Sophie wusste, dass sämtliche Webmeister Neuburgs ihre Tapisserie damals genau unter die Lupe genommen hatten. Hätten sie ein Fehl daran entdeckt, hätten sie es mit Genuss publik gemacht.

»Aber dieses Werk habt Ihr nicht alleine hergestellt«, wandte der zweite Redner ein.

»Aber ich kann Euch jede Spanne und jede Farbfläche benennen, die von mir gewirkt wurde.«

»Aber die Wirkerei ist doch ein ganz anderes Handwerk als die Weberei«, wandte jetzt der erste Redner wieder ein.

Langsam wurde es Sophie zu bunt. Wenn sie jetzt schon damit begannen, ihr mit ihren Regeln und Vorschriften den letzten Nerv zu rauben, wollte sie gar nicht mehr aufgenommen werden.

»Meine Herren«, erstickte sie die aufkommende Diskussion daher im Keim. »Ihr wisst, dass ich weben und wirken kann. Ich kann Euch jede Frage zu diesem Handwerk bis hin zur kaufmännischen Abwicklung beantworten. Soweit ich sehen kann, essen sämtliche Webmeister gerade auf meine Kosten, und hier«, sie kramte in ihrer Börse und legte dann einige Münzen neben den Tischleuchter, in dem eine hohe Kerze brannte, »hier sind vier Gulden und eine Kerze. Macht mich das zur Meisterin?«

Die Männer stutzten verdattert und sahen sich zögernd an. Offensichtlich wussten sie mit den selbstbewussten Worten der Frau vor ihnen nicht umzugehen.

Der zweite Redner sammelte sich am schnellsten. »Wenn meine werten Begleiter mir zustimmen«, er blickte kurz in die Runde, »würde ich sagen, ja.«

Die anderen Vorstände strahlten vor Erleichterung, die Angelegenheit so schnell geklärt zu haben. Längst hatten sie die Situation vorwärts und rückwärts diskutiert und waren zu dem Entschluss gekommen, dass sie die talentierte Meisterin gern in ihren Reihen sähen. Frau hin, Frau her. Der erste Redner stand auf und schlug mit einem Löffel gegen einen Krug. Dann verkündete er den erstaunten Gästen, dass die Weberzunft von Neuburg gerade ihr erstes weibliches Mitglied aufgenommen hatte.

In der Werkstatt wurde Sophies Aufnahme als Webmeisterin ehrfürchtig bestaunt. Sophie war noch einige Male bei den Zunftvorständen vorstellig geworden, bis alle Formalitäten erledigt waren und sie offiziell ins Zunftbuch aufgenommen wurde. Michel rümpfte zwar die Nase darüber, dass nun anscheinend Hinz und Kunz Meister werden konnte, aber alle einschließlich Sophie wussten, dass es der pure Neid war, der aus ihm sprach. Paul und das neue Lehrmädchen Vroni waren erleichtert, da es ein vorzeitiges Ende ihrer Lehre oder den Wechsel in ein anderes Lehrverhältnis für sie bedeutet hätte, wenn kein anerkannter Meister in der Werkstatt geblieben wäre.

»Nun wissen sie es alle«, strahlte Babett Sophie ehrfürchtig an, »dass du alles erreichen kannst, was du willst.«

Sophie erwiderte die ihr entgegenschlagende Freude mit einem matten Lächeln. Franks Tod lag noch keine zwei Wochen zurück, und noch immer konnte sie ihre Schuldgefühle nicht abschütteln. Sie flüchtete sich an ihren Webstuhl, und Gunhild mahnte sie, dass sie sich noch die Augen verderben würde, wenn sie weiterhin nach Einbruch der Dunkelheit bei dem schwachen Licht der Kerzen arbeitete.

Aber Sophie winkte ab und beugte sich wieder über die

Flieten. Sie war jetzt damit beschäftigt, die Person des Pfalzgrafen zu wirken, die stolz und aufrecht in der Mitte des Teppichs prangte. Er trug eine rote, samtene Schaube, deren Borten und Litzen Sophie mit vergoldetem Silberlahn so detailliert nachwirkte, dass man meinte, das Kleidungsstück nehmen und anziehen zu können. Der Faltenwurf des grünen Wamses machte Sophie ebenfalls viel Mühe, da sie sich hier einen großen Nuancenreichtum gestattete, um das Werk plastisch und lebendig zu machen. Unter dem Wams trug der Pfalzgraf eng anliegende, hellrote Strümpfe, und Sophie gelang es auch hier durch feine Schattierungen, die muskulös modellierten Waden des Pfalzgrafen ganz natürlich wirken zu lassen. Nur das Gesicht hatte sie bisher noch nicht in Angriff genommen. Dort lag die größte Herausforderung für Sophie. Nicht nur, weil der imposante Vollbart des Pfalzgrafen sich modisch frisiert um sein Kinn lockte, sondern auch weil sie es schaffen musste, seinem Blick Leben einzuwirken. Wo Thilmann in seinem Entwurf mit kleinen Farbtupfern arbeiten konnte, bis er mit dem Ergebnis zufrieden war, musste Sophie sich einmalig eine Vorlage erstellen, wenn sie nicht heimlich mit Stickereien am fertigen Werk nachhelfen wollte. Oft genug stand sie, nachdem sie zu Bett gegangen war, wieder auf und setzte sich in Frank Adams warmen Morgenrock gewickelt wieder an den Webstuhl, da sie keinen Schlaf finden konnte.

Gut einen Monat nach dem Tod des Webmeisters klopfte es an einem solchen Abend leise an die Tür der Werkstatt. Verwundert sah Sophie auf und vermutete, dass Gunhild das Licht gesehen hatte und gekommen war, um sie mit einem Becher warmer Milch wieder in ihr Bett zu schicken. Aber als sie die Tür öffnete, stand vor ihr Thilmann im hellen Mondlicht der milden Mainacht.

»Darf ich herein?«, fragte er leise.

Sophie trat beiseite und ließ ihn ein. Er schürte die Glut im Kamin zu einem kleinen Feuer, während Sophie ihnen beiden

den letzten Rest Wein einschenkte, der noch im Krug auf dem Sims stand. Sie setzten sich, und Sophie starrte, noch immer schweigend, in die kleinen Flammen. Wohl spürte sie die prüfenden Blicke, die der Maler ihr zuwarf.

»Wie geht es dir?«, fragte er schließlich leise, und die Aufrichtigkeit seines Tones besänftigte Sophie.

»Nicht so gut«, murmelte sie. Wieder schwiegen sie eine Weile.

»Er fehlt mir«, fügte Sophie schließlich hinzu, und sie warfen einander einen kurzen Blick zu. Welche Bedeutung würde der Tod des Webmeisters für sie haben?

Thilmann sah auf den Becher in seinen Händen. »Danke, dass du mich eingelassen hast«, sagte er. »Ich bin gekommen, da es wohl der einzige Weg ist, wie wir uns ungestört sehen können. Ich meine …« Er kam ins Stottern. »Ich meine, ich möchte nur bei dir sitzen, verstehst du. Nichts weiter. Vielleicht tröstet es dich ein wenig, wenn ich da bin.«

Die Hoffnung in seiner Stimme war nicht zu überhören, und Sophie belohnte ihn mit einem kleinen Lächeln. »Natürlich tröstest du mich«, sagte sie. »Warum sollte es auch nicht so sein?«

Auf diese Frage gab es so viele Antworten und keine, dass sie es beide vorzogen, wieder zu schweigen.

»Ich hätte ihm dieses Schicksal nie gewünscht«, sagte Thilmann irgendwann. »Natürlich habe ich mir vorgestellt, was wäre, wenn es ihn nicht gäbe. Und ich wette, dass auch du daran gedacht hast. Aber den Tod habe ich ihm nie gewünscht. Schon gar nicht einen so sinnlosen.«

Sophie seufzte gequält. Sie sehnte sich nach seiner Berührung und hatte gleichzeitig Angst davor, dass sie sich falsch und furchtbar anfühlen würde.

»Ich weiß, dass es noch sehr früh ist, um darüber zu reden«, sagte Thilmann schließlich, ohne sie anzusehen. »Aber ich habe es zu Hause einfach nicht mehr ausgehalten. Du fehlst mir,

Sophie. Und alles, was ich wissen will, ist, was jetzt geschehen wird.«

»Wie kommst du darauf, dass ich eine Antwort darauf habe?«, fragte Sophie.

»Ich dachte, jetzt, nach dem Tod deines Mannes …«

»Dem Selbstmord«, unterbrach Sophie ihn.

»Wie bitte?« Thilmann sah sie verwirrt an.

»Sein Tod war kein unglücklicher Zufall«, sagte Sophie tonlos. »Er hat ihn geplant. Er hat ihn herausgefordert, damit ich glücklich werden konnte. Mit dir.«

Thilmann wurde blass. »Er hat von uns gewusst? Wie lange schon?«

»Länger, als wir es uns vorstellen können«, sagte Sophie bitter. Aufstöhnend vergrub der Maler seinen Kopf in den Händen. »Das hat er …«

»… nicht verdient«, vollendete Sophie seinen Satz. »Wie ich diese Worte verabscheue. Wie ich sie hasse. Aber so wahr wie heute waren sie noch nie.«

Thilmann sah sie entgeistert an. »Was meinst du damit?«

Sophie hob die schmalen Schultern. »Der Gedanke, über seinen Tod hinweg mit dir glücklich zu werden, ist mir unerträglich, Thilmann«, sagte sie leise. »Er hat es womöglich aufrichtig gemeint, aber im Augenblick habe ich das Gefühl, dass er uns durch seinen Tod stärker voneinander trennt, als er es in unserer Ehe getan hat.«

»Sag so etwas nicht«, flüsterte der Maler und nahm ihre Hand. »Sag doch so etwas nicht, Sophie.«

All diese Worte drängten auf seine Lippen. Wie die Nachricht vom Tod des Webmeisters nach dem ersten Entsetzen eine Hoffnung und eine Freude in ihm wachgerufen hatte, wie er sie noch nie gekannt hatte. Dass er seither nur noch den einen Gedanken fassen konnte, dass Sophie frei war. Dass es seine unbändige Sehnsucht nach ihr gewesen war, die ihn heute Abend hierher getrieben hatte. Und nun fand er in ihrem Blick nichts als Schuld und Abscheu vor sich selbst. Sie wagte ja kaum mehr, ihn anzusehen. Stumm ließ er sich auf seinem Stuhl zurückfallen, mühsam darauf bedacht, sich seine Enttäuschung nicht anmerken zu lassen.

»Wir brauchen Zeit«, murmelte er schließlich voller Hoffnung, dass sich alles doch noch zum Guten wenden würde, wenn er Sophie und sich nur lange genug Zeit ließ. Seine Hand hatte die ihre wieder gefunden und streichelte die kalten Finger. »Ich werde dich nicht drängen. Aber ich werde da sein, wenn du deinem Herzen wirklich folgen willst.«

Kapitel 31

Die Hochzeit des Pfalzgrafen war für den 16. Oktober festgesetzt. Schon im Sommer begann eine Vielzahl an Gästen und Schaulustigen, nach Neuburg zu strömen. Der lebenslustige Regent plante schon Monate vor der Vermählung ausgiebige Feste. So würden sich Turniere, Theateraufführungen und Hoffeste für den Adel und das gehobene Bürgertum aneinanderreihen, während das einfache Volk sich auf Märkten, Tänzen und bei Vorstellungen des fahrenden Volkes amüsierte. Sophie saß nach wie vor die meiste Zeit mit verschlossener Miene an ihrem Webstuhl und formte das Gesicht des stolzen Bräutigams in schillerndem Seidengarn.

Mitte Juli bekam sie Besuch von ihrem Bruder Thomas und seiner Frau Sybille. Deren Babybauch war zwar bereits unübersehbar, aber davon ließ sie sich nicht im Haus halten. Nachdem sie Sophie überschwänglich begrüßt hatte, hakte sie sich bei ihr unter.

»Komm mit uns auf den Anger«, sagte sie. »Dort ist zum Ärger der Pfaffen bereits allerlei fahrendes Volk zusammengekommen, und wir wollen ein wenig schauen gehen. Die Hebamme hat mir versprochen, dass das Baby heute bestimmt nicht zur Welt kommen will.«

Sie warf einen Blick auf Sophies Bauch, dem man die Schwangerschaft inzwischen ebenfalls ansah. Sophie hatte ihrem Bruder bereits vor einer Weile von ihren Umständen erzählt, der wiederum schnurstracks seine Frau ins Vertrauen gezogen hatte.

Sophie wandte sich aus dem freundlichen Griff ihrer Schwägerin. »Ich kann nicht, ich habe zu tun«, sagte sie ausweichend.

Thomas und Sybille wechselten einen Blick. Thomas schwieg, besorgt über den Anblick seiner Schwester. Sophie hatte deutlich an Gewicht verloren, und ihre Schlüsselbeine und Handgelenke staken unter der fahlen Haut hervor.

»Wann warst du das letzte Mal vor der Tür?«, fragte Sybille, die sich von Sophies schlechter Laune nicht anstecken ließ. Bei der Beerdigung, dachte Thomas. Er wusste, dass seine Schwester sich hier hinter ihrer Tapisserie versteckte und ihren Kummer in sich hineinfraß. Bisher hatte er sie noch keine Träne um ihren Mann weinen sehen, aber sie lief mit einer Miene herum, als sei sein Tod ihre Schuld.

Jetzt standen sie vor dem Bildteppich, und Thomas und Sybille schwiegen ehrfürchtig. Das gut acht auf sechs Ellen große Werk passte gerade noch auf den Webrahmen. Thomas erinnerte sich, wie er sich über dessen Größe lustig gemacht hatte, als er ihn das erste Mal gesehen hatte. Er hatte seine kleine Schwester gefragt, ob sie vorhabe, das Bettlaken für einen Riesen darauf zu weben. Jetzt wurde ihm klar, dass sie schon von Anfang an geplant hatte, Tapisserien darauf herzustellen. Das halb fertige Gesicht des Pfalzgrafen blickte majestätisch auf sie herab.

»Aber du bist ja so gut wie fertig«, rief Sybille anerkennend. »Es fehlt ja nur noch das letzte Stück am oberen Rand.«

Sophie schnaubte ungewollt missbilligend. »Dieses letzte Stück, wie du es so nett ausdrückst, wird Babett, Gunhild, Paul und mich noch gut zwei Monate Arbeit kosten«, erwiderte sie. »Schließlich darf man dem Hintergrund und der Bordüre hinterher nicht anmerken, dass das Werk schnell fertig werden musste oder dass die Wirker keine Lust mehr auf ihr Motiv hatten.«

Jetzt war es an Sybille, ungeduldig zu schnauben. »Ihr Künstler seid doch wirklich schwer zufriedenzustellen«, rief sie. »Meister Weber malt auch schon seit Tagen nur an meinem Gesicht herum. Dabei ist es doch längst fein genug. Man könnte meinen, er wolle den Auftrag ungebührlich in die Länge ziehen.«

An dem interessierten Blick von Thomas' Ehefrau erkannte Sophie, dass Sybille über Thilmann Bescheid wusste. Sophie verbarg ihren Anflug von Ärger darüber jedoch. Sie würde ihren Bruder zur Rede stellen, wenn sie allein waren.

»Thilmanns Pläne kenne ich nicht«, erwiderte sie daher betont knapp. »Wir für unseren Teil können nur hoffen, dass sich die hochwohlgeborene Braut noch ein wenig bitten lässt, bevor sie ihren Fuß auf Pfälzer Land setzt.«

Sophie spielte damit darauf an, dass der Termin der Ankunft noch immer offen war. Zwar wurde die Braut in Kürze in Neuburg erwartet, aber es waren ebenso Gerüchte im Umlauf, dass Susanna ihre Heimat Ansbach noch gar nicht verlassen hatte. Nachdem ihr erster Mann, der Markgraf Kasimir, nach seiner glanzvollen Zeit als einstiger Führer des Schwäbischen Bundes vor knapp zwei Jahren unrühmlich an der Ruhr gestorben war, war seine Witwe angeblich untröstlich, und viele Neuburger prophezeiten der ernsten Susanna und dem lebenslustigen Ottheinrich bereits ein angespanntes Eheverhältnis. Andere wiederum waren begeisterte Anhänger der romantischen Geschichte, die Thomas Sophie bereits erzählt hatte und nach der Susanna und Ottheinrich schon seit Susannas erster Vermählung ein heimliches Liebespaar waren. Sophie hatte inzwischen das Interesse an beiden Gerüchten verloren.

»Meine Tante sagt, die Braut wolle ihren Geburtstag noch in Ansbach mit ihren Kindern feiern«, sagte Sybille, und man konnte ihr anmerken, dass sie einen solchen Wunsch als baldige Mutter nachvollziehen konnte. Sophie lächelte das matte Lächeln, das sie sich nach dem Tod ihres Mannes zu eigen gemacht hatte.

»Was ist nun«, fragte Sybille, die ihre Chance erkannt hatte, sofort nach. »Kommst du jetzt mit uns auf die Festwiese?«

Sophie sah nachdenklich an ihrem schwarzen Kleid herab. »Nein«, sagte sie. »Man könnte es für unschicklich halten, wenn ich mich so kurz nach Franks Tod wieder ins Vergnügen stürze.«

Sybille zog die Brauen zusammen. »Das ist ja mal wieder typisch«, sagte sie. »Wenn Männer sich kurz nach dem Tod ihrer Frauen wieder in die lustigste Gesellschaft wagen, ist das normal. Wir Frauen gelten sofort wieder als unschicklich.« Sie streichelte ihren Bauch. »Werde bloß ein kleiner Junge, du da drin. In Hosen lebt es sich leichter in dieser Welt.«

Der August kam, aber die Braut blieb aus. Sophie schickte Nachricht in die Burg, dass die Wirkarbeit im September fertig sein würde. Der Pfalzgraf solle rechtzeitig einen Boten schicken, wenn er die Lieferung wünschte.

Babett, Gunhild und Paul waren längst damit beschäftigt, Hans bei der Produktion seiner neuen, changierenden Stoffe zu helfen. Wie er vorausgesagt hatte, war mit den sommerlichen Temperaturen und der bevorstehenden pfalzgräflichen Hochzeit die Nachfrage stark angestiegen. Während Hans sich die Arbeit des nassen Frühjahres nun versilbern ließ, klapperte Michel missmutig mit dem Webkamm und versuchte, doch noch an dem florierenden Geschäft teilzuhaben. Sophie schüttelte den Kopf darüber, dass Michel es wohl nie lernen würde.

Sie selbst war in eine etwas lethargische Gleichgültigkeit verfallen, die sie mit Arbeit recht gut füllen konnte. Die Papiere, die die Zunft von ihr forderte, und die Abrechnung der Werkstatt, die sie nun vollkommen alleine erbringen musste, ließen ihr nicht viel Zeit zum Nachdenken.

Seit jenem Abend, an dem Thilmann sie in der Werkstatt besucht hatte, waren sie einander nicht wieder begegnet. Da Sophie das Haus so gut wie nie verließ, war das nicht weiter verwunderlich. Obwohl es ihr aber tagsüber gelang, einen halbwegs normalen Eindruck zu vermitteln, wurde ihr des Nachts die Brust eng vor Gewissensbissen, die wie kleine Teufel auf ihr zu sitzen schienen und ihr das Atmen schwer machten.

Du rettest dich in dein schlechtes Gewissen, damit du dir

keine Gedanken darüber machen musst, wie es jetzt weitergeht, nörgelte die heilige Walburga eines Tages unvermittelt in ihr.

Sophie spürte bereits deutlich die Bewegung des Kindes in sich, und ihr Bauch zeichnete sich schon so deutlich unter ihrer Kleidung ab, dass man es sehen konnte. Die Glückwünsche von allen Seiten waren so aufrichtig wie das Bedauern, dass der Webmeister selbst sein Kind nicht mehr hatte erleben dürfen.

Wie kannst du es wagen, giftete Sophie, die sich seit Monaten über nichts anderes den Kopf zerbrach. Das Kind brauchte einen Vater. Aber konnte sie mit Thilmann über ein solches Opfer, wie es ihr Mann gebracht hatte, glücklich werden?

Wenn du noch lange herumhaderst, ist es ohnehin zu spät, gab die heilige Walburga lapidar zur Antwort. Noch länger wird er an Sybilles Gesicht nicht herummalen können. Spätestens nach der Hochzeit des Pfalzgrafen wird er seine Entscheidung treffen und Neuburg womöglich den Rücken kehren.

Sophie knirschte mit den Zähnen. Sie war diese Verwicklungen so leid. Doch dann spielte ihr der Zufall die Lösung in die Hände, in Form eines Briefes, der an ihren Mann adressiert war. Als sie das Kuvert unverhofft in den Händen hielt, durchfuhr sie angesichts des vertrauten Namens darauf ein Schock. Für einen Moment hatte sie den Eindruck, dass Frank gleich aus seiner Werkstatt kommen würde, um den Brief zu öffnen und ihr vorzulesen. Doch das würde nie wieder geschehen.

Frustriert war Sophie kurz davor, den Brief, dessen Absender sie nicht kannte, ungeöffnet ins Feuer zu werfen. Sollte ihr Mann seine Geheimnisse ruhig mit in sein Grab nehmen. Aber dann kam ihr der Gedanke, dass der Absender über den Tod ihres Mannes anscheinend nicht informiert war, wenn er drei Monate später noch einen Brief schrieb. Womöglich erwartete er in dringender Angelegenheit eine Antwort. Also nahm sie sich ein Herz und brach das Siegel.

Der Brief stammte offensichtlich von einem alten Freund

des Webmeisters, der in Heidelberg lebte. Nach einigen Sätzen, die die Verwunderung des Mannes zum Ausdruck brachten, dass der Webmeister lange Zeit nicht geschrieben habe, enthielt er so lange Ausführungen über Webstühle und mögliche Verbesserungen an ihnen, dass Sophie beinahe aufgegeben hätte. Anscheinend hatte ihr Mann eifrig in Sachen seines mechanischen Webstuhls korrespondiert. Aber im letzten Abschnitt stieß Sophie auf eine Frage, die sie stutzig werden ließ. Der Absender erkundigte sich, ob der Besuch des Medicus in Köln, den er im Herbst empfohlen hatte, dazu beigetragen habe, Franks Leiden zu lindern. Er schloss mit den besten Wünschen an die Frau Gemahlin und der Hoffnung, dass man einander in absehbarer Zeit doch wiedersehen würde.

Sophie ließ den Brief sinken. Ihrem Mann war ein Kölner Medicus vor seiner Abreise empfohlen worden? Er war vor seiner Abreise schon bei der Zunft gewesen, um Vorkehrungen für den Fall seines Todes zu treffen? Abrupt stand sie auf und ging mit großen Schritten über den Hof zu Franks Werkstatt. Sie öffnete die Tür und betrachtete die Werkzeuge und Tische, auf denen sich bereits eine Staubschicht gebildet hatte. Schließlich fand sie die Mappe, in der Frank die Skizzen aus Köln mitgebracht hatte, und entrollte sie auf seinem geräumigen Schreibtisch. Dann stutzte sie. Es war immer wieder ein und dieselbe Zeichnung. Nur die Schrift auf den Kopien war nicht die ihres Mannes. Er hatte die Kopien anfertigen lassen. Wozu?, fragte sich Sophie. Um sie so überzeugend wie möglich über seinen wahren Grund, nach Köln zu reisen, hinwegzutäuschen. Er war nur mit dem Ziel dorthin gereist, um bei dem angepriesenen Arzt die Heilung für sein Lungenleiden zu finden. Den Studienaustausch hatte er in Wahrheit mit seinem Freund in Heidelberg geführt.

Welche Mühen hatte ihr Mann auf sich genommen, um sie vor dem üblen Wissen um seine Krankheit zu schützen! Und wie verzweifelt musste er gewesen sein, dass er in seinem geschwächten Zustand nur auf eine Hoffnung hin nach Köln gereist war. Und wie hatte sie ihn vernachlässigt, dass ihm seine Inszenierung so problemlos gelungen war. Hatte sie ihn in den letzen Monaten seines Lebens wirklich so wenig wahrgenommen, dass er all das vor ihr hatte verheimlichen können?

Beschämt musste sich Sophie diese Frage mit Ja beantworten. Sie war so in ihren Auftrag und in ihre Liebesverwirrungen verstrickt, dass sie intime Gespräche mit ihrem Mann lieber vermieden hatte. Und ihm hatte offensichtlich ebenso viel daran gelegen, seine Krankheit vor ihr zu verbergen. Sophie wurde gleichzeitig von Reue und Erleichterung befallen. Erleichterung darüber, dass der Webmeister tatsächlich so krank gewesen war, wie er es in seinem Brief geschrieben hatte. Er hatte tatsächlich nur noch wenige Monate zu leben gehabt und auch in Köln nicht die Heilung gefunden, die er sich erhofft hatte. Sophie erinnerte sich daran, wie Frank im Scherz oft gesagt hatte, dass er sich einen guten, schnellen Tod wünsche. Wenn sie ihm dann brav geantwortet hatte, dass er doch noch ein junger Kerl sei, der viele Jahre vor sich habe, hatte er sie auf die Schläfe geküsst und lachend gesagt, er könne ihr Vater sein, und sie müsse sich eben an den Gedanken gewöhnen, dass er womöglich vor ihr von dieser Welt ginge. Mit einem Mal stand das letzte Mal, an dem sich diese Szene abgespielt hatte, deutlich vor Sophies Augen. Es war Anfang Januar gewesen, kurz vor seiner Abreise nach Köln. Zu diesem Zeitpunkt hatte Frank Adam bereits geahnt, wie wahr seine Worte waren.

Sophie schluckte und rollte die Zeichnungen wieder zusammen. Dann ging sie zurück in die Wohnstube und nahm den Abschiedsbrief ihres Mannes hervor. Mit ihren neuen Erkenntnissen las er sich milder, freundlicher, und sie erkannte seinen aufrichtigen Wunsch, dass es ihr nach seinem Tod, der unvermeidlich vor ihm lag, gut gehen solle. Sophie spürte, wie sich in ihrem Inneren eine schwere Last löste. Die kleinen Teufel hüpften von ihrer Brust und endlich, endlich konnte sie den Tod ihres Mannes beweinen. Die Tränen stürzten über ihr Gesicht und wuschen die Trauer, die Schuld und die Lähmung ihres Willens fort.

Sophie lief so schnell es ihr Zustand erlaubte. Ihre Füße trugen sie mit einer Leichtigkeit, die sie schon fast vergessen hatte, beschwingt und immer schneller durch die Straßen und Gassen ihrem Ziel entgegen. Der Bann war gebrochen, und jetzt gab es nichts mehr, von dem sie sich noch halten ließ. Der mahnend erhobene Zeigefinger der heiligen Walburga wurde ebenso ignoriert wie ihr Witwenkleid, das im sommerlichen Neuburg durch seine Tristesse herausstach. Die Leute drehten sich nach der Webmeisterin um, sei es aufgrund ihrer ungewöhnlichen Eile, sei es aufgrund ihres ungewöhnlichen Status, der in Neuburg noch immer Anlass zum Tuscheln und Klatschen gab. Aber Sophie kümmerte sich nicht um die Leute, die ihr im Weg standen. Wendig schlüpfte sie um sie herum, während ihr Herz jubelte. Noch eine Ecke, die letzte Gasse, nur noch wenige Schritte. Ein vorsichtiger Blick noch über ihre Schulter, dann glitt sie unbemerkt in den Hauseingang.

Lass ihn da sein, flehte sie. Lass ihn da sein.

Die schwere Holztür, der dunkle Gang mit der hölzernen Stiege, die genau dreizehn Stufen hatte, von denen jede ihr heute doppelt so hoch erschien. Die zweite Stiege mit ihren elf Stufen. Die Zimmertür. Sophie vergaß das Klopfen und war schon in der Werkstatt, den Rücken atemlos von innen an die Tür gelehnt.

Dort stand er an der Staffelei, in seinem Arbeitskittel mit den bunten Flecken. So wie damals in Eichstätt, als sie sich zum ersten Mal begegnet waren. Nur dass ihm heute kein leidender Jesus über die Schulter schaute, sondern das Konterfei ihrer Schwägerin.

»Sophie …« Verblüfft ließ er die Palette sinken, der Pinsel hinterließ einen weiteren Farbtupfer auf seinem Kittel. Dann sah er, dass sie geweint hatte.

»Sophie!«

Kein Wort kam über ihre Lippen. Nur ein Strahlen. Dann lief sie die letzten Schritte auf ihn zu und schlang ihm die Arme um den Hals. Ganz nah wollte sie ihn bei sich spüren, ganz fest wollte sie ihn halten, endlich, endlich, endlich ohne Schuld und Scham.

Palette und Pinsel fielen zu Boden, als sich seine Arme ebenso fest um sie schlossen, bis er ihren runden Leib spürte.

»Sophie …« murmelte er leise, und Sophie glaubte, Tränen in seiner Stimme zu erkennen. »Fast habe ich es nicht mehr geglaubt.«

Sie verschloss seine Lippen mit einem Kuss, den er erwiderte, bis sie zusammen sein Lager fanden.

Zufrieden lag sie in seinen Armen. Es bestand keine Eile. Niemand erwartete sie. Niemand würde sie hier aufscheuchen. Niemand würde ihre Liebe zu einer Waffe gegen sie selbst machen. Sophie hatte das Gefühl, dass dieser Moment stillstand und nur das Leben außerhalb des Raumes weiterging. Thilmann streichelte sanft ihren Arm und atmete den Duft ihrer Haut. Seine Hand glitt über ihren Bauch, der sich ihm vielversprechend entgegenwölbte.

»Es wird dem Kind doch nicht schaden?«, fragte er plötzlich unsicher.

Sophie seufzte wohlig. »Wie soll ihm etwas schaden, was mir so guttut?«, fragte sie zurück.

»Gibt es denn noch etwas, was dir guttun würde?«, fragte er neckend.

»Hm. Frische Erdbeeren«, erwiderte Sophie und lachte über sein verdutztes Gesicht. »Ich weiß, die Zeit ist schon vorüber. Aber ich hätte jetzt für mein Leben gerne welche. Es muss an der Schwangerschaft liegen«, entschuldigte sie sich.

Thilmann sah sie verwundert an. Dann hellte sich seine Miene auf.

»Wie wäre es denn mit ein paar Nüssen?«, fragte er. »Ich habe hier noch irgendwo einen Beutel davon liegen.«

Wenig später lagen sie zufrieden nebeneinander im Bett und versuchten, die Nüsse nur mit den Händen zu knacken. Während Thilmanns so sensibel wirkende Hände dabei ungeahnte Kräfte entwickelten, gelang es Sophie nur zwei Mal, eine Nuss alleine zu öffnen. Als sie ihre Vorräte schließlich verzehrt hatten, trieben die pieksenden Krümel und Schalen sie ganz aus dem Bett. Liebevoll halfen sie einander in ihre Kleider. Dann betrachtete Sophie das Porträt ihrer Schwägerin.

»Gute Arbeit«, lobte sie, während Thilmann sie – noch immer fast ungläubig über das gemeinsame Glück – von hinten umarmte und das Kinn auf ihre Schulter stützte.

»Ein einfaches Gesicht«, gab er zurück. »Offen, gleichmäßig und fein. Nicht so eine Herrschermaske wie die unseres guten Ottheinrich.«

Sophie zögerte, aber dann stellte sie ihm ihre Frage. »Macht es dir wirklich nichts aus, dass Gertner die Stelle des Hofmalers bekommen hat? Immerhin wird er gut dafür bezahlt. Man sagt, er erhalte gute dreißig Gulden im Jahr, und dazu übernimmt der Pfalzgraf noch die Kosten für sein Hofgewand.«

»Und was so etwas kosten kann, sollte Ottheinrich am besten wissen. Der gute Pfalzgraf scheint einen Pfau in seiner Ahnenreihe versteckt zu haben.«

Sophie lachte. »Ist das nicht Hochverrat?«, fragte sie neckend.

»Künstlerischer Hochverrat mit Sicherheit«, gab Thilmann trocken zurück. »Aber warte nur, wie er sich zur Hochzeit ausstaffiert. Neben ihm wird sogar die Sonne verblassen.«

»Gut, er ist verschwenderisch. Aber er hat dabei einen guten Geschmack. Und er fördert die Künste. Die Positionen am Hof sind daher bestimmt begehrt.«

»Weißt du es denn nicht selbst?«, fragte Thilmann zurück.

»Die Stelle als Hoftapezierer ist ja auch noch nicht besetzt. Ambitionen?«

»Ich?« Sophie tat erstaunt. »Ich bin Neuburgs erste Webmeisterin«, lächelte sie. »Ich habe mir nichts mehr zu beweisen.«

»Wohlan«, lächelte er. »Aber weißt du, was? Ich auch nicht.« Er küsste sie. »Alles, was ich jemals wirklich gewollt habe, habe ich heute bekommen.«

Als Sophie ihn verließ, war die Welt eine andere. So leicht hatte sie sich das letzte Mal gefühlt, als sie mit ihrem Bruder und ihrem Vater zu einem Ausflug auf das kleine Landhäuschen an der Donau aufgebrochen war, vor jenem unglückseligen Sommer, bevor das Schicksal ihr ganzes Leben auf den Kopf gestellt hatte. Flüchtig dachte sie an ihren Vater, Stephan Ballheim, der sicher stolz darauf gewesen wäre, dass seine Tochter es tatsächlich zur angesehenen Webmeisterin geschafft hatte. Würde er allerdings noch leben, hätte ich es nie geschafft, dachte Sophie. Dann wäre ich jetzt verheiratet, hätte mindestens fünf Kinder und würde mich mit meinen netten Schwestern treffen und Kuchen in mich hineinstopfen. Bei diesem Gedanken bemerkte sie, wie hungrig sie war. Die Nüsse, die sie sich mit Thilmann geteilt hatte, waren nur ein Tropfen auf den heißen Stein gewesen, und sie beschloss, dass an Kuchen eigentlich nichts auszusetzen war. Da ihr Weg sie ohnehin an der Gerhard'schen Backstube vorbeiführte, trat sie ein und kaufte sich zwei Honigkringel. In letzter Zeit hatte sie das Gefühl, dass sie von allem einfach das Doppelte essen musste, und strich sich unwillkürlich mit der Hand über den Bauch. Als sie sich zum Gehen wandte, stieß sie unvermittelt mit der Nase gegen eine uniformierte Männerbrust. Erstaunt sah sie auf und begegnete den lustig zwinkernden Augen von Generalleutnant Wiesinger.

»Frau Adam«, krächzte er überrascht, und in seinem Gesicht macht sich eine so wenig zu ihm passende Bestürzung breit, dass Sophie unwillkürlich von tiefer Sorge erfasst wurde. Er ergriff ihre Hand, die in seinen Pranken völlig verschwand, während sie mit der anderen mühsam ihr Päckchen mit Honigkringeln rettete. »Mein aufrichtiges Beileid!«

Zum ersten Mal dauerte es den Bruchteil einer Sekunde, bevor Sophie wusste, wovon er sprach. Dann senkte sie geziemend den Blick. »Ich danke Euch«, erwiderte sie leise.

»Was für eine niederschmetternde Nachricht«, dröhnte der Generalleutnant. »Ich war den ganzen Sommer über beim Heer. Gerade erst bin ich nach Neuburg zurückgekehrt, und da hörte ich von Eurem entsetzlichen Verlust.«

Sophie nickte noch einmal dankend und stellte fest, dass der Schmerz, den sie sonst bei Beileidsbekundungen verspürt hatte, nicht mehr so scharf war.

»Aber es freut mich, Euch bei guter Gesundheit zu finden.« Sein Blick glitt über ihren rosigen Teint und blieb unvermittelt an ihrem gerundeten Bauch hängen. Vor Überraschung klappte ihm die Kinnlade herunter.

»Ich ... äh ... ich wusste nicht ...«, stammelte er verwirrt, und Sophie fragte sich, was in ihn gefahren war. Sie war doch gewiss nicht die erste Schwangere, die der Generalleutnant sah.

»Wir haben uns ja auch eine Ewigkeit nicht gesehen«, versuchte Sophie ihm über die Verlegenheit hinwegzuhelfen, während sie ihn langsam nach draußen bugsierte, wo die Ohren der Bäckersfrau sie nicht mehr hören konnten.

»Aber ... aber«, stotterte Wiesinger weiter und schien völlig aus dem Konzept gebracht. Was um alles in der Welt war nur mit dem Mann los? Und dann fiel es Sophie ein. Sie erinnerte sich, wie enttäuscht er damals gewesen war, als sie Frank Adam geheiratet hatte. Obwohl er dem Webmeister gegenüber nie geringschätzig gewesen war, konnte Sophie sich nur zu gut vorstellen, dass der blonde Riese bei der Nachricht vom Tod seines Konkurrenten nicht zu erschüttert gewesen war. Er machte sich eindeutig Hoffnungen, in denen ein Kind von seinem Vorgänger nicht eingeplant war. Anscheinend hatte der Generalleutnant auch nicht damit gerechnet, so unverhofft auf Sophie zu treffen, weshalb er sich auch noch keinen der schönen Sätze zurechtgelegt hatte, mit denen er ihr imponieren wollte.

»Nun … äh, da bin ich also wieder«, stellte er daher wenig intelligent fest, und sein Ärger über seine eigene Unberedtheit stand ihm so deutlich ins Gesicht geschrieben, dass Sophie fast lachen musste.

»Wo seid Ihr gewesen?«, fragte sie daher möglichst unbefangen und begann, in langsamen Schritten in Richtung der Webergasse zu gehen. »Immer mit dem Heer unterwegs?«

»Äh, ja. Und nein«, beeilte sich Wiesinger zu widersprechen. »Meine Wenigkeit hatte die hohe Ehre, die Braut nach Neuburg zu begleiten. Äh, die pfalzgräfliche Braut natürlich, nicht meine. Ich für meinethalben habe ja noch keine Braut, wie Ihr wisst. Ich, äh …« Er verstummte, entsetzt über sein eigenes Gestammel.

»Susanna von Bayern ist also eingetroffen?«, fragte Sophie interessiert.

»Wohlbehalten und gesund«, rapportierte Wiesinger. »Kein Haar gekrümmt, würde man sagen.«

Jetzt konnte Sophie wirklich nicht mehr an sich halten und lachte laut auf. »Wunderbar, Herr Wiesinger«, lobte sie brav. »Wird die Hochzeit denn wie geplant am 16. Oktober gefeiert?«

»Nein, äh … ja, äh … ich weiß es ehrlich gesagt nicht. Wir sind gestern erst eingetroffen.«

»Und die Braut?«

Wiesinger schaute sie ratlos an. »Na, die auch«, sagte er verwundert.

Sophie lachte wieder. »Ich meine, wie ist sie so? Ist sie wirklich so ernst, wie man sagt? Hat sie ihre Abreise aus Ansbach wirklich extra hinausgezögert, weil sie den Pfalzgrafen nicht heiraten will?«

Der Generalleutnant sah sie überfordert an. Mit Befehlen

kannte er sich aus, mit Klatsch nicht. »Kann ich nicht sagen«, ging er in die Defensive. »Ich kann nur sagen, dass sie ungeheuerlich viel Gepäck dabeihatte. Das wird schon seine Zeit gedauert haben, das alles einzupacken.«

Jetzt konnte Sophie fast nicht mehr aufhören zu lachen. Verwundert sahen die Passanten auf die lustige Witwe Adam, und sie riss sich mit aller Macht zusammen. »Herr Wiesinger, Ihr seid unbezahlbar«, kicherte sie verhalten.

Er strahlte sie stolz an. »Dürfte ich denn … ich meine, ich möchte natürlich nicht in der Trauer stören … aber dürfte ich Euch gerne besuchen kommen. Jetzt, wo ich wieder in Neuburg bin?«

Sophie sah zu ihm auf. »Selbstverständlich«, sagte sie, wieder ernst geworden. »Kommt mich besuchen. Ihr könnt Euch gerne die Wirkarbeit ansehen, die wir für das Brautpaar gemacht haben. Die anderen werden sich über Euren Besuch auch freuen.«

Sie hoffte, dass ihr neutraler Ton seine Ambitionen bremste. Das Letzte, das sie jetzt gebrauchen konnte, war ein liebeskranker Verehrer in ihrem Leben. Sie verabschiedete sich daher höflich und machte sich in der Dämmerung auf in Richtung ihrer Werkstatt. Wenn Susanna wirklich eingetroffen war, würde der Pfalzgraf bald nach ihr schicken lassen.

Am nächsten Morgen kam sie beschwingt in die Werkstatt, um Babett und Gunhild darauf einzuschwören, dass die Tapisserie in den nächsten Tagen fertiggestellt und vom Webrahmen genommen werden sollte. Aber als sie sich der Werkstatt näherte, hörte sie bereits laute Stimmen.

»Das sage ich der Frau Adam«, zeterte Paul.

»Mir doch egal«, giftete eine weibliche Stimme zurück, in der sie unschwer das neue Lehrmädchen Vroni erkannte. »Die kümmert sich ja ohnehin nur um ihren blöden Teppich. Wahrscheinlich weiß sie nicht einmal, dass ich hier bin.«

Sophie holte tief Luft und trat ein. »Worum geht es denn?«, fragte sie möglichst neutral, obwohl sie der Anblick, der sich ihr bot, nach Luft schnappen ließ.

Vroni hatte sich auf einen der Stühle am Kamin gesetzt, in dem zu dieser Jahreszeit nur ein kleines Feuer brannte, und hatte die Füße auf den zweiten Stuhl gelegt. In der Hand hielt sie einen Becher Wein, der, wie Sophie schnell erkannte, aus dem Krug stammte, den sie am Vortag auf dem Kaminsims hatte stehen lassen. Paul deutete anklagend auf die faule Lehrtochter und zog sich dann aus der erwarteten Schusslinie zurück.

Bei Sophies Eintreten machte Vroni keine Anstalten, aufzustehen, aber Sophie hatte das kurze Zusammenzucken des Mädchens wahrgenommen. Aus irgendeinem Grund versuchte Vroni, sie zu provozieren. Sophie hatte jedoch ihr Glück und ihre gute Laune wie einen Schutzmantel um sich gelegt und hielt an sich. Sie ging zu Vroni, schubste ihre Füße vom Stuhl und setzte sich selbst.

»Ist noch Wein da?«, fragte sie möglichst gelassen, obwohl ihr bei dem Gedanken daran übel wurde. Aber sie sah auch, dass Vroni an ihrem Becher noch nicht einmal genippt hatte. Vroni wurde rot. Sie hatte damit gerechnet, dass sich ihre Lehrherrin fuchsteufelswild auf sie stürzen würde. Jetzt drohte ihre Selbstsicherheit in Unsicherheit umzuschlagen. Sie schenkte einen Becher voll Wein ein und reichte ihn Sophie. Diese führte den Becher pro forma an den Mund, aber als sie das Aroma roch, fühlte sie ein Welle der Übelkeit in sich aufsteigen und stellte den Becher fort.

»Ich gebe dir jetzt einen der besten Ratschläge, die ich für dich habe«, sagte sie, als sich ihr Magen wieder beruhigt hatte. Sie spürte, dass sie die volle Aufmerksamkeit der Lehrtochter hatte und dass auch Pauls Ohren hinter ihr riesengroß wurden.

»Ich habe selbst viel zu lange gebraucht, um zu dieser Erkenntnis zu kommen«, fuhr sie fort. »Vielleicht schaffst du es ja etwas schneller. Wenn du etwas willst, dann musst du es sagen. Die Zeit, deine Gedanken zu lesen, nimmt sich niemand.«

Vroni sah Sophie verunsichert an. Meinte die Meisterin das jetzt ernst? Sollte sie wirklich vorbringen, was sie bedrückte?

»Ich will weben«, platzte es aus ihr heraus.

Sophie nickte. »Deshalb bist du hier«, sagte sie.

»Aber ich webe nicht«, beschwerte sich Vroni. »Ich fege, kehre, wickle, bespanne, fädele ein, verknote, verpacke und mache Botendienste.«

Sophie musste in sich hineinlächeln. Anscheinend hatte Hans die gute Vroni ganz schön unter dem Stiefel.

»Alles gute und ehrliche Aufgaben«, sagte sie jedoch. Dann machte sie eine kleine Pause. »Kannst du denn schon weben?«, fragte sie das Mädchen, einer plötzlichen Eingebung folgend.

Vroni nickte eifrig. »Meine Mutter hat es mir beigebracht. Ich webe schon, seit ich neun Jahre alt bin.«

Zu dieser Zeit war ihre Mutter krank geworden. Sie hatte ihrer Ältesten das Weben beigebracht, damit sie der Familie ein Zubrot verdienen konnte und der Webstuhl nicht verkauft werden musste. Seither hatte Vroni von Sonnenaufgang bis Sonnenuntergang Ballen um Ballen einfaches Tuch gewebt und weder eine Schule von innen gesehen noch einen freien, unbeschwerten Tag gehabt. Weben in einfacher Leinwandbindung konnte sie dafür mit verbundenen Augen. Nur wusste sie nicht einmal, dass man diese Technik Leinwandbindung nannte.

»Warum bist du dann hier in der Lehre?«, fragte Sophie, die die Geschichte ihres Lehrmädchens nicht kannte.

»Wegen der schönen Dinge, die hier hergestellt werden«, antwortete Vroni zögernd. »Ich möchte nicht mehr nur Tuchballen weben. Ich möchte mir ganz andere Dinge ausdenken und sie umsetzen. Ich habe es schon versucht, aber mein Vater hat mich dafür bestraft, dass ich aus unserem guten Leinengarn kein verkäufliches Tuch gewebt habe.«

Vroni dachte an die Schläge der harten Hand, die großzügiger an sie und ihre beiden Brüder ausgeteilt worden waren als Brot. Als ihre Mutter nach schwerer Krankheit starb, hatte sie nicht gezögert und sofort ihre Sachen gepackt, um in die Stadt zu gehen. Sie wusste, dass ihre Brüder es ebenso machen würden, sobald sie etwas älter waren. Jungs waren sowieso in allem viel freier.

Verlegen nestelte sie jetzt an ihrer Rocktasche herum und zog ein kleines Stück Leinen hervor, in das ein feines, gleichmäßiges Muster eingewebt war. Sophie warf einen Blick darauf.

»Hast du das gewebt?«

Das Mädchen nickte. Dass sie sich das Muster selbst ausgedacht und die Webtechnik dazu selbst beigebracht hatte, lag auf der Hand. Sophie war beeindruckt. Jetzt verstand Sophie, warum Hans sich Vroni als Lehrmädchen ausgesucht hatte. Sie versprach den Schwung und die Kreativität, die Paul fehlten. Aber wie sollte sie jetzt gerecht vorgehen?

»Wenn du schon weben kannst, hättest du dich auch als ungelernte Weberin verdingen können«, sagte Sophie und sah, wie das Mädchen errötete. »Dann hättest du mehr verdient.«

»Jetzt schon«, erwiderte Vroni. »Aber wenn ich noch mehr lerne, kann ich später auch noch mehr verdienen. Und im Augenblick brauche ich ja nicht viel. Ich schlafe wie Paul im Schuppen hinter der Werkstatt.«

Sie hatte in den letzten Jahren gelernt, von so gut wie gar nichts zu leben. Der spärliche Lohn, den sie als Lehrmädchen bekam, war für sie schon ein kleines Vermögen.

Sophie staunte über die Weitsicht des Mädchens. Vroni würde es einmal weit bringen, wahrscheinlich sogar weiter als Paul oder Babett, die nur die Chancen ergriffen, die man ihnen direkt vor die Füße warf. Wenn Vroni wirklich talentiert war, würde sie von Hans alles lernen können, was sie brauchte, um unabhängig und wohlhabend zu werden.

Sophie sah Vroni an. Der starke Wille des Mädchens gefiel ihr. Wie oft hatte sie sich in Eichstätt selbst mehr Mut gewünscht, um Schwester Augusta zu widersprechen, und es nie gewagt. Nur Vronis Wahl der Mittel ließ noch zu wünschen übrig.

Sophie wies auf das Stück Tuch mit dem feinen Muster. »Ich möchte, dass du dir bis morgen ein neues Muster ausdenkst und mir zwei Ellen davon webst«, sagte sie. »Wenn es daran nichts zu beanstanden gibt, werde ich Hans bitten, dich in der Herstellung der Adam-Tücher zu unterweisen.«

Vronis Strahlen verriet ihr, dass sie den richtigen Weg gewählt hatte.

»Das schafft sie nie«, unkte Paul hinter ihr. »Zwei Ellen!«

»Und wenn doch?«, fragte Sophie. »Dann wäre es schade, ein solches Talent den Boden kehren zu lassen.«

Wenig später erzählte sie Hans von dem Vorfall, der zuerst erschrocken, dann aber amüsiert zu Vroni sah, die bereits mit Feuereifer dabei war, sich einen Webstuhl einzurichten.

»Hilf ihr nicht, aber achte darauf, dass sie nicht die ganze Nacht hindurch arbeitet«, schärfte Sophie ihm ein. »Nachher heißt es wieder, ich würde meine Lehrlinge ausbeuten.«

Als Sophie sich endlich mit Gunhild und Babett ihrer Tapisserie zuwenden wollte, unterbrach sie ein erneuter Tumult. Drei Frauen platzten aufgebracht in die Werkstatt und wünschten, mit der Webmeisterin Adam zu sprechen. Gleichzeitig tauchte auch Bartl Ludwig auf, der aber einen respektvollen Bogen um die drei wütenden Matronen machte. Mit einer kurzen Handbewegung bedeutete er Sophie, dass er am Kamin auf sie warten würde.

»Meine Damen«, wandte sich Sophie den ihr unbekannten Frauen zu. »Setzen wir uns doch.«

»Wir bleiben lieber stehen«, kam es unterkühlt zurück, und Sophie überlegte, was sie wohl falsch gemacht haben konnte. Hatte man sie bei Thilmann gesehen?, durchfuhr es sie mit einem Rest des schlechten Gewissens.

»Gut«, gab sie diplomatisch nach und richtete sich unwillkürlich ein wenig weiter auf, gewappnet auf alles, was da kommen möge.

»Ist das Euer Tuch?«, fragte eine der Frauen und hielt Sophie ein Stück Seide unter die Nase, das von Violett über Karmesinrot changierte. Was für eine gewagte Farbkombination, dachte sie und lächelte Hans unwillkürlich anerkennend zu. Dann untersuchte sie die Seide näher und fand sogar das Adam Zeichen im Abschluss.

»Das Tuch hat mein Mitarbeiter gewebt«, sagte sie schließlich. »Ich bin leider keine Seidenweberin.«

»Aber wir«, schimpfte die dritte Frau sie jetzt an. »Wir sind Seidenweberinnen, und das Weben von Seide ist unser Geschäft.«

Verwirrt sah Sophie von einer zur anderen. »Natürlich«, sagte sie, ohne zu verstehen, was die Frauen so aufbrachte.

»Ihr dürft keine Seide verweben!«, rief die Älteste der drei Frauen.

»Aber ich bin Meisterin …«

»Der Weberzunft«, vollendete die erste Seidenweberin ihren Satz. »Nicht bei uns Seidenweberinnen. Mit Seide habt Ihr nichts zu schaffen.«

»Weben ist weben«, erwiderte Sophie mit der Gereiztheit, die sie so schnell überkam, wenn ihr jemand zu nahe trat.

»Oh, nein«, riefen die Damen im Chor. »Seidenweben ist Seidenweben. Und damit habt Ihr nichts zu schaffen. Hört sofort auf damit, solches Tuch herzustellen, sonst beschweren wir uns bei der Zunft!«

Damit machten die Damen auf dem Absatz kehrt und rauschten aus der Werkstatt. Alle sahen ihnen mit offenem Mund nach, nur nicht Bartl Ludwig, der grinsend am Kamin lehnte.

»Puh, denen habt Ihr aber in die Suppe gespuckt«, meinte er lakonisch. Sophie drehte sich zu ihm um. »Wie bitte?«

»Das Geschäft verdorben, Konkurrenz gemacht, den Rang abgelaufen«, erklärte der Kaufmann. »Die sind sauer, weil Euer neues Tuch sich so gut verkauft.«

Sophie zuckte mit den Schultern. »Deswegen weben wir es ja«, erklärte sie. »Ich werde doch wohl nicht damit aufhören, nur weil ein paar Weibsbilder sich darüber ärgern. Sollen sie doch selbst bessere Ware herstellen.« Sie sah den Händler unsicher an. »Ich muss doch nicht damit aufhören, oder?«

Der Händler hob abwägend eine Schulter. »Das wird letztendlich die Zunft entscheiden müssen.«

»Die schon wieder«, seufzte Sophie. Erst vor zwei Wochen hatte sie von der Weberzunft eine Rüge erhalten, weil sie das neue Lehrmädchen nicht ordnungsgemäß gemeldet hatte.

»Aber ich fürchte, es sieht nicht gut aus. Es gibt nicht umsonst die Vereinigung der Seidenweberinnen.«

»Das ist nicht Euer Ernst«, rief Sophie verblüfft. »Wer hat sich denn diesen Unsinn ausgedacht?«

»Nun, dieser Unsinn, wie Ihr ihn nennt, hat schon seine Berechtigung. Die Zunft der Seidenweberinnen ist eine reine Frauenzunft. Die Damen sind eben gerne unter sich.«

»Dann werde ich dort eben auch Meisterin«, meinte Sophie, der das schon wieder zu viele Regeln waren.

Bartl Ludwig lachte auf. »Habt Ihr denn schon Seide gewebt?«

Sophie schüttelte den Kopf und seufzte.

»Ihr könntet Eure Ware auch vorerst ohne das Adam-Zeichen weben«, schlug Bartl Ludwig vor. »Verkauft bekomme ich sie dann immer noch.«

»Mumpitz«, sagte Sophie impulsiv und wechselte einen Blick mit Hans. »Was wir weben, kennzeichnen wir auch. Außerdem bekommen wir durch den Verkauf nicht gekennzeichneter Ware wahrscheinlich den größeren Ärger.« Sie hielt inne und überlegte. »Ich werde einfach versuchen, den Damen zuvorzukommen, und mich bei der Zunft erkundigen.«

»Und wenn sie uns das Seidenweben verbieten?«, fragte Hans entsetzt.

»Dann wirst du eben in die Zunft der Seidenweberinnen

eintreten müssen«, erwiderte Sophie lachend, denn sie konnte sich den sensiblen Hans dort eigentlich sehr gut vorstellen. »Da findet sich schon ein Weg. Als Bönhase lassen wir uns nicht beschimpfen.«

Hans nickte. Diese Anrede mussten sich nur Handwerker anhören, die keiner Zunft angehörten und ihr Gewerbe meist heimlich in versteckten Kammern ausübten, worunter nicht selten die Qualität litt.

Sophie wandte sich wieder um und nickte Babett und Gunhild zu, damit sie ihr halfen, die Tapisserie fertigzustellen. Doch die Störungen wollten kein Ende nehmen. Schon wieder klopfte es an die Tür der Werkstatt, und Sophie stöhnte genervt auf.

»Warum in Gottes Namen kann man mich denn heute nicht in Ruhe lassen?«, schimpfte sie, während sie zur Tür ging und sie unwirsch aufriss. Der Besucher, der vor ihr stand, ließ sie augenblicklich verstummen. Es war der Pfalzgraf persönlich.

»Eure Hoheit?!«, hauchte sie und versank in eine tiefe Reverenz. Sie hoffte inständig, dass es ihre Angestellten hinter ihr ebenfalls taten.

Ottheinrich trug Jagdkleidung, die mit Schlamm und Blut besudelt war, und im Hof standen einige Reiter, die sein prächtig gezäumtes Pferd hielten. Offenbar war die ganze Gesellschaft gerade von einem Jagdausflug in aller Frühe zurückgekehrt. Hinter dem Pfalzgrafen erkannte sie ihren Bruder Thomas, dem sie einen vorwurfsvoll fragenden Blick zuwarf. Er zuckte nur hilflos mit den Achseln und wies auf den Rücken des vor ihm eintretenden Pfalzgrafen.

»Welch unverhoffte Ehre«, gelang es ihr schließlich hinzuzufügen, während ihre Augen unruhig durch die Werkstatt glitten. Diese war zum Glück tadellos in Ordnung, und mit einem Blick schickte sie Babett ins Haus, um Erfrischungen zu holen. »Womit haben wir diese verdient?«

»Ein spontaner Einfall«, dröhnte Ottheinrichs tiefe Stimme durch die Werkstatt. »Wir waren auf der Jagd, und auf dem Rückweg erwähnte Euer Bruder, dass dieses Gebäude Eure Werkstatt sei.«

Sophie erdolchte Thomas mit einem Blick über ihre Schulter.

»Da habe ich den Entschluss gefasst, nach meinem Teppich zu sehen«, fuhr der Pfalzgraf fort. »Wie Ihr vielleicht schon wisst, ist meine Braut in Neuburg eingetroffen, und die Hochzeit wird bald gefeiert. Da wird es wohl Zeit, dass ich mich um die Morgengabe kümmere.«

»Aber natürlich«, sagte Sophie, während sie Paul aus dem Weg schubste, der den Pfalzgrafen mit offenem Mund anstarrte. »Er ist natürlich noch aufgeschert«, fuhr sie fort und lotste den Fürsten in den hinteren Bereich der Werkstatt, in der ihr imposanter Hautelissestuhl stand. »Hier haben wir etwas Ruhe, während meine Weber weiterarbeiten können.«

Die letzten Worte sprach sie mit Nachdruck und warf den anderen einen warnenden Blick zu, der sie aus ihrer Starre löste und jeden geschäftig an seine Arbeit zurücktrieb.

Ottheinrich baute sich vor dem Webstuhl auf und besah sich den Teppich. »Das ist ja ein schönes Durcheinander«, brummte er, als er auf das Gewirr an Flieten und Garnen starrte, das noch im oberen Bereich wimmelte. Der untere Bereich der Tapisserie war zum Schutz auf das Holz gewickelt, das sonst auch die fertigen Ballen aufnahm. Sophie seufzte. Unwürdiger hätte sie ihr schönes Werk kaum präsentieren können.

»Und diese vielen Knoten und Garnenden«, wunderte sich der Pfalzgraf. »De Roy, muss das so sein?«

Sophie fuhr herum, als ein junger Bursche neben den Pfalzgrafen trat.

»Das ist die Rückseite, Hoheit«, sagte er. »Dort werden die Garne miteinander verbunden und verwebt. Die Vorderseite ist bei dieser Technik auf dem Webstuhl schlecht zu begutachten. Man müsste den Karton dafür entfernen.«

»Aha«, brummte der Pfalzgraf, während Sophie verärgert den jungen Mann ansah, dem es vorbehalten war, die Kritik, die über ihrer Arbeit geäußert wurde, zu entkräften. »So, so.«

Dann wandte sich der Pfalzgraf an Sophie. »Können wir das? Den Karton abnehmen?«

Sophie knirschte mit den Zähnen und nickte. Sie gab Babett und Gunhild ein Zeichen. Das würde ihre Arbeit heute zwar verzögern, aber der Pfalzgraf war immerhin ihr Auftraggeber. Als Ottheinrich einen vorsichtigen Blick auf die zukünftige Vorderseite der Tapisserie warf, lächelte er zufrieden.

»Aha. Das sieht ja schon anders aus. Wann ist das Werk beendet?«, fragte er.

»Wir können es in zwei Wochen liefern, Hoheit«, versicherte sie schnell. »Die letzten Flächen werden noch gewirkt. Dann müssen wir den Bildteppich nur noch vom Webstuhl nehmen und die Ränder ordnungsgemäß verarbeiten.

Ottheinrich nickte. »Gut. Ich lasse nach Euch schicken, sobald ich das Werk brauche.«

Er grüßte knapp und wandte sich schon zum Gehen, als ihm noch etwas einzufallen schien. Mit großen Schritten kam er auf sie zu und ergriff ihre Hand. »Ich habe gehört, was Eurem Ehegemahl zugestoßen ist. Fürchterlich. Ich werde dafür sorgen, dass das Diebsgesindel und Mordgesocks in Neuburg ein für alle Mal beseitigt wird. Fürchterlich.«

Damit wandte er sich endgültig zum Gehen und ließ Sophie stehen, die sich fühlte, als wäre ein Wirbelsturm über sie hereingebrochen. Erst als das Geklapper der behuften Pferde auf dem Hofpflaster verriet, dass sich die Jagdgesellschaft wieder auf den Weg zum Hof machte, wachte Sophie aus ihrer Verblüffung auf. Mit schnellem Griff nahm sie einen der Krüge, die Babett gerade auf einem Tablett hereinbrachte, und warf ihn mit Schwung an die weiß getünchte Wand. Blutrot troff der Wein zu Boden, während die Weber angesichts von Sophies Laune die Köpfe einzogen.

»Was bildet er sich ein?«, rief sie und war sich selbst nicht klar, ob sie damit den Pfalzgrafen, ihren Bruder oder den schmächtigen, jungen Mann meinte, der ihr Werk hatte begutachten sollen. »Hier einfach so hereinzuplatzen!« Es ging also um den Pfalzgrafen. »Dabei habe ich die Tapisserie noch auf dem Webstuhl. Ich gehe ja auch nicht zu seiner Baustelle und frage, wie denn das neue Residenzschloss mal aussehen wird.« Jetzt war sie dunkelrot angelaufen vor Wut. »Und dieses … dieses Bürschchen zu fragen, ob das denn so sein soll! De Roy? De Roy? Wer ist das überhaupt?«

»Christian De Roy. Der Sohn eines Brüsseler Wirkers, der in der Gunst des Pfalzgrafen steht«, sagte der stets gut informierte Bartl Ludwig.

Sophie hatte vergessen, dass der Händler noch immer da war. »Und was will er hier?«

Bartl Ludwig sah sie beredt an, und Sophie verstand.

»Nein«, entfuhr es ihr. »Dieser Halunke!«

Wieder war es nicht klar, wen sie meinte. Dass sich ihr Zorn nun auf den Ottheinrich und nicht auf den jungen Mann bezog, klärte sich einen Wimpernschlag später.

»Ich wirke ihm eine Hakennase, die in die Geschichte eingehen wird«, rief sie wutentbrannt und sah auf das seidene Porträt des Pfalzgrafen. »Gleich hier und jetzt.«

Tatsächlich machte sie so gezielte Schritte auf den Bildteppich zu, dass sich Babett und Gunhild schützend davorwarfen.

»Warum denn?«, fragte Paul begriffsstutzig.

»Weil Herr De Roy junior keine schlechten Aussichten auf das Amt des Hoftapezierers hat«, erklärte Bartl Ludwig lapidar. »Offensichtlich steht nicht nur sein Vater hoch in der Gunst Ottheinrichs.«

»Wolltet Ihr denn dieses Amt haben?«, fragte Paul Sophie überrascht.

Ja und nein, dachte Sophie spontan. Aber wie sollte sie das

dem Jungen erklären. Stattdessen machte sie lieber eine unwirsche Handbewegung.

»Alle an die Arbeit, und zwar hurtig!«, kommandierte sie giftig, um ihrem Ärger Luft zu machen. »Habt ihr nichts zu tun?«

Alle beugten sich wieder emsig über ihre Beschäftigungen. Keiner wagte, Sophie auch nur anzusprechen, die mit verschränkten Armen und finsterer Miene vor ihrem Webstuhl stand. In diesem Augenblick öffnete sich wieder die Tür, und Michel kam herein.

»Wo kommst du her?«, fuhr sie ihn so barsch an, dass er verwirrt zusammenzuckte.

»Vom Markt«, erwiderte er unschuldig. »Ich sollte doch auf dem Weg hierher neues Kettgarn bestellen.«

Sophie musste zugeben, dass sie dem Gesellen diesen Auftrag selbst gegeben hatte, da er auf seinem Weg in die Werkstatt jeden Tag bei den Spinnerinnen vorbeikam. Sie knirschte mit den Zähnen und verkniff sich mühsam jede weitere Bemerkung.

»Was ist denn los?«, fragte Michel leise Hans, als er sich an seinen Webstuhl setzte.

»Der Pfalzgraf war hier«, raunte Hans zurück. »Hast ihn gerade verpasst.«

»Seine Hoheit?«, fragte Michel ehrfürchtig. »Hier?«

Hans nickte, zufrieden darüber, wie sehr es den ehrgeizigen und dienernden Michel ärgern musste, dem Fürsten nicht leibhaftig begegnet zu sein.

»In dieser unserer Werkstatt«, rieb er das Salz tiefer in die Wunde, während Michel vornübersank und stöhnend die Stirn auf seinen Webstuhl legte.

Kapitel 32

Einige Tage später war die Tapisserie vollendet. Stolz stand Sophie mit Babett und Gunhild vor dem Werk, das sie fast ein Jahr lange begleitet hatte wie ein Baby, um das sie sich ständig hatte kümmern müssen. Jetzt würde sie sich um ihr wirkliches Baby kümmern können. Sie richtete sich gerade auf, um den schmerzenden Rücken zu entlasten, und strich sich über ihren Bauch. Die Hebamme hatte das Kind für Ende Oktober angekündigt und Sophie prophezeit, dass sich ihr Bauch bis dahin noch deutlich wölben würde.

»Beim ersten Kind kommt der Bauch spät und geht schnell«, ließ sie die werdende Mutter an ihrem Wissen teilhaben. »Bei den folgenden Kindern ist es dann umgekehrt.«

Aufgrund der sehr hoch sitzenden Taillen der aktuellen Mode hatte sie es aber bisher noch nicht nötig gehabt, sich neue Kleider anpassen zu lassen. Angesichts der Hochzeitsfeierlichkeiten würde sie sich aber neue Gewänder aus feiner, blauer Seide mit edel besticktem, elfenbeinfarbenem Koller machen lassen.

Mit der Ankunft der Braut hatte das offizielle Hochzeitsprogramm begonnen. Waren die vergangenen Wochen schon fröhlich und unterhaltsam gewesen, so löste jetzt eine Feierlichkeit die andere ab. Als die größte Attraktion galt das Turnier, das aus Platzmangel und wegen der Umbauten zum Residenzschloss nicht mehr im alten Burghof stattfinden konnte und daher das Volk auf die Wiesen vor der Stadt zog. Da Turniere ein kostspieliges Vergnügen sowohl für den Veranstalter als auch für die Teilnehmer waren, wurden sie immer seltener vom ländlichen Adel ausgerichtet. Die Residenzstädte boten die lohnendere Kulisse. Sie hielten auch die spezialisierten Handwerker wie Plattner, Waffenschmiede, Harnisch- und Zaummacher in Lohn und Brot, die auf dem Land kein Auskommen finden würde.

Sophie wurde von ihrem Bruder und ihrer Schwägerin begleitet, die jetzt jederzeit mit ihrer Niederkunft rechnete. Dennoch hatte sie nicht vor, sich zu Hause einzuschließen und auf die Wehen zu warten. Auch Generalleutnant Wiesinger hatte sich ihnen angeschlossen. Als Sophie ihn scherzhaft fragte, warum er denn nicht am Turnier teilnähme, verfinsterte sich sein Gesicht.

»Laut der Heidelberger Turnierordnung darf ich das nicht«, schmollte er. »Sie lässt nur Adelige zum Turnier zu.«

»Aber keinen Adeligen, der unter seinem Stand geheiratet hat«, grinste Thomas und drückte seiner Frau die Hand.

»Und auch niemanden, der Handel treibt«, fügte diese hinzu. »Du siehst, Sophie, auch wir hätten keine Chance, uns in den Harnisch zu werfen und uns gegenseitig die Helme mit einer Streitaxt zu zerbeulen.«

»Zu schade aber auch«, erwiderte Sophie betont ernsthaft und legte die Hand auf ihren Bauch.

»Diese ganzen Freiherrn und Ritter, die langsam ihre Privilegien verlieren, möchten sich eben vom Patriziat und den reichen Händlern abgrenzen. Die führen heute nicht selten ebenfalls ein Wappen, tragen eine Rüstung und wollen beim Tjost oder beim Burhurt mitmischen«, fügte der Generalleutnant hinzu.

Dann erreichten sie die Turnierwiese, und Sophie staunte. So viele bunte Zelte hatte sie nicht erwartet. Zudem schien es, als ob ganz Neuburg sich hier versammelt hatte. Wie kleine Ameisen strömte das Volk durch die Gassen und Tribünen, die ihm geöffnet waren. Die Plätze der Adeligen und die pfalzgräfliche Loge waren opulent in den Farben der Stadt geschmückt. Sophie konnte sich nicht sattsehen an den farbenfrohen Tuchen und den kostbaren Gewändern der Damen und Herren. Goldbestickte Schauben, mehrfarbig gewebte Brokatstoffe, Federn vom Fasan bis zum Pfau und mit Edelsteinen besetzte Handschuhe oder Barette verschmolzen zu einem luxuriösen Rahmen für den staubigen, mit Strohschütten bedeckten Turnierplatz.

»Da ist sie«, zischte Sybille plötzlich, und Sophie wusste sofort, dass sie die Braut meinte. Entspannt und selbstbewusst thronte Susanna neben Ottheinrich in der Fürstenloge und unterhielt sich ungezwungen mit den Damen ihres Gefolges, die hinter ihr standen. Ihre dunkelblonden Haar fielen ihr in einem modischen Zopf über die Schulter und wurden von einem kunstvollen Barett gekrönt, das sie keck auf eine Seite geschoben hatte. Die Augen waren dunkel, und Sophie konnte auf die Entfernung nicht erkennen, ob sie blau oder braun waren. Aber sie sah, dass sich die ernste Susanna vorzüglich amüsierte und über die Scherze ihrer Hofdamen lachte.

»Dafür, dass sie schon fünf Kinder zur Welt gebracht hat, sieht sie aber gut aus«, stellte Sybille ungewollt hoffnungsfroh fest und strich sich über den strammen Bauch.

»Seht, da ist Ludwig von der Pfalz«, rief der Generalleutnant aus. »Herrliche Rüstung, Thomas. Nicht wahr?«

»Wird er selbst antreten?«, fragte Sophie erstaunt.

»Der tritt höchstens vor den Spiegel«, stellte Thomas fest. »Je höher die Herren, desto zurückhaltender ihr Einsatz beim Turnier. Den meisten reicht es, wenn sie ihre Prunkharnische spazieren tragen können.«

»Ob Berlichingen auch hier ist?«, fragte der Generalleutnant ins Nichts, während er den Hals reckte. »Ha! Seht, da ist von Staben! Der alte Haudegen. Ich hatte gedacht, dass er längst auf seiner zugigen Burg versauert ist.«

Sophie stellte sich unwillkürlich auf die Zehenspitzen. Von Staben? Konnte das Uthildas Vater sein? Sie sah einen Mann mit einer grauen Löwenmähne und einem finsteren Ausdruck in den Augen, der dem Uthildas so unglaublich ähnlich war, dass für Sophie eine enge Verwandtschaft sofort feststand. So schließen sich also die Kreise, dachte Sophie für sich, nur um diese These gleich darauf von Generalleutnant Wiesinger auf ganz unerwartete Art bestätigt zu bekommen.

»Und da ist Hohenfels«, rief er aus und kicherte. »Wenn sie schon Adelige nicht zulassen, die unter ihrem Stand geheiratet haben, dann sollten sie auch Adelige ausschließen, die sich ein paar Ränge hochgeheiratet haben.«

»Wie meint Ihr das?«, fragte Sybille.

»Der kleine Hohenfels – wie man ihn in Abgrenzung zu seinem Schwiegervater, dem großen Hohenfels, nennt – war bis zu seiner Hochzeit nur der Sohn eines kleinen Landadeligen irgendwo aus der Nähe von Donauwörth. Hat die unansehnliche Tochter des großen Hohenfels geheiratet, um einmal ein Herzog zu werden. Dafür hat er sogar seinen ursprünglichen Namen abgelegt. Ich bitte euch, welcher Mann tut denn so etwas? Und jetzt will der große Hohenfels einfach nicht abtreten, und der kleine Hohenfels verliert langsam die Geduld.«

Zwei Ritter krachten in den Schranken lautstark aufeinander. Lanzen splitterten, und eines der Pferde wieherte schrill, aber beide Ritter hielten sich im Sattel. Die Zuschauer applaudierten. Wiesinger rief lautstark sein Bravo.

»Er hieß früher von Sternau oder so ähnlich. Der kleine Hohenfels, meine ich«, fügte er hinzu. »Na, die Familie gibt es jetzt auch nicht mehr. Der Vater hat Leben und Gut im Bauernkrieg verloren, und der einzige Sohn den Namen abgelegt. So schnell kann es gehen.«

Sophie erstarrte und wechselte einen unsicheren Blick mit ihrem Bruder. Konnte es Heinrich sein? Ihr ehemaliger Verlobter Heinrich? Sie spähte angestrengt zu dem Ritter hinüber, auf den Wiesinger gezeigt hatte. Er hatte seinen Helm abgenommen, und sein blonder Schopf leuchtete in der Spätsommersonne. Dann drehte er sich um, und Sophie erschrak. Es war tatsächlich Heinrich, auch wenn sie ihn von selbst kaum wiedererkannt hätte. Von seiner einstigen Schönheit war nicht mehr viel übrig geblieben. Seine Züge waren aufgedunsen, und seine knollig gewordene Nase vom übermäßigen Weingenuss unnatürlich gerötet. Sophie hätte schwören mögen, dass auch seine Augen blutunterlaufen waren, aber so gut konnte sie ihn aus der Entfernung nicht erkennen. Seine Rüstung hatte bereits etliche Beulen und Schrammen, und angesichts seiner sauertöpfischen Miene schloss Sophie, dass das Turnier für Heinrich bisher nicht besonders gut verlaufen war.

»Ja, ja«, sagte nun Thomas, mit einem Seitenblick auf seine entsetzte Schwester. »Seit Turniere so rar geworden sind, trifft man hier wirklich Hinz und Kunz.«

Sophie schluckte. Erneut krachten zwei Ritter aufeinander und zogen die Aufmerksamkeit aller auf sich. Sophie atmete tief aus und applaudierte mit der Menge mit. Mit einem Mal zuckte Sybille neben ihnen zusammen.

»Thomas …«, keuchte sie.

Aber Sophies Bruder war ganz in den nächsten Turniergang vertieft.

»Thomas!«, kam es schon dringlicher von Sybille.

»Ja … gleich«, antwortete ihr Mann, ohne sich zu ihr umzudrehen.

»Thomas, bring mich sofort nach Hause.«

»Aber es wird jetzt erst so richtig spannend«, erwiderte Thomas, der den Blick noch immer nicht von den Schranken nehme konnte. »Wenn Berenberg jetzt Hilmersheim vom Pferd stößt, könnte er …«

»Thomas!!« Sybille hatte das Wort regelrecht geknurrt. »Wenn wir nicht gleich nach Hause aufbrechen, kann Hilmersheim unser Baby zur Welt bringen!«

Verdutzt fuhr Thomas herum. »Es geht los?«, fragte er überflüssigerweise, denn eine Wehe verzerrte Sybilles hübsches Gesicht im Schmerz.

»Allerdings«, keuchte sie überrascht. »Nachdem sich so lange nichts getan hat, hat das Baby es jetzt anscheinend ungeheuer eilig!«

Sybille sollte recht behalten. Noch bevor der Tag zu Ende ging, hatte sie einem gesunden Jungen das Leben geschenkt. Thomas war ungeheuer stolz und nannte den Jungen Stephan, nach seinem Vater. Sophie erfuhr alles erst am nächsten Morgen und besuchte ihre Schwägerin kurz. Da die Geburt so schnell vonstattengegangen war, hatte Sybille einiges an Blut verloren und fühlte sich noch sehr matt. Sophie erschrak, als sie ihre bleiche Schwägerin schwach auf den Kissen liegen sah, und ein mulmiges Gefühl beschlich sie. Was hatte sie zu erwarten?

»Mach nicht so ein ernstes Gesicht«, sagte Sybille. Obwohl die Stimme ihrer Schwägerin brüchig klang, konnte Sophie deren alten Schwung darin hören. »Schließlich haben wir etwas zu feiern.«

Sophie brachte ein Lächeln zustande. »Ihr habt es ja ganz schön eilig gehabt, du und der Kleine«, sagte sie zaghaft.

»Schön gesagt«, erwiderte Sybille. »Ich war ehrlich gesagt heilfroh, dass ich es noch nach Hause geschafft habe.«

»Was hat denn die Hebamme gesagt?«

»Da ist das Kindchen ja schon.«

Sophie machte große Augen, und Sybille lächelte matt. »Nein, ganz so schnell ging es auch wieder nicht. Aber ich glaube, auch die alte Hedwig war ein wenig überrascht. Immerhin war es mein erstes Kind.«

Sybille rutschte ein wenig in ihrem Bett nach oben und verzog das Gesicht. »Sie meint, dass ich mich schon wieder erholen werde. Wenn kein Fieber hinzukommt.«

Aber als man Sybille den Kleinen reichte, um ihn zu stillen, war die junge Mutter wie ausgewechselt. Liebevoll hielt sie ihren Sohn an sich gepresst und flüsterte ihm zärtlichen Unsinn ins Ohr. Als das Kind friedlich trank, sah sie Sophie mit leuchtenden Augen an.

»Siehst du, das ist ein weiterer Vorteil meiner Hochzeit mit Thomas. Als adeliges Fräulein hätte man mir sicher eine Amme aufgenötigt. Jetzt kann ich ganz frei entscheiden, ob ich mein Kind selbst stillen möchte.«

Sophie sah etwas ratlos auf das harmonische Bild von Mutter und Säugling. Eine solche Frage hatte sie sich selbst noch gar nicht gestellt. Werde ich keine gute Mutter sein?, fragte sie sich unwillkürlich.

Um ihren Zweifeln auszuweichen, verabschiedete sie sich von Sybille.

Sie hinterließ ihr Geburtsgeschenk, einen Stapel selbst gewebter, hochfeiner Linnentücher für das Baby, und die besten Wünsche für Sybilles Genesung und machte sich wieder auf den Weg in die Werkstatt. Als sie auf den Marktplatz einbog, stieß sie mit vollem Schwung gegen Thilmann.

»Nett, dich zu treffen.« Seine Augen umarmten sie liebevoll. »Wohin so eilig?«

»Wohin wohl?«, sagte Sophie. »Zurück in die Werkstatt, wo ich auf Nachricht vom Hof warte, wann ich endlich den Teppich liefern soll. Wenn der Pfalzgraf zwischenzeitlich einmal seinen Rausch ausgeschlafen hat, erinnert er sich meiner vielleicht.«

»Oh, du solltest heute Nachricht erhalten haben«, sagte Thilmann. »Er hat mich für den 18. Oktober an den Hof bestellt. Anscheinend möchte er, dass wir der Braut das Werk nach der Hochzeit gemeinsam präsentieren.«

»Vor wem?«, fragte Sophie bitter. »Lässt er die Herren Gertner und De Roy urteilen?«

»Ah, du hast schon von dem kleinen Wirker aus Brüssel gehört?«

»Gehört? Gehört?« Sophie schnappte nach Luft. »Der Wicht hat sich erdreistet, dem Pfalzgrafen in meiner Werkstatt zu erklären, dass er auf die Rückseite meiner Tapisserie schaut. Wer denkt er, dass er ist?«

Thilmann lächelte über ihren Zorn. »Wenn das keine gekränkte Künstlerehre ist«, bemerkte er. »Hast du mir nicht vor Kurzem selbiges vorgeworfen?«

»Das war doch etwas völlig anderes«, knurrte Sophie.

»Oh. Selbstverständlich«, lenkte Thilmann sofort ein. »Aber warte nur. Wir werden sie schon überzeugen.« Dann wurde sein Blick ernster. »Wie geht es dir?«

Sophie hielt inne. »Du meinst wegen der Schwangerschaft?«

Der Maler nickte.

»Gut. Die Hebamme ist zufrieden mit mir.«

»Hat sie dir nicht etwas mehr Ruhe verordnet?«, fragte Thilmann skeptisch.

»Nein, hat sie nicht«, trumpfte Sophie auf. »Im Gegenteil. Sie ist der Meinung, dass schwangere Frauen sich ruhig so lange bewegen sollen, wie sie sich gut dabei fühlen. Bei Sybille hat es auch ganz ausgezeichnet funktioniert. Gestern waren wir noch gemeinsam auf dem Turnier, und heute hat sie schon einen gesunden Jungen. Du wirst schon sehen. Alles wird gut.«

»Hoffen wir es«, murmelte Thilmann. Dann wurde sein Blick wieder weicher. »Wann können wir uns wiedersehen?«

»Aha. Hier hört deine Besorgnis, ich könnte mich zu viel bewegen, also auf?« Sophie zog kritisch die Brauen hoch.

»Wir müssen ja nicht … äh, ich … ich vermisse dich einfach.« Thilmann war tatsächlich rot geworden wie ein Junge.

Sophie lächelte. »Ich vermisse dich auch. Komm morgen Abend in die Werkstatt. Die anderen werden bei Einbruch der Dunkelheit Schluss machen und nach Hause gehen. Und wir haben ja noch viel zu besprechen, bevor wir die Tapisserie ausliefern, nicht wahr?«

Sophie und Thilmann trafen sich in dieser Woche noch mehrere Male. Zumeist wartete Thilmann, bis es dämmerte, bevor er Sophie in ihrer Werkstatt abholte. Dann setzten sie sich entweder zusammen an den Kamin oder suchten sich, mit Wolldecken versorgt, einen heimlichen Weg in den Garten hinter dem Wohnhaus. Der Altweibersommer sorgte für warme Septemberabende. Sophie war außergewöhnlich großzügig damit, der Magd und der Köchin freizugeben, und so waren sie beinahe vollkommen ungestört. Was Gunhild anbetraf, die noch immer in der kleinen Kammer schlief, in der zuerst Thilmann und dann Sophie gewohnt hatten, waren sie sicher. Wenn Gunhild schlief, schnarchte sie so laut und gleichmäßig, dass jedes Erwachen sich sofort akustisch geäußert hätte.

Und was soll es ohnehin?, dachte Sophie. Schließlich bin ich Witwe. Zwar noch nicht besonders lange, aber ich begehe immerhin keinen Ehebruch mehr. Was interessieren mich also die anderen?

Anscheinend noch genug, um dir wieder ein schlechtes Gewissen zu machen, meinte die heilige Walburga betont unbeteiligt.

Sophie warf ihr einen bösen Blick zu und drehte sich um, um sich an Thilmanns warmen Rücken zu kuscheln.

»Was seufzt du?«, fragte er leise.

»Ich seufze nicht«, erwiderte Sophie verwundert.

»Doch.«

»Tatsächlich?«

»Hm. Fast so wie früher. Welche dunklen Gedanken spuken denn wieder durch deinen Kopf?«

»Ach, ich habe mich nur mit einer alten Freundin unterhalten.«

»Wie bitte?«

»Frag nicht.« Sophie gähnte. »Das kannst du nicht verstehen. Oh!« Schnell nahm sie Thilmanns Hand und legte sie sich auf den Bauch. »Es bewegt sich.«

Obwohl Sophie ihm den Arm ordentlich verdreht hatte, durchfuhr Thilmann eine Woge des Glücks, als sich der kleine Fuß durch die Bauchdecke der Mutter in seine Hand bohrte.

Doch kaum hatte er die Bewegung gespürt, als auch wieder Ruhe herrschte. Unzufrieden drehte er sich um und legte nun seine ganze Hand auf Sophies Bauch.

»Warum ist es denn jetzt wieder still?«, fragte er.

Sophie lächelte. »Es spürt wohl den fremden Herzschlag.«

»Durch meine Hand?«

»Durch deine Hand.«

Thilmann besah sich den weißen, mondbeschienenen Bauch.

»Ich bin dein Vater«, flüsterte er so ernsthaft, dass es Sophie rührte. Wie viel Zeit für Zärtlichkeit hatte es für Thilmann gegeben, als er noch ein Kind war und seine Familie von früh bis spät arbeiten musste, damit alle wenn schon nicht genug, so wenigstens etwas zu essen hatten?

Dann kuschelte Thilmann sich wieder an Sophie. »Wie lange müssen wir anstandshalber eigentlich warten, bis wir heiraten können?«, fragte er ganz selbstverständlich.

»Oh«, entfuhr es Sophie. »Ich hatte noch gar nicht gewusst, dass wir heiraten.«

»Aber ja«, fuhr Thilmann fort, als ob er ihr davon erzählte, dass die Sonne auch am nächsten Tag wieder aufgehen würde. »Schon bald. Hatte ich dir das nicht gesagt?«

An seinem Tonfall hörte Sophie, dass er grinste. »So einfach kommst du mir nicht davon«, wies sie ihn zurecht. »Ich erwarte einen ordentlichen Antrag.«

»Aber ich liege bereits neben dir auf dem Boden«, wandte er albern ein. »Wenn ich mich jetzt hinknie, schaue ich ja auf dich herab.«

»Oh, das geht wirklich nicht«, pflichtete Sophie ihm bei. »Dann lassen wir es eben.«

Thilmann lag ganz dicht neben ihr, und gemeinsam sahen sie in den klaren, sternenbedeckten Himmel. Sophie spürte, wie er ihre Hand fest in die seine nahm. Sein Haar berührte ihre Wange, und irgendwann erhob sich leise, aber fest seine Stimme. »Bleib für immer bei mir. Bitte heirate mich.«

Sophie sog tief die laue Nachtluft ein. Plötzlich war wieder der Garten von Eichstätt um sie, und sie waren einander so nahe, als wäre seither nichts passiert.

»Ja«, sagte sie. »Ja, ich möchte deine Frau werden.«

Kapitel 33

Die Hochzeit Ottheinrichs mit Susanna von Bayern war ein Ereignis, an das sich die Neuburger noch lange erinnern würden. Das Volk, trunken und satt von den Belustigungen der vergangenen Wochen, stand schon bei Sonnenaufgang Spalier entlang der Straße vom Hof zu Sankt Peter, auf der die Brautleute erwartet wurden. In der Kirche drängelte sich bereits alles, was Rang und Namen hatte, und kämpfte um die guten Plätze. Diese waren zwar eigentlich über das Protokoll verteilt gewesen, aber als sich ein Adeliger über den anderen erhaben fühlte, brach diese schöne Ordnung einfach in sich zusammen. Der Sekretär des Pfalzgrafen, sein Kämmerer und etliche andere hochgestellte Beamte versuchten mit schweißbeperlter Stirn, die erhitzten Gemüter zu beruhigen. Sophie hatte schnell begriffen, dass viel zu viele Leute in die Kirche gebeten worden waren, und betrachtete ihre eigene Einladung gleich als wertlos. Immerhin hatte sie sie in die Nähe der Kirchenpforte gebracht, und da das Herbstwetter bildschön war, suchte sich Sophie ein Plätzchen, von dem aus sie das Brautpaar beim Aussteigen aus der Kutsche gut beobachten konnte.

Dann begann das Warten. Gaukler, Händler mit Backwaren und gebratenen Hähnchen und Mägde mit Bier- und Wasserkrügen machten gute Geschäfte vor der Kirche. In der Kirche darbte der Adel, der sich eben noch um die Plätze gestritten hatte, da dort natürlich der Verkauf von Imbissen streng verboten war. Auch auf die Toilette konnten die hohen Damen und Herren nicht gehen, da sie sonst ihrer heiß erkämpften und mit Ahnenreihen eroberten Plätze verlustig gehen würden. Nur die Taschendiebe taten sich hier wie dort gütlich, und auch Sophie musste plötzlich feststellen, dass ihre Geldkatze wohl den Besitzer gewechselt hatte. Sie pflegte jedoch bei solchen Anlässen eine alte, mit flachen Steinchen gefüllte Börse bei sich zu tragen, die von dem Geld, das sie im Mieder bei sich trug, ablenkte. Mehr als einmal hatte der Köder ihr schon einige Gulden gespart, obwohl sie auch auf ihn gut achtzugeben pflegte.

Endlich kündigte das Raunen der Menge die Kutsche des Pfalzgrafen an. Er stieg in Begleitung seines Bruders Philipp und seines Onkels und Vormunds Kurfürst Friedrich II. aus und stellte sich der Menge. Der Bräutigam war überaus prächtig gekleidet. Barett, Schaube und die kurzen Oberschenkelhosen nach der spanischen Mode funkelten nur so vor Gold und Silberstickerei, und Sophie hätte sich den Stoff nur zu gern aus der Nähe angesehen. Sie fragte sich, was dieses Gewand wohl wiegen mochte, aber Ottheinrich trug seine Ausstattung, ohne mit der Wimper zu zucken, und bot sich den Vivat-Rufen des Volkes mit sichtlichem Genuss an. An der Begeisterung des Volkes für seinen Fürsten ließ sich erkennen, dass das Geld für die Belustigungen der vergangenen Tage gut angelegt war. Philipp hingegen wirkte mit seinem schmalen, von einem dunklen, modischen Spitzbart am Kinn gezierten Gesicht fast zart neben seinem Bruder. Sophie konnte sich kaum vorstellen, dass Philipps Erfolg bei den Frauen noch größer war als der seines Bruders. Eine Information, die Sophie ihrem Bruder Thomas verdankte.

Weitere Kutschen kamen vom Hof und hielten vor der Kirche. Familienangehörige, höchste Würdenträger und Fürsten hatten das Recht, erst jetzt zu erscheinen. Sophie wünschte ihnen Glück, dass ihre Plätze in den vorderen Reihen der Kirche nicht von übereifrigen Patriziern enteignet worden waren.

Dann kam die goldene Kutsche der Braut. Susanna war womöglich noch reicher gekleidet als ihr Bräutigam, und Sophie sah, dass sie beim Aussteigen aus dem prächtig geschmückten Gefährt von der Last ihrer Robe behindert wurde. Sie war nicht sehr groß, aber ihr Gesicht wirkte mit den dunklen Augen und den fein geschwungenen dunklen Brauen ausdrucksstark. Ihr Haar war gänzlich unter einer vor Goldstickerei und Edelsteinen funkelnden Haube verborgen, was ihrem Gesicht noch mehr Strenge verlieh. Man sah ihr an, dass sie bereits Ende zwanzig war, aber man hätte nicht vermutet, dass sie ihrem ersten Mann bereits fünf Kinder geschenkt hatte. Ihre hohe Taille war noch immer schmal, sodass sie den Neuburgern alles in allem den Anblick einer schönen, wenn auch nicht mehr mädchenhaften Braut bot.

Die Glocken begannen mit dem Eintreten der Braut ohrenbetäubend zu läuten, was wiederum den sich in der Kirche befindenden Gästen einen Vorteil verschaffte. Draußen verstand man sein eigenes Wort nicht mehr, und Sophie hätte sich schon zurückgezogen, wenn die dichte Menge um sie herum es ihr erlaubt hätte. So harrte sie aus, bis das frisch vermählte Paar unter dem Jubel des Volkes wieder aus der Kirche kam und seine Kutsche bestieg. Langsam leerte sich der Platz, als die geladenen Gäste gen Hof und das herbeigelaufene Volk in die umliegenden Schankstuben und Wirtshäuser strömten. Sophie ließ sich von den Menschen treiben, vorsichtig die Arme um ihren Bauch gelegt. Sie würde Thilmann am Nachmittag treffen, aber vorher wollte sie Sybille noch einen Besuch abstatten. Sie hatte versprochen, der jungen Mutter die Ereignisse brühwarm ans Wochenbett zu bringen, während Thomas den Tag bei Hofe verbringen würde. Als Lebensretter des Pfalzgrafen war er zu den Festlichkeiten eingeladen, auch wenn ihm angesichts der illustren Gesellschaft wenig Aufmerksamkeit zuteilwerden würde. Sybille war verzweifelt, dass sie nicht mit dabei sein konnte.

»Da hätte sich der kleine Wurm ruhig noch etwas Zeit lassen können«, maulte sie, was Sophie für ein gutes Zeichen hielt. Langsam kam ihre Schwägerin wieder zu Kräften, und die blassen Wangen zeigten schon deutlich mehr Farbe.

»Und dich haben sie nicht eingeladen?«, fragte Sybille. »Du hast doch das Hochzeitsgeschenk gemacht!«

»Thilmann und ich werden übermorgen Nachmittag am Hof erwartet. Dann dürfen wir die Tapisserie vor der versammelten Hochzeitsgesellschaft präsentieren.«

»Oh, welche Ehre!«

»Ach.« Sophie machte ein wegwerfende Handbewegung. »Wahrscheinlich will der Pfalzgraf nur, dass sich etwaige Kritik gleich auf unser Haupt niederschlägt und gar nicht erst auf seines. Er war ja neulich schon in der Werkstatt, um den Bildteppich zu bewundern.«

»Ja«, Sybille musste kichern, »Thomas hat es erzählt.«

»Konnte die Vorderseite nicht von der Rückseite unterscheiden«, beschwerte sich Sophie. »Wahrscheinlich muss Thilmann ihm auch die gesamte Symbolik noch einmal erklären.«

»Sophie, jetzt bist zu ungerecht. Ottheinrich scheint einen guten Kunstverstand zu haben, wenn er die Werke erst einmal fertig vor sich hat. Ich hätte bestimmt auch gestutzt, wenn ich lauter Verwebungen und Verknüpfungen auf meinem Bildteppich gesehen hätte.«

Sophie nahm den kleinen Stephan auf den Arm und kraulte ihm vorsichtig den Nacken. Immerhin war das Kind nachsichtig genug mit ihr, um nicht lauthals loszukrähen. Gerade wollte Sophie es loben, da spuckte der Kleine einen guten Schluck halb verdaute Milch über sie.

»Iiieh!«, quietschte Sophie auf. »Mein Kleid!«

Sybille lachte herzlich. »Wofür hast du uns wohl die feinen Linnentücher geschenkt? Hier, nimm eines. Man kann es ganz gut abtupfen und später mit Wasser auswaschen. Thomas hat auch schon seine Erfahrungen damit gemacht.«

Sophie legte das spuckende Baby schnell wieder in seine Wiege zurück und begann, ihr Kleid zu säubern. »Das fängt ja gut an«, murmelte sie. »Da nehme ich zum ersten Mal in meinem Leben ein Kind auf den Arm, und dann so etwas. Ich glaube, ich suche mir lieber eine Amme.«

»Warte nur ab«, sagte Sybille geheimnisvoll. »Wenn dein Kind erst da ist, wirst du ganz anders darüber denken.«

Sophie sah ihre Schwägerin zweifelnd an. Das würde sich schon noch herausstellen.

Schon vor der Hochzeit hatte Sophie gemeinsam mit Babett und Gunhild die Tapisserie vom Webrahmen genommen. Nun waren die Ränder verarbeitet und das Werk für den Transport gut verpackt. Sophie wollte auf keinen Fall riskieren, dass die Arbeit jetzt noch Schaden nahm. Guten Mutes machte sie sich auf den Weg zum Hof. Sie hatte ihr frisch gereinigtes Festkleid angelegt. Jetzt würde es wenigstens richtig zur Geltung kommen, da Sophie nicht nur in der Menge am Straßenrand stand und dem Hochzeitszug zusah. Sie wusste zudem, dass das Kleid sie prächtig putzte. Vor allem, da sie die von der Braut eingeführte Mode, das Haar in langen Zöpfen zu tragen, gern übernommen hatte. Das Gold ihrer Haare schimmerte nun mit dem Gold der Stickereien um die Wette.

Sie verließ die Werkstatt schon früh am Morgen, da sie die Tapisserie am Hof aufhängen wollte, um sie gebührend zu präsentieren. Dafür hatte sie sich extra einen Holzrahmen nach ihren Vorgaben erbeten. Vier Knechte waren notwendig, den fertigen, eingerollten und in festes Leinen geschlagenen Bildteppich zu tragen, ohne dass er hing oder Falten warf. Gunhild, Babett und Paul folgten ihr in den Hof. Viel hätte nicht gefehlt, und sie hätten ihrer Tapisserie nachgewunken. Sophie teilte das Gefühl, von etwas Wichtigem und Vertrautem Abschied zu nehmen. Aber sie war zu sehr Kauffrau, um sich davon die Aussicht auf den Gewinn, den sie erzielen würde, verderben zu lassen. Am Vorabend hatte sie Bilanz gezogen und alle Ausgaben für den Bildteppich summiert. Das Ergebnis war, dass sie ein schönes Plus machen würde, wenn der Pfalzgraf bei seinem Wort bleiben und zügig zahlen würde.

Am Hof arbeitete sie sich durch die Baustelle des Residenzschlosses durch, bis man sie in ein Kabinett der alten Burg führte, in dem der gewünschte Holzrahmen vorbereitet war. Gemeinsam mit den Knechten hing Sophie ihr Werk auf und ließ es sie dann nach dem vermuteten Lichteinfall des Nachmittages ausrichten. Sophie hoffte, dass die Sonne scheinen würde, denn die ganze Pracht des Bildteppichs entfaltete sich erst, wenn das Licht mit den Facetten und Nuancen des Werkes spielte.

Dann hieß sie die Knechte, einige Stühle aus dem Nebenzimmer zu holen und für den Pfalzgrafen und sein Gefolge in angenehmer Distanz zu ihrem Werk aufzustellen. Als sie zufrieden war, entließ sie die Knechte mit einer Münze und nahm auf einem der Fauteuils Platz. Trotz oder vielleicht auch gerade wegen ihrer Nervosität musste sie eingenickt sein, denn sie schrak zusammen, als sie plötzlich am Arm geschüttelt wurde. Aber es war nicht der Sekretär des Pfalzgrafen noch ein anderer Hofangestellter. Thilmann lächelte sie an und nutzte den ungestörten Augenblick, um sie zu küssen.

»Aufwachen, Prinzessin«, flüsterte er. »Der Hof wartet bereits.«

»Uh … oh … aua!« Sophie richtete sich auf und versuchte, ihren verspannten und gemein schmerzenden Nacken zu lockern. »Himmel, wie spät ist es denn?«, fragte sie erschrocken. Es sah ihr so gar nicht ähnlich, einen wichtigen Termin zu verschlafen. Es muss an dieser Schwangerschaft liegen, dachte sie. Ich könnte nur noch im Bett liegen.

»Noch nicht zu spät«, erwiderte Thilmann. »Aber komm jetzt. Der Pfalzgraf wird bald erscheinen.«

Er zog sie hoch, nur um sie noch einmal in die Arme zu nehmen. Dann machten sie sich auf den Weg in den Salon, in dem das Fürstenpaar sie empfangen würde. Erst kurz vor der Tür lösten sich ihre Hände.

Zu Sophies Entsetzen schien die gesamte Hochzeitsgesellschaft im Saal versammelt zu sein. Wollte der Pfalzgraf etwa all diese Menschen mit in das Kabinett schleppen?

Aber der Sekretär des Pfalzgrafen beruhigte sie gleich darauf. Er erklärte, dass die meisten Anwesenden hier seien, um dem Hochzeitspaar ihre Geschenke und ihre Glückwünsche zu überbringen. Da es mehr Leute als erwartet waren und der Pfalzgraf noch immer nicht erschienen war, würde sich der gesamte Ablauf natürlich verschieben.

»Na, wunderbar«, maulte Sophie und ließ ihren Blick über die vielen Menschen gleiten. Sie war gekränkt darüber, dass der Pfalzgraf sie in eine Reihe mit irgendwelchen Gratulanten stellte. »Das kann ja noch bis Weihnachten dauern.«

»Nein, höchsten bis sechs Uhr am Abend«, erklärte der Sekretär beflissen. »Dann wird das hoheitliche Brautpaar nämlich zu einer Theateraufführung an der Hofbühne erwartet.«

Damit drehte er Sophie und Thilmann den Rücken zu, und der Maler musste seine Freundin geistesgegenwärtig am Arm packen, damit sie dem Männlein nicht hinterrücks an die Gurgel ging. Er lotste Sophie durch die Menschen bis zu einem bereits ziemlich mitgenommenen Buffet und besorgte ihr ein Glas Wein.

»Beruhige dich«, sagte er, während er sich selbst den kühlen, perlenden Weißen durch die Kehle rinnen ließ. »Warum sollte der Pfalzgraf höflicher sein als der Doge von Venedig.«

»Venedig? Ich dachte, du warst in Florenz und Rom.«

»Hm«, machte Thilmann zustimmend. »Weil der Doge von Venedig so unhöflich war.«

Sophie stutzte einen Moment, dann brach sie in herzliches Gelächter aus, sodass die Umstehenden sich überrascht nach ihr umdrehten.

»Du bist wirklich unbezahlbar«, flüsterte sie und sah Thilmann leuchtend an. »Wenn ich dich nicht schon lieben würde, müsste ich es ab sofort von ganzem Herzen tun.«

Thilmann erwiderte ihr Lächeln ebenso aufrichtig. Vorsichtig stießen sie mit dem pfalzgräflichen Kristall an und prosteten sich zu.

»Nein, wen haben wir denn da? Die berühmten Turteltauben von Eichstätt. Und noch immer so vertraut.«

Fast hätte Sophie ihr Glas fallen lassen, als sie die raue Stimme Uthilda von Stabens hinter sich vernahm. Sie fuhr herum und sah sich tatsächlich ihrer Kontrahentin aus dem Kloster gegenüber.

»Wer hat dich denn wieder auf die Menschheit losgelassen?«, entfuhr es ihr, bevor sie sich in der Gewalt hatte.

Uthilda bedachte sie mit einem ihrer giftigen Blicke. »Ich habe mit knapper Mühe die Hölle überlebt und musste mich unter Gefahr für mein Leben zu meiner Familie flüchten«, dramatisierte sie. »Im Gegensatz zu dir habe ich mich nicht bei Nacht und Nebel davongemacht.«

Sophie verzichtete darauf, zu bemerken, dass es heller Nachmittag gewesen war, als sie Eichstätt den Rücken gekehrt hatte. Sie konnte kaum glauben, dass die verhasste Novizin leibhaftig vor ihr stand. Andererseits brannte sie darauf, zu erfahren, was Uthilda über den Überfall auf das Kloster der Benediktinerinnen wusste. Über Schwester Imma. Schwester Anselma. Die Äbtissin. Aber Uthilda ließ ihren Blick nur abschätzig über Sophie gleiten.

»Du bist also schwanger von deinem Maler?«, stellte sie spitz fest. »Schön ist er ja immer noch, aber ist er auch reich geworden?«

»Besser als reich und dafür immer noch nicht schön«, gab Thilmann zurück und erntete einen verblüfften Blick von Sophie, die einen so giftigen Ton gar nicht von ihm kannte.

»Schwanger bin ich von meinem Ehemann, der leider vor wenigen Monaten gestorben ist«, sagte sie und wusste sofort, dass sie einen Fehler begangen hatte.

»Ach«, machte Uthilda prompt beeindruckt. »Eine Witwe, sieh einer an. Wer hat dich denn geheiratet, obwohl du deinen Liebhaber mit in die Stadt gebracht hast?«, fragte sie weiter.

Sophie hoffte inbrünstig, dass sie nicht errötete. Das musste man Uthilda lassen, sie verstand es vorzüglich, in kürzester Zeit die schwachen Punkte ihres Gegenübers zu treffen. Aber was Uthilda konnte, konnte Sophie schon lange.

»Nur weil dich niemand heiraten will, trifft das noch lange nicht für alle anderen zu. Hast du schon die Bekanntschaft vom zukünftigen Herzog von Hohenfels gemacht?« Sie wies mit der Hand quer durch den Raum, wo sie Heinrich von Hohenfels, wie er jetzt hieß, neben einer Frau entdeckt hatte, die ihn nicht nur um einen halben Kopf überragte, sondern zudem noch so lange Zähne und schmale Lippen hatte, dass davon nicht einmal die überaus bunte und üppig mit Federn verzierte Robe ablenken konnte. »Der wollte dich auch nicht heiraten. Anscheinend war dein Titel nicht Entschädigung genug.«

Viel hätte nicht gefehlt, und Uthilda hätte zum Schlag ausgeholt.

Unglaublich, dachte Sophie. Es dauert nur einen Wimpernschlag, und wir sind genau da, wo wir vor gut vier Jahren aufgehört haben. Bin ich denn kein bisschen reifer geworden?

Die heilige Walburga schüttelte nur resigniert den Kopf.

Zu allem Überfluss sah jetzt auch noch Heinrich von Hohenfels auf und Sophie direkt ins Gesicht. Sie beobachtete, wie die Farbe – soweit möglich – aus seinem geröteten Gesicht wich und er sich einen Weg durch die versammelten Menschen bahnte. An Sophies starrem Blick erkannte Uthilda, dass etwas hinter ihrem Rücken vorging. Als sie sich umdrehte, stand Heinrich schon unmittelbar vor der kleinen Gruppe, in der er nur Sophie wahrnahm.

»Sophie?« Seine Stimme klang rau und brüchig, und Sophie fragte sich sofort, was außer Wein er sonst noch trank. Sein Blick glitt über ihr Gesicht und verweilte für einen Moment auf ihrem deutlich sichtbaren Babybauch.

»Heinrich«, grüßte Sophie und senkte höflich den Kopf.

»Sophie«, wiederholte Heinrich dümmlich. »Ich dachte, ich würde dich nie wiedersehen.«

»Ich auch«, erwiderte Sophie. »Nach jenem ausufernden Abschiedsbrief.«

Heinrichs Gesicht rötete sich wieder, und Thilmann sah verwundert zwischen ihnen hin und her.

»Mein einstiger Verlobter, Heinrich von … damals noch Sternau«, stellte Sophie ihn mit einem süffisanten Lächeln vor. Fasziniert bemerkte sie, wie von ihrer einstigen großen Liebe nicht einmal ein Echo übrig geblieben war. Hätte ihre Liebe überdauert, wenn sie geheiratet hätten?

Uthilda hingegen hing wie gebannt an Heinrichs Lippen, als hoffte sie, auch eine Begrüßung von ihm zu erhalten. Aber es war mehr als offensichtlich, dass Heinrich sie nicht einmal wahrgenommen hatte.

»Herr Thilmann Weber, Maler und Beauftragter des Pfalzgrafen«, stellte Sophie Thilmann höflich vor.

»Und seit Jahren dein Liebhaber«, blaffte Uthilda dazwischen, die Heinrichs Nichtachtung offenbar nicht mehr aushielt.

Auf Heinrichs Stirn erschien eine steile Falte. Sophie seufzte. Wie um alles in der Welt hatte sie nur in eine solche Situation geraten können? Dieses Zusammentreffen hätte sie sich in ihren kühnsten Träumen nicht ausgedacht. Sie musste vorsichtig sein, dass sie nicht die Kontrolle verlor.

»Wie geht es der werten Gemahlin?«, fragte sie Heinrich. »Ich war untröstlich, dass ich nichts von der Hochzeit gehört habe.«

»Weil du im Kloster warst«, warf Uthilda wieder ein.

»Du warst im Kloster?«, fragte Heinrich überrascht.

»Ich war im Kloster«, bestätigte Sophie. »Nachdem mein Vater im Schuldturm gestorben ist, weil dein Vater ihm nicht geholfen hat.«

Uthilda und Thilmann zogen erstaunt die Brauen hoch. Heinrich aber seufzte und sah Sophie aus seinen tatsächlich leicht blutunterlaufenen Augen an. »Sophie, ich wollte dich damals nicht verlassen, aber …«

»Aber du hast es getan!«, schleuderte sie ihm entgegen.

Beruhige dich, warnte die heilige Walburga, beruhige dich. Sonst nimmt das hier noch ein schlimmes Ende.

»Mein Vater hat mich unter Druck gesetzt. Er wollte unseren Namen schützen, das Geschlecht der von Sternaus.«

»Das ist ihm ja auch gut gelungen«, stellte Sophie sarkastisch fest.

Heinrich wurde rot. »Das ist doch alles längst vergangen«, presste er hervor.

»Eben«, erwiderte Sophie. »Also müßig, noch darüber zu sprechen. Es sei denn, der alte Hohenfels tritt auch in den nächsten Jahren nicht ab. Dann möchtest du vielleicht doch noch meine liebe Freundin Uthilda heiraten, die immerhin auch wegen dir ins Kloster gegangen ist.«

Jetzt wurde Uthilda rot, aber gerade, als sie zu einer Antwort anheben wollte, kündigte sich das herannahende Brautpaar an.

Als Susanna und Ottheinrich erschienen und huldvoll nach allen Seiten grüßten, versanken auch Sophie, Uthilda, Heinrich und Thilmann in eine tiefe Reverenz. Der Pfalzgraf schien bester Laune zu sein, und auch Susanna lachte ihr perlendes Lachen. Wer war nur auf die Idee gekommen, diese Frau als ernst zu bezeichnen? Langsam bewegten sie sich durch die Menge, nahmen Gratulationen entgegen und begrüßten Delegationen aus den Gemeinden und Dörfern, die zu den Ländereien des Pfalzgrafen gehörten. In ihrem Gefolge entdeckte Sophie wieder die Herren Gertner und De Roy.

Schließlich hielt der Pfalzgraf inne und sah sich um. Sein Blick fiel auf Sophie und Thilmann, und er kam lächelnd auf sie zu. »Frau Adam, Herr Weber«, rief er aufgeräumt. »Ich nehme an, Ihr habt mir das Geschenk für meine Braut mitgebracht?«

Sophie versank in einen Knicks, während Thilmann sich verbeugte. Susanna kam näher, und Sophie konnte sehen, dass ihre Augen von einem warmen Braun waren.

»Es befindet sich in dem Kabinett, das mir angewiesen wurde, Hoheit«, bestätigte Sophie.

»Ich bin schon sehr gespannt«, sagte die Pfalzgräfin. »Herr De Roy hat schon sehr von Ihrer Arbeit geschwärmt.«

Überrascht sah Sophie den jungen Mann an, der sie offen und freundlich anlächelte. Sollte ihr Konkurrent tatsächlich fair sein?

Susanna sah sich nach ihrem Ehemann um. »Ottheinrich, lass uns gehen«, forderte sie ihn auf.

Sophie wandte sich um, froh, der ungemütlichen Wiederkehr ihrer Vergangenheit entkommen zu können. Da trat Uthilda von Staben der Pfalzgräfin unvermutet in den Weg und versank in eine Reverenz. »Eure Hoheit«, sagte sie. »Ich überbringe Euch noch die Glückwünsche meiner Mutter, Elisabeth von Staben.«

Ein erfreutes Lächeln glitt über Susannas Gesicht. »Elisabeth«, rief sie erfreut aus. »Meine liebe Freundin. Ich war so betrübt, dass sie aufgrund ihrer Krankheit nicht an der Hochzeit teilnehmen konnte. Steh auf mein Kind. Lass dich ansehen.«

Uthilda erhob sich.

»Wie ich sehe, kommst du mehr nach deinem Vater. Wie schade, wo deine Mutter doch eine so exquisite Schönheit ist.«

Uthilda wurde rot, und Sophie biss sich auf die Lippen, um nicht zu lächeln. Susanna war sich der Spitze ihrer Bemerkung offenbar gar nicht bewusst geworden. Sie schickte sich an, sich nun in das Kabinett zu begeben und ihr Geschenk zu begutachten.

»Ich bitte Euch, Hoheit«, meldete sich da Uhtilda wieder zu Wort. »Dürfte ich Euch wohl begleiten. Frau Adam und ich sind alte Freundinnen, und sie hat auch mir schon so viel von ihrem Werk erzählt, dass ich es nur zu gerne mit eigenen Augen sehen würde. Dann kann ich es auch meiner Mutter viel besser beschreiben.«

Jetzt verging Sophie das Lachen. Ungläubig sah sie, wie die Pfalzgräfin freundlich nickte und Uthilda sich mit einem triumphierenden Seitenblick in Sophies Richtung in die Reihen des Gefolges eingliederte.

Heinrich war längst hinter den Höflingen zurückgedrängt worden, und so fand Sophie sich an der Spitze eines kleinen Zuges neben Thilmann wieder, der sie besorgt von der Seite ansah. Er spürte, dass dieser Tag für Sophie so manche Überraschung bereitgehalten hatte, und hoffte, dass nun alles Weitere zu ihrer Zufriedenheit verlaufen würde.

Im Kabinett fand Sophie zu ihrer Erleichterung alles so vor, wie sie es verlassen hatte. Die Tapisserie war mit einem schimmernden Taftstoff verhängt. Sophie wartete, bis das Fürstenpaar und einige ausgesuchte Höflinge es sich auf den bereitgestellten Stühlen bequem gemacht hatten. Dann trat sie vor und erklärte in einigen kurzen Worten, wie der Pfalzgraf Herrn Weber und sie vor Monaten gebeten hatte, ein ganz besonderes Geschenk für seine Gattin zu erstellen. Auch Thilmann sagte wie verabredet einige Worte zu seinem Teil der Arbeit, bis das anschwellende Gemurmel verkündete, dass sich die Spannung der Anwesenden auf dem Höhepunkt befand. Sophie trat vor und enthüllte die Tapisserie mit einem gekonnten Griff.

Erstaunte »Oh«- und »Ah«-Rufe kommentierten das enthüllte Werk, vereinzelt wurde bereits applaudiert. Aber selbstverständlich warteten alle auf das Urteil der neuen Pfalzgräfin.

Susanna stand auf und betrachtete sich den Bildteppich aus der Nähe. Wie Sophie es sich vorgestellt hatte, schien jetzt die Sonne schräg durch das Fenster und brachte die Tapisserie zum Leuchten. Zufrieden beobachtete Sophie die ungeteilte Aufmerksamkeit, die die Pfalzgräfin ihrem Werk zuteilwerden ließ.

»Nun, über die Wahl des Motivs kann ich mich nicht beschweren«, sagte sie schließlich und erntete begrüßendes Gemurmel. »Aber auch die Umsetzung und Interpretation durch Herrn Weber ist sehr gelungen. Ich nehme an, dass Herr Gertner mir dabei zustimmen wird.«

Sophie bemerkte wohl, dass die Pfalzgräfin dem Hofmaler durch ihre Formulierung nicht viel Spielraum für seine Antwort ließ. Aber er schien ihr auch nicht widersprechen zu wollen. Schnell entspann sich eine äußerst unterhaltsame Diskussion der Symbolik, die das Motiv bot, und Ottheinrich sonnte sich im allgemeinen Wohlgefallen, das die Darstellung seiner Person hervorrief.

»Was die Wirkarbeit angeht«, fuhr Susanna schließlich fort, und Sophie fühlte sich plötzlich in ihre Kindheit zurück versetzt, in der ihr Vater ihre Schreib- und Rechenaufgaben beurteilt hatte. »Was die Wirkarbeit angeht, so bin ich von der Qualität doch sehr überrascht.«

Eine heiße Welle durchfuhr Sophie. War die Pfalzgräfin etwa nicht zufrieden? Gab der Bildteppich Anlass zu Beanstandung? Auch die anderen Anwesenden hielten während Susannas Kunstpause den Atem an.

»Euer Werk, Frau Adam, ist würdig, den Hof Karls V. zu schmücken«, sagte Susanna mit einem Seitenblick auf ihren Mann und lächelte Sophie dann wohlwollend an. »Was meint Ihr, De Roy?«

Der junge Wirker aus Brüssel trat vor und begutachtete die Tapisserie. Sophie beobachtete ihn voller Abneigung, von der sie nicht zugeben wollte, dass es Eifersucht sein könnte.

»Ich stimme dem Lob Eurer Hoheit von ganzem Herzen zu«, sagte De Roy mit seinem singenden Akzent. »Eine feine, hochwertige Arbeit. Präzise bis ins Detail und mit sehr viel Gespür für die Kunst des Motivs. Frau Adam, Ihr müsst sehr stolz auf Eure Werkstatt sein.«

Sophie errötete schuldbewusst. Ausgerechnet dieser Jungspund war der Erste, der auch die Arbeit ihrer Wirkerinnen mit lobte. Hatte sie selbst deren Mitarbeit überhaupt erwähnt?

»Meine Werkstatt könnte wahrhaftig besser nicht sein«, sagte sie. »Aber ich lohne es meinen Wirkerinnen auch, indem ich sie an meinen Gewinnen beteilige. Je mehr ich verdiene, desto mehr verdienen auch sie.«

»Das sind fürwahr moderne Ansichten«, mischte sich da Ottheinrich ein. »Ich kann mir vorstellen, dass nicht jeder Meister Eurer Zunft diese Lösung begrüßt.«

»Dann müssen sie für sich anders entscheiden«, gab Sophie zurück. »Aber ist es nicht Euer Motto, dass man mit der Zeit gehen soll?«

Der Pfalzgraf brach in lautes Gelächter aus. »Ich hatte vergessen, Frau Adam, dass Eure Zunge ebenso scharf ist, wie Eure Hand geschickt. Aber ich stimme dem Herrn Hoftapezierer in seinem Lob Eurer Arbeit zu.«

Sein Blick ruhte einen Augenblick länger als notwendig auf Sophie, als er ihr diese Botschaft vermittelte. Die Erkenntnis kroch in ihr Bewusstsein, wie die Kälte einem in die Finger biss. Sie würde nicht weiter für den Hof arbeiten. Dann schlug die Starre um in Ärger. Einfach so? Nachdem sie einen erlesenen Beweis für ihre Kunstfertigkeit abgegeben hatte? Das verstand er also darunter, dass er folgende Aufträge auch in Neuburg vergeben wollte. Er ließ sich von ihr ein Kunstwerk zu einem Spottpreis machen und holte sich für das Amt einfach einen Fremden her!

Der Blick des Pfalzgrafen streifte unwillkürlich ihren schwangeren Bauch, bevor er sich wieder einem seiner Höflinge zuwandte, und Sophie verstand. Er würde ihr den Posten nicht geben, weil sie eine Frau und zukünftige Mutter war. Er fürchtete, dass sie dieser Belastung nicht gewachsen sein würde. Im gleichen Moment, in dem ihr dieser Zusammenhang aufging, wusste sie, dass die Entscheidung unwiderruflich war. Ottheinrich würde sich nicht umstimmen lassen. Sie fing einen Blick von der Pfalzgräfin auf und erkannte, dass diese die Entscheidung ihres Mannes nicht begrüßte.

»Ich zumindest verneige mich tief vor Eurer Kunst«, sagte Susanna laut und schloss Thilmann mit einer Geste ein. »Und ich bedanke mich bei meinem lieben Mann für sein erlesenes Geschenk und seine unvergleichliche Großzügigkeit.«

Sie reichte dem Pfalzgrafen die Hand, und die Anwesenden

brachen in entzückten Applaus aus. Nun drängten sich auch die Höflinge nach vorne, um das Werk aus der Nähe zu betrachten, und Sophie flüchtete vor den wichtigtuerischen, aber wenig qualifizierten Meinungsäußerungen ans Fenster. Dort konnte sie tief Luft holen und den Tränen der Enttäuschung Einhalt gebieten.

»Ich danke Euch wirklich herzlich für Eure Arbeit«, erklang da die Stimme der Pfalzgräfin neben ihr. »Ein ganz ausgezeichnetes Werk. Ich kann gar nicht abwarten, es dem Kaiser bei Gelegenheit vorzustellen.«

Sophie errötete. Dieses persönliche Kompliment der Fürstin wog weit schwerer als das öffentliche Lob. Auch wenn die Demütigung, die sie eben durch den Pfalzgrafen erfahren hatte, noch schmerzte, gelang es Sophie, zu lächeln. »Ich habe Euch zu danken«, sagte sie mit einem Knicks.

»Aber erhebt Euch doch«, fiel Susanna ihr ins Wort. »In Eurem Zustand. Wie ich sehe, kann es bis zur Geburt nicht mehr so lange dauern.«

»Einige Wochen werden es noch sein«, sagte Sophie.

»Ich freue mich für Euch«, erwiderte die Fürstin warmherzig. »Kinder sind ein großer Segen. Ich möchte keines meiner noch lebenden drei missen.«

»Es ist nur schade, dass das Kind keinen Vater mehr hat«, warf Uthilda von Staben ein, die unbemerkt neben Sophie getreten war. »Frau Adam ist leider schon so jung verwitwet.«

Mitgefühl zeichnete sich auf den Zügen der Fürstin ab. »Ist das wahr?«

Sophie schluckte. Dann nickte sie. »Leider. Mein Mann ist im Winter einem heimtückischen Überfall zum Opfer gefallen.«

»Mein Gott! Hat man die Übeltäter gefasst?«

Sophie schüttelte den Kopf. Die Suche nach den Mördern von Frank Adam war von Anfang an wenig aussichtsreich gewesen.

»Es tut mir so leid«, sagte die Fürstin. »Ich weiß, was es heißt, seinen Mann zu verlieren.«

»Nun, wirtschaftlich kann ich zum Glück auf eigenen Füßen stehen. Die Zunft hat mich zur Meisterin ernannt und mir die Werkstatt gelassen.«

Flüchtig dachte Sophie daran, dass der Streit mit den Seidenweberinnen noch beigelegt werden musste, aber mit dem Verdienst, den sie durch die Tapisserie erwirtschaftet hatte, würde sie eine ganze Weile haushalten können.

»Aber was bedeutet das für Eure Familie?«, wandte die Fürstin ein. »Ihr seid doch noch so jung. Sicher wollt Ihr weitere Kinder haben. Und Euer Ungeborenes braucht einen Vater.«

Sophie dachte daran, dass sie kaum fünf Jahre jünger war als die Pfalzgräfin selbst. Sie war recht alt für ihr erstes Kind, und als sie an die Gründe dafür dachte, errötete sie. Susanna nahm diese Röte als Zustimmung.

»Seht Ihr«, rief sie aus. »Auch eine starke und unabhängige Frau sehnt sich in unseren fortschrittlichen Zeit noch immer nach der Geborgenheit einer Familie.«

Sophie fand die Ansicht der Fürstin zwar etwas einseitig, aber sie wusste, dass sie sich selbst nicht ganz davon freisprechen konnte. Immerhin hatte der Wunsch nach einem Kind schon eine Weile in ihr geschlummert.

»Nun, ich möchte nicht ausschließen, dass ich mich wieder verheiraten werde«, sagte sie und sah, wie Uthildas Augen wissend glitzerten. »Aber noch ist die Trauer um meinen Mann zu frisch, um einer neuen Ehe Raum zu geben.«

Susanna nickte verstehend. »Nun, ich werde an Euch denken, Frau Adam. Und ich wünsche Euch das Beste für die bevorstehende Geburt. Lasst es mich doch wissen, wenn das Kind da ist.«

Sophie versprach es und versank zum Abschied in einen Knicks. Nachdem das Fürstenpaar samt seinem Gefolge verschwunden war, lehnte sie sich müde an Thilmann.

»Solche Tage möchte ich nicht zu oft erleben«, seufzte sie. »Das war ein bisschen viel auf einmal.«

Thilmann legte seinen Arm um ihre Schultern und zog sie sanft an sich. »Wie viele Überraschungen könnte das Schicksal denn noch für dich bereithalten?«, fragte er leise.

»Eigentlich fallen mir keine mehr ein«, erwiderte Sophie. »Aber damit habe ich mich schon häufiger getäuscht.«

»Immerhin hat der Pfalzgraf bereits angewiesen, dass dir die Kaufsumme in den nächsten Tagen überstellt wird.«

»Woher weißt du das?«, fragte Sophie erstaunt.

»Ich habe seinen Kämmerer gefragt, als du so vertraut mit der Fürstin warst«, lächelte Thilmann. »Ich dachte mir, du würdest dich sonst hinterher über die verpasste Gelegenheit ärgern.«

Sophie kuschelte sich dankbar an ihn. »Wie recht du doch hast, Herr Beinahe-Hofmaler«, murmelte sie müde.

»Zu Euren Diensten, Frau Beinahe-Hoftapeziererin«, antwortete er und küsste zärtlich ihre Schläfe.

Kapitel 34

Die Tage in der Webstube wurden wieder ruhig. Michel, die Mädchen und Gunhild machten sich an die Arbeit, die ersten leichten Wollstoffe für den Winter herzustellen. Bartl Ludwig hatte Sophie auf eine zu erwartende Knappheit dieses Stoffes hingewiesen, da sich viele Webereien nach dem Vorbild der Werkstatt Adam auf modische Muster und Stücke spezialisiert hatten. Ihr eigentliches Brot-und-Butter-Geschäft verloren sie dabei aus den Augen.

»Ein guter Geschäftsmann tut immer das, was die anderen gerade nicht tun«, hatte er Sophie geraten, der die Empfehlung einleuchtete. Vroni hatte sich ausgezeichnet gemacht und stellte inzwischen unter Babetts Aufsicht feines Tuch her, wenn sie ihre anderen Pflichten erfüllt hatte. Hans hatte weiterhin seine changierenden Seidenstoffe gewebt, bis Sophie eine Nachricht vom Zunftvorstand bekam. Sie las den Brief und ließ ihn dann resigniert sinken.

»Hans«, winkte sie ihren kreativsten Weber heran. »Schlechte Nachrichten.«

Der hübsche, blonde Mann stand auf und kam widerwillig näher. Er ahnte, was Sophie ihm nun eröffnen würde.

»Wir dürfen keine Seidentuche mehr weben«, sagte Sophie knapp. »Und es gibt auch keinen Weg, auf dem wir für die Zukunft die Erlaubnis erhalten werden. Da ich Meisterin der Weberzunft bin, darf ich nicht auch noch Seidenweberin werden. Und da es sich um eine reine Frauenzunft handelt, darfst du es auch nicht. Obwohl du bestimmt ausgezeichnet dafür geeignet wärst.«

Hans wurde rot. Zuerst aufgrund von Sophies doppeldeutiger Neckerei, dann vor Zorn. »Aber es ist meine Idee gewesen, die Tuche so zu weben. Ich möchte es auch in Zukunft tun.«

Sophie seufzte. »Du kannst natürlich bei einer Seidenweberin anheuern«, stellte sie ihm schweren Herzens frei. »Dann wärst du trotz deiner Fähigkeiten natürlich wieder eine ungelernte Kraft, und man würde dich dementsprechend entlohnen.«

»Das will ich auch nicht«, maulte Hans.

»Dann wirst du wohl hier sitzen bleiben und weinen müssen, lieber Hans.« Sophie lächelte ihn matt an. »Denn eine andere Möglichkeit gibt es nicht. Der Vorstand erlaubt uns immerhin, unsere bestehenden Vorräte zu verkaufen. Das ist doch schon einmal etwas. Damit werden wir noch eine hübsche Stange Gewinn machen.«

Hans sah vor sich auf den Boden.

»Ich bin froh, dass sie mich wenigstens weiterhin Tapisserien wirken lassen«, fuhr Sophie fort und goss sich und Hans etwas Würzwein ein. Der Oktobertag versprach, kühler zu werden, und Sophie sehnte sich zum Ende ihrer Schwangerschaft nach heimeliger Gemütlichkeit.

»Vielleicht kann ich dich ein bisschen aufmuntern, Hans.« Michel war zu ihnen getreten. »Kommt mit.«

Sophie und Hans folgten Michel neugierig zu seinem Webstuhl. Sophie hatte geglaubt, dass Michel ebenfalls Tuch webte wie die anderen. Aber als sie nun vor seinem Webstuhl stand, strich sie verwundert über seine Arbeit. Das Tuch war fest, aber dabei weicher und anschmiegsamer als Leinen und von einem warmen Elfenbeinton. Durch verschiedene aufeinander abgestimmte Atlasbindungen hatte Michel ein feines Muster in den Stoff gewebt, das durch das schräg darauffallende Licht wunderbar glänzte und erst richtig zur Geltung kam.

»Was ist das?«, fragte Sophie erstaunt. »Das ist doch Seide? Du hast Seidendamast gewebt?«

Michel schüttelte den Kopf. »Baumwolle«, strahlte er stolz.

Sophie blieb der Mund offen stehen. »Baumwolle?«

»Sie kommt aus den fernöstlichen Ländern«, erklärte Michel beflissen, und Sophie wurde den Verdacht nicht los, dass er sich sein Wissen selbst erst vor Kurzem angeeignet hatte. Aber spielte das eine Rolle?

»Und die wächst auf Bäumen?« Paul war neugierig näher gekommen. Michel zuckte mit den Schultern. »Angeblich schon. Ich meine, wenn sogar Raupen Seide produzieren, warum sollen dann nicht die Fasern von Bäumen und Sträuchern auch zum Verspinnen taugen? Man verarbeitet doch auch die Fasern von Flachs.«

»Natürlich«, murmelte Sophie. Da stellte sie Tapisserien für mehrere hundert Gulden her und vergaß darüber grundlegende Webmaterialien. Eine schöne Meisterin war sie. Um ihre Verlegenheit zu überspielen, beugte sie sich wieder interessiert über das Tuch. »Aber sie glänzt wie Seide«, stellte sie fest.

»Es ist gelaugte Baumwolle«, erklärte Michel weiter.

Mittlerweile hatten sich auch die anderen um seinen Webstuhl versammelt. »Das Garn wird unter großer Spannung gelaugt, damit es so schön glänzt und auch Farbe besser aufnimmt.«

»Wie bist du überhaupt zu der Baumwolle gekommen?«, fragte Hans plötzlich.

Michel wurde rot. »Ich … äh … ich habe sie gekauft. Neulich, als ich die Garne für die Tapisserie besorgen sollte.«

»Und womit hast du sie bezahlt?«, fragte Sophie argwöhnisch.

»Mit meinem eigenen Geld«, betonte Michel.

»Mit deinem Geld?« Hans konnte es nicht glauben.

»Ich habe mir gedacht, dass es an der Zeit ist, dass auch ich mal eine gute Idee für die Werkstatt Adam beisteuere.« Michel wirkte bei diesen Worten fast verlegen.

»Es scheint fast so, als hätte ich dich unterschätzt.« Hans sah seinen langjährigen Mitweber anerkennend an.

»Nun, vielleicht brauchte ich auch nur ein Vorbild, das mir die Augen öffnet«, erwiderte Michel mit roten Ohren. »Du hast mich immer in deine Arbeit einbezogen.«

Sophie betrachtete lächelnd die beiden Männer, die schon lange vor ihr in dieser Werkstatt zusammengearbeitet hatten.

»Nun, da es Baumwolle ist, werden uns die Damen vom Seidenamt in Ruhe lassen«, stellte sie zufrieden fest. »Ich hoffe, dass du mit diesem Material auch glücklich werden kannst, Hans.«

Hans betrachtete Michels Tuch eine Weile und nickte dann, auch wenn er Sophie nicht restlos überzeugt schien.

»Dann brauchen wir nur noch mehr davon, Michel.« Sophie wandte sich nach dem Weber um. »Komm mit. Wir gehen einkaufen.«

Zusammen mit ihrem Weber deckte Sophie die Werkstatt mit einem guten Vorrat an dem ungewöhnlichen Baumwollgarn ein. Wer wusste schon, wann sie dieses Material wieder in die Finger bekommen würde. Dann schauten sie auch gleich bei Jasper Aubach vorbei, um mit ihm über die verschiedenen Färbeprozesse bei diesem Material zu sprechen.

Es fiel Sophie nun ein wenig schwerer, sich zwanglos und unauffällig mit Thilmann zu treffen. Die Tapisserie war abgeliefert, und der Pfalzgraf hatte die nächste Rate schon bezahlt. Sophie hatte zwar eigentlich eine Komplettzahlung mit ihm vereinbart, aber Ottheinrich hatte über seinen Kämmerer mitteilen lassen, dass er aufgrund der teuren Hochzeitsfeierlichkeiten vorerst nur weitere vierhundert Gulden bezahlen würde. Nach Abzug des Vorschusses aus dem Winter schuldete er Sophie damit noch zweihundert Gulden. Sophie ärgerte sich über die Tatsache, dass diese Neuerung ihr als Mitteilung zugestellt wurde und nicht als Gesuch. Jetzt würde sie Jasper Aubach und ihren Wirkerinnen aus ihrem Privatvermögen ihr Geld vorschießen müssen, denn von dem fehlenden Geld waren letztendlich gut hundert

Gulden ihr eigener Gewinn. Diese stolze Summe ergab sich sowohl aus ihrem Talent, gut zu verhandeln, als auch aus ihrer Gabe, gut zu wirtschaften. Babett und Gunhild hatten sie ab und an sogar geizig genannt, aber Sophie legte eben Wert darauf, dass alle Materialien verbraucht wurden, und verarbeitete gerade bei teuren Garnen auch kleine Reste an Stellen, an denen es das Werk zuließ.

Mit ihrem Gewinn war Sophie durchaus zufrieden, auch wenn sie ihn erst später würde einstreichen können. Sie wusste, dass sie als Hoftapeziererin erheblich weniger verdienen würde. Aber ihr Name wäre auf ewig mit dem des Pfalzgrafen verbunden und würde nicht in Vergessenheit geraten. So wie Ottheinrich lebte, würde er bestimmt als Kunstliebhaber in die Geschichte eingehen. Und als Verschwender, dachte sich Sophie lächelnd. Wie recht sie schon bald damit haben würde, konnte sie nicht ahnen.

Sophies großer Webstuhl stand noch immer leer auf seinem Platz. Noch hatte sie keine Idee, an welches Projekt sie sich als Nächstes heranwagen würde. Die reichen Bürger Neuburgs überhäuften sie zwar mit Anfragen, aber aufgrund der geringeren Größe ihrer Häuser und ihrer Vermögen würde kein Auftrag an die Großartigkeit der vollendeten Tapisserie anknüpfen können. Und sie hatte wenig Lust, sich wieder mit Stuhlbezügen oder Altartüchern zufriedenzugeben.

»Ist es überheblich, wenn ich so denke?«, fragte sie Thilmann, als sie eine gute Woche nach der Übergabe der Tapisserie zusammen im Garten saßen. Da Sophies Schwangerschaft schon weit fortgeschritten war, besuchte der Maler sie harmlos und in aller Öffentlichkeit. Manchmal saß Gunhild noch auf einen Becher Wein bei ihnen, um sich mit einem feinen Lächeln schließlich zurückzuziehen und die beiden allein zu lassen.

»Ja«, sagte Thilmann unumwunden. Verärgert sah Sophie ihn an. »Frag mich nicht, wenn du meine ehrliche Antwort nicht hören willst«, entgegnete der Maler lachend. »Aber weißt du was? Ein wenig Überheblichkeit kann nicht schaden. Nennen wir sie lieber Ehrgeiz. Gerade uns Künstlern scheint diese Eigenschaft angeboren zu sein.«

Sophie lächelte bittersüß zurück.

»Wo wir gerade von geboren sprechen«, fuhr Thilmann fort. »Vielleicht ist es gar nicht so schlecht, dass du nicht an einem großen Werk arbeitest, wenn das Kind zur Welt kommt.«

Sophie schwieg. Die Bemerkung verursachte ihr ein ungutes Gefühl.

»So hast du mehr Zeit für das Kind. Oder willst du etwa eine Amme suchen?«

So wie Thilmann diesen letzten Satz betonte, hätte er auch fragen können, ob sie das Kind in einem Bastkörbchen aussetzen wolle.

»Warum nicht?«, fragte sie zurück. »Immerhin tun das die meisten Frauen.«

»Ich fände es schön, wenn mein Kind von seiner Mutter versorgt würde«, wandte Thilmann ein.

»Natürlich fändest du das schön«, sagte Sophie spitz. »Du hättest ja auch keine Arbeit damit.«

»Ich sage ja nicht, dass du alles alleine machen sollst. Natürlich bin ich auch da. Und wir werden weiterhin eine Magd und eine Köchin haben.«

Sophie sah ihn an und versuchte, sich vorzustellen, wie das Leben sein würde, wenn sie Thilmann tatsächlich heiratete. Es fiel ihr schwerer als gedacht. Zum ersten Mal in ihrem Leben hatte sie einen Status erreicht, der es ihr erlaubte, fast gänzlich frei für sich selbst zu entscheiden. Als wohlhabende Witwe war sie so unantastbar wie eine Nonne und fast so frei wie ein Mann. Das würde sich mit einer neuen Ehe wieder ändern.

»Du wirst mir aber nicht verbieten, zu arbeiten?«, fragte sie unvermittelt.

Thilmann sah sie verletzt an. »Ich möchte dich nur heiraten, weil ich sonst niemanden habe, der meine Hosen flickt«, sagte er säuerlich. »Sophie! Was soll das?«

Sophie presste die Lippen aufeinander und suchte nach einer Antwort. Sie lehnte den Kopf an die Lehne ihres Stuhls und schloss die Augen.

Du willst ihn heiraten, weil du ihn über alles liebst, erinnerte die heilige Walburga sie.

Ach, und daran erinnerst ausgerechnet du mich, dachte Sophie.

Ich erinnere dich immer an die Dinge, die du gerade zu vergessen beliebst. Die heilige Walburga lächelte fein.

Sophie musste ebenfalls lächeln. Ich warte auf den Tag, an dem du einmal nicht recht hast, dachte sie.

»Wann heiraten wir eigentlich?«, fragte sie Thilmann und ärgerte sich im gleichen Augenblick darüber, wie nüchtern ihre Worte klangen. Sie beugte sich vor und nahm Thilmanns Hand. »Ich möchte nämlich schrecklich gerne deine Frau werden.«

Er entspannte sich. »Am liebsten morgen«, antwortete er. »Aber sag du es mir. Willst du denn das Trauerjahr verstreichen lassen?«

Sophie dachte nach. »Wäre ich nicht Meisterin geworden, hätten sie mich auch innerhalb eines Jahres in die nächste Ehe getrieben. Sonst hätte ich meine Werkstatt abgeben müssen. Und einen solventen Gesellen, der die Meisterwürde anstrebt, gibt es immer.«

Sie dachte an Hans. Wie lange würde er sich noch bei ihr als Weber verdingen? »Lass uns heiraten, wenn das Kind da ist«, schlug sie vor und streichelte ihren dicken Bauch. »Im Augenblick fühle ich mich einfach zu träge für ein Brautkleid. Und da der Vater des Kindes offiziell ohnehin Frank sein wird, ist es ja auch nicht wichtig, dass wir vor der Geburt heiraten.«

»Am ersten Advent«, schlug er vor und führte ihren Handrücken an den Mund. »Am ersten Advent heiraten wir.«

Dann machte er eine Geste, als habe er etwas Wichtiges vergessen. Er griff in die Tasche seines schlichten Wamses und fingerte ein kleines, ledernes Beutelchen heraus. Mit geheimnisvoller Mimik öffnete er es und förderte eine feine, goldene Kette an das letzte Licht der untergehenden Sonne. Die Kette zeigte einige fein ziselierte und ineinander verschlungene Blüten und verjüngte sich nach hinten zu einem schlichten Verschluss.

»Zur Verlobung«, sagte er, während er ihr die Kette zeigte.

Sophie betrachtete die feine Arbeit und strahlte ihren Zukünftigen an. »Ich danke dir. Wie schön!«

»Heckenrosen«, murmelte er, während er aufstand und hinter ihren Stuhl trat, um ihr die Kette umzulegen. »Schlichte, einfache Heckenrosen. Der Goldschmied hat mich wahrscheinlich für verrückt gehalten, dass ich seine teuren Dienste in Anspruch nehme, um etwas so Einfaches wie Heckenrosen schmieden zu lassen. Aber …«

»… die Heckenrosen haben damals im Garten von Eichstätt geblüht«, vollendete Sophie seinen Satz.

Seine Augen verrieten, wie sehr er sich freute. »Das weißt du noch?«

»Wie könnte ich das jemals vergessen?«, fragte sie und erwiderte seinen Kuss.

Wenige Tage später überbrachte ein Bote eine Nachricht vom Hof. Erstaunt nahm Sophie den Umschlag entgegen, um noch erstaunter festzustellen, dass er von der Pfalzgräfin und nicht von Ottheinrich kam. Sie lud Sophie zu einer privaten Audienz an den Hof. Da Sophie mit ihrem schweren Bauch die schönen, goldenen Spätherbsttage genoss, verspürte sie spontan wenig Lust dazu. Sie ahnte jedoch, dass Susanna eine ihrer Fürsprecherinnen am Hofe war, und überlegte, ob es sich um einen weiteren Auftrag handeln könnte, den sie von ihr erhalten sollte. Am Tag der Audienz gönnte sie sich ein Bad außer der Reihe und kleidete sich mit Sorgfalt in eine der wenigen Roben, die sie für ihre Umstände hatte anpassen lassen. Dann ließ sie sich mit einer kleinen Kutsche zum Hof fahren, wo sie unerwartet schnell in den Salon der Pfalzgräfin vorgelassen wurde.

Der Raum war klein, aber geschmackvoll eingerichtet. Sophie ahnte, dass einige der Möbelstücke und Kunstgegenstände ein Teil von Susannas Vermögen gewesen waren, denn sie unterschieden sich durch ihre Zierlichkeit und schlichte Eleganz deutlich vom prunkvollen Geschmack des Pfalzgrafen. Da Susanna noch nicht anwesend war, hatte sie ausgiebig Zeit, sich umzusehen. Die Gemälde gefielen ihr eher mäßig, während die Stoffe, mit denen die Sitzmöbel bezogen waren, ganz exquisit gewebt waren. Seide, stellte Sophie fest, als ihre Hand unwillkürlich prüfend darüberglitt, und sie verspürte einen rebellischen Moment des Bedauerns darüber, dass ihr diese Art der Weberei versagt bleiben würde. Dann fesselte ein kleines Porträt ihre Aufmerksamkeit, eher eine Zeichnung. Es war ein wunderschönes Frauengesicht mit italienischer Frisur. Die Augen blickten den Betrachter ein wenig wehmütig an, und die Züge der Frau wirkten so ungemein realistisch, dass Sophie das Gefühl hatte, sie würde jeden Augenblick zu sprechen beginnen. Fasziniert beugte sie sich ein wenig vor, um das Kunstwerk eingehender betrachten zu können.

»Gefällt Euch das Bild?«, fragte Susanna, die unbemerkt hinter Sophie eingetreten war.

Sophie fuhr herum und versank verlegen in eine tiefe Reverenz. »Ich wollte bestimmt nicht unhöflich sein, Eure Hoheit«, versicherte sie schnell.

»Wie könnte es unhöflich sein, von einem da Vinci begeistert zu sein?«, fragte die Pfalzgräfin zurück. »Die Werke des großen Meisters werden so schnell nichts von ihrem Charme verlieren. Komme da an Moden, was wolle.«

Wieder sah Sophie auf das Porträt. Das also war ein Werk

vom großen Leonardo, den Thilmann so verehrte. Sie begann zu verstehen, warum er das tat. Wenn schon eine vergleichsweise kleine Zeichnung so viel Ausstrahlung hatte, wie würden da erst seine großen Gemälde und Fresken wirken?

»Meister Weber wäre sicher ebenfalls begeistert«, sagte Sophie. »Er hat in Italien bereits viele Werke dieses Künstlers gesehen.«

Susanna seufzte. »Darum beneide ich ihn wirklich.« Dann machte sie eine kleine Pause, in der Getränke und Gebäck serviert wurden. »Ihr habt wirklich wunderbar mit Meister Weber zusammengearbeitet«, fuhr sie dann fort. »Man kann Eurer Tapisserie ansehen, dass von Anfang an ein intensiver Austausch stattgefunden hat.«

Fast wäre Sophie über diesem Lob errötet. Aber dann sagte sie sich, dass die Pfalzgräfin unmöglich wissen konnte, wie intensiv der Austausch tatsächlich gewesen war.

Sie folgte der Aufforderung Susannas und setzte sich in einen bequemen Sessel. Das Gebäck war vorzüglich, und Sophie aß mit Appetit. Seit dem Morgen hatte sie aus Nervosität vor ihrem Besuch bei der Pfalzgräfin kaum etwas zu sich genommen. Mitten in der Bewegung wurde ihr bewusst, dass ihr Verhalten womöglich als schlechter Benimm ausgelegt wurde, und sie stellte ihren Teller vorsichtig auf den Tisch zurück.

Susanna lächelte. »Bitte bedient Euch doch«, forderte sie Sophie auf. »Ich weiß ja selber, dass man in den letzten Wochen einer Schwangerschaft so gut wie nichts Essbarem widerstehen kann.«

Sophie tupfte sich den Mund mit einer kleinen Damastserviette ab, die aufgrund ihres komplizierten floralen Musters sicherlich Hans' Interesse gefunden hätte.

»Ihr müsst Euren Mann sehr vermissen«, sagte Susanna unvermittelt.

Sophie stutzte kurz. Mit einer so persönlichen Frage hatte sie nicht gerechnet. Natürlich vermisste sie Frank. Er fehlte ihr oft.

Aber Thilmann existierte bereits so selbstverständlich in ihrem Leben, dass keine Leere entstanden war. »Er war wunderbar«, sagte sie schließlich unverfänglich.

Die Pfalzgräfin ergriff ihre Hand. Verwundert sah Sophie zu ihr auf und wurde das Gefühl nicht los, dass die Fürstin auf ein bestimmtes Ziel hinsteuerte.

»Ihr habt Euch sicher schon gefragt, warum ich Euch hergebeten habe«, kam es prompt.

»Ich nehme an, es handelt sich um einen kleinen Auftrag, den ich für Eure Hoheit erfüllen soll«, versuchte Sophie es zaghaft.

Susanna lachte ein perlendes Lachen. »Wie selbstlos Ihr seid, Sophie«, rief sie. »Ich darf doch Sophie sagen?«

Sophie nickte mit leicht gerunzelter Stirn. Sie war sich nicht sicher, ob ihr die Richtung, die dieses Gespräch nahm, behagte.

»Meine Liebe«, fuhr Susanna in vertrautem Ton fort. »Eure Freundin Uthilda von Staben ist ja leider bereits mit ihrem Vater abgereist und kann heute nicht bei uns sein.«

Nun wurde Sophie wirklich unbehaglich zumute. Wenn Uthilda dahintersteckte, konnte nichts Gutes dabei herauskommen.

»Wir beide sind nämlich zu dem Entschluss gekommen, dass man eine so wunderbare Frau wie Euch nicht ein trauriges Dasein als Witwe führen lassen darf.«

Sophie verschlug es die Sprache. »Aber so traurig …«, begann sie, doch die Fürstin war in ihrem Element.

»Ich weiß, Ihr seid viel zu anständig, um etwas für Euch selbst einzufordern«, plapperte sie weiter, während Sophie meinte, die heilige Walburga erschrocken husten zu hören, als habe sie sich verschluckt. »Darauf hat mich Uthilda schon vorbereitet. Ich werde daher auch keinen Widerspruch von Euch zulassen, meine Liebe.«

Widerspruch wogegen?, fragte sich Sophie verzweifelt. Sie

ahnte, dass ihre Kontrahentin die Zeit in Neuburg für einen letzten Schlag gegen sie gut genutzt haben würde. »Worum handelt es sich denn?«, brachte sie mühsam hervor.

Susanna lächelte geheimnisvoll. »Um Eure Vermählung«, sagte sie und sah Sophie an, als ob sie ihr gerade die Himmelspforte geöffnet hätte.

Wie um alles in der Welt kann sie davon wissen?, schoss es Sophie durch den Kopf. Und wie konnte Uthilda davon wissen? Bisher hatten Thilmann und sie ja noch nicht einmal ihre Verlobung offiziell bekannt gegeben.

»Meine Vermählung?«, wiederholte sie dümmlich.

»Ja!« Susanna strahlte. »Es bereitet mir unendliche Freude, dass einer meiner Gefolgsleute, der Freiherr von und zum Grund, von ganzem Herzen um Eure Hand bittet.«

»Äh … wie bitte?« Sophie wurde flau im Magen.

»Er war in unserem Gefolge, als wir die Tapisserie besichtigt haben, und er hat sich anscheinend auf den ersten Blick in Euch verliebt. Als er hörte, dass Ihr verwitwet seid, hat er sich an mich gewandt, um einen Kontakt herzustellen. Diesen Hinweis hat er von Eurer Freundin Uthilda erhalten.« Susanna lächelte verschmitzt, während Sophie sie mit offenem Mund anstarrte.

»Aber …«, krächzte sie heiser, doch die Fürstin ließ sie wieder nicht weiterreden.

»Ich habe ihm natürlich allen Mut gemacht, da ich doch weiß, dass er eine ganz wunderbare Partie für Euch ist. Herr von und zum Grund besitzt ein solides Vermögen. Stellt Euch vor, Ihr braucht dann nie wieder in Eurer Werkstatt zu arbeiten. Ist das nicht wunderbar?«

Nein, dachte Sophie, das ist ein Albtraum! Noch konnte sie die Katastrophe, die sich über ihr zusammenbraute, gar nicht in ihrem ganzen Ausmaß erkennen.

»Er wird Euch mit auf seine Ländereien in Bayern nehmen. Ein ganz entzückendes Anwesen. Ihr seid wirklich zu beneiden.«

Die Begeisterung der Fürstin hallte als bitteres Echo in Sophie wider. Sie musste diese Audienz so schnell wie möglich abbrechen, bevor ein Schaden entstand, den sie nicht wieder rückgängig machen konnte.

»Jetzt, nachdem ich Euch so viel von Eurem Zukünftigen erzählt habe, seid Ihr sicher ganz neugierig darauf, ihn mit eigenen Augen zu sehen. Er ist nämlich hier!«

»Er ist hier?«, flüsterte Sophie tonlos. Dieses Mal hatte Uthilda ja wirklich ganze Arbeit geleistet.

»Ja, ist das nicht wunderbar? Er bat mich, ihn hereinzubitten, wenn ich sicher sei, dass Ihr ihn nicht ablehnen würdet. Und wie könntet Ihr das, nach allem, was ich Euch von ihm erzählt habe? Ihr werdet mich doch nicht enttäuschen?«

Was hatte sie ihr denn erzählt?, fragte sich Sophie bitter. Der Mann war reich und von Adel. Anscheinend sah die Fürstin hierin ausreichende Gründe für eine Bürgerin, die Ehe unter keinen Umständen auszuschlagen. Sprachlos sah sie, wie die Pfalzgräfin zur Glocke griff und läutete. Sie ruft ihn herein wie einen Bediensteten, sagte sie sich. Führt er nur ihre Befehle aus?

Die Tür öffnete sich, und ein nicht mehr ganz junger Mann in einer zu seinem roten Haar unvorteilhaften, apfelgrünen Schaube kam herein. Er schritt zackig in die Mitte des Salons, wo er in eine tiefe Verbeugung vor den Damen zusammenklappte. Dabei schwenkte er sein samtgrünes Barett, das er schließlich nervös in beiden Händen vor seinem nicht unbeträchtlichen Bauch festhielt, nachdem er sich wieder aufgerichtet hatte.

»Meine Liebe«, sagte die Pfalzgräfin. »Darf ich Ihnen Ignatius von und zum Grund, Freiherr zu Ansbach, vorstellen.«

Sophie starrte den ihr zugedachten Bräutigam sprachlos an. Der Name passte genau zu seiner Erscheinung. Sein Gesicht war in Zügen schön zu nennen und erinnerte sie an Heinrich von Hohenfels. Nur die Konturen waren runder und weicher und verliehen ihm die Ausstrahlung eines wenig intelligenten Kindes. Als Sophie nicht sprach, nahm er seinen ganzen Mut zusammen. Er machte einige Schritte auf sie zu und sank zu ihrem Entsetzen vor ihr auf die Knie.

»Frau Adam«, stieß er hervor. »Ihr seid mir erschienen wie der Engel der Apokalypse und habt seither meine Gedanken und mein Herz nicht mehr verlassen. Unter dem Schutz unserer lieben Fürstin bitte ich Euch somit um Eure Hand.«

Während sich Sophie noch fragte, ob der gute Mann eigentlich wusste, was die Apokalypse war, klatschte Susanna bereits erfreut in die Hände. »Wie romantisch! Aber natürlich will sie«, rief sie aus. »Nicht wahr, liebste Sophie?«

»Aber …«, hub Sophie erneut an, doch der Mann vor ihr hatte bereits Besitz von ihrer Hand ergriffen und bedeckte sie mit Küssen, die Sophie nicht gerade mit Entzücken füllten.

»Ich bin so glücklich!«, rief er aus.

Nein, wollte Sophie rufen. Schluss mit diesem elenden Theater! Aber da sah sie, wie sich das Gesicht Ignatius' plötzlich mit rasender Geschwindigkeit von ihr entfernte. Ihre Finger wurden eiskalt, in ihren Ohren summte es, und in diesem unpassendsten aller Momente geschah es ihr zum ersten Mal in ihrem Leben, dass sie in Ohnmacht fiel.

»Was um Himmels willen ist geschehen?«, fragte Thomas, noch bevor er durch die Tür getreten war. »Ist etwas mit dem Kind?« Sein Blick glitt prüfend über den noch immer wohl gerundeten Leib seiner Schwester.

Sophie schüttelte den Kopf und winkte ihn heran. »Schlimmer«, sagte sie tonlos. »Ich werde heiraten.«

Nachdem sie im Salon der Pfalzgräfin aufgewacht war, war der Leibarzt ihrer Hoheit sorgsam um sie bemüht gewesen. Er stellte fest, dass Sophies Ohnmacht wohl auf eine zu knappe Kost an diesem Tag zurückzuführen sei. Sophie, die daran dachte, wie ausgiebig sie dem Gebäck zugesprochen hatte, wusste, dass der Grund schlicht und einfach in ihrem Schock lag. Zu ihrer Erleichterung war Ignatius von und zum Grund nicht mehr anwesend, und so versuchte sie zuerst höflich und schließlich bestimmt der Pfalzgräfin klarzumachen, dass sie ihr mit dieser Ehe keinen Gefallen tat. Aber all ihre Versuche prallten an Susannas Entschiedenheit ab, Sophie glücklich zu machen.

»Uthilda hat mich schon davor gewarnt, dass Ihr mir eine solche Gefälligkeit aus Höflichkeit nicht erlauben würdet. Sie meinte sogar, Ihr würdet eine erfundene Liebschaft vorschützen, um mich nicht unnötig zu belasten.« Sophie stöhnte innerlich. Wieder einmal hatte sie ihre alte Feindin unterschätzt.

»Aber stellt Euch vor«, fuhr die Pfalzgräfin fort, die inzwischen ihren Schreck über Sophies Ohnmacht überwunden hatte. »Es ist doch bereits alles arrangiert. Ihr müsst doch auch an Euer Kind denken! Ihr mögt Euch vielleicht mit Bescheidenheit schmücken, aber was ist das für eine Chance für Euer Kind! Herr von und zum Grund hat mir versichert, dass er Euer Kind nicht anders behandeln wird, als sei es sein eigenes. Ist er nicht großzügig?«

Sophie wurde wieder kalt. Wie viele Väter bekam ihr armes Baby denn noch?

»Deshalb besteht er ja auch auf der Hochzeit vor der Geburt. Damit das Kind ehelich geboren wird.«

Da er aber nicht der leibliche Vater ist, kann er das Kind ohnehin jederzeit von der Erbfolge ausschließen, dachte Sophie. Das war ein fragwürdiges Glück, das sich ihrem Kind da bot. Wieder wagte sie einen deutlichen Widerspruch. Da wurde die Pfalzgräfin böse.

»Frau Adam«, wechselte sie zu einer förmlichen Anrede. »Ich wünsche diese Angelegenheit nicht weiter zu diskutieren. Anscheinend seid Ihr von Eurem Glück noch so überwältigt, dass Euch jeglicher Sinn für Dankbarkeit fehlt. Ich überlasse Euch jedenfalls nicht Eurem Schicksal als Witwe. Ich habe am eigenen Leib erfahren, was es heißt, wenn man keine Bedeutung mehr hat. Ihr werdet Herrn von und zum Grund in zwei Wochen heiraten. Das ist mein letztes Wort.«

Schließlich saß Sophie wie betäubt in ihrem Wagen, in ihrem Schoß eine Schachtel mit einem wertvollen Rubinring, den der besorgte Ignatius als Verlobungsgeschenk hinterlassen hatte. Sophie brachte es jedoch nicht fertig, den Ring überzustreifen. Sie hatte es nicht vermocht, der Fürstin die Einsicht zu vermitteln, dass eine bürgerliche Witwe ein erheblich angenehmeres Dasein führen konnte als eine adlige Witwe. Und nach Uthildas glänzender Vorarbeit hatte sie sich gehütet, den Namen Thilmann Weber ins Feld zu führen. Die Fürstin hätte ihr kein Wort davon geglaubt. Erschöpft hatte sie nach dem einzigen Menschen geschickt, mit dem sie jetzt offen sprechen konnte.

Thomas strahlte sie an. »Natürlich wirst du heiraten«, rief er. »Ich nehme an, Thilmann hat dir längst einen Antrag gemacht.« Er beäugte die Schachtel, die vor Sophie auf dem Tisch stand, und öffnete sie schließlich. Anerkennend pfiff er durch die Zähne. »Für so großzügig und vermögend hatte ich meinen zukünftigen Schwager gar nicht gehalten«, meinte er beeindruckt.

»Der Ring ist auch nicht von ihm«, stellte Sophie richtig. »Er ist vom Freiherrn von und zum Grund.«

»Von wem?« Verblüfft ließ Thomas die Hand mit dem Ring sinken.

»Von meinem neuen, adligen Bräutigam, den ich auf Geheiß der Pfalzgräfin zu heiraten habe«, erklärte Sophie weiter und berichtete Thomas von der Audienz.

»Und dafür soll ich vor Dankbarkeit noch auf die Knie fallen«, schloss sie schließlich wütend.

»Sag doch einfach Nein«, riet Thomas arglos.

»Das habe ich auf tausend Arten versucht«, sagte Sophie. »Aber wenn ich mich einfach weigere, mache ich mir die Pfalzgräfin auf ewig zur Feindin. Und wenn ich Thilmann heirate, beschwöre ich diesen Zorn auch noch auf ihn herab. Sie wird uns nie glauben, dass wir uns schon lange lieben. Sie wird sich durch unsere Hochzeit persönlich beleidigt fühlen. Wir werden nie wieder in Neuburg arbeiten können. Verstehst du das nicht?«

Thomas runzelte die Stirn. »Ehrlich gesagt, nein«, erwiderte er. »Findest du nicht, dass du viel zu viele eigene Schlüsse ziehst?«

Sophie schnaubte wütend auf. »Ich habe es einfach gewusst, dass mir das Schicksal kein Glück gönnt«, rief sie pathetisch. »Und jetzt hat Uthilda es doch noch geschafft, mir meine Liebe für immer zu zerstören.«

»Du zerstörst dir deine Liebe doch selbst«, gab Thomas zurück. »Wenn du ihn wirklich liebst, gehst du heute noch hin und heiratest Thilmann. Und wenn ihr in einer Hütte am Stadtrand leben werdet.«

Sophie schnappte nach Luft. »Nur weil deine Frau alles für dich aufgegeben hat, bedeutet das noch lange nicht, dass ich das tun werde«, rief sie.

Thomas' Lippen wurden schmal. »Du meinst also, dass ich nicht gut genug bin für Sybille?«, sagte er gefährlich leise.

»Aber das habe ich doch gar nicht gesagt«, widersprach Sophie halbherzig, als ihr bewusst wurde, dass man ihre Worte durchaus so interpretieren konnte. »Natürlich bist du das. Ihr seid ein wunderbares Paar.«

Thomas seufzte. Er kannte diese Stimmung seiner Schwester und wusste, dass sie einander jetzt nicht verstehen würden. Sophie brauchte Zeit, um die neue Situation zu verstehen.

»Ich habe das Gefühl, dass du noch immer nicht weißt, was du willst«, sagte er. »Und ich habe keine Lust, mir dein Zaudern länger anzusehen. Es ist deine Entscheidung, und du musst sie alleine treffen. Ich kann dir leider nicht helfen.«

»Ich zaudere nicht«, wehrte sich Sophie verzweifelt. Vor

allem gegen das unbestimmte Gefühl in ihr, dass Thomas womöglich recht hatte.

»Ach, Sophie«, sagte ihr Bruder sanfter. »Schau dich doch an. Ich weiß, dass du Thilmann wirklich liebst. Aber du bist selbst so stark geworden, dass du anscheinend niemandem mehr traust. Eine Verpflichtung Thilmann gegenüber ist für dich eher eine Last als eine Chance. Ich könnte sogar gut verstehen, wenn du dein Dasein als Witwe noch länger genießen willst. Und immerhin ist Frank ja auch noch nicht sehr lange tot. Du willst einfach nicht schon wieder heiraten, oder?«

»Aber das stimmt doch gar nicht«, widersprach Sophie erneut. »Gestern erst haben Thilmann und ich uns darauf geeinigt, dass wir am ersten Advent Hochzeit halten.«

Thomas schnaubte und zuckte mit den Achseln. »Siehst du«, sagte er. »Im Dezember. Du weichst dir selbst aus, Sophie. Gehe in dich und überlege dir, was du tun wirst. Ich möchte auf jeden Fall nicht dabei sein, wenn du Thilmann davon erzählst. Ganz egal, wie du dich entscheidest.«

»Wovon soll sie mir erzählen?«, ertönte da die gut gelaunte Stimme des Malers von der Tür her. Beschwingt trat er ein, und Sophie stockte für einen Moment der Atem, so lebendig leuchteten seine dunklen Augen sie an.

Thomas stand auf und warf Sophie einen eindringlichen Blick zu. »Das soll sie dir selbst sagen«, antwortete Thomas und grüßte Thilmann im Vorbeigehen. »Ich muss leider aufbrechen.«

Thilmann nickte Thomas freundlich zu und begleitete ihn zur Tür. Danach kehrte er zu Sophie zurück und küsste sie.

»Was sollst du mir sagen?«, fragte er. Dann fiel sein Blick auf die Schachtel. »Was ist das für ein Ring?«

Sophie seufzte. Sie hätte gerne noch etwas mehr Zeit gehabt, bevor sie Thilmann die schlechte Nachricht überbrachte. Aber anscheinend hatte das Schicksal es anders für sie geplant.

»Das ist mein Verlobungsring«, sagte sie leise, ohne den Maler anzusehen.

»Dein ... was?«, fragte er verwirrt und ließ sich auf den Stuhl sinken, auf dem eben noch Thomas gesessen hatte.

»Mein Verlobungsring«, wiederholte Sophie. »Die Pfalzgräfin wünscht, dass ich den Freiherrn von und zum Grund heirate. Sie ist der Meinung, mir einen unschätzbaren Dienst damit zu erweisen.«

»Aber ... aber das tut sie nicht. Hast du ihr nicht gesagt, dass wir verlobt sind?«

Sophie erzählte ihm, wie die Audienz verlaufen war. Augenblicklich wurde er besorgt.

»Warum bist du in Ohnmacht gefallen? Was hat der Arzt gesagt?«

Sophie wunderte sich, wie in all dem Wirrwarr seine Sorge um sie und das Kind sofort die Oberhand übernahm. »Es ist alles in Ordnung. Er hat mir Schonung und gutes Essen verordnet«, beruhigte Sophie ihn. »Das ist nicht unser Problem.«

Ihr ernster Blick und die gewichtigen Worte ließen Thilmann verstummen. Sophie erkannte an seiner Miene, dass seine Gedanken rasten, während er auf seine Hände sah, die nur scheinbar gelassen auf dem Tisch lagen.

»Du wirst ihn doch nicht wirklich heiraten?«, fragte er schließlich leise.

Sophie seufzte tief. »Was soll ich denn deiner Meinung nach tun?«, fragte sie zurück.

»Meiner Meinung nach sollst du gar nichts tun. Du sollst auch nichts nach der Meinung der Pfalzgräfin tun. Du sollst einfach deinem Herzen folgen.«

»Du kennst mein Herz.«

»Dann handle danach, Sophie. Tu es endlich!«

»Du hast gut reden«, rief Sophie aufgebracht. »Von dir sind ja auch keine Menschen abhängig! Babett, Gunhild, Hans ... was soll aus ihnen werden, wenn wir keine Aufträge mehr bekommen? Und das Kind?«

»Ja«, erwiderte Thilmann bitter. »Was soll nur aus dem Kind werden, wenn seine Mutter einen Wildfremden seinem leiblichen Vater vorzieht?«

»Was soll das heißen, dass ich ihn vorziehe?«, fragte Sophie aufgebracht zurück. »Die Pfalzgräfin wünscht es. Ich habe keine Wahl!«

»Wie praktisch«, fauchte Thilmann. »Vor allem, weil Entscheidungen zu treffen ja nicht unbedingt zu deinen Stärken gehört.«

Sophie fühlte sich in die Enge getrieben. Wieder einmal machte Thilmann es sich leicht, indem er ihr die ganze Verantwortung zuschob. Dabei waren ihre Entscheidungen immer die schwierigeren gewesen. Der Zorn über diese Ungerechtigkeit glühte wie ein böser Dorn in ihr.

»Vielleicht bist du ja auch gar nicht der Vater des Kindes«, sagte sie, ohne nachzudenken. »Dann ist es ohnehin gleich, wen ich heirate.«

Thilmann zuckte zusammen, als ob sie ihn geschlagen hätte. Fast augenblicklich bereute Sophie ihre Worte bitter. Dennoch blieb sie wie gelähmt auf ihrem Stuhl sitzen.

Thilmann ließ den Kopf sinken. Dabei fiel sein Blick auf den Rubinring. Er nahm ihn in die Hand. »So etwas kann ich dir natürlich nicht schenken«, sagte er leise. »Ich kann schon verstehen, dass du diese Gelegenheit nutzen möchtest.« Er ließ den Ring wieder in den Samt der Schachtel fallen.

»Welche Gelegenheit?«

»Ein Titel. Ein Vermögen. Für dich und das Kind. Das wiegt natürlich schwerer als Liebe und Blut.«

»Du meinst also, dass ich mich kaufen lasse?«, fragte Sophie und wurde blass.

»Sieht so aus, nicht wahr?« Thilmann erwiderte ihren Blick mit schmalen, zusammengepressten Lippen.

»Raus!«, flüsterte sie wutentbrannt. »Auf der Stelle.«

Thilmann stand auf und ging zur Tür. Seine Schultern waren ungewöhnlich hochgezogen, sein Gang fast leicht gebeugt. Er erinnerte Sophie an die Ritter, die geschlagen vom Turnierplatz gingen. Doch es war kein Ritter gewesen, der ihm den Stoß mit der Lanze versetzt hatte. An der Tür drehte er sich noch einmal um und sah zurück.

»Dann wünsche ich dir viel Glück, Sophie. Achte darauf, dass er gut zu dem Kind ist.«

Mit diesen Worten fiel die Tür hinter ihm zu. Sophie schrie stumm auf und sank vornüber auf den Tisch, wo ihre Tränen zu fließen begannen.

Kapitel 35

Sophie lebte wie in Trance. Nicht einmal in die Webstube ging sie. Sie fühlte sich so sehr als Opfer der Umstände, dass auch die Arbeit sie nicht zu trösten vermochte.

Dass sie sich zwang, überhaupt zu essen, lag in ihrer Schwangerschaft begründet. Mehrmals täglich kamen Blumen und Aufmerksamkeiten von Ignatius von und zum Grund, den sie mit der Begründung fernhielt, es ginge ihr gesundheitlich noch nicht wieder besser. Früher oder später würde sie ihn aber empfangen müssen, denn der Tag der Hochzeit rückte immer näher. Weder von Thomas noch von Thilmann hörte sie ein Wort. Und dann wurden auch die Geschenke ihres Bräutigams seltener.

Nachdem sie sich fünf Tage zu Hause eingeigelt hatte, bekam sie Besuch von ihrer Schwägerin, die sich energisch Einlass in ihre Schlafkammer verschaffte.

»Sophie«, rief Sybille energisch und schob die Vorhänge der Fenster beiseite. »Draußen scheint die Sonne, und du steckst hier im Bett. Das ist weder gut für dich noch für das Baby.«

Sophie blinzelte in die Helligkeit des Tages. »Hat dir Thomas nicht erzählt, was passiert ist?«, fragte sie matt.

»Doch, hat er. Aber wenn du jetzt vorhast, den Rest deines Lebens hier im Bett zu bleiben, hat niemand etwas davon. Also steh gefälligst auf. In vier Tagen ist deine Hochzeit.«

Sophie zuckte zusammen.

»Herr von und zum Grund hat mich gebeten, nach dir zu sehen«, erzählte Sybille weiter. »Falls deine zerbrechliche Gesundheit die Hochzeit nicht zulässt, stimmt er natürlich zu, sie zu verschieben.«

»Oh, ja«, sagte Sophie mit neu aufflackernden Lebensgeistern. »Verschieben wir sie doch.«

»Papperlapapp«, schnitt Sybille ihr das Wort ab. »Jetzt, wo du dich entschieden hast, den Freiherrn zu ehelichen …«

»Ich habe mich nicht entschieden«, unterbrach Sophie ihre Schwägerin.

»Nun, du hast dich auch nicht entschieden, es nicht zu tun«, konterte Sybille.

»Die Pfalzgräfin hat so entschieden«, murmelte Sophie und zog sich die Decke über den Kopf.

»Nun gut, du hast demnach also gar nichts gemacht und bist für nichts verantwortlich. Wie klingt das?«

»Schlecht«, kam es unter der Decke hervor.

»Sophie«, sagte Sybille mit Nachdruck. »Geh zum Freiherrn und löse die Verlobung oder lass dir ein Brautkleid machen.«

»Oder?«

»Kein weiteres oder.«

»Wo ist Thilmann?«

Sybille schwieg. Schließlich lugte Sophie unter ihrer Decke hervor, ob ihre Schwägerin noch da war.

»Wo ist Thilmann?«

Sybille sah sie ernst an. Dann holte sie tief Luft. »Ich weiß es nicht.«

Sophie hatte das Gefühl, als ob ihr der Boden weggezogen würde. Hatte sie ihn wieder verscheucht? Hatte sie ihre Liebe ein weiteres Mal aufs Spiel gesetzt und verloren? Warum tue ich das?, fragte sie sich verzweifelt.

Weil du nur dir selbst treu bist, mutmaßte die heilige Walburga.

Aber ich liebe andere Menschen, widersprach Sophie. Ich liebe Thilmann.

Und du weißt, dass die Liebe dir sehr wehtun kann, sagte die heilige Walburga. Stell dir vor, es wäre Thilmann, der im Schuldturm stirbt. Den sie bei einem Überfall erstechen.

Sophie schluckte.

Aber wenn du der Liebe ausweichst, wirst du sie verlieren.

Ich habe keine Wahl, trotzte Sophie. Ich habe doch keine Wahl!

Nun, dann lass dir ein Brautkleid machen. Sophie hätte schwören können, dass die heilige Walburga beleidigt war.

Sophie setzte sich auf. »Dann lasse ich mir eben ein Brautkleid machen.« Erst einen Augenblick später bemerkte sie, dass sie diese Worte laut ausgesprochen hatte.

»Gut«, sagte Sybille und sah Sophie seltsam an. »Ich lasse nach der Schneiderin schicken. Und Bartl Ludwig soll ein paar schöne Ballen Seide zur Auswahl mitbringen. Viel Zeit bleibt ja nicht mehr.«

»Hm.« Sophies Elan hatte sich schon auf der Bettkante wieder verflüchtigt.

»Wann willst du eigentlich deinen Bräutigam empfangen?«, fragte Sybille erbarmungslos weiter.

»Später.«

Sybille nickte verstehend. »Ich werde ihm sagen, dass du ihn morgen empfängst. Schließlich werdet ihr bald unter einem Dach leben. Da solltet ihr euch vorher ein wenig besser kennenlernen.«

Das zweite Treffen mit ihrem zukünftigen Ehemann wirkte auf Sophie vollkommen unwirklich. Ihr Brautkleid war bestellt, obwohl es sich womöglich um die am lieblosesten ausgesuchte Robe einer jungen Braut handelte, die jemals in Auftrag gegeben wurde. Entgegen ihrer kaufmännischen Art, wusste Sophie nicht einmal, was sie kosten sollte.

Sybille hatte ihr beratend zur Seite gestanden und das Schlimmste verhindert. So würde Sophie in elfenbeinfarbenem Seidentaft mit gepufften Ärmeln und dezenter Schleppe zum Traualtar schreiten. Gegen reines Weiß hatte Sophie sich als Witwe vehement gewehrt, und auch eine Kugelhaube, wie sie

Agnes einst zur Hochzeit getragen hatte, kam für sie nicht infrage.

Als schließlich Ignatius von und zum Grund ihr seinen Besuch abstattete und in seiner reichen Gewandung vor ihr saß, wirkte ihre behagliche Wohnstube plötzlich wie das Haus eines einfachen Bauern.

»Ich werde Euch hier herausholen, Sophie«, sagte er und sah sie merkwürdig beobachtend an. »Auf meinem Schloss könnt Ihr mit Eurem Kind endlich ein würdiges Dasein führen.«

Ein würdiges Dasein?, dachte Sophie. Was denkt er, das ich hier habe?

Er überreichte ihr eine mit feinem Leder bezogene Schachtel, die er theatralisch öffnete. Vor Sophies Augen funkelten Edelsteine in goldenen Fassungen auf.

»Unser Familienschmuck«, sagte der Freiherr. »Ich habe ihn extra für die Hochzeit kommen lassen. Alle Frauen meiner Familie haben diesen Schmuck zu ihrer Vermählung getragen.«

Und jetzt wird er durch mich entehrt, dachte Sophie und begutachtete pflichtschuldig die exquisiten Preziosen.

»Leider leben meine Eltern nicht mehr, um diesen großen Tag mitzuerleben«, fuhr der Freiherr fort.

Zum Glück muss mein Vater das nicht mit ansehen, dachte Sophie. Dann lauschte sie brav den ausführlichen Beschreibungen, die der Freiherr ihr über seine Besitztümer in Bayern abgab. Als sich der untersetzte Mann schließlich freundlich von ihr verabschiedete, stellte Sophie fest, dass sie wohl nur Guten Tag und Auf Wiedersehen zu ihm gesagt hatte.

Ich bin die unhöflichste Braut der Welt, dachte sie entsetzt über ihre eigenen Manieren. Dann stellte sie fest, dass der Freiherr die Schmuckstücke wieder mitgenommen hatte. Wahrscheinlich wollte er sie ihr am Tag der Hochzeit übergeben. Oder er befürchtet, dass ich damit durchbrenne, dachte Sophie. Dabei wusste sie, dass sie auf den Familienschmuck des Freiherrn auf ihrer Flucht sofort verzichtet hätte, wenn ein gewisser dunkelhaariger Maler stattdessen an ihrer Seite wäre.

Am Morgen ihrer Hochzeit stand Sophie missmutig vor dem Spiegel. Sybille hatte angeboten, dass sie ihr beim Ankleiden helfen würde, aber da Thomas sich seit jenem Tag, an dem die Pfalzgräfin sie mit dem Freiherrn verlobt hatte, nicht mehr bei ihr gemeldet hatte, war sie auch auf Sybille nicht gut zu sprechen. Wie konnte ihr Bruder sie in einer solchen Lage nur allein lassen? Sie fühlte sich verraten und verkauft im wahrsten Sinne des Wortes.

Ihren Webern hatte sie die Nachricht schon vor einigen Tagen eröffnet. Nach den anfänglichen gut gemeinten Glückwünschen hatte Sophie sie darauf hingewiesen, dass sie Neuburg verlassen würde.

Ihre Worte schienen in der Werkstatt nachzuhallen, bis sich schließlich Vroni ein Herz fasste.

»Und wir? Was soll aus uns werden?«

Sophie seufzte. »Ich habe schon mit dem Vorstand der Zunft gesprochen«, sagte sie. »Die Lehrlinge dürfen zu einem anderen Meister wechseln und dort ihre Lehrzeit beenden. Was die angestellten Weber angeht …«, sie machte eine Pause und ließ ihren Blick über Hans, Michel, Babett und Gunhild gleiten, »… so steht jedem frei, sich eine neue Beschäftigung zu suchen. Ich denke, mit einer Empfehlung der Werkstatt Adam wird es euch nicht allzu schwerfallen. Und ich werde euch finanziell so weit unterstützen, dass ihr nicht überstürzt entscheiden müsst.«

»Aber … aber es läuft doch gerade so gut«, warf Michel ein.

»Bei einem anderen Meister werden wir nicht annähernd so gut verdienen«, warf Hans ein.

Sophie musst unwillkürlich lächeln, da ihr die Rollen der beiden gerade vertauscht schienen.

»Niemand wird uns am Gewinn beteiligen so wie du«,

sagte Gunhild mit vor der imposanten Brust verschränkten Armen.

»Und wo sollen wir hier in Neuburg wirken können?«, warf Babett ein.

»Ihr könnt nach Augsburg oder Nürnberg gehen«, schlug Sophie halbherzig vor.

»Aber gerade jetzt zieht der Verkauf unseres Baumwolldamastes an«, sagte Michel.

»Produziert ihn unter dem Siegel eines anderen Webers«, sagte Sophie müde.

»Welches Siegel kann sich schon mit dem Adam-Siegel messen?«, warf Michel ein.

Sophie spürte, dass er sich um die Früchte seiner guten Idee betrogen fühlte, und konnte es ihm nicht einmal verdenken. Als sie die enttäuschten Mienen sah, beschlichen sie Zweifel. Hatte sie doch nicht die richtige Entscheidung getroffen? Sie hatte ihre Leute schützen wollen, und jetzt sah es fast so aus, als ob sie lieber weiterhin für die Werkstatt Adam gearbeitet hätten, auch wenn diese die Gunst des Hofes verloren hätte. Sie rieb sich resigniert die Augen. Es schien, als könne sie es im Leben niemandem recht machen. Wie zur Ermutigung drückte sich ein kleiner Fuß von innen gegen ihren Bauch, und Sophie lächelte matt. Nun, vielleicht würde wenigstens das Kind von dieser Ehe profitieren und eines Tages all die Reisen und Abenteuer erleben, von denen Sophie selbst immer geträumt hatte. Sie wünschte es ihm von ganzem Herzen.

Jetzt sah sie auf ihr Spiegelbild und kam sich wieder so fehl am Platze vor in ihrem Brautkleid. Sollte das Schicksal sie wirklich noch zur Freifrau machen? Sophie seufzte und streifte den Rubinring über, den der Freiherr ihr zur Verlobung geschenkt hatte. Bald würde sie sich auf den Weg zur Kirche machen.

Die Feierlichkeiten würden nur sehr klein werden, da Sophie außer ihrem Bruder und Sybille niemanden eingeladen hatte.

Und über deren Erscheinen war sie sich nicht einmal sicher. Auch der Freiherr würde nur mit einem guten Freund als Trauzeuge anwesend sein. Das Pfalzgrafenpaar ließ sich natürlich nicht herab, an der Zeremonie, die es angezettelt hatte, teilzunehmen, und Uthilda von Staben lachte sich auf der Burg ihres Vaters wahrscheinlich zufrieden ins Fäustchen. Hatte sie die Pläne ihrer Kontrahentin doch gründlich durchkreuzt.

Und Thilmann? Wahrscheinlich war er schon nicht mehr in der Stadt. Sophie war einmal durch die Gasse gegangen, in der er wohnte, aber die Fensterläden, die zu seinem Atelier gehörten, waren geschlossen gewesen.

Nun denn, dachte sie. Dann ist es wenigstens vorbei. Die Erleichterung darüber erinnerte sie an das Gefühl, das sie auch bei ihrer ersten Hochzeit gehabt hatte. Sie würde nach Ansbach gehen. Dieses Mal würde sie Thilmann wirklich nicht mehr wiedersehen und sich ihrer Liebe stellen müssen.

Sie holte tief Luft und stand auf. Es war an der Zeit, sich auf den Weg zu machen. Sophie hatte weder in Sankt Magdalenen noch in Sankt Peter heiraten wollen. Beide Orte waren für sie mit anderen Erinnerungen verknüpft, und so hatte Ignatius die Pfalzgräfin gebeten, die Zeremonie in der kleinen Hofkapelle abhalten zu dürfen, die Ottheinrich demnächst zur Schlosskirche ausbauen lassen wollte. Noch war die Kapelle jedoch schlicht und einfach gehalten. Sophie wusste, dass ihr Bräutigam zum Schmuck der Kirche die letzten Herbstrosen bestellt hatte. Er hatte sie bei seinem Besuch nach ihren Lieblingsblumen gefragt, und Sophie hatte einfach auf den Strauß gedeutet, den die Magd an diesem Tag auf den Tisch gestellt hatte.

»Bist du bereit?«

Sophie fuhr herum. Ihre Schwägerin stand im Türrahmen und betrachtete Sophies Aufmachung.

»Bis auf die Trauermiene bist du eine wunderschöne Braut«, sagte sie.

»Man kann nicht alles haben«, erwiderte Sophie ungewollt

bitter. Sybille hob die feinen Brauen und schwieg. Schließlich nickte sie Sophie aufmunternd zu. »Es ist wirklich Zeit.«

Kurze Zeit später trug Sophies kleiner, eleganter Wagen die beiden Frauen zum Hof. Jeder Schritt des Apfelschimmelpaares machte Sophies Herz schwerer. Als sie schon am Markt vorbei waren, fiel ihr ein, dass sie sich gar nicht von ihren Webern verabschiedet hatte. Und dass auch niemand gekommen war, um sie zu verabschieden. Es war so ganz anders als bei ihrer Hochzeit mit Frank Adam. Dieser Tag war ein ganz normaler Wochentag. Die Bürger von Neuburg gingen ihren gewohnten Tätigkeiten nach. Niemand zollte dem Wagen der beiden Frauen besondere Aufmerksamkeit, und Sophie war froh, dass ihre erneute Eheschließung nahezu unbekannt war. Mit einem Mal fühlte sie sich einsam und hätte am liebsten Sybilles Hand ergriffen. Aber ihre Schwägerin hätte ihr diese Geste womöglich noch als Zeichen bräutlicher Nervosität ausgelegt. Von einem zarten Gefühl wie diesem war Sophie jedoch Welten entfernt.

Als sie am Hof vorfuhren, legte sich die Beklemmung wie eine Zange aus Eisen um Sophies Herz. Nicht einmal vor den Mauern Eichstätts hatte sie so stark das Gefühl gehabt, sich umdrehen und davonlaufen zu müssen.

Reiß dich zusammen, schalt sie sich. Denk an das Kind. Denk daran, dass nach dieser Hochzeit alles einfacher für dich sein wird.

Einfach, vorhersehbar, unspektakulär, ergänzte die heilige Walburga. Da hättest du auch im Kloster bleiben können.

Wer hat dich gefragt?, fauchte Sophie innerlich.

Du, kam es zurück. Du hast mich gefragt.

Dann war es eine rein rhetorische Frage, dachte Sophie wütend. Ich möchte keine Antwort. Ich möchte keine Vorhaltungen.

Deshalb reden die, die es gut mit dir meinen, zurzeit ja auch nicht mit dir, ließ die heilige Walburg nicht locker. Aber mich wirst du nicht so schnell zum Schweigen bringen. Dafür sehe ich zu tief in dein Herz.

Warst nicht du es, die mir immer Vernunft gepredigt hat, damals, in Eichstätt?

Damals hat es auch noch Sinn gemacht, seufzte die heilige Walburga. Was hättest du nicht alles erreichen können, wenn du auf mich gehört hättest? Äbtissin hättest du werden können.

Nur über Uthildas Leiche, erwiderte Sophie in Gedanken.

Aber die heilige Walburga überging diesen Einwand. Damals war es Leidenschaft, die dich zu ihm trieb, sagte sie. Kaum ein Gefühl ist besser dazu geeignet, Unglück heraufzubeschwören, als Leidenschaft. Außer vielleicht der Neid. Aber heute, heute liebst du ihn. Also kann ich dir anders raten.

Heute ist es aber zu spät, gab Sophie zurück. Und nun lass mich in Ruhe. Ich habe zu heiraten.

Die heilige Walburga sah Sophie seltsam an. Aber sie schwieg, und Sybille und Sophie stiegen aus dem Wagen.

Zu ihrer Erleichterung erkannte sie ihren Bruder, der offenbar auf die Ankunft der Frauen gewartet hatte. Fast eilte sie auf ihn zu und war versucht, ihm weinend um den Hals zu fallen. Aber sein Blick hielt sie zurück. Ernst, aber nicht missbilligend sah er sie an. Sein Blick glitt über ihr Kleid und den Ring an ihrem Finger. »Bist du entschlossen?«, fragte er.

Sophie konnte nicht verhindern, dass ihr Blick noch einmal suchend umherwanderte, als hoffe sie, eine gewisse vertraute Gestalt irgendwo hinter einer Ecke zu erspähen. Unsinnigerweise fühlte sie sich Thilmann in diesem Moment ganz nahe. »Ja«, sagte sie dann ohne viel Gewicht.

Thomas sah sie lange an und nickte dann langsam.

»Nun denn. Darf ich dich hineingeleiten?«

»Ist der Freiherr schon da?«, fragte Sophie ungewollt zaghaft.

Thomas nickte. »Er wartet in der Kapelle.«

Sophie starrte eine Weile auf die schwere Eichentür, ohne dass ihre Füße sich einen Schritt bewegt hätten.

»Gehen wir«, forderte Thomas sie auf. »Er wartet doch.«

Auch Sybille sah sie ermutigend an.

Sophie schloss für einen Augenblick die Augen. Sofort sah sie Thilmanns Bild vor sich. Groß, dunkel, bereits ein wenig hager geworden. Aber mit leuchtenden Augen und einem Lächeln, das ihr Herz zum Klingen brachte.

Plötzlich legte sich ein Schatten über sie, und Sophie bemerkte, dass sie in die Kapelle eingetreten war. In den kleinen Vorraum zur eigentlichen Kapelle schien nur der Streifen Sonnenlicht, den die geöffnete Tür einließ. Vor ihr stand ein Mann, den sie noch nie gesehen hatte. Die Preziosen, die er auf einem Kissen vor sich hielt, kannte sie hingegen. Es war der Schmuck der Familie von und zum Grund.

»Meine Dame«, grüßte der Mann sie und stellte sich mit einer leichten Verbeugung vor. »Richard von Ehrenwert. Herr von und zum Grund bat mich, Euch diese Juwelen zu überreichen, damit Ihr sie zur Zeremonie tragen möget.«

Sophie starrte den Mann einige Augenblicke lang verständnislos an, dann wurde ihr bewusst, dass dies der Freund ihres zukünftigen Gemahls sein musste. Ihr Blick fiel auf das Kissen, auf dem die Rubine wie kleine Flämmchen im Sonnenlicht funkelten. Sie brauchte nur die Hand danach auszustrecken.

»Meine Dame«, wiederholte der Mann auffordernd. Sophie sah wie hypnotisiert auf die Schmuckstücke. Ihr Schwager Konz fiel ihr ein, der ihrer Schwester Agnes ein Schmuckstück nach dem anderen geschenkt hatte, bis die Gute sich wie eine Königin gefühlt hatte. Und wie lange hatte dieses Gefühl angehalten? Nichts als Unglück war daraus entstanden, dachte Sophie. Nichts als Unglück.

Sie hob die Hände vor die Brust und streifte den Rubinring von ihrer Hand. Vorsichtig legte sie ihn zwischen die anderen Juwelen.

»Meine Dame«, stammelte von Ehrenwert verwirrt. »Ich verstehe nicht …«

Sophie lächelte matt. »Es ist schon gut so«, sagte sie. »Ich werde es ihm selbst sagen.«

Damit wandte sie sich zur Eingangstür der Kapelle, in der Thomas bereits mit unbewegtem Gesichtsausdruck stand. Wieso war die Tür jetzt geöffnet?, fragte sich Sophie kurz. War sie nicht eben noch geschlossen gewesen? Dann trat sie in die Kapelle ein, die bis auf den Pfarrer, ihren Bräutigam und eine verschleierte Dame zu ihrer Linken leer war. Sie musste so leise gewesen sein, dass Ignatius sie nicht gehört hatte. Noch immer wandte er ihr den Rücken zu. Sie sah auf die breiten, seltsam vertrauten Schultern und das in den Nacken geschobene, federgeschmückte Barett.

»Mein Herr«, sagte Sophie mit einer Klarheit, die ihr nun ganz selbstverständlich erschien. »Ich muss Euch leider mitteilen, dass es mir unmöglich ist, Euch zu heiraten. Mein Herz gehört seit langer Zeit einem anderen.«

Der Mann vor dem Altar drehte sich langsam zu ihr um. Sophie stockte der Atem.

»Nun, ich hoffe inständig, dass dem nicht so ist«, sagte er und lächelte Sophie warm an.

»Thilmann!«, brachte sie mühsam hervor. »Was tust du hier?«

»Ich warte auf meine Braut«, sagte er und kam auf sie zu.

»Aber … warum?«

»Weil ich sie liebe.«

»Ich meine … ich dachte …« Sophie war zu überrascht, um einen klaren Gedanken zu fassen.

Schließlich stand er vor ihr und nahm ihre kalten Hände in seine wohltuend warmen. »Fehlen dir letztendlich doch die Worte?«, fragte er.

Sie nickte stumm.

»Willst du mich heiraten?«

Wieder nickte sie.

»Dann komm!«

Fest griff seine Rechte um ihre Linke, und er führte sie zum

Altar. Sophie spürte, dass Thomas und Sybille hinter ihr standen und dass auch die verschleierte Dame sich hinter Thilmann gestellt hatte.

Die Worte des Pfarrers waren nicht mehr als ein dumpfes Summen, das erst von Thilmanns aufrichtigem, volltönendem Jawort unterbrochen wurde. Fast atemlos, aber aus tiefster Seele brachte auch sie ihr Einverständnis hervor und spürte, wie Thilmann ihr einen Ring über den freien Finger schob. Aber erst seine Lippen auf ihren waren es, die sie davon überzeugten, dass sie nicht träumte. Es war ein warmer, fester Kuss, aufrichtig und ehrlich wie das Gefühl, das sie vom ersten Augenblick an mit diesem Mann verbunden hatte.

Der Ring tanzte vor ihren Augen. Es war ein schmaler Goldreifen mit einem hübschen, rötlichen Ton und haarfeinen Ziselierungen. Es war der schönste Ring der Welt. Und sie trug ihn am Finger. Sophie seufzte und lehnte sich in Thilmanns Arm. Die kleine Hochzeitsgesellschaft war auf dem Weg zu dem Landgasthof, in dem bereits Sybille und Thomas ihre Hochzeit gefeiert hatten. Sophie saß neben ihrem Mann im Wagen und hielt seine Hand ganz fest. Thilmann erwiderte ihren Griff ebenso innig. Beide konnten noch immer nicht glauben, dass sie nach all den Jahren tatsächlich verheiratet waren. Sophie versuchte zu verstehen, was überhaupt passiert war. Es fiel ihr schwer, denn von dem Moment an, an dem Thilmann sich umgedreht hatte, wurden ihre Erinnerungen ein wenig konfus.

Als sie sich vor dem Altar aus seinem Kuss gelöst hatte, hatten Thomas und Sybille sie herzlich in die Arme geschlossen.

»Ich bin so froh, dass du doch noch deinem Herzen gefolgt bist«, sagte Sybille und drückte Sophie fest an sich. »Thomas und ich haben immer daran geglaubt.«

Verwundert sah sich Sophie nach ihrem Bruder um. Der wurde seltsam verlegen. »Was hast du mit all dem zu tun?«, fragte sie erstaunt.

Aber es war Thilmann, der sich räusperte, um ihr eine Antwort zu geben. »Thomas war der Einzige, der den Glauben an unsere Liebe nicht verloren hat«, sagte er. »Er kam zu mir, als ich bereits auf gepackten Sachen saß. Und er überzeugte mich davon, dass wir noch eine Chance haben.«

»Ich habe nie geglaubt, dass du wirklich die Ehe mit dem Freiherrn eingehen könntest, wenn du Thilmann wirklich noch liebst«, sagte Thomas. »Dafür kenne ich dich zu gut, Sophie. Ich wusste aber auch, dass niemand anderer dich davon würde überzeugen können als du selbst. Also beschlossen wir, dich den Weg gehen zu lassen, bis du selbst anhalten würdest. Du musstest dich von alleine gegen deine geplante Vermählung entscheiden. Gegen deinen Verstand. Gegen die Pfalzgräfin.«

Auf dieses Stichwort hin hob die Dame, die neben Thilmann stand, ihren Schleier. Sophie erschrak und versank in eine tiefe Reverenz. Vor ihr stand die Fürstin persönlich.

»Liebe Sophie«, sagte Susanna. »Ich bin so froh, dass alles diesen glücklichen Ausgang gefunden hat. Herr Leipold hat über meinen Mann eine Audienz bei mir bewirkt und mir davon berichtet, wie es wirklich um Euch steht. Er fand mich sehr überrascht, denn ich hatte meine Pläne für Euch ja nur in der besten Absicht geschmiedet. Hätte ich geahnt, dass Euer Herz längst vergeben ist …« Sie brach ab.

»Wie hättet Ihr das wissen sollen? Es war ja das Ziel von Uthilda von Staben, diese Liebe zu zerstören. Ihr hättet meinen Einwand doch nur für eine nicht besonders einfallsreiche Ausrede gehalten und wärt verstimmt gewesen, dass ich Euch Eure Fürsorge so vergelte.«

Zu Sophies Überraschung errötetet Susanna. »Das ist schon möglich«, sagte sie. »Aber ich hätte Euch aufmerksamer zuhören müssen.«

»Und ich hätte Vertrauen zu Euch haben müssen«, gab Sophie zu. »Aber Ihr wart so begeistert von Euren Plänen, dass Ihr all meine Einwände gar nicht gelten lassen wolltet.«

»Ich konnte ja nicht ahnen, dass ich das Werkzeug in einer infamen Intrige war«, erwiderte die Pfalzgräfin. »Uthilda scheint durchaus mehr von ihrem Vater geerbt zu haben als von ihrer Mutter. Und außerdem wusste ich ja, wie gerne Herr von und zum Grund Euch heiraten wollte. Ich hielt alles für eine so glückliche Fügung.«

Bei der Erwähnung ihres ehemaligen Verlobten sah Sophie sich um. »Wo ist der Freiherr?«, fragte sie erstaunt, denn immerhin hatte sie ihn hier in der Kapelle erwartet.

»Er hat geahnt, wie Ihr Euch entscheiden würdet«, sagte die Pfalzgräfin. »Nach seinem letzten Besuch war ihm bewusst, dass Euch nicht viel mit ihm verbindet. Darum hat er den Plänen Eures Bruder zugestimmt und sogar Herrn von Ehrenwert gebeten, seine Rolle zu spielen. Der Freiherr selbst ist bereits wieder nach Ansbach abgereist.«

Sophie staunte. Alle hatten sie unter einer Decke gesteckt, um ihr endlich die Augen zu öffnen. »Aber … aber wenn ich nicht innegehalten hätte«, sagte sie und wandte sich zu Thilmann um. »Wenn ich die Juwelen angelegt hätte?«

»Dann hättest du mich nicht mehr in der Kapelle angetroffen«, sagte er. »Thomas hätte mir ein Zeichen gegeben, und ich wäre aus deinem Leben verschwunden.«

Sophies Herzschlag setzte für einen Moment ob der Ungeheuerlichkeit dieser Vorstellung aus.

»Der Freiherr bat mich, Euch in diesem Fall darum zu bitten, noch einen Monat über Eure Entscheidung nachzudenken«, erklärte Susanna. »Wenn Ihr Eurem Entschluss nach dieser Zeit noch treu geblieben wärt, hätte er sich glücklich geschätzt, Euch zu seiner Frau zu machen.«

Sophie senkte den Blick. Offenbar hatte der Freiherr dieser Möglichkeit nur eine geringe Wahrscheinlichkeit beigemessen.

»Für den Fall, dass Ihr tatsächlich Herrn Weber heiraten würdet, bat er mich, Euch zur Erinnerung an ihn dieses Geschenk zu überreichen«, sagte die Pfalzgräfin und legte eine kleine

Schachtel in Sophies Hand. Überrascht öffnete Sophie das Geschenk und stieß einen Ausruf des Erstaunens aus. Auf einer Samtunterlage fand sie eine exquisite Anstecknadel, die mit bunten Rosen aus Edelsteinen verziert war. »In guter Erinnerung« stand in feiner Handschrift daneben.

»Bitte richtet dem Freiherrn bei Gelegenheit persönlich meinen Dank aus«, bat Sophie die Pfalzgräfin. »Ich werde die Brosche stets in Ehren halten.«

Susanna lächelte und tätschelte Sophie die Hand. »Ich wünsche Euch alles nur erdenklich Gute, Sophie. Wenn es nach mir gegangen wäre, wäre Euch ein Amt am Hof sicher gewesen. Aber so stehen Euch vielleicht andere Wege offen. Meister Weber, bitte passt mir gut auf die Dame auf.«

Sophie spürte Thilmanns festen Händedruck, als sie der Fürstin zum Abschied ihre Reverenz erwiesen.

»Ein weiterer Adelstitel verloren«, brach Thomas den feierlichen Bann. »Arme Sophie, du enttäuschst mich. Was glaubst du, wie viele Freiherren noch um dich freien werden.«

»Hoffentlich keiner mehr, denn ich beabsichtige durchaus, eine geraume Zeit mit dir verheiratet zu bleiben, Thilmann Weber. Denn so frei und glücklich wie jetzt habe ich mich noch nie in meinem Leben gefühlt.«

Und jetzt tanzte der Ring an ihrer Hand vor ihren Augen, da sie nicht müde wurde, das kleine Symbol ihrer Liebe immer wieder anzuschauen. Sie erreichten das Gasthaus und ließen ein fürstliches Mahl servieren. Sophie lehnte sich behaglich zurück. »Ich habe zu viel gegessen«, sagte sie. »Obwohl ohnehin nicht mehr viel in diesen Bauch hineinpasst. Es zwickt und zwackt mich schon die ganze Zeit.«

Plötzlich wurde sie blass. »Autsch«, stieß sie zwischen den Zähnen hervor. »Ich hatten nicht gewusst, dass ein Hühnchen in Weißwein solches Bauchgrimmen verursachen kann.«

Sybille stutzte und sah ihre Schwägerin an. Sophie war blass bis auf die hektischen, roten Flecken auf ihrem Dekolleté. »Es ist wahrscheinlich nicht das Hühnchen«, stellte sie fest.

»Wahrscheinlich möchte das Kind euch noch persönlich zur Hochzeit gratulieren.«

»Du meinst ...?« Sophie erstarrte. »Das Kind kommt jetzt?«

Blitzschnell war Thilmann nüchtern. »Hier?«

Sybille lachte. »Anscheinend schon! Thomas, geh zum Wirt und frage nach einer Hebamme und einem Zimmer.«

»Und ich?«, fragte Thilmann.

»Du bestellst dir am besten noch einen Krug Wein. Das wird jetzt etwas dauern.« Sie nahm Sophie am Arm und folgte Thomas zum Wirtshaus.

Nach einer gefühlten Ewigkeit, in der Wehen, Wut und Verwünschungen ihres frischgebackenen Ehemannes einander abwechselten, erblickte Sophies Tochter das Licht der Welt. In Wirklichkeit war es erst Abend geworden, als die Hebamme Sophie das eingewickelte Bündel zufrieden in den Arm legte.

»Das war doch ein Leichtes«, brummte die erstaunlich zarte Frau, über deren Kraftreserven sich Sophie während der Geburt gewundert hatte. Sie selbst hatte mehr als einmal gedacht, dass sie sich einfach nur hinlegen und gar nichts mehr tun wollte, koste es, was es wolle.

»Das muss ich aber bestimmt nicht täglich haben«, murmelte Sophie matt, doch das kleine, gut riechende Wesen in ihrem Arm fesselte bereits ihre ganze Aufmerksamkeit. Die noch neutralen, dunklen Augen blinzelten bereits verwundert in die Welt, und die kleinen Fäuste waren mit aller Macht geballt. Suchend wandten sich die spitzen Lippen der Brust der Mutter zu.

»Sie ist wunderschön.« Thilmann war unbemerkt an ihr Bett gekommen. Als er das kleine Wesen sah, weckte es in ihm einen innigen Wunsch, es zu behüten und zu verwöhnen, ganz einerlei, ob es nun seine leibliche Tochter war oder auch nicht.

»Ich möchte sie Franka nennen, wenn es dir nichts ausmacht«, sagte Sophie.

»Franka Luisa«, ergänzte Thilmann. »Nach dem Webmeister Frank Adam und meiner Mutter, einer einfachen, aber braven Bäuerin.«

Sophie lächelte ihn dankbar an. Dann lehnte sie sich zurück. Sie war erschöpft, und der Kräutersud der Hebamme, der ihre Schmerzen lindern sollte, hatte sie zusätzlich schläfrig gemacht.

»So hatte ich mir meine Hochzeitsnacht mit dir eigentlich nicht vorgestellt«, murmelte sie leise.

»Tja, so ist das nun einmal mit Kindern. Sie verändern das ganze Leben.« Thilmann lächelte sie liebevoll an.

»Oje.« Sophie fielen die Augen zu, während Thilmann langsam ihre Hand streichelte.

»Wir beide hatten unsere Hochzeitsnacht schon damals in Eichstätt«, flüsterte er und trug das Kind ins Bett, das für immer in seinem Herzen seine Tochter sein würde.

Kapitel 36

Sophie räkelte sich wohlig im Bett. Seit der Geburt ihrer Tochter wurde sie von allen verwöhnt. Thilmann verbrachte so viel Zeit wie möglich an ihrem Bett und bemühte sich, ihr den neuesten Klatsch der Stadt so dramatisch und unterhaltsam wie möglich zu berichten. Sybille unterstützte ihn dabei nach Kräften und lobte die Entwicklung der kleinen Franka jedes Mal in höchsten Tönen. Auch Thomas besuchte seine Schwester sooft er konnte am Wochenbett und brachte eines Tages sogar Generalleutnant Wiesinger mit, der Sophie mit vor Verlegenheit rotem Gesicht sein Geburtsgeschenk übereichte und ihr auch zur Hochzeit gratulierte. Seine Anwesenheit in Sophies Schlafkammer hatte er sich einst offenbar romantischer begründet vorgestellt.

Auch die Weber kamen, um Sophie zu ihrer neuen Familie zu gratulieren. Sie hatten feines Linnen für das Kind gewebt, und Hans und Vroni überraschten Sophie mit einem Tuch exquisiter Seide, das Hans aus purem Trotz aus den noch vorhandenen Garnen hergestellt hatte.

»Für den Eigengebrauch wird man wohl noch Seide weben dürfen«, hatte er mit gerümpfter Nase getönt, während Sophie noch das wie immer abenteuerliche, aber sehr gekonnte Farbenspiel betrachtete.

Inzwischen hatte Thilmann seine Wohnung aufgegeben und war mit seinen Sachen ins Wohnhaus gezogen. Nach Rücksprache mit Sophie wandelte er Frank Adams ehemalige Schreinerei in eine kleine Werkstatt in der er würde arbeiten können. Sophie war unendlich dankbar, dass sich endlich Ruhe und Frieden in ihrem Leben auszubreiten schienen.

Nach zwei Wochen hielt es Sophie nicht länger im Bett aus. Zwischendurch hatte sie sich zwar immer wieder entgegen der ärztlichen Anordnungen hinunter in die Wohnstube geschlichen, aber jetzt wollte sie wirklich aufstehen. Sie ließ sich von ihrer Magd in eines ihrer früheren Kleider helfen, das dank der hohen Taille unter der Brust schon fast wieder passte.

Ihr erster Weg führte sie in die Werkstatt. Dort ließen ihre Weber alles stehen und liegen und scharten sich um sie.

»Wie schön, Euch zu sehen«, schmetterte ausgerechnet Michel, erfreut darüber, seine Meisterin wieder wohlauf zu finden.

Auch Gunhild und Babett drängten sich um Sophie und umarmten sie warmherzig. Danach setzten sie sich zusammen an den kleinen Kamin der Werkstatt und besprachen, woran jeder zurzeit arbeitete. Als Sophie in Aussicht stellte, dass sie sich wieder um einen größeren Tapisserieauftrag bewerben würde, tauschten Babett und Gunhild einen heimlichen Blick. Dann zeigte Vroni stolz ihr anspruchsvolles Damasttuch und Paul die kleine Wirkarbeit, an der er sich unter der Aufsicht von Gunhild versuchte.

»Hoffentlich kann ich die Arbeit auch beenden, solange ich noch hier bin.«

Überrascht sah Sophie ihn an. »Wieso solltest du fortgehen?«

Paul wurde rot und sah sich Hilfe suchend um.

»Na, weil Ihr doch eigentlich nach Ansbach gehen wolltet«, stotterte er und sah unsicher zu Vroni. »Ihr habt es doch selbst arrangiert, dass wir in eine andere Werkstatt gehen können, um unsere Lehrzeiten zu beenden.«

Verblüfft klappte Sophie den Mund auf. Aber es wollten ihr keine Worte einfallen. Der Junge hatte recht. Sie hatte völlig vergessen, dass alle damit gerechnet hatten, dass die Werkstatt Adam in Neuburg ihre Pforten schließen würde. Eine böse Vorahnung beschlich sie.

»Ihr beide habt also neue Lehrplätze bei anderen Meistern gefunden«, begann sie vorsichtig. »Seid ihr damit zufrieden?«

»Ich würde natürlich schon lieber hierbleiben«, murmelte Vroni. »Aber ich weiß nicht, ob die Zunft das erlaubt. Immerhin sollen wir schon im neuen Jahr dort anfangen.«

»Im neuen Jahr!«, rief Sophie entsetzt. Das waren nur noch zwei Monate.

Vroni und Peter nickten betreten und sahen auf ihre Schuhspitzen. Sophie riss sich zusammen. Die beiden traf keine Schuld. Sie räusperte sich und sammelte Kraft für die nächste Frage.

»Wer von Euch hat noch eine neue Stelle gefunden?« Aufmerksam musterte sie ihre Weber einen nach dem anderen. Die betretenen, geröteten Gesichter sprachen Bände.

»Es ist ja nicht so, dass wir Euch verlassen wollten«, sagte Babett leise.

»Ihr wart es doch, die uns aufgeben wollte«, ergänzte Michel wieder mit dem ihm eigenen, beleidigten Ton. »Ihr wärt einfach nach Ansbach gegangen, wenn Ihr den Freiherrn geheiratet hättet.«

»Es war doch nur, um euch zu schützen«, sagte Sophie ungewollt defensiv. »Keiner von uns hätte mehr Freude an der Arbeit gehabt, wenn wir uns die Ungnade der Pfalzgräfin zugezogen hätten.«

»Wie dem auch sei«, brummte Gunhild. »Inzwischen haben wir uns alle eine neue Stelle gesucht.«

Sophie spürte, wie ihre Knie weich wurden, und war froh, dass sie saß. Wie hatte sie nur so vollkommen ahnungslos in diese absehbare Situation hineinstolpern können?

»Und ich werde heiraten«, fügte Babett noch hinzu, was Sophie noch einmal aufseufzen ließ. Sie hatte nicht einmal gewusst, dass Babett verlobt war oder die Bekanntschaft eines Verehrers gemacht hatte. Das durfte doch alles nicht wahr sein. Sie musste zusehen, wie sie diesen Schaden begrenzen konnte.

»Nun gut«, sagte Sophie. »Michel, wo bist du untergekommen?«

»Bei Meister Lohinger. Er hat mir die gleichen Konditionen zugestanden, wie ich sie hier hatte. Und auch Herrmann ist bei ihm willkommen.«

Nicht einmal verbessert hat sich der Kerl, dachte Sophie resigniert. Würde er denn niemals etwas dazulernen?

»Und Hans?«

Der hübsche, blonde Weber druckste ein wenig herum. »Bei der Heugel Margit«, sagte er dann leise.

»Bei einer Seidenweberin?« Sophie konnte es nicht fassen. »Aber dann bist du ungelernte Kraft!«

»Sie bezahlt mich wie die Gelernten«, sagte Hans. »Und nach einer gewissen Zeit lassen sie mich vielleicht zur Gesellenprüfung zu.«

»Das ist eine reine Frauenzunft«, sagte Sophie. »Sie werden dich nie Meister werden lassen.«

»Ihr habt es doch auch geschafft, Meisterin in einer Männerzunft zu werden«, gab Hans trotzig zurück.

Sophie winkte ab. »Ich war verwitwete Frau Meister«, sagte sie.

Hans errötete noch tiefer, und Sophie fiel ein, dass die Heugel Margit nicht verheiratet war. »Nein …«, sagte sie nur leise und schüttelte den Kopf. Das konnte Hans nicht wirklich wollen. Andererseits konnte man auch nicht immer bekommen, was man wollte, dachte Sophie. Das weißt du selbst gut genug. Hoffentlich unterschätzte Hans nur die Seidenweberinnen nicht. Die Vertreterinnen der Zunft, die sie kennengelernt hatte, würden nicht im Traum einem Mann Zutritt zu ihrer mühevoll geschützten Frauenzunft erlauben.

»Und du, Gunhild?«, fragte sie stattdessen.

»Ich gehe zu De Roy«, kam die Antwort prompt.

Sophie fühlte sich, als hätte ihr die Wirkerin eine physische Ohrfeige verpasst. »Zu De Roy?«, wiederholte sie ungläubig.

Gunhild nickte, nicht ohne Selbstbewusstsein. »Es ist mir egal, dass ich dort weniger verdiene. Aber dort werden sie jetzt die großen Tapisserien wirken. Die Aufträge des Hofes. Und unser Herr Pfalzgraf wird viele davon für sein neues Residenzschloss brauchen. Ich möchte, dass meine Arbeit die Jahre überdauert.«

Sophie nickte langsam. Auch Gunhilds Motive konnte sie ohne Weiteres nachvollziehen. Sosehr es sie schmerzte, ihre Mitarbeiter hatten das Beste aus ihrem vermeintlichen Fortgehen gemacht.

Stumm warteten alle darauf, dass Sophie etwas sagte. Aber was hätte sie sagen sollen? Sollte sie jeden bitten, zu bleiben? Konnte sie ihnen die Wünsche erfüllen, die sie hatten? Michel wäre vielleicht bereit, wenn sie ihm mehr Prozente zubilligte. Babett würde bald ebenfalls Mutter sein und vielleicht die Weberei ganz aufgeben. Und den Lehrlingen würde sicher kein zweiter Wechsel gestattet. Ratlos rutschte Sophie tiefer auf ihrem Stuhl. Zum ersten Mal seit langer Zeit wusste sie nicht weiter. Wenn sie an ihre Zukunft dachte, baute sich nicht wie von selbst ein Bild vor ihrem inneren Auge auf. Was hatte sich das launische Schicksal bei diesem erneuten Streich nur gedacht?

»Nun, wie ich sehe, seid ihr alle recht zufrieden mit euren Entscheidungen«, sagte Sophie. »Ich kann euch verstehen, aber ich werde euch alle sehr vermissen.«

»Aber … aber was wird denn nun aus der Werkstatt Adam?«, fragte Vroni. Ihr schien der Abschied von Sophie wirklich nahezugehen.

»Ich weiß es noch nicht«, erwiderte Sophie matt. »Vielleicht werde ich einfach Hausfrau und Mutter.«

»Das ist doch nichts für Euch, Kindchen«, unterbrach Gunhild sie unwirsch. »Natürlich ist es schade, dass Euer Glück nun eine solche Kehrseite erhält. Aber die Dinge ändern sich nun mal. Ich für meinethalben wäre wohl auch zum Hoftapezierer gegangen, wenn Ihr niemals geplant hättet, fortzugehen. Veränderung ist der Lauf der Dinge.«

Überrascht sah Sophie die burschikose Gunhild an, der sie nie solche Betrachtungen zugetraut hätte. Und doch war etwas Wahres an ihren Worten. Hatte sich ihr Leben nicht oft genug vollkommen gewendet, nachdem sie so unsanft aus dem heimatlichen Nest geschubst worden war?

»Ja«, sagte sie. »Veränderung ist der Lauf der Dinge. Ich wünsche euch allen viel Glück, und dir, Babett, gratuliere ich natürlich von ganzem Herzen. Wer ist denn der Glückliche?«

Babett wurde wieder puterrot. »Der Herr Wiesinger«, flüsterte sie kaum hörbar.

Noch einmal klappte Sophie vor Überraschung der Mund auf. »Du meinst doch nicht etwa den Generalleutnant Wiesinger?«

»Doch.«

Aus dem Augenwinkel sah Sophie, wie Hans krampfhaft auf seine Hände starrte, und seufzte. »Na, das ist ja eine ausgezeichnete Partie. Meinen Segen habt ihr.«

Es war Sophie egal, ob Babett wusste, dass der Generalleutnant noch vor kurzer Zeit ihr den Hof gemacht hatte. Jetzt verstand sie zumindest das verlegene Herumdrucksen bei seinem Besuch. Sie war froh, dass er sich mit der einfachen Weberin nicht nur getröstet hatte, um sie dann wieder fallen zu lassen. Und Babett würde eine so vorteilhafte Ehe niemals ausschlagen. Im Grunde verdienten die beiden einander und hatten durchaus gute Chancen, glücklich zu werden.

Sophie rieb sich mit den Fingern über die Augen. Es waren zu viele Neuigkeiten für einen Tag. Sie musste erst einmal in Ruhe darüber nachdenken.

»Ich stelle jedem von euch frei, zu gehen, wann es ihm beliebt«, sagte sie ungewollt feierlich und stand auf. »Ich danke euch für die gemeinsame Zeit.« Damit verließ sie die Werkstatt und suchte ihren Mann. Sie fand ihn in seiner Werkstatt bei der Zubereitung von Farben. Von hinten schlang sie die Arme um seinen Körper und lehnte ihr Gesicht an seinen Rücken. Erschöpft seufzte sie tief auf.

»Ist dir nicht gut?«, fragte Thilmann besorgt.

»Doch, doch«, beruhigte ihn Sophie. »Ich bin nur etwas seekrank vom Leben.«

Thilmann lacht auf. »Seekrank? Warst du denn schon einmal auf einem Boot?«

»Nein«, gab Sophie zu. »Aber so ungefähr muss es sich anfühlen.«

Sie berichtete ihm von dem Gespräch in der Werkstatt. Er drehte sich zu ihr um und legte fest die Arme um sie.

»Meine arme Frau«, murmelte er. »Was wirst du jetzt tun? Neue Weber einstellen?«

»Ich weiß es nicht«, erwiderte Sophie. »Zum ersten Mal seit langer Zeit habe ich überhaupt keine Idee, wie es weitergehen soll. Ich habe ja auch keinerlei Zwang. Finanziell sind wir gut versorgt, und ich könnte mich einfach unserer Tochter widmen. Und noch viele weitere Kinder bekommen.« Sie lächelte Thilmann verschmitzt an.

»Klingt nach einem guten Plan«, sagte dieser. »Aber?«

»Aber?«

»Wie ich dich kenne, gibt es ein Aber.«

»Aber es will mir einfach nicht gelingen, mir dieses Leben vorzustellen«, erklärte Sophie.

Thilmann lächelte. »Du willst nicht zur Ruhe kommen«, stellte er fest. »Neuburg ist einfach nichts für dich. Ich hatte so etwas befürchtet«

Sophie seufzte. »Vielleicht nicht«, gab sie zu. »Aber ich weiß auch nicht, was wir sonst tun sollen.«

»Auf Reisen gehen.«

Erstaunt sah Sophie ihn an. »Du meinst, wir sollten Neuburg verlassen?«

Thilmann lächelte. »Ja, das wäre schon die Voraussetzung für eine Reise.«

»Aber wohin sollen wir reisen?«

Er zuckte mit den Schultern. »Überlegen wir einmal.«

»Und Franka?«

»Nun, wir sollten aufbrechen, bevor sie alt genug ist, uns zu widersprechen, meinst du nicht auch?«

Sophie zögerte.

»Gib zu, dass du schon selbst daran gedacht hast«, Thilmann lächelte sie an. »Was hält uns noch hier, Frau Beinahe-Hoftapeziererin?«

»Nichts, Herr Beinahe-Hofmaler«, antwortete Sophie mit einem verheißungsvollen Kribbeln im Bauch. Ihr ganzes Leben hatte sie sich eine richtige Reise gewünscht.

Jetzt würde sie endlich aufbrechen.

Nachwort

Sophie Ballheim lebte in bewegten Zeiten. Der Beginn des 16. Jahrhunderts gilt in Deutschland als Übergang vom Mittelalter zur Renaissance. Diese sogenannte Neuzeit war nicht nur geprägt durch den reformatorischen Freiheitsdrang des Volkes. Auch der Adel entdeckte Werte wie Ästhetik und Kunst.

Der Pfalzgraf und spätere Kurfürst Ottheinrich (1502–1559) gehörte zu den größten Mäzenen seiner Zeit. Als Bauherr wie auch als Auftraggeber für Kunstwerke in unterschiedlichen Bereichen gab er ein Vermögen aus. Schon in jungen Jahren begann er, Tapisserien zu sammeln. Die ältesten noch erhaltenen Stücke seiner Sammlung sind die »Verherrlichung der Prudentia« und die »Beispiele des guten Glücks« von 1531. Sie thematisieren eine ideale Fürstenherrschaft, die auf Ethik und Werten basiert. Die drei berühmten Porträtteppiche von sich selbst, seiner Gemahlin Susanna von Bayern und seinem Bruders Pfalzgraf Philipp existieren ebenfalls noch. Allerdings hatten Sophie und Thilmann nicht die Ehre, diese Werke zu erstellen. Die künstlerische Konzeption, die Arbeit an den Entwürfen und die Anfertigung der Kartons wurden vom Hofmaler Peter Gertner durchgeführt. Gewirkt wurden sie in Brüssel. Am Rand der Tapisserie, die die Pfalzgräfin Susanna darstellt, findet sich sogar die für Brüssel typische Stadtmarke.

Am Galon des Bildteppichs von Ottheinrichs Bruder Philipp ist außerdem eine fast vollständige Wirkermarke erhalten geblieben. Sie zeigt einen von einem kleinen Kreuz bekrönten Reichsapfel und wird dem älteren Jan De Roy zugeschrieben. Seine Werkstatt kann von 1491 bis 1536 in Brüssel nachgewiesen werden. Wie sehr Ottheinrich an seinen gewirkten Bildern hing, zeigt sich darin, dass er die petits patrons (die Originalentwürfe) behalten und sicher verwahrt hat.

Um 1539 berief Ottheinrich ein jüngeres Mitglied dieser Wirkerfamilie, den »deppich wirgkher« Christian de Roy, zur Betreuung der »tapetzereykammer« nach Neuburg.

Ebenso wie seine Leibesfülle mit den Jahren zunahm, schwand das Vermögen des Pfalzgrafen. 1544 hatte der lebenslustige und kunstsinnige Fürst Schulden in Höhe von einer Million Gulden angehäuft. Schließlich forderten die mehr als sechshundert Gläubiger auf Schloss Neuburg eine strikte Konsolidierung der Staatsfinanzen von ihm. Sie war vermutlich der Grund dafür, dass alle Hofkünstler entlassen wurden. Auch Christian De Roy und seine Mitarbeiter haben wohl zu dieser Zeit ihre Werkstatt aufgegeben und Neuburg verlassen. Ihr Ziel ist nicht überliefert.

Die historischen Ereignisse, wie zum Beispiel die Erhebungen der Bauernhaufen, die Verwüstung des Klosters Eichstätt und die Hochzeit des Pfalzgrafen am 16. Oktober 1529, haben sich tatsächlich zugetragen. Die detaillierte Beschreibung im Roman erlaubt sich jedoch gewisse dramaturgische Freiheiten. Sie half auch dabei, die jeweiligen kreativen Schöpfungen, wie zum Beispiel das Fenstertuch für die Äbtissin, die Adam-Tücher und die speziellen Tuchschöpfungen von Hans und Michel, auflockernd in die Geschichte einzuweben.